张强 李康◎著

天 地 出 版 社 | TIANDI PRESS

图书在版编目（CIP）数据

我的 1997/ 张强，李康著．—成都：天地出版社，2017.5

ISBN 978-7-5455-2812-1

Ⅰ．①我… Ⅱ．①张… ②李… Ⅲ．①长篇小说－中国－当代 Ⅳ．①I247.5

中国版本图书馆 CIP 数据核字 (2017) 第 082531 号

我的1997

出 品 人	杨　政
作　　者	张　强　李　康
责任编辑	杨永龙　李建波
装帧设计	蒋宏工作室
责任印制	葛红梅
出版发行	天地出版社 （成都市槐树街2号　邮政编码：610014）
网　　址	http: //www.tiandiph.com http: //www.天地出版社.com
电子邮箱	tiandicbs@vip.163.com
经　　销	新华文轩出版传媒股份有限公司
印　　刷	三河市华业印务有限公司
版　　次	2017年5月第1版
印　　次	2017年5月第1次印刷
成品尺寸	170mm×240mm 1/16
印　　张	28.5
字　　数	447千字
定　　价	48.00元
书　　号	ISBN 978-7-5455-2812-1

咨询电话：（028）87734639（总编室）

购书热线：（010）67693207（市场部）

前 言

1841 年 1 月 26 日，历史必须铭记的日子：英国远征军海军司令伯麦率领英军登陆香港，并举行了升旗仪式，正式宣布占领香港。侵略者头领义律和伯麦发布告示称：“经与大清国钦差大臣爵阁部堂琦善成立协定，将香港全岛地方让与英国统治”“凡尔香港居民，归顺英国为女皇之赤子，自应恭顺守法，勉为良民。”

1842 年 8 月，英军用坚船利炮威逼清政府签订《南京条约》，强占香港岛。1860 年 10 月，依照《北京条约》，英国又夺取了与香港岛隔海相望的九龙。1898 年，英国再夺取大鹏湾和后海湾一线，整个九龙半岛都划入英国租界。至此，港岛、九龙、新界共 1070 平方公里的领土沦入英国殖民统治之下。

百年屈辱，陆游的爱国诗篇犹在耳畔：“死去元知万事空，但悲不见九州同。王师北定中原日，家祭毋忘告乃翁！”诗人逝去千年，荡气回肠的词句却流芳百世，用血泪书写的爱国情怀，在中华民族千年历史长河中流淌共鸣。

遥想诗人至死念念不忘恢复国土的哀歌，再看近代中华民族的深重磨难，历史的车轮从未停滞不前。百年来，中华之无数仁人志士为香港的回归做出过不懈的努力。

1982 年，中、英两国政府正式就香港回归问题进行谈判。1984 年 12 月，《中英联合声明》签订，宣布中华人民共和国政府于 1997 年 7 月 1 日对香港恢复行使主权。

150多年过去了，当五星红旗在香港上空冉冉升起的时候，每一个中国人都在奔走相告，都在为香港回归而欢欣鼓舞。香港在历经百年沧桑磨难之后终于回到了祖国的怀抱。这是中国近现代史上洗刷国耻、实现民族伟大复兴的一件大事，也是“一国两制”理论与实践完美结合、成功实现的历史性时刻。

伴随着2017年的新年钟声，香港回归已经步入了第二十个年头。回顾香港回归祖国以来二十年的风雨历程，令人叹为观止的是“东方之珠”举世公认的繁荣与成就。从象征亚洲金融地位的中环金融街，到香港之窗的会展中心；从沙田跑马地的人流如织，到兰桂坊的歌舞升平；从香港文化凝聚地星光大道，再到港味餐厅的美食飘香以及浅水湾的碧海蓝天——每一寸光彩都昭示着一个事实：香港国际金融、贸易、航运中心的地位，在回归祖国后，继续保持着并有了提升。

回归二十年来，香港人从没有惧怕过困难。就像歌词里唱的那样，“携手踏平崎岖”“用艰辛努力写下那不朽香江名句”。面对挑战，香港人拥有最宝贵的精神财富，亘古不变的是吃苦耐劳、开拓进取、自强不息的香港精神。香港人从中国崛起的神话中，获得了越来越多的民族自豪感和民族自信心。

二十年，世界见证了一个婴儿从呱呱坠地到弱冠之年，世人见证了一棵树苗从细枝嫩叶到玉树芝兰。二十年，“一国两制”经过实践的检验，香港与内地的良性互动变得日趋紧密，越来越多的香港人意识到，香港的前途和祖国的前途紧密联系在一起。

中国好，香港才能更好。

历史是我们走过的路，像一种回忆缠绕心间，不能忘却，又像对未来的憧憬，激励着向前的步伐，久而久之，积累成了昨天、今天和明天。

这，就是本书《我的1997》的缘起吧！

李 康

2017年5月1日

目录

第一章

情断绝境

- 为救身陷火海的恋人安慧，北京知青高建国被严重烧伤，一对玉人不得不暂时分别。
- 知青返城，情路却更加坎坷。
- 一次酒精作祟，高建国失手打倒了安慧的哥哥安国庆，不得不逃离北京……

一

乌兰察布，蒙古语意为“红山口”。红山口在归绥城也就是今天的呼和浩特市东北 25 公里的大青山脚下，历史上为重要军事要塞。今天的乌兰察布大草原已是著名的旅游景区，以草原、古迹、神泉、湖泊、森林、民俗“六大奇观”吸引着中外游客。回到四十多年前，这里可不是这样。

那是 1975 年的深秋时节，一望无际的草原，在秋风的渲染下卷出一波又一波淡金色的浪花。一股黑烟突然从远处升腾而起，转瞬间由远及近，一排热浪猛然袭来，惊得本来慵懒的两匹马儿奔跑起来，马蹄在草地上疾驰。迎面驶来一辆大卡车，与骏马相向而过。车厢里传来了齐整的歌声：

团结就是力量，团结就是力量。
这力量是铁，这力量是钢，
比铁还硬，比钢还强。
向着法西斯蒂开火，
让一切不民主的制度死亡！

唱歌的是十几个知识青年，他们隶属于红旗大队，正在赶去救火。参加灭火的牧民和知青们正源源不断地从四处赶来，人们挥舞着各种工具拍打火焰。又一阵大风吹来，令得火场情势更加严峻。

卡车上的知青望着炽热的场面，一个个显得热血澎湃。一个知青猛的站了起来，高声道："同志们，考验我们革命意志的时刻到了！"满口京片子。卡车恰巧停住，这个叫丁跃民的青年没有站稳，险些摔倒，引得满车大笑。

只有一个男知青没有笑，他正在注视着远方。身旁一位面貌姣好的女知青拉了拉他的衣角，轻声问道："高建国，看什么呢？"

高建国转头深情地望了一眼女知青，答道："安慧，你看见那两匹马了吗？刚才我就一直看着它们，马儿识途，专奔安全的地儿去。"

大队长一声招呼，知青们跳下车。任务很快分配好，大家分头开始执行。

热浪仿似有形，灼烧着皮肤；浓烟层层密布，熏得人睁不开眼睛。几百个人没有一个退却，迎着浓烟热浪排成了一条打火带，奋力扑救。红旗大队的任务是在火场和小树林之间完成一个隔离带。身材高大的高建国招呼丁跃民带两队人去上风口方向控制火势，自己则带队去另一头。双方约定好以哨声为号，互相照应，听到哨声就立刻撤退。

以安慧为首的女知青被分配帮忙发放水和工具的任务，但女同胞们却坚持自己也是"真正的革命者"，必须"参加一线战斗"。坚持之下，高建国只得允许她们加入到丁跃民的小分队。

强忍着刺鼻的气味，高建国带着自己的第一分队赶到草场的东头。幸得天公作美，西风始终没有出现。知青们奋力扑打，很快开辟出一条隔离带。高建国望着自己小队的"革命成果"，面露喜悦，双瞳映照着逐渐变弱的火势，面容有如铁人一般坚毅。

突然，一阵急促的哨子响起，二、三分队那边情况吃紧。不等哨声停歇，高建国已经扛起铲子三步并作两步跑向了草场的东南方，脑海中只有一个名字：安慧。

西北风带来的浓烟遮天蔽日，第一分队不敢冒进。一簇人影突然冲破了浓烟出现在眼前，正是丁跃民他们。从疲惫不堪的丁跃民那里得知安慧被困在了火海之中，高建国干净利落地脱下了外衣，接着从旁边几个知青身上拿过水壶，把壶里的水都浇到了衣服上，披上湿外套冲进了火海。

浓烟之中，不时能见到或大或小的火焰，唯独没有安慧的身影。长长短短的哨声在火海中显得急促而苍凉。突然，一个微弱的声音传来："救命……救……命……"

"安慧！"高建国心中一动，奔向了声音传来的地方，终于在打火带边缘发现了奄奄一息的安慧。几点火星正在吞噬着她随身携带的素描本的一角，眼看就要烧到安慧的衣袖。高建国冲了过去，一脚踩灭了素描本上的火，把湿衣服盖在了安慧身上，急着唤道："安慧，安慧……"

尽管是半晕半醒之间，安慧还是紧紧地握住那本素描本。看到高建国英俊的脸庞，她露出了青涩甜美的笑容，吃吃道："建国……你好傻……为什么要来救我……"

高建国沉声道："傻丫头，为了本素描……"一把抱起安慧，冲向了火海。

安慧无力再言语，只紧紧搂着高建国的脖颈，飘逸的秀发因为热气而微微卷曲，脸颊隔着头发贴在高建国胸前，美丽的双眸深深地注视着高建国坚毅的面容，久久不愿移开……就这样不知道过了多久，安慧只觉周围一亮，接着传来杂乱的说话声："出来了，出来了！""是建国，是他们！"……她眼前一黑，又晕了过去。

三个月后的北京。寒风刺骨，干枯的树枝在黄昏中猛烈地摇摆。路边的高音喇叭里传来"大海航行靠舵手"的歌声，播音员的声音铿锵有力："……将无产阶级文化大革命进行到底……"

高建国斜靠在304医院的一张病床上画着素描，画本上，一片茫茫的草原，一个女孩的背影，脖子上围巾的一角微微翘起，好似随风飘扬。

"哥，热毛巾来了。"大清早，弟弟高建军已经过来收拾。

高建国下意识躲了一下，想要完成最后一笔。高建军根本不理，直接用毛巾盖住了高建国的脸，仔细地擦着，嘴里也没闲着："今儿是最后一天，你就好好享受吧！"

"你哥我可是为了救人英勇负伤，说起来也算英雄。"高建国笑道。

"是是是，英雄难过美人关！"高建军说着又拧了一把毛巾递过来，"擦擦手。"

高建国满意地看着自己的大作，低声道："是挺美的。"擦过手，他突然提高音量道："建军，今儿可是8号，丁跃民他们就是今天回来。快快快，赶紧的，你去办出院手续，我来收拾东西。"

高建军笑道："是不是特想安慧姐？"

高建国瞪眼道："去你的，我是特想跃民他们几个共生共死的战友。"

拒绝了母亲特意准备的美味烙饼，兄弟俩回到家就直奔长途汽车站。已经是黄昏时分，今天父亲加班，母亲难得亲自下厨摊了煎饼。出门前，弟弟还一脸不舍的馋样，高建国开心地笑了。家人让他觉得温暖，而即将见到安慧，则让他心中如火焰般灼烧。接了安慧、丁跃民等人，一群年轻人直奔"老莫"。

"老莫"就是北京展览馆莫斯科餐厅，在那个年代，这是除北京饭店之外在北京青年口中提到最多的饭店名。刚刚康复的高建国自然是主角，围着他一番杯盏交错之后，大家方才坐下各自吃菜聊天。

安慧红着脸说："我脸上又没脏东西，你老看我干吗？"

"我想看。"

安慧嗔打了一下高建国。高建国趁机皱起眉头哎哟直叫，吓得安慧以为弄到伤口，连声慰问。高建国一把抓住了安慧的手，笑道："你怎么这么好骗呢？真是傻丫头！"

丁跃民的妹妹丁跃音趁机拿他们俩开起了玩笑，众人一同起哄，让高建国连干三杯，接着，又让安慧跟高建国来个交杯酒。这本是老友间的玩笑，再加上高、安二人早有情意，安慧欣然端起了酒杯，高建国也挽住了安慧的手，将自己的酒杯迎了过去。

突然，一只手夺过了安慧手里的酒杯。

"哥！"安慧看见来人，大惊失色。

巧了，哥哥安国庆正好和几个同院的哥们儿也来"老莫"吃饭，被这边的起哄声吸引，安国庆看见妹妹后立刻过来夺杯。不等高、安二人反应过来，安国庆把自己的杯子在高建国的杯沿只是一掠，算是碰了杯，接着说道："建国，这杯酒我这个当哥哥的必须敬你，你是我妹妹的救命恩人，那就是我的恩人！"

高建国刚想开口，安国庆又抢过话头："你和安慧是一个生产大队的知青，你们大家都是一个战壕里的兄弟姐妹，这我知道。不过，救命之恩不一样，我们安家感激你，感谢你。这杯酒，我必须敬你。”

虽然有些尴尬，但为了不让安慧为难，高建国还是跟安国庆碰了一下杯，双双一饮而尽。放下酒杯，高建国招呼服务员加一套碗筷，安国庆抬手打住，拉起安慧就说要走。

安慧脸色一暗，说：“哥，你什么事啊？我饭还没吃呢！”

“没吃回家吃，刚回来就往外跑，心野了你呀！”安国庆说着又拉安慧，这次却被高建国打断了：“国庆哥，刚才还说要感谢我，就这么一杯酒就算感谢了？”

安国庆尴尬地笑了笑：“对对对，你们今天这顿，算我请的，行不行？”

高建国拔高了声调：“哎呀，既然是国庆哥请客，就这些菜，太不好看了……服务员！”也不顾安国庆的脸色，点上了虾和鱼之类的“横菜”。

安国庆的脸上掠过一丝不服气，说道：“你是得好好补补，今儿可劲儿吃，你今儿要是吃不干净，就不能走。”安慧看着高建国，又看了看安国庆，忍不住笑。

好容易菜上来了，高建国猛的一拍桌子，大声道：“哎呀，医生说这鱼啊虾的，我不能吃啊，吃了伤口容易发炎，你说我怎么就给忘了呢？”

安国庆有些怒意，问道：“高建国，你什么意思？”

“我这个人不喜欢欠人情债，但是我喜欢别人欠我的，所以这顿我不吃。不是救命恩人吗？先记着。”不等安国庆反应过来，又补了句，“那哥几个，我这不能出来太长时间，先撤，你们慢用。咱们改天再见啊！”说罢带着建军扬长而去。

安慧看着高建国的背影，忍不住大笑起来。

高家兄弟刚到了帽儿胡同口，瞅了一眼新贴的大字报：“反击右倾翻案风，将无产阶级文化大革命进行到底。”兄弟俩还在拿刚才的事情打趣，突然听到广播里传出来哀乐声。高建军惊讶道：“哥，你听，好像是总理逝世了……”高建国一把捂住高建军的嘴，沉声道：“别胡说！”

这时，一辆自行车闪进胡同，高建国看出是父亲高致远。这么晚才回来，父亲肯定又去了单位同事工程师王鹏飞家。母亲岳芳英总说让父亲少跟王鹏飞接触，说这个人思想有问题；最近因为刘长河教授的事情，两口子又常在一起发几句牢骚。看父亲骑车的动作，没准儿又喝了几杯，要让母亲知道，又得拌嘴了。

喇叭声音越来越近，越来越清晰：“周恩来同志是中国共产党的优秀党员，是中国人民伟大的无产阶级革命家……”几个夜归的路人停在胡同口的电线杆下，专心听广播。

1976 年春节临近，巨大的噩耗让整个中国沉浸在哀伤之中。1 月 8 日，伟大的无产阶级革命家、全国人民衷心爱戴的总理——周恩来同志，因病在北京逝世。周总理去世的消息让这个冬季更加的寒冷。京城的天空弥漫着伤愁，像吹散不去的阴霾，像厚厚沉淀的乌云，更像尖利的冷箭插进了每一个人的心里。

周围聚集的人越来越多，高建国很快忘记了父亲的事情，和高建军一样已是泪流满面。人们轻轻的啜泣声变成了号啕大哭，惊动了黑沉沉的夜。

翌日清早，因为坚持要去长安街送总理，高致远又跟岳芳英吵了一架。岳芳英再次叮嘱高致远不要学刘教授，更不要和王鹏飞再有往来。高建国刚想说出父亲昨晚的举动，却被父亲愤然的关门声挡了回去。不能再给母亲添乱了。这种冰冷延续到了除夕夜，高家四口人一言不发地吃着饺子，父亲更是哭丧着脸不停叹息。

高建国想着活络一下气氛，从屋里拿出了画笔和素描本，要给全家人画一张团圆图。高建军识趣地放下了筷子，把凳子朝岳芳英身边挪了挪。高建国笔法娴熟，家里人也都画过好多次了，很快画本上已经出现了大致的轮廓。

突然，院里传来了“芳英，芳英在吗？”母亲起身去开门。

高建国将大致完成的画作拿给父亲看，父亲对画作赞赏有加，脸上露出了笑意。谁知母亲却被通知局里有紧急会议，匆匆地走了。刚刚热络起来的气氛，又凉了下来。夜里很晚，母亲才回来，面色凝重，高建国也没敢多问。

二

第二天，高建国出门买东西回来，迎面望见了两辆吉普。高建国一时好奇，故意从马路中间骑着车，趁着交错的瞬间往车窗里瞅了一眼。妈呀，这不是王鹏飞的媳妇孙小华阿姨吗？难道……难道王鹏飞真是坏分子？嘿，今晚妈肯定又会跟爸对上，一顿架是少不了了。哎，都老夫老妻的了，还这么事儿。还是安慧好……唉，安慧这会儿在干吗呢？

高建国心里的人正在西郊部队大院的家中抚弄着那本烧了一半的素描本，突然一阵敲门声吓得她赶紧把本子藏到了枕头下。不等安慧起身，母亲张凤鸣已经进来了。

安慧清楚母亲是来试探她跟高建国关系的。母亲和哥哥都不太喜欢自己跟高建国好，只有父亲安长江支持自己自由恋爱。面对母亲的各种旁敲侧击甚至直奔主题，安慧已经习惯了应对之法，当下又以身体不适需要休息将母亲打发走了。她并没有想到与高建国的麻烦不过才刚刚开始……

第二天，丁跃音约了安慧到玉渊潭溜冰场玩，却在半路杀出个程咬金。这人叫王乐，跟安慧住在一个大院，小时候曾一起玩过，安慧依稀记得在“老莫”吃饭那天，王乐就跟安国庆同桌的。

王乐突然滑到身边，就开始缠她，不仅嘴上一直叨叨想讨便宜，还动手动脚——他假装摔倒，趁着安慧伸手拉他的时候，将安慧揽到了怀中。这个举动让安慧又羞又气，一把推开王乐，离开了溜冰场。出来正好看到安国庆，联想到丁跃音一直以来对安国庆的爱慕之情、王乐与安国庆的关系，安慧感觉这整个都是一场阴谋，索性连丁跃音也不理，独自回家去了。

晚上家里吃饺子。哥哥安国庆和往常一样不等大家都上桌，就用手一个个抓着吃，边吃还抱怨肉少菜多，结果激起了父亲的怒火，大骂他不务正业。安国庆想当兵，可惜父亲头上顶着“保守派”的帽子，没人推荐，担心审查过不了。王乐的父亲是部长，如果安慧能跟王乐好上，安国庆当兵就不再是件难事。

当事人安慧却并不愿意被当作筹码，她心中只有高建国。安国庆又说王乐过几天会上家里来拜访父亲，母亲在一旁添油加醋扯到了门当户对之类的。父亲倒是坚持除非安慧自己愿意，不然自己绝不同意，和国庆参军更没有半点关系。

躲进屋里的安慧听到父亲也站在自己一边，又掏出素描本一通傻笑，全然没有留意安国庆已经轻轻来到身后。

一把抢过素描本，顶着妹妹的骂声，安国庆翻看了其中一页：一片草场上，安慧骑在马背上，高高举起双手，右下角落款是高建国。安国庆一撇嘴说道："慧儿，你真的在和那个高建国谈恋爱？"

"是。"

"可他和你根本就不配啊！门不当户不对的，咱们大院那么多革命男青年，你随便挑一个都比他强。"

安慧一把夺回了素描本，紧抱在怀里才说道："哥，你了解高建国吗？在内蒙的时候，他救过我三次。"

"我知道他救过你，我们全家都很感激。你想怎么感谢他，我都答应，不过嫁给他，绝对不行。你太傻了，分不清什么是感激，什么是爱情。"

"分不清楚的人是你。你凭什么干涉我的感情，干涉我的生活？我也明确告诉你，我就认定高建国了。"安慧站起来，转身正对着安国庆高声说道。

安国庆有些意外自己的小妹妹怎么突然有了这样的胆色，心里有些不服气，一把抓住安慧的手。

"放开，你弄疼我了。"安慧疼得叫了一声。

安国庆松开手，正声道："这可是婚姻大事，由不得你任性。不是哥哥自私，我能不能当兵倒是其次，咱爸可……难道你忍心让咱爸下半辈子就这样在家闲着，除了浇花就是买菜做饭？咱妈也是为了让你有个好丈夫、好家庭。爸妈为了你这事情都吵了多少次了，你自己好好想想吧！"说完转身出门。

安慧一屁股坐在床上，外面又传来啪的关门声，她知道母亲又进了父亲的书房，父母说不定又会争执起来。不觉顺势躺了下去，两眼盯着天花板，心事绞成了一团乱麻。自己是不是真的太任性了？这么多年父亲也不容易，帽子一直摘不下来，虽然表面上波澜不惊，但内心的苦闷她可以想象。还有母亲、哥哥……

可是热恋中的人，内心很快就被浓烈的爱意充斥——一切的焦点都回到如何让家人接受高建国的问题上。安慧虽是女儿，却继承了父亲军人的行事作风——干脆而大胆。她想着直接把高建国带回家给父母看看，一是让父母了解一下高建国的为人，二来也是让母亲和哥哥两个“反对派”看看自己的决心。但什么时间带高建国来家里又成了问题。对了，之前哥哥不是说了那个王乐什么时候要来家里吗，正好一箭三雕，就等王乐什么时候上家来就叫上高建国过来，咱这叫“不见鬼子不挂弦”。

这一天很快到来了。

为了招待王乐，张凤鸣特意上西单买了几个大苹果，刚洗好放盘子里，安国庆就拿起一个啃了一口。大清早就出门的安慧回来了，张凤鸣心头一喜，本来还担心女儿闹脾气不见王乐，这下没顾虑了。

谁知，安慧一转身又拽了一个人进来，是个身材高大、相貌英俊的男青年，脆生生地说：“妈，我给你介绍一下，他就是我的男朋友，高建国。”

高建国略显羞涩地说道：“伯母，您好！您叫我小高就行。”说着把一网兜水果和几个罐头放在了桌子上，“伯母，第一次登门拜访，也不知道您和伯父喜欢什么，就是一点儿心意。”

张凤鸣瞟了一眼桌上的东西，脸色一沉道：“小高同志，你这说来就来，还挺客气的。你救了我们家安慧，我们应该好好谢谢你。”

“伯母，是我没把安慧照顾好，差点出了大事……”

“坐吧。”张凤鸣随意一摊手。

高建国正要坐下，却被安国庆一个跨步抢先坐到了沙发上。高建国有点尴尬地挪到了旁边的椅子上。

“妈，我爸呢？”安慧问着话，拿起一个苹果递给高建国，“吃个苹果，一会儿就在家吃饭。我妈的手艺可不赖。”

“你爸今天出门了。”张凤鸣边说着边朝厨房走去，“安慧，你跟我过来一下。”

很快厨房里传出一声“妈，这都是你逼的！”高建国有些尴尬，把苹果又放回盘子。

安国庆啃了一口苹果，歪着脑袋说：“建国，我个人对你没什么意见，但是我这个人说话比较直，今天你既然来了，我也想跟你聊聊我妹妹的事。”

不等高建国答话，安慧已经从厨房走出来，沉声道：“聊什么聊，建国，上我屋里说话吧！”

正要起身，张凤鸣跟了出来：“小高同志，你看，今天实在是不巧，家里有重要客人要来，不能留你吃饭了。安慧还要跟我一块儿去买点东西，所以，你看……”

高建国有些诧异，缓缓站起来说：“伯母，您别客气，我这就准备走了。”

“好好，国庆，你赶紧送送小高同志。再见啊！”

安慧把高建国又摁回了椅子上。张凤鸣一把拉开安慧，安国庆也站起来。

一股怒气从内心深处升腾而起，高建国猛然起身，严肃道：“不用送了，伯母，安国庆同志，安慧同志，那我就先走了。再见。”说完径直朝门外走去。

“建国，建国，你等等。”安慧跟着追了出去，安国庆则一脸得意地坐回到沙发上。

听着安慧的呼喊，已经走出院子二进门口的高建国停住了脚步。

“建国，对不起啊，刚才……”说话间安慧已经来到身边。

“你妈妈和你大哥好像不欢迎我，你之前怎么没跟我说？”

“这事儿我能做主。”

高建国右手温柔地抚在安慧的手臂上，柔声说道：“我们得讲究一些策略。你这么冒冒失失让我来你们家，效果你也看到了，大家都很尴尬。”

“建国，对不起，我也没想到会这样。”

“傻丫头，你这是着急了。”

“难道你不急吗？”

“不急，我已经把你藏在我心里了，你跑不掉了。”高建国自信地笑起来。

安慧面颊绯红地问道：“你不生气了？”

高建国深深地吐气，做了个忠字舞的动作，笑着说：“一个是你妈，一个是你大哥，我能和他们生气吗？好了，慧儿，你快回去吧。”

“那明天我去找你。”

“好。快回去吧。”

这对卿卿我我的恋人浑然没有注意到一条身影小心地走进了安家小院。

刚回到家，安慧就看到王乐那张讨厌的脸，他正手舞足蹈地说“我是真心喜欢安慧的……”看见安慧，王乐顿时停住了，不知道该不该继续说下去。

安慧瞥了他一眼，没有说话，直接走回房间，重重地关上了门。

张凤鸣看着有些尴尬的王乐，安慰道：“小王，你别介意……”

王乐点头道：“伯母，我进去看看她。”

“去吧去吧。”张凤鸣满脸堆笑地鼓励道。

王乐敲了门，安慧没理他。又敲了几下，还是没反应，他便直接推门进去了。安慧背对着他，拿着一本书看着。

王乐小心问道：“安慧，生气了？”

安慧没有说话。

“怎么了，我才刚来，不会是我惹你不高兴了吧？”

安慧仍然看着书，没有说话。

“安慧，我知道，这段时间我总来找你，你有点烦了。我其实只是想有机会让你可以了解我。上次在玉渊潭我真不是故意的，我当时要是有心，天打雷劈。”

“我才不管你故意不故意。”安慧放下手里的书，转过身说道，“王乐，今天我们就把话说开了吧，我们不合适。”

王乐笑着说道：“怎么不合适？我爸和你爸是战友，我们又都住在一个大院里。小的时候，你总爱跟在我们后面，想让我们带你一块儿玩。安慧，我们有共同的成长经历，有相似的家庭环境，我还和你哥是好兄弟。没有人比我们更合适了。”

安慧冷静地说：“爱情不是做加法，更不是画等号。你说的这些，最多只能证明我们是认识的人而已。王乐，你和我都知道，这个世界没有无缘无故的爱，我们没有感情基础，不可能在一起。”

“感情是可以培养的，你为什么就不能试着接受我呢？”

安慧丝毫没有迟疑地说道：“因为我已经有男朋友了。”

“不可能，你哥还有你妈都说你没有男朋友。”王乐的脸色有些变了。

安慧继续道：“他们只是不肯承认。他还是我的救命恩人，我刚刚就是送他去了。所以王乐，我们真的不可能，请你以后别再来找我了。”

“那个人是你男朋友？”王乐的声气有些变了。

安慧微笑道：“你看见了？也好，本来是想让你们都认识认识，不过他有事先走了。”

王乐涨红着脸，转身走了出去。听见母亲在外面又是讨好地哄啊劝的，安慧感到一阵恶心。果然，王乐前脚走，母亲后脚就进来了，张口就问：“你跟小王说什么了，把人家给气走了？”

安慧傲然道：“妈，他刚才看见建国了，我就跟他说了。”

张凤鸣也有些恼了，斩钉截铁地说：“你和高建国，我不会同意的。”

“您都还不了解他，就说不同意。”

“我是你妈，结婚是终身大事，由不得你胡闹。那个什么高建国，赶紧断了。”张凤鸣已经带上了命令的语气。

安慧终于软了下来：“妈，您别逼我，他是我喜欢的人，还是我的救命恩人，您怎么这样？”

“救命是救命，结婚是结婚，这是两码事。”张凤鸣的语气也松了些，“你看看咱们家现在的情况……”

安慧突然看见了母亲手腕上亮出崭新的手表，表带折射出点点银光，一看就是高级货，立刻面露讽刺道：“妈，您什么时候变得这么势利了啊？”

张凤鸣的火头又上来了：“势利？你就这么跟你妈说话！我这么安排为了谁啊，还不是想让你嫁得好点，你爸能早点脱了帽子，你哥能参军。我一辈子都在为安家付出，你还说我势利！”话没说完，突然呼吸急促，胸口发闷，一屁股坐在了椅子上。

安慧见状，连忙伸手去抚张凤鸣的胸口：“妈，妈您没事吧？”

张凤鸣一把推开了安慧的手，厉声说道：“安慧，我告诉你，和王家的这门婚事，你答应也得答应，不答应也得答应。你现在可能不能理解，但是总有一天你会知道，我所做的一切都是为你好，为这个家好。”安国庆也闻声而来，一边扶起母亲，一边责怪妹妹。

“让你妹妹自己静静，好好想想我说的话。”张凤鸣扔下这句话，就倚着儿子出了房间。

“哐当”一声，门被锁上了。是母亲让哥哥锁上的。安慧听到声音已经晚了，敲打哀求一番都是徒劳。安慧把气撒在自己屋里，把桌子上的东西都掀翻在地，整个人扑倒在床，痛哭起来。

安慧被关在家里的消息很快由丁跃音告诉丁跃民，又由丁跃民传给高建国，高建国立刻踩上单车就到了安家院外。

张凤鸣开门一看是高建国，又摆起了脸色。这回高建国忍住了，耐心地提出希望能跟安慧见上一面。三言两语之后，张凤鸣主动出来，说要跟高建国在院里谈几句。张凤鸣语气温和，说出的话却是冷嘲热讽，而且让高建国以后都不要再来了。不等高建国反应过来，张凤鸣已经重重地关上了门。

这一刻，高建国的内心翻江倒海。此刻的安慧，可能正伤心委屈，甚至失落绝望，他恨不得破门而入。但他却站在原地一动不动，是想要冷静，还是为了那可怜的自尊心，他自己都说不清楚。就这样，他默默地走出了部队大院，脑子里一片空白。

即便是沉浸在爱情痛苦中的高建国，也感觉到了母亲岳芳英最近的异常。她总是深夜才下班，即便在家也几乎不和家里人说话。估计是有重大任务，高建国也没有太在意。可后来高建国发觉母亲避开公安局的同事在单独行动，甚至还有一次私下去过西郊劳改农场。青年人的注意力总是容易转移，现在又有新的事情让高建国忙碌起来了。

清明的黄昏飘着雨点，高家兄弟原本和一帮朋友约好去天安门献花圈，因为担心被抓，所以几个年轻人决定改去西单电报大楼会合。在电报大楼门前，高建国见到了久违的安慧，面容虽有些憔悴，倒生出一种病西施的美态。安慧拉着高建国说，多亏了丁跃音自己才能出门。三个人又开心地聊了几句。

丁跃民突然凑过来说："今天能来就谢天谢地吧！快快，我们快过去吧！建军正在朗诵纪念总理的诗歌呢！"

人群中，高建军正大声念着一首诗：

周总理，我们的好总理，我们大家思念着你，呼唤着你！你走过革命的征途千万里，祖国辽阔的大地上布满了你艰辛的足迹……

一首悲怆而悠扬的小提琴声渐起，配合着建军的朗诵。是安慧拉起了小提琴。高建国拿出素描本，笔尖沙沙地滑动，建军和安慧的形象在纸上生动起来。丁跃民在一旁用雨衣替高建国挡着雨。雨声越来越大，混合着琴声、朗诵声，还有悲切的恸哭声。大家用这样的方式纪念敬爱的总理。

突然，一个青年跑过来，慌张地喊道："民兵，民兵来了！"

高建国一举手喊了声："大家分散跑！快！"

一时间，哨声四起，大批的民兵来了。高建国交代同伴们分散突围，丁跃民第一个跨上了自行车，丁跃音跳上了后座；高建军和几个朋友骑着自行车就跑；没了车，高建国急忙拉起安慧跑进了旁边的一个胡同。

4月上旬清明节前后，北京市上百万群众，从早到晚自发地聚集在天安门广场，举行宣誓、默哀、讲演、朗诵、抄诗等活动，在人民英雄纪念碑前献花圈、贴传单、作诗词，悼念周恩来，声讨“四人帮”。对于人民群众的革命行为，“四人帮”一伙派出民兵、警察进行干预，制止人们的悼念活动，撤走放置在天安门广场的悼念品，并派出便衣人员跟踪、逮捕参加悼念的人们。

高建国拉着安慧一路狂奔来到红卫战校，楼顶的旗杆上一面五星红旗在夜幕下迎风招展。高建国举着手电，拉着安慧一路小跑，从一个教室到另一个教室，光点在教学楼的窗户上上下下跳跃着，仿似夜雨中顽皮的舞者。安慧紧跟着高建国的步点，俩人就像是游戏一般，一直跑进了茶炉房。

高建国划燃了一根火柴，微弱的火焰在眼前跳动起来，映照在安慧大大的双眸中，更添了几分动人的魅力。

安慧有些担心地问道：“建国，没人追来吧？”

“不会有人来这儿的。”高建国说着，从裤兜里摸出一根蜡烛小心点上，又四处看了看，从地上捡起一个摔坏的搪瓷的杯子，倒扣在桌上，当了蜡烛的底托。茶炉房开始变得亮起来，安慧这才看到高建国一副落汤鸡的模样，不觉扑哧笑出声来。

“小点声，民兵不来，你可别把看门大爷招来了。”

安慧赶紧捂住了嘴。

“这么大的雨，衣服都湿透了吧，正好，这是茶炉房，把湿衣服脱下来烤烤吧！”

安慧点点头，静静地脱下了棉衣。高建国把棉衣展开搭在架子上，又把自己的毛衣脱下来披在了安慧身上。他这才发觉安慧那双大眼睛一直盯着自己，眼波随着烛光而流动，看得高建国有些痴了。空气流动，烛影纷乱，才让高建国回过神来，柔声问道：“慧儿，刚才吓坏了吧？”

“有你在，我才不怕呢！”安慧嘴上说得轻松，脸上却还有些慌乱，“跃音给我送信，说你们今天要参加纪念总理的活动，说什么我也得来。况且……建国，这段时间总也见不着面，我心里不踏实。”

“我去过你家，可是伯母她不让我见你……说你有对象了……还说那个人是你们大院的，和你们家门当户对……”

“你别听她说的，你只要相信我就好。”

安慧伸手捂住了高建国的嘴，怯声道：“建国，不管你听到什么，看到什么，都不要信。你只相信我就好了。在我心里，永远不会有别人，只有你。”

高建国凝望着安慧，轻轻拉起她的小手，放到自己的胸口，温柔道：“慧儿，我的心里也只有你。”

两人紧紧相拥在一起。过了一阵，一双柔荑突然隔着衬衣摸到了高建国背后，触碰到那凹凸不平的伤疤上，安慧不觉心头紧了一下：“建国，我能看看你后背的伤疤吗？”

“都已经好了，没事了。”高建国有些犹豫。但在安慧的坚持之下，还是脱下了衬衣。

在烛光映照下，高建国的后背几乎可用狰狞来形容，没人能将这丑陋的后背与这个外表阳光帅气的大男孩联系在一起。安慧颤抖着用指尖轻轻地触碰了一块暗红色的表皮，泪水瞬间滑落，丝毫不让窗外的雨点。

高建国背对安慧安慰道：“怎么又哭了，我已经完全好啦，真的，就是丑了点，你可别嫌弃我啊！”

安慧从后背紧紧抱住高建国，泪水滴落在伤疤上，啜泣道：“建国，我想做你的妻子，一辈子都和你在一起。你愿意娶我吗？”

高建国转过身，轻轻捧起安慧的脸，替她吻去了泪痕，认真说道：“我愿意，我恨不得马上娶了你。”接着嘴唇一点点向下移动，轻轻吻在了安慧的嘴唇上。

安慧的脸由煞白变成了绯红，红晕一点点在增大，双眸开始闪烁，渐渐迷离，呼吸明显急促起来。高建国停顿了一下，又吻了下去。安慧躲了一下，又情不自禁地迎合着。烛光中，两人缠绵的身影逐渐合拢为一体。窗外，雨越下越大，在夜幕里肆意妄为地冲刷着大地。

雨渐渐停了。茶炉房内，安慧侧躺在炉旁，身上盖着高建国的衬衣，肩头裸露着，轻轻闭着眼睛。高建国借着烛光，要将眼前的美人永远留在自己的素描本上。不一会儿，画纸上的安慧嘴角微微上翘，带着甜蜜的笑。

安慧突然醒来，看到画纸上半裸的自己，满面羞红。

高建国轻声问："喜欢吗？"

"送给我吧。"安慧轻轻地点点头。

高建国轻轻把安慧拥进怀里，柔声道："慧儿，谢谢你。你把最美好的一切都给了我。慧儿，我绝不会辜负你。"

安慧闭着眼说："建国，我们结婚吧！"

高建国嗯了一声。

"我是说真的，咱们马上就结婚。"不理高建国一脸的惊异，安慧又接着说道，"今天我回家就想办法去偷户口本，只要领了结婚证，我就搬进你家去，我妈就拿我没办法了。"

"你可想好了，安慧，这可不是开玩笑的事。"高建国的声音严肃起来。

"你怕了？"安慧不觉抬起了脸。

"我才不怕呢！只要你决定了，我们就来个先斩后奏！"

"那我们就三天后下午 3 点，在民政局门口见。"安慧又将脸贴在了高建国胸口。

"好！"高建国坚定地答道。

第二天傍晚一回到家，高建国就开始在父亲房里翻箱倒柜地找户口本，但始终一无所获。他向弟弟求助，高建军也是一脸茫然。

突然，高建国发现书桌最下面的一个抽屉居然是上锁的。家里东西还上锁，藏着什么宝贝呢？一时好奇，他拨弄了两下锁头。

高建军阻止道：“别动，那个抽屉妈说了，谁也不能打开。”

高建国根本没理弟弟，回到桌面一通翻找，突然一把小钥匙从笔筒里掉了出来。果然就是它了，顺利打开了抽屉。

“哈哈，真是得来全不费工夫！”高建国抓出了户口本，“咦？这是什么？”下面还有一只信封，封皮上写的是英文的地址。正要拆开信，高建军突然喊了声“爸”。

高致远已经站在了高建国面前，伸出手：“拿出来。”父亲平时很少打人或者骂人，但高建国知道父亲一旦做出决定，别说母亲，就是十头牛都拉不回来。高建国老老实实把信递到父亲手里，马上主动承认错误：“对不起，爸，我不是有意要偷看的，我是找别的东西，不小心翻到的……”

“锁上你都能打开，还说不小心。”说着话，高致远已经把信收好，重新放回了抽屉，上了锁。

年轻人总是不容易死心，又问道：“爸，这是叔叔从香港给你寄来的信吧？”

“都过去了，不提也罢。”高致远慢慢坐到靠背椅上，仿佛什么事都没发生一样。

“哥，‘香港’这个词在我们家就是地雷，我们以后别说了。”高建军接了一句。

高致远一脸严肃地说：“你们小的时候，很多事情不懂也不理解。关于香港，关于我的那个家庭，我说得不多，也不太想多说。但是现在你和建军都长大了，有些事情我相信你们有自己的判断和理解。今天，你们也看到了信，我想问问你们，在你们的心里对爸爸的过去有什么想法。”

高建国有些兴奋，一下问了一串问题：“爸，您是不是打算详细跟我们说说您的过去？香港那个地方是不是每个角落都充满腐朽？您和叔叔以前是不是也像我和建军一样，吵架打架？还有，您在香港，在我妈之前，有没有交过女朋友？”

高致远面对这些乱七八糟的问题，只是摇了摇头。高建军倒是代替父亲回答起来：“爸，我一点儿都不好奇。那个家庭对我们来说只是一个很遥远、很陌生的名字。从我出生，他们就不在我的生活里，过去不在，现在不在，将来也不在，他们和我们不是一个阶级，更和我们没有半点关系。”

两兄弟迥异的态度，让高致远面露复杂的神情。他缓缓说道：“你们这样，让我很担心啊。别看平时，我和妈妈争执，但是有一点要说清楚——当年我决定回来支援国家建设，和他们断绝了一切的来往，是我心甘情愿的，我从来没有后悔自己的选择。你们爷爷病逝的时候，我都没回去，自从那个时候，你叔叔也就不再给我写信，我和那个家也就断了一切的往来。”

看着高建国一脸疑惑的表情，高致远又接着说道：“如果再让我做一次选择，我还是会选择离开香港，回到祖国。这二十年的时间，就像建军说的，从你们出生的那天至今，他们从来就和你们的成长、生活没有过关系。这一点，我希望你们清楚，特别是建国。”

看着父亲的脸，高建国点头道：“爸，我们知道了。”

正在这时，从外面传来一声巨响，接着是各种喧闹的声音，高家父子赶紧跑出院子。已经有公安围起了人墙，胡同口一辆货车歪斜着，高建国个儿高，可以隐约看到，路灯下一个人躺在电线杆旁边，地上好多血。车祸怎么会有公安呢？一抬眼，他又看到了母亲岳芳英的身影，旁边还有一个魁梧的中年男人，高建国认得那是母亲的上级。这，是出了大事儿啊！

事情远比高建国想的要更复杂、更严重。第二天晚上，高家兄弟感觉气氛不太对，母亲很早就下班回家，吃过饭便一言不发地坐在里屋，脸上写满了疲惫、落寞。母亲被停职了。争吵从父亲关上房门后就没有停过。

兄弟俩在门口小心地偷听着，大致知道了昨晚被车撞死的人正是王鹏飞。王鹏飞一直跟香港的什么人有联系，可能泄露了50×厂的机密，而父亲跟王鹏飞和香港都能牵扯上关系，所以母亲就被局里停职了。

终于，屋内没声了，两人蹑手蹑脚地回到自己的房间。躺在床上，高建国问道：“我不在家的时候，他们也经常这样吵架吗？”

高建军点了点头。

“唉，婚姻真是可怕啊！”

“哥，你不会是不想结婚了吧？”建军不小心提高了声音。

“怎么可能？我和安慧就没红过脸。”高建国脸上不无得色地说道，“告诉你一个秘密，不过你得替我保密啊。我要结婚了。”

建军满脸惊讶：“和安慧姐？”

高建国自信地点点头，说道：“现在不能告诉任何人，懂吗？”

“啥时候？”

“就在明天。”高建国面露笑容，他已经开始想象领证时的喜悦，甚至憧憬起了婚后的幸福生活。

然而，事情并不像高建国想的那样顺利，此刻的安慧家已经炸开了锅。那幅出自高建国之手的半裸画像，已经被张凤鸣发现并撕得粉碎，两人的关系完全暴露。气愤的安国庆又把妹妹锁了起来，满腔的怒火等着发泄在高建国身上。

第二天下午，高建国和弟弟在民政局门口并没有等来安慧，来的是丁跃民。丁小妹带出消息，安慧又被锁在家里了。无奈之下，高建国只有拉上丁跃民和弟弟去芝麻胡同的一家小饭馆吃饭。

看着高建国一杯杯地喝着闷酒，丁跃民再三劝阻都无效。高建军打趣道：“我哥这是病了，相思病！”

高建国指着弟弟，秃噜着道：“放屁，我有病？你才病了呢！”

丁跃民摁住高建国端杯子的左手，好声好气地说：“行了行了，没病，没病，先别喝了。跃音这两天忙，回头我让她去看看安慧，想办法把人带出来，行不行？”

高建国一摆手道：“没用，哥们儿，我跟你说，他们家压根就看不上我。”

丁跃民正想着怎么往下劝，突然几个人冲了进来，直奔他们的桌子，为首的正是安国庆。三人都还没反应过来，安国庆已经抡起拳头重重地砸在高建国脸上，嘴里还大骂着：“王八蛋，你敢欺负我妹妹，我今天就废了你！”高建国向后重重倒去，压垮了旁边的饭桌。饭馆里的人顿时一哄而散。

安国庆嘴里一边继续骂骂咧咧，一边还招呼同伴狠揍高建国。

高建军连忙拉开一个人，大喊道：“别打了，别打我哥。”

“连他哥俩一块儿揍。”安国庆一声招呼，建军肚子上已经挨了几拳。

丁跃民赶紧一把抱住安国庆，劝道：“国庆，别激动，有事慢慢说。”

“我跟这王八蛋没法说。”安国庆说着，奋力挣脱了丁跃民，扑向高建国，又是一拳。

这时，高建国清醒了几分，愤然起身，一脚踢翻了正打高建军的人，大喊道：“建军，快跑！跑啊！”

一时间劝架的、喊打的，几个人扭成一团，老板站在一旁慌忙的劝着架：“各位小祖宗啊！别打了！我的小饭馆都要被你们给砸了！”可惜根本没人在听。

脱身不得的高建军又被安国庆一拳打倒在地。愤怒的高建国从身边摸到了一个酒瓶，二话没说抡起来就向安国庆砸去。随着一声尖锐的声响，餐厅顿时安静了下来，玻璃瓶碎得满地。安国庆的头上插进一片玻璃碎片，一股一股的鲜血顺着头和脖子流下来，整个人慢慢倒下去，躺在地上一动不动。

众人都被这一幕惊呆了，瞠目结舌地看着，不知所措。丁跃民赶上去扶着安国庆大声喊着他的名字。高建军还坐在地上，吃惊地看着安国庆倒下，又慌张地望向高建国。高建国这才如梦初醒，拍了拍脑袋，一下子清醒过来，背起地上的安国庆就往医院跑。

抢救室外，浑身污点和血渍的高建国两眼发直，呆坐在长椅上。弟弟在跟前来回踱步，像是热锅上的蚂蚁。

门开了，医生出来了，衣服上也是血渍斑斑。高建军连忙迎上去，急切地问道：“大夫，他怎么样了？”

“你是他的家属吗？”医生摘下口罩问。

高建军连连摇头。

医生皱眉道：“赶快通知他的家属，伤者已经失血过多，脑受损，必须做大手术，能不能抢救得回来很难讲。我们需要家属签字，再晚就来不及了。”

高建国闻言大惊，猛然站起，一把抓起医生的领口，炸雷般怒吼着说：“我就是他的家属，你救他啊！我让你救你听到没有！”

高建军连忙站起来，拉住哥哥，劝道：“哥！你别冲动！”

医生紧张地问道：“你是他什么人，是直系亲属吗？”

高建军连声道歉：“对不起，大夫，我们只是他的同学，已经有人去通知他的家人了。”

“再等恐怕来不及呀！”

高建军正色道：“我签字，行吗？医生，一切责任我来承担。”看着医生为难的表情，建军猛的跪在了医生面前，恳求道：“求求你医生，赶快抢救吧，救命要紧！”

略作迟疑，医生同意了高建军在手术同意书上签字，然后再次走进抢救室。

高建军这才回身一把拉起蹲在地上的哥哥——从刚才听到“来不及”开始，高建国整个人都蒙了，头脑中一片空白，被弟弟拉开后只是抱着头，蹲在原地。高建军一本正经地说道：“哥，你听我说，如果安国庆真有个三长两短，你这就是故意伤人致死，你就完了呀。”

“那……怎么办，怎么办？”高建国还是一副手足无措的模样。

“逃，逃吧，哥！”

高建国恍恍惚惚，自言自语：“逃……”

高建军摇了摇高建国，努力让他清醒一点，继续说：“对！快逃吧！逃得越远越好！离开北京，不要再回来了！”

高建国如梦初醒，看着弟弟问道：“我逃了，你怎么办？”

高建军紧握哥哥的双手说道：“人不是我伤的，我不会有事。安家的人马上就到了，你再不跑就跑不了了。”

“不行，不行，我不能就这么跑了。”高建国面露痛苦的表情。

“你现在不走，就是死路一条啊，哥……”

高建国含着泪和弟弟紧紧相拥，然后匆匆离开医院。

第二章
劫海逃生

- 前有堵截，后有追兵，高建国和母亲历经磨难，终于抵达香港。
- 在美丽善良的香港少女阿芳的帮助下，他辗转渔村、工厂、闹市，总算找到叔叔家，但婶婶对他们这样的不速之客却是横眉冷对。

一

深圳，别称鹏城，地处广东省南部，与香港仅一水之隔。她是我国第一个经济特区，是中国改革开放的窗口，创造了举世瞩目的“深圳速度”。今天眺望高楼林立、灯火辉煌的市区，我们很难想象到四十多年前，这里只是一个名叫宝安的小县城，因为贫穷，它更多是以“逃港”著称。

“逃港”就是逃到一河之隔的香港，主要有陆路、坐船和泅渡三种方式。陆路是从梧桐山、沙头角一带翻越边防铁丝网；坐船则主要从罗湖口偷渡过去；泅渡又被当地人称作“督卒”，借用的是象棋术语，意思是小卒子过河有去无回。第三种方式风险最高，一般都是年轻胆大的人才敢冒险，淹死的人也很多。当地还流传着这样的民谣：“宝安只有三件宝，苍蝇、蚊子、沙井蚝；十屋九空逃香港，家里只剩老和小。”

1976 年的初夏，靠着丁跃民送来的钱，高建国一路南下逃到了宝安县。离开家时除了衣服，他只带走了父亲珍藏的书信和除夕画的全家福。一次偶然的旁观，高建国在一个小赌档救了一个姓黄的东莞人。这位黄大哥不仅招待他在亲戚家吃住，还带他去看了偷渡的暗码头。

一个夜晚，黄大哥带着高建国找到了“蛇头”。蛇头的称谓是相对于“人蛇”来的。“人蛇”就是偷渡客，因为他们就像蛇一样不敢走正常渠道，只敢沿着崎岖山道，或者借着漆黑的夜幕进行活动，所以被称为“人蛇”。通过反复的盘问，一身黑的“蛇头”才安心地接过了高建国的现金和全国粮票。

船并不大，高建国和其他偷渡者一起蜷缩着蹲坐在甲板上，有些兴奋却也十分失落。他知道，自己的逃跑会给家里带来无数的麻烦——以父亲的性格肯定会去向安家赔礼，安家人的反应可想而知，本来就反对自己跟安慧在一起，现在还……唉，当时自己要是冷静一点……都是自己酒精上头太冲动的后果。

船慢慢地动起来，缓缓驶出水草丛。一道蓝色的身影猛的跳上甲板，“蛇头”怒喝道：“什么人？”

高建国一抬头，认出来人正是母亲岳芳英，不觉喊了声“妈”，不过声音不大，连身旁的人都不知道他在喊什么，以为他只是被吓到了。

岳芳英没有理会“蛇头”，走到人群中，一把拉起了高建国，训斥道：“走！跟我回去！”

“我不回去！回去只有死路一条！”高建国挣扎着不愿起身，只哀求道。

岳芳英猛的发力，一把拽起高建国，说：“跟我回去投案自首！你这叫畏罪潜逃！逃不了一辈子的！”高建国一边挣扎一边大喊大叫，周围的人都一脸疑惑地看着母子俩，船也停住了。“蛇头”十分不耐烦地大骂着：“你们要干吗？到底走不走？不走就都给我滚下去！”

岳芳英见状也懒得多废话了，直接使出擒拿术，一把将高建国的双手别在了身后，准备押儿子下船。

一阵刺耳的警笛声从岸边传来，“蛇头”惊恐慌乱，连忙向船老大大喊着：“快！快！快开船！警察来了！”船老大也惊恐不已。船慢慢地离开了岸边。岳芳英见状松开了高建国，冲进了掌舵室，想要阻止开船。“蛇头”奋力将岳芳英推出了掌舵室。高建国护母心切，冲上前与“蛇头”扭打起来。

岳芳英从甲板上站起身，掏出了自己的证件，大声道：“我是公安，都听好了，马上把船开回去。”偷渡者如惊弓之鸟般蜷缩在甲板上，不敢动弹。

“想去香港的，把这两个人扔进海里喂鱼啊！”不知道谁喊了一声。

一个胆大的偷渡者已经扑向了岳芳英，只一个照面，他已经被手铐铐住。但更多的人冲上来，有人重重地一脚踢在岳芳英的肚子上。岳芳英摔倒在甲板上，被众人抬了起来，一下扔到了海里。高建国拼死挣脱“蛇头”的束缚，大喊着“不要”，跟着跳进了海里。

母子俩被海水送到香港，性命倒是无忧。岳芳英坚持要让儿子回北京，不能一错再错；高建国则认为回去只是死路一条，会害了自己……争吵引来了巡警，被当作偷渡客关进了遣返站。

由于是母子俩，他们被关进了同一个房间。室内放了两张很小的单人铁床，头顶的一扇小铁窗能在日间透进些许阳光。母子俩对面而坐，继续之前的争吵。吵得不可开交之后，关押室里出现了死一般的寂静，母子俩同时沉默，谁也不看谁，都低头生闷气。

天色渐黑，房门打开了，一个警察端着一盘饭菜走了进来，严厉地说了一声什么，应该是广东话。高建国听不懂，大声问道："你说什么，会中国话吗？"

警察盯着高建国，没有表情。高建国木然道："算了，你应该也听不懂我说的话。"

警察一咧嘴，说了句话："吃饭。"虽然有口音，但也算会说普通话。

高建国一下来了兴致，指着警察的胸牌问道："罗——向——荣，你的名字？"

警察点点头，虽然还是没表情，眼光倒温和不少。高建国的视线扫过罗向荣的腰间，突然一下捂着肚子，在床板上打起滚来，痛苦地呻吟着大叫："哎哟，哎哟！"

罗向荣一惊，把饭菜搁在一旁，上前疑惑地问道："你怎么了？"

高建国并不回答，只是叫唤，双眼死死地盯住了罗向荣腰间的钥匙，右手慢慢探了过去。突然，一双有力的手猛地一下抓住了他的右手——竟然是母亲！

岳芳英鹰隼般看着儿子，面不改色道："别玩什么把戏，好好吃饭。"

罗向荣不解地看着这对母子，放下饭，啪嗒一声狠狠地关上了铁门。本来应该很饿的高建国看着饭菜，没有半点胃口，垂头丧气地愣在原地。

接下来两天，母子俩一直接受香港警方的问话。面对冷嘲热讽或者恶言相向，岳芳英始终坚持自己是个老党员，不可能偷渡。可惜无论怎么解释，她还是被打上了偷渡的标签。回到看守室，母子俩不是争执就是冷战，关系僵化到极点。

这天夜里，一阵骚乱声把高建国惊醒，他起身趴到铁窗上往外看：天色已渐亮，一群人正在进行激烈的打斗。看情形应该是警方又抓获了一批偷渡客，当中有人突然挣脱控制，与警方发生暴力冲突。一开始，警察仗着手里的警械，占据着上风，眼看局势就要被控制住了。不料一个偷渡客意外抢到了警枪，连开了数枪，两名警察应声倒地。冲突已经演变成了暴动，听到枪声的看守们纷纷向外跑去增援。

岳芳英也被枪声惊醒，起身盘膝而坐，监视着高建国的一举一动。这回高建国不再理会母亲的目光，跑到门口，一探头发现只有一名看守了，立刻冲着通道里大喊道："各位！你们难道想被遣送回去吗？回到大陆一切都白费了！现在趁机快逃吧！"

看守正是罗向荣，他跑过来敲打着铁门厉声道："你干吗？快闭嘴！"

高建国没有理他，继续高声乱喊。遣返站里的偷渡客渐渐都醒了，躁动起来，有人回应着："对啊！放我们出去！我们不要被遣返！"

面对内忧外患，罗向荣有些不知所措，忙乱地拔出了腰间的配枪，打算把众人吓住，却没注意到腰间的钥匙已经滑落在地上。趁着罗向荣左顾右盼地喝止偷渡客，高建国伸手从铁栏门间隙里拿到了钥匙。

这时一个偷渡客用广东话大嚷起来，罗向荣满脸怒容地举着枪冲了过去，大喊道："都收声，安静点！"

高建国欣喜若狂，快速地扭开了门锁。正要开门，却被突然扑上来的母亲抱住了，岳芳英大声道："你要干吗？"

高建国瞅了一眼罗向荣还没注意到这边的变故，奋力挣脱了母亲的手臂，打开门直接窜了出去，随手把钥匙丢进了其他房间。罗向荣发现正在逃走的高建国，还没来得及做出反应，已经被蜂拥而出的偷渡客推倒在地，一时间乱象横生，自顾不暇。岳芳英情急之下，也只得追了出去，紧跟在高建国身后一路狂奔。

跑着跑着，天色已亮起来。不远的地方不时传来警察的枪声和偷渡客的叫骂声，后面还有膏药一样的母亲跟着。高建国脚步不停，嘴里低喊着："妈，您别再追了，安国庆也许已经死了，我回去就只有死路一条。"他慌不择路，跑到了一处海湾，避风港附近有一个中年男人正在整理渔网。

后面已经传来了罗向荣的喊声："站住，站住，再跑就开枪了。"

沙滩上并无躲避之处，高建国二话不说，朝着渔船跑去。刚上栈桥就被穷追不舍的母亲一把抓住。高建国奋力挣扎着喊道："妈，我就是死也不回去。我求你，我的机会就在这里，在香港。"

岳芳英刚想开口，一声枪响，高建国应声栽倒。岳芳英赶紧一把抱住儿子。渔船上的中年男人招了招手，喊了声："快上船！"不及多想，岳芳英架起儿子就上了渔船，中年男人立刻开船，突突突地驶离了港湾。

二

此时的北京西郊，安慧满头大汗从噩梦中惊醒。本想再睡个回笼觉，但各种烦心事立刻涌上脑海，赶走了所有的睡意。一直昏迷不醒的哥哥，天天躺在医院里，需要人照顾；家里人跟高家的矛盾更深了，父亲那天撕碎了高叔叔送来的540块钱，这应该是高家的全部积蓄了，连一直支持自己自由恋爱的父亲也……还有那个王乐三天两头往医院和家里跑，里外忙活联络大夫，照顾哥哥，母亲倒是开心得不行。最烦人的是自己心里好像对王乐没那么讨厌了，觉得其实他还算一个好人，但是自己心里只有高建国，也只能有建国。

夜里，安慧躲在屋里，偷偷将母亲撕掉的素描画重新粘好。正在这时，院里传来母亲的骂声："怎么又是你？你走吧！这里不欢迎你。"

屋里的父亲问了一句："是谁啊？"

母亲回到屋内，很不高兴地说了一句："高家二小子！"

父亲严肃地问了一声："你怎么又来了？嘿！你怎么跪下了？"

只听得高建军哭泣着哀求道："安伯伯！我求您放过我父亲吧！他一把年纪，受着这么多的痛苦，已经经不起折磨了！牛主任的批斗会都是把人往死里打啊！"

安长江愤怒不已，用近乎咆哮的声音说道："谁在折磨他，是我吗？是你那个十恶不赦的哥！你来求我干什么？你们家的事和我没有关系，我只关心什么时候抓住高建国那个小兔崽子。"

高建军又说道："安伯伯，我知道您恨我哥，恨我们全家，可是我哥和我妈都已经没了，我爸他已经承受不起了。我求求您，放过他吧。"

"你这话什么意思？"父亲的声音明显缓和了不少。

"宝安公安局已经来通知了，偷渡的船出了事故，我妈和我哥都遇难了，连尸体都没找到。"高建军说到最后已经泣不成声。

安慧哪里还能忍得住，直接冲出了卧室，一把抓住了高建军的肩膀，喊道："建军，怎么会这样？怎么会这样？"

"安慧姐，对不起，对不起。"高建军已经哭成个泪人。

安慧站起来，表情呆滞地自言自语起来："你骗我，这不可能，你哥他只是害怕，只是躲起来了，他怎么会……"泪水开始不受控制地从眼角不断流出。

张凤鸣在一旁说道："怎么不会，他根本就是个不负责任的人。伤了国庆，就想跑，一跑还跑那么远，居然想偷渡。要不是他心术不正，又怎么会有这个下场啊。哭哭哭，到现在了你还在为那个人哭，你哥哥现在还躺在医院啊！"

高建军抬起头擦了擦眼泪，一咬牙说："阿姨，我哥回不来了，可是我不会跑，我会一直负责到底的，我愿意照顾国庆哥直到他醒过来。"

苦难并没有因此而离开高家，饱受批斗之苦的高致远不久之后就接到了被下放到石嘴山五七干校劳改的通知，厂长还专门上门对他安慰了一番。听到老厂长说出那句"我这个厂长对不住你们这帮老同志！"，高致远顿时满脸泪水，两人共饮了一杯苦酒。

听到这个消息之后，高建军伤心地哭起来。高致远一面轻拍儿子的背，一边说道："建军啊，现在你妈、你哥都不在了，家里就剩你一个人，让我怎么能放心……"

"爸，我哥打了人，这和您有什么关系？他们凭什么让您去劳改，这不是冤枉好人吗？鹏飞叔就是被……"高建军毕竟年轻气盛，眉头顿时竖了起来。

高致远捂住了高建军的嘴巴，小声道："建军，我刚才说的话你听不懂吗，祸从口出！你妈生前总说这句话，我现在终于明白了，她不是一根筋，不是思想固执，她是不希望这个家有任何一个人出事。可惜，我现在明白了，她已经回不来了……”

“妈和哥都没了，我不能再没有您了呀爸，我去求求厂长……”说着站直身子。

高致远一把抱住儿子，一字一句地说道：“建军，建军你听我说，现在求谁都是于事无补，要不是我主动与你妈脱离关系，革委会的处分会更加严厉，还要牵连你。我不怕处分，我是放心不下你啊。”

“爸，您和我妈脱离了关系？”

高致远面露苦笑，自嘲道：“是啊，你爸从来不肯在原则的问题上低头，可是现在也不得不服软。即便牛主任他们给我戴高帽子、打我、骂我，我都没屈服过。建军，我不怕蹲监狱，只怕牵连了你，影响了你未来的人生。和你妈脱离关系，至少他们不会再为难你。你懂吗？你现在是我们家最后的、唯一的希望。你如果再不懂事地闹下去，那我这些苦和罪都白遭了。”高建军听得像石像般一动不动。

“建军，建军你听懂我的话了吗？现在只有一个字，忍！”高致远又接着说。

高建军哇的一声哭了出来：“爸……”又搂住了父亲。高致远的泪水再也忍不住，扑簌而下。

几天后，高建军照常来到医院照顾安国庆的起居生活，内心却是痛苦的。刚刚把父亲送上了长途汽车。父亲倒是结识了一个叫刘新智的同伴，到了石嘴山也能有个照应。不过从刘新智那里听到了一个让父亲面露绝望的消息：邓小平被撤销了党内外一切职务。

因为“天安门事件”中“四人帮”的诬陷，中央政治局通过决议，撤销邓小平党内外一切职务，保留党籍，认为邓小平问题的性质已经变为对抗性的矛盾。“文化大革命”的长期持续和几经反复，民众无不感到深恶痛绝，却无力与命运抗争。

自从建军去医院照顾安国庆，安慧倒是轻松了很多。得到消息的王乐很快就来了，一脸讨好地站到安慧身旁，哈巴狗一样说道：“安慧，我买了两张电影票，是最新的电影《雁鸣湖畔》。你不是说最喜欢看电影吗，我陪你看，陪你散散心，好吗？”

顾不得安慧毫无反应，王乐又继续道：“安慧，你不能再这样下去了。高建国死了，你哥还不知道能不能醒过来。伯父伯母年纪都大了，你这样他们有多担心，你知道吗？”说着拉住了安慧的手。

安慧一把甩开他，瞪了他一眼。王乐故作镇静地收回手，继续说道：“这些话我憋了好久，我就想问你一句话，你真要为一个不值得爱的人毁掉自己的生活吗？你应该面对现实了，安慧。他如果爱你，怎么会一出事就跑，他打的可是你的亲哥啊！”

安慧伸手捂住了耳朵，冲着王乐喊道：“别说了，别说了。”

王乐又说道：“他是怎么死的，是偷渡翻船淹死的。你知道宝安每天都有偷渡的人死于非命吗？就算是那样，他也还是去了，他冒着九死一生的风险，为的就是去香港。他那不是躲，他根本就是想叛逃的走资派，不想再回来了。”

安慧红着眼委屈道：“我知道，我都知道，他已经死了，是回不来了，你们能不能放过他，放过我？”

见安慧终于看着自己，王乐立刻挺胸抬头，一副男子汉的模样，正色道：“我只是想让你给我一次机会，比起那个负心的人，那个不负责任的王八蛋，我为什么就不能有一次机会？”

安慧一抹眼泪说：“好，机会。不是要看电影吗？我跟你去看。”

《雁鸣湖畔》讲述的正是下乡知识青年蓝海鹰与暗藏的阶级敌人林大全作斗争的故事。当银幕上出现苗春兰穿着厚厚的棉衣，头上裹着围巾坐在木板做成的雪橇车上扬鞭催马的场景，安慧不禁泪流满面，思绪早就飞回了乌兰察布大草原，回想起跟高建国一起驾着马车，高唱《我爱祖国的大草原》的情景。记得有一次，建国还唱起了自编的歌曲：

我们是北京的知青，
来到祖国的大草原，

我们热爱这里的蓝天白云，

我们热爱这里的绿草茵茵，

我们要做快乐的新牧民……

灯光在安慧脸上忽明忽暗，她一会儿露出久违的笑容，一会儿又流下热泪。一旁的王乐还以为自己选对了电影，感动了安慧。

这个让人牵肠挂肚的高建国正浸泡在海水中拼命地游泳，身后不足十米的距离有团白色的东西正在高速移动，那是一头鲨鱼！张着布满利齿的血盆大口，一口咬住了高建国的肩头……

“啊……”高建国大喊着从噩梦中惊醒，一睁眼便看到一个十七八岁的姑娘。他本能地弹坐起来问道：“你是人是鬼？我是不是死了？”

姑娘嫣然道：“我叫阿芳，不叫鬼。要不是海叔救你，你就真死了，大陆仔。”语声悦耳动听，语音中夹杂着广东口音。

自己还在香港？高建国猛的清醒过来，一把抓住了阿芳的胳膊，急切道：“我妈呢？和我一起坠海的，你们……你们也把她救起来了吗？”

“嗯，海叔就是听见你妈呼救，才把你们一起救回来的。”阿芳很开心地看着高建国，也没有要推开他的手，反倒是拉起高建国，带他去看妈妈。

走出房门，眼前的景象令高建国惊讶，跟想象中满地黄金的香港全然不同。这是一片临海的寮屋，一间间紧密相连的有铁皮屋也有木头房，大多破旧不堪，而且到处都是垃圾，弥漫着令人作呕的鱼腥味。高建国禁不住捂住了鼻子问道：“阿芳，你就住在这种地方？”

“大陆仔，你可别看不起这里，你们偷渡过来的人，有地方落脚就烧香拜佛吧！而且，你们大陆不是比我们这里更差吗？来吧，到了。”

一进门就听见母亲的声音：“当警察可不只是威武，是正义，懂吗？维护社会安全，与邪恶作斗争，全心全意为人民服务。阿强，你明白吗？”

那个被称作阿强的正在手舞足蹈地比画当警察的威武，正好打到进来的高建国，让他险些跌倒。阿强一把拽住高建国，抱歉道：“不好意思，不好意思啦！国仔。”

高建国一边揉着胸口一边问道：“你叫我什么？”

不等阿强回答，岳芳英拉住高建国的手就往外走，嘴里说着：“你出来，我有话跟你说。”

母子俩来到不远处的一片海滩，周围停靠了各式的渔船。高建国得知这个地方叫龙鼓村，那天救了自己的中年人叫海叔……说完这些，岳芳英便没再出声，只是眺望着海面，眼神依然坚毅。

高建国垂着头，低声道：“对不起，妈！我没想到会这样。”

母亲转头看着他，过了一阵才说：“现在一切都晚了，你要说对不起的人不只是我，还有你爸爸，你弟弟，还有……唉，从偷渡船翻了那刻开始，我们就已经上了失踪人员名单，和死亡没有区别。我们从叛逃的身份变成了死人，就算现在去自首，也已经晚了。”

高建国一下抬起头来，面露兴奋之色说道：“妈，妈您意思是不抓我自首了？哈哈！妈，我们现在已经在香港了，我们可以去找叔叔，可以在香港重新开始。”

“可你想过没有，我们能堂堂正正地活着吗？”岳芳英严肃道。

“刘教授，刘长河教授，他不躲不闪，每次被批斗、游街都大笑着走在最前面，他疯了，他能堂堂正正地活着吗？王叔叔，王鹏飞工程师，他还能堂堂正正地活着吗？比起他们，我们活得更有希望，不是吗？”儿子的话让岳芳英一时沉默了。

沉默很快被避风港那边传来的嘈杂声打破，母子俩急忙赶了过去。

村民们将一群人围在中间，七嘴八舌地说着什么。听了一阵，母子俩大致弄明白了，被围起来的是香港电灯有限公司（简称“港灯”）的人，项目主管是个姓田的，他宣称这块地已经被政府拨给了“港灯”修建电厂，手续已经完备。田主管举着扩音喇叭大声训斥村民行为野蛮、目无法纪。

“田先生说要讲文明，我们就来讲道理。龙鼓村绝大部分居民以打鱼为生，靠海吃饭，如果在这里建电厂，我们还能不能出海？能不能停船？能不能继续卖鱼？是不是应该给我们一个明确的解释？”说话的是一个黑黑壮壮的中年男子，正是之前让岳芳英上船的男人。他生得浓眉大眼，下颏宽厚，似乎是渔民中的带头人物，一说话立刻引来众人喝彩，纷纷说：“海叔说得对。”

原来他就是救命恩人海叔。高建国赶紧出声帮腔：“我看这个海湾这么大，不会都用来建电厂吧？有这么大的电厂吗？”

因为这一带各地的移民较多，口音复杂，所以田先生说得是带口音的普通话，高建国出口就是流利的京片子，立刻引得渔民们纷纷注目。

海叔解说道：“这位小兄弟说得对，海湾的面积有多大，你们规划的电厂要占地多少？究竟怎么规划这块地？我们都不了解，也不能怪大家着急。既然是政府规划，那我们就有知情权。你们‘港灯’是大公司，不能以强欺弱，一手遮天。”这番话又引来村民的阵阵喝彩。

海叔一摆手又说道：“我提议，我们村选出几个代表来，和‘港灯’公司的代表坐下来好好谈一谈。‘港灯’要在这里修电厂，我们大家的利益必然要受损。是不是应该给渔村一些补偿？怎么能保证我们的生活不受太大的影响？这些细节都应该好好商量出一个结果来。”村民们纷纷拍手。

迫于现实压力，田主管只好勉强同意了谈判，带着人悻悻地走了。岳芳英母子正想上前感谢海叔，却被头发花白的阿强爸走过来招呼道：“阿英，建国仔，走，今晚吃鱼，我请了海叔，一起来。”

小屋内，高建国、岳芳英和阿芳、阿强一群人围坐桌前，显得有些拥挤。阿芳麻利地摆着碗筷。

高建国数着桌上的鱼：“1、2、3，全是清蒸的鱼，怎么都一种做法？”

阿强爸得意道：“问这个话说明你是外行啦，除了马鲛鱼香煎，鳗鱼可以浇汁烧，其他鱼都是清蒸最能体现它的鲜味啊。这些鱼你能叫出名字吗？”

“老鼠斑。”高建国指着刚上桌的盘子说。

岳芳英突然插口：“鱼不同，蒸的时间也不同吧？”

阿强爸眯缝着眼笑道：“老鼠斑蒸的时候讲究火候，从水滚到蒸熟，严格八分钟，多一秒少一秒都不行，那都是暴殄天物。”边说还边用手比画着“八”。

“老爸，你再啰唆鱼都凉了，才是暴殄天物。”阿强打断道。

海叔到了。阿强爸拿出阿强给他买的私藏白酒，亲自给海叔倒上。海叔也不推辞，正要举杯，却被岳芳英拦住：“给我也倒一杯酒吧！海叔是我和建国的救命恩人，我应该先敬海叔一杯酒。”高建国也赶紧附和着倒了一杯酒。

母子俩端起酒杯，岳芳英郑重道：“海叔，我和建国还能够坐在这里，和大家一起吃饭，最应该感谢的人就是您了。我也不懂你们这儿的习惯，就用这杯酒来表达对您的感激之情吧。”说完一饮而尽。

高建国接着说：“海叔，日后有用得着我高建国的地方，您说话，我一定尽力办到。我也干了。”

海叔没说什么，只是喝酒下肚，接着开始吃菜。阿强爸推了他一把，说：“阿海，讲两句吧，今天要不是建国仔提醒一句，你还不知道怎么对付那帮人呢！”

海叔停住筷子，笑道：“他？一个大陆仔，懂个屁。我早就想好了，‘港灯’是有钱的主，他们想建电厂，可以，但是必须补偿我们，给我们建鱼市。”看着众人一脸茫然，他又接着说道：“大家过去都是在自家船上、海滩上散乱地卖鱼，又脏又乱又臭。我早就有个想法，就是建一个鱼市，大家就有一个摊位可以卖鱼，卖海货。鱼市有了规模，生意就会更好嘛。现在金主来了，他们出钱，我们出力，一起把鱼市建起来。对于他们来说，现在最重要的就是顺利建厂，这点要求他们肯定会答应。”

阿强爸激动道：“哎呀，阿海，你真是了不起啊！这个主意好！来来来，喝酒，喝酒。”

“海叔，你也别大意，我看那主管不像好人，这事肯定没这么简单。”岳芳英谨慎地说出了自己的看法，可惜被众人的称赞声淹没了，海叔根本没有听到。

阿芳突然唱起了歌，歌词高建国虽然听不懂，但觉得旋律优美，似乎还带着民乐的曲调，自己也随着阿芳的歌声打起了节拍。

这时敲门声传来，阿强起身开门，叫了一声“荣表哥”，进来的却是一身绿色制服的罗向荣。高建国与罗向荣四目相对，立刻移开了视线。

罗向荣随口问道：“家里有客人啊？”

阿强爸刚要介绍，却被阿芳抢了先，她端起酒杯走近罗向荣，笑道："警察表哥，经常听阿强讲起你，这身制服，真的太帅了。我叫阿芳，是阿强的邻居，我先敬你一杯酒。"说着，将酒杯凑过去，却突然打翻，酒水立刻浸湿了罗向荣的制服。

阿芳咋咋呼呼地嚷道："哎呀！对不住，对不住……"罗向荣不得已跟着阿强进了里屋换衣服。阿芳神色一变，立刻说道："英姨，建国哥，你们赶紧走。"

母子俩匆匆跑回了阿芳家，都明白罗向荣认出了自己，只是不明白为什么不当场抓住他们，但他们明白这个龙鼓村是不能继续待了。看到母亲一脸惶惑的模样，高建国从衣服内兜里拿出了一个小塑料袋，打开塑料袋，是两个信封，里面是两封皱巴巴的书信。他小心翼翼地摊开，上面的寄信地址清晰可辨。

"妈，我们去这儿，去找叔叔。"

"这，能行吗？"岳芳英有些迟疑，毕竟丈夫早就和香港的家人划清了界限，断绝了往来。

"妈，我都打听过了，阿强告诉我香港有'抵垒政策'！只要偷渡者能够抵达市区，接触到在香港的亲人，就可以获得香港居留权！找到叔叔，就能名正言顺，不再躲躲藏藏了。嘿嘿，我爸出身资本家的家庭，说不定叔叔住的是别墅，开的是小汽车呢！"高建国眼中满是憧憬。

岳芳英严肃地说："你说的那些都是资本主义表面繁荣的虚壳。人就应该踏踏实实地生活，不要想着一夜暴富。"

"妈，您别犹豫了，叔叔是我爸的亲弟弟，是我们在香港唯一的亲人，我们找他是情理之中。妈，我们也不能连累阿芳他们啊！"高建国挽住了母亲的手臂。

岳芳英还没回答，阿芳急匆匆地跑了进来，说道："英姨，建国哥，刚才那个阿荣表哥是来抓偷渡客的，不过你们放心，我们说建国哥是海叔的徒弟，他应该是信了。"

母子俩并没有全信阿芳的话，倒不是对阿芳不放心，只是觉得罗向荣不会如此健忘，说不定有什么阴谋，所以还是得找到亲人。第二天一大早，高建国就依照寄信的地址来到了位于沙田的大围工业区，终于按图索骥找到了地方。

映入眼中的却是一家工厂的大门，高建国立刻傻眼了，这里跟他想象的豪宅别墅完全不一样。连着问了好几个工人都毫无结果，正要失望地离开，却得到一位看门老人的指点，知道了叔叔高致行的新住址。

四

记下叔叔家的地址，高建国很快回到了龙鼓村阿芳家，开始收拾东西。母亲在一旁喃喃道："真没想到我们会去投靠你叔叔。在家的时候，我还总和你爸吵，现在……"

"妈，此一时非彼一时，就不要多想了。我们收拾好东西就走吧！"

"走，往哪里走？"罗向荣冷笑着闯了进来，怒视着高建国，"你们这些偷渡客，害惨了我，今天谁也别想走。"

高建国立马显出一副不知所措的模样，模仿着广东口音说："阿 Sir，我们不是偷渡客，我们是这家的亲戚。"

"别做戏了，高建国！"罗向荣几乎在喊着说话，"我最讨厌你们大陆仔这副样子，一个个拼了命来香港，还不是为了钱。你们为了钱不要命，却害了我。要不是你，这个大陆仔，我怎么会千辛万苦离开了龙鼓村，一夜之间又回到了这里……"话音未落，一根木棒重重敲到了他头上，下手的却是偷偷进来的阿芳。

跑到村口正好遇上警车，幸好阿强爸带了一群村民混淆视线，让他们三人趁乱坐上了进城巴士。匆匆赶上来的罗向荣并未死心，从阿强那里打听到了高建国的目的地，提前赶到了沙田区马鞍山的鞍骏街。

岳芳英三个人生地不熟，跟没头苍蝇一样在鞍骏街附近乱走，又不敢找巡警问路。罗向荣不声不响地快步靠近三人，正巧不远处有一个巡警出现，这样的机会怎能放过，罗向荣大喊一声"站住！"同时招呼同事包抄三人。高建国和岳芳英身材高大，体力好，跑得也快。阿芳很快发现自己成了三个人当中拖后腿的人，干脆停下来拦住了两个警察，嘴里连珠炮似的说："阿 Sir，我叫阿芳，从龙鼓村来的，第一次来这里迷路了。"

巡警一下愣住了，罗向荣才不管这么多，一把推开阿芳，严肃道："避开些，再敢阻碍公务，我连你一起抓。"

天色已黄昏，五个人在鞍骏街绕着圈子进行角力赛，本来是难分轩轾，却因岳芳英突然崴脚打破了平衡。高建国不得不背起母亲继续前行，两个警察很快赶了上来，罗向荣已经抽出了警棍，恶狠狠地说道："高建国，你还想跑？"

阿芳又一次及时赶到，一屁股坐到人行道上，哭闹起来："警察打人了，警察打人了……"一个妙龄少女坐地哭喊，一旁的警察手持警棍、表情凶狠，立刻引来路人围观，"阿 Sir 当街打人"的说法很快在人群中流散开，两个警察一时间也不好动手拉人。

高建国趁机左右张望，寻找出路，猛然发现街对面的门牌正是自己要找的，当下大喊了一声："妈，这就是叔叔家！"直接冲过马路，拼命地在锈迹斑斑的铁门上拍打，一边大喊："有人吗？有人在吗？"

屋内传来了一声不耐烦的"谁啊？"一个中年妇人走出来，头上盘了七八个发卷，化着艳俗的浓妆，穿了一件玫瑰色的绸衫，一双绿色的拖鞋，不耐烦地隔着铁门问道："你找谁啊？"她说的是带着上海腔的普通话。

虽然觉得这女人打扮得跟巫婆一样，高建国还是赶紧赔笑道："你好，这里是……高致行的家吗？"

这时，罗向荣已经拨开人群追了过来，一把摁住高建国的肩膀。铁门那边的中年妇人伸手遮着脸，矫揉造作地问道："你什么人啊，找高致行做什么？怎么警察还来了呀？"

几个女人的声音从屋子里传出来："香莲，你干吗呢？快点！就等你了！"

女人白了高、罗两人一眼，向里面回了一句："来了！"

这时岳芳英在阿芳的搀扶下走了过来，对着那个叫香莲的女人说："你好！我们从北京来的，我是高致行的大嫂，他是高致行的侄子……"

"我老公从来没有什么大嫂、侄子……"香莲说着话已经转头准备往里走。

罗向荣得意道："我就知道你们在讲大话，不要狡辩了，扑街[1]，带走！"

1 扑街，粤语中骂人的话，相当于"该死的"。

不知道哪里生出一股蛮劲儿，高建国猛的挣脱罗向荣的束缚，起身大喊道：“叔叔，高致行是我叔叔，我爸叫高致远。”香莲一下停住了脚步。

岳芳英赶紧接着说：“你是邓香莲吧？太多年没有联络了，就这么突然来了，你不认识我们也难怪。”

邓香莲犹豫了一下，还是把铁门打开了。

这回轮到罗向荣傻眼了，吃吃问道：“这位太太，你真的认识他们？你们真是亲戚？”

邓香莲有些不好意思地说：“阿 Sir，我是没见过他们，不过他们可能真是我老公的亲戚。我老公啊，是有个亲戚在大陆。”

一旁的阿芳也凑过来说：“警察表哥，香港是有抵垒政策的啰，现在他们到了市区，又找到了亲戚，你还抓人就不对了，知法犯法啊！”看着阿芳满脸笑容，罗向荣满腔怒火无从发泄，只有拉上巡警讪讪地离开了。

三人走进院子，正要对邓香莲说几句感谢的话，却见她冷漠地走进了屋内，即将关上房门时说了一句：“等我老公回来，你们自己和他讲啦。”话音未落，房门已经啪的合上了。

院子并不大，有些凌乱，显然平时也没人打理。石阶旁堆了几个空花盆，高建国搬过一个花盆，倒扣在地上，用衣袖擦拭干净，让母亲先坐下，然后才给阿芳和自己弄好“座位”。一边安慰着母亲，高建国一边打量起了叔叔的房子。虽然有两层楼和小院子，实际面积却不算大，而且楼梯外墙已然斑驳，二层的小窗在微风中嘎吱作响，显然是长期缺乏打理。看来叔叔高致行也并非富贵人家，高建国不禁有些失望。时间一长，三人感觉有些饿了，屋内却不时有笑声传出。

送别阿芳，天色已经全黑下来。高建国与岳芳英今天实在太累了，都静静地坐着闭目养神。铁门嘎吱地响了，一个背着书包的少年走了进来，大喊着：“妈咪！我回来了！我饿了！”他突然发现了岳芳英和高建国的存在，一下站住了脚步，警惕地问道：“你们是谁？在我家干什么？”

岳芳英两人对他的话只能听到大概，还没来得及回答，邓香莲已经开门出来，笑容立刻堆在脸上。几个打扮入时的女客走了出来，一边走一边向高建国和岳芳英投来猜疑和鄙视的目光，嘴里还嘟嘟囔囔地议论着什么。

邓香莲的儿子把书包递给母亲，又转身回头盯着高建国问道：“你到底是谁？”

高建国听懂了这句话，起身回答道：“我是你堂哥。”他不喜欢被一个小孩这样看着。

小孩子被高建国的气势吓到了，拉住了母亲的衣角，问道：“妈咪，你说我没有兄弟姐妹的，他是哪里来的？”

邓香莲搂住儿子，细声细气地回答：“哎呀，立伟，他们是大陆来的，妈咪也不知道啊！”

高立伟伸手指着高建国大喊道：“哦，大陆仔，大陆仔，又穷又土的大陆仔！”

高建国的怒火一下被点燃，一把拎起高立伟的衬衣领子，举着拳头道：“你再没礼貌，我可要教训你了。”高立伟吓得一下哭了起来。

岳芳英赶紧拉开高建国，劝道：“建国，他只是个小孩子。”

邓香莲一把将高立伟揽到身后，皱眉喝道：“你们什么人啊，这么野蛮？快走啦，走走走，我们家不欢迎你们。”说着提起地上的行李包就要往外扔。

高建国一把夺回了行李，直盯着邓香莲母子，正要开口大骂，一个西装笔挺的中年男子走进了院子。虽然未曾谋面，岳芳英还是一眼就把高致行认出来了。他身材相貌跟高致远很像，只是两腮略少些肉，头发也梳得油光可鉴，还戴了副金丝眼镜，活像电影里的蒲志高。

看见丈夫回来，邓香莲立刻觉得自己有了底气，开始撒泼告状：“老公，你快看看，这不知道是哪里来的野蛮人，说是你大陆的亲戚，刚才这个小子还打我们宝贝儿子。”

高致行扭过头借着路灯，仔细打量起岳芳英和高建国，目光最后停在了岳芳英的脸上。

岳芳英大方开口道：“我是岳芳英。致远给你寄过我们一家人的照片，还有印象吗？”

高致行露出一丝微笑，客气问道：“你是我大嫂？那他是……”

“他是建国，你大侄子。”

高建国立刻拿出信件，恭敬道：“二叔，这是我爸和你的通信。”

高致行接过信，扫了一眼，还没来得及细看，却被邓香莲突然冲过来，一把抢过去骂道：“这东西能说明什么？谁都拿一封信来认亲戚，我们家早就挤不下了！别理他们，让他们赶紧走。”

岳芳英生气地说道：“高致行，你母亲去世的时候，你才七岁，是你大哥高致远一直照顾你，这些事情你都忘了吗？你不认我们可以，是不是高致远来了，站在你面前，你也不认？”

高致行露出尴尬的表情，讪讪地说道：“我……大嫂，你们从大陆来，一路辛苦，先进屋，我让香莲给你们收拾房间。”

邓香莲扯了扯高致行的衣服，很不情愿地走了进去。

跟着进了房，高建国看了看，房子挺宽敞，但屋内的陈设普普通通，比起自己北京的家只是多了电视机和电话等电器而已，家具也多是旧物，并没有想象中资本家式的奢华。吃饭时高建国才得知，叔叔只是一名普通的公务员，收入中等，饭食也相当一般，让他甚至有些怀念起龙鼓村的蒸鱼。

吃过饭，邓香莲才一脸不高兴地来到高建国母子面前招呼两人跟着她。

房间在地下室，木制的老旧楼梯随着他们的脚步而嘎嘎作响。邓香莲打开房门时，放出了吱呀的怪响，灯泡也是吱吱地忽闪了半天才亮了起来，原来这里是杂物间。高建国正想出声询问，却被母亲拉住了。邓香莲根本没再跟他们说话，啪的关上门，自顾自地上去了。

房间里堆着各种破烂杂物，有箱子、盒子、旧书报，甚至还有炊具，只是在靠墙的位置放了一张落满灰尘的单人床。高建国放下行李，狠狠地砸了一下墙面，震落下不少白灰。

岳芳英不禁笑了，说道：“都说资本主义社会人情冷漠，在龙鼓村的时候我还以为我错了，现在到你二叔家，我才知道，什么叫冷漠。”

母亲的乐观，让高建国的怒火顿时消散了许多。他卷起了衣袖，开始整理起房间，嘴上也带着微笑说道："妈，没事儿，您看这地下室也挺大，我来收拾，您住里面，我在外面再搭个床就能睡了。"他先把乱堆放的箱子、盒子堆叠起来，然后用旧报纸擦拭单人床，不一会儿整个房间都扬起了灰尘，仿佛草原上的沙尘暴，呛得两人都咳嗽起来。岳芳英赶紧打开了房门，连打了好几个喷嚏。高建国从包里取出军用水壶，自告奋勇道："妈，您先别进去，我给您倒点热水缓缓。"

回到地面，高建国也懒得问人，直接进厨房倒了半壶水。出来路过客厅时，高建国才看到沙发背后挂着爷爷、奶奶的遗像，径直走了过去，站在遗像面前。两位老人都穿着唐装，面容慈祥。高建国上了一炷香，鞠了三个躬，心中默念道：爷爷，奶奶，你们不认识我，可是我认识你们，我在爸爸的旧相册里见过你们。真没想到，我还能站在这里跟你们说话。只可惜，我在北京看到的是你们的照片，来到香港了，还是只能看你们的照片……

这时，卧室里传来了邓香莲尖锐的声音："你怎么把这两个人留下呢？大陆来的粘上就甩不掉。你就是为了面子、面子……日子过成这样，还讲究什么面子？请神容易送神难，鬼知道他们会不会就这样赖上我们呀？"

高致行温吞水一样地说："哎呀，这个我倒是没有想到。你也不早一点提醒我，现在人都住进来了，怎么办？"

"那就随便找个理由把他们打发走，你要是开不了口，我来。"

又过了一阵，高致行才慢慢说道："不要着急嘛，人家才刚刚住下，看样子也不是不讲道理的人。从大陆来一趟也不容易，就让他们先住几天，玩几天，然后我再好言好语地送他们走，这样行了吧？"

"你这个人，就是……我都懒得跟你讲，反正最多一个礼拜，你要是不把他们两个送走，我就带儿子回我妈家。你要是……"邓香莲又噼里啪啦地说了一大堆。

高致行终于有些不耐烦了："好啦，我知道了！我会想办法的！"

高建国强忍着怒气，没有发作，老老实实把水端到楼下给母亲喝了，又把房间打扫干净。幸运的是在杂物间又发现了一张铁架床，避免了打地铺的窘境。

第二天大清早，母子俩就被老旧热水器的鼓噪声吵醒，只有起床了。走上地面，叔叔对母子俩是躲躲闪闪，吃早饭也没有他们的份儿。婶婶直白说出要交伙食费才有得吃，高建国立刻愤然跑出了大门。

在街上转来转去，路过一家百货公司时，高建国鼓起了勇气，心怀忐忑地跑了进去。一进大门，他就被灰色制服的保安拦住了。还没等高建国解释什么，保安就一把将高建国推了出去。

一出大门，立足未稳的高建国挥舞双手想要找到身体的平衡，恰好打到一个人身上。那人异常愤怒，大声骂了长长的一段话，虽然还不太能听懂广东话，但高建国还是能判断出他说的不是广东话。站住身子，高建国这才看清说话的是一个身材并不高大的外国人，金发碧眼。高建国一脸茫然地问道："怎么了？你说什么呢！"

外国人继续骂骂咧咧。高建国突然看见远处两名巡逻警察正朝这边走来，立刻条件反射似的转身就跑，只留下一脸不快的老外继续抱怨着。

过了两个拐角，高建国才想起自己现在不用跑了，开始气定神闲地漫步。碰巧街边的音像店正在播放一首歌曲，旋律好熟悉，高建国想起正是最近阿芳唱的那首，虽然听不懂歌词，但高建国还是停住了脚步，情不自禁地走进了店内。通过店员介绍，他才知道这是许冠杰演唱的《浪子心声》——

难分真与假
人面多险诈
几许有共享荣华
檐畔水滴不分叉
无知井里蛙
徒望添声价
空得意目光如麻
谁料金屋变败瓦
命里有时终须有
命里无时莫强求
……

歌声醉人，一个打扮入时的妙龄女子已经伸手拿到了歌碟，出于下意识的反应，高建国也一把抓住了歌碟。旁边的售货员微笑着问道：“对不起，这个是最后一张了，你们两位谁要？”

美女看了一眼高建国，见他完全没有要让的表现，只好从包里掏出钱递到服务员手里，然后又说了一段英语。

英语加金钱，如同煤油一样点燃了高建国内心的怒火，这几乎就是资本主义丑恶的代名词，他大声道：“你有钱了不起吗？是我先拿到的，我买。”说着，将售货员手里的钱拿过来放到美女面前，满脸正义地说道：“拿好你的钱。”

美女一脸不解的表情，仿佛看到了外星人，努嘴道：“你……你真是没有风度。”一耸肩离开了。

高建国一副胜利的表情，把碟放回到架子上，对服务员说：“对不起，我也不买了。”

刚走到门口的女人听到了，立刻转身回来，问道：“……从我手里抢去，然后又不买了。”说话中又夹杂了英语。

高建国神色不变，义正词严地说：“没什么意思，就是看不惯你们这种人，以为有钱就了不起。好好的中国人，不说中国话。”说完，扬长而去。

美女喃喃自语：“今天真是倒霉，遇到这么不讲道理的人。”

第三章

初来乍到

- 香港没有遍地黄金，叔叔家也并非避风港，高建国只能靠自己打拼。
- 母子俩回到渔村开起了饺子馆。生意日渐红火，却引来黑道人物的觊觎……
- 身在北京的安慧不堪家人的压力，被迫与王乐结婚，没想到真正的苦难才刚刚开始。

一

香港，往往被戏称为寸土寸金的弹丸之地，其所辖陆地总面积仅有1104.32平方公里，包括香港岛、九龙半岛、新界等区域。但它凭借得天独厚的多元优势，跻身为继纽约、伦敦后的世界第三大金融中心，是国际和亚太地区重要的航运枢纽和最具竞争力的城市之一，并且连续二十一年经济自由度指数位居世界首位。香港还素以优良治安、自由经济和健全的法律制度等闻名于世，享有“东方之珠”“美食天堂”和“购物天堂”等美誉，同时它还是全球最富裕、经济最发达和生活水准最高的地区之一。

而在上世纪六七十年代，香港地区还与台湾地区、韩国、新加坡共同得到了一个美称——亚洲四小龙。经济飞速发展，刺激市民消费激增，香港到处商铺林立。高建国正是在这样的城市森林中，漫无目的地游走。他本以为自己这么出门随便转转，就会有工作自动找上自己。但现实让他知道，所谓香港遍地黄金随手可得，只是“蛇头”或者掮客永远吹不破的牛皮，钱只有靠自己的能力还有努力才能挣得到。

在外头跟没头苍蝇一样逛了好几天，高建国还是没能找到工作，靠着海叔和阿芳给他的一点钱，倒也没挨饿。但是母亲的咳嗽越来越严重了。这天傍晚时分，他回到叔叔家，刚下两步楼梯，就听到地下室里母亲的咳嗽声，连忙跑了进去。

母亲的头靠在墙上，半坐在铁板床上，咳嗽十分剧烈。从住进地下室，母亲就开始咳嗽。她总是说“天气变化受了热，躺一躺就好”，可这十多天下来，却愈发严重了。高建国找婶婶借点钱看病，却遭到一番唇枪舌剑的羞辱，气得他差点动手打人。深夜，叔叔高致行背着老婆送来了感冒药，但也曲折婉转地讲出了希望他们搬走的意思。他坦言自己收入并不高，养这个家已是不小的负担，不过他念在亲戚一场的分上，同意让高建国先找到工作再搬走。虽然愤愤不平，但叔叔最后那句话还是让高建国心有所悟——“建国，你年纪轻轻的，如果想要在香港这个地方留下来，只能靠自己，任何人都靠不住的。”

第二天早晨，高建国无意间走到一处天桥桥洞下，碰上三四个大陆过来的偷渡客，攀谈之下，其中一人告诉高建国，西环码头就能找到搬运工的工作，不过一小时仅有七分钱。

不得已之下，高建国过海到西环码头想要碰碰运气。监工盘剥克扣，高建国实际每小时只有五分钱，但为了生存，他只有忍了。

一只只麻袋不停地从货船搬到仓库，搬运工人形成了一条长线，远看就像是蚂蚁，负重、炎热之外还有监工的欺辱——总是给他多压上一只麻袋。高建国只有咬牙坚持，艰难地迈着步子，透支着自己的体力。现在他才真切感受到《东方红》里面码头工人的生活是怎样的水深火热。

日头西坠，到收工的时间了，搬运工们又排出一条长龙领工钱。高建国在队伍中疲惫地捶打着自己的腰背和手臂。终于领到钱了，看着手里少得可怜的钱，他几乎哭了出来，赶紧悲愤地低下头强忍泪水，小心地把钱揣好，默默转身离开。

天色已经擦黑，身心俱疲的高建国却没有回家。他独自走到海边，看着无尽的大海，不禁想起了内蒙那无边的草原，忍不住流下了眼泪，但很快又大力地把泪水擦干。走到了一处礁石上，海水在脚边哗哗作响，高建国迎着海浪，尽情地嘶吼：“啊——！我！高建国！不服输！啊——！”

终于喊到声嘶力竭，高建国从兜里掏出了一个小本子，随意翻动，里面都是关于安慧的素描。他慢慢将本子贴到了自己的胸口，自言自语道：“安慧，等我，一定要等我。”

身在北京的安慧，正倚靠床头，一页页地翻看那本被大火烧得残缺不全的素描本，泪水滴落在本子上，几乎模糊了画图。她赶紧用手帕擦干了眼泪，但心里的泪却是擦不掉的。母亲还是每天找各种机会来撮合自己跟王乐，大道理小道理轮番轰炸，让她不胜其烦。这天，母亲又端了碗小米粥进来，安慧立刻起身借口要去医院，扬长而去。

来到医院，刚一进病房，她就被突然冲出的高建军拉住了。建军的兴奋劲就跟过年吃饺子似的，他嘴里大喊着："慧姐，慧姐，他醒了，他醒了，你哥醒了！"止不住的泪水从安慧的眼中涌出。

一大批医生护士纷纷涌进安国庆的病房，父亲、母亲也来了，他们都在一声声地唤着哥哥的名字。安国庆缓缓睁开眼睛，但视线好像还没恢复，目光是呆滞而无神的。安慧在一旁静静地看着哥哥，眼泪丝毫没有停过。

安国庆的眼神开始变得清晰，他开始在人群中搜寻着什么，突然目光停在了高建军的脸上，他的眼神变得异常愤怒，挥舞双手扯掉了氧气管和输液管，情绪失控地对着高建军大吼大叫："高……高……"

安长江和张凤鸣两人也止不住安国庆想要起身的蛮劲，幸好一旁的护士马上给他来了一针镇静剂。安国庆在被强制镇静的最后一秒，都一直瞪着高建军。

安长江拉住医生询问道："大夫，我儿子他不会有什么问题吧？"

医生平和道："伤者昏迷了五个月的时间，突然醒来肯定会出现一些不适，你们也不要紧张。"

这时，医院走廊高音喇叭里传来声音："中国共产党中央委员会、中华人民共和国全国人民代表大会常务委员会、中华人民共和国国务院、中国共产党中央军事委员会极其悲痛地向全党、全军、全国各族人民宣告：我党我军我国各族人民敬爱的伟大领袖、国际无产阶级和被压迫民族被压迫人民的伟大导师、中国共产党中央委员会主席、中国共产党中央军事委员会主席、中国人民政治协商会议全国委员会名誉主席毛泽东同志，在患病后经过多方精心治疗，终因病情恶化，医治无效，于1976年9月9日0时10分在北京逝世……"

护士手里的盘子一下子摔在了地上，几个人迅速冲出了病房。很快，走廊里已经站满了医生、护士、家属和病人，大家都在悲痛地哭泣着。安长江只觉眼前一黑，身体猛然向后倒去，却被高建军一把扶住了他。安长江嘴上没说什么，只用手拍了拍高建军的肩膀表示感谢。

远在香港的岳芳英正在高致行家的客厅里打扫卫生，一旁的邓香莲坐在沙发上跷着二郎腿看着报纸，把岳芳英想象成菲佣。突然，她发现了一条重要新闻，开始大声读起来："《历史上最后一位巨人》……毛泽东去世了，西德总理勃兰特发表悼词说'……对一部分人来说，他是希望，对另一部分人来说，他是永久的挑战。两种情况都将持续下去，以后一直是如此'……"

果然，岳芳英听到一半便冲过来，一把拿过报纸，两眼瞪得大大的看着报纸，眼泪夺眶而出。

邓香莲翻着白眼说："哎哟，又不是死了老公，你干吗哭成这样？"

岳芳英没有理会她话中的嘲讽，正色问道："香莲，能……能看看电视新闻吗？"

邓香莲有些不好意思，打开了电视，新闻里正在播报："法国总统德斯坦已经发表悼词说：'由于毛泽东的逝世，人类思想的一座灯塔熄灭了。'美国总统福特在9日的唁电中称赞毛泽东的著作给人类文化留下了深刻的印记。他认为毛主席是中国现代史上的一位巨人，他对历史的影响将远远超出中国的国界……"

岳芳英怔怔地站立在电视机前，两行热泪缓缓流下。

邓香莲讪讪道："毛泽东去世，大陆那边还不知道会变成什么样呢？哎哟，今年什么年啊！"

岳芳英一言不发，转身下去了。

邓香莲不满地喊道："地还没扫完呢，你去哪儿？"岳芳英的毫无反应，让她很是不快。本来她觉得让岳芳英看了电视新闻，已是天大的恩惠，岳芳英却不理她直接回地下室去了，让她很没面子。她猜想岳芳英肯定是下去偷偷哭了，决定跟下去嘲笑她两句。

来到地下室门口，并没有听到预想的哭泣声，反而闻到一股焦煳的气味，天哪！邓香莲猛的推开了门，尖声道："你想干什么？你还想在我家摆灵堂啊？"

床边的一个柜子上放了一枚毛主席像章，前面放了两根白蜡烛，左边的一根已经点燃，岳芳英正在点右边那根。听到邓香莲的话，她用恳求的声音说："我就在我们这间屋简单祭拜一下。”

“在家里设这些乱七八糟的东西，会招来晦气，不行不行！”邓香莲大嚷大叫着冲过去夺下岳芳英手里的蜡烛，正要往外扔，却被岳芳英一把攥住手腕，痛得她尖叫一声，松开了手。

正在这时，高建国和高致行一起出现在地下室门口，邓香莲趁机喊起来：“哎哟，打人了，打死人了！高致行，你管不管？”

高致行没有多说，瞪了老婆一眼，严肃地说：“你出来！”邓香莲发觉撒不了疯，只得撇撇嘴，不情愿地走了出去。高致行也跟着上去了。

岳芳英强忍着泪水，拉过了儿子。高建国眼泪挂在脸上，扶住母亲的手臂，悲恸道：“妈，我在路上一看到电视新闻就赶紧回来了……”

岳芳英冲他一摆手，说：“默哀三分钟。”整个地下室陷入了深深的沉寂中。

这突如其来的噩耗，让岳芳英把自己关在房内，三天三夜不吃不喝。她一向把自己当作一个具有纯粹革命情怀的战士，所以对自己背离组织的错误行为深深自责，自感无颜再踏上那片神圣的土地，无颜再回北京与亲人、与同志们相见。从那一刻起，她把留在香港当作流放自己、惩罚自我的方式。高建国对母亲内心的痛苦感同身受，这是他第一次感受到身体里“中国”二字的分量。无法回到北京，从此成了他和母亲之间不能言说的心结。

三天之后，岳芳英重新走出了房门。刚到客厅，就听见高致行夫妻正在吵架。岳芳英完全没有理会，直接走出了大门。她沿途问路，找到了儿子上工的西环码头，在蚂蚁般的人流中找到了儿子。高建国正扛着两只沉重的麻袋往仓库走，低着头，腰几乎被压弯了，一旁的监工正在冷笑。强忍住愤怒的岳芳英径直走到跟前，拉着儿子离开了码头。

岳芳英带着儿子到了高家先人的坟前，让高建国献了一束白色的菊花，又是三鞠躬。高建国一切照做了，才开口问道：“妈，你怎么了，突然带我来这里？”

“我想通了，既然来了香港，就在这里生存下去吧！我们的身上都有无法原谅的错误，背井离乡，也算是对我们的惩罚吧！”

“妈，你说什么，我不太懂。”

岳芳英坦然道：“没什么，建国，既然选择留下来，就好好努力，妈妈相信你。”

高建国点了点头，慢慢跪在了祖父母的墓碑前，满脸虔敬地说道：“爷爷，奶奶，我是建国，是高致远的儿子，你们的孙子。今天，我代替我爸来看看你们，希望你们在天有灵能够知道我爸的那份孝心。”这时，一阵微风吹来，花瓣随风抖动，仿佛两位老人的应答。

高建国停顿了一下，继续道：“说实话，我真没想过有这么一天，我真来了香港，真到了你们面前……香港和北京太不一样了，我现在越来越理解我爸，当初为什么要回北京，还和你们断绝了关系。他和二叔是不一样的人，也许和你们也是不一样的人。他们不想收留我和我妈，他们压根就瞧不上我们，觉得我们是穷亲戚，是累赘。我也想好了，我现在就在你们面前，站在香港这片土地上，我要在这里生存下来，而且要活得好好的……”高建国站起来，突然大喊：“爸，爸……我替你来看爷爷奶奶了……”

1976 年 10 月 6 日，“四人帮”被粉碎。“文化大革命”的结束，从危难中挽救了中国的社会主义事业，为党和国家进入新的历史时期创造了前提条件。全国亿万军民举行盛大的集会游行，热烈庆祝粉碎“四人帮”的历史性胜利。身处石嘴山五七干校的高致远，在历尽各种屈辱和磨难之后，也终于盼来了一线曙光。

安国庆终于痊愈回到了家中，虽然还坐着轮椅，但身体已无大碍。所有的焦点又聚集到了安慧的终身大事上。面对母亲的步步紧逼、哥哥的恶言相向，她始终采用了避而不战的态度。终于被父亲逮到一个机会，帮她解开了心结。

夜里，安慧正独坐院中发呆。

安长江轻轻地走过来，在女儿身边坐下，指着旁边的一株植物问道：“慧儿，你知道这是什么植物吗？”

安慧侧脸偷偷擦掉了眼泪，才回答道：“这不是您最喜欢的兰草吗？”

“是啊，‘兰之香，盖一国’，所以人们也称她为‘国香’。慧儿，你在爸爸心里，就像这兰草，高洁、清雅。兰草是花中的君子，而我的女儿就是这样，一尘不染。”

安慧啜泣了一下，将头轻轻靠在了父亲肩头，低声说：“爸，对不起，我做错了很多事。我以为，你们都不会原谅我……”

“傻孩子。你现在长大了，终有一天是要嫁人，离开这个家的。爸爸只是希望你能嫁给一个真心实意对待你的人。你别怪你妈妈，她的心和我是一样的，我们都希望你能生活得幸福。”安长江一边说一边轻抚着女儿的纤背。

“爸，您真的希望我嫁给王乐吗？”

“不是我希望你怎么样，而是你自己去做判断。至少，王乐现在是你身边最可靠、最熟悉、最值得信任的人，对吗？不管你是否选择王乐，你都应该忘了高建国，忘了他带给你的一切伤害，忘了他这个人，你才能真正向前看……”

同一个夜里，高建国突然从睡眠中惊醒，他已经从叔叔家搬出来了，跟工人阶级兄弟们住在一起。今晚工棚外却是哀号不断，让他无法安睡。打骂声和哀号声终于停了，高建国偷偷跑了出去，扶起了角落里正在痛苦呻吟的工友。这个工友叫阿雄，因为母亲重病，债台高筑，不得已去仓库偷偷拿了货去卖，结果被监工发现，饱受了一顿毒打。

高建国仗义疏财，拿出了自己辛苦攒下的一点钱，让阿雄先拿去应个急，谁知两人拿着药和食物来到阿雄家时，阿雄病重的母亲已经变成了一具冰冷的尸体。眼里是阿雄家低矮破旧的棚屋，耳中是阿雄痛苦的悲号。高建国脑中闪现出在北京芝麻胡同的小饭馆里，安国庆的头上插进一片玻璃瓶碎片，一股股的鲜血顺着头和脖子流下来的场景。

高建国并不知道安国庆还活着，而且还在整天变着方地欺负他魂牵梦萦的安慧。安家人或者威逼利诱，或者道德绑架，或者好言相劝，都是为了让安慧赶紧嫁给王乐。安慧唯一的精神寄托，只剩下了那个残缺的素描本，它历经过烈焰灼烧，又被安国庆极其粗暴地撕掉了不少，就如同安慧与高建国的感情一样饱经磨难。

不知不觉来到年末，满街的音像店都在播放着邓丽君的《平安夜》。一首老歌，带来了宁静祥和的圣诞气氛。

今天不用上工，高建国正站在一家商铺橱窗前认真地看着电视剧《陆小凤之金鹏之谜》。只看过样板戏的他十分好奇，一下就被吸引过去。阿雄则是趴在隔壁商店的橱窗前，痴痴地看着模特身上精致的服装。

“快来看看啊！圣诞舞会装饰面具，神秘魅力保证你成为舞会焦点啊！各类好靓的装饰品啊！”一阵叫卖声突然在身旁响起，一个跟他们年岁差不多的小伙子铺开一个地摊，开始大声吆喝起来。

高建国没管这些，掏出纸笔开始作画，先是画出了阿雄的脸，然后画上了橱窗中的那套西服，手上还拿了一个漂亮的公文包。笔尖在纸面上唰唰擦响，背景也出来了，正是大厦门前的台阶。阿雄看着画中的自己，又是兴奋又是失落，叹气道：“太靓仔了，我都觉得不是我啦。”

“就是你啰！”不知何时周围多了几个年轻人，围观高建国的画。

卖面具的小伙子猛的凑过来，一把抓过画，骂骂咧咧地说道：“是什么是啊，完全不像啊！你看这土里土气，画成这样，还敢卖钱啊？”

原来高建国在路边作画，抢了旁边卖面具的风头，影响了小伙子的生意。高建国连忙解释，自己只是为朋友画像而已，完全没有赚钱的想法。

小伙子突然灵机一动，问道：“大陆仔，你这么喜欢画，不如我们合作啊！”

“合作？”高建国有点摸不着头脑。

小伙子已经扯开喉咙叫起来：“买最新最靓的面具，附赠现场画像啦！各位Lady、Miss不要错过啊！”

高建国连忙说：“等等，卖面具的，我还没答应你呢！”

小伙子笑着道：“叫我华仔得了。你放心，每个面具算你一份钱的！”

不到两个钟头的工夫，满车的货已经兜售一空，小伙子腰间的钱袋也变得鼓鼓囊囊。收拾好东西，华仔招呼道：“难得这么有缘，我请你们俩吃饭！”

走出两条街，高建国、阿雄跟着华仔来到了一个小馆子。

老板熟络地招呼道:“华仔，今天又揾足钱了? 咦，还带了 Friends 来，吃点咩[1]?”高建国已经渐渐习惯了香港人这种广东白话夹杂英文的表达方式。

华仔笑得开朗，抬手大声道:“三份叉烧饭，再来三碗鱼蛋粉!”高建国和阿雄坐在卡座里，左顾右盼。这家店并不大，但生意还不错，才刚过 11 点而已，已经坐了七八成客人。很快，老板吆喝着“叉烧饭! 鱼蛋粉!”端着大盘子出来。华仔拿起筷子迫不及待地开吃，一边还不忘招呼高建国和阿雄趁热吃。高建国和阿雄都很久没有吃过饱饭，又忙了一上午，香喷喷的饭摆在面前，自然是狼吞虎咽。

闲聊之下，才知道华仔祖籍是广东潮州，也算半个大陆人，更巧的是他也是龙鼓村出来了。离开龙鼓村好几个月了，高建国一直没有回去过，不由得问起了上次“港灯”要在海琴湾建电厂的事情。华仔说他也不太了解情况，听说“港灯”大老板史密斯因为资金不足，可能会把那块地的开发权转手。不过这就不是华仔关心的了，他觉得龙鼓村太落后了，不如出来“捞偏门”。

这天，华仔跟高建国二人聊了很多生意经，令高建国大开眼界，接连几天，他都在暗自谋划自己该做点什么。他终于想到了，要卖就卖香港没有的……北京饺子，对了，就卖北京饺子! 摆摊需要本钱，计算了一下，再在码头干两个月，省吃俭用，摆下两张桌子没有问题。

为了还债，阿雄第一个入了伙。高建国又回去劝说母亲，但曾经身为公务人员的岳芳英对经商有着天然的排斥。好不容易磨平这道坎儿之后，母亲又担心饺子在香港没人吃。高建国讲出了三条理由：其一，岳芳英的饺子在帽儿胡同是远近闻名的；其二，香港人跟大陆人一样，也是吃五谷杂粮的普通人，不会拒绝真正的美食；其三，去海琴湾开饺子馆，母亲也可以从叔叔家搬出来，不用再受婶婶的恶气。这才让岳芳英点头同意。

人手够了，下一步就是找地方。在龙鼓村看了好几个地方，不是条件太差就是租金太贵，幸好遇上华仔帮忙，房租立刻降下四成。虽然只是一间小木屋，但在三人的一番打扫下，也有了点饭馆的模样。巧遇过来帮忙的阿芳，才得知她竟

1 咩，广东话，相当于“什么”。

是华仔的亲妹妹。华仔大喜之下，拉着高建国喝酒，再次提出让他当“马仔”，高建国又一次拒绝了。华仔有些失望，但也没有说什么。气氛有些僵，高建国敬了华仔一杯酒之后，告别离开。

回到小木屋，阿芳就在大赞岳芳英的饺子好吃，还说以后龙鼓村的人会因为吃不到这么好吃的饺子而打架。岳芳英听了自是笑得合不拢嘴。

阿芳端着饺子碗，眼睛却直直地盯着高建国看，看得高建国有些尴尬。岳芳英却看出了阿芳的心思，只是笑，没说话。

吃完饺子，岳芳英让高建国送阿芳回去，阿芳说自己吃撑了，想先去沙滩走走，高建国只得陪她去散步。

月光下，沙滩被染成了银白色。阿芳低着头，专注地看着沙子慢慢淹没自己的脚。高建国走在阿芳身边，什么都没有说，只是默默地注视海天一线的地方。

阿芳忽然抬头看着高建国，甜笑着说：“建国哥，香港海洋公园这个月开放了，听我哥说里面好玩极了，有各种海陆动物，还有大型表演。建国哥，我们一起去玩好不好？”

“好啊，叫阿强、阿雄他们一起去，人多热闹。”

阿芳嘟起嘴，撒娇一般地说：“哪有这么多其他人，建国哥，我，我只想跟你一起去。”

高建国有些茫然地望向阿芳，阿芳正含情脉脉地看着他。四目相对，高建国正想说点什么，阿芳猛的踮起脚尖在他脸上亲了一口，然后捂着脸跑掉了。高建国猝不及防，傻傻地站在原地。望着阿芳是朝家里跑去，高建国并没有追上去。涛声不断，让他更添惆怅，不禁又从兜里掏出自己的素描本，随手翻开一页，安慧正歪着头笑得如花儿一般。

现实中的安慧却笑不出来。今天本来是个好日子，北京的天特别蓝，她和王

乐终于领证结婚了。上午到照相馆拍合照，虽然还有些不适应，但她还是勉强靠在王乐肩头，给了镜头一个微笑。

回到王家，双方家长都笑得合不拢嘴，每天阴着脸的安国庆也难得露出了笑容。望着窗户上贴着大大的红“囍”字，安慧却总觉得像是两个分开的人。依照老北京的规矩，新人要向双方父母磕头，改口叫爸、妈。

王乐和安慧双双跪下，磕了个头。王乐起身端起一杯茶，对着张凤鸣说道：“妈，我有几句话特别想对您说。我五岁的时候，我妈就没了，说实话，我都不太记得她长什么样儿了。我爸为了我，一直没再娶。我呢，心里特别想有个妈，今天我终于如愿了。我终于能叫您妈了。”

张凤鸣的眼睛里有了泪花，声音却满是喜悦：“好孩子，以后啊，你就是我儿子了。”

王乐又端起一杯茶送到安长江手里，说道：“谢谢妈，谢谢爸，谢谢你们给了我这么好的一个媳妇儿。你们放心，从今以后，我一定好好照顾她，在工作上鼓励她，生活上关心她，不让你们操心。”

刚刚接到恢复工作通知的安长江乐呵呵地说：“好好，我们放心，放心。”

安慧照着王乐的样子，端起茶杯送到王部长手里，细声道：“爸，我也不知道该说什么，就是从今天开始，我就有两个爸了，我就是王家的儿媳妇了，我也一定好好照顾王乐，支持他的工作，和他一起进步。”

王部长一口喝了茶，抬手道：“好孩子，快起来吧，起来吧。”

轮椅上的安国庆眼圈也红了。

一切都好像很完美，安慧却总觉得有些不真实，但哪里不对她也说不上来。夜里，新人进洞房了，看着王乐美滋滋地在床单上放了一张白布，安慧终于明白了自己内心惶恐的原因。自从与高建国发生关系之后，她对这事情一直有点害怕。终于结束了，整个过程中安慧都没说过一句话，王乐倒也没说什么。她的心平静下来，渐渐睡着了。

卧室的灯突然亮了，安慧睁开眼发觉王乐正站在床边，死死地盯着自己，一言不发。安慧有些害怕，坐起来裹着被子，轻声问道：“王乐，王乐你怎么了？怎么这么看着我？”

王乐没答话，开始在安慧的东西里翻找。安慧又问道："你找什么呢？"

"好啊，你果然还惦记着他！"王乐突然从安慧的包里找到了那本残破的素描本，立刻转身看着安慧冷笑道。

"王乐，不是这样的，你听我解释。"

"闭嘴，你还想狡辩，你敢说你和高建国之间是清白的？你敢说吗？"表情凶狠的王乐仿佛变了个人似的。

"王乐，你小点声，别把咱爸吵醒了。我可以跟你解释的。"安慧哀求道。

"你把破事儿都做了，还怕把爸吵醒？你看看你虚伪的样子，你根本是个骗子！你们全家都是骗子！"说着，王乐抓起了素描本的一角，准备撕掉。

"不要，不要——"安慧猛的跳下床，扑了上去，想要把本子抢过来。王乐反手一个巴掌扇在了安慧脸上，去势很猛，安慧一头撞到了床沿上。

王乐也吓到了，但是情绪仍然难以平复，鼻子抽搐着，喝骂道："安慧，你这样嫁给我，对我公平吗？你还带着那个男人的东西，你把我王乐当成什么人了，专捡破鞋的吗？"

安慧挣扎着抬起头，无力地说："你，你怎么能这么说我？"

"不然呢，新婚之夜就让我知道自己的媳妇是个不干净的女人！你还想让我怎么样，戴着一顶绿帽子和你过日子吗？"眼泪已经从王乐的眼眶中蹦出来，说完之后便夺门而出。

安慧趴伏在床边上，闭上眼睛，眼前浮现的又是高建国的模样……

高建国并不知道安慧的遭遇，他的饺子馆刚刚在海琴湾的小街上开张了，在路边支起了几张简易的桌子。高建国熟练地擀着面皮，岳芳英包饺子，阿雄把桌椅擦了又擦。不一会儿，案板上已经整齐地排满了各种馅儿的饺子。在阿芳的卖力叫卖下，客人着实不少，只空着一张桌子。

一条绿色的身影突然在空桌旁坐下，是罗向荣。高建国走过去，冷声道："今天不卖了。"话音未落，罗向荣已经站起来，一个擒拿手将高建国反手按住，狠声道："不卖可以，以后也没得卖！大陆仔还想赚我们香港人的钱？"

高建国刚要反抗，岳芳英已经走了过来，厉声道："放开我儿子！"

罗向荣瞥了岳芳英一眼，很是不屑，狠狠说道："阿婶，你最好躲远点，不然连你一起抓。"说着松开高建国，就要去抓岳芳英。他的手刚一碰到岳芳英的手臂，整个人就被一招反擒拿手摁倒在桌面上。罗向荣奋力挣扎，却被牢牢控制住，动弹不得。周围的摊贩纷纷围过来看热闹，指指点点的看罗向荣的笑话。

罗向荣颜面扫地，威胁道："再不松开，你们全部要坐牢！"

"坐牢？什么罪名？我们光明正大做生意，不偷不抢，凭什么坐牢？"岳芳英毫不惊慌，手下倒是松开了罗向荣，又接着道："我只是想警告你，不要随便动手，警察的功夫是用来对付罪犯的，如果只会欺软怕硬，有什么了不起？"

阿芳赶紧过来打圆场："罗表哥，误会了，都是误会，你千万不要生气。"阿强也过来说好话："表哥，这里刚开业，今天的饺子我请客，表哥快请坐。"

罗向荣没敢再看岳芳英，一边揉着被抓疼的臂膀，一边呵斥着围观人群，如丧家犬一般离开了。

忙了一天，夜里回到住处，高建国望着天花板上的灯泡，有些迷茫地说道："我们有了香港身份，却还是被罗向荣这样的坏警察欺负，难道大陆人在香港永远都不能抬起头来做人了吗？"

"我早就告诉过你，你向往的那些不过是资本主义表面光鲜的东西，马克思说过，'资本主义从一诞生起，每个毛孔都流着肮脏的血液'，金玉其外败絮其中。"岳芳英一边收拾东西一边说道。

"想不到香港，只是属于富人的乐园，穷人的地狱。"叹着气，高建国继续埋头搓起了木盘里的衣服。

"你后悔来香港了？"

"来香港是我自己的选择，我不后悔！"说着，高建国又狠搓了几把衣服。

"嘴皮子倒硬……建国，你要在香港扎根，可不只是耍嘴皮子的事，人这一辈子，活到老学到老，只有掌握了知识，才能改变自己的命运。这些年当知青耽误了你的学业，听阿强说香港这里有很多夜校，你为什么不去试试？"

高建国抬起头，满怀惊喜地望着母亲，说道："老岳同志，来香港虽然吃了不少苦头，但是能得到你的支持和理解，什么都值了。我明天就去夜校报名！"

饺子摊的开张，成为了高建国母子在香港的生存转折点。他们自力更生，有了经济来源，虽然困难重重，却也结束了他们在高致行家寄人篱下的日子。从这天开始，高建国白天在饺子摊包饺子，晚上参加夜校的学习。他突然发觉日子充实起来了，人生有了努力的目标和方向。

夜校的学习让高建国开始了解香港，了解这里的英国文化，却也让他在香港度过的第一个春节有了别样的意义。

除夕下午，阿芳、华仔聚到饺子摊，岳芳英正手把手地教年轻人包饺子，满屋子欢笑不断。一旁的高建国一边擀饺子皮一边练习英语，声调抑扬顿挫。

阿芳的目光中满是崇拜，称赞道："建国哥好厉害的哦，英语讲得这么流利了。"说着拿着自己包的饺子凑到高建国面前，得意地说道："建国哥，看我包的饺子。我要在饺子上做一个记号。"

"做什么记号？"高建国有些不解。

阿芳用火热的眼神直盯着高建国，说道："建国哥，我包的饺子，你一定要吃。"高建国有些招架不住，赶紧低下头继续擀饺子皮。阿芳则是满心欢喜，一边包饺子一边唱起了邓丽君的歌。高建国抵挡不了阿芳不时飞过来的媚眼儿，只有将头埋得更低了。

"阿芳的嗓子不比邓丽君差，一定能当大明星！"一旁听得如痴如醉的阿雄也连连称赞。

阿芳的目光丝毫没有离开过高建国的脸，她开心地说："我不稀罕当歌星，我只唱歌给我钟意的人听。建国哥，你喜欢听我唱歌吗？"

高建国故作没听见地岔开了话题："阿芳、华仔、阿雄，你们知道咱们中国人过年为什么要吃饺子吗？"

看着大家都一脸茫然，岳芳英说道："在北京最讲究、最看重的就是大年除夕的饺子。饺子是'更岁交子'的谐音，意思就是新旧交替。除夕守岁吃饺子，象征的是团圆。"

高建国又补充道："过年贴春联，元宵挂花灯，在北京，一进腊月，家家户户就忙起来办年货，没有比春节更热闹的了。"

"我们好像只过圣诞节平安夜啊！应该也差不多啰！"阿芳完全跟着高建国

的话题走。

“差太多了。圣诞节又叫耶诞节，是宗教节日，基督教徒才过呢。你信基督吗？”高建国露出一丝不屑。

阿芳傻傻地摇摇头，用崇拜的目光看着高建国，称赞道：“哇，建国哥，你怎么连这个都懂？”

“这是我在夜校里学的。我就是想告诉你们，春节才是中国人的正经节日！”

岳芳英又接着说道：“咱中国人就该过自己的节日，弘扬自己的文化。”

阿芳看看高建国，又看看岳芳英，开心地说：“我也想吃年夜饭，我也想守岁！”

华仔立刻打趣道：“阿妹，这里是香港，要守岁，你就要跟你的建国仔去北京。”

听到这话，高建国突然眼前一亮，说道：“谁说在香港不能这样过年？我要让香港人都吃上年夜饺子！”说干就干，高建国立刻找来纸笔，写上了“正宗年夜饭，中国饺子包的是中国心”的大红纸，旁边还插了一面小国旗。

天色渐暗，虽然有不少人在小街上逛，但来吃饺子的人并不多。高建国急中生智，手拿小五星红旗，站到一张桌子上，高声歌唱起来：“起来……不愿做奴隶的人们，把我们的血肉，铸成我们新的长城……”

雄壮的国歌声很快引来围观者，高建国这才高声说道：“俗话说‘大寒小寒，吃饺子过年’。中国人过除夕就要吃饺子，才能大吉大利。饺子的形状像元宝，包饺子就是包住财运，包住福运。”

阿芳也在一旁卖力吆喝：“吃饺子就是吃元宝！要发财走大运的都来吃饺子喽！”

很快，几张桌子都坐满了客人，大家都想吃顿饺子图个好彩头。高建国趁机高声说道：“大家都仔细尝尝，这些饺子可是与众不同，吃到嘴里你们才知道它的滋味呢！”

“我的饺子是甜的，里面有糖！”一个客人惊呼道。高建国冲着这位客人一抬手，祝福道：“饺子里吃到糖，来年的日子更甘美！”

旁边一个人赶紧咬了一口饺子，嚼了嚼，举起筷子开心道：“老板，我这里面有花生，该怎么讲？”

高建国模仿着京剧里杨子荣的动作，一拱手说道：“吃到花生的人健康长寿，您来年一定无灾无病！”

周围的客人也赶紧埋头吃起饺子来，一边吃一边相互讨论起饺子馅儿的象征。高建国穿插在客人中间，送出了各种祝福，让食客们乐得哈哈大笑。一桌客人吃完，很快又坐满了。看到生意如此火爆，阿雄佩服不已，自言自语地说：“还是建国哥有办法，能招来这么多客人。”

一旁的阿芳得意地点头：“当然了，建国哥是天底下最聪明的人。”

美食能吸引食客，却也能引来苍蝇。这时，一群奇装异服的年轻人气势汹汹地冲了过来，为首的是个光头，他一挥手，那帮人立刻开始驱赶食客，热热闹闹的“京味儿饺子摊”顿时没了客人。光头老大吊儿郎当地找了张凳子坐下，用十分夸张的动作挖起了耳朵。

高建国走上前，问道：“你们是谁？想干什么？”

“你连我是谁都不知道，就在我的地盘上做生意？”光头傲然道。

“你们吃饺子，我十分欢迎，要是想干别的，恕不奉陪。”高建国正声道。

光头一使眼色，一个跟班走上前，拍拍高建国的胸口，道：“大陆仔，你知不知道这里的规矩？”

“什么规矩？”

跟班嚣张地吼道：“你们好大的胆，占我大佬地方挣钱，但一分钱都没交过。”

一直没说话的岳芳英走了过来，冷笑道：“原来是反动会道门，都是些歪门邪道的坏分子。建国，不用怕他们。”

光头抬眼瞅了瞅岳芳英，伸出大拇指在下巴上刮了一下，问道：“哪里来的阿婶，好大的口气！未请教？”

岳芳英正要继续上前，却被儿子拽住了衣角说：“妈，强龙不压地头蛇，今儿是除夕，别跟他们一般见识。”

高建国来到光头的桌前，问道：“饺子摊才开张，还没有盈利。今天除夕，大家一起吃顿年夜饭，交个朋友，等过了年，我把这笔钱补上。”

“什么除夕，土鳖大陆仔过的节。你搞搞清楚，这里是香港。要么交钱，要么滚蛋，别让我再看见你。”

“滚！都给我滚！”岳芳英再也无法忍受，左手握紧拳头，右手指着街口。这群年轻人也收起嬉皮笑脸，站到一起，摩拳擦掌，气氛顿时剑拔弩张。

华仔走过来，低声劝说：“这些人都要钱不要命，得罪了他们，饺子摊就开不下去了。”话还没说完，光头已经招呼手下开始砸店。

摊前贴的“正宗年夜饭，中国饺子包的是中国心”的红纸被撕扯成碎片，桌椅板凳全都掀翻了。光头亲自拔下了摊前的小红旗，往地上一扔，一脚正要踩上去，却被岳芳英一记擒拿手将他的肩膀拧脱了臼，剧烈的疼痛让光头不顾颜面地哀号起来。

岳芳英正声道：“把国旗捡起来！”

“我捡，捡！”光头疼得哇哇求饶。捡国旗的瞬间，岳芳英松开了他，光头趁机转身反击，可惜早被岳芳英料到，又是一记倒钩脚，再加擒拿手，将他狠狠摔在了地上。高建国走过来大喊道：“侮辱国旗就是侮辱中国，还不滚！”阿雄也拎起条凳站到一旁。光头喊了声“走，找彪哥！”立刻带着混混们落荒而逃，消失在巷口。

岳芳英捡起五星红旗，细心地抚平，拍掉上面的尘土，递给儿子，语重心长地说道：“国旗代表中国人的尊严，我们可以吃苦，可以受委屈，可是，中国人的尊严，不容践踏！”

高建国将小红旗紧握在手中，回答道：“妈，我懂。”

阿雄看着被砸得稀巴烂的饺子摊，愁眉苦脸道：“惨了，我们的钱全赔进去了。”

华仔则是心有余悸地劝道：“刚才那帮人，是14K‘胜’字堂堂主阿彪的马仔。阿彪心狠手辣，你们赶紧回去避避风头。”

高建国看着华仔，有些出神。

“怎么了你？”华仔以为高建国吓呆了。

高建国正色道：“我在想我弟弟，他当时也是让我跑，让我躲起来……”

四

远在北京家中的高建军，正孤零零地坐在客厅里望着全家福发呆。本来每天去医院照顾安国庆还能给他生活的意义，谁知道安国庆醒了，安慧也跟王乐结婚了……现在只有他一个人了。他怀念过去除夕晚上跟哥哥抢饺子吃，想起跟着哥哥和丁跃民他们到玉渊潭溜冰。不过还有人记得他，王鹏飞的遗孀孙小华给他送过来一碗饺子，让高建军重新感受到一丝温情。

同样是在北京，西郊的王乐家又爆发了一场“战争”。吃年夜饭时，王部长提出让小两口儿明早陪他去给几个老战友拜年，安慧没有什么意见，可王乐不愿意安慧去，两人就有些不愉快，只是当着老人面没有发作。

回到卧室，安慧就一脸严肃地说：“王乐，我是嫁给了你，不是卖给了你，我是一个有独立人格的人。是，我之前没有告诉你我和高建国之间的所有事情，那是因为我不想再提过去，不想再提高建国那个人。”

“你是不想提他，还是不敢提他？你根本就没有忘了他！”王乐斜靠在桌边，不屑道。

安慧深吸了一口气，又说道：“我和高建国在内蒙的时候就好上了。是，那件事情让你耿耿于怀，但是你能不能也站在我的角度理解理解我？我没有觉得我有什么丢人的，因为那个时候我和他都已经打算要结婚了。如果不是因为出了我哥那件事，我们不会是现在这个样子。”

“你现在说这些有什么意思？事实就是你骗了我！你哥，你妈都骗了我！对了，还有你爸。要不是我爸，他头上那顶‘保守派’的帽子能这么快摘了？”王乐站直身子嚷起来。

安慧闭上眼，沉吟片刻说道：“可事实就是，我现在是你的妻子，而高建国已经死了！这才是事实。”王乐一下子语塞。“王乐，从嫁给你的那一刻起，我就是想要好好和你过日子。我请求你，不要再纠缠过去，不要再和一个死人计较了，可以吗？”

“那你为什么还要留着那本素描？”王乐噘着嘴，表情就像个半大的孩子。

安慧表情平和地说：“我留着它，并不代表我还想着高建国，我只是想保存一份知青生活的回忆而已。如果你那么介意，我可以烧了它。”

“交给我，我来烧了它。”王乐兴奋地走了过来。

安慧略作迟疑，但还是从抽屉里拿出素描本，递给了他。接过本子，王乐有些紧张地前后翻看了几遍，手指有些颤抖，过了好一阵才说：“好，我相信你一次。”

“这是不是表示，我们不会为这事儿再吵了？”安慧站了起来。

“过去的，我也不想提了。”王乐点点头，将素描本揣进兜里，讨好似的拍了几下安慧的肩膀，温柔说道：“慧儿，其实那天我不是有意的。这样，你先休息休息，我去帮你烧水洗漱。”这才走出了房间。

安慧走到书桌前，打开了台灯，拿出一本书轻轻翻动。书的夹页里，露出一幅略有残损的素描，线条干净有力，正是他们为祭奠总理，安慧拉着小提琴、建军朗诵诗的那张画。

画这幅素描的人此刻重新鼓起勇气，在母亲的资助下，重新竖起了“京味儿饺子摊”的招牌。第二天，高建国和阿雄正在摆放桌椅板凳，岳芳英在木屋内清点新买的厨具。

华仔专门过来提醒：“英姨，建国，你们怎么不听我的劝？14K‘胜’字堂那些人心狠手辣，不好对付。你们赶紧收摊，回家避风头吧。”

高建国认真道：“他们敢再来，我报警！”

华仔苦笑道：“这群人就是有警察做靠山，他们收的保护费都是和警察分成的。”

“香港警察都是这样的吗？”岳芳英走了出来。

没等华仔回答，阿雄一下躲到了高建国身后，指着街口，用颤抖的声音说：“建国哥，又、又来了！”

果然，一个皮肤黝黑的壮汉带着二十多个人乌云一般涌了过来，将饺子摊团团围住。壮汉脸上有一道闪电状的疤痕从左边眉角直达嘴角，看起来狰狞恐怖，阿雄吓得腿直哆嗦，高建国喊了声：“别怕！”拎起一条凳子与华仔、阿雄三个人背靠背站好。

岳芳英冷眼看着壮汉问道：“你就是彪哥？”疤面壮汉冷哼一声，算是默认。

高建国盯着彪哥的双眼，正色道：“你想怎样？”

“到了我的地方，不按我的规矩，你是第一个——”彪哥话音未落，不远处传来几声咳嗽。整条街十分安静，咳嗽声分外清晰，仿佛穿透人心。彪哥刚刚抬起的手停在了半空，喊了一声：“闪开！”

人墙很快让出一道口。阿彪一见到来人，表情立刻变了。高建国也望了过去，竟然是海叔。海叔悠然地问道：“阿彪，来了怎么也不跟我打个招呼？”

彪哥看看高建国这些人，又看着海叔，打了个哈哈：“原来是海叔的人，都是误会。”一招手，一股烟般离开了。海叔什么都没说，甚至都没有走过来，转身便进了小巷。

又一次被海叔所救。夜里收了摊，高建国专门打了一瓶酒来到避风港，可惜却吃了闭门羹。高建国只有将酒瓶放到船尾，悄然离开。

路过沙滩时，他碰到了华仔。华仔得意地说道：“我就知道你要来找海叔。你知道为什么阿彪一见海叔就跑了吗？”

“为什么？”

“哈哈！海叔年轻的时候可是呼风唤雨的人物，要不是后来出了事，蹲过监狱，这里也不至于被阿彪这样的人霸占。海叔的故事可多了，我听说他和香港十大家族之一的李嘉盛，都有点渊源……”华仔唾沫横飞地讲了一大堆海叔的故事，说得自己就像是亲历过一样。

“十大家族，李嘉盛？”这个名字引起了高建国的注意。最近他听到整个龙鼓村都在传，“港灯”已经把海琴湾土地的使用权转给这个李嘉盛。不过他很快又被海叔的其他传奇经历所吸引，没来得及打听这个名字。

今天的雾特别浓，仿佛是触手可及的，不仅看不见避风港，连短短的小街都望不见头。奇怪的是母亲和阿雄也不见人影，他们上哪去了？这时，耳边响起说话声，是有几个人在附近叽里呱啦地议论着什么，可惜却听不清说的什么。高建国循声过去，只见五六个人聚在一间小木屋里，鬼鬼祟祟的样子。他们的脸好像都被浓雾遮蔽，让人看不真切。高建国只有仔细地辨认，才依稀认出两个，一个是“港灯”公司的那个田主管，另一个则是罗向荣，几个人正在商量要把龙鼓村一把火烧掉。高建国大惊，正准备招呼大家过来，却被屋里几个人发现了。其中罗向荣面目狰狞地掏出了手枪，接着就听到嘭的一声巨响。

高建国一下子从床上坐了起来，原来是梦！他突然感到脑袋剧痛无比，浑身已被冷汗浸透。他双手捂住额头，痛苦地呻吟起来。

第四章

金榜题名

- 前有黑道大哥，后有腐败探长，小小渔村一波未平一波又起。
- 在海叔的帮助下，高建国幸运地保护住了饺子摊；偶遇港大教授，让他圆了大学梦。
- 远方的安慧等人也因为高考恢复而获得进入高校深造的机会。

一

临近中午，“京味儿饺子摊”里，阿雄正蹲在水管旁忙着洗菜，高建国噔噔噔地剁肉馅儿，岳芳英在教阿芳包月牙形饺子，二人有说有笑，亲热得就像母女一般。

两把大菜刀上下翻飞，高建国心里却老在想早上的梦。阿芳这傻丫头说，这梦可能预示着龙鼓村要出大事了。高建国之前嘲笑阿芳封建迷信，但自己这会儿却有些放不开，梦里那一幕老是在眼前晃来晃去。

岳芳英却把儿子的沉默看作是害羞，她早就看出阿芳对建国有意思，只是不知道儿子的想法，每次谈到这个问题，儿子都说自己心里只有安慧。但岳芳英不这么想，这辈子他们还能不能回北京都是个问题。安慧是个女孩子，二十岁出头了，这两年肯定家里就得让结婚，而且安家还跟他们家结下了这么大的仇怨，万一安国庆人没了，建国跟安慧的缘分肯定就断了。

高建国觉得十分不自在，想说点什么，可又不知道该从何说起，只有继续埋头剁肉。好在阿强爸的出现打破了尴尬，每次出海回来，他都会送条大鱼过来，而且分文不取，让母子俩很不好意思。这回岳芳英坚持让他拿点饺子回去，他照常推让。

双方正在客气的时候，几个警察出现了，他们给每个摊位都发了一张通知单。一身绿衣的罗向荣站在道路当中，端着大喇叭喊着：“从这个月开始，政府决定增收一项管理费，大家都把通知单拿好，仔细看好。记住！按时交费！”

阿强爸拿着通知单问道：“阿 Sir，我们每个月都有按时交费，怎么突然又要多收呢？”

“让你交就交，哪有那么多废话？！”警察很是粗暴。

岳芳英拿过通知单，看了一眼，愤愤道：“什么管理费，这分明就是巧立名目、贪污腐败。”

阿强爸吓得赶紧道：“阿英，千万不要这样说。看到那边那个龙华龙探长了吗？如果我们不交钱给他，谁也别想在海琴湾待下去。”

罗向荣身旁还有一个梳着大背头的中年男人坐在藤椅上，他并没有穿警服，而是穿着时髦的条纹西服，系着玫瑰色领结，锃亮的牛津鞋正悠然地踩着节拍，仿佛在欣赏音乐会。

岳芳英毫无惧色地直接走过去，大声说道：“龙探长，这笔管理费我们不应该交。”

龙探长转过头打量了几眼岳芳英，问道：“你是哪位？”罗向荣弯腰说道：“探长，她是大陆来的。”龙探长一下笑了，抑扬顿挫地说：“你不交也可以啊，不过从明天开始，别让我在这里再看见你。”

岳芳英大声道：“香港是法制社会，你不讲道理，总有讲道理的地方。”

龙探长面露轻蔑的表情，环顾左右笑着说：“这位阿婶真是好风趣，要跟我讲道理。阿婶，你想去哪里讲道理？”

“哪里管贪污腐败，我就去哪里。”岳芳英还想再说，却被阿强爸一把拉回去，阿雄也过来挡住，总算把岳芳英拉回店里。

龙探长的笑容突然一收，眼中闪过一丝寒芒，高声道：“还有谁不愿意交的，现在就可以提出来。”其他摊主们都在照常忙着自己的生意，仿佛眼前发生的事和他们没有丝毫关系。

龙探长嘴角显出得意之色，高喊道：“‘港灯’不够钱开发海琴湾，已经计划把你们的地卖给永盛集团。永盛集团可是开发房地产的，要不是我替你们讲话，这里就要建成高档别墅了，你们这帮卖鱼佬都得滚蛋！交点管理费还来跟我斤斤计较？”

龙华等人走后，阿强爸苦笑道：“虽然要多交一笔钱给龙华，但是算算，一个月下来还有些赚头，当是破财消灾吧。总比让永盛集团的李嘉盛修别墅强。”

高建国这才知道什么李嘉盛原来是永盛集团的老板。他突然想起这个龙华很像他梦里见到的几个恶人中的一个，另外还有一个年轻人，难道就是什么李嘉盛？不会的，太年轻了，怎么可能就是大老板，而且还认识海叔。对了，可以去找海叔啊！

夜里，高建国用餐盒装了二十来个饺子，又打了一瓶好酒，来到了港口。在海叔的渔船外喊了半天，却毫无动静，漆黑寂静的夜里只有阵阵的海浪声与他作伴。

无奈之下，高建国只得又将东西放在了船尾，起身准备离开。这时，船舱里的长明灯亮了，海叔出现在了甲板上，脸上还是那副气定神闲的表情，朝高建国一招手说："国仔，陪我喝一杯吧！"

坐稳之后，高建国端起酒杯，开心道："您终于肯见我了，我得先敬您一杯。"

海叔没有多说话，直接干了。放下杯子，他说道："你这个年轻人身上有一股闯劲，很难得，不过，你不属于海琴湾，你不会甘心在这里生活。"

"原来是因为这个，您才不愿意见我！"高建国恍然大悟。

海叔吃了一个饺子，微笑着说："其实我年轻的时候和你一样，总觉得浑身上下有使不完的劲，总想闯出一片自己的天地。"说着又喝了一杯酒。

高建国麻利地给海叔的空杯里再次倒满酒，然后坐好认真听海叔说话。海叔先是咂咂嘴回味了一下酒劲，才接着说道："后来我才明白，你想要得到的越多，失去的就越多。人这一辈子，什么都比不上内心的平静。你现在不明白，但以后总会明白的。"

高建国有些似懂非懂，只是默然地吃了一个饺子。海叔端起酒杯又是一饮而尽，然后站了起来，海风吹着他的衣角猎猎作响。他低头看着高建国，意味深长地说道："后生仔，只要坚持，总有一天能得到你想要的。我喝多了，回去睡了。"说完拍拍高建国的肩膀，向船舱内走去。

高建国感受到了海叔话语中的激励之意，顿时感到浑身充满力量，突然又想起此行的主要目的，急忙问道："海叔，还有一件事我想请教您，龙华增收管理费的事您知道吗？"

"我知啦，大家都收到了。"海叔站在舱门口，没有回头。

“您也打算交管理费吗？”高建国有些意外。

“交，为什么不交？”海叔的声音还是十分平静。

高建国不甘心地说道：“龙华这是明目张胆的强取豪夺，难道我们除了忍就没一点办法吗？”

海叔侧过头认真说道：“这个龙华跟阿彪不一样，你惹不起的。年轻人，能过上清静的日子不容易，别去惹麻烦。”说完低头进了船舱，哗的拉上了帘子。

高建国只有失望而归。

接下来几天，整个海琴湾的人都在议论管理费和永盛集团的事情。阿强爸从海叔那里得知，永盛要建高档商业建筑，不会允许鱼市的存在了。可升斗市民始终还是觉得多一事不如少一事，自己位卑力薄，交了管理费买平安就得了。

心结难解，高建国大清早便独自躲到避风港的一个僻静处，画起了素描。开头是扬帆出海的渔船，周围有画过无数遍的港湾和海面、岛礁。

对啊，可以画北京啊！久别的故乡啊！该画点什么？天安门、紫禁城、长城这些都画过好多次了……想到了！可以画最有老北京味道的胡同。想到就下笔吧！铅笔在纸面上唰唰划动，不一会儿自幼熟悉的帽儿胡同已经出现在画纸上。

“这是北京的胡同？”一个声音突然在身后响起，惊得高建国连忙转过头去。后面站了一位戴着眼镜的中年女性，看起来知性优雅。她鬓角微霜，身穿白色的呢子风衣，系了一条红色的围巾。

高建国赶紧转身站起来，好奇地问道：“您知道北京的胡同？您去过北京？”

“去美国留学之前，我在北京生活过一段时间。”中年女性微笑着回答道。

高建国举起自己的画，骄傲地说：“我来自这里，这是我在北京的家，帽儿胡同。”

中年女性笑了，温和地说道：“我是香港大学历史系的教授，正好在做中国传统建筑的课题，我对你画的帽儿胡同很感兴趣。”

两人开始攀谈起来。教授名叫钱红一，今天是专程带着自己的研究生到海琴湾，来看一些保留的古旧中国传统建筑。钱教授一直对老北京胡同很有兴趣，难得碰上高建国这样的“行家”。一路走着，她兴致满满地倾听高建国讲述北京老胡同的老掌故，还不时地掏出小本记下。钱教授突然停住脚步，提出了告别：“谢谢你的胡同，年轻人！另外，我还有个不情之请，”说着指了指高建国的素描，“这幅画可以送给我吗？”

“您喜欢我的画？”高建国十分欣喜。

“当然了，你画得好生动，也好有趣。”

“那不行，这幅画太简单了，送给您不太礼貌，我再重新画一幅。”说着掏出了铅笔。

这时，一群村民出现了，有老有少，大多扛着鱼叉、棍棒朝避风港跑来。人群中高建国看见了母亲，岳芳英招呼高建国：“儿子，赶紧过去看看，地产公司的人来量地了。”

高建国急忙收拾好纸笔说：“钱教授，等画画好了，我再送给您。”话没说完，就被母亲拉着跟上了人群。

二

气势汹汹的村民们很快赶到避风港的码头边。栈桥上摆放了几台不知名的仪器，站着几个人。其中一个留长发、穿西服的青年给人一种鹤立鸡群的感觉，再近些可以看出他相貌俊秀，是个养尊处优的富家子。天呐！这个人正是自己在梦中见过的年轻人，高建国又感到有些头痛。

青年一摆手，大声问道：“你们是谁？想干什么？”

“这话应该我们问你，你是谁？来我们的地方干什么？”为首的一个村民大喊道。

“你们的地方？真是好笑。这块地很快就是我的了。”青年仿佛听到了一个笑话，作秀般双手在胸前摊开。

高建国在人群中高声喊道：“‘港灯’公司的田先生亲口答应，开发这块地的同时保留和改善鱼市。”

青年没有转头，傲然地盯着天空说："那是你们和田先生之间的事，跟我有什么关系？"

高建国又接着说道："即便'港灯'把地出让给你们，也希望你们能考虑我们龙鼓村的利益，想办法保留海滩鱼市。"

"我只知按合同办事，至于你们和'港灯'那些口头协议，甚至是个别人给你们的允诺，都和我没有关系。"青年浑然一副目中无人的态度。

村民们一片哗然。"我们靠海吃海，不能让他们把地抢走！""他们要把地买走，就是要断了我们的活路，跟他们拼了！"群情激动之下，几个胆大的村民开始上前抢夺测量仪器，场面顿时失控。后面涌上来的村民没有东西可抢，直接扑向了青年。片刻之间，他的领带开了，西服也撕裂了，十分狼狈。

这时，警笛声大作，三辆警车呼啸而来，戛然停下。十几个警察冲下车，挥舞着警棍冲进人群。渔民们立刻被警察冲散了，警棍之下一片哀号声。混乱之中，高建国与母亲被冲散了，他只有在人群中大声呼喊母亲。突然，他好像听见有人在放肆地奸笑，循声望去，警车旁边正是罗向荣在冲着自己笑，而他旁边，三个警察正把母亲押上警车。

海叔！对了，还有海叔！高建国快步向村北的一处崖壁跑去。这个季节海叔走的是夜船，一般都是带着人晚上打鱼，白天不是睡觉就是在这个崖壁下钓鱼打发时间。

来到崖壁下，海叔果然在这里。见到高建国，海叔却不谈正事，而是要跟他进行钓鱼比赛。钓鱼讲究的是耐性，此刻心浮气躁的高建国哪里钓得起半条鱼？无奈之下，高建国再顾不得许多，苦苦哀求道："海叔，这件事只有你能帮我，整个海琴湾，只有你有办法对付龙华。"

海叔面露落寞的表情，仿佛自言自语地说道："今日你们赶走了阿彪，龙华就来了，明日再赶走龙华，还会有下一个势力出现，这就是现实社会，谁也改变不了。"说完拎着自己的鱼走了。

望着海叔离开的背影，高建国无奈地仰天惨呼一声，脸上写满悲愤之情。

第二天，高建国去向叔叔高致行求助，叔叔开头不愿意，但在高建国的再三恳求之下，答应愿意帮忙保释。晚些时候，从叔叔那返回来的消息却是：岳芳英的名字根本没有出现在警察局的拘留名单上，无法保释。看来这回龙华是真的下了狠手。

回到家，高建国呆坐在床边，就没有再动过。华仔和阿芳兄妹过来看他，怎么劝他也不听。夜里阿芳给他煮了一碗面，高建国还是一动不动，麻木地望着墙上的日历。阿芳没办法，只有坐在一旁陪着他一起看日历，华仔则趴在窗台上望着外面的路灯抽闷烟。

阿强突然跑了进来，大声说道："我们向香港廉政公署举报龙华吧！你们忘了之前的葛柏案了吗？连葛柏都是被廉政公署制服的。"

葛柏全名彼得・菲茨罗伊・葛柏（Peter Fitzroy Godber），曾任皇家香港警察队总警司，原定于 1973 年 7 月 20 日提前退休。但在 1973 年 4 月，警务署长接到指控葛柏贪污的报告，警方检举贪污组因此开始调查葛柏的财产，发现他名下的财产接近他合法收入的五倍，于是对他提起诉讼，并于 1975 年 1 月 7 日从英国引渡回香港，之后判决入狱四年。葛柏的罪行直接导致了香港廉政公署（ICAC）的成立，ICAC 成立后的两年内便揪出了十多个警界贪污集团。

华仔冷哼一声："没证没据，怎么举报？"

阿强的脸上也一下晴转阴，失望道："是啊！龙华在海琴湾只手遮天，我们怎样才能拿到证据呢？"

这时，沉默数日的高建国一下站了起来，就像看到救命稻草，冲着屋外喊了一声："海叔！"众人都以为他疯了，海叔的声音却真的从屋外传了进来："事情凑巧，我有个老友在监狱里做事，听他说昨天抓了个叫岳芳英的人，也不知道是不是阿英。"高建国听到这个消息，激动得差点跌倒在地。

"那你跟我来一下。"海叔说着转身就走。高建国顿时觉得浑身有劲，饥饿和疲惫的感觉都凭空消失了一般，快步跟上了海叔。

两人一前一后来到了村子中间的小庙，里面供奉着天后娘娘，香火鼎盛。渔民出海危险极大，他们希望在这里上过香后，能够保平安。

海叔神色肃然地对高建国说道："我很了解龙华这个人，他要想把事情做绝了，你根本挡不住他。你们这么公开跟他对着干，想让他放人恐怕比登天还难。

这件事你自己心里要有个底。”

“海叔，现在该怎么办，我全听您的。”高建国乖乖点头。

“我曾经在天后娘娘面前发过誓，今日只有破例一回了。”说完正步走到神像面前，专注地点燃了三炷香，举过头顶，闭上眼虔诚地说道：“天后娘娘在上，弟子金盆洗手多年，本不愿插手，但龙华欺人太甚，弟子只有违背当日对娘娘的承诺……”接着鞠了三躬，恭恭敬敬地把香插到了香炉中。

几天后的黄昏，龙鼓村出现了空前的热闹场面，沿着道路摆起了几十张桌子，阿强爸正跑上跑下地张罗着“百家宴”，各家各户都拿出了自己做得最拿手的菜，热热闹闹地庆祝这个前所未有的胜利。

突然，人群沸腾了，正是阿芳和高建国接岳芳英回来了。村民们纷纷停下手中的事，鼓掌欢呼，迎接岳芳英和高建国归来。

阿强爸第一个迎了上来，大声道：“大家都商量好了，今天就用这个‘百家宴’来欢迎你们！”

“能让龙华被停职调查，大家都说，这是属于我们穷人的第一次胜利。”阿芳在一旁欢呼道。

只有阿强有些失落，脸上的笑容多少有些勉强。高建国走过来，拍着他肩膀安慰道：“阿强，对不起，这次的事把你表哥也送进了监狱。”

阿强低声说：“建国哥，你别这么说，我懂的，他是罪有应得。我只是觉得毕竟大家一家人，有点惋惜。”

岳芳英问了一句：“海叔呢？怎么没见他人？”

阿强爸回答道：“又钓鱼去了，他就是喜欢独来独往，阿英你别介意。”

阿雄兴奋地说：“龙华被打倒了，饺子摊又可以开张啦！”

高建国充满自信地高声说道：“我的饺子摊不但要重新开张，还要扩大规模。”

龙鼓村的普通百姓并不知道，这期间还有一件大事，让他们得以保住自己的港湾。因为1972年6月15日，联合国非殖民化特别委员会通过决议，向联大（联合国大会）建议从殖民地名单中删去香港与澳门。11月18日，第二十七届联大通过决议，批准了这一建议。所以，1977年后，港英政府认为香港“九七”

之后地位未决，政府无法明确地契租约期，不只是海琴湾，新界的所有土地交易都受到了影响。这才迫使本来对海琴湾志在必得的永盛集团，放弃了这块已到嘴边的肥肉。

重新开张的“京味儿饺子摊”面积更大了，用竹竿、帆布在屋外搭出一个简易的棚子，木屋之内专做厨房之用。桌子又增加了好几张，凳子也由条凳换成独凳，让客人坐得更加舒服自在。桌椅柜台全部都刷鲜亮的红油漆，用阿强爸的话来说就是“大吉利是”。一身白色制服的阿雄一边卖力地抹着桌椅，一边打量着自己工作的地方，感觉现在远比以前的路边摊正规了。

新来的几个服务员跟阿雄一样穿着白色的制服，正用白毛巾擦着玻璃水杯，一个个擦得干净透亮。岳芳英从厨房走出来，戴着白手套检查阿雄擦过的桌椅。白手套从桌椅上抹过，一尘不染。她满意地冲着阿雄点了点头，又来到新来的服务员那边，检查了他们的指甲。

这时，一阵清脆的车铃声传来，高建国蹬着一辆破旧的三轮车满载而归，车上满载着面粉、肉、蛋还有各样蔬菜。停稳车，他才按着车铃大声吆喝道：“阿雄，快来帮忙。”

岳芳英看了一下表说：“还是晚了半小时啊！”

高建国趁机向母亲诉苦，拍着破旧的脚蹬三轮车说：“老岳同志，这交通工具都老掉牙了，您要是给我换个电动的，我保证不迟到。”

“少贫嘴。”岳芳英根本不理会儿子的要求，只是瞥了高建国一眼，然后开始板着脸检查起三轮车上的食材，每检查完一种就在小本子上做好标记，然后招呼阿雄和服务员把检查过的食材搬进后厨。

忙了半天，到了傍晚，岳芳英才想起华仔送来的电视机，赶紧打开，试图吸引客人。电视荧光屏上出现了一座足球场。

“这不是工体吗？”高建国突然惊呼道。

岳芳英直盯着屏幕，过了好几分钟才相信自己所看到的，搂着儿子开心地说：“这是，这是工体！”又转向周围的人大声说：“这就是北京工人体育场！”

“是啰，今晚是北京国际足球友好邀请赛最后一场，”一个客人插口道，“香港足球队同中国青年足球队的比赛啦！”

电视镜头转向了主席台上，一个老人出现在荧屏上，他正在向观众们挥手致意。“邓小平！各位观众，这是邓小平自 7 月 16 日第三次复出后的首次露面。”解说员兴奋地说道。电视镜头又给了体育场一个全景，可以看到全场近 10 万观众纷纷起立，向着邓小平热烈鼓掌。岳芳英、高建国的眼睛湿润了，母子俩的手紧紧握在一起。

时任中共中央副主席的邓小平 7 月 30 日晚观看了在工人体育场举行的北京国际足球友好邀请赛的决赛并出席了闭幕式，是自去年 1 月在周恩来总理追悼大会上致悼词以来第一次在群众面前露面，受到了现场观众的鼓掌欢迎。从此，邓小平回到中央领导岗位，作为第二代中央领导集体的核心，领导全党、全军、全国各族人民，开创中国特色社会主义，在改革开放、社会主义现代化建设的新路上开拓前进！

过了几天，高建国专门跟母亲请了假，骑车来到香港大学，想把完成的画作交给钱教授。碰巧钱教授有一个“香港与祖国大陆的历史渊源”的系列讲座，高建国跟随一群学生来到教室，偌大的阶梯形教室已经基本坐满，只有最后一排还有空座，高建国在最后一排静静坐下。钱教授在助教的协助下摆弄好幻灯机，讲座正式开始了。钱教授首先放出了幻灯片，一幅幅老照片都是香港保留下来的一些历史建筑，有“鲁班先师庙”“大坑莲花宫”“虎豹别墅”“鸭脷洲洪圣庙”等等。这些建筑有的是前清所建，也有 20 世纪以后建成的，都采用了中国传统古建筑的风格。

“……这些建筑尽管所处地域偏僻，建筑规模不大，但却具有浓厚的中国传统文化特色，和北京的建筑高度相似，体现出重礼教、尚人伦的特点，建筑的装修与装饰都反映出浓厚的华夏民族的审美情趣……”一边讲述，钱教授又放出了北京的一些古建筑照片进行对比。

讲座结束了，不少学生围住了钱教授进行提问，高建国只有站在讲台旁安静等候。终于学生们都散了，高建国才来到收拾材料的钱教授身旁，鞠了一躬，双手呈上了自己的画，说道：“钱教授，这是我答应送您的画。”

“我还以为你忘了！”钱教授看见高建国，面露惊喜。

“答应别人的事怎么能食言！”高建国正色道。

钱教授微笑着问道：“上次你说你正在读夜校，有没有更进一步的打算，比如报考我们香港大学？”

“报考大学？这我连想都不敢想。”高建国对这个建议十分意外。

“为什么？”钱教授扶着眼镜仔细地看他。

高建国面露羞惭之色，低声说：“上大学需要一笔不小的费用，我根本负担不起。”他知道，香港上大学的费用，需要中产以上的家庭才能负担得起。

“如果是因为学费，我建议你向政府申请助学金和免息贷款，可不能因为钱耽误了学业。”

高建国抬眼问道：“我也有资格申请吗？”

钱教授欣然道：“你有香港身份证，当然有资格申请。干脆这样，你填好申请表交给我，我帮你申请。”

从此，高建国开始经常与钱教授接触，还偶尔抽空去旁听一些港大的课程。在一次课后，钱教授叫住了高建国，微笑着说：“建国，你托我申请的助学金和免息贷款，已经获得批准了。”说着从手袋里拿出一张审批表交给高建国。

仔细地看着布满英文的表格，高建国惊喜万分，内心激动之下，拿着表格的手竟有些颤抖。钱教授拍拍他的肩，安慰道：“现在你不用再为学费发愁了，欢迎你报考香港大学。”

夜里，回到龙鼓村的高建国正赶上母亲和阿雄在收拾店铺，他激动地冲进厨房，拉着母亲的手臂大声道：“妈，我申请的助学金批准了。”说着把审批表递给母亲，一项一项地解释给母亲。岳芳英眼中渐渐充满了泪水，再也说不出话来，只是紧紧地搂着儿子。

四

念大学，曾是高建国不敢想的梦，而今他终于开始以此为目标并为之而奋斗。进入大学学习深造并不只是身在香港的高建国想要完成的，祖国大陆正在面临着一场观念的转变。1977年5月，邓小平提出“尊重知识、尊重人才”的口号，为当时教育、科技战线的拨乱反正指明了方向；也让十年极“左”思潮泛滥时期，被贬低为“臭老九”的广大知识分子看到了希望。很快这一口号传遍大江南北，催生出一种新的风尚。

王乐一回家，就看见一男一女围坐在安慧身旁，于是不冷不热地说：“安慧，你的朋友不少嘛，以前怎么没听说过，还不帮我们介绍一下？”

安慧还没来得及开口，丁跃音就抢着说：“我叫丁跃音，这是我哥丁跃民，我们都是安慧的好朋友。”

“哦，有点印象，好像那会儿在溜冰场见过。”王乐点点头。

丁跃民接着说道：“我和安慧是在一个大队落户的知青，所以——”话还没说完，王乐就打断道：“哦，那你也认识高建国？”

“认、认识啊！”丁跃民看了一眼安慧才回答。

丁跃音倒是不管这些，只顾着和安慧聊天。两人拉着手坐到了沙发上，丁跃音激动地说起了小平同志的讲话，大胆预言“我们的教育制度也许马上就会有大变化”。

丁跃民也开心地说道：“新时期国家总归需要科学家，需要工程师，需要高端人才。机会是留给有准备的人的，我们还年轻，应该早做准备，多读书，读好书，将来一定能派上用场。”

“跃民，你的意思是我也许还有机会读书？”安慧眼中闪现出一丝光芒。

丁跃民激动地拍了一下安慧的肩膀说道：“当然了，新时期一定会给我们提供更多更好的机会，我们都可以通过学习知识改变自己的命运……”

丁家兄妹的话让安慧心绪起伏，她不禁低头自言自语：“改变命运……真的能改变命运吗？”

王乐站在一旁，斜眼望着丁跃民，阴阳怪气地说：“丁跃民，听你的语气，将来一定能更好地为人民服务，到时候可要多帮助我们家安慧啊！”说着，又别有意味地看着安慧，问道：“安慧同志，我说得对不对？”

安慧躲开丈夫的目光，站了起来，大声道：“哎呀！光顾着聊天了，你们口渴不渴，我给你们倒水。”王乐趁机一屁股坐在沙发上，弄得丁家兄妹有些尴尬。

安慧很快端了两杯水出来，放在丁跃民兄妹面前，招呼他俩喝水，一不留神却露出了小臂上青紫的伤痕。

丁跃民表情一下变了，惊呼道：“安慧，你受伤了？”

安慧触电般迅速缩回手，重新拉回袖口，轻声道：“没有，不小心碰了一下。”

丁跃民关切追问道：“怎么碰的？”丁跃音去拉安慧的手，想要揭开袖口查看。安慧吓得直接把手藏到了身后，阴着脸说：“跃音，别看了，就是碰了一下，过两天就好。”

王乐也站起来打岔道：“安慧，我们一会儿还要出去办事，你可别忘了。”

丁跃民像是明白了什么，跟着立刻站了起来，说道：“既然你们有事，我们就不打扰了。”侧过一步去拉还傻坐着的妹妹。丁跃音全然不知道发生了什么，一边挣扎一边还嘴里嚷着：“哥，我们才刚来呢！”

安慧柔声劝道：“跃音，今儿实在不赶巧，改天我请你吃饭。”

丁跃音还没开口，王乐下了逐客令：“安慧，还不送你的朋友出去？”

丁跃音这才不情愿地站起来，噘着嘴道：“安慧，我改天再来看你。”

送完丁家兄妹回来，安慧直接往卧室走去，王乐大步上前挡住去路，冷笑道：“怎么，老相好的走了，不高兴了？”

“你胡说什么！”安慧无名火起，冲着王乐大声喊道。

“你老实交代，你和丁跃民是什么关系？别以为我看不出来，那个丁跃民，瞧瞧他看你的眼神，恨不得把一双眼睛长在你身上。”王乐一脸痞相。

“我不跟你这样的疯子说话。”安慧索性闭上了眼，转身又朝着大门走去，刚走了两步，就被王乐抓住了手臂。

“你想去哪儿？找你那个相好的？别以为我不知道，你那个老相好早掉进大海里喂鱼了，你还想去找谁？”王乐继续挑衅着。

“王乐，你胡说什么！你放开！”安慧努力挣扎，王乐却抓得更紧了。

王乐恶狠狠地说道：“你今儿别想出这个门，出去勾三搭四，我丢不起那个人。”

“我回我妈家！”

“呸！哪也不许去，你跟我进来！”王乐说着强拉着安慧进了卧室。

一进房间，王乐就一把将安慧摔到床上，接着脱下了自己军绿色的褂子。安慧面露惊恐，手脚缩成一团，大叫着：“你想干吗？”

“干吗？你是我媳妇儿，你说我干吗？”说话间，王乐已经解开了皮带，饿虎般扑到安慧身上，开始撕扯她的衣服，上衣一下就被撕裂开了一个口子。安慧奋力推王乐，声嘶力竭地喊了声：“走开！”

王乐两眼通红，充满了妒火、怒火和欲火，他又扑上去拉扯安慧的裤子。情急之下，安慧弯腰一口咬在了王乐的胳膊上，还使上了吃奶的劲儿。“啊——”王乐一声惨叫，松开了她，安慧赶紧站起来，整理自己的衣物。

看着手臂上的牙印渗出点点血迹，王乐彻底被激怒了，狂叫着：“不要脸的臭婊子，老子打死你……”一巴掌打在安慧脸上，安慧应声倒在床上，王乐接着扑上了床。安慧痛不欲生，只有恨恨地咬紧牙关，痛苦地闭上了眼睛，努力让眼泪不要流出来。陷入家暴痛苦生活的安慧此刻下定了决心，她要抓住新的希望，掌握自己的命运。

1977 年 10 月 21 日，中国各大媒体公布了恢复高考的消息，中断了十一年的中国高考得以恢复。消息像春风一样吹遍了中国的大江南北，推动了一代人的命运车轮。一个“读书无用论”的荒唐年代结束了，由恢复高考引领的全社会读书热潮扑面而来。青年人的求知欲、读书欲被唤醒，成千上万的人重新拿起书本，加入到求学大军中去。这是中国有史以来少有的一场读书热潮。而当年琅琅的读书声，无疑是中华民族复兴的前奏曲，让人们看到了民族的希望。

虽然上次见面有些不愉快，但丁家兄妹还是经常过来给安慧送一些学习资料，告诉她一些高考的最新信息。丁跃民想考北大经济系，丁跃音瞅准了北大中文系的新闻学，安慧心里则想着音乐学院。当然，每次丁家兄妹走后，王乐又会在言语上刺激安慧，甚至还会动手撕书、打人。

这一回，丁跃民又给安慧送过来一套《数理化自学丛书》。这是一套由上海人民出版社、上海科学技术出版社于1963年出版的数理化专业中等教育自学丛书，共计17册。1977年正值“文革”结束，知识教育界百废待兴，大批知识青年渴求知识。这套书因其内容丰富、通俗易懂、深入浅出、便于自学，深受广大青年欢迎，多次重印仍供不应求。这是丁跃民想尽各种方法才凑齐的一套“红宝书”。安慧接下了书，很艰难地说出了让丁家兄妹不要再上自己家的话，还断然拒绝了丁跃民要去找妇联解决家暴问题的提议。

接下来一段时间，安慧都是独自在家复习。虽然没有老师讲解，但只要按照丁跃民所给书中的步骤，也能大致把握和理解许多习题。终于，等到报名的日子了，只需要提供毕业证，缴纳五毛钱报名费，填好报名表就算办好了。办好手续出来时间还早，安慧决定顺便回一趟娘家，看看父母和大哥。

刚进家门，就听见乒乒乓乓的声音。来到堂屋，看见母亲正满脸泪痕地抱着哥哥哭喊着：“国庆，我的好儿子，你别吓唬妈啊，你要是出了什么事，妈也活不下去了！”

安国庆瞪着铜铃般的眼睛，一面凭空做出乱刺的动作，一面着魔般乱喊着：“高建国呢？让他滚出来，我要杀了他！”地上有一柄水果刀静静地躺着。

原来，今天安国庆也去参加了高考报名，可工作人员告诉他，政策规定残疾人暂时不能参加高考。安国庆说自己“腿虽然站不起来，但脑子没问题，不影响考试”，但还是被拒绝了。不能报名已经让安国庆憋了满腔怒火，碰巧高建军也来报名，工作人员倒是给了高建军报名表。气得安国庆撕掉了高建军的报名表，大闹报名现场，成为众人口中的“精神病人”。这不，回到家没多会儿，他又发作了。

安慧的突然出现，更成了火上浇油，安国庆瞪着安慧，就像看着仇人，喘着粗气道：“你还有脸回来，你回来干什么？”

“哥，你还好吧？”安慧试探着问道。

安国庆继续狠声道：“要我好你就别回来，滚得远远的，看见你就生气，扫把星！”

安慧面露委屈，泪水开始在眼眶里打转，用颤抖的声音说：“哥，你怎么了？”

张凤鸣连忙劝道：“国庆，别跟他们一般见识，不能考就不考了，以后还有很多机会。”说着推起轮椅就往里屋走。

安国庆仰头长叹：“机会，还有什么机会？这是我改变命运的唯一机会，全被她毁了。”猛然转过头，怒指着安慧骂道：“都是她，毁了我，全毁了！你滚，滚啊！”

安慧受尽羞辱，哭着跑出门。

远在香港的高建国也从新闻中看到了大陆恢复高考的消息，母子俩都为中国重新开始尊重知识、尊重人才感到由衷的高兴。

几天之后，香港却发生了一件大事，鉴于10月28日廉政公署门前超过2000名的警员参加示威游行，抗议廉政公署权力过大，港督麦理浩在11月5日发表声明，决定对1977年1月1日之前的警方贪污行为既往不咎。

“政府颁布了特赦令，龙华找到替罪羊之后官复原职了。”阿强是最快得到消息的人。

高建国问道：“谁是替罪羊？”

阿强苦着脸回答道：“就是我表哥罗向荣，他这次是彻底出不来了。唉！他心术不正，跟着龙华那样的人，早晚都要出事。这次也不算冤枉他。”

华仔担心道：“这次没能扳倒龙华，你们以后可要更加小心了。”

但这并没有影响到高建国考取港大的决心，反而激励他自强不息，更加积极地准备来年的香港会考。他深刻地认识到，只有自己真正强大起来，才能战胜邪恶势力。同时，他心中也在为远方的安慧和丁跃民祝福，希望他们能够鼓起勇气参加高考，进入大学深造。对了，还有亲爱的弟弟，这一年以来他肯定过得很苦，希望他也能努力参加高考。

高建军虽然那天被安国庆撕掉了报名表，但名还是顺利报上了，但他最后却选择了放弃高考。促使他改变的是安长江。

本来父亲高致远平反后恢复了工作，家也搬到了南锣鼓巷的府学胡同78号，父子重新团聚。邻居姓周的夫妇俩对他们父子十分友善。父亲劝高建军重新复习参加高考，让他重新找到了奋斗的目标。

这天他正独自在家学习，安长江却突然到访。安长江并不愿进屋，只是给了建军一张参军报名表，还说：“高建国犯的错跟你没关系，让你还债对你不公平，这算是我对你的一种补偿，以后大家互不相欠。”

参军本可谓是天赐良机。一来建军自小就想参军入伍，成为一名保家卫国的军人；二来部队是个锻炼人的地方，能学到不少知识和培养许多能力。但高建军并不想接受这样一个莫名其妙的机会，而且他还打算继续照顾安国庆，直到他完全康复。

面对高建军的倔强，安长江只有实话实说：“你以为我愿意这样？这个参军指标本来是给国庆的，现在便宜了你小子，你以为我心里好受？高建国把我儿子害成这样，我们安家和你们高家势不两立，这是不共戴天之仇。你以为你留下来，就是赎罪？我们就能原谅你们家？你别做梦了，我告诉你，这笔债你还不清，只要看见你就是对我们家的折磨。你赶紧走，走得越远越好。”说完，把报名表扔下，转身走了。

就在这年冬天，安慧、丁跃民、丁跃音和中国其他的五百七十多万考生一起走进了曾被关闭十余年的高考考场。十余年中积压下来的五百七十多万青壮年男女，从车间、从农田……走进了改变自己和国家命运的考场。考完之后，丁家兄妹倒是放松了，安慧却继续遭受着王乐精神和肉体的双重折磨。与此同时，高建军在与父亲商量之后，果断决定投笔从戎，成为了一名解放军战士。

半年很快过去了，正是北京最美的初夏时节，空气中弥散着清幽淡雅的槐花香。一身军装的高建军回到了北京。他似乎比半年前壮了不少，皮肤也黑了很多，眉宇间的气质由稚嫩天真变成了勃勃英气。走进四合院，建军深吸了一口气，暗想：这是家的味道！

“你是高建军？”旁边周家屋里走出来一个长发姑娘，年岁跟自己差不多，穿着鹅黄色的连衣裙，大眼睛忽闪忽闪的。她手里端着个红色鲤鱼花纹的搪瓷盆，显然是出来打水。

高建军没有见过她，只有礼貌地问了一句：“我是。请问你是哪位？”

姑娘撩起了长发，笑着道：“我叫周欢，是你家邻居。你们搬来的时候我不在家，听我爸说你去当兵了，这院儿里只有你一个军人，一看就知道了。”说着转身冲着堂屋大声喊道：“高伯伯，建军哥回来了！”

高致远闻声而出，见到儿子兴奋不已，连忙拉着建军进了屋。他一边帮儿子倒了杯水，一边问道：“你一走就是半年多，怎么一封信都没有？”

“爸，您是不知道啊！刚到部队的时候，是封闭训练，那个苦！您是不知道……接着又是去南方抢险抗灾，写好的信一直也没机会往家里寄。对了，这次抢险抗灾，我立了三等功。”高建军神态气质中透出一股自信。

高致远抚摸着儿子的军装，欣慰地说：“本来还担心你在部队不适应，现在我放心了……”笑得像个孩子。

“爸，听说跃民哥兄妹俩和安慧姐他们都考上大学了？”被父亲摸得有些不好意思，高建军岔开了话题。

“是啊，大伙儿都挺好的！”高致远在旁边坐下，又接着说道：“唉！前一阵我回帽儿胡同那边走走，碰到你孙阿姨了。就是孙小华，王鹏飞的爱人。她一个人也挺不容易的！鹏飞当年走得委屈啊！但你孙阿姨她装作不认识我。这几年大家都是憋屈着活过来的……”

这时，周欢端着一盘水果走了进来，冲着建军笑着道：“建军哥，吃水果，可甜了！”

高致远介绍道：“这是周欢，老周的女儿，你还不认识吧，去年刚考上大学。”

被周欢的大眼睛一直盯着，高建军有些不自在，赶紧挑出一个水蜜桃递到父亲手里。高致远把桃握在手里，不觉动情道：“建军呐！要是你妈、你哥能够看到你现在的样子，多好……”

“爸……”毕竟有外人在，高建军不禁打断道。

高致远明白自己有些失态，摆摆手道：“我啊，就是有时候总会想，你妈和你哥，他们会不会还活着……算了，不提了，不提了。”

高建国被港大录取的消息已经传遍了整个海琴湾。阿雄在店内看着岳芳英和高建国母子哭了又笑、笑了又哭，不知不觉地自己也被感动得泪水迷糊了双眼。周围的小铺都纷纷过来祝贺，送了不少吃的用的，岳芳英也用热气腾腾的饺子一一还了礼。

好容易大家才忙完，有机会坐下休息。一身时髦打扮的华仔闯了进来，一头披头士发型，一副夸张的超大墨镜，上身是波西米亚风格的花衬衫，搭配黑色铆钉紧身裤，一双系带凉鞋，嘴里高喊着：“今晚我要包席……高老板！”

华仔掏出随身携带的梳子，梳了梳“纹丝不动”的头发。高建国眨了眨眼，仔细辨认了一下，才问道：“华仔，你发财了？”

“这事可比发财更重要。我小妹阿芳在无线电视城录制了她的第一首歌。有请阿芳小姐闪亮登场！”华仔一个转身，让出了门口。

阿芳脚穿一双宝蓝色的大头高跟鞋，踩着舞步出现在大家眼前。她下身是亮黄色喇叭裤，上身则是绿色丝质短款衬衫，一顶浅紫色的太阳帽，烫过的波浪形头发垂下来遮住了耳朵。这哪里还是那个憨憨傻傻的渔村妹？幸好脸上的妆不浓，不然高建国肯定认不出她是谁。

一旁的华仔得意地问道：“各位观众，阿芳今日是不是好靓噶？”

阿雄端了杯茶水从厨房出来，正好撞上阿芳随意抛送的媚眼，一时招架不住，撞到了桌角上，茶杯啪的掉到地上，幸好只是破了个口，没有碎得一地，茶杯里面的水飞洒出来，有几滴溅到华仔身上，他立刻嗷嗷大叫道：“阿雄，你做咩？要烫死我啊？”

阿雄的脸变成了猪肝色，嘴里慌乱地回应着，想要转身离开，结果又撞到了身后的凳子，左支右绌险些摔倒，那狼狈的模样，逗得大家哈哈大笑。

今晚“京味儿饺子摊”尤其热闹，周围的人都说这是双喜盈门。正当中的一张桌子坐满了人，阿芳作为主角被众人簇拥着坐在面朝大门的主席位。

阿芳兴奋地说道："这是无线电视第八期的艺员培训班，我今天去报道，认识了好几个新朋友，有一个叫汤镇业的，家里也在经营海味铺。今天大家为我庆祝，我要感谢大家。来，我们先碰一杯！"众人纷纷举起酒杯，为阿芳庆祝。

"阿芳，赶紧结识一下班里最靓的女同学啊！到时介绍给我们啊！""阿芳就是最靓的，哪里还有人比得过阿芳！"朋友们不时地开着玩笑。

几杯啤酒下肚，阿芳脸色微红，突然站了起来，大声说道："各位街坊老友，今晚借此机会，我要宣布一件事，我……我要主动追求高建国……"话一出口，店内所有人都停住了碗筷，甚至忘记了咀嚼，吃惊地看着阿芳。

不顾众人投来的惊异目光，阿芳继续说道："建国哥，我一定会通过自己的努力向你证明，我是配得上你的……"

刚好端着一盘饺子过来的高建国面露尴尬之色，略作沉吟，才说道："阿芳，我刚刚考上大学，日后会专心学业，儿女情长不适合我。"饭桌上的气氛有点古怪，众人似懂非懂地看着二人。

看着情况不太对，阿强赶紧站起来活跃气氛道："光喝酒就没意思了……阿芳，你不是录了一首新歌吗？你唱给大家听好不好？"同桌的其他人也赶紧鼓掌欢呼道："对对对，唱一首，唱一首……"

阿芳又喝了一杯酒，才说道："好，那我就唱一首《冬之恋情》。"清了清嗓子，伴随着凄美哀伤的日式曲风，歌词缓缓从阿芳口中吐出：

推开窗，向外望。
竹篱笆，铺满白霜。
恬静的街上，显得荒凉。
叫我怎不惆怅？
想起了心爱的他，
想起了往日欢畅。
自从人儿别后，
才感觉风霜。
爱人，不该抛下我，

孤零零失了依傍。

提起了勇气活下去，

凭借了爱情力量。

……

高建国则在旋律中看到了曾经与安慧在一起的美好画面，不禁泪湿眼眶。他把漏勺交给母亲，过来一招手，说道:“阿芳，你跟我来，我有话跟你说。”

在众人的欢呼声、口哨声中，两人走向了沙滩。

借着皎洁的月光，阿芳一页页地翻看着高建国的素描本，里面全是安慧——有骑着马的，有背着草料的，有端着奶桶的……渐渐地阿芳翻不下去了，无论场景、动作如何变换，画中的安慧都是优雅恬静的，可以感觉出画画人对画中人物的深情。

高建国眺望着远方的地平线，叹了口气说道:“阿芳，现在你该明白了吧，今生今世，除了安慧，我的素描本里再也走不进第二个女人了。”

“不可能的，你离开北京那么久了，你怎么知道她没有爱上别人？”阿芳痛苦地摇摇头。

“我知道，她不会。”高建国有力地回答道，声音中充满了肯定和自信。

“但、但是你想过没有，你可能再也回不了北京了？”阿芳痴痴地望着高建国说。

“不管能不能回北京，安慧都是我唯一爱的女人。”说出这句话，高建国不敢望向阿芳，只是继续望着远方不变的风景。他也清楚阿芳对自己的感情是什么样的，但他始终无法接受阿芳，对阿芳他只有兄妹之情、感激之情，却完全无法生出男女之情。这个想法憋了好久，也憋得好辛苦，今天终于鼓起勇气开口拒绝了阿芳，他感到一阵轻松。

听见阿芳啜泣着跑开了，高建国才慢慢回过头，只看见素描本静静地躺在银白色的沙滩上。

第五章

饱受磨难

- 逃过一劫的龙华再次对高建国伸出了魔爪，这次助他摆脱牢狱之灾的却是一位跟他颇有渊源的美女。
- 在丈夫王乐的多重暴力之下，怀有三个月身孕的安慧不幸流产。
- 龙鼓村终究难逃拆迁命运，高建国和母亲到底该何去何从？

一

香港大学是香港第一所大学，由1887年成立的香港西医书院及香港官立技术专科学校合并而成，于1911年在香港岛正式创立。港大实行的是一年或者两年预科学习，然后三年的本科学制，学习任务相对比较繁重，但高建国觉得这些相对于之前所受过的苦，都只是小困难而已。每天在这所亚洲顶尖的学府中出入，感受着这里浓厚的学术氛围和幽美的校园环境，他明白自己只有更加努力地学习，才能出类拔萃，将来才能像海叔说的那样走出龙鼓村。

今早是英文强化课。港大是全英文教学，所以出色的英文能力是进一步学习的基础。高建国在会考中表现不错，之前的几堂课也应付自如。但今天有些不同，之前的老师生孩子去了，换了一位英伦留学回来的老师代课，所以高建国多少还是有些紧张。对了，上完课还有母亲交代的事情要办——

昨晚，母亲突然拿出一个盒子给自己看，里面全是未曾寄出的信件，有写给父亲高致远的，有写给弟弟建军的，还有写给她过去领导的……母亲从盒子最底下翻出两张照片，一张是一套非常复杂的数学公式，另一张则是一行英文，看起来应该是一个地址。

母亲告诉他，这两张照片是她当年偷偷翻拍的王鹏飞案的关键证据，数学公式她找了很多人都无法解开，地址是王鹏飞经常寄信的地址，既然身在香港，生活也稳定下来了，不妨去调查一下。高建国是第一次知道母亲当初被停职不仅是因为父亲的香港亲属，还有她私下调查这件事。抱着试一试的想法，高建国带上了照片。

骑着车正想着事情，突然旁边的岔路上跑出一条白色的身影，来不及转向的高建国只好一个急刹车，整个人向前摔了出去，书本掉了一地。脑子有点发昏，高建国隐约听到一个女声说什么“迟到了”。在地上呆坐了几分钟，他才清醒过来，发现包里有一张照片掉了出来，赶紧捡了起来，仔细地拂去沾上的尘土，生怕弄坏了。

“Excuse me！你撞倒了人还不道歉？”一个声音在身旁响起，高建国才想起自己刚刚险些撞了人。

一个妙龄女子出现在眼前，披肩的长发烫了微卷，化了淡妆，美目流盼，看起来清新自然又活泼可爱。这张脸好眼熟，高建国想起来了，这个女的正是跟他在音像店争过 CD 的美女，到嘴边的一句“对不起”又咽了回去。

美女竟也一下也把他认了出来，蹙眉对同伴说道：“难怪今天这么倒霉，他真是我的克星。”

同伴惊讶道：“佳欣，你们认识啊？”

“还记得我跟你说过，一个男人和我争一盘 CD，已经很没有风度了，我让给他，他居然又不买了。”

高建国也毫不示弱：“这么久的事情你还记得，你也真够小心眼！”

“看吧，这人就是既没风度，又没礼貌。”佳欣故意对着同伴说道。

高建国的火气也上来了，站起来说道：“小姐，明明是你不看路，差点撞上我的单车，要不是我眼明手快，你现在……”后面的话，他还是忍住了没说出来。

佳欣立刻还嘴道：“车让行人这个道理你不懂吗？这里是学校，你怎么可以把车子骑得这么快？不负责任。”

“幸好东西没坏。”高建国小心地看看手里的照片，“小姐，我看你现在身体好得可以打死一头牛，所以我们俩算扯平了，谁也用不着向谁道歉。”

高建国自觉息事宁人的做法，却再次引起佳欣更大的愤怒。她一把抓过高建国的照片，三两下撕成了几片，扔在地上，“什么重要东西，我偏要弄坏，你能怎么样？”撕完还故意笑了几声。

眼瞅着这张珍贵的照片变成一地碎片，高建国不觉举起了右手，差点就一巴掌扇了过去。可他实在没法对女人动粗，只好捡起地上的碎片，骑上车离去。

匆匆赶到教室，新老师还没到。高建国看到第一排还有个空座，急忙坐下，从包里掏出照片碎片，开始拼接起来……教室里突然静下来，老师来了。身旁的同学猛的用肘推了他一下，高建国一抬头，站在眼前的正是刚才那个佳欣。

她，竟然是我们的老师！？老师又怎么样？老师也不能不讲道理啊！火气瞬间涌上心头，高建国望向老师的表情变成了怒目而视；佳欣看到高建国也是一惊，很快也挑起了眉头，美目圆瞪，不过她眼中还多了几分胜利者的得意。

美女老师故意走到高建国面前才开始转身步上讲台，步态优雅而高傲。高建国心中暗骂：矫揉造作，资本主义作风！

在一段漫长的英语自我介绍之后，老师在黑板上写下了自己的中文名字：李佳欣。高建国扫了一眼，又继续埋头拼照片。李佳欣却径直走下讲台，来到高建国面前，用英文大声道："这位同学，介绍一下自己？"

高建国立刻用英文说出了自己的名字。知道名字后，李佳欣自觉掌握了对敌的利器，又接着用英文说道："高建国，作为一名老师，我有责任教会你做人的基本准则。"

高建国站了起来，教室里发出一片惊呼，因为港大的学生在课堂发言时是不需要起立的。高建国不是不知道这一点，他是不得已而为之。他改用中文说道："李老师，孔子曰'三人行必有我师，择其善者而从之，其不善者而改之'。以你刚刚的行为来看，学生想要'择善而从之'实在是太难了，还请李老师谨修师德为好。"学生们发出一阵笑声。

李佳欣杏眼圆瞪，半天才从嘴里吐出一个单词："You…"却没有接下去。高建国一脸狡黠地看着李佳欣，又接着用中文说道："吾港大建校六十余载，向来坚守'明德格物'之校训。'明德'即是彰显德行，李老师可能需要先完善内在德智的修养，然后才可能推己及人。"李佳欣被气得再也说不出话来。

终于下课了，作为老师的李佳欣抢先第一个走出了教室，快步走到教学楼外，气冲冲地坐进了一辆黄色MINI Clubman[1]。事有凑巧，半天车都发动不了，围

1 MINI Clubman，一款休闲型轿车。——编者注

观的学生越来越多，李佳欣感到无比尴尬。

“散了……散了……有什么好看的？”一串车铃声响起，一个男声催促着同学们散开了。李佳欣打开车门抬头一看，竟然是一直跟自己作对的高建国。她当即闷哼一声，问道：“怎么是你？不是说我没师德吗？你是来看我笑话的？”

高建国一脸莫名其妙的表情说道：“你真是个奇怪……之前，我不过是就事论事而已，你干吗把人想得这么坏？我看你就是……”

不等高建国说完，李佳欣捂住耳朵喊道：“我不会感激你的，bug off（快滚）……”说着关上了车门。

高建国并没有放弃，反而低下头继续说道：“李老师，今天的事，错主要不在我，你自己应该反思。”

“哼！”李佳欣露出不以为然的表情，“我反思什么？”

“为人师表，你非但不包容学生，反而借自己老师的身份公报私仇。”高建国一本正经地说道。李佳欣觉得可笑，又有些生气，还没来得及开口反驳，一个信封被塞进了车里。李佳欣不禁哂道：“这是什么？”

“你之前撕碎的照片，只要你把照片粘好还给我，就算道歉，今天的事我们就扯平了，以后互不相欠。”

李佳欣被这个莫名其妙的学生惹急了，大声争辩道：“现在是下课时间，我们的地位是平等的，你说我公报私仇，我倒觉得是你丝毫没有绅士风度，一张照片就这样斤斤计较。”把信封递出车外，“这种事，我是不会做的。”

“绅士？”高建国满不在乎地说，“我本来就不是绅士。李老师，这张照片是您撕毁的，所以请务必粘好！”

李佳欣不再理会高建国，再次发动汽车，但还是不行，她想要打开车门，却被高建国这个大个子堵着。她只好转向左边的车门下了车，直接离开。走出没几步，就被骑车的高建国超越，还把车一横挡住了自己的去路。李佳欣被迫停下了脚步，生气道：“让开。”

高建国再次拿出信封递到她眼前，正色说：“李老师，您忘了拿照片。请您粘好后再还给我。”

李佳欣白了他一眼，咬牙道：“我如果不想呢？”

高建国根本没有应答，拿着信封的手纹丝未动。李佳欣又想离开，却被高建国高大的身形还有自行车挡住去路。无可奈何之下，她只有深吸一口气，接过了信封，然后冷声问道："好，这张照片我收下，现在你可以让开了吗？"

就在这时，一辆白色的 Jaguar XJS[1] 停在了旁边，发动机如美洲豹一般发出阵阵低吼声。车窗摇下，一个留着长发的青年摘下墨镜，冲着李佳欣笑着问道："佳欣，这是爹地给我买的新跑车，是不是很劲？上车了，我带你去兜风。"

李佳欣一把推开高建国，快步上了男青年的车，伴随发动机的轰鸣声，跑车绝尘而去。

高建国不屑道："说得这么厉害，还不是上了资本家的小轿车！"

晚上 7 点多，高建国被华仔带到了学校外的一间酒吧，说是要让他见见世面。酒吧里灯影飞转，人声鼎沸，偏又黑漆漆的，让高建国很不适应。他借口上厕所，离开了座位。路过吧台的时候，他意外地看见了李佳欣，正和几个人在一起聊天，白天看见的那个富家子也在其中，不过好像李佳欣不太愿意搭理他。

从厕所出来再次路过吧台，高建国看到富家子主动端起一杯酒，递给李佳欣，邀约她一起干杯。李佳欣略作迟疑，还是接过酒杯跟富家子干了。高建国摇了摇头，回到了座位上。

出于好奇，高建国时不时望向吧台这边，很快引起了华仔的注意。华仔观察了一阵说，这个靓女肯定被那个公子哥下药了。当富家子搀扶李佳欣离开时，高建国立刻跟了出去。

富家子来到了酒吧后巷，小心地将李佳欣放到白色跑车的副驾驶座位上。高建国躲在墙角小心观察，毕竟他不太清楚两人的真实关系，自己已经成了没风度、没礼貌的大陆仔，不想又成了多管闲事的大陆仔。

富家子接下来在李佳欣的脸上亲了一口，李佳欣一下醒转过来，一把推开他，无力地说道："你干什么？"接着想要站起来，但努力了几次都无力离开座位。

富家子回过身抱住了李佳欣，得意地笑着。李佳欣挣扎着拍打他的双手，嘴

1 Jaguar XJS，英国名牌轿车生产商捷豹在 1970 年代生产的一种跑车。——编者注

里喊着："干什么你？伟豪，你放开我，我难受，我要吐了……"

高建国跑过来，大喝了一声："放开她！"

叫伟豪的富家子吓得抖了一下，转身过来看了一眼，见是高建国，才淡定地说道："大陆仔，我警告你，少管闲事！"

"她是我老师，这闲事我就管了！"高建国正色道，"放开李老师，你是她朋友还这么对她，是不是男人啊？"

伟豪紧张地后退了半步，然后把李佳欣往高建国怀里一塞，支支吾吾地说道："我不过是想送她回家……土鳖，这么喜欢多管闲事！"话音未落，整个人已经钻进车内，一溜烟儿开走了。

此刻怀里的李佳欣已经像个孩子一样睡着了，周围没有一个人，高建国有些不知所措。他并不知道这位李老师的住址，也没有她家的联系方式，只好把她带到了一家酒店。住酒店需要身份证和押金，高建国从李佳欣的手袋里找到了身份证，但他不好意思在未经许可的情况下拿她的钱，可他自己兜里只有几块钱，根本不够。酒店经理从李佳欣的皮夹里看到了很多信用卡，告诉他抵押身份证就OK了。离开前，高建国用便签纸写下了一段话：

李老师，你喝醉了，我又不知道你家地址，只好送你来酒店。我没有钱，就压了你的证件在酒店前台。不好意思。

大陆仔

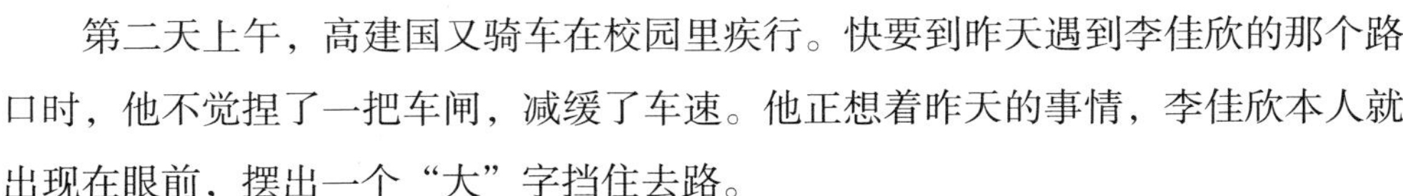

第二天上午，高建国又骑车在校园里疾行。快要到昨天遇到李佳欣的那个路口时，他不觉捏了一把车闸，减缓了车速。他正想着昨天的事情，李佳欣本人就出现在眼前，摆出一个"大"字挡住去路。

高建国停住了车，皱眉道："李老师，如果你再这样，我认为你是对陆考生的歧视，故意——”话未说完，李佳欣拿出了粘好的照片，低着头轻声说道：“我是来还东西的。”

高建国有些意外，一时也找不到话，只是茫然地看着李佳欣，听着她继续说：“昨天的事，谢谢你！照片还给你了，我们互不相欠。”

高建国接过照片，小心地放进书本中夹好，想要说点什么，却又被李佳欣抢先开了口：“顺便告诉你，这张照片上的地址我知道！”说完转身就走。

高建国立刻推车追上去问道：“李老师，您真的知道这个地址？能不能告诉我？”

李佳欣并未停步，但也没有故意提速，沉吟了片刻才说道：“我当然知道，可为什么要告诉你？你不是说我歧视陆考生吗？你说对了，我就是故意不告诉你！”

“对不起，李老师！我为我刚才的言论道歉！”高建国正色道。

李佳欣终于停住脚步，微笑着说道：“道歉不是只靠嘴巴讲的，你要道歉，就要让我看到你的诚意。”说完又迈开了步子。

高建国再次追上去，满脸诚恳地说道：“李老师，我诚心向您道歉，希望可以与您共进今天的晚餐！”

李佳欣再次停步，悠然道：“好，我接受你的邀请。”

傍晚两人见面，李佳欣特意穿上了最新款的蓝白方格套裙。她本以为高建国会请自己在铜锣湾或者湾仔附近吃一餐中等的饭食，没想到却被他领到了自己听都没听过的龙鼓村。刚下车，李佳欣就受到蚊虫的疯狂攻击，加上寮屋区的破旧肮脏，让她抱怨连连。要不是昨晚高建国救过她，她恐怕会以为这个男学生是要把自己卖到贫民窟。

终于到了“京味儿饺子摊”。走进棚内，李佳欣看着廉价的桌凳和简陋的棚屋，还有形形色色的客人，有点心惊肉跳的感觉。被高建国招呼坐下时，李佳欣仔细地擦了好几遍凳子，还是没敢坐下去。

高建国看出了李佳欣的顾虑，满不在乎地用自己的衣袖替她又擦了一遍凳子，轻松道：“阿雄每天都擦好几遍，很干净的。”

李佳欣有些不好意思，只得坐下，开口问道："我们今晚吃什么呢？"

高建国故作神秘地说："稍等片刻，马上揭晓！"说着起身进了厨房。

一个人坐着有点无聊，李佳欣终于有机会仔细打量这家小店。其实桌子和餐具还是蛮干净的，只是灯光位置不太好，所以看起来黑一块白一块的。再看看那些客人，虽然行为举止显得有些粗野，但他们的脸上却写着朴实和勤劳。

突然，她发觉店内有一双眼睛正盯着自己，嗯，是那个长得挺可爱的女服务员，不过她的打扮好奇怪，好像电视台里那些三四线的小明星。阿芳眼中的敌意让李佳欣不太适应，于是移开了视线，望向了其他地方。很快她发现，小店中有另一双眼睛一直关注着那个女服务生，是一个小个子的男服务生，他总是很害羞地望着女服务生，却又害怕被发现了。这倒也有趣！

一盘热气腾腾的饺子来到面前，系着围裙的高建国出现在桌边。他笑着坐下来，一抬手介绍道："老北京水饺，女士请慢用！"

"你就请我吃这个？"李佳欣有些不以为然地问道。

高建国点点头道："都说人不可貌相，你先尝尝，味道怎么样？"

李佳欣先是用鼻子嗅了嗅蒸汽中的气味，确定没有什么怪味儿，才用筷子夹起了一个，正要往嘴里放，高建国却推过来一个小碟子。只见他先往里面倒了一些醋，又加了一点酱油，示意她先蘸一下。李佳欣抱着第一次在印度餐厅吃咖喱的心态，咬下了一口饺子。嗯，好香啊！馅料里面不仅有猪肉，还有鱼肉和白菜，这几种食材跟酱油和醋搭配起来刚刚好。李佳欣一口吃掉了整个饺子，还没完全咽下，就竖起大拇指赞道："真是好味！"

高建国面露满意的神色，得意地介绍道："不要小瞧水饺，在北京，这可是最好的东西了，只有逢年过节才能吃上。小的时候，我最盼望的就是大年三十晚上一家人围在一起吃饺子，那是我最幸福的时候。"

听高建国这么说，李佳欣又夹起一个饺子吃起来，点头称赞："难怪这么好吃，你把对北京的思念包进了饺子里。"

高建国一时有些激动地说："在北京，用饺子请客说明客人的尊贵和重要，今天这碗饺子就是我向李老师道歉的诚意。"

李佳欣笑起来，轻声说道："听你这么说，以前的事就算了。"

高建国也笑起来，伸出双手大拇指说道："李老师大人有大量！"

"请喝茶！"两人之间莫名地出现了一只玻璃杯，阿芳突然端过一杯茶。没等李佳欣接过杯子，阿芳的手一晃，半杯茶水都泼溅到了李佳欣的新衣上，惊得她哎呀一声，一下站了起来，拿出手帕去擦衣服上的茶水。

高建国用力地瞪了阿芳一眼，阿芳撇着嘴，做出一脸委屈的无辜表情，接着掏出一条抹布来，直接就往李佳欣的裙装上擦去。那条抹布已经沾满了污渍和油迹，一擦上去，那条崭新的裙子立刻变得污浊不堪，仿佛从垃圾堆里捡出来的一样。

"不用擦了，不用擦了！"李佳欣躲闪着说。

高建国一把拽过阿芳，生气道："这个抹布这么脏，怎么能拿来擦衣服呢？"

阿芳一嘟嘴，哀怨道："我也是好心帮人呐！一身衣服有什么了不起，脱下来我洗，大不了我赔给她！"

高建国无奈道："你去厨房吧，这里我收拾！"

看着阿芳进了厨房，高建国连声向李佳欣道歉："李老师，实在对不起，你这身衣服多少钱，我赔给你。"

"一身衣服算什么，才三……"李佳欣顿了顿，"洗一洗就好了。不过，我这个样子，怎么回去呢？"

"我有办法。"高建国说着解下自己的围裙替李佳欣围上。看着李佳欣一身高档洋装配上一条土布围裙的样子，他又忍不住笑了起来。李佳欣低头看了看这不协调的混搭，也笑了起来："这样独特的混搭，在香港还是第一份。"弯腰拿起了自己的手提包，向高建国告辞："饺子吃完了，我就先告辞了。"

高建国把李佳欣送到放车的地方，正要告别，李佳欣突然想起什么，停下脚步说道："差点忘了，你要的那个地址是何教授的家。"

"谁是何教授？"

"何教授过去在香港大学供职过很长时间，只是现在他们一家已经移民英国了。"李佳欣边想边说。

高建国有些失望，但多少还是有了些眉目，于是主动伸出手要和李佳欣握手言谢："虽然找不到人，还是谢谢你！"

李佳欣不太习惯这种礼仪，但还是伸出手和高建国轻轻握了一下。

高建国独自回到店里，看见阿芳气鼓鼓地坐在凳子上生闷气，走过去问道：“阿芳，你刚才为什么不向李老师道歉？”

阿芳转过头不看他，用鼻音说道：“我又不是故意的。”

“你这样太不礼貌了。”

阿芳转过头气冲冲地说道：“就知道说我！她对你就那么重要吗？那我呢，在你心里，我就这么不重要？”说完一把推开高建国，愤然离开了饺子馆。

走进厨房，高建国看见只有母亲一个人在忙，便问道：“妈，阿雄呢？”

岳芳英惊讶道：“这孩子不知道怎么了，急匆匆地就跑出去了！”

和解之后，高建国在李老师的指点下，英文水平突飞猛进，非复吴下阿蒙！不觉到了冬天，香港虽然并不寒冷，但对于在海上讨生活的渔民来说，也是一件苦差。饺子店的生意倒是越来越好，大家都说吃了英姨的饺子，一下能暖到心里。这样一来，高建国的任务也更重了，饺子店经常会开到深夜才收工。李佳欣知道以后，就私下里给他一些资料让他自修。

这天晚上，高建国又在图书馆看完了李佳欣给的资料才回来，一撩开门帘就看见店里坐得满满当当的，可这十几位都不是顾客，全是这条小街上的摊主。

原来大家都收到了拆迁通知，尤其是私自搭建的建筑，还有自建的棚屋，因为没有房屋证，都要拆。政府已经公开招标，又是永盛集团中标，这里会被改造成商业街。最让老板们生气的是，永盛的补偿金连一个月租金都不够，有种赶尽杀绝的感觉。

看着为拆迁发愁的母亲和几个街坊邻居，高建国想到了静坐示威。起初，村民们都有些害怕，觉得普罗大众怎么可能跟大集团对抗。高建国则耐心劝说，香港是法制社会，我们这么做是追求自己的合法利益，只要不采取暴力行动，政府也要听听民意啊。

走投无路之下，大家开始动手制作大大的纸牌，写上“大集团恃强凌弱”“我们要吃饭”“请政府做主”等等。上百人在政府大楼门前静坐，立刻引起了新闻界的关注，各大报纸、电视台都开始报道这件事情。规划署决定对此事进行再次核查，虽然最终并未能改变这条龙鼓村老街要在三个月内拆迁的命运，但永盛集团的赔偿金却提高了三个点。摊主们对此都比较满意，大家都说全靠建国仔带他们去和政府谈判，才有了这样的结果。

就要搬家了，大家又摆起了“百家宴”，不过这次是为了告别。美食美酒摆满了整条小街，岳芳英站在饺子店门口，满怀感慨地抚摸着棚屋的老竹竿，还有帆布，强忍着不让眼泪掉下来。阿雄独自默默地擦拭着桌凳，一遍又一遍，一句话也不说。高建国也不知道该说啥，干脆打开了电视。电视里正在报道新闻：今日，李强以外贸部部长身份抵达香港……

一身灰色西装的李强出现在电视画面中。阿强爸开口道：“听说这个李部长已经 73 岁了，没想到还能来访港。”

“犀利了！我还听说他是从菲律宾访问后飞过来的。”同桌的凉茶铺老板接着说道。

“看了！他穿的西服啊！”阿强爸指着电视屏幕说，“他肯定是第一个穿西装来香港的北京高官了！”

1978 年 12 月 14 日，李强以外贸部部长身份抵达香港，他是新中国成立 29 年来第一个正式访问香港的中国正部级高官。李强部长访港绝非偶然。事实上，早在这年的 8 月 13 日，以廖承志担任主任的港澳事务办公室就已经成立，这个办公室正是中央港澳工作领导小组的执行机构。而两个月之后，港澳事务办公室直接隶属国务院，有的放矢地开展了一系列收回香港、澳门的战略部署。

就在李强抵达香港的第二天，中美两国签署了《中华人民共和国和美利坚合众国关于建立外交关系的联合公报》（即《中美建交公报》）。12 月 16 日，公报发表，美国承认中华人民共和国中央人民政府是中国唯一合法政府，并且确定中美两国将于 1979 年 1 月 1 日正式建交。

中美建交的消息一公布，李强部长即刻在港督府举行记者招待会，他对香港的中英大实业家、金融家们说，改革开放的中国需要你们帮助加快现代化的前进步伐。他给香港带去了中国改革开放的春风，向全世界传达了这样一个消息：中国的大门已经打开，中国的经济即将融入世界经济发展的大潮。

这天夜里高建国又做了那个梦，只是罗向荣的脸变成了那天想要侮辱李佳欣的“小资本家”，听李佳欣说他叫张伟豪，父亲是地产大亨张荣成。在高建国心目中，搞地产的都不是什么好东西，张家父子多半也是蛇鼠一窝。

第二天早晨，高建国像往常一样在校园内骑行。经过一段比较狭窄的路段时，一辆米色的金龟车出现在后面，还不停地摁着喇叭。高建国只有靠边停车，想让小轿车先走。

谁知这辆金龟车却靠边行驶，挤得高建国无路可走，连人带车栽倒在路边。金龟车随后停下来，一个金发金眉的英国人从车上走下来，在车头来回逡巡，上下左右仔细检查。

高建国艰难爬起，正色道：“这位先生，你的车撞到人了，你没有看见吗？”

谁知，这个英国人却恶人先告状，用力推开高建国，用英语傲慢无比地骂道：“滚远点，你这个讨厌的中国狗！”

“请你不要侮辱中国人！”高建国用英文冷静说道。

英国人发觉高建国也能说英文，于是蹙眉道：“原来是一只会叫的中国狗！”

“先生，作为一名绅士，希望你不要再出口伤人。”高建国保持着克制。

英国人却低头看了看自己的皮鞋，用手指着上面沾上的尘土，傲慢道：“你弄脏了我的新皮鞋，还不跪下来给我擦干净？”

高建国几乎抬起了拳头，可他还是忍住了，转而用力扶起自己倒在路旁的单车，对着英国人说了一句：“先生，你这个要求太无礼了！你不配作为一名绅士！”说完，骑上单车准备离开。

这时，一个警察出现在面前，拦住了高建国的去路，招呼他先等等，然后冲着英国人敬了个礼，恭敬地问道：“先生，请问有什么需要服务吗？”

英国人趾高气扬地说：“这个人，故意撞车，想要讹诈我。”

高建国正欲申辩，却被警察一把抓住双手扭到身后。警察用警棍一顶高建国后背，恶狠狠地说道：“靓仔，醒目点，袭警可是罪加一等。”

高建国不得已放弃抵抗，被带回到警局。上到二楼，路过一间办公室时，久违的龙华出现在门口。龙华毕竟接受过调查，虽然找了罗向荣背黑锅，但也花掉了自己的大半资产。他今天穿的不再是意大利定制西服，而是普通名牌，嘴里叼的不是古巴雪茄而是香烟。

龙华一看到高建国，立马挑衅道：“这不是龙鼓村大名鼎鼎的高建国吗？你这样满口正义的人来警局干什么？”坏笑着指了指楼下的拘留室，“探亲访友吗？”

高建国知道龙华在讽刺自己，他扭过头，完全不搭理龙华。走进审讯室的瞬间，高建国猛然听到龙华办公室传来一句：“龙探长，这位高先生就交给你了，要好好招呼他，知道吗？”高建国觉得这个声音他肯定听过，却想不起来是谁。

说是审讯，但警察反反复复问的都是相同的问题。到了中午，他被关进了拘留室，肚子咕咕直叫，高建国不禁开口询问道：“阿 Sir，请问有没有午餐？”

“午餐？嘿嘿！你朋友会让你吃饱的！”看守迅速关上铁门，冷笑着说。

高建国这才注意到，狭窄的拘留室内还关了一个人，他一直静静地坐在漆黑的角落里，听到铁门锁上，才慢慢站起来，走到高建国面前，面露凶神恶煞的表情。这人虽然比高建国矮了半个头，但浑身都是腱子肉，黝黑的皮肤上布满了各种文身和伤疤，显然是一个暴力罪犯。

暴力犯对着高建国就是一阵暴打，头部遭受的重击让高建国晕厥过去。不知道什么时候，高建国突然被叫醒，看守态度温和地称呼他为高先生，小心把他扶起来，那个壮汉已经不知所踪。看守打来一盆热水，用毛巾仔细地帮他擦洗伤口，赔礼道：“高先生，刚才那个人精神有问题，我一发现他袭击你，立刻就把他带走了。”

伤口擦洗干净，看守连他的脸和手都擦了一遍，弄得高建国有点不好意思，觉得自己刚才是误会这个看守了。全部擦拭完毕，看守又帮高建国整理起衣服来，高建国连忙说：“不用，多谢，我自己来就好了。”

“唔得，唔得，我帮你啦！”看守说着，帮他把衣领和袖口翻好，突然碰到高建国手臂上的瘀青，疼得他叫一声："哎哟，好痛！"

"知道痛就好了，高先生是个醒目的人，明白出去之后什么该讲什么不该讲啦！"说着一把扶起了高建国，还拍了拍他的肩膀。

高建国有点明白，但又有点不明白。他明白了刚才的毒打本来就是龙华刻意安排的，只是不明白为什么现在要帮他擦洗干净。但他还是老老实实地跟着看守走出了拘留室。

走进龙华的办公室，里面站了好几个人。个头最高的正是上午诬陷自己的英国佬，他身旁是个西装笔挺的中年人，唇上留了修剪整齐的小胡子。龙华办公桌前站着的却是李佳欣。高建国大致明白了警察态度骤变的原因。

英国人朝高建国走过来，主动伸出右手，用广东话友好地说道："高先生，对不起，今日上午是个误会。我不知道你是 Miss Li 的朋友。"

龙华也站起来笑着说道："这位先生已经解释清楚了是个误会，高建国，你现在可以走了。"

李佳欣点点头说道："龙探长，辛苦。"说完拉着他就往外走。

原来今天李佳欣在课上没见到高建国，从学生那里听说他被警察带走了，于是到警局来交涉，还通过做大律师的朋友找到这个英国人，及时赶到警局，才化解了这场危机。

李佳欣开车送高建国回家。下了车，李佳欣扶着高建国往木屋走，迎面正好遇上拎着菜篮子的岳芳英和阿芳。阿芳正开心地跟岳芳英说着什么，一见到李佳欣和高建国在一起，脸色唰的变了。

岳芳英也很意外儿子怎么会被一个打扮入时的年轻女子扶着回来，赶紧问道："建国，你怎么了？"不等儿子回答，她已经看见了儿子脸上的瘀青，又问道："你的脸怎么了？又跟人打架了？"

李佳欣正要回答，却瞥见高建国冲她眨眨眼，赶紧闭上了嘴。高建国故作轻松道："哪能啊，妈！这位是我们学校的英文老师，我今天骑车摔了一跤，人家好心送我回来。"

李佳欣叫了一声："Auntie 好！"岳芳英一怔，没听明白她说的是什么，脸上露出不快的神色。旁边的阿芳一翻白眼道："明明是中国人，讲什么洋文！"

李佳欣轻咳一声，说道："阿姨，你不认得我，可我吃过你做的饺子，非常好吃。"

岳芳英脸色缓和了不少，却仍然严肃地说道："好吃有什么用？我的饺子铺马上要关门了。"

李佳欣意外问道："Why？"

高建国叹了口气道："没办法，这条老街要拆了，我们都得搬。"

"怎么会？"

"大名鼎鼎的永盛集团要开发，我们哪里惹得起！"高建国恨恨地说道。突然发觉李佳欣的表情变得呆滞，高建国连忙问道："李老师，你怎么了？"

李佳欣回过神来，别过脸说道："高建国，注意身体！我先走了！"说完转身回到车上，又过了几分钟才发动汽车离开。

三人有些不解地看着远去的小车。阿芳开心地腻到岳芳英怀中说道："英姨，我来做您的儿媳妇好不好？只要我们成了一家人，我哥会帮你们出钱的。"

岳芳英搂着阿芳，看着高建国道："建国，你觉得呢？"

高建国却严肃地说道："阿芳，你跟我来。妈，您先回去。"

岳芳英笑呵呵地挎着篮子独自采购去了。高建国和阿芳又来到了避风港。黄昏的港湾显现出一种颓废的诗意美，远处的海平面映着落日的橙红色。因为要搬迁了，不少渔民已经卖掉了渔船，栈桥两边空出了很多柱子。最让人感到萧条的是，以往聒噪连天的水鸟群都不见了踪影。

阿芳站在高建国身后，小心地问道："建国哥，你怎么了？"

高建国转身生气地说道："当着那么多人的面，你一个女孩子说出这种话，难道不觉得难为情吗？"

"讲真话有什么难为情的？我就是喜欢你，我真的愿意嫁给你！"阿芳直视着高建国的眼睛大声说道。

"阿芳，你到底是真不明白还是装糊涂？我早就对你说过，我和你之间没有男女之情，我只会把你当妹妹看。"高建国表情认真地说道。

阿芳眉头一蹙，双目微红地说：“我知道了，因为刚才那个女人对不对？高建国，你是不是因为她才拒绝我？”

“我的事没有必要向你交代。”高建国躲开了阿芳的目光。

阿芳似乎分毫不让：“上次你跟我说你不爱我，因为你心里装着北京的女人，现在呢？为什么又和那个女人走得那么近？”

高建国生气道：“你……真是无理取闹。”说完不再理会阿芳，转身就走。

阿芳痴痴地望着高建国远去的身影，眼泪不争气地流了出来。就在高建国快要离开栈桥的时候，她突然跑了几步，喊道：“高建国，我就是喜欢你！总有一天我会向你证明，我是配得上你的！”

因为受了伤，高建国回到家也没敢跟母亲多说话，很早就躺下了。第二天上午也没课，索性留在家里看书学习。快到中午的时候，突然传来急促的敲门声，高建国以为是阿雄过来给自己送饭，慢慢悠悠地过去开门。

刚一开门，高建国就被闯进来的人一把推开，不是阿雄，竟是华仔。华仔一进门，就对着高建国一通乱骂。高建国以为是因为昨晚自己的几句重话，刚想解释，华仔的拳头已经上来了。

高建国看华仔真有打人的意思，心里也火了，一把架过华仔的拳头，瞪着眼道：“华仔，话要说清楚！我不过是说了几句大实话而已，你也没必动手打人吧？”

华仔将信将疑地盯着高建国看了半天，又看了看他身上的伤，狠狠地一拍桌子，痛苦地坐了下来。阿芳昨晚没有回家，今早哭哭啼啼地回来，神色憔悴，华仔看出她肯定被人欺辱了。高建国陪着华仔去看望阿芳，没想到阿芳把自己关在厕所里不出来，根本不肯见人，也不说话。

高建国心里有些愧疚。如果不是自己昨天说的那些重话，阿芳就不会独自跑开，就不会发生……但是有一点他很清楚，他不会因为这种愧疚而向阿芳表达男女之情，他可以对阿芳好，但不会用不存在的感情去欺骗她。

不知道是谁打开了电视，新闻里正在报道：18 日，中国共产党第十一届中央委员会第三次全体会议在北京举行。画面中，主席台上的邓小平越来越清晰，一口浓厚的四川方言响起："今天，我主要讲一个问题，就是解放思想，开动脑筋，实事求是，团结一致向前看。"

1978 年底，十一届三中全会召开，邓小平提出要解放思想，把全党工作的重心转到实现四个现代化上来……中国开始实行对内改革、对外开放的政策，迎来了经济发展的春天。

四

又是一年除夕之夜，北京城内张灯结彩、鞭炮阵阵。高致远坐在家里，读着儿子建军写来的信，因为部队有紧急任务，他没法回家跟自己一起过年了。

本来这一年来，高致远的生活挺顺利的，五七干校的老朋友刘新智成为了港澳办政研室的主任，因为自己特殊的身份背景，老刘专程登门拜访，希望高致远能够去政研室工作。本来自己只是个工程师，不懂这个，但老刘的耐心劝说，再加上廖公[1]的亲自批复，高致远决定为可能开启的中英香港谈判出谋划策，贡献自己的一份力量。

可儿子不回家，独自一个过年，多少有点遗憾。高致远知道云桂一带边疆局势紧张，一旦开战的话，儿子就得上前线，这万一要是有个……哎！大过年的还是不要想这些不好的事。

第二天，高致远等着老周一家都出门拜年了，才独自骑车出门，在城南棚户区出租屋找到了孙小华。高致远几乎认不出这是孙小华。过去的孙小华是个非常注意干净整洁的人，可现在的她，头发就像是刚从缸里捞出来的咸菜，面黄肌瘦，神色萎靡。她抬头一见高致远，说了声："呀！是你！"立刻遮住了脸。

高致远慢慢走进屋里。这是一间不足十平米的小屋，单人床、衣柜，还有许

1 廖公，指时任国务院侨务办公室主任的廖承志。——编者注

多杂乱物品，把房间塞得满满的，几乎没有人下脚的地方。没有凳子，高致远只有在床边坐下。因为没有暖气，被窝里有一只铁暖壶，高致远坐上去时不小心碰到了，把他吓了一跳。

孙小华从门口取了水壶，一边给高致远倒了点开水，一边问道："您怎么找到这儿来了？"

"小孙，你怎么住在这种地方啊？"

"有什么办法，鹏飞没了，我又没资格住帽儿胡同的房子。这儿环境虽然差了点，好在房租便宜。家里什么都没有，我待会儿去买点菜，您先坐会儿。"孙小华红着眼，眉宇间却带着一股倔强。

高致远站起来接过搪瓷杯，惋惜地说道："鹏飞要是知道，不知该有多伤心。"一听到王鹏飞，孙小华的鼻子也开始抽搐。

因为没有桌椅板凳，高致远只好把搪瓷杯端在怀里，正好也能暖暖身子。他又接着说道："我是鹏飞生前最信任的朋友。他不在了，你也不至于沦落到这步田地。小孙，换个环境吧！"

"我现在在纱厂上班，一个月工资有几块钱，住这种地方已经很满足了。"孙小华侧过脸说。

高致远突然想到什么，赶紧说："我的邻居老周有一间空房正要出租，小孙，不如你去租。"

"可房租——"

"房租你不必担心，老周一家都是好人，和我关系很好，房租一定不会贵。"

年后，高致远就把孙小华领到府学胡同的四合院。老周得知孙小华的丈夫也是那个年代冤死的，乐得帮她一把，让她住进了自家的出租房。

很快，已经成为连长的高建军通过父亲的书信知晓了这些事情，只是他暂时没有时间去回信，因为对越自卫反击战已经打响，他正带领着战士们奋勇作战。

1979年2月17日至3月16日爆发了对越自卫反击战。越南在苏联的支持下，对中国采取敌对行为。中国采取自卫措施，在短时间内占领了越南北部20余个重要城市和县镇，一个月之内宣布撤出越南。中国边防部队撤出越南之后，双方都宣布战争的胜利。这场战争令中越两国关系进一步恶化直至最低点。进入

80年代，两国继续军事对抗，相继爆发多次边界冲突，时间持续达十年。直到90年初，两国关系逐步恢复正常，陆地边界也最终划定。

孙小华的生活条件得到了改善，而同在北京城的安慧却是度日如年。只要王乐在家，安慧就觉得阴森森的，脊梁发寒。她决定带几本书到学校去。刚走到院里，王乐就回来了，一见安慧，就阴阳怪气说道："哟，这不是老王家媳妇儿安慧吗？你还知道回家？"

安慧别过脸说："这个学期课程多，最近我就不回来住了。"想往外走，却被王乐堵着门口，一脸痞相地说道："我看不是课多学习忙，是忙着会情人吧？"

安慧低着头，不看王乐，怒道："你嘴巴放干净点！"

"那个，那个什么什么的……哦，丁跃民，是不是又去找你了？"王乐坏笑着摸到了安慧脸上。

安慧急了，猛地推开王乐，大声道："赶紧让开，我要回学校上课！"

王乐一把拽住安慧，恶声说："你给我站住，把话说清楚再走。"

"我跟你没什么好说的。"安慧双眼盯着门外面说道。

"安慧，我跟你说，你别跟我这儿蹬鼻子上脸啊！"说着，王乐又狠狠地拽了一把安慧。

安慧转过头来，怒视着王乐说道："怎么，你又想打我是不？王乐，我早就说过，我从嫁给你的那天开始，就想和你好好过日子。可是你呢，你从来就没有信任过我，以前是因为高建国，我无话可说，可是现在你居然怀疑我和丁跃民，你根本就是心理变态！"

开头王乐还是一副满不在乎的样子，可听到最后的"变态"两字，他脸色全变了，整个人像是着火了一般，握住安慧胳膊的手加上了狠劲儿，疼得安慧哎哟直叫。可惜她怎么用力都无法挣脱，只有叫道："你放开我，放开……"

王乐恶狠狠地狂叫道："你还有脸骂我变态！安慧，你就是个不要脸的婊子！"说着右手朝着安慧脸上重重地扇去。安慧撞到了门框上，慢慢滑落在门槛上，然后捂着肚子痛苦地趴在了地上，死死抓住王乐的裤脚，虚弱地说："王乐，王乐……我肚子痛，肚子痛……"

安慧被送到了医院，经过医生的急救，正躺在病床上输液。得知自己怀孕三个月不幸流产后，她连看都不想再看王乐一眼，只是把脸冲着墙，默默地流着泪，枕巾被浸湿了大半。

两家父母赶到病房，王乐正抱头坐在椅子上，一脸痛苦的样子。张凤鸣在得知女儿流产之后，责怪了女婿几句。

王乐抬起头懊恼道："怎么能怪我啊！我怎么知道她怀孕了？她都一个多月没回家了。"

"慧儿，怎么回事？为什么这么长时间不回家？"安长江问了一句。

安慧流着泪说："学校课程多，我担心跟不上……"

王乐厉声打断道："什么课程多，都是借口，你就是不愿意回家。你现在是大学生了，看不上我了……"

安长江大声道："王乐，你也少说两句。安慧是我的女儿，是你的妻子，你怎么能这么说话？"说话时他并没有看亲家一眼，显然真的动气了。

王部长也想训儿子几句。王乐自小没了妈，他从来舍不得说儿子半句重话，现在儿子大了，再想说他已经根本不搭理自己了。说儿媳吧，却显得当公公的护短了，左右为难。平时他只有睁只眼闭只眼，没想到今天出了这种事。想着想着，一口痰上来，呛得他咳个不停。

张凤鸣赶紧说道："好了好了，这里是病房，安慧也需要休息。王乐，你先扶你爸回去好好休息，我在这儿陪着安慧。你晚上再来吧！"

王乐立刻起身说了句："爸，妈，我先走了！"说着扶起父亲就往外走。王部长还想说几句，没想到咳嗽一时停不住，只有朝亲家点点头，咳着走出了病房。

安长江愤怒道："你看看他刚才的样子，太不负责任了。"

张凤鸣一拍丈夫的肩膀，说："你也先回去吧！"说着眨了眨眼。

看着丈夫出了病房，张凤鸣握住女儿的手问道："慧儿，跟妈说吧，到底怎么回事？"

"妈，我就是不小心摔着了。"

"你骗得了你爸，骗不了我。你手腕上的瘀青也是摔的？你为什么住学校，不回家住？是不是王乐打你？"张凤鸣边说边轻抚着女儿的头发。

安慧的泪水再次涌出，哽咽着说："妈，王乐他不相信我，他心里有病。结婚的第一个晚上，他就打了我。后来，他跟我道歉，我也原谅了他。没想到，他根本就改不了。我上了大学，他的疑心病更加严重，见不得任何一个和我说话的男同学甚至老师。他心情不好也拿我出气，工作不顺心也拿我出气，我实在是受不了了才搬去宿舍住的。"

张凤鸣愤怒地说："这些事，你怎么不告诉爸妈呢？"

安慧继续哭着道："告诉你们又能怎么样，除了让你们跟着担心，什么都改变不了。而且，我哥的脚刚恢复，你们照顾他也不容易。如果你们替我说话，他更会厌恶我，回了家说不定还会变本加厉。"

"不行，我必须去找亲家说这事儿，我不能让你这么受欺负！"张凤鸣说着就要站起来。

安慧尽力拉着母亲的手，低声说："妈，算了，这种日子我也不想再过下去了……"

张凤鸣坐回到床边，轻轻抚摸着安慧的头："慧儿，是妈的错，是妈看走了眼。当年，要不是妈固执，你也不会遭这么多罪！"

安慧扑进张凤鸣的怀里哭起来。母女俩并不知道，病房外的安长江听到了这一切。

第六章

柳暗花明

- 丁跃民为安慧打抱不平，却被王乐算计。
- 在海叔的帮助下，岳芳英在闹市区拥有了一家更大更好的餐厅。
- 高致远、刘新智等知识分子正在为香港回归的谈判启动做着积极的准备。

一

在父亲的坚持下，王乐只好独自回到医院，正盘算着该说点什么，就看见面色铁青的老丈人冲着自己走来，沉着嗓子说：“王乐，咱爷俩谈谈。”

两人来到了楼梯口。王乐没敢吭声，老丈人是真正扛枪打过仗的军人，不说话时都不怒自威。安长江突然转过头，直视着王乐。王乐被看得心里发毛，连忙说道：“爸，要不您先回去歇着，这里有我跟妈看着。”

“我女儿现在因为流产躺在里面，我能放心回去吗？”安长江目光如炬，声音不带半点感情。

“爸，这只是个意外。”王乐辩解道。

安长江嘴角露出一丝冷笑道：“是吗？要不要我让医院开具一个验伤报告给你看看啊？我的好女婿！”王乐有些惊恐地看着安长江。

安长江脸上挤出几分笑容，声音尽量温和地说：“你放心，我不会揍你。王乐，我今天只想以一个男人的身份和你谈话。我们两个，两个男人之间的谈话。”

王乐瞅着岳父别在腰间紧握的拳头，用颤抖的声音说道：“爸，我、我不是故意的，我以后……”

安长江打断了王乐道：“我不想听这些废话。安慧怀着你的孩子，被你打成了流产。你想用认错、表态这些来敷衍我，我告诉你，行不通。我之所以和你谈，就是想听听你的实话，你究竟是爱我的女儿，还是恨我的女儿？如果你恨她，你们两个立刻离婚，我绝不阻拦。如果你还爱她，你告诉我，你准备怎么办？”

“爸，我爱安慧，我一直都爱着她，我打小就喜欢她了。但是我也恨她，因为她心里没有我，因为她欺骗了我的感情。”王乐一脸委屈道。

安长江沉声道：“还是因为高建国的事情？”

王乐心情激动，一口气说了一堆：“我知道，高建国是个死人，我犯不着和一个死人争。但是可悲的是，在安慧心里，高建国从来就没有死，我连一个死人都比不上。爸，我们都是男人，这是一种什么感觉，你能理解吗？我没法和一个死人去较劲，所以我只能把出现在安慧身边的任何一个男人，都当成高建国的影子。安慧的同学、老师、知青朋友，所有的……”

安长江的脸色缓和了不少，接着说道：“你就是这样来爱安慧的？束缚她的行动，把她打得遍体鳞伤？王乐，你不懂女人，也不懂什么才是真正的男人。女人就像花，是靠情养着的，没有情，她就会枯萎。你的这种爱，只会让你们两个人都陷入痛苦的深渊。你会把安慧推得更远。你好好冷静冷静。安慧先回我们那儿休养一段时间，你想通了，再来接她吧。”语声坚定，丝毫没有商量的余地。

王乐不敢再看岳父的眼睛，转头看了一眼楼下，正好看到系着白围巾的丁跃音提着水果走进了医院。王乐当然不喜欢这个没事儿就老往他家跑的姑娘，只是现在他哪里敢说半个不字，只有老老实实回家去了。谁知第二天，他又碰到另一个他讨厌的人——丁跃民。

他本来熬了些粥打算给安慧送去，结果刚出门就碰上丁跃民。他不想搭理丁跃民，但丁跃民非说有事要跟他聊聊，强拽着他往小胡同里走。刚一进去，丁跃民就偷袭他，于是两人扭打在一起，粥也洒了一地。

王乐原是大院里出了名的胆小孩子，而丁跃民在内蒙古当知青时，经常跟蒙族同胞学摔跤，到后来在同一个大队中，他的摔跤技术也是数一数二的。王乐当然不是丁跃民的对手，被打得满地找牙，几次要诈想要偷袭，都被丁跃民再次制服，摁在地上一顿老拳。

正在这时，安国庆出现了，他拦住了丁跃民。丁跃民骂他没个当哥哥的样子，走的时候又指着王乐警告他：“你这窝囊废要是再敢欺负安慧，我见你一次，打你一次。”

等丁跃民走远了，拄着拐杖的安国庆把王乐扶起来，有些尴尬地说道：“王乐，今儿这事儿你给我个面子，不要计较了。”

王乐不屑地说道：“给你面子？挨揍的是我，凭什么不计较！”王乐仗着自己父亲官衔高，向来对安国庆这些同伴有点瞧不起，虽说不上是欺负他们，但说话时从来都有点高高在上的感觉。

安国庆没有立刻回答，眼里冒着火焰，死盯着王乐，盯得王乐心里直发毛，正要说话，却见安国庆猛的扇了自己一个耳光，紧接着又打了一个，大声问他：“这样够不够，够不够？！”

“国庆，你干什么啊？”王乐有点被吓到了。

安国庆停住手，指着王乐厉声道：“我他妈最想揍的就是我自己，就是我把慧儿推到你身边的。王乐，你给我听好了，你要是再敢动我妹妹一根手指头，我不会打你，我他妈杀了你！”

王乐看着安国庆，牙齿有些打战地说：“神经病，你们一家都是神经病！”捡起地上的保温桶，头也不回地跑掉了。

王乐并未善罢甘休，傍晚又偷偷来到医院大吵大闹，甚至说安慧的孩子不是自己的，直到医生严厉地把他撵出了医院。在病房大闹一场之后，王乐心里有些后怕，毕竟岳父和大舅子都不是好惹的，此后他没再去过医院。他又把苗头对准了丁跃民，先是到北大经济系告丁跃民破坏自己家庭关系还殴打自己，把丁跃民弄了个留校察看。接着他又多次挑衅丁跃民，终于害得丁跃民被学校开除。

这天傍晚，王乐正在家里喝着小酒，庆幸自己的阴谋得逞，安慧突然回来了，没搭理他，直接走进卧室，开始收拾衣物。

王乐笑呵呵地走进去，招呼道：“你终于舍得回来了？”

安慧只是低头收拾东西，根本没理他，提起装好东西的两只行李包就往外走。王乐倚着门，歪着嘴问道：“哟！咱们家的大学生刚回来就要走啊？”

安慧脸朝着院子，依然没有看王乐，只是冷漠地说：“王乐，咱俩离婚吧！”

“你说什么？”王乐猛的站直了身子。

“我们离婚吧！”安慧一字一顿地说道。

王乐一把拽住安慧的胳膊，竖起眉头吼道：“你再说一遍！”

“离了吧，在一起我们都很痛苦。”安慧的声音很平静。

王乐又条件反射似的抬起了手掌，想了想又放下去，说道："我不同意，我绝不会和你离婚。安慧，你想一脚把我踢开，门儿都没有。"话虽然厉害，但气势明显弱了。

"王乐，就是你亲手杀死了我们的孩子，从那一刻起，我已经不可能再和你生活下去了。离了吧，不要再彼此折磨了。"说完，安慧坚定地甩开了王乐的手，迈开步走出了家门。

龙鼓村的小街上，墙上到处可见用大红油漆涂上去的"拆"字，不少店铺都已关张，路上的行人也少了很多。

"京味儿饺子摊"却来了一个怪客，梳着整齐油亮的分头，大大的鼻子，脸上有肉，厚厚的嘴唇，一身白色的对襟长衫，浑身上下一尘不染，手里还摇着一把精致的折扇。他只点了一份京酱肉丝，指明要最好的厨师来做，但尝过一口之后他便放下筷子，要求见厨师。

阿雄有些措手不及，客人已经径直闯进了岳芳英所在的厨房。

帘后的高建国早就看到了这边的一幕，一个箭步站到母亲身前，严肃道："这位先生，您有什么事吗？"

客人一脸严肃地问他："你是北京来的？你就是刚才炒这道京酱肉丝的师傅吗？"

高建国正在犹豫要不要说是自己炒的，身后的母亲已主动站了出来，正声道："是我炒的，您吃得不满意吗？"

客人霎时露出了笑脸，腮帮子上的两坨肉拱得高高的，活像个弥勒佛。他摆手说："不不不，恰恰相反，这是我在香港吃过的最地道的北京菜，所以我一定要见见炒这道菜的厨师。"听到客人这么说，所有人都松了一口气，紧绷的气氛轻松起来。

客人左手一搭扇棱，接着说："我的爷爷是北京人，小时候我最喜欢吃这道菜。来香港以后，我吃遍了所有的饭馆，再也吃不到当年的北京味。前几天听一个朋友说你们这个饺子摊很地道。"说着，他激动地握住了岳芳英的手："谢谢你，又让我吃到了地道的北京菜。"

岳芳英也十分高兴，开心地说："您吃得高兴，是我们的荣幸。"

但手分开后，客人又说："不过，我觉得这道菜本应该做得更好，现在好像还差了那么一点味道。"

岳芳英表情严肃起来，有些不服气说："不可能，我做了几十年北京菜，这道京酱肉丝是再传统不过的，我敢说就算是在北京，我做的这道菜也是数一数二。"

"莫误会！我不是说你做得不好，只是说一种方法，你听听，会不会锦上添花呢？"客人连连摆手，"京酱肉丝，选用的是猪身上最嫩的里脊肉为主料，辅以黄豆酱或甜面酱及其他调味品，用北方特有烹调技法'六爆'之一的'酱爆'烹制而成。如果我说得没错，这道菜制作的关键就是在于'酱爆'。刚刚您炒的这道菜，美中不足就是在'酱爆'的火候掌握上火大了一分，所以做出来的菜就差了点味道。"

客人的说法让岳芳英母子都暗暗点头，但她一向好强，被人这么当面说还是有点不服气，于是笑着说道："我做了几十年北京菜，还从来没有人说过我的菜差火候，我看您也是光吃不练嘴把式。"

客人呵呵笑了，倏的收起了扇子，摊开双手微笑着说："那请问老板，我能借你们的厨房用一用吗？"

岳芳英看出了客人的目的，点了点头，还从柜子里取出一条干净的围裙放在了桌案上。客人二话不说，脱下了长衫，阿雄慌忙过来接住，仔细叠好放在凳子上。客人熟练地扎上围裙，顺势打出个夜叉探海结。这种结扣向来都是名厨的当家弟子在师傅上灶时帮忙打上的，能够自己背手打上，说明客人对这种结扣早已是烂熟于胸。

仅从这个起手，已经可以看出客人功夫不凡。岳芳英不禁搬过一张凳子坐下，细细观看客人的动作。客人切肉时下刀并不太快，但切出来的每条肉丝长短粗细都一模一样，略长过小指，横切面略细于小指。加入盐、淀粉、料酒勾芡，推到一旁备用。接着他开始切葱。这一回他下刀如风，银光灼灼让人看不清动作，切出的葱丝细得就像粉丝。然后他将葱丝仔细地码放在盘底，那专注的表情好像是在进行插花艺术。

等炒锅烧热，舀了一勺油下去，将肉丝下锅快炒至变色，一勺捞起。客人亮出这一手功夫，引得高建国和阿雄一声惊呼。下一步便是炒酱料，甜面酱是必不可少的……很快，又一道京酱肉丝出锅了。

客人端过盘子，放在三人面前，一抬手说道："你们尝尝我做的这份京酱肉丝怎么样？"

阿雄早就忍不住了，第一个下筷。肉丝混着葱丝入口，便爆出一阵浓郁的香味，三两口下肚，阿雄大声赞道："好味！"

高建国也夹了一筷子，放进嘴里细细咀嚼了一番，感觉里脊充分吸收酱汁之后，滑嫩的口感与浓郁的酱香结合在一起，再加上清爽的葱丝将二者中和，果然好吃，当下竖起大拇指称赞道："厉害，确实好吃！"说着望向了母亲。

岳芳英看着大家的反应，自己也拿起筷子尝了一口，尝过之后，她立刻笑了，对客人佩服地说："真抱歉，我之前说你是嘴把式，可这道菜你做得确实比我好，佩服。唉！真没想到在本店快要关张的时候，还能碰到像您这样的客人，我也算没有遗憾，知足了。"

客人掏出一张名片，诚恳地说道："岳老板，我最大的爱好就是寻找各种隐藏在街头巷尾的民间美食。"

岳芳英接过名片，惊喜道："原来您是美食家，难怪做的菜这么好吃。"

"我会好好为你和你的店写一篇美食评论的，祝你生意兴隆！"美食家笑着说道。

"不必了，今天是我们最后一天营业，这里要被拆了。"岳芳英有些沮丧。

美食家摇头感叹道："香港这些年，好多地方都是拆了建，建了再拆，不要太在意一个店铺，你才是这个店的灵魂。这里不让开店，可以另外找地方啊。你要是不开店了，香港人又少了一点口福了。可惜，可惜。"

"京味儿饺子摊"的最后一天，竟然还能碰上一位美食家。晚上盘点好各种东西，岳芳英又煮了一顿饺子，算是告别餐。一旁的电视里正在播放新闻：总督麦理浩应中国对外贸易部部长李强邀请回访北京……

1979 年 3 月，北京迎来了香港总督麦理浩一行。在内地与香港关系方面，麦理浩改善了双方自“六七暴动”以来的关系，此次应邀访问北京等地，他也成为战后首位官方正式访问中国的港督。麦理浩以香港土地契约问题为突破口发难，第一次将中英长期搁置的香港“九七”前途问题公开化。以此为契机，中国共产党和中国政府开始初步调整国家统一的战略重心，开始了逐步探索一国两制的历史进程。

这次出访迅速登上了《文汇报》《明报》《东方日报》的头版头条，引得同城热议：有些人认为香港本来就是中国的，回归祖国是好事，而且邓公也明确表示了香港会对中国现代化事业发挥重要作用，回归之后仍然大有用武之地。另一些富商则认为香港之所以有今天的繁荣，完全是由于英国的管理，当然和中国没有关系。

在国务院港澳办的政研室办公室内，刘新智正在和高致远商议对策。

“麦理浩来北京打着商务的名义，实际上是试探我们对香港的态度。他竟然提出新界的土地租约可以跨越 1997 年。”刘新智给高致远递过一杯茶说道。

高致远接过茶杯，并没有喝，而是继续翻阅着当天的香港报纸，沉声道：“《新界租约》本就是不平等条约，是不能被承认的。就算按照《新界租约》，新界的租期也只有 99 年，怎么能跨越 1997？！”

“香港对英国来说是只会下鸡蛋的鹅，土地租约无法跨越 1997，英国人在新界的地契就要卖不出去了，他们这才急着来北京投石问路。要不是华润打电话来，我们还被蒙在鼓里，英国人背着北京在新界天水围的地契期限上跨越了 1997 年。”

高致远呷了一口茶，问道：“廖公是什么态度？”

刘新智道：“廖公的态度，和小平同志会见麦理浩时的态度是一致的，主权问题没有讨论的余地，我们必须收回香港。下个星期你跟我一起去香港华润公司了解情况。”

4月4日，高致远与刘新智一同坐上了广九直通车，这是广九直通车中断30年后首次通车，港督麦理浩夫妇以及香港各界知名人士将在香港九龙红磡站迎接首班重开的广九直通车。这一天距离中国共产党第十一届三中全会闭幕仅有103天。

望着窗外不断变换的景观，高致远知道列车已经驶过罗湖桥进入香港，这一幕让他思绪万千。广九直通车重新开通，香港和内地的关系又往前迈进了一大步。以前从香港到广州，得从九龙出发，到罗湖站下车，步行过罗湖桥，先后经过港英与深圳海关，再换乘列车去广州。就算是港督也不能例外，麦理浩访问北京，也是步行过桥。

高致远不禁感叹道："直通车重新开通真是利国利民的大好事。如果再能解决偷渡逃港的问题，就更好了。"

刘新智拍拍他的肩膀安慰道："老高，你的心情我理解。当年的事毕竟没有定论，下落不明不等于死亡通知。这次到香港，可以请华润的张先生帮忙打听他们的消息。"

到香港下了车，两人并没有参加任何仪式，而是直奔湾仔港湾道26号——华润大厦。简单寒暄一番之后，张先生拿出一份新界土地契约合同，指给他们看："以前的土地契约都写明有效期限是1997年6月以前，可这次的合同把原来契约上的有效期限去掉了。这是个不同寻常的信号，我当然要向北京报告。"

刘新智戴着眼镜仔细地翻看着合同，点头道："英国人这是在和我们玩文字游戏啊！"

"英国政府在香港的主要财政来源就是土地租赁，距1997年只剩18年了，他们自然希望让香港维持现状跨越1997年。"高致远补充道。

刘新智坚定地说："英国人这是一厢情愿，主权问题我们是不可能让步的。"

张先生拿过几份当天的报纸说道："麦理浩从北京回来之后，香港回归中国的问题，现在已经成为香港的头等大事，舆论界讨论得沸沸扬扬。英国政府这段时间尤其活跃，通过各大报刊、电视、电台等舆论工具，制造了大量舆论。"

"他们都制造了什么舆论？"刘新智一边翻着报纸一边问道。

"无非是大肆宣扬，香港之所以有今天的繁荣，完全是由于英国的管理，离开了英国，香港的经济就会崩溃。他们还提出了各种各样旨在延长英国对香港统治的方案。”

“哦，都有些什么方案？”刘新智好奇地问道。

“有的提出延长租约、续约或者另订新约；有的提出冻结主权，由英国或者联合国托管；有的提出由中英共管，或者是中英轮流坐庄。更过分的是，还有人提出主权和治权分开，承认中国对香港拥有主权，但仍由英国管理，中国是‘董事长’，聘请英国当‘经理’，两全其美，既能照顾中国的面子，又能延长英国对香港统治的解决方案。简直是无稽之谈。”

高致远接着说道：“香港是资本主义制度，经济高度自由，这和我们的社会主义制度是不同的。1997将至，现在最担心香港前途的有两种人，一种是港英政府中的高官，还有一种就是在香港投资的大实业家，他们最担心的是继续投资靠不靠得住。如果不把这个问题解决，香港民心难稳，恐怕会影响到香港的稳定。”

刘新智思考良久，正色说道：“虽然是两种不同的社会体制，但也不是完全矛盾，还是有并存空间的……”

香港的工作结束之后，刘、高二人随即返回北京。几天后，高致远接到了华润张先生的电话，告知上次嘱托寻找岳芳英母子的事情，并没有结果。失望之下，高致远有些落寞地回到家。

走进院子的时候已经是黄昏，隐约看见一身绿色军装的建军正在给自己的自行车打气。高致远的第一反应：这是因为自己太想儿子而出现的幻觉。高致远尝试着唤了一声：“建军。”

高建军站起来，转身说道：“爸，您这辆车这么旧了，该换辆新的了。我刚发了津贴，明天就去给你买辆新车。”

高致远心头一热，快步走过去，握住儿子的手臂问道：“什么时候回来的？”

“刚到一会儿，听孙阿姨说您去了香港。”说着，高建军开始在水龙头下冲洗双手。

“刚开春儿，当心别着凉了。”高致远把车推到屋檐下，“你的信我收到了，知道你在自卫反击战的战场上立了功，这不只是你个人的荣誉，更是关乎我们国家的尊严。”

收拾干净，高建军来到父亲面前，郑重说道：“爸，现在的部队需要的是有知识、懂科技的军人，我想报考北京国防科技大学。”

“好，上大学好啊！”儿子的话让高致远心头一暖。他略一沉吟，又想到了什么，神色一黯道：“你哥如果还在，现在也是大学生了。”

高建军上前挽住父亲，故作轻松道：“妈和哥走了几年了，我到现在都感觉他们还在，就在某个地方生活着，总有一天会回到我们身边。”

此刻的高建国正在港大的一间教室里，和一大群同学通过一台小小的收音机，收听着香港电台的广播：4月6日，总督麦理浩在总督府召开记者招待会。他对记者们说，这是一次友好访问，中国领导人邓小平说，香港在中国现代化计划里将担任重要角色，不管将来香港的政治地位如何解决，香港的特殊地位都可以得到保证……事实上，今天再看邓小平的这番话，也必然被看作是那个时候的官方发言中最积极的言论，中外投资者因此信心大增。1979年，香港民用楼屋平均价格上升幅度达到67%，同时香港市场的繁荣对亚洲经济也产生了提振作用。

新闻一结束，站在讲台上的高建国立即关掉收音机，他心潮澎湃地说道：“同学们，你们听到了吗？ 1997年以后的香港，英国的‘殖民统治’就丧失了所谓的‘合法性’，香港有希望回归祖国的怀抱了！”语声中明显带着难以平复的激动之情。

但是，整个教室里坐着几十个学生，只有高建国对香港回归怀抱着美好的憧憬。其他同学都听得一知半解，议论纷纷，显然他们心中的迷惑多过理解。

一个同学突然发问：“高建国，你的意思是，中国要恢复对香港的主权了？”

高建国很兴奋，自豪地答道：“香港殖民统治的结局注定和其他地方不同，英国在香港的绝大部分土地都是租借来的，租期到1997年届满，香港是肯定要回归的，这个问题难道还有什么讨论的余地吗？”听到高建国这么说，同学们都不安地窃窃私语起来。

提问的同学失落道：“照你这么说，香港很快就会有翻天覆地的变化，香港要变得和大陆一样，那我们岂不完了？”

不等高建国回答，另一个戴眼镜的同学已经嚣张道：“香港能有今天的繁荣，全靠英国人的投资经营，现在这样不是很好吗？中国为什么要多此一举？”不少同学也附和着他的说法。

等到同学们渐渐安静下来，高建国才坚定地说道：“香港主权属于中华人民共和国，它是中国的一部分，当然要回归祖国的怀抱，这个问题本身根本不能讨论。”

戴眼镜的同学也毫不示弱，环顾四周道：“中国收回香港，只会让香港经济一落千丈，成为一片死港。同学们，大事不妙了，大家有出路的早点想办法移民吧。”

高建国提高音量说道：“小平同志是一位开明的领导人，怎么会让香港成为死港？现在的中国正是昂首待飞的东方巨龙，香港回归祖国只会迎来更好的发展机遇。”

“眼镜”立刻指着高建国不屑道：“你这个大陆仔有意思，如果大陆真像你说的那么好，你为什么偷渡来香港，还赖着不肯走？”

“眼镜”身旁的一个同学也说道：“就是，如果香港像大陆那样搞，这里的自由资本主义经济奇迹马上就要消失，这对我们难道不是毁灭性的灾难吗？”

高建国并不慌张，等着同学都一一说完，才提出自己的观点：“正因为我是从大陆来的，比你们更了解大陆，更有发言权。香港离开祖国的怀抱这么久，你们以为是中国没有实力收回香港吗？我们要是想收回香港，只需要一声冲锋号，五星红旗就能插上太平山最高峰。”

“眼镜”还是不示弱，嗤笑道：“动动嘴皮子说起来好轻松，大陆真这么厉害，为什么不趁早收回香港？”

高建国镇定道：“那是中国领导人高瞻远瞩，不愿意损害香港同胞的利益！

英国人在香港作威作福，欺负中国人，现在的香港根本就不是香港人的香港。我在西环码头工作的时候，天天看到那些洋人用拐杖和雨伞打码头上的苦力，不把我们当人看。在这里中国人没有一点地位，这样一个畸形的社会，你们竟然心甘情愿做洋人的奴隶，还要鼓吹英国的好，你们不觉得可耻吗？！”刚一说完，门口传来一阵掌声，高建国回头一看，竟然是李佳欣。

高建国和李佳欣肩并肩在林荫道上走着。

李佳欣赞道：“高建国，你刚才的演讲实在太精彩了，我一直以为你只是个勤学苦读的书呆子，没想到还能做这样慷慨激昂的演讲，这让我联想到曾经在英国的时候，有人跟我讲过的一个关于教育方面的有调侃意味的话题。”

“什么话题？”

“建国，你知道为什么英国制大学规定是三年吗？”李佳欣微笑着问道。

高建国一头雾水：“不知道。”

望着主楼雨檐上的雕像，李佳欣闪动着长长的睫毛，过了一会儿才接着说道：“三年修齐学士学位的学科，时间真的很紧急，所以学生们为了考试和功课疲于奔命，根本就没有时间和精力管闲事了。但是大学实行四年制，时间充裕，学生们有了闲情逸致，就会关心学习以外的东西。不得不说英国人在政治上是绝对聪明的。”

“原来如此！”高建国笑起来，“他们是聪明，所以才会视香港如珠如宝。李老师，你看新闻了吗？麦理浩到北京和邓小平见面了，你怎么看？”

“Of course。我爹地十分关注访华新闻，我还陪他去了总督府的招待酒会，见到了麦理浩先生，亲耳听到他对记者们讲在北京的见闻。”李佳欣不无得色地说道。

“真的吗？就是昨天在总督府的记者招待会吗？我在电视上看到了！你爹地怎么有机会进总督府？他是记者吗？在哪家报社工作？”高建国激动地问道。

李佳欣莞尔一笑道：“以后你就知道了。我要回家了，拜。”

高建国回到家，看见母亲正在桌上写着什么，时而眉头紧锁，时而展颜一笑。他走过去一看，见纸上密密麻麻写满了字，有肉类、蔬菜、面粉……都是关于饺子摊的。高建国以为母亲又在缅怀过去饺子摊的风光时候，不禁走上前，拍拍母亲的后背，安慰道："老岳同志，过去的辉煌就不要多想了，未来必将会更好！"

"别打岔，你妈在办正事儿呢！"岳芳英头也没抬地回答道，手里丝毫没有停下。

"正事儿？"高建国没听明白。

岳芳英又写了一行字才停住笔，抬起头，露出微笑对儿子说道："建国，你还记得今儿早上出门时碰见海叔吗？"

"记得呀，他今天居然穿了西服，还刮了胡子，我都差点没能认出来。他过来是想吃饺子？"

"我本来也这么想的，没想到他神神秘秘地说要带我去油麻地。"

油麻地旧称"油蔴地"，1865 年在该地区建成九龙最大的天后庙，附近渔民逐渐开始在庙外晒船上麻缆，所以被称作"蔴地"。渐渐地，有经营补渔船的桐油及麻缆的商店在那里开设，故改称"油蔴地"。只是后来民间的口头称呼将其简化为"油麻地"，直到 1979 年底这里建成地铁"油麻地站"，才正式更名为不带草头的"麻"字。油麻地地处九龙半岛中部，与相连的尖沙咀、旺角共同组成九龙半岛最繁华的"油尖旺"地区。

听到海叔带着母亲去了这种地方，高建国不由得惊讶道："今天过去买了啥好东西？"

"不是买东西。我们去了宝灵街的一家餐厅。"

"味道怎么样？有咱家的好吃吗？"高建国缓缓坐了下来，右手支在桌上。

"没吃上，这家店要转让了。"岳芳英突然脸色变得严肃起来。

"唉！"高建国坐直了身子，意兴阑珊地说道，"都关门大吉了，那肯定不好吃，没意思！"

"咱家饺子摊不也关了？咱家东西不好吃吗？"岳芳英反问道。

"这——"高建国讪讪道，"这就不是一回事儿。妈，是不是那边也要拆迁？"

"不是拆迁，是老板全家移民美国了。"岳芳英忍不住露出了笑容，"所以想转让餐厅，碰巧他是海叔以前的好兄弟，所以海叔把餐厅盘下来了……”

“海叔还有兴趣搞这套？”高建国不禁笑了。

“我一开头也很意外，但海叔说他这么多年也有不少积蓄，放在股市里怕赔了，放在银行里没什么油水，不如用来投资。他出资金，我出技术，在油麻地开餐馆肯定比每天出海打鱼赚钱多。”

高建国有点明白母亲的意思了，不禁兴奋道：“那、那咱们的生活又有着落了！那家餐厅大吗？周围环境好吗？”

“自己看看不就知道了？明儿带你过去！”岳芳英开心道。

四

两周后临近中午的时间，九龙半岛油麻地宝灵街附近，突然响起阵阵锣鼓声，还有武行表演舞狮。行人们纷纷被吸引，不约而同地朝同一个方向涌去。

全新的“老北京饺子馆”开张了。西装革履的海叔和穿红色对襟红袄的岳芳英站在门口迎接着络绎不绝的客人，几个伙计在门口抛撒着红包，引得围观路人一片欢呼。高建国在一旁，静静地用铅笔将饺子馆开业的盛况定格在了画纸上。

这时一群爆炸头的青年走了过来，正是华仔带了小弟过来捧场。众人连声喊着“恭喜发财”，岳芳英手里的红包也发个不停。高建国赶紧领着华仔等人进了饺子馆。与过去的路边摊完全不同，宽敞明亮整洁的大厅里，十几张崭新的桌子有圆有方，都铺上了喜庆的红桌布。阿强爸和龙鼓村的老街坊们围坐在一张大桌子前，华仔、阿强等年轻人围着高建国坐在另一张桌子上。

招呼完一班老街坊，海叔走到大厅中央，大声宣布：“各位，餐厅今日开业，承蒙各位赏脸。我有一个重要消息要宣布：岳芳英女士既是我们餐厅的大厨，也是我非常重要的合作伙伴，所以我决定将这个餐厅百分之二十的股份赠送给岳芳英女士。”

话音刚落，岳芳英立刻愣住了，过了好一阵，她才回过神来，对走过来的海叔说道："阿海，北京有句老话叫'无功不受禄'，这个餐厅全都是你的血汗，我只是一个打工的，怎么能占股份呢？"

海叔却说："我这么做就是不希望你只把自己当成餐厅的员工，希望你把自己当成这个餐厅的一分子，把餐厅当成自己的家一样维护。你是我最信任的合作伙伴，只有我们彼此信任，我们的餐厅才能越做越好。"

岳芳英想了想，说："既然是这样，那我自己投资入股，我不能占餐厅的便宜。"

见岳芳英这样的气度，海叔爽快道："好，就这么决定了，我马上拟合同。"

正午时分，服务员开始上菜，满桌都是地道的北京菜，而正中间就是店里的招牌——京味儿饺子。大家纷纷动起了筷子，对菜品的口味赞不绝口。

坐在阿强身旁的华仔吃着菜，突然说道："阿强，做法律援助有什么好的？等你熬出头不知道猴年马月，你干脆来我的运输队，管理层啦，我保证你几年之内就能风生水起。"

高建国转过头，一脸严肃地说："华仔，阿强跟你可不一样。"

华仔勃然变色，把筷子一扔，撇嘴道："有什么不一样？都是龙鼓村出来的，我凭自己打拼出来的事业，没什么见不得人的。不要以为你自己是大学生了就……"

眼看就要起冲突，阿强急忙劝道："两位大佬，别净顾着打嘴仗，菜都要凉了，这可是我们海琴湾的海鲜包出来的饺子，大家赶紧吃。"

这时，身后传来一声熟悉的"高建国"，高建国急忙回头，果然是李佳欣。她正抱着一只好大的花篮站在身后。高建国赶紧站起来，客气道："李老师，你怎么来了？"

李佳欣却笑着反问道："你们打开门做生意，我为什么不能来？"

"我不是这个意思。"高建国赶紧摆手道。

李佳欣满心欢喜地递过花篮，笑着说："送给你，祝你们开业大吉！"

高建国从后面搬出一把椅子招呼道："谢谢，李老师快请坐，尝尝我妈包的海鲜饺子。"正想招呼阿雄帮忙拿副碗筷，却找不到他的踪影，高建国只有自己去过道的橱柜拿。

客人们边吃边聊，一直到下午才逐渐告辞。高建国和母亲亲自把阿强一家送出大门口，母亲又回店里招呼应酬，高建国却看见阿雄一脸失落地从街对面走过来。高建国故意板着脸开起了玩笑：“阿雄，又溜到对面小巷抽烟去了？”

谁知，阿雄先是一脸惊慌，接着侧着脸说：“你不是跟海叔说过我有半天假吗？我想干什么是我的自由。”

高建国连忙换了笑脸说：“跟你开玩笑的，阿雄。赶紧去吃饭！”

阿雄犟着脖子，沉声说：“唉！不吃了！我拿着这间餐厅的工资，不好不做事的。”说着头也不回地进了厨房。接着又有客人告辞，高建国连忙招呼，也没有顾得上弄清阿雄到底怎么了。

下午送走李佳欣后，高建国想着到后厨去看看阿雄，却见华仔带着一帮小弟骑着摩托车呼啸而出，几乎撞到自己。一个伙计一脸紧张地从后巷跑出来，拉住高建国就说：“建国哥，你那个叫华仔的朋友是不是和那位李小姐有什么恩怨？”

“华仔和李老师？恩怨？不可能啊，他们根本不认识。”高建国一头雾水。

伙计接着说道：“那就奇怪了，刚才我听到他们在议论，要为难那位李小姐，你赶紧跟去看看吧。”

高建国大惊，取了自行车飞一般赶去。

一路上边追边问路人摩托车队的行踪，到了尖东，才知道他们进了红磡隧道，高建国只好上了轮渡过了海，赶到隧道口继续打听。又追上了太平山，在黄泥涌道附近碰到一队摩托车迎面而来，为首的正是华仔的一个跟班，高建国赶紧拦下他。

跟班劈头盖脸地骂道：“高建国，我顶你个肺！你为个富家女不要我大佬的妹妹，你这个二五仔！”

高建国顾不得解释，追问道：“你们几个把李老师怎么了？”

跟班往身后一指，咧嘴道：“那女的自己跳进半山的水塘，不识游水的，你再不去可能就要 Call 水警捞尸了！”说着招呼同伴骑着摩托呼啸而去。

沿路寻找，终于在一处水塘里救起了李佳欣。高建国将她抱回到车里，小心地放在驾驶座，陪着她坐了好久。李佳欣慢慢缓过神来，开始讲述刚才几辆摩托车逼停她的车，然后想要侵犯她，最后她不得已之下只有跳进了水塘，然后谎称不会游泳，才把那帮混混吓走了。没想到吓走了混混，自己却紧张得腿抽筋，幸亏高建国及时赶到，否则她可能真的就……

高建国不会开车，只好骑车搭着李佳欣找到有电话的地方通知她家人，又等了好一阵，李佳欣家的一个阿叔开车过来把她接走了。高建国这才自己骑车回去，回到宝灵街饺子馆已经是黄昏时分。

母亲一眼就看见了他，赶紧上前问道："建国，你去哪儿了？一身新衣服怎么这样了？"

高建国这才想起自己身上的衣服半干半湿，看起来污迹点点，龌龊不堪，连忙答道："没事儿，路上溅的，我进去换件衣服。"

"对了，你看见阿雄了吗？"母亲又问道。

"阿雄？我之前正想找他呢，他不在吗？"高建国这才想起阿雄今天的异常表现。

岳芳英有些不高兴地自言自语道："这个阿雄怎么回事，刚刚让他当上大堂经理，还没上到半天班就不见了，怎么这么不负责。"

晚上 9 点，饺子馆打烊了。海叔让其他员工先下了班，只留下了岳芳英和高建国，三人围坐在大堂里的一张饭桌上。

海叔拿出两本合同放在桌上，热情地说道："阿英，按你的意思，你出资的股份分成两份，一份是你的，另一份给建国。"

高建国对这个安排十分意外，吃惊道："妈，海叔，这个餐厅我没有出一分钱，怎么能拿股份呢？"

岳芳英将其中一份合同放到儿子面前，语重心长地说道："这笔钱是经营饺子摊的收入，饺子摊是根据你的想法办起来的，当然有你的一份。"

"不行不行，这些股份我不能要，这对海叔太不公平了。"高建国连声拒绝。

海叔笑着说："国仔，你占股份，我没有意见。倒是另一件事，我现在要正式提出来，阿雄这个大堂经理是你向我推荐的，可从开业到现在，一连几天都不见踪影，是不是有些不合适啊？"

“如果阿雄再不来上班，我们要考虑换一个大堂经理了。”母亲也在一旁开口道。

第二天大清早，高建国就去阿雄住的地方找他，没想到邻居说阿雄已经搬走了，而且是昨晚上连夜搬走的。高建国猜测阿雄又遇上了什么麻烦，不愿意拖累自己所以才不辞而别，但也没有其他办法可以联系到他，只得作罢。

搬到油麻地之后，高建国上学近了很多，店里的伙计多了，他也不再需要每天都在店里帮忙了，可以把更多的精力放在图书馆和校园内。这天下午高建国没有去图书馆，而是受邀到了钱教授家中。

钱教授最近都在尝试工夫茶，所以特定让高建国上门品茶。钱红一的家面积不大，但胜在采光良好，室内虽然没有开灯，却显得十分明亮。她专门在自家的书房内辟出一小片空间作为茶室，使用的都是传统的中式家具。

两人分主次坐在一张小几前，上面放了一只小陶壶、三只茶杯，茶杯的口径只有银元大小，如同小酒杯。钱教授用竹筒小心地往小陶壶里装入乌龙茶叶，又加入清水，然后放在小酒精炉上小火煨煮，一边介绍道：“广东潮汕地区盛行工夫茶，我早年在大陆的时候喝过几次。饮工夫茶以三人为宜，但是我们今天一切从简，多放只杯子，对影成三人吧。不只是茶，茶器也很考究，要用宜兴产的小陶壶和白瓷上釉茶杯。”说着将三只茶杯摆成了品字形。

钱教授隔着手帕端起茶壶，在瓷杯上面作圆周运动，依次斟满每一个小杯，嘴里介绍道：“这是‘关公巡城’。”钱教授斟满茶，第一杯倒掉，然后又重复了一遍先前的动作，才做了个请的姿势：“建国，请吧！”

高建国捧起茶杯正要靠近嘴边，却被钱教授伸手拦住，她微笑着道：“别着急，高建国，工夫茶先要闻气味的。”说着自己端起一杯茶，闭上眼深吸一口气，好像要把茶的浓香留存在鼻内一般。

高建国也是有样学样地照着做，只是有些不习惯，动作略显别扭。他有些害羞地说：“不好意思，我很少喝茶，所以不太懂这些规矩。我爸爸倒是喜欢喝茶，我以前不太在意这些东西，现在想起来很惭愧，只有在失去了以后才懂得它的珍贵。”

“是啊，人生中很多人和事都是失去了才知道珍惜。”钱教授感慨地说。

钱教授又给高建国倒了一杯茶，笑着说道："前几天英国大选结束了，保守党获胜，柴契尔夫人[1]将出任英国首相了。她是英国历史上第一位女首相。我们系里好多女同学都对她崇拜得不得了！"

高建国有些严肃地说道："我从报纸上看了，这位女首相是个右翼人士，十分仇视无产者和共产主义。她这一上台，肯定会让那些不看好香港回归前景的资本家重新抬头，一个个地又粉墨登场出来唱反调。"

被俄国人称为"铁娘子"的撒切尔夫人（Margaret Hilda Thatcher）于1979年5月3日当选英国首相。许多不愿意香港回归的富商认为，撒切尔夫人治下的英国肯定不会向中国政府妥协，香港仍然会由英国管制，这样便不用移民了。倒是港大的不少学生团体在校园内举起了"反对不平等条约"的横幅标语，表达自己的政治观点。

聊了一阵政治，钱教授觉得气氛有些过于紧张，便抽身取了一本老相册过来，递给高建国。照片都是黑白的，有故宫、长城等熟悉的背景，这让高建国激动不已。突然，他注意到其中一张照片上的两个人，一位是年轻时的钱教授，另一位是跟她年纪差不多的男青年。让高建国震惊的是，这个男青年竟然是自己的父亲——高致远。他情不自禁地拿起这张照片问道："钱教授，请问这个人是……"

钱教授接过照片，仔细端详了一下，又想了想才回答道："他是一名工程师，从香港去了北京，为了支持祖国建设，非常有理想抱负的一个人，现在也该儿孙满堂了吧……"说着不禁笑了。

高建国根本没有听清钱教授之后说的什么，立刻站起来，冲着钱教授一鞠躬说道："对不起，钱教授！我突然想到还有事，我必须走了。"

1 柴契尔夫人，撒切尔夫人的港译名。——编者注

五

高建国内心波澜起伏。他没有立刻去乘车，只是茫无目的地在街头走着，想要为自己理清思绪。突然，他被一个工作人员挡住，告诉他前头在拍电视剧，让他尽量靠边走。长这么大还真没见过拍电视剧是什么样子，高建国感到很好奇，靠近路边驻足观看。

看着看着，他突然发现那个一直被男女主角和导演训斥的女替身居然是阿芳，阿芳也正好抬起头，一眼看见了高建国。

高建国喊了一声："阿芳！"阿芳满脸羞愤，转身拨开人群便跑了。

高建国身高腿长，而阿芳毕竟有伤，还没跑出半条街，已经被他追上。她停住了脚步，哭喊着："建……你来干什么？"

高建国正色道："阿芳，让我看看你的手。"

阿芳赶紧将手藏到身后，低着头说："我的手，有什么好看？"身子却在微微颤抖。

"阿芳，别干演员了，太辛苦了……"高建国劝道。

阿芳抬起头，大声道："高建国，我说过，我会通过我的努力让你知道我是配得上你的。现在我虽然是替身，但我不会放弃，终有一天，我会成为全香港众所周知的明星。"

"如果这是你的梦想，我不会阻拦你，但如果是为了我才这么做，大可不必。阿芳，你不要为了我去做任何事情，就算你做了，我跟你之间也不会有结果的，你明白吗？"

阿芳盯着高建国质问道："不管我再怎么努力你都看不上我，是不是？建国哥，你知道为了这个出演机会我都做过些什么吗？我被人……"

不等阿芳说完，高建国一脸严肃地说道："阿芳，我只是不愿意你活得这么累明白吗？人活着不应该为自己吗？你为了别人你不累吗？"

看着高建国认真的表情，阿芳面露委屈之色，语气也缓了下来：“你不是别人啊，你是我心里唯一一个可以依靠的人，我认为我这么做很有意义，至少追求你我是努力了的。”说着泪珠蹦出了眼角。

高建国叹了一口气，说道：“你过来，先让我看看你的伤……”

阿芳默默走过来，露出了手上、胳膊上、膝盖上的擦伤，青一块紫一块，让人触目惊心。

高建国带着阿芳来到一家药店，买了一些纱布和药水，帮她简单处理了一下伤口，一边清洗一边问她痛不痛，是皮肉痛还是骨头痛。阿芳已经泪流满面，分不清是伤痛还是心痛。

擦洗完伤口，高建国打开纱布，小心地为阿芳包扎。阿芳好久没有机会如此近距离地接触到高建国，一时情不自禁，竟一把环住高建国的腰，顺势依偎在他的肩上，泪眼婆娑。

高建国想要推开她，但他稍一用力阿芳就贴得越紧。害怕伤到阿芳，高建国只有让她这么搂着，继续帮她包扎。

阿芳突然开口道：“建国哥，为什么不答应我？为什么不能让我一辈子照顾你？”

高建国别过头说：“阿芳，你听我说……”

阿芳依旧贴着高建国，柔声说：“我听着呢……除非你亲口告诉我你心里没有我的位置，否则我绝对不会放弃你。”

高建国坚定地说道：“阿芳，我早就告诉过你，我的心在北京。”

阿芳立刻弹起，离开他的肩膀，大喊着：“借口，都是借口，我阿哥早就告诉我你搭上个富家女了！我也真是笨，早该看出来的。高建国，你从心底看不起我，我恨死你了……”说完，阿芳一把扯下手上刚刚缠好的纱布，一瘸一拐地跑开了。

高建国大喊了一声“阿芳”，却没有再追上去。

第七章
雏鹰振翅

- 大陆开始设立经济特区，让高建国看到了新的商机，他想开办一家电子厂，却苦于没有资金支持。
- 高建国的一篇题为《香港电子业的新趋向》的作业论文，机缘巧合之下被大富豪李嘉盛看到，将会给他带来怎样的改变呢？
- 远在北京的安国庆、丁跃民也开始尝试起了个体经商。

一

时光如梭，进入80年代，“京味儿饺子馆”在宝灵街的生意越来越好，开始在整个油麻地声名鹊起。美食家也在自己的美食杂志专栏上对饺子馆大加称赞，不少杂志还特意进行了专访。

忙完中午的饭点，岳芳英才有空坐下来看看电视。新闻正在播报：昨日，包玉刚宣布出价每股105港元，增购2000万股九龙仓股份。今日股市一开市，大批九龙仓股东蜂拥而至，求售股票，开市之后仅一个半小时，包玉刚便完成了增购目标。

海叔称赞道：“包玉刚不愧是船王，竟然能打破英资不可战胜的神话，成为第一个非怡和洋行的华人九龙仓主席，为我们华人争了一口气。”

高建国恍然大悟道：“难怪我上午路过证券交易所门口，看见人山人海地往里面涌。”

海叔继续道：“建国，你有所不知，在香港，一直流传着‘未有香港，先有怡和’‘怡和的面子，太古的银纸’之说。报纸上都说了，现在香港30家市值最大的上市公司，华资公司已经占了12家。英资财团虽然财力雄厚，但华资集团正在迅速崛起，我们中国人今后也不用当受气包了。”

高建国愤愤道：“英资未免太狂妄了，他们想垄断香港经济，简直是异想天开。”

海叔接着道：“听说包玉刚获得了中资银行的支持，这次他动用的资金超过了20个亿。20个亿，没有中资银行的支持，包玉刚不可能打赢这场世纪之战。”

听了这话，高建国兴奋道："海叔，这正说明了香港回归才是大势所趋，原来不可一世的英资财团会因为中国的崛起而被华资财团取而代之。"

这就是香港金融史上著名的"九龙仓之战"。九龙仓原本是香港九龙尖沙咀最大的货运港，而英资的九龙仓集团诞生于 1886 年，是香港四大洋行之首的怡和洋行旗下的主力。1980 年，香港十大财团之一、稳坐"世界十大船王"第一把交椅的包玉刚联合李嘉诚，暗中吸纳了 30% 的九龙仓股票。之后面对怡和集团的高价反收购，包玉刚更是在三天之内奇迹般地筹集了 21 亿现款，两个小时之内使得手中所持九龙仓股份达到 49%，使九龙仓成为一家华人主导的企业。

同样是在 1980 年，8 月 26 日，中华人民共和国第五届全国人大常委会第十五次会议决定：在中国广东省的深圳、珠海、汕头和福建省的厦门设置经济特区。

受到上次"九龙仓之战"的鼓舞，高建国也开始关心起了经济形势。之前他看报纸都只是看政治、军事新闻，要不然就是看看连载的小说，现在他在经济专栏上投入了大量的精力，看电视也会特意看看经济频道。

大陆设置经济特区的消息，在香港也引起了广泛关注，经济频道正在播放对一位专家的访谈：经济特区是世界自由港区的主要形式之一，以减免关税等优惠措施为手段，通过创造良好的投资环境，鼓励外商投资，引进先进技术和科学管理方法，以达到促进特区所在国经济技术发展的目的。这是一种特殊的经济政策、灵活的经济措施和特殊的经济管理体制，以外向型经济为发展目标。中国开放四个经济特区，打破了中国长期闭关自守的格局。

听到这些，高建国敏锐地预感到，祖国大陆即将发生天翻地覆的变化，与深圳一水之隔的香港也必将因此迎来开埠以来最大的历史发展机遇。他不能仅仅满足于经营餐馆这样的小打小闹，他要抓住这次历史性的机遇，办电子厂，生产电容器、电子手表、玩具、集成电路等电子产品。

说干就干，正是高建国的本色。一天下午，他专门去到香港的电子批发市场了解一些基本行情，为自己创业做一些基本的功课。

来到一家店面颇大的电子零件商铺前，正想进去逛逛，高建国却看到华仔正带着两个小弟在收保护费。得到华仔的照应，高建国调查到不少有用的信息，中午特意请华仔吃饭。吃了一阵，高建国突然提出让华仔一起来办电子厂，不要再混黑道了。

华仔掏出梳子整理了一下发型，有些漠然地说道："现在的事我做得很开心，你就别管了。"

"华仔，你走的是一条死胡同，走不出去的。"

华仔突然收起梳子，一本正经地说道："让我加入你的电子厂也可以，你答应我一个条件。"

"你说……只要是我做得到的。"

华仔很认真地说道："你让我小妹阿芳过来给你当老板娘啦！"

高建国一愣，然后摇头道："华仔，你还不明白吗？我跟你一样，阿芳就是我的妹妹。"

华仔一下把梳子扔到地上，大声道："那你还说这些废话干什么？我妹那么喜欢你，她整日奔波跑龙套，就是想向你证明她配得上你，有资格做你的女朋友，小妹就是为了能当演员才被那个禽兽中间人给侮辱了！可你倒好，你有把她放在眼里吗？你有考虑过她的感受吗？我妹在戏里是龙套，在你的人生里不一样也是龙套吗？高建国，就算是我走进了一条死胡同，但是只要能保护我妹，死胡同我也要走下去。"说完扬长而去。

高建国深深叹了口气，捡起华仔扔在地上的小梳子，旁边的店里正传来凤飞飞的国语歌《玫瑰玫瑰我爱你》：

玫瑰玫瑰最娇美
玫瑰玫瑰最艳丽
春夏开在枝头上
玫瑰玫瑰我爱你
玫瑰玫瑰情意重
玫瑰玫瑰情意浓
春夏开在荆刺里
玫瑰玫瑰我爱你

心的誓约新的情意
圣洁的光辉照大地
玫瑰玫瑰枝儿细
玫瑰玫瑰刺儿锐
伤了嫩枝和娇蕊
玫瑰玫瑰我爱你
玫瑰玫瑰心儿坚
玫瑰玫瑰刺儿尖
毁不少并蒂枝连理
玫瑰玫瑰我爱你

这首流行歌曲旋律轻松明快，奔放昂扬，将城市情怀和民族音调巧妙地汇成一体，它诞生于20世纪40年代的旧上海，最早作为插曲出现在电影《天涯歌女》中，原名为《玫瑰啊玫瑰》，曾经红遍大江南北。因为美国歌星弗兰基·莱恩（Frankie Laine）翻唱的 *Rose, Rose, I Love You*，而登上1951年全美音乐流行排行榜的榜首，风行于欧美世界。

凤飞飞的翻唱则是在1978年底，歌词略有修改，让之前缱绻的情意变得更加直白、活泼，也更适合热恋中的青年男女。1980年后，这首全新演绎的《玫瑰玫瑰我爱你》开始在台湾以外地区流行，不仅在香港的高建国能够听见，就连北京的音像店也在播放这首歌。

丁跃民和安国庆两人现在就听着这首《玫瑰玫瑰我爱你》，叼着香烟，站在音像店门口，瞅着大街上过往的人群。

身体已经完全复原的安国庆留了一头长发，穿了一条大喇叭裤，引来路人纷纷冲着他行注目礼，这让他愈发得意地吞云吐雾。他转头一拍丁跃民的肩膀，笑着说道：“跃民，瞧见没？我这身打扮才是潮流。你就该听我的，也照我这样来一身。”可惜他话音未落，就被突然出现的父亲抓住了，让他去理发。

安国庆挣扎不过，突然指着父亲后面大喊：“慧儿，你怎么来了？”

安长江一转头，安国庆一拍丁跃民，两人一溜烟儿就进了旁边的小胡同，眨眼工夫没了踪迹。气得安长江直跺脚。

两人一口气跑回了丁跃民家。刚进四合院，丁跃民就一边喘着气一边说：“国庆，你爸给你安排的工作，你为什么不去？”

安国庆扶着门，咳嗽了几声才说道：“在厂里上班一个月才挣几块钱？还要受人管教，哪有我们现在自由轻松。”

“我们现在是自在轻松，可这样三天打鱼两天晒网的，虽然通过倒买倒卖挣了不少钱，但到现在还一分钱没攒下。”丁跃民喘匀了气，说道，“唉！当初我要不是被学校开除了，也不至于鬼迷心窍跟你走上了这条投机倒把的道路。当初你说得可好听了，什么‘北边的煤，南边的米，什么挣钱咱就卖什么’。可现在倒好……”

安国庆安慰道：“哥们儿，来日方长，哪有一口就吃出个大胖子的？别忘了当初咱看见那倒钢材的小老板，人家脖子上那条金链子……”说着话进了屋子，突然他瞅着堂屋的桌子，瞪大了双眼。

“好家伙，丁跃民你小子啥时候瞒着我搞了台收录机？嘿！还是双卡的！”安国庆凑到桌前，羡慕地瞅着桌上的收录机，就像吕布见了貂蝉，恨不得一把搂在怀里。

丁跃民哂道：“咱挣那点儿钱都买酒喝了，我哪有钱买这个？这是跃音跟同学借的，正儿八经的舶来品，从香港来的。”说着摁下了播放键，邓丽君的《甜蜜蜜》从喇叭里传出来，旋律优美动人，歌声甜美沁人。

“洋玩意儿就是不一样，听听，这音质，真好听。”安国庆一脸幸福地闭上了眼，听了一会儿突然问道：“跃民，这一盒磁带多少钱？”

“五块。”

安国庆张大嘴，像是塞了一个大馒头，怔了怔才接着说：“五块钱？就这么一盘小东西？我去我爸厂里上班一天还挣不了两块，这么一小盒子就是我好几天的工资了。”

丁跃民从安国庆手里夺回磁带：“那当然，贵着呢，你可别给我弄坏了。”

有些羡慕地望着丁跃民手里的磁带，安国庆忽然眼中一亮，兴奋道：“老丁，这么好的发财机会，眼睁睁就要让你给错过了。”

“你又想到哪出了？”

安国庆兴奋地坐直了身子，拍了拍那台收录机，说：“现在咱不讲阶级矛盾了，社会的主要矛盾已经变成了人民群众日益增长的物质文化需求同落后的社会生产之间的矛盾。群众缺什么我们就卖什么，五块钱一盒的原版磁带，普通人一个月工资才能买几盘？咱们翻录香港流行歌，翻录的磁带，卖两块，我保证你收钱收到手软。”

从此，两人每天都到北京剧院等人多的地方，倒卖翻录的卡带。一盒两块钱，先登记，一周之后取货。生意火爆，常常是供不应求。两人从早忙到晚，虽然辛苦，心里却是甜甜的。

这天趁着礼拜天假期，两人都大赚了一笔，晚上收了摊，下馆子大吃了一顿，一开心又喝了几杯。11 点多，安国庆才晃晃悠悠地回到家中，父母正在客厅说着话，安国庆一屁股坐到沙发上，望着父母一阵傻笑。

父亲面色铁青地问道：“干什么去了？”

安国庆想要说话，却又抑制不住内心的兴奋劲儿，发出阵阵傻笑，好一阵才缓过来说道：“爸、妈，都还没睡呢？我今儿做成了一笔大买卖。看，这是我赚的钱。”说着从口袋里掏出一叠钱放在茶几上。

安长江勃然大怒道：“我们家还不差你这点钱，别以为我不知道你钱是怎么来的，倒买倒卖，我安长江的儿子什么时候沦落到当二道贩子了？”

安国庆不以为然道：“爸，都什么年代了，您还是这种老思想。现在不是正提倡解放思想吗，您的思想也该解放解放了。”

“你、你这个不孝子，你现在就是一匹脱缰的野马，少在外面给我丢人现眼。”安长江更加生气了。

安国庆哼哼鼻子，不屑道：“我靠自己的本事赚钱，怎么就是丢人现眼了？

您要是嫌我丢人，明儿个我就离开北京，南下创业。”

安长江突然胸口一疼，痛苦地用手捂着，眉头拧到了一块儿。张凤鸣慌忙站起来，抚摸丈夫的后背，轻声道：“老安，没事吧？快别生气了，自己的身体要紧。国庆以前不这样，自从受了伤，他就像变了一个人。你也消消气吧，他身体才恢复，还需要时间适应。”接着转向儿子说道：“国庆，你也是的，知道你爸心脏不好，还惹他生气。还不快给你爸道歉？”

还是半醉状态的安国庆勉强地说道：“爸，我就随口说了几句，你至于这样吗？我以后听你的还不行吗？”

自从安国庆去了父亲的厂子里坐办公室，倒磁带的事情就只有丁跃民自己接着干了。时近中秋，暑气消退，北京的天气逐渐凉快下来。翻录磁带的生意虽然依旧红火，可在秋风中独自练摊儿也是一件苦差事啊！

这天上午 10 点多，丁跃民又来到北京剧院门口，吆喝着：“最新港台流行歌曲啊！便宜卖了，便宜卖了！两块钱一盒！”

一身蓝色中山装的安国庆出现了，头发也变短了。丁跃民有些意外，笑着问道：“哟，国庆，你不是去你爸厂子里上班了吗？”

“上那班儿，多没意思，那点死工资，还不够我喝顿酒的。”安国庆不以为然，冲着过往的行人叫卖起来：“这可都是最新的港台流行歌曲，罗大佑、张国荣、邓丽君，便宜甩了啊……”

就这样，安国庆每天到厂里应个卯，坐一会儿就开溜，出来跟着丁跃民倒磁带，下午又回去装模作样上会儿班。有时候生意太好，他都懒得去上班，整天都在北京剧院这片儿待着。终于，办公室王主任忍无可忍了，直接捅到了身为厂长的安长江那里。

安长江亲自出马把儿子抓回了家。进了家门，安长江喘着气坐在椅子上，铁青着脸不说话。

安国庆却是嬉皮笑脸，十分轻松地说道：“爸，我这辈子就这德行了，您就别为我着急上火的了，我现在不是挺好的吗？既自由又有钱赚，可比去厂子里上班强多了。”

安长江无可奈何地训道："就你那两把刷子，学人家投机倒把，迟早要出问题，有你后悔的一天。"

一旁正在翻看《海峡》杂志的安慧也劝道："哥，咱爸说得对，你现在做的不是什么正经事，觉得厂子里不好，就踏踏实实另找份工作。"

安国庆在沙发上坐下来，不以为然道："你说得倒是轻巧，我一没学历，二没技术，能找什么工作？我落到今天这一步，还不是拜你和高建国所赐！"说着狠狠地瞪了妹妹一眼。

安慧仿佛遭了电击一般，杂志啪的掉在地上，半晌说不出话来。

此刻，身处北京西郊的安慧无语凝噎，而远在香港的高建国却正侃侃而谈。晚上餐厅打烊后，高建国拉着母亲聊起了经济形势，先是让母亲看了一下《信报》上关于大陆设立经济特区的新闻，然后提出："香港和深圳只有一水之隔，现在深圳成了经济特区。老岳同志，这可是千载难逢的机会！难道你甘心一辈子卖饺子，就没有什么别的想法吗？"

岳芳英一脸疑惑地看着儿子，茫然道："别的什么想法？……没有啊！卖饺子挺好的，你要没什么别的事，我去库房清点食材了。"

高建国急忙将母亲拉回椅子上，直接说出了自己的想法："老岳同志，我想好了，我要办电子厂。"

岳芳英重新坐下来，看着高建国，有点摸不清儿子的想法。

高建国接着说道："小平同志说得好！我们要把世界一切先进技术、先进成果作为我们发展的起点，我们要向资本主义发达国家学习先进的科学、技术、经营管理方法以及其他一切对我们有益的知识和文化。闭关自守、故步自封是愚蠢的……"

岳芳英用手轻磕一下桌子，说道："这些报纸上都有，你说你到底想干吗？"

办厂需要启动资金，高建国希望母亲能把饺子馆卖了，等电子厂赚了钱，再把饺子馆盘回来。岳芳英当然不同意，当初的饺子摊能开到现在，都是自己一个饺子、一个饺子包出来的。她认为儿子只是一时脑袋发热，即便要办厂也得是饺子馆发展再上一个层次之后的事情。

情急之下，高建国要求把自己在饺子馆的股份折现，又提出是因为有自己才有饺子馆的今天。儿子犯浑，岳芳英也上火了，于是从自己为什么会来香港说到了高建国这几年上学的日常开销，让高建国哑口无言。

母子俩的争吵很快引来了海叔。听完事情的来龙去脉，海叔肃然道："百善孝为先，建国，你卖饺子馆这个行为首先就太不孝了。阿英苦心经营这家餐厅不容易，你想要发展事业就要靠自己，不能牺牲别人，更何况这个人是你的亲妈。你要是这样，我看你最终只会一事无成。就像那个阿雄，放着好好的大堂经理不做，要去炒股票，想着一夜暴富。你们这些年轻人啊，太不切实际了。"

突然听到阿雄的消息，高建国十分惊讶，连忙追问："海叔，你说什么？阿雄在炒股，你怎么知道？"

"我听店里伙计们说的，这几天他们都在议论，阿雄炒股票赚了钱。"

阿雄几个月前的不辞而别，一直让高建国耿耿于怀，在他看来，阿雄是他在码头结识的，从龙鼓村的饺子摊到宝灵街的饺子馆，一路走来可谓是贫贱之交，这样的行为让他无法理解。无论如何，他想找到阿雄问个清楚。

第二天，算好证券交易所开门的时间，高建国赶了过去。一进门，他就发觉这里处处散发着一股浓烈的铜臭味。大厅没有想象的大，跟银行的差不多。正面墙上有一块很大的黑板，好多身着红马甲的人不停地往返跑过去在黑板上写写画画，两旁交易台的电话响个不停。在大厅中央的股民则是脸上写满了渴望和期许，就像菜市场的鸡鸭一样伸长脖子，死死地盯着黑板上每一次数字的变动。

在人群中，高建国很快发现了阿雄的身影，他也是无数"鸡鸭"中的一位，一边望着黑板，一边摁着手里的计算器。高建国径直走过去，站到阿雄右边，阿雄完全没有注意到他的存在，仍然全神贯注地盯着计算器。

高建国不得不伸手拍了一下阿雄的肩膀，故作喜悦地喊道："阿雄，你真的在这儿！"

阿雄抖了一下，抬起头，看了一眼高建国，表情甚是冷淡，随口道："你怎么来了？"

高建国正色道："阿雄，饺子馆的工作，你对哪里不满意，可以对我提，为什么招呼不打一声就走了？"

阿雄低下头继续他的计算，嘴上冷冷道："我的事不用你管。"

高建国双手按在阿雄肩上，认真地说："阿雄，你怎么能这么说？我们是兄弟啊！生死之交，你的事就是我的事。"

阿雄丝毫不为所动，表情麻木地看着高建国身后，漠然道："你是饺子馆的老板，我只是打工仔，我们怎么可能是兄弟？"

"以前在饺子摊的时候，你从来没这么说过，再苦再累，工钱再少，你没抱怨过一句，现在饺子馆做大了，也有你的一份功劳，所以才让你当了大堂经理。阿雄，你到底是怎么了？"高建国感觉自己有点不认识眼前的阿雄了。

"我怎么了？"阿雄放下了手中的计算器，直视着高建国的眼睛，说道："高建国，以前你帮过我，我很感激，如果没有你，我现在可能还在西环码头扛米包，受工头的气，过着饥一顿饱一顿的日子。可你想过没有，我们本来是一起在码头扛米包的兄弟，可现在你成了大学生，成了饺子馆的老板。我呢？我还是个打工仔，一辈子没出息的打工仔。"

"阿雄，你怎么会这么想？我从来只把你当兄弟，不管以前在饺子摊，还是现在的老北京饺子馆，我从来没有把你当打工仔看啊！"高建国诚恳道。

"把我当兄弟，你就离我远点，和你在一起，我永远都只是依附，永远抬不起头来，永远不可能得到阿芳的尊重。"阿雄躲开了高建国的目光。

"阿芳？阿雄，原来你……"高建国恍然大悟，"你喜欢阿芳啊！"

阿雄再次望向高建国，正色道："是，我喜欢阿芳！高建国，你不会不知道吧？"

高建国懊恼地敲敲自己的脑门，说："我早该看出来的，我怎么就一直没看出来你喜欢阿芳呢！"

阿雄露出一丝苦笑，说道："你看不上的女人，在我眼里却是无价之宝。高建国，你现在更得意了吧？我想做一个顶天立地的男人，在我喜欢的女人面前抬起头做人。所以，以后你不要再来找我了，我们也不再是兄弟了。”说完转身离开了交易所。

阿雄的态度让高建国受到巨大冲击，他一直觉得自己对阿雄很好，什么都很照顾阿雄。没想到因为阿芳的缘故，阿雄却感觉在饺子馆继续干下去有种低人一等的感觉。高建国感觉自己需要改变些什么，来挽回与阿雄的友情，还有与母亲的亲情，于是他做出了一个大胆的决定。

在征得海叔和母亲的同意之后，他决定将自己在饺子馆的股份全部转让给阿雄，一来能够保住母亲这几年的心血，二来让阿雄不再有打工仔的心理包袱，最后更是让自己横下一条心，真正靠自己的能力来开一家电子厂。

几天后，带上拟好的股份转赠合同，高建国拉上阿强，一同来到了证券交易所找到阿雄。

阿雄抬起头瞅了一眼两人，不耐烦地说道：“你怎么又来了，我不是跟你讲清楚了吗？”

阿强正声道：“阿雄，高建国先生愿意以无偿的方式把他在老北京饺子馆的股份转赠给你，同时由你继续担任餐厅的大堂经理。”

一旁的高建国补充道：“阿雄，现在只要你在这份合同上面签字，从今天开始你就不再只是个打工仔了，而是餐厅真正的股东。我可以保证，这份合同对你绝没有什么坏处。”

阿雄停住了手指的动作，缓缓抬起头，瞪大眼睛来回扫视着两人，有点不敢相信自己听到的。阿强递过一支签字笔，指了指签名的地方。

阿雄没有看过文件，他知道即使看了他也未必能明白里面所有的字词，但他相信高建国不会骗人。接过笔之后，阿雄的手却停住了，他也说不清楚是为什么，迟迟没有签字。

高建国以为阿雄不放心，连忙说：“阿雄，以前是我不好，我是真的忽略了好兄弟的感受。股份是你应得的，快签字吧。”

阿雄的眼圈红了，鼻子阵阵抽搐，他从阿强手中猛地抓过合同撕得粉碎，红着眼说道：“是好兄弟以后就不要再提股份的事，明天我就回餐厅上班。”伸手紧紧握住了高建国的手。

四

了却了一块心病，高建国也是长舒一口气。接下来就要靠自己努力了。他除了更加勤奋地学习之外，还向专业人士请教，不断完善自己的创业计划，希望能早一天打动银行，给自己的项目提供贷款。他相信凭借自己的不断努力，一定能取得成功。

这天，高建国刚从图书馆出来，就被李佳欣的 mini 拦下了，说是要介绍一个投资人给他认识。看着李佳欣一脸轻松的模样，高建国虽然有些迟疑，但从周围同学们的议论中知道，李佳欣这辆小巧的车，全港只有一辆，英国的原厂也已经停产。她可能真的认识一些能够给自己提供资金的朋友。

漂亮的小车沿着临海大道，上了太平山。半山以上都是豪宅，高建国更加肯定了自己之前的判断。车停在一处大铁门外，保安从里面打开了大铁门，李佳欣慢慢驶入，蜿蜒而上，前面出现一片花园，小车绕过花园进入车库。

跟着李佳欣从车库的另一扇门出来，是这家豪宅的前院，一座小型欧式双层喷泉正咕咕地吐着水柱。庭院中还有多处灯光，经过喷泉的辗转折射，散发出多彩的光芒，衬得整座大宅更加富丽堂皇。

高建国有些惊呆了，除了以前在北京参观的故宫，他从没见过这样的大房子。他好像进入了另一个世界，看到了那种只存在于流行杂志上的富豪生活。沿着碎石铺成的小路，高建国不觉走到了汉白玉的围栏旁，他惊讶地发觉，自己可以俯瞰整个维多利亚港的夜色。这里真是绝佳的观景点！

“高建国，走啊！”身后传来的温婉的呼唤声，才让他想起李佳欣的存在。

高建国手扶围栏，侧脸问道：“这是……”

“这就是我家啊。走吧，进去吧！”李佳欣一脸轻松道。

高建国有点蒙，看着自己的衣着打扮，有些自惭形秽。他面色微红地说道：“李老师，今天太唐突了，我还是不进去了。”

李佳欣笑着拍拍他的手臂道："我觉得这样就很好，是真实的你。你放心，我爹地是不会以貌取人的。"

高建国有些茫然地跟着李佳欣进到屋内，一个穿着白衣服的女人问候了一声："小姐好！"便快步跑上楼去。

整个大厅以白色为主，辅以金色，华贵而不觉庸俗……这，都是无产阶级的血汗铸成的，但是高建国不得不承认这些也都是艺术的结晶。

这时，一个相貌儒雅的中年男性，踩着楼梯缓步而下。李佳欣赶紧迎了上去，挽着这个男人的胳膊，甜甜地喊了一声："爹地！"

两人走到高建国跟前，李佳欣才郑重介绍道："我来介绍一下，这就是我跟你说过的，高建国……高建国，这是我爹地。"

中年男子冲着高建国微笑着点点头，高建国猛然想起他是谁，赶紧恭敬道："李先生，您好。我在杂志、报纸上都见过您，只是，没想到您会是李老师的父亲。"李佳欣的父亲正是香港大富豪李嘉盛。

李嘉盛招呼高建国坐下，把一叠纸放到茶几上，才笑着说道："高先生，让佳欣邀请你来做客是我的意思。昨天无意中看到你的学术作业，就是这篇文章《香港电子业的新趋向》，我认为很有意思。"

李佳欣插话道："我爹地热衷于了解年轻人的经济观点，经常偷看我带回家的学生作业，拦都拦不住。"

李嘉盛假装生气道："大小姐，明明是你常常霸占我的书房好不好！还乱丢东西，我要经常跟在她后面捡垃圾。"

李佳欣撒娇道："爹地，是你的书房阳光好啊！你偏心啊！"

李嘉盛转向高建国说道："不好意思，让你看笑话，我们言归正传！佳欣跟我说过很多次，说你是她的学生里面最有思想、有抱负的一个。呵呵，其实我见过很多自以为是、天马行空的年轻人，但我喜欢他们，喜欢那种天不怕地不怕的劲头。开门见山吧，我对你这篇文章的观点不以为然，我们聊几句，过过招如何？"

高建国谦虚道："李先生，您过奖了，我哪有资格与你过招？请您多指点。"

李嘉盛微笑着点点头："年轻人，目前香港的电子工业发展强劲，在亚洲有很大的影响力，但你似乎有不同看法，说说看？”

高建国这才认真地说道：“是的，‘亚洲四小龙’中，我认为韩国经济是最发达的。韩国政府实施了‘出口导向型’政策，创造了汉江奇迹，而他们的电子信息产业兼具规模生产和技术研发优势，成就了行业领导地位。而香港则不同，目前的状况是缺乏明确的产业发展规划，电子产业整体处于很恶劣的创业环境。电子业的大多数属于黑箱创业，在创业时并没有非常明晰的盈利模式。创业团队需要长时间的摸索，很多大的电子公司仍然处于加工、装配、模仿阶段，将欧美作为目标市场，故而盈利有限，甚至造成恶性竞争。这就需要政府有非常好的政策以及资方的耐心和宽容的社会环境，我主观认为，香港这三点都不具备。”

李嘉盛皱起了眉头，又问道：“你对香港电子行业发展的前景很悲观啊，我认为有点言过其实。不过，大陆的经济目前刚刚起步，年轻人，你妄言未来香港电子产业必须依托大陆，又从何说起呢？”

高建国略作思考，从容道：“李先生，您肯定也注意到大陆宣布成立经济特区的消息。对前景的预估我没有依据，仅仅是建立在感性判断上，所以我无法解释。不过，在深圳设立了经济特区，我认为这对香港是一次新的发展机会。电子市场对大陆来说是一个崭新的领域，而目前香港的电子产品和技术都要领先大陆很多，以大陆市场为目标，我相信会很有销路。”

李嘉盛露出饶有兴趣的样子，笑着说道：“噢？看来你对大陆市场很有研究。”

高建国点头道：“我是从大陆来的，我了解大陆，我相信只要抓住这次机遇，未来十年之内，打开大陆市场，电子厂可以大有作为。”

“大陆的市场的确有很大的发展空间，不只是电子产业，在地产、餐饮方面同样如此。尤其是改革开放的时机，听说大陆正在发生天翻地覆的变化，如果有机会，我也很想去大陆走一走看一看。”李嘉盛笑着说道。

“有客人来了？”一个中年女性出现在楼梯上。她烫了波浪形的长发，穿了一身墨绿色的长裙，相貌姣好。高建国记得在杂志上看见过，这是李嘉盛的太太陈桦。

李佳欣站起来，开心地说道：“妈咪，是我的客人。”

高建国急忙起身鞠躬："伯母好！"

陈桦的双目透过金丝眼镜的镜片，仔细地审视了一遍这个陌生的年轻人，嘴上不屑地说道："你什么时候交了新朋友，妈咪怎么不知道？"

李佳欣拉着母亲坐下，介绍道："他叫高建国，是我的学生，很有想法，我想爹地可以帮到他。"

李嘉盛接口道："是啊，前段时间，总商会的几个代表也碰过好几次头，大家都对大陆市场抱有非常乐观的态度。对了，阿桦，天坛大佛的筹建委员会也成立了，我们加入了筹委会，有人还建议天坛大佛的设计和工程可以考虑大陆的公司。"

陈桦撇嘴道："这不是开玩笑吗？大陆那么落后，能有什么能力接这样的工程啊？"

李嘉盛笑着道："你还别说，我们看了很多公司的资料，中国航天科学技术咨询公司的初步方案，还不错。当然了，这只是初步的方案。"

听着李嘉盛这么说，高建国十分开心，不禁露出了笑容。李佳欣也趁热打铁道："爹地，既然你那么看好大陆市场，有没有兴趣投资电子厂呢？建国很有兴趣到大陆开办电子厂。"

李嘉盛浅浅地饮了一口茶，笑着说道："三言两语就要让我投资，你以为投资是游戏，那么好玩啊？！我们得好好考察。不过，高先生的想法有点意思，能不能先给我看看你的具体方案，我们再谈啊？"

高建国激动道："太感谢李先生了！我没有想到我这么一个小小的想法能得到您的认可。我会把方案做好……"

"嘉盛，我们约了张总和张太听音乐会，要迟到了。"陈桦突然打断道。

李佳欣立刻抱怨道："妈咪，我们还在说事呢！"

陈桦指责道："佳欣，你爹地每天那么忙，哪有时间来管这样的小事？如果你想做生意，你可以进集团上班啊。什么人都往家里带，真是不懂事！"

李佳欣站起来，哀求道："妈咪啊！"

高建国识相地站了起来，鞠躬道："对不起，李先生，李太太，我不打扰了。"

陈桦一抬手道："陈妈，送客人出去。"

之前那个白衣用人立刻面无表情地走过来，一摆手说道："高先生，请！"

"我送你！"李佳欣也跟着站起来。还没移开半步，就被母亲一把拽住，让她上楼换件衣服，准备去音乐会。李佳欣刚想开口反驳，陈桦竖起了眉头，喝道："上楼去！"

看着送人的陈妈回来了，陈桦冲着女儿质问道："刚才那个人是什么来历？他接近你有什么企图？你这样随便带一个学生回家，考虑过后果吗？坏人不是写在脸上的。佳欣，你就是太单纯了，才容易被人利用。"

李佳欣抱住母亲的胳膊，柔声道："妈咪，你为什么要这样说话？高建国他不是坏人，他从来不知道爹地是永盛集团的董事长，他和那些只知道挥霍家族财产的公子哥不一样。"

"好了，音乐会就要开始了，你再不去换衣服，要迟到了，快去。"陈桦说着坐回到沙发上，不打算再给女儿解释的机会。

李佳欣看着母亲的态度，直接一赌气说："我不舒服，我不去了！"说着噔噔噔地跑上楼去了。

李佳欣把自己关在房间里，独坐在窗边，望着灯光璀璨的维港夜景，点点的灯光与天空中的星光交相辉映，突然连成线条，线条渐渐变成了高建国的样子，她心里也变得甜甜的。

那天夜里，高建国感觉在李佳欣家中遭到了屈辱，陈桦那种高高在上的无视，甚至比罗向荣、龙华等人的歧视、敌视更加让他难受。资本家果然还是……今天在教室里又看到李佳欣，他知道她是真的想帮自己，但一看到她，他就会想起自己那晚的窘境，这几年在香港的奋斗，好像在一夜间化为乌有，自己好像又变回到那个可怜巴巴的偷渡客。所以一下课，他躲开李佳欣偷偷跑掉了。

谁知他刚回到餐厅，就看到李佳欣正微笑着看着自己。高建国直接往后厨走，却被李佳欣开口叫住："高建国，我是来吃饭的客人，你不招呼我吗？"说着坐到了一张靠过道的桌旁，一手拿起了菜单。

高建国勉强笑道："客人，您先坐好，看看菜单，我马上叫伙计来招呼您！"

李佳欣蛮横地说道："不行，我就指定要你给我落单！如果你不干，我就向消费者委员会投诉你。"还没说完，嘴角就露出了笑容。

高建国只有无可奈何地站住，低声哀求道："李老师，你就放过我吧，还是换个地方……"

"不行！"李佳欣又板起面孔说道，"我今天就是专门来吃地道的北京菜的，你说说……哪道菜最好吃？"

"李老师，你这又是何必呢？我还得工作呢！"高建国面露苦笑地说道。

李佳欣突然一拍桌子道："对了！高建国，我要到这家餐厅来打工。"

"什么？我没听错吧？"高建国想着这回可要闹大了。

早就有其他服务生进去告诉了岳芳英，当妈的在里面偷偷看着，没有说话。瞅着这边声音越来越吵，岳芳英赶紧出来，假装不知地问道："建国，怎么回事啊？"

李佳欣立刻站起来，拉着岳芳英的手说道："伯母，您好！我是建国的朋友，现在需要一份工作，我想到你们的饺子馆做兼职。"

岳芳英假意上下打量了一下李佳欣，摇头道："不好意思，小姐这身打扮恐怕不适合在我们餐厅工作。"

李佳欣脱掉了黑白双色的格子短外套，说了一声"稍等！"就走进了厨房。正好阿雄过来，瞅了一眼她外套上别致的双C形纽扣，惊叹道："哇！名牌哦！"岳芳英母子不懂这些，只是盯着厨房门口，想要看看这位富家小姐葫芦里到底卖的什么药。

不一会儿，李佳欣从厨房走了出来，一只手就端了三盘菜，给一桌客人上菜。客人们看着李佳欣，都惊讶不已。等李佳欣给他们上完了菜，一个客人以为这是饺子馆的才艺表演，拍起手来叫好，其他客人也纷纷跟着拍手。

高建国站在一旁看得目瞪口呆，他并不知道李佳欣在英国留学时还在中餐馆端过一年盘子。李佳欣得意地走到两人面前，问道："怎么样，伯母，我做服务员还合格吗？”

岳芳英看了一眼儿子，笑着对李佳欣道：“你刚才的表现我很满意，既然你愿意来工作，就留下吧！”

李佳欣终于如愿地进入“京味儿饺子馆”当兼职服务员，工作十分轻松。岳芳英与高建国商量之后，让李佳欣只是负责上菜，其他的事情一律不用管，上班的时间也相对自由。

这天上午两节课一上完，李佳欣便开车到了餐厅报到。因为没到饭点，传菜生也没什么事情。李佳欣换上一身红色中式制服，无聊地坐在一张餐桌旁。

经过岳芳英批准，李佳欣打开了电视，一个宽面阔鼻的中年男性出现在屏幕上，他身旁的一位老者却是邓小平。邓小平指出，台湾不搞社会主义，社会制度不变，外国资本不动，甚至可以拥有自己的武装力量。

一旁检查餐牌的阿雄问道：“这个男的是谁啊？居然能和邓公见面。”

李佳欣答道：“傅朝枢！他以前是《台湾日报》董事长，三年前因为批评国民党政府，被‘国防部’强行收购了报纸，他就到香港来创办了《中报》和《中报月刊》。他一向主张两岸和平共存，力主祖国收回香港主权。”

阿雄点头道：“爱国人士啊，看样子就是忠臣啦！”

李佳欣并非政治专家，她完全想象不到 1981 年 8 月 26 日这次邓傅北京会谈的历史意义。正是在这次面谈中，邓小平首次公开提出解决台湾、香港问题的“一国两制”构思。这个在国际上堪称首创的伟大构想，让中国主权统一问题的解决有了务实的平台和明晰的框架。

更让李佳欣想象不到的是，今天餐厅来的第一个到访者竟会是自己的父亲。她刚想跑回后厨，却被李嘉盛一把抓住手腕，沉声道：“跟我回家。”

李佳欣故作意外道：“爹地，你怎么来了？你还没有吃过正宗的北京饺子吧？快坐下来尝尝，我们餐厅有……”话没说完，就被父亲打断道：“我不喜欢吃饺子。你马上把这身衣服换下来，跟我回去。”

“爹地，你怎么了，为什么不高兴？我自食其力不好吗？”李佳欣挣脱父亲的手，说道。

“你已经是香港大学的教师，为什么还要到这里来端盘子？”

“我喜欢这里，这不影响我的教师工作。”李佳欣解释道。

李嘉盛没有再抓女儿的手，只是严肃地说道：“那也不可以，你是我的女儿，我怎么能让你到这里来吃苦？这不是你该来的地方。”

话音未落，就看见高建国从后厨出来。李嘉盛脸色明显变得不快，提高声量道：“你是为了他？佳欣，你不能跟他交往！”

李佳欣急忙站到高建国身前，不满道：“爹地，你怎么也跟妈咪一样了？”

李嘉盛一本正经地说道：“他需要钱，我可以给他钱，但我的女儿不能跟他受苦！”

“爹地呀，我已经是成年人了，有人身自由，请你不要干涉我好不好？”李佳欣走过去挽住父亲的手臂说道，一边朝高建国使了个眼色。

没想到高建国也劝说：“佳欣，回去吧，李先生是为了你好。”

越来越多的服务生从厨房门口张望，岳芳英也走了出来，站在儿子身后看着李家父女。高建国看了一眼母亲，再次劝佳欣道：“回去吧！”

李佳欣红着眼，一赌气扯掉围裙，对父亲说道：“我跟你走。”

望着李嘉盛父女的背影，岳芳英一拍儿子的后背说道：“建国，以后不要让她来了。”

很快，岳芳英又见到了李嘉盛，而且是在餐厅厨房的后门。身着便装的李嘉盛给了岳芳英一张巨额支票，说高建国可以用它来办电子厂，希望高建国不要再来纠缠佳欣，说完留下支票立刻离开。岳芳英愤怒地追了出去，将捏成一团的支票一把朝李嘉盛扔去，险些砸到他脸上。李嘉盛大为恼火，狼狈地钻进了车内。

岳芳英正要再骂，却感到胸口一阵痛，一口气提不上来，险些跌倒，被恰好回来的高建国一把扶住。看着儿子的双眼，岳芳英生出一股悲愤之情，红着眼说道：“建国，就算我们再穷，也不能靠乞讨生活，不能丢了骨气。”

高建国看着身旁豪华的奔驰轿车，还有车门边掉落的支票，明白了什么。他立刻跑到正在发动的轿车前方，挡住了去路。

李嘉盛放下车窗，侧目看着他。高建国走到车窗边，一弯腰说道：“李先生，我很抱歉，刚才我的母亲太激动，有些失态，很不礼貌，我代替她向您道歉。”

李嘉盛看到了高建国手里的支票，嘴角露出微笑道：“这点小事，我不会计较。”

不料，高建国接着说：“李先生，虽然您是一位成功的商人，但在这里，我们的地位是平等的，所以也请您给我的母亲道歉。”说着，将支票塞进车窗，又接着说：“香港比大陆富裕，并不代表香港人比大陆人优越。富人的财富如果只是金钱，而且用金钱来衡量一切人情世故，那么他就是最可怜也是最贫穷的人，相反，我觉得，我和我的母亲反而要比他们富有。”

李嘉盛表情僵住了，非常尴尬。车窗摇起，奔驰缓缓驶出了宝灵街。

“京味儿饺子馆”并未就此平静。几天后的清早，阿雄正带着几个服务生在大堂打扫卫生，李佳欣又闯了进来。她着急地问道：“阿雄，看到高建国了吗？”

“建国哥今天没来餐厅。”阿雄有点意外李佳欣的打扮。

李佳欣气喘吁吁地坐在椅子上，脸上有些茫然无措。这时，刚刚进完货的岳芳英从后厨出来，正好看到穿着睡衣睡裤的李佳欣，竖起了眉头，非常不高兴地说道：“你以后不要来了，像我们这样的地方可招待不起你这样的贵客，尤其是穿着睡衣就出门的大小姐。”

李佳欣赶紧站起来，一脸无辜地说：“伯母，我今天是从家里偷跑出来的，所以来不及换衣服，是有些失礼。那天的事情也是误会，其实我爹地这人很好的。只要跟他耐心讲道理，他还是很明理的。”

“对了，说到你父亲，李小姐，请你转告你的父亲，我们虽然穷，但绝不会去攀像你们这样的高枝。”

“伯母，我不太明白你的意思？”李佳欣有些摸不着头脑。

岳芳英大义凛然地说道：“既然不明白，就回去问问你父亲，请他以后不要再来羞辱我和建国，他的支票数额再大，也买不走我们的尊严。”

“我替我父亲向您道歉！”李佳欣一下明白了，面露羞愧和委屈，一鞠躬之后离开了饺子馆。

李佳欣从饺子馆出来，打车去了学校，才知道父亲已经替自己向学校提出了辞职。往家里打电话，又听陈妈说早晨被自己装病骗过的张姐已经被开除了，没想到自己一时任性的小诡计又害了一个无辜的人。无奈之下，她只有回家，吃过饭就躺在床上生闷气，翻来覆去地睡不着。想着高建国、高建国的母亲、自己的父母，还有学校的工作……不知不觉间进入了梦乡。

李佳欣醒来时，窗外已是满天繁星。又自怨自艾了一番，李佳欣才鼓起勇气下了楼。一楼的客厅里，父亲正板着脸坐在沙发上看报纸，母亲坐在一旁看着电视，哥哥李浩南则坐在另一边锉着指甲。没人说话。

李佳欣深吸一口气，主动发难："爹地，你为什么要那么做？你为什么要去找高建国的麻烦？为什么要用钱羞辱高建国和他的母亲？"

李嘉盛放低报纸，瞪眼道："这是你对爹地说话该有的态度吗？"

"你们怎么可以这样践踏别人的尊严？爹地，你在女儿的心中一直是个了不起的人，靠自己的奋斗为家族赢得事业，为家人赢得了幸福。爹地怎么会变成这种人？！"李佳欣睁大双眼与父亲对视着。

李嘉盛不以为然道："你不是要我支持高建国创业吗，我给他支票有什么错？"

李佳欣坐在沙发上，望着天花板说道："爹地，你太让我失望了，从小到大爹地都是我最崇拜最尊敬的人，可今天我才知道，原来我的爹地会用这么卑劣的手段，我从来没有像今天这么厌恶这个有钱的家。"

李嘉盛将报纸扔到茶几上，拽着女儿到了落地长镜前，指着镜子喝道："这个家让你厌恶？那你要仔细看清楚，镜子里的这个公主，身上穿的、戴的，从小到大吃的、用的，很不幸都是她这个人格卑劣的父亲辛苦打拼来的，都是这个有钱的家庭提供的，如果这一切让她感到厌恶，那她随时可以离开！"

李佳欣的眼泪夺眶而出："我走，我现在就走！"说着跑上了楼。

第八章

艰难博弈

- 中英谈判正式开启，中方坚决收回领土，英国则在三个不平等条约上做文章。
- 谈判进展迟缓，让香港的经济出现了衰退，李嘉盛面临着新的抉择，也让刚刚收获新爱情的高建国面临着一场挑战。

一

昨晚回家听说李佳欣又到店里来找自己，高建国倍感头痛，愈发后悔那天晚上去李家的事情。今天从同学那里得知她已经从学校辞职了，心里又多出几分失落，好像一下失去了什么。正想着，李佳欣出现在面前，拦住了自行车，冲着他大喊道："高建国，为了你，我现在彻底和我的爹地闹翻了，我已经无处可去，你要对我负责。"

刚一见到李佳欣，高建国只觉心头一热，不禁露出微笑，但听到她这样说，他很快换成了严肃的面孔，吃惊地问道："你在说什么？"

李佳欣上前，拉住高建国的胳膊，噘嘴道："高建国，你不要装糊涂，难道要我一个女孩子先开口跟你表白吗？"不等高建国开口，又接着说："高建国，你不用急着表态，我知道你要说什么，不就是北京的那个女人吗？你的心里还有她对不对？"

"你怎么知道？"高建国面露难以置信的表情。

李佳欣自信地说道："我想知道的事，自然有办法知道。高建国，我现在就告诉你，不管你心里的女人是谁，我非常自信，用不了多久，我一定能取代她在你心里的位置。"

1982 年 5 月 8 日，65 岁的港督麦理浩爵士结束了他十年零六个月的港督生涯，准备回国。临行前夕，新华社香港分社社长王匡在新华大厦设宴为麦理浩饯行，这是此前香港历史上从未有过的事情。尤德接替麦理浩出任第 26 任香港总督，部分香港富商希望尤德能够坚持《南京条约》《北京条约》和《展拓香港界址专条》三个不平等条约的有效性，不要让大陆收回香港。

港督都换了，离家出走半年多的女儿还没回来，李嘉盛再也按捺不住，终于第三次走进了“老北京饺子馆”。

这回他还是坐到上次的座位上。招呼他的是高建国。李嘉盛态度平和，招呼高建国坐下，才低声道：“高建国，上次我们的谈话被打断了，谈到香港和内地的发展前景，现在很多香港人都对未来失去了信心，担心九七大限会不会给香港带来灾难。”

“李先生，我想您的担心是多余的。如果大陆收回香港，不仅不会给香港带来灾难，反而会成为刺激香港新一轮经济发展的最主要因素。”话题有些意外，却让高建国放开了，“香港的繁荣对大陆是一笔宝贵的财富，大陆不会轻易破坏香港，而大陆市场对香港来说也是一次新飞跃的机遇，是香港长足发展的动力。共产党绝对有能力领导香港经济新的腾飞，绝不会让香港变成一片死港。”

李嘉盛认真地听着高建国的话，沉吟一阵才又问道：“可是，香港的资本主义经济一向是最自由的，这和大陆的体制完全不同，大陆能容许这种经济自由的存在吗？”

高建国想了想说：“求同存异，上次邓小平所说的‘一个国家，两种制度’就是这个意思。虽然我不懂政治，但我可以肯定，不论以什么形式收回香港，大陆都不会破坏香港的繁荣稳定。”

李嘉盛思索着点头，然后站起来，轻声道：“时间不早了，我该走了。”

高建国赶紧倒了一杯茶，然后端着茶杯站起来，恭敬道：“李先生，我以茶代酒，希望您喝了这杯茶，原谅我之前的冲动。”

这一举动让李嘉盛颇感意外，他从高建国手里接过茶杯，喝下茶，眼中露出几分赞赏之意。

送走李嘉盛之后，高建国走进衣帽间，打开储物柜，掏出一个小本子。这是他最近半年来画素描的新本子，慢慢翻开，里面最多的就是长发飘飘的李佳欣。看着看着，他抬起了头，有力地合上了本子，又从柜子的里层掏出了那个旧素描本，一齐放进了外套口袋里，然后稳稳地关上了柜门。

第二天早晨，李佳欣一进餐厅就感觉气氛有点怪怪的，总有人在背后偷偷笑着议论着什么。她一走进衣帽间，里面的两个同事就笑着跑出去了。李佳欣没有太在意，打开了自己的储物柜准备换衣服，一张纸条从柜门缝掉落出来。她轻轻地捡起来，见上面用自来水笔写着：

佳欣，我在海边等你。

没有落款，但挺拔遒劲的笔迹暴露了它的书写者。李佳欣突然感觉脸上像发烧一样，心脏几乎要从胸口跳出来，手也开始有些微微颤抖。她一咬牙，深吸了几口气，对着柜门上的镜子仔细地看了看自己，赶紧补了补妆。

来到海滩，李佳欣感觉自己已经无力安抚那颗奔腾的心脏。人群中，她一眼就看到了高建国高大挺拔的身影，李佳欣的心里恨不得像电影里的超人一样飞过去，但她还是忍住了，故作悠闲地慢慢踱步过去，优雅得就像《上海滩》里的冯程程。高建国一直微笑着望着她，背后是金色的阳光，仿佛童话中的王子在等待公主。

踩着细沙，高建国越来越近了，李佳欣突然发现高建国在身后的沙滩上写了大大的两个字。李佳欣细心地辨认着，是“安慧”。这是什么意思？她的心几乎顶到了嗓子眼，但高建国的眼中满是爱意。她终于来到了高建国面前，像只惊慌的小鹿一样望着他。

高建国伸出双手，拿出两个素描本，慢慢地一页页翻开，用充满磁性的声音说道：“从我下乡当知青到现在，我的素描本里只有三个女人，除了我妈和安慧，来到香港之后，你是唯一一个能走进我素描里的女人。你不只走进了我的素描本，更走进了我的心里。”

听着高建国的话，李佳欣的双眼不自觉地湿润了，好像身在梦中。突然发觉高建国已经拉起了自己的手，紧紧地攥在手心，那充满磁性的声音又在耳边响起：“我说过，我的心里只容得下一个女人，从今天开始，这个女人就是你。”

被高建国拥入怀中的一刻，李佳欣发觉自己已是热泪盈眶，脑子一片空白，只知道紧紧地搂住对方。突然她想起了什么，侧过头看了看高建国身后的沙滩，

“安慧”两个字已经被慢慢涌上来的海水带走了。

儿子终于开始了一段新的感情，岳芳英的心也放下来了。自从知道建国对阿芳没有那种感情，当妈的就一直为儿子操着心。毕竟儿子已经二十多了，老这么单着也不是个事情。

第一次看见李佳欣时，岳芳英对她印象并不好，这女孩长得挺漂亮的，可说话时老喜欢往外蹦英文，打扮得也跟不爱红装爱武装的中华儿女相去甚远。渐渐地，岳芳英发觉其实龙鼓村其他经常进城的女孩子打扮得也差不多，原来是自己太老套了；尤其是看到进了电视台之后的阿芳，那只能用妖艳来形容。再后来这个富家千金到餐厅来当服务生，任劳任怨，而且能说会道，很受客人们的喜欢。最终让岳芳英真正接受李佳欣，则是因为她勇敢地离开了那个锦衣玉食的家，来到这家饺子馆，就跟普通都市女孩一样自食其力。

在李佳欣父亲的帮助下，高建国的电子厂也顺利落成，厂名叫“国恒”，听起来就大气。岳芳英常常鼓励儿子一定要好好干，不能辜负了佳欣的一番期望，更要让李先生看到大陆人也是有能力有本事的。

每次看到儿子跟佳欣开心地一起吃饺子，岳芳英总不由得想到分别多年的丈夫高致远和小儿子建军：不知道他们俩现在怎么样了，工作忙不忙；夜深了，不知道老高是不是还坐在以前那张藤椅上喝茶看报，或者是被我们母子所累，在哪个苦寒之地饱受辛酸！老高，我真想亲口跟你说一声抱歉，因为我们，你和建军不得不承担所有的痛楚，给你写的信已经数不清有多少封，以前没有办法寄出去，现在没有勇气寄出去。跟我们一家人的团聚相比，我更希望你和建军平安地生活。我和建国都还活着，很想竭尽所能重新团聚，但是老高，你能体会到我此时的心情吗？

一边想着，岳芳英把这些都写到了信纸上，写完后用信封装好，再写上邮寄地址和收信人：

北京市地安门帽儿胡同 37 号

收件人：高致远

余光扫过书柜上堆得小山一样高的信——一封都没有寄出过，岳芳英的眼角开始溢出酸涩的泪水。夜风从窗口吹进来，她慢慢摘下老花镜，茫然地望向寂静的夜。

几天后，远在北京的高致远真的接到一封信。不过并不是岳芳英写来的，而是小儿子高建军从部队里寄来的，一同到的信中还有一封是写给同院儿周欢的。

信的内容让高致远十分开心，儿子要报考军校，已经通过了部队的初试选拔，接下来就是安心准备复试了。小儿子让他放心了，可国家大事却让他无法平静。撒切尔夫人要来访华了，最近国外的媒体都对中英谈判十分不看好，甚至可以说是大浇冷水。为此，政研室主任刘新智专门找他详谈。

“老高，我觉得这次撒切尔夫人访华一定会跟我们大打‘条约’牌，坚守三个不平等条约‘有效论’，不承认中国对香港的主权。”刚坐下，刘新智就一脸严肃地说。

高致远点点头道：“这是意料之中的，就算他们的条约‘有效论’被我们识破之后，他们也还是有准备的，那就是承认我们对香港的主权，来换取英国对香港的长期管治。如果主权和治权都得不到的时候，他们也还是会尽量维护英国在香港的政治利益，最大限度地捞取经济实惠。”

“嗯。”刘新智表示赞同，“这一点我也想到了，所以我们要准备得更充分才行啊！”

高致远起身拿起暖瓶倒了两杯水，然后坐下继续说：“我相信小平同志一定会表明我们的立场。最近香港有部电影特别受欢迎，叫作《霍元甲》，在中华民族最耻辱、最痛苦的年代，霍元甲挺身而出，先后打败俄国人和日本人，创立了精武体育会，为的是强国强民，使我们的国家不受欺辱。这部影片让我们每一个中国人都深有触动。香港在那个屈辱的年代被迫分离出去，现在理所当然要回归祖国，1997 年收回香港主权不可改变、不容讨论，这是我们坚定的态度。”

“就像小平同志说的一样，香港不是马尔维纳斯群岛，香港的主权属于中国，这是不容争辩的事实。”刘新智喝了口水，接着说道：“我们现在需要关注的是撒切尔夫人手中的‘民意牌’。对于中国接收香港主权，香港当地人的看法和态度至关重要。英国一定会利用香港民意作为筹码跟我们谈判。老高，你一定要多搜集这方面的材料，我们要及时听到香港民众的声音。”

高致远立刻站起来，说：“好，我马上去落实。”

1982 年 9 月 22 日，英国首相撒切尔夫人到达北京，随行来访的还有英国外交大臣杰弗里·豪、港督尤德、英国驻华大使柯利达等官员。9 月 23 日，撒切尔夫人首先同中国总理赵紫阳就香港问题举行会谈，揭开了两国会谈序幕。9 月 24 日上午 9 时，中央顾问委员会主任邓小平在人民大会堂福建厅与撒切尔夫人就香港问题展开了会谈。英方坚持的“三个条约有效论”和“香港崩溃论”，遭到邓小平的强烈回击。在两国领导人的此次会谈后，中英谈判的大幕正式拉开。

香港的老北京饺子馆，电视机里正在播放的也是撒切尔夫人访华的新闻。李佳欣看着电视，抱怨说：“昨晚上我爸妈就因为‘铁娘子’访问北京的事情吵了一架。”

“还有这事啊？”高建国意外道。

“昨天下午地产酒会的时候，爹地说邓公已经提出了‘一国两制’的方法，如果能够贯彻执行的话，回归后香港的发展不会受影响。那个张荣成就说这只是空想，‘有哪个国家可以容忍一个国家两种制度？’他根本不相信回归后的香港还能保证现行的社会、经济制度以及自由港的地位和国际贸易、金融中心的地位。还有人附和他，说什么不知道 1997 年 7 月 1 日早上起床买第一份早餐要用什么钞票。”

高建国不屑地说：“这些鼠目寸光的人就是这副嘴脸，上次去钱教授家，她就跟我提到过这些可能性。”

“张荣成听到有人支持他，就更得意了，说大家都是做大生意的，辛辛苦苦存了那么多钱，1997 年后放在银行里的钞票说不定会像当年日本人发行的军票一样报废，而且人民币又不能流通和自由兑换，以后生意都不好做了。”

高建国想了想说：“他这些担心并不是毫无道理。但我始终觉得英国人管理香港，香港人并不能自己当家做主。像我叔叔当公务员，却连跟英国人同一间办公室都做不到。港人治港，就有了自己当家做主的权利。试问，哪个人不想做主人？”

“对哦，当时陈林森先生就这么说的。他这么一说，其他人倒是说不出话了。我爹地说，后来陈林森又跟他说起打算回大陆投资办厂，捐款办学校、开酒店，争取在有生之年为祖国建设多做一些贡献。”佳欣偎依着高建国说。

“这位陈先生才是真正有远见卓识的爱国实业家！”高建国不禁赞道。

“是啊，我爹地也是这么说的。结果晚上在家，我妈咪又跟他闹别扭了，说什么只要香港回归，就必须要移民。我爹地当然不愿意，他相信共产党，更想为香港多做点事情。妈咪不开心，又说不过爹地，就开始一哭二闹三上吊，结果爹地就真的动气了，说‘除非是离婚’，不然妈咪就只能靠自己移民……”说到后面，李佳欣自己的眼圈也红了。

这时，几位食客兴奋地议论着走进了餐厅。

一个胖胖的戴眼镜的食客，扯开大嗓门说道：“铁娘子刚刚在马尔维纳斯群岛打了一个胜仗，我看她这次去北京的气魄势在必得，女首相果然是名不虚传啊！”

“那你得看看她的对手喽，邓小平是指挥过战争的，打仗不计其数，态度也很强硬。”另一个年纪稍大、留着平头的食客说道。

几个人一边闲聊一边找了张桌子坐下。一个梳着背头的西装男叹了口气说道：“香港这么多年的繁荣和稳定，我看只有英国继续统治才能得到保证。如果大陆要收回香港，那可真是个灾难，恐怕咱们的好日子要到头了。”

听到西装男这么说，高建国很不服气，主动从服务员手中接过茶壶，走过去为几个客人倒茶水，顺便插口道：“不好意思，这位先生。香港主权一直属于中国，就像父母与子女，这有什么可以讨论的余地？你说英国继续统治才能保持香港繁荣，我看这才是大错特错。香港跑得再快，脱离了祖国，才令人担心。”

西装男当然不服气一个服务生的反驳，立马还口道：“大陆本身就是泥菩萨过河，拿什么保证香港的繁荣？大陆能允许香港搞资本主义自由经济吗？”

“邓公都已经讲了‘一国两制’啦！”平头突然插了一句。

高建国仔细地把茶杯放好，才对西装男说道：“这位先生，请问你去过大陆吗？你真的了解大陆吗？我建议你亲自去大陆看一看，到时候你一定会改变对大陆的看法。”

几句话说的西装男哑口无言，脸色变得跟猪腰子似的。高建国还是寸土不让地看着他，眼看双方之间的气氛有点僵了。大嗓门的胖眼镜赶紧站起来打圆场：“大家都不要吵了，‘铁娘子’和‘钢铁公司’的谈判还没有定论呢，我们就不要先打起来了。伙计，点餐了，我都要饿晕了……”此话一出，大家都笑了。

“钢铁公司”指的就是邓小平。早在20年代留学苏联中山大学时，邓小平就因为坚持原则、善于辩论而被同伴们戏称为“小钢炮”。在第二次复出之后，他一直坚持跟“四人帮”集团作斗争，所以毛主席就笑言他开了一个“钢铁公司”，于是邓小平有了这样一个强硬的外号。

高建国趁着下单的空当，把这张桌子的招待交给了其他服务生，自己在厨房里找到了李佳欣。

“佳欣，你刚才说你父母闹到离婚的地步是真的吗？”

“哦，不用担心！我妈也就这么闹闹脾气而已。真正讨厌的是我哥……”说着，李佳欣微笑着挽住了高建国的胳膊。

“浩南又怎么了？”

“他呀——”李佳欣低下了头，不太高兴地说，“他在我爹地面前说我跟你好，会影响家里跟张荣成的生意往来，让爹地不准我跟你在一起。”

“那你爹地怎么说？”高建国着急问道。

“我爹地还能怎么办嘛？你要知道，张荣成和港府工商咨询委员会主席英国人罗伯茨关系很近，听说两个人经常在马会的VIP俱乐部密会……”李佳欣一脸无奈地说道。

高建国不禁皱起了眉头，紧张道：“我听你之前的意思，张荣成是个依附英国人的商人，而你爸还是坚持中国人立场的，他们俩应该不会太有共同语言啊！”

“哈哈，算你聪明。我爹地说了我的幸福要我自己来决定，没人有权力帮我做选择。还有，永盛集团的事业是靠勤劳和智慧打拼出来的，而不是靠一个女人嫁给谁来维系的，这种因果关系现在成立，将来也成立。”说着，李佳欣脸上露出了甜美的笑容。

“伯父真是个了不起的人！”高建国正色道，“其实除了像你爸这样有远见卓识的爱国商人，普通老百姓当中也有希望香港回归祖国的。比如阿强吧——”

“阿强？就是那个黑黑壮壮、还有点靓仔的？”

“是啊，当初就是我鼓励他考律师的。昨天他刚拿到事务所的‘最佳新人奖’就到工厂来找我，说不定明年就能成正式律师了。”

“原来昨晚你就是跟他去看电影了！幸好我回家了，不然还不无聊死。对了——”李佳欣面若桃花地笑着，“我爹地说当时我哥的脸都被气绿了！”

高建国搂住李佳欣的腰，感叹道：“哎！你哥是个聪明人，可就是有点好大喜功、急功近利，太过于想要表现自己的能力，有时候完全不顾别人的想法或者客观条件是否具备……”

“别说了，大家都在看我们呢，赶紧做事去！”李佳欣一噘嘴打断了高建国的话，活脱脱一副老板娘的模样。

两天后的下午，撒切尔夫人便乘坐英国皇家空军专机抵达香港启德机场，在警卫车队的护卫下，乘车进入总督府。在随后的记者招待会上，“铁娘子”便公开违背中英会谈双方达成的协议和作出的承诺，指出：香港问题三个不平等条约，中国人可以不承认，但英国人必须承认这些条约是有效的。她甚至以强硬的态度提出，如果任何国家想要这样推翻条约的话，那么情况就严重了。

当天下午，香港浸会学院学生会、理工学院学生会等组织先后表示抗议，发表声明说“中国人民从来都不承认这些耻辱的条约”。《虎报》《星报》等报刊也发表社论文章，评论说“仅仅基于过去年代发黄了的条约之英国立场，显得顽固，甚至不合时宜的”。

邓小平在看到汇报后，重重地回应说“简直是挑衅！”然后指示港澳办予以“坚决的反击”。担任国务院港澳办主任的廖承志则指示政研室，尽快组织有力的文章，坚决驳斥这个铁娘子的“三个条约有效论”。

听完刘新智的工作指示，高致远轻松地说：“老刘，你就放心吧！这件事是英国人理亏，我们有理有据，不怕他们不认账！”

刘新智却没有这么乐观，一脸严肃地嘱咐道：“老高，有些问题你可能不太明白。政治谈判和你以前的科研工作不一样，没有硝烟却异常残酷。小平同志讲了，两年内我们双方一定要把这个问题共同解决，不能再拖。如果这期间香港发生了大的波动，或者在一些原则问题上达不成协议的话，那就要另外考虑收回香港的时间和方式了。”

高致远连连点头，睁大双眼，做了个拳击动作，有力地说道：“看来，我们即将面对一场恶战啊！”

中英谈判吸引着世界各国的注目，每天都有大量记者守候在英国驻华大使馆门口，每逢有车辆出入都会引起大群记者的蜂拥围堵，只求能够拍下几张照片或者探听到关于谈判的只言片语。而地处北京台基厂头条 3 号院的中国国际问题研究所，也不时会有英国使馆的车辆出入，引发外界的连番猜测。

10 月后，中国外交部副部长章文晋与英国驻华大使柯利达在北京继续就谈判的基础和程序问题交换意见。中方要求英方放弃不平等条约，承认中国对香港整个地区的主权。1983 年初，中方的首席谈判代表由外交部副部长姚广担任，他与柯利达大使继续就香港前途问题展开新一轮的谈判。由于英方在香港主权问题上坚持“三个条约有效论”，截至 1983 年 3 月，双方磋商未能取得进展。

国务院港澳办派出了由刘新智带领的政研室工作组赴港交流，希冀和广大爱国港人进行多方面互动合作，阐明中央政府关于“一国两制，港人治港”的政策。高致远当然也是工作组的重要成员之一。

工作组刚刚落地，在机场大厅，刘新智就递过来一本美国 *Fortune*（《财富》）杂志，沉声道：“老高，看看吧，最新一期！”

高致远接过杂志，只见杂志封面上就是“香港已死”几个触目惊心的大字。

刘新智表情凝重地说道：“刚刚在飞机上我就看到了这份杂志，简直是一派胡言，每一句话都透着对我们的偏见。”

高致远仔细地阅读了几篇文章，忧心忡忡地说道：“美国对国际舆论的影响巨大，现在完全采取否定态度，表示对‘一国两制’根本不信，这很有可能导致国际舆论一边倒，形势对我们不利啊。”

刘新智眉头深蹙，说道：“是啊，现在不只是英方的态度很强硬，国际舆论对我们的压力也很大，一定要做国际舆论方面的工作。我马上给小平同志打报告，申请组织一个代表团专门到各国去解释我们对香港的政策。”

这期间却发生了一件大事。1983 年 6 月 10 日 6 时 22 分，时任国务院港澳办主任的廖承志在北京病逝。廖承志先生是国民党元老廖仲恺的独子，因其特殊的个人经历，在中日邦交正常化，以及陆港关系、陆台关系方面有着举足轻重的地位和作用。

廖承志突然离世，让安长江悲痛不已，再加上儿子安国庆最近又旷工不断，还老说自己“过时了”“老顽固”，一不小心心脏病又发作了。

安慧和母亲忙里忙外，好不容易才让父亲缓过来。想起刚才哥哥又对自己说了一堆难听的话，心里憋屈得难受，在家又无处倾诉，想着去找丁跃音聊聊天。谁知跃音外出采访，倒是碰上了过来送东西的丁跃民，于是两人找了一处炸酱面馆，边吃边聊起来。聊得正好，醉醺醺的王乐和一票酒友突然出现了，仗着人多把丁跃民揍了一顿。

为了息事宁人，安慧任由王乐拉着自己回到了那个曾经的家。刚进门，王乐就把她往卧室里拽，安慧拼死反抗，但怎么都拧不过男人劲大，被迫进了屋，然后被王乐一甩手狠狠地扔到了床上。

“说！他是不是对你有意思？”王乐酒气熏天地质问道。

安慧红着眼骂了一句：“你是个疯子！”

“啪！”一个耳光扇在安慧的脸上，王乐扭过安慧的身子，继续问道：“你在护着他？你竟然在护着他？为什么？为什么？”说着又抡起巴掌打了安慧几个耳光。

安慧躺倒在床上，一头秀发散乱着，嘴角慢慢有血丝渗出。她努力地撑住身子坐了起来，死死地顶住王乐，面无表情地说道："王乐，我要跟你离婚，我不会再跟你这个疯子生活下去了。"

"你说什么？"王乐声嘶力竭地吼道，眼中充满了恐惧和怀疑。

安慧依旧麻木地看着他，一字一顿道："我说我不会再跟你这个疯子生活下去了！"

王乐目光一滞，无力地坐在床头的椅子上，低下头思考了半晌，突然抬起头，像是发现了新大陆一般叫道："你是想离开我，跟丁跃民私奔是不是？这么说你们今天晚上见面不是个偶然，你又背叛我？对……一定是这样的……要不然丁跃民也不会三番五次的护着你……对，一定是这样的。"

"随你这么想吧，你这个神经病！"安慧冷笑道。

王乐猛的扑了上去，扯住安慧的头发咆哮道："安慧，你跟我说实话，我要听实话——"

安慧的身体被扯得来回晃动，她也豁出去了，拼死挣脱王乐的手，狠狠地咬了他一口，然后歇斯底里地大喊道："你今天最好打死我！你打！你打啊！"

王乐如野兽一般怒吼一声，又冲了上去。

东屋传出巨大的破碎声响彻黑夜，堂屋卧室里的王部长在床上听得一清二楚却无力掌控，只有把枕头对折捂住双耳，继续假装熟睡。

第二天大清早，王部长看见儿子把东屋的门从外面锁上，哼着小曲儿上班去了。小心翼翼地走到东屋窗边往里面瞅，王部长看见儿媳正一动不动地躺在地板上，他轻轻揭开窗户冲着里面喊了几声："慧儿，慧儿……"

过了好一阵，安慧才醒转过来，微微动了一下脑袋，然后慢慢爬了起来。王部长这才看见，儿媳妇的脸跟开了染料铺子一样，青一块紫一块，红一片黑一片。

安慧缓缓走到门口，拽了几下门闩，发觉门是从外面锁上的，于是敲着门哀求道："爸，求您帮我把门打开吧！"

王部长无奈地说道："慧儿，我也没钥匙啊！慧儿啊，小乐这样只是暂时的，你就先在家住着，遇事多顺着他点，慢慢的就好了！"

安慧走到窗边，对着公公说道："爸，他这样不是一天两天了，打结婚那天就没正常过，我已经忍无可忍了。我是个活生生的人，不是他的玩具。爸，咱们虽隔了两道墙，但我相信您是知道他打我的。这都什么年代了，要不是顾着咱们两家老人的颜面，我早就去妇联举报了。"

面对公公的唯唯诺诺，安慧开始四处寻找工具，可惜她浑身脱力，无法移动桌椅板凳。在屋里转了几圈，她突然把目光锁定在一把剪刀上。咣当一声巨响，玻璃窗户上的脆片瞬间爆裂开来，安慧踩着凳子，从窗户里艰难地爬了出来。王部长目瞪口呆地看着安慧一瘸一拐地离开了。

安慧一步一步地在大街上走着，因为满脸的瘀青和蹒跚的脚步，行人都对她报以异样的目光。她已经顾不得这些，坚定地朝着朝阳的方向走去，不远处，中国人民法院的标志越来越清晰。

四

中英谈判的道路一波三折。1983 年 7 月 12 日到 8 月 3 日，中英双方进行前三次会谈，讨论事前商定的第一项议程：1997 年以后为保持香港繁荣和稳定所做的安排。1983 年 9 月 10 日，邓小平会见了来华访问的英国前首相希斯。

在前三轮会谈中，由于英方顽固坚持 1997 年后继续管治香港的无理要求，使谈判毫无进展，第四轮谈判进入死胡同。中国外交部副部长、中方首席代表姚广与英方驻华大使柯利达、港督尤德等展开激烈的交锋。英方在谈判桌上大打"民意牌""信心牌"，向中方施加压力。

英国政府不恰当的言论，引起香港经济和人心的巨大不安：从 8 月到 10 月，香港股市的恒生指数从全年最高点的 1102.64 滑落至全年最低点 690.06，港元汇价跌至 1 美元兑换 8.68 港元，港汇指数跌至 57.2，市面上出现了市民排长龙挤提港元存款兑换美元和抢购日用品的混乱局面。

永盛集团的高级股东会议室里，股东们都在低声议论着什么，大家的表情都很焦虑。作为董事长和总裁的李嘉盛却迟迟未到。本来股市的暴跌已经使得大股东们忧心忡忡，主席位的空缺更是让会议室内弥漫着紧张的气氛。

门开了，李嘉盛走了进来，步履坚定，那副胸有成竹的表情让不少董事紧缩的眉头略微舒展了一些。来到自己的座位前，李嘉盛扶着沙发的靠背，冲着大家一点头说："抱歉让大家久等了。开始吧！"然后安然落座。

一位头发油亮、身穿白色西服的董事首先开口道："董事长，我听说怡和洋行正在将在港主要业务迁移海外。据可靠消息，怡和是要把总公司迁到百慕大去，这可真是个雪上加霜的消息。"

他身边一位头发稀疏、戴黑框眼镜的董事接口道："董事长，这事绝不会是空穴来风。怡和洋行突然放出这个消息，相信和现在中英谈判的僵局有很大关系。中方代表毫不让步，看来英国人有意从香港撤资。失去了英国资金的支持，香港的前途堪忧啊。"

白西服的董事又继续道："我有内部消息，中英谈判有破裂的可能。"随即眉头拧成了一团。

此话一出，会议室内又是一阵议论之声响起，不少董事都在私下里窃窃私语开着小会。

李嘉盛依然是一副泰山崩于前而色不变的表情，他没有立刻表态，只是静静地扫视着与会者的动作表情。三分钟之后他才轻咳一声，说道："大陆中央政府和英国人现在究竟谈到哪一步，我们不清楚，所以现在下结论还为时过早。但我们必须明确一点，香港今日的繁荣不是一朝一夕取得的，所以我想不论是中国政府还是英国人，都不会这样轻易让香港的经济付诸东流。"语调平和，语声有力，众人很快安静了下来。

一个坐在远角的大胖子董事突然开口道："董事长，我早上收到消息，和我们有合作的几家中资企业都准备放弃香港，迁往海外了。"边说话边擦着汗。

坐在李嘉盛右手边的董事，打量了一下李嘉盛的表情，也建议道："董事长，现在香港经济持续低迷，已经开始走下坡路，我们是不是也要早作打算，早点离开香港？"

李嘉盛略一沉吟，才开口道："大家的担心和焦虑我理解。现在中英谈判陷于僵局，我们香港人反而无法参与谈判，无法主宰香港未来的命运，在这种形势下，大家难免对香港前途缺乏信心。可我始终认为，越是在这样的时候，我们越应该保持冷静。我们永盛集团能够走到今天，不是靠一时的侥幸和投机。永盛集团是在香港成长起来的，对于香港的经济，我们应该保持足够的自由，也承担应有的责任……"

话音未落，会议室的门开了，一身银灰色西服的李浩南匆匆走进来，大声说道："爹地……董事长，我刚刚见过伟豪，听说他们兴成集团已经做好撤离香港的准备。"此话一出，董事们顿时像热锅上的蚂蚁，七嘴八舌地说："董事长，香港前途堪忧，你要慎重考虑啊！""董事长，香港不值得守了，撤离吧！"……

李浩南也走到身边，正色道："爹地，张叔叔也要走了，看来香港真的不妙，我们是不是也要早做准备？"

李嘉盛一摆手道："这件事容后再议，我们不要自乱阵脚，先来说一下第四季度的工作安排吧！"一转头对着儿子，"李浩南先生，你只是见习董事，希望下次不要在会上做这样随意的发言……"

李嘉盛的急中生智稳住了局势，让会议重回正轨，但儿子并没有就此死心。第二天晚上李嘉盛在家中书房批阅文件时，李浩南闯了进来，还抱着厚厚的一沓文件。令李嘉盛万万没想到的是，儿子居然勾结几个有异议的董事联合提案，想要逼迫自己签字。

骂走了儿子，满腔怒火无从发泄，李嘉盛猛的站起来把提案一扔，怒骂道："反骨仔！"文件啪的掉在地上，部分散页在半空中飘荡。李嘉盛突然感到心跳加速，他急忙拉开抽屉拿出一瓶药，咽下药片之后，他慢慢坐回沙发上，闭目养神，过了半分钟，呼吸才终于缓下来。

他突然好想女儿佳欣。父女和解之后已无芥蒂，但女儿坚持要独立生活，只是偶尔回家来看看他，却几乎不在这里过夜了。太太陈桦只相信英国人，整天就嚷着移民。现在连儿子都学会逼自己签字了。佳欣不在家，他真的都找不到人说话了！唉！当年摆路边摊时，虽然每天累得跟条狗似的，还经常被警察满大街摊，但晚上回到寮屋，可以跟一班老友开心地谈天说地，现在想来真是一种幸福。对了，还有他。

夜深人静的时候，家里人都睡下了。李嘉盛换上便装，自己开了一辆普通的小车离开了家，来到了海琴湾。他曾经在这里摆过地摊，现在这里已经被永盛集团改造成了漂亮的商业街。过去的小街变成了宽敞的马路，路旁是一个个商铺，楼上的是居民楼。看着永盛的成果，李嘉盛十分欣慰。想起当年为了要开发这里，女儿还曾经跟自己大吵一架，但今天来看，如果没有永盛，这里还只是一片衰败的寮屋，“脏乱差”就是这里的代名词。

李嘉盛找到了许久未见的老朋友何海，也就是龙鼓村村民口中的海叔。海叔依然住在一间低矮的平房内，这是最早的龙鼓村，村民们拥有地权产权，所以并没有开发，只是在建设商业街的时候对部分危房进行了整修。李嘉盛来此的目的并非为叙旧，海叔通达三教九流且淡泊名利，一向见识不凡，李嘉盛想听听他怎么看香港的回归前景，最关键的是问问他，自己到底要不要转移永盛的资产。

海叔没有直接回答问题，而是站起身披了件衣服，拉着李嘉盛出了门。半个钟头之后，海叔驾着船带着李嘉盛来到了海上。海叔突然停了船，让船漂在海中央。他拉着李嘉盛坐到了船头，茫茫夜色下的海面，波涛轻轻起伏。

海风拂面，李嘉盛感觉心情好了很多，好像脑子也清醒了不少。身旁的海叔突然开口道：“嘉盛，你看到了什么？”

李嘉盛有点不明所指，茫然地望了望四周，木然道：“什么也没看到啊！”

海叔笑了笑，抬手指了指右边，说：“你看，这一边就是大陆了。”李嘉盛顺着海叔指的方向望过去，海天之间并不能看见陆地的轮廓，只是一片漆黑。

海叔又朝左边一指，说：“你再看看这边的香港。”只见夜幕下的香港，一片灯火辉煌。

李嘉盛左右看看，又看看海叔，海叔冲他点点头，没有说话。李嘉盛又左右看看，恍然大悟道：“阿海，所以你认为今天香港的繁荣对于大陆来说是一笔宝贵的财富，大陆不会轻易破坏香港，而大陆市场对香港来说也是一次新飞跃的机遇，是香港长足发展的动力。我说得对吗？”

海叔躺倒在甲板上，大笑道：“这都是你自己看出来的，我什么都没讲过。”

五

第二天上午，李浩南兴冲冲地走进父亲的办公室，双手摁在办公桌上，得意地问道：“爹地，您想好了吗？董事们都还等着您表态呢！”

李嘉盛沉默了一会儿道：“会议半小时后重新召开，让大家准备吧！”

李浩南眼中放着光，感觉自己马上就要达成目标了，兴奋地说：“好的，我马上通知大家。”立刻跑出了办公室。

看着办公室的门合上，听着儿子的脚步声远去，李嘉盛迅速拿起桌上的电话拨了出去，通了以后，郑重其事地说道：“佳欣，你要帮爹地一个忙……”

20分钟后，李嘉盛踩着稳健的步点走进了会议室。董事们看到他时表情各异，有几个明显在躲避他的目光。李嘉盛已经调查过，这其中就有儿子李浩南最初联系的“反对派”。有几位董事则一脸疑惑的表情，好像认为这次突然召开会议不太可能是李嘉盛的做法。还有几位则是针锋相对、丝毫不让地与他对视。无论何种态度，李嘉盛都没有太大的反应，面上依旧带着自信的微笑，慢慢落座。

李浩南一个眼色，昨天那位穿白西服的董事又抢着第一个开了口：“关于永盛集团撤离香港，我投第一票。”说着话，高高举起了右手。

其余董事互相对视一下，又有五六个人举起了手，纷纷说：“同意……同意……”短短十数秒之后，又有几位董事也缓缓举起了手。一时间赞同声不绝于耳，但董事们的脸上却是表情各异，有喜也有愁。

李浩南喜形于色，几乎忍不住笑出声来，深吸一口气才高声说道：“爹……董事长，该您表态了。”

李嘉盛没有回答，抬起手看了一下表。那位谢顶的董事有些不耐烦地说道：“嘉盛，你就直接宣布结果吧，永盛不光是你的心血，也是我们的心血，我们绝不会让集团掉入万丈深渊。”说着环顾四周，又引来众人的一片赞同声。

李浩南焦急地说道："董事长还是快点宣布吧，这是所有董事成员的意思。"

白西服略有几分得意地说道："董事长，永盛集团的命运一向是我们共同做主的，既然大家都同意撤离香港，我看这件事就这么定了吧！"说着首先在自己面前的那份决议书上签了字，然后将钢笔盖拧好，重重地放在了桌面上。

有三五个人也立刻签了字，渐渐的签字的人越来越多。看到之前的保守派都开始签字了，李嘉盛又看了一眼手表，终于开口了："各位都是见惯大风大浪的角色，今日怎么会这么着急下结论？事关整个集团的未来，何妨再多讨论讨论，反正我叫了外卖点心，大家可以边吃边议。"

一个还未签字的董事立刻放下了手里的钢笔，笑着说道："还有点心吃，今天这个董事会很特别啊！"

开门声传来，众人的目光都望向了门口。高建国一身洁白的厨师服，推着一个餐车缓缓朝大家走来。李佳欣紧随其后，进来时跟父亲对视一眼，微微颔首。

李浩南立刻从座位上弹了起来，高声道："你……怎么是你？保全呢？保全！把他给我拖出去。"

李嘉盛沉声道："是我让他来的。"

看着父子俩的奇怪表现，董事们都是一脸莫名其妙的表情。

"爹地，这是董事会议，你把他请来做什么？"李浩南说话的气势明显下去了。

李嘉盛淡然道："我请他来是想让你们听一种不同的态度，或者说是一种不同的声音。"转向高建国，"建国，你知道我请你来的目的，那么就请你给我们这些人上堂课，你是怎么看待香港的未来的？"

高建国面带微笑地把餐车推至会议桌的中间，李佳欣随即打开其中一个盅罩，那是一盘正宗的老北京饺子。

李浩南站起来喝骂道："高建国，这是永盛集团的会议室，你把这么多饺子带到这里来，你想干什么？"

"浩南，坐下！"李嘉盛霸气地说了一句，狠狠地瞪了儿子一眼，李浩南只得老老实实坐回椅子上。

高建国开口了："饺子是中国的传统食物，在我国已有 2600 多年历史。经过历史的演变，各个地方吃饺子的习俗有些差异，但是美好的寓意却是共通的。小小饺子，包着乾坤，包着人们对来年幸福、平安、吉祥、希望的心理，它与中国传统文化完全融合，也铸造了中华民族炎黄子孙的灵魂。”

“我们可没有时间听你说一大堆废话，请问你这饺子与我们今天的董事会有关系吗？”李浩南咧着嘴冷哼道。

“有关系。大家之所以惶恐，要把企业迁到国外，是因为对大陆不了解，也不清楚香港的未来。我想说中国自古以来主张‘以和为贵’，香港是中国的领土，我们都是炎黄子孙，我认为大家的惶恐是完全没有必要的。”几个董事开始窃窃私语起来。

“一派胡言，你说我们不懂中国大陆，你就懂？大家听我说！我们不要听这个只会做饺子的胡说八道。你们可能不知道这位高谈阔论的大陆仔是怎么来到香港的，他是逃港来的！”李浩南见父亲没有说话，又大胆起来，“既然你说中国大陆好，那你为什么不顾生命危险逃来香港呢？嗯？”

所有人的目光都聚焦到了高建国脸上，李嘉盛的表情也凝重起来。

高建国平静地说道：“我逃港来到香港，不是什么不可告人的秘密，当时是事出有因，不得已而为之。现在的大陆，正在发生天翻地覆的变化，改革开放不仅是大陆的发展机遇，也可以为香港经济发展提供广阔的空间。经济特区的设立，两地经济合作会逐渐发展到一个新的阶段。我认为，如果大陆宣布收回香港，不仅不会给香港带来灾难，反而会成为刺激香港新一轮经济发展的最主要因素。”

李嘉盛突然开口道：“香港的资本主义经济一向是最自由的，这和大陆的体制完全不同，你认为大陆能容许这种经济自由的存在吗？”

高建国坚定地回答道：“董事长，您担心的问题正是香港所有企业家担心的。虽然我不知道大陆会以什么形式收回香港，但我可以肯定，不论以什么形式收回香港，大陆都不会破坏香港的繁荣稳定，相反，共产党绝对有能力领导香港经济实现新的腾飞，绝不会让香港变成一片死港。”听着高建国的这番话，在座的董事们并不以为然，纷纷露出质疑的表情。

一个董事嘲讽道：“你是共产党？”

高建国摇摇头说：“很遗憾，我写过申请书，但当时太年轻，不够格。”

李浩南轻蔑地大笑着，捂着肚子，神情夸张，引得众人哈哈哈笑起来，场面有些尴尬。

李嘉盛站起身，尝了个饺子，点点头说：“味道不错……各位董事，这个年轻人讲的道理其实没什么了不起，大家都明白。但是我就是喜欢听这个年轻人侃侃而谈，从他身上好像看到了我年轻时候的影子，满怀希望、永不服输……你们仔细看看站在我们面前的这个年轻人，无论遭遇多少波折，无论身处逆境还是顺境，无论富贵还是贫寒，他从来没有畏惧过，从来没有放弃过，始终渴求希望、拥有梦想，始终为实现梦想努力打拼……”

说着话，李嘉盛夹起一个个饺子，逐个放在身边董事面前的盘子中，然后环视众人说道：“陈董事，你年轻的时候也差不多哦……，还有 Mr. 庄，还有你高先生，还有你，你们几个，还记得我们一起打拼的日子，和他的年龄差不多，曾经也是身无分文、风餐露宿，吃尽了各种各样的苦，记得吗？！其实，香港经济发展也不过这二三十年，每个成功的港人，哪个没有奋斗和打拼的精神呢？！”会议室内静悄悄，众人肃然。

李嘉盛最后停在李浩南面前，弯下腰说道：“李董事，我们没有你那么好运气，含着金汤匙长大。”李浩南脸上青一阵白一阵。

李嘉盛没有再理会他，转向高建国，微笑着说：“一个人可以非常清贫、困顿、低微，但是不可以没有梦想。只要梦想存在一天，就可以改变自己的处境。所以我喜欢有梦想的年轻人，拥有梦想的人值得尊敬，也令人羡慕！”

短暂的沉默后，陈董事率先鼓掌，其他董事也纷纷起身鼓掌。

陈董事笑着说：“没什么可怕的，我相信‘一国两制’。上岁数了，哪儿也不愿意去啦，我就想留在香港。”

第九章
拨云见日

- 经过中方的不断努力,《中英联合声明》终于签署，香港回归祖国具有了法律条文的约束。

- 前往深圳谈生意的高建国无意中见到了参加演出的安慧，可惜却与伊人失之交臂。

- 高建国被李嘉盛选为特别助理，正当他意气风发的时候，却听到货物被海关扣押的消息……

一

身处香港的刘新智和高致远，受李嘉盛等商界名流邀请，前往中华总商会拜访品茶。来宾都是香港商界人物中的翘楚，除了李嘉盛，陈林森、张荣成等人也都在其中。茶桌的中间一盆君子兰开得正旺，谈话气氛甚是热烈。

针对李嘉盛等人十分关心的驻军问题，高致远饮了口茶，说道："……我们知道各位都很关心驻军问题，中国在香港驻军是行使主权的体现和标志。刚刚举行的六届二次会议上，邓小平同志发表重要讲话，他说我国政府在恢复对香港行使主权之后，有权在香港驻军，这也是香港稳定和繁荣的保证。"

张荣成重重地咳嗽了几下，插嘴说："怕就怕如英国人所说的那样，在香港驻军，会引起广大市民的恐慌，这个问题对我们工商界的影响是很大的。港人心存疑虑，人心动荡不安，这已经是个确切的事实了。去年好些企业已经迁到了国外，这是港人失去信心的表现。"

坐在高致远身旁的刘新智淡然一笑说："比如说怡和集团，有媒体夸张说如果怡和果真撤离香港，其震撼力有如投下了一枚'百慕大炸弹'！显然是有些人、有些个团体充当了不好的角色，正在使香港处于混乱状态。不过，去年有个数据很有意思，美国人在香港的投资已经超过50多亿美元。当一些香港公司忧心忡忡准备撤资时，美国银行家和美国商会的商人已经不动声色纷纷登陆香港市场。各位都是精明的商界大亨，其中意味着什么，应该比我更清楚吧。"众人交头接耳，纷纷点头。

李嘉盛想了想说道："刘主任，高处长，我们这些人很关注中英谈判。作为香港的一分子，我们希望香港是繁荣稳定的，这不光是有利于香港民心的稳定，更有利于香港自身的发展。关于香港驻军是不是会引起恐慌和震动，我们希望听听你们的看法。”

高致远道：“我看你们这个担心是没有必要的，中国政府在恢复对香港行使主权之后，就有权在香港驻军，这是国家主权的象征，也是香港稳定和繁荣的保证。香港驻军对工商界确实有大影响，但这个影响是正面的不是负面的。”

刘新智补充道：“请你们向香港工商界的朋友们转达我们的观点，只要充分相信中国政府的‘一国两制’政策，香港问题是会得到圆满解决的，真正爱国、爱香港的人是不会失望的。”

李嘉盛和其他几位代表频频地点头，只有张荣成一人满脸阴郁。

总商会品茶会结束后，刘新智与高致远一同乘车来到平安大厦。刚一下车，守在大厦外面的中外记者立刻围上了上去，摄像机镜头纷纷对准了中方人员，闪光灯不停地闪烁拍照，甚至还有电视直播车，有电视台正在进行直播报道。

等到高致远等人再次出来的时候，潮水一般的记者又拥了上去，闪光灯不停地闪烁着。记者们最关心的，还是香港工商人士是如何与大陆港澳办的工作人员进行交流的。高致远虽然不是记者围堵的主角，但也被长枪短炮围着一通拍，让他感觉脑子一阵眩晕。恍惚间，他好像看见一个熟悉的背影，还没来得及细看，背影已瞬间消失在人群之中。

高致远心里一紧，正要上前寻找，身后突然传来一个女声：“高致远？”

高致远立刻回头，见是一位跟自己年纪差不多的女性，穿着灰色的开司米风衣，齐颈的短发，鬓角微白。她微笑着走过来，先是点头致意，然后才说道：“你是高致远？新界八乡的那个高致远？”

高致远脑海中搜索着人名……努力辨识一番之后，高致远试探着问道：“你，你是钱红一？”

钱教授面露惊喜，开心道：“你还记得我，我昨天就在名单上看到你的名字了，但不确定到底是不是你。这么多年不见，真担心你认不出来我了。”说着递过一张名片，“我以前在港大，如今在香港中文大学任教，现在是决策咨询委员会的委员……”两人愉快地聊起了往事新闻。

高致远并不知道附近的街角正有一个人在为他流泪，那是岳芳英。从电视直播中看到丈夫就匆匆赶来的岳芳英，却突然失去了与丈夫相认的勇气。为什么要逃避，岳芳英自己都想不明白。其实，高致远并没有忘记岳芳英，几天前他还委托过香港的律师帮忙寻找亲人。

返回北京的第二天，刘新智、高致远就来到中国国际问题研究所，与英国代表就后续工作进行谈判磋商。双方你来我往，唇枪舌剑，互不相让。

针对立法问题，英方代表提出：“我们认为，一个自治的香港立法机关将是制定新的成文法的最高权力机关，香港以外没有否决权。”

高致远镇定地回答道：“这一点，按照中国对香港的政策，香港特别行政区拥有立法权、立法机关制定的法律，但须报全国人大常委会备案。凡符合基本法的法定程序者，全国人大常委会一概不干预；如果该项法律不符合基本法，全国人大常委会有权发回特区立法机关。我们希望英方不要混淆‘自治’和‘独立’的界限，如果把香港看作一个独立的政治实体，中方是断然不能接受的……”

英方代表交头接耳一番之后，由另一位代表发言：“高处长，特区既然是特区，那么就有权自行处理有关特区的一切内部事务，而且有权自行处理经济和文化方面的对外关系，这是为了保证特别行政区的高度自治和连续性。”

刘新智立刻指出：“中国十二条政策所规定的香港特别行政区享有高度自治权，有部分外事权，以及特区政府由当地人组成的含义，都应以中方迄今所作的说明为准，不能与之背离。英方将‘高度自治’修改为‘最高度的自治’，并作出一系列的引申，中方是不能接受的。”

经过 12 个轮次的谈判，中英双方会谈进入第二个议程，也就是如何保证过渡期香港局势的稳定。双方之间的谈判开始在中国对港政策的基础上进行会谈，但在香港驻军的问题上双方产生了较大分歧，中央顾问委员会主任邓小平对此态度非常坚决，在审阅外交部《关于同英国外交大臣就香港问题会谈方案的请示》的报告上，他在关于香港驻军一条下批示：“在港驻军一条必须坚持，不能让步。”

此刻，在中央歌舞团的一间排练室中，安慧舞动弓弦，演奏着罗马尼亚作曲家旦尼库（Dinicu）的名曲《云雀》。乐曲巧妙地运用了小提琴上下滑指的颤音技巧，以极为明快欢腾的旋律，简练而富于动感的钢琴伴奏，表现了山林中云雀争鸣、阳光明丽、风景如画的一幕。这本是极难掌控的一段小提琴曲，安慧却在高音 E 弦的处理上显示了高超的颤音技巧，整段演奏一气呵成。排练结束后，安慧正在幕后收拾东西，无意间听到前台有两个男演员在讨论自己。

“这首曲子特别难，她拉得这么好，这谁啊？”一个男的问道。

“她就是安慧。可惜了，好女人命不好……唉！算了，别说人家了。”另一个男的低声道，接着岔开了话题，“你听说了吗？深圳特区那边成立了一个新的歌舞团，要在咱们团里招选人才，你去吗？”

“我？我才不去呢！”第一个男的不屑道。

“为什么？深圳离香港近，说不定还能去香港看看呢，听说那里的电子产品忒高级。”

“你没看新闻啊？英国人在驻军问题上还跟我们扯大锯呢，这是摆明了不想让香港这只能生金蛋的鹅回到祖国的怀抱，所以呀，收回香港这条路还是荆棘丛生，令人担忧啊，去深圳……我看还是算了吧。”

深圳！让安慧心头一动，没再听清两人后面的对话。几天后，安慧主动向团里提出了调动申请，目的地正是深圳。下午，人事部的主任专门找她谈话，再三问及她的去留问题。安慧的态度非常坚定，说虽然毕业后就到团里工作了，领导、同事对自己也非常好，但她个人希望借这个难得的机会去南方锻炼一下。

在厂里吃过午饭，高建国突然心血来潮决定画上几笔。他在厂房门口摆了条凳子，准备画出周围的环境。刚描出几条线的轮廓，就听到阿雄扯着嗓子喊道：“建国，建国！”

高建国抬头一看，两个西装笔挺的人出现在门口，正是李嘉盛父子，惊得他赶紧站起来，问候道：“伯父，您怎么过来了？”

李嘉盛随意地摆摆手，笑着说：“听说你的电子厂办得有声有色，正好路过，所以拐进来看看。”

穿着一身白的李浩南左右打量，小心地躲避着地上的污迹，嘲讽道：“这么小也能叫‘厂’？都没永盛集团的废料库大！”

李嘉盛瞪了儿子一眼，悠然道：“永盛集团能有今天的规模，也是我们老哥几个一起摆地摊摆起来的。只要有做事业的决心，不在于他的起步有多高。”

李浩南暗自白了一眼父亲，没说话。

高建国看着李氏父子俩有点僵，赶紧说：“多亏有佳欣的帮忙，我才能把电子厂办起来。阿雄，帮忙倒茶吧！”阿雄答应着往后面跑去。

李嘉盛走过来，从凳子上拿起了画板，扶着眼镜仔细审视着，又抬起头对比了一下眼前繁忙的工地，突然转头问道：“城市和建设者，你这幅画是这个意思吗？”

高建国笑了，老实回答道：“我性子比较急，画画能静心，有助于思考，没什么特别含义。”

李嘉盛微笑点点头，很欣赏他的诚实，感慨道：“你画的虽然仅仅是窗外的小世界，却很有意义。1840 年鸦片战争改变了仅仅 83 平方公里香港岛的地位和命运。你们知道吗，我看过一个统计，是 1845 年华民政务司首次人口调查报告，当时港岛人口仅有二万三千多人，华人占百分之九十,二万二千多人，欧人不足六百，印人三百多。经过一百多年的建设，香港成为了世界重要的自由港，今天的繁荣，不正是一代代华人，一代代建设者辛勤劳作、自强不息、克服艰难创造出来的奇迹吗？！”

一旁的李浩南惊讶道：“这么说，香港真正的本土人也就两万多啦？”

李嘉盛张开两手，笑着道：“我们的根，本来就在内陆啊，以后有机会我会带你回海宁家乡走走。”

高建国突然插口问道：“伯父，那您怎么看这两天的热点新闻？”

“你是说香港驻军问题吗？”李嘉盛微微皱了一下眉头，又回复常态，却将话题抛回给了高建国，“英国人反对中国军队进驻香港，说是会引起市民恐慌，吵吵闹闹的。你是怎么想的？”

“这件事，我觉得完全没必要担心。”高建国十分自信地回答道。

李浩南歪着头，不屑道：“你自然不用担心，因为你不是香港人，你能了解港人的想法吗？讲笑啦！”

高建国没有理睬李浩南，对着李嘉盛说道：“我虽然不是土生土长的香港人，但是却有一大堆香港朋友，也在生意上跟香港人不断在打交道，所以对于他们的想法也还是有所了解的。总的来说，英国人就是想保住英国在香港的利益，他们希望名义上归还香港，实际上想继续控制香港。但是中国政府的态度很明确，驻军是为香港的繁荣作保证。既然中国军队进驻能让香港人民过上更加稳定的生活，试问香港人为什么会恐慌呢？”

李嘉盛赞许地点了点头。李浩南站在一边，始终一副嗤之以鼻的样子。

阿雄小心地端了两杯水过来，先把第一杯水递给了李嘉盛，恭恭敬敬地说道：“李先生，请喝水。”

李嘉盛接过水杯，冲着阿雄点点头，坐在了椅子上。阿雄又端起另一杯朝李浩南走去，嘴里说道：“小李先生，请喝水。”语气明显没有刚才对李嘉盛的尊敬。

李浩南抬着头傲然伸出了自己的右手，根本没看阿雄。杯子就要交到李浩南手里的时候，阿雄突然脚下一滑，杯子一歪，水洒了出来，有几滴溅到了李浩南的皮鞋上。

李浩南如触电一般跳开，一边跺脚，一边号叫道：“扑街啊！你这该死的衰仔，你知道我的鞋子多贵吗？”

阿雄故意提高了嗓音：“唔好意思啊！我是穷人没见过高级皮鞋，对不起啦！我给你擦擦。”

“擦咩擦？滚开啊！”李浩南骂道。

“浩南，不就是水洒到皮鞋上了吗，大惊小怪。”李嘉盛出声道。

“爹地，他是故意的。”李浩南竖起眉毛抱怨道。

“遇到一点事就一惊一乍的，没点城府。”李嘉盛不搭理儿子，转过头问高建国，“你和佳欣在一起的时间不短了，打算什么时候办婚事？”

听到李嘉盛的话，高建国和李浩南都面露惊讶的表情。李浩南这时早忘了皮鞋的事情，嚷道：“爹地，您说什么呀？佳欣的婚事怎么能这么草率呢？”

李嘉盛冲着儿子做了一个噤声的手势，然后笑着问高建国道：“怎么，难道你不想娶我的宝贝女儿？”

高建国这才反应过来，赶紧说：“想，当然想。只是，我希望给佳欣一个完美的婚礼。”

“当然，佳欣的婚礼是不能马虎的，她从小就是我的掌上明珠，什么我都给她最好的。婚礼可是一辈子的事，我宝贝女儿的婚礼必须隆重又盛大。”李嘉盛继续笑着说道。

高建国连连点头，正声承诺道：“是，我会给佳欣一个完美的婚礼。”

李嘉盛面露欣慰之色，微笑说：“那你对婚礼的事多上上心，男人嘛，就要多主动些。当然，这种事你们也多商量商量。”

李浩南眼珠一转，赶紧说：“爹地，在香港哪有不订婚就结婚的道理？如果不先订婚，会让不知情的外人在背后议论我们，这样做有失家族的颜面。”

李嘉盛低头沉吟一阵，转头对高建国说：“浩南说得有道理。那就这样，先准备一个订婚典礼。哦，对了，我很喜欢你这幅画，完成之后送给我，好吗？”

高建国点点头，激动地傻笑道：“是，都听您的。”

一旁的李浩南长吁一口气。

高建国与李佳欣的京港联姻已在筹备中，而中英谈判也逐渐进入尾声。双方关于解决香港问题的正式谈判历时两年余，经过 22 轮磋商，1984 年 6 月 30 日起，中英双方先后讨论了法律制度、财经制度、金融货币制度、航运、经济贸易制度、文化教育、对外关系、香港驻军等。到 7 月 26 日，双方就上述问题取得一致，最终达成协议，为即将到来的国庆35周年奉献一份厚礼。

这一回香港回归已经成为了板上钉钉的事情，不少年轻人开始想着往沿海城市走。调动到深圳歌舞团的名额很快就报满了，同事们都来称赞安慧有先见之明，安慧总是淡然一笑，从不解释什么。

安慧要去深圳的消息很快不胫而走，传到了丁跃民那里。不过这次传信的并不是丁跃音，而是安国庆。

这天丁跃民正躺在床上看书，桌上的录放机咔咔地翻录着磁带，安国庆突然到访，一进门就嚷着："跃民，机会来了，机会来了……"

丁跃民继续看着小说，随口问了句："什么机会啊？"

安国庆如放连珠炮一样地说道："没看报纸没听新闻吗？中英谈判达成协议，这是个信号，也就是说国家收回香港的决心是毫不动摇的。"

"看了。可这跟你说的机会有什么关系啊？"丁跃民侧过头问了一句。

安国庆走过去一把扯开了他手里的书，一脸得意地说道："你这人咋那么不愿意动脑子呢，亏你过去还是大学生。你想想，香港一旦回归，跟哪里的贸易最近？"

"深圳啊！"丁跃民好像抓住了点意思，从床上坐了起来。

安国庆坐到桌边，敲了敲录放机，说道："答对了！所以我们要抓住机会直接南下寻求商机，那才叫大展拳脚，比在这卖几盘磁带可强多了。"

"你爸能让你去？"丁跃民有些不信。

安国庆自信地一拍胸部，说："管他同意不同意，脚长在我自己身上，谁能拦得住我？"丁跃民有些犹豫，抬手摸着下巴，盯着天花板半天没说话。

安国庆站了起来，抖了抖衣服，昂首挺胸地说："在北京咱充其量就是个摆地摊的，去了深圳可不一样，你难道不想当大老板？"

"想是想，可是去了深圳，人生地不熟的，不好干啊。"丁跃民撇撇嘴说道。

这回安国庆也不吭声了，来回在屋里走。丁跃民突然跳下床，拉住安国庆正色道："哎，不对啊！你怎么会突然想起来去深圳了？你丫闯祸了？"

"没有，我是不想在家里待下去了。"

"为什么？因为安慧？安慧怎么样了？是不是安慧怎么了？你快说啊！"

安国庆："慧儿离了。"

丁跃民愣了足足十秒钟，才说道："离了好，要我说早就该离了，那个王乐就是个神经病，你说你怎么给安慧介绍这么个人啊？"

安国庆："我哪知道他是这德行啊？打小看起来挺老实的。"

"这样也好，安慧从此以后就可以好好生活了。"丁跃民眼中闪过欣慰。

"那你丫去不去深圳？"安国民搭过丁跃民的肩膀问道。

"不去！"丁跃民一屁股坐回床上，悠然道，"我觉得北京挺好，去那边干吗呀！"嘴角不禁带出了一丝笑容，好像正憧憬着什么。

安国庆跟着坐到了床沿上，故意大声地说道："算了，那我也别去了，反正安慧要走了，以后我可以不用看见她了。"

"什么？"正要躺倒的丁跃民又弹了起来。

安国庆一脸失落地说："安慧接受了深圳歌舞团的邀请，要去深圳了。"

"啊？要、要去深圳了？是去一段时间就回来吗？"丁跃民跟安国庆肩并肩坐到了床边。

"正式工作调动，哪有去去就回的。"安国庆摇了摇头。

丁跃民一下不说话了，啪的关掉了录放机，双手在大腿上来回搓动，牙齿咬着嘴唇，突然一掌拍到安国庆腿上，一本正经地说："国庆，咱去深圳吧，我觉得你刚刚说的挺有道理的，香港回归前景明朗，咱这样的大小伙儿去了肯定能大赚一笔。"

"不去了！"安国庆双臂抱在胸前，扭开了头。

"你这人，怎么能这么没有理想呢？你甘于平庸的人生吗？你甘于做个摆地摊的吗？毛主席说过我们年轻人朝气蓬勃，正在兴旺时期，好像早晨八九点钟的太阳，希望寄托在我们身上。"丁跃民搂着安国庆，兴奋地说道。

"决定要去了？"安国庆斜瞅着丁跃民问道。

"决定了！"

"真决定了？"安国庆脸上已经渐渐露出笑容。

"真的！你还想我跟你拉钩不成？"

安国庆跳到地上，笑着道："好！那就这么定了，等着我的消息！"说完飞一般地跑出去了。

安国庆走后，丁跃民立刻兴奋起来，跑到镜子面前甩了甩自己的头发唱起了张国荣的 *Monica*："thanks，thanks，Monica，谁能代替你地位？啊，想当初太自卫，啊，将真心当是伪，啊，光阴已渐逝……thanks，thanks，Monica，谁能代替你地位……"

一周后的一个清晨，时针正指向五点半。丁跃民和安国庆两人提着、背着大包小包的行李，挤上了北京开往广州的列车。火车缓缓开动，两人看着窗外，眼中满是对美好未来的憧憬。

就在另一节车厢上，安慧望着窗外熟悉的景物，却是一阵阵的感伤涌上心头。她想起了临行前主任跟她说的"希望这次深圳之行能成为你人生的新起点"。临行前，安慧拍了很多照片，都是高建国走了以后北京城的变化。她想把伤痛的回忆都留在北京，去一个更加靠近高建国的地方，从此彼此都不再感到孤单。这些照片既是自己的一个留念，更是为高建国拍的。收好照片，她又从提包里掏出了那本饱经摧残的素描本，一页页地翻看着自己的画像，眼泪不自觉地流了出来。

火车鸣笛，白烟滚滚，急速行驶，一路向南而去。窗外的景观不断变化，白天变成黑夜，又由黑夜变成白天，地貌则是从广阔的平原渐渐变成了起伏的丘陵。几天后，安慧、安国庆、丁跃民终于抵达了那个"时间就是金钱，效率就是生命"的深圳。

1984 年 10 月 1 日，北京举行了欢庆建国 35 周年的盛大庆典，天安门城楼和广场，五彩缤纷，格外壮丽。观礼台和广场上人山人海。

改革开放使中国大地迸发出勃勃生机，时年整 80 岁的邓小平神采奕奕、兴致勃勃，在阅兵总指挥秦基伟的引导下阅兵。伴着雄壮的"进行曲"旋律，邓小平频频挥手向将士们致意，将士们向统帅行注目礼。在游行的人群中，突然亮出了"小平你好"的标语，代表了广大群众最真实的心声。

远在深圳的安慧，作为首席小提琴手，参加了在深圳大剧院举行的"庆祝中华人民共和国成立 35 周年音乐会"。如今的她也烫了头发，眼神中多了几分洒脱和坦然。在演奏完匈牙利音乐大师胡拜（Hubay）的《匈牙利狂欢节》之后，全场观众起立为她鼓掌，让她享受了返场三次谢幕的待遇。

演出结束之后，安慧借口有北京的朋友约好了去吃饭，没去参加团里的庆功宴。丁跃民的确约了她，但听说一起的还有大哥安国庆，安慧顿时没了兴致。但经不住丁跃民的再三劝说，安慧也没有直接拒绝，只是说再看看，不知道演出结束后还有没有其他安排。

她两头都没有参加，独自来到了深圳河边，在河堤上漫步，望着身旁缓缓流动的江水。气温有些低，习惯了北京的暖气，安慧感到深圳真的很冷。

她没去和丁跃民他们吃饭，除了不想跟大哥见面之外，也是出于一片好意。那天送演出票时，她才知道来了几个月了，两个大老爷们儿还没找到工作，全靠之前的积蓄度日。大哥安国庆是个好面子的人，今晚吃饭肯定是要下馆子的，而且肯定是比较高档的，再这样吃几次，不到年底他们俩估计就只有喝西北风了。如果自己掏钱，那只会让两人更没面子，所以干脆不去了。

其实安慧本来也不太饿，一般晚上有演出的时候，她都不怎么吃饭的。如果吃得太饱，会影响演出的状态。上台前她在后台偷偷吃了两块压缩饼干，现在正好出来透透气。从内心深处来说，她还是希望哥哥安国庆能够在深圳找到个好工作，有好的发展机会。只是她真的很难再跟他同桌吃饭，只要一看到他，安慧就会想起在北京发生的那些痛苦的事情，折磨得她难以入睡。

一阵微风袭来，安慧望着河对面一座座漆黑的山头，那边就是香港。听说那些山头的很多坟头埋的都是逃港者，她仿佛感觉到建国就在附近，心中充满了力量。在路灯的映衬下，安慧那张薄施粉黛的脸上，又出现了笑容。

四

中英双方经过二十二轮艰苦的会谈，终于在1984年12月19日，在人民大会堂西大厅签署了《中英联合声明》。出席签字仪式的有中方代表最高领导人邓小平、国务院总理赵紫阳、国家主席李先念，英方代表首相撒切尔夫人、外交大臣杰弗里·豪，此外还有100余位香港各界人士。

17时30分，中国国务院总理赵紫阳和英国首相撒切尔夫人分列大厅正方的长桌左右，邓小平、李先念等人则站在长桌后方。随后，赵紫阳和撒切尔夫人先在声明上签字盖章，然后二人起身微笑握手，交换文件，并再次握手。声明指出：中华人民共和国政府于1997年7月1日对香港恢复行使主权。中国对香港的基本方针，在“一国两制”的原则下，香港的资本主义制度和生活方式维持“五十年不变”。

这是一个注定要永载历史的伟大时刻。人所共知，香港是中国固有的领土，香港问题是19世纪英国政府对华实行强权外交、炮舰政策的产物。中英会谈取得的成功，归功于中国领导人本着尊重历史、照顾现实的实事求是精神，创造性提出了“一国两制”的伟大构想；归功于中国成为世界上有实力、有影响力的国家，中国强盛是解决香港问题的根本条件；归功于香港同胞爱国爱港，以实际行动为保持香港繁荣稳定做贡献。这是天经地义的，是公理与正义的胜利。

一周之后，出席了《中英联合声明》签字仪式的李嘉盛回到香港，在家中举行了盛大的酒会，香港工商业界的头面人物几乎都盛装到场了。一层大厅正中挂上了一张扩冲的大幅照片，正是李嘉盛在北京参加《中英联合声明》签字仪式后的集体合影照，他作为香港的观礼嘉宾站在第三排。

来到张荣成身后，李嘉盛主动邀杯道：“荣成，欢迎欢迎！”

张荣成本是一脸不快，听到李嘉盛的声音，深吸一口气，换过一张笑脸转头道：“今天是什么重要的日子，突然请我们一起开酒会？”

李嘉盛红光满面，气宇轩昂道：“自从中英开始谈判，香港人心惶惶，地产、股票一路下跌，经济一直不景气。现在《中英联合声明》签署了，香港的前途明朗，香港经济也越来越好，马上新年了，大家自然要一起聚聚。”

陈林森也走了过来，与张、李二人碰了碰杯，神采飞扬地说道：“一国两制，港人治港，五十年不变，自然值得庆祝。大家以后也可以放手发展实业了。”

隔着酒桌的一位留着八字胡的男士呵呵笑道：“李先生，前段时间我们都把资产转移到海外去了，倒是你一直稳坐泰山，实在是让人佩服啊。听说李先生在股市上大赚了一票啊！”

陈林森开玩笑说：“19号签署《联合声明》，20号恒生指数在前一日1173.31的纪录上创了新高，达到1187.54点，这么好的势头都不能赚，岂不是傻仔？”

张荣成的脸色很不好看，一言不发地站在酒桌前，一口口喝着闷酒。

李嘉盛笑起来：“香港的稳定与发展，除了经济的发展外，还要有稳定的政治制度，要有香港的特色。大陆政府是有能力的，其实自从上次参加交流会后，我就更加相信这一点了。我们应该对‘一国两制’这个政策充满信心，香港将来前程似锦。”

众人纷纷鼓掌。张荣成端着酒杯，默不作声地穿过人群走到了露台上，满眼怒火地盯着灯火辉煌的维多利亚港湾，回想起自己前几天在赛马会雪茄吧跟英国佬罗伯茨大吵了一架。要不是罗伯茨这个衰人跟自己说“故意搞乱香港经济就能在谈判中给中方施压”，自己哪会胡乱撤资？结果英国佬自己扛不住，搞得自己现在如此狼狈。

陈林森笑着道：“时局的变化真是快啊，谁能想到中英谈判这么快就有了结果。这一次老李可是赚大了。”

八字胡一拍陈林森手臂，逗趣道：“富贵险中求，看来我们还是没李先生有魄力。不过，我倒听说这次李先生是听了一个大陆来的小子给他出的主意，有人说这个小伙子还是李先生的乘龙快婿呢！”

李嘉盛只是笑而不语。

1985年的第一天下午，临近吃晚饭的时候，高建国却独自坐着火车奔驰在港九铁路上。他很想待在家里跟母亲和佳欣一起过新年，但有一笔大订单必须今天去深圳谈，如果谈成，电子厂就能扩大规模，整体提升一个档次。高建国不能错过这样的机会，所以他毅然上路了。

华强路的一家招待所内，双方相谈甚欢。国内对模拟集成电路板需求量很大，四片机电路或者二片机电路，四川家电企业几乎是有多少要多少。几年前香港已经用上集成电路电视了，内地还是黑白显像管。1982 年第一条这种彩色显像管生产线投产，立刻供不应求，所以几家企业希望能跟高建国长期合作下去。

一个技术员突然将电视调到了广东一台，正在播出的是广东省的迎新联欢晚会。身穿白色改良中山装的主持人走上舞台中央报幕："接下来请欣赏小提琴独奏《吉卜赛之歌》。"观众一片欢呼。

屏幕上出现了一个身着红色拖地长裙的年轻女子，她对着观众席深深鞠了一躬，黑发直泻而下。虽然镜头比较远，五官看不太真切，但高建国觉得这个女演员好眼熟，似乎是自己认识的人，但一时也想不起来到底是谁。

女演员把小提琴夹到了自己的肩膀上，现场霎时安静下来，电视机前也只能听到吱吱的电流声。镜头逐渐拉近，给了女演员一个面部特写，高建国赶紧将脸凑到了电视屏幕前，反复打量着她。

特写镜头稍纵即逝，镜头又换到了舞台的布景上，一会儿又出现了观众席。高建国始终无法将她看清，心中的疑惑越来越重，恨不得把电视机切开自己钻进去。他只有向几个代表问道："你们知道这个演员她叫什么名字吗？"

赵厂长看到高建国一反常态的表现，有些意外，茫然地说："不认识啊，高老板，你认识她啊？"

高建国全神贯注地盯着屏幕，摇摇头又点点头。这下几个代表都蒙了，完全不知道这个香港来的老板怎么了。

终于一曲演奏完毕，女演员鞠躬谢幕，起身的时候撩了一下头发，露出了清晰的面孔——安慧。高建国如遭雷击，整个人呆了一下，然后转身就往外走，打开房门时说了一句："我先失陪了，各位。有什么事情明天再说。"

高建国出了门，从旅店老板那里打听到晚会的举办地点，打出租车一路赶了过去。由于没有邀请函也没有工作证，他很快被保安撵了出来。无奈之下，他只有站在演员出口外面傻傻等待。他问过之前出来的演员，知道他们是从各地过来参加演出的，彼此之间并不太熟悉，所以并不知道那个拉小提琴的叫什么名字。

已经过了午夜，高建国看到马路边有一个穿着红色长裙的女人正在拦出租车，长长的黑头发，手里提了一只不大的琴盒。高建国立刻冲了过去，可是红裙女已经上了一辆出租车，飘然离去。

红裙女子正是安慧，她根本不知道高建国正在等她。她突然接到了一个紧急的电话，是丁跃民打来的，说安国庆在一家歌舞厅里喝醉了，满嘴胡言乱语，一会儿哭一会儿笑，怎么拖都拖不走，丁跃民只有向安慧求助了。

刚一进门，就听到角落里有个人在大喊着："丁跃民，你这个胆小鬼，做事情畏首畏尾，什么也不敢尝试，连追个女人你都不敢。"

循声而去，安慧看到了一头长发的大哥安国庆。他斜躺在沙发椅上，面前的小圆桌上了摆满了酒瓶，嘴里还在胡言乱语："我差点变成一个废人，你知道吗？但是老天爷可怜我，又让我重新站起来了。我要干出一番事业让所有人都看一看，我安国庆是个成功人士，你知道吗？安慧她看不起我这个哥哥，她看不起我！"

一旁的丁跃民劝说道："你喝醉了，就别犟嘴，赶紧跟我回去！"

安慧走过去，有些生气地问道："他怎么喝成这样？"

丁跃民叹了口气，一脸无奈地说："生意不顺利，带来的钱又快花光了，他这是焦虑症。"

安慧没再多说话，把手里的东西递给丁跃民，走上前去架起安国庆的胳膊，扶着他出了门。

打了一辆出租车回到出租屋，两个人好容易才把安国庆抬上了床。安国庆四仰八叉地躺在床上，不一会儿就打起了呼噜。安慧看着狼藉的屋子，酒瓶、报纸、花生米满地都是，泡在盆里的衣服也已经发臭了。

安慧皱着鼻子走进卫生间，过了一会儿端了一盆水出来，问道："跃民，毛巾在哪里？"

丁跃民从阳台外扯下来毛巾，递给了安慧，抱歉道："我们两个大男人，平时都不收拾屋子，你凑合凑合啊！"

安慧一言不发，麻利地把毛巾浸湿后又拧干，开始给安国庆擦脸、擦手，又帮他把鞋子脱了……最后给他拉了被子盖在身上。丁跃民有些笨拙地收拾着地上、桌上杂乱的东西，讪讪地说道："你是刚刚演出完吗？本来今天我是打算去看你演出的，可惜也没看成。"

安慧端着盆子又进了卫生间，把毛巾搓干净晾好，接着开始跟丁跃民一起打扫，突然不满地问道："这房间……都这样了，还能住人吗？"

"这两天我俩总吵架，都没空收拾。"丁跃民面露羞愧，不好意思地解释道。突然想到了什么，又说道，"哦，这，我……我去给你倒水。"急匆匆提起温水瓶，却发现里面空荡荡的，只有老老实实去厨房烧水。

丁跃民乒乒乓乓在厨房里忙活了好一阵，烧好了水，灌进了温水瓶，一出来，发觉整个房间都变样了，仿佛是他们刚住进来时候的整洁模样，不禁开口称赞道："有个女人果然是不一样。辛苦你了，安慧！"

安慧站起来，拍拍身上的灰尘，说："好了，收拾好了，我也该走了。"

丁跃民赶紧倒了一杯水，放到小桌子上，讨好道："坐一会儿再走吧，你看你收忙里忙外这么半天，连口水都没喝，这……这说不过去啊。你坐一会儿，休息一下嘛。"安慧笑了笑，又坐回到沙发上。

丁跃民坐到安慧对面，小心地说："听说你的表演很受欢迎，你还好吗？咱们仨来深圳也有小半年了，还没一起吃过饭呢！"

安慧只是点点头，没有说话。

丁跃民叹了口气，劝道："安慧，其实一家人没必要这么较真儿的。而且出门在外，更应该团结一心才是啊。"

安慧似笑非笑地说："我们兄妹俩跟你和跃音不一样，有些事情不是说过去就能过去的。跃音最近还在忙采访吗？"

"是啊，她自从毕业后进了新华社就忙得不可开交，可那丫头是个工作狂，乐此不疲的。"说到妹妹，丁跃民脸上露出了难得的笑容。

"挺好的，跃音一直想当个记者，她是梦想成真了。"安慧也笑了笑。

"那你……"丁跃民清了清嗓子，"你自己有没有什么新的打算……我是说个人问题。"

安慧侧过脸，望着窗外，怔怔地说："自从建国死了，我的心也就跟着死了。现在我就想好好工作，什么都不要去想。”

“一个女人在外面闯荡很不容易，其实……其实找个人照顾你也挺好的。”丁跃民说着不禁把身子坐正，腰背打得直直的。

安慧完全没注意到丁跃民的动作细节，还是望着窗外出神，突然发出一声嗤笑：“除非那个人是建国……你觉得还有可能吗？”

丁跃民一下急了，几乎站起来，大声道：“安慧，你不能这样，人活着得向前看啊，你不能老活在过去。建国他逝者已矣，已经回不来了，这是个事实，你……你得清醒啊安慧。”

“跃民，我回去了，你们创业不能太心急，万事开头难，得有个目标才行，盲目下去可不是办法。”安慧长叹一口气，站了起来，转身打开自己的手提包，拿出一个信封放在桌上，“这些钱你先拿着，在找到工作或者想出办法之前救个急吧。”

丁跃民也立刻站了起来，说：“这可不行，我们两个大男人怎么能要你的钱呢？”拿起信封就往安慧包里塞。

“都什么时候了，你还跟我客气？我走了。”安慧躲过丁跃民的手，几步走到了门口。

“那、那我送送你。”丁跃民迅速跟了出去。

第二天晚上，高建国一进家门就冲进了自己的房间，抽出素描本就开始画起来，画纸上线条逐渐增加，一个正在拉小提琴的长发女性出现了，慢慢地，面部细节也出来了——竟然是安慧！

岳芳英大吃一惊，赶紧问道：“建国，你干吗呢？”

高建国将素描本和铅笔放到一旁，转过头对母亲正色道：“妈，我这次去深圳谈生意，遇见了一个拉小提琴的女人，她很像安慧。”

岳芳英略一思索，上前一步道：“建国，你肯定是看错了，你去的是深圳，安慧在北京。”

高建国点点头，说：“其实我也不确定，隔得有些远，所以没办法确定是不是她。但是她专注的神情太像安慧了，我感觉那个人就是安慧，也不知道是我看错了还是怎么，我忍不住就冲过去了。但是到了演出的剧院……”

岳芳英一脸严肃地喊了一声：“建国！”

“妈，您干吗这么严肃？”高建国有点被母亲的表情惊到了。

“你现在这种思想可是要不得的，你知道吗？”岳芳英语重心长地说。

“怎么了？”

岳芳英让儿子坐到椅子上，才一本正经地说道：“既然答应了佳欣要照顾她一辈子，就不要三心二意。你都是马上要结婚的人了，千万不要有什么糊涂念头啊。”

高建国迟疑了一下，笑着挽住了母亲的胳膊，说道：“妈，您想哪儿去了？我只是觉得当年突然离开，欠安慧一个解释，她甚至都不知道我是死是活，这对她有失公平。”

岳芳英的表情并没有放松，反而更加认真地说道：“妈活了这么大岁数了，《梁祝》《红楼》都看过，那些都只是故事而已。你不是觉得安慧还会等着你吧？”

“只要她过得幸福，我就安心了。”高建国笑着拍了拍母亲的后背。

1985 年 4 月 7 日，英国女王伊丽莎白二世在《香港法案》上签字，完成了全部司法程序。该法案规定，从 1997 年 7 月 1 日起，英国对香港的主权和治权即宣告结束。4 月 10 日，第六届全国人民代表大会第三次会议在批准《中英联合声明》的同时，决定成立香港特别行政区基本法起草委员会，负责基本法的起草工作，姬鹏飞被确认为基本法起草委员会主任委员。会议正式确立了 1997 年 7 月 1 日作为香港回归之日，香港的回归之旅已经正式启程。

委员会将用 5 年的时间完成基本法的起草工作，于 1990 年提请全国人民代表大会审议通过。委员会里的香港委员回港后还得发起筹组一个具有广泛代表性的基本法咨询委员会，作为香港各界人士与起草委员会的桥梁，沟通和反映对基本法的建议或意见。

一个多月后，因为永盛地产的新股增发成功，高建国受邀来到了永盛集团下属的一家五星级酒店参加庆祝活动。宴会厅中，彩灯高挂，灯红酒绿，人来人往。头顶悬挂了一条巨大的横幅：

热烈庆祝永盛地产新股增发成功

永盛集团的高级董事再次齐聚一堂，还有相关商会的代表们也纷纷就座。高建国被安排在了李嘉盛右手边与李浩南相邻的位置，让他有些受宠若惊。

李嘉盛先是寒暄了一阵，又说了一番祝酒词，才进入正题："……有了大陆政府'一国两制，港人治港'的承诺，香港政治前景稳定，如今地产、股市涨声一片，永盛集团也终于熬过了最困难的时候。刚刚财务总监把最新统计结果交给我，据不完全统计，永盛集团资产至少增值了8倍。"话音刚落，董事们都欣喜不已，纷纷鼓掌。只有李浩南拍得有气无力。

李嘉盛一摆手，掌声渐息。他又接着说道："之前有人不看好香港的股市行情，认为这个时候永盛地产新股增发压力大，会败得很惨，但我们赢了。能在这次博弈中获取胜利，我认为完全得益于中英谈判取得成功，所以我对未来'一国两制'的政策充满信心，对香港的未来充满信心。"又是一片掌声响起。

李嘉盛停顿了一下，看了一眼高建国，说道："另外，今天我还要向大家介绍一个年轻人，他以后会在永盛集团内担任重要的角色。诸位都是商业上的前辈高人，是永盛长期的合作伙伴，希望你们能照顾年轻人，给他们机会。建国，请到这里来。"

虽然之前佳欣跟他说过今天会有惊喜，但高建国完全没想到会是这么大的惊喜，一时间有些茫然无措。但在大家的掌声和瞩目之下，他还是深吸了一口气，走到了台前，帅气地站立在李嘉盛旁边。李浩南的脸都气歪了，本来英俊的面容显得有几分狰狞。

李嘉盛拍拍高建国的肩膀，冲着台下大声道："在座的都是我在商界的好朋友，永盛集团多年的合作伙伴，他们各位都是商场行家，你要多向他们请教啊！”

高建国点头，面朝台下，自信地点点头说：“伯父，我记住了。”

李嘉盛微笑道：“年轻人，我希望把你这样的人才招揽到永盛集团旗下，由你做我的特别助理。机会难得，你随便讲几句吧！”

直接就得到了这么高级的职位，高建国有些难以相信，不知如何回应。在座的所有人纷纷鼓掌。

这时，“啪”的一声，酒杯破裂的声音传来。大家纷纷转头，只见高大帅气的李公子头也不回地离开了宴会厅。

狮子山是香港著名的地标，海拔 495 米，因山体外形像一头蹲伏的雄狮而得名。由于狮子山位处中央，在九龙、新界等地方都可看到它。狮子山可以说是见证了香港的变迁，特别是 1973 年开始播放的系列电视剧《狮子山下》，刻画了当时普罗大众为生活打拼的面貌，因此狮子山也被视为香港人奋斗精神的象征。

恰逢周日，天气不错，阳光灿烂，有点小阳春的意思。高建国特意从厂里请了假，带着李佳欣登上了狮子山。

1973 年房委会成立，香港政府逐步推出“居者有其屋计划”和“市区人口扩散计划”，鼓励高收入人群购买高级住宅，并逐渐让住宅区域由市区向新界扩展，让生活空间更为广阔。1978 年，政府制订出“私人部门参建计划”，允许私人建筑发展商参与公屋建设，调动个体资源与政府资源配合，降低了彼此成本，修建起具有多种配套的公屋，造福社会大众。

永盛房地产自然也在其中。从 1982 年开始，香港房地产开始出现大幅下跌，而李嘉盛高瞻远瞩，率先参与到公屋建设项目，让永盛在楼市低迷的时候依然保持盈利，使同行羡慕不已。高建国开心地向李佳欣指点介绍：下面某某楼宇就是永盛正在建造的。

听着高建国如数家珍的介绍，李佳欣兴奋道：“建国，你真了不起！连香港的公屋计划都这么了解。”

“当然，不然怎么能当你爸的特别助理！”高建国自豪地说，“佳欣，深圳那一批货今早已经发过去了，我从来没有感到自己离梦想这么近。”

李佳欣紧紧搂着他，开心道：“我真替你高兴。”

“这只是我们的第一批订单，也是我的第一桶金，以后还会有第二批第三批……佳欣，我一定能给你更好的生活。”迎着拂面的山风，高建国看着怀里的佳欣，显得意气风发。

“建国哥，大事不好了，工厂出事了！”这时，阿雄气喘吁吁地出现在山路旁。

“什么事？你别着急，喘口气再说。”高建国赶紧跑了过去。

阿雄一边扶着膝盖喘气一边说：“发、发往深圳的那批货，被扣了，海关的人说要查封工厂。”

“怎么会这样？”高建国脸色立刻变得严峻起来，拉住阿雄追问道，“我不是让你今早亲自看着装车吗？”

“是啊，建国哥！”阿雄解释道，“我还再三交代那帮伙计要轻点儿抬，轻点放，都是发往深圳的贵重商品，摔坏了可赔不起！而且昨晚上我还在库房睡的，就怕出事啊！”

高建国叹了口气，拉着佳欣，跟着阿雄一起下山了。

第十章
双喜盈门

- 头一喜是高建国在阿强的帮助下，成功摆脱龙华的又一次陷害；第二喜则是高建国与李佳欣的爱情终于开花结果，举行了盛大的婚礼。

- 看着儿子事业、家庭都有了，岳芳英开始想着要回北京的事情了。

- 丁跃音调到香港工作，第一个采访对象就是李嘉盛，她十分欣喜。

一

国恒电子厂的装配车间外，围了二三十个人，都是电子厂的工人，大家都盯着车间里议论纷纷。高建国和阿雄拨开人群走了进去。一个穿着海关制服的人伸手挡住他们，在他身后，一群海关工作人员正在到处翻查东西、贴封条。因为涉嫌走私，涉案货车和货物已经被扣押作进一步检验，在调查出结果之前，工厂不能开工，高建国本人也被带回去协助调查。

李佳欣强忍住想哭的冲动，开始和阿雄一起安抚吵嚷的工人们，毕竟现在最重要的就是不要自己乱了阵脚。午饭后她回到太平山的家，希望父亲能出手帮忙，但求助并不顺利。一方面，哥哥李浩南一直在旁边煽风点火、冷嘲热讽，甚至对高建国进行人身攻击；另一方面则是父亲想暂时静观其变。80年代，大陆对电器的需求量很大，但进口困难，所以很多广东人、香港人靠着走私电器发了财。同时这种行为也引起了陆港两地海关的重视，对走私行为采取了严打。永盛这样的大集团当然不愿意与"走私"这样的坏名声沾上关系。

终于等到了开庭日，岳芳英在李佳欣和阿强、阿雄的陪伴下，很早就来到法庭，坐在旁听席上等待。小门打开，高建国率先走出，后面跟着两个庭警。因为不是刑事犯罪，所以他并没有穿囚服戴手铐。整个人看起来还好，只是略瘦了一点，眼睛有点浮肿。

头一个证人就是当天的司机，他隶属于运输公司，跟国恒并无直接的合同关系，所以高建国几乎不认识他，但他却宣称高建国是走私的主脑。

整个庭审就像是一出安排好的大戏，所有的证人要不是一问三不知，要不就将责任完全推到高建国身上。但高建国顶住压力，坚决不认罪。因为没有最直接的物证指向高建国，所以暂时也未能定罪。法官决定一周后再次开庭，高建国暂时收押看守所。

李佳欣陪着岳芳英去看守所看过高建国两次，却也无计可施。高建国根本不知道是被谁陷害的。看着高建国日渐消瘦的脸庞，李佳欣痛苦万分，做事的时候总是一副失魂落魄的样子。岳芳英怕她老憋在餐厅里出事，所以借口水果不够摆果盘了，让她去菜市场转转，买点新鲜水果回来。

听着小贩们此起彼伏的叫卖声，情绪低落的李佳欣在市场里漫无目的地走着，脑子里全是高建国的案子，迷迷糊糊中甚至将凤梨看成了芒果，引得小贩哈哈大笑。

“佳欣！”一只手抓住了自己的胳膊，李佳欣转头一看，竟是张伟豪。上次的事情她只是当作了一次误会，后来在遇到张伟豪时也还算有礼貌，而且她知道哥哥和张伟豪是高尔夫球友。所以她只是挣脱了张伟豪的手，客气地点点头。

张伟豪上下打量着佳欣，面露惋惜的表情，努着嘴说道：“佳欣，你现在怎么变成了这个样子？你怎么能穿着这种师奶的衣服，还走在这种污浊嘈杂的环境中？”

李佳欣淡然一笑道：“我觉得很好啊，我现在每一天都过得很充实。”

张伟豪走到李佳欣面前，大声道：“佳欣，别骗我了，高建国马上要坐牢了，你还留在这个破地方干什么？你不是真打算嫁给一个走私犯吧？”

一股怒火油然而生，李佳欣瞪着张伟豪，警告道：“张伟豪，Buzz off（走开）！”说完绕过他继续往前走去。

张伟豪还不死心，跟在后面喋喋不休：“佳欣，我真不明白，为了那个大陆仔，你真的要放弃自己的大好前程吗？佳欣，你跟我回去好不好，我们可以重新开始。”

李佳欣突然停下脚步，转头怒视着张伟豪，一字一字地说道：“高建国不是走私犯！”说完继续前行。

张伟豪一怔，他从没见过这样的李佳欣，这样的表情，这样的动作，让他想到一个菜市场的师奶。心目中的公主怎么会变成这样？都是那个大陆仔害的！张伟豪不觉狠狠地攥紧了自己的拳头。

与张伟豪的言语冲突倒是让李佳欣清醒了不少，她很快挑选了一篮子水果，回到了餐厅，恰好看到阿强和阿雄进来。阿雄激动地对着岳芳英说：“英姨，我们有发现了。”李佳欣赶紧凑了过去。

自从高建国出事，阿雄和阿强就想方设法找线索。在阿强的引导下，阿雄想起了那天夜里他在仓库睡觉，的确听到过奇怪的声音，不过他以为是老鼠，所以没有多想。阿强由此推断出是肯定有人在仓库里就做了手脚。而司机在离开法庭后的异常表现也同样引起了阿强的注意，他怀疑司机是被人收买了，于是和阿雄一起去跟踪司机。

经过他俩的轮番跟踪和旁敲侧击，知道了那个叫阿炳的司机有个 8 岁的儿子，一直在医院治病，前段时间因为拖欠医疗费，差点被强制出院，可这段时间阿炳突然有了很大一笔钱给儿子治病。这就基本坐实了有人收买阿炳作伪证的事情。不过阿强无法确定的是到底幕后黑手是谁，这就需要岳芳英给点提示了。

听完阿雄和阿强的话，岳芳英斩钉截铁地说道：“建国跟我在香港没有仇人，除了龙华。对了，那天我发现龙华也在法庭后面坐着。”

“以后的事情交给我了，你们就不用再担心了。现在龙华的实力已经大不如前，也就能搞点这些小伎俩。”阿强自信地说道。

三天之后，阿强再次走进了“老北京饺子馆”，用沙哑的声音兴奋地说：“各位，前天夜里，阿炳企图乘船逃往深圳，被警方当场抓获。”

阿雄给他倒了一杯茶水，阿强一饮而尽，接着说：“连夜审讯，昨天阿炳就全招了。龙华给了他一笔钱，还让自己亲侄子在深圳那边接应他，这回……阿雄，再来点水。”岳芳英等人眼中都露出了欣喜，仍然满怀期待地望着阿强。

阿雄赶紧提过茶壶给他续上，阿强又是一通牛饮，才接着说道：“这几年，龙华利用职务便利，一直在走私高档电子产品。这次他想诬陷建国入狱，没想到弄巧成拙，反而让警方找到了线索。现在龙华已经被撤职，立案调查了。嘿嘿，这回这只警界蛀虫是跑不了了。”

李佳欣脸上笑中带泪，连声问道：“建国什么时候可以回来？”

阿强笑道：“还有几个程序，明天我们一起去接建国回家。”

岳芳英一拍手，笑着道：“难得明天人齐，我请大家吃饺子——我亲手包！”大家都兴奋地鼓起掌来。

第二天的饺子宴改到了国恒电子厂，一是为了安抚厂里的工人，二是广而告之，让大家知道国恒电子并没有参与走私，第三他还有一件更重要的事——求婚。经过这么多风风雨雨，高建国感觉自己与佳欣的感情已经到了开花结果的阶段，所以借着这个机会勇敢地向佳欣求婚。

李佳欣自然是大喜过望，毫不迟疑说了一句“I do”。两人热烈相拥，惹得专程过来祝贺高建国洗脱冤屈的阿芳又添了一把辛酸泪，不过倒是让意外出现的李嘉盛乐得合不拢嘴，但却让李佳欣的母亲气得搬到客房去住了。同一件事情，在不同人却有不同的反应，真是几家欢喜几家愁！

因为要登门拜访，高建国十分慎重，听取佳欣的意见，专程到百货公司替未来岳母买了一串珍珠项链。佳欣也吵着要礼物，所以又买了一张梅艳芳的《似水流年》。

礼物是高建国精心挑选的，但收礼的人喜不喜欢就不知道了。自从进门开始，陈桦就没有给过高建国一秒钟好脸色，连水都没叫用人倒一杯。本来佳欣说母亲最喜欢珍珠，可今天母亲偏偏说自己对珍珠过敏。母女俩几乎吵起来，幸好李嘉盛对高建国送的手工茶具大加赞赏，冲淡了剑拔弩张的气氛。

开饭了，清蒸珍珠斑、萝卜糕、霸王花煲猪骨、白灼虾……全是佳欣喜欢的菜。吃了一阵，李嘉盛突然转头对着高建国说道：“建国，我一直相信你是清白的。香港是讲法制的，不会冤枉一个好人。”

“爹地，你说得对，我敬你一杯。”李佳欣开心地举起了酒杯。父女俩笑呵呵地碰了一下杯。

搁下酒杯，李佳欣又说道："爹地，我听说你最近在忙天坛大佛的筹建哦，进展顺利吗？"

说到手头上的正事，李嘉盛停住了筷子，用餐巾轻轻地抹了一下嘴，说道："我是筹委会委员，当然要出力啦！不过现在已初步定好大佛的艺术造型了，建筑材料也做了调整，最初是想用钢筋混凝土来做主要材料，但是因为混凝土本身有限制，不容易达到大佛造型的要求，所以经过专家研究，最后决定还是用青铜作为建造材料。"

"那这尊大佛准备建造多高呢？"高建国突然问道。

李嘉盛想了想，说道："佛身是 26.4 米，加上莲花座同基座的话……要有近 34 米高哦！"

高建国有些意外，惊叹道："哇，这么雄伟？我没记错的话，这应该是世界上最大的户外坐佛了吧？"

李嘉盛微微一笑，面露得色地说道："将来的事情我就不知道了，但是目前的确是世界第一。这座大佛的基层设计是参考北京天坛的地基形貌来的。建国，你是北京人，你应该知道天坛的气派吧？"

高建国连忙点头道："知道，天坛是古代帝王祭天的地方。"

"没错，以佛陀为'天中天''圣中之圣'，天坛正是祭天的地方，以天坛为基座来承托大佛，所以这尊大佛才叫作'天坛大佛'。"李嘉盛介绍道。

李佳欣开心道："等大佛建好了，我们一家人去敬香，好不好啊，妈咪？"说着伸手摸了一下母亲的手。

陈桦停下筷子，漠然地说道："人定胜天，我一向认为人的命运是由自己主宰的，跟拜佛没有关系。"

"你这话怎么讲的？拜佛有好多意义的嘛，诸位法师发愿为香港修一尊大佛，是为了香港的稳定祥和。"李嘉盛面露一丝不快。

陈桦冷哼一声说："香港的稳定祥和？我只知道英国人管制下的香港是稳定祥和的，至于英国人走了以后祥不祥和，我就不知道了。"

李嘉盛猛的一拍桌子道："饭吃好了？我看你一天到晚只知道危言耸听，看来你是没受够英国人的气。好啊，我们就往后看，看看香港在港人自己的治理下祥不祥和！”

“妈咪，爹地，你们不要吵了，因为这个话题你们吵了没有一百次也有九十九次，我跟建国专门回来看你们的，你们这样……我真是好难过。”

高建国主动拉过佳欣的手，对着李嘉盛和陈桦说道：“伯父，伯母，这次来呢，我主要是想告诉你们，我会照顾好佳欣的。”

李嘉盛肃然道：“你会对佳欣好这一点我不怀疑。但我要说的是这次的事——龙华虽然被判了刑，可我觉得这个人没有这么简单，你以后行事也要小心。”

高建国一挑眉头，自信道：“我始终相信邪不压正，我以前不怕他，以后也不会怕他。”

李嘉盛看着他点点头，接着说道：“还有一件事，我得征求一下你们俩的意见，你们觉得下周为你们举行婚礼怎么样？”

“什么？！”陈桦把碗筷往桌上一扔，站起来责问道，“李嘉盛，你要不要这么匆忙啊？”

李佳欣已经被父亲的话激动得手舞足蹈，根本没听母亲说的啥，直接跑过去环住父亲的脖子，在李嘉盛的面颊上亲了又亲，笑着说：“Wonderful！爹地，谢谢你。”

李嘉盛搂住女儿，对着太太说：“日子是问黄大仙的，定好的事为什么要拖延呢？”

李佳欣起身把酒杯放到父亲手里，又回到自己的座位，端起酒杯拉高建国站好，开心道：“建国，我们敬爹地和妈咪一杯！”

高建国端起酒杯，正色道：“伯父，伯母，我一定会好好待佳欣的。”

陈桦直接转身上楼，剩下的三个人一饮而尽。

饭后三个人相谈甚欢，陈桦却再也没有露过面。因为开心，李佳欣说想陪爹地多聊会儿天，特意留下来过夜。高建国只有独自骑车离开。看看时间还早，他决定去餐厅看看还有什么事情能帮忙做点。

已经9点多，店里一个客人都没有，大厅的灯光已经调暗，阿雄和服务生正聚在角落里吃着饭，看到高建国进来纷纷问好。走进后厨，母亲正在清点食材。

海叔因为住得远，一般离开得比较早。清早的入货都是由海叔负责，晚上的盘点任务则落到了岳芳英肩上。

灯光下，双鬓斑白的母亲戴着老花眼镜，仔细地记录着库存的食材。高建国好像第一次发觉母亲比以前老了不少。在他的思维之中，一直觉得母亲就是那个追着他从北京出来的干练女警，遇事果断、武艺高强而且精力无限，永远都是一副生龙活虎的样子。但现在，母亲真的老了。高建国感到鼻子有些发酸，不禁喊了一声："妈！"

岳芳英侧过头，看着儿子笑了笑，问："回来了，晚饭吃得好吗？"

想到结婚的事情，高建国一下又来了精神，开心道："妈，佳欣的爸爸让我们下周举行婚礼。"

岳芳英笑了，满怀喜悦地说道："真的？这真是太好了！佳欣是个好孩子，你可要好好对她，不要辜负了人家的一片真心。"

"妈，您就放心吧，我和佳欣一定好好的，以后我们俩一起孝敬您。"高建国一边说着，一边搬来一张椅子让母亲坐下，按捏起了岳芳英的肩背，贴心地问道，"累不累？我给您捶捶。"

岳芳英闭起双眼，享受着儿子的孝顺，脑子里憧憬起了儿子的婚礼。突然，一张面孔闪过眼前，她想起了丈夫的事情，睁开眼缓缓说道："建国，有件事我一直没跟你说。"

"什么事？"高建国一边捏着一边问道。

岳芳英微微转过头说道："我，我见到你爸了。"

"啊？"高建国停住手，惊喜道，"什么时候，爸来香港找我们了吗？"

岳芳英把儿子拉到面前，表情凝重地说道："建国，我不知道该怎么面对你爸，不知道他这些年是怎么过的。当初受我们连累，他的日子一定不好过，我真担心他会恨我。"

高建国握住母亲的肩膀，安慰道："怎么会？爸不是这样的人！妈，你快带我去见爸，我要让他来参加我的婚礼。对了，还有建军。"

岳芳英脸色一暗，说："他已经回北京了。"

正在这时，一个服务员突然跑进来，慌张道："英姨，外面来了一个客人。"

岳芳英镇定道："今天打烊了，让他明天再来吧！"

服务员无奈地说："我跟他解释过了，可这位客人很奇怪，怎么都不肯走，而且一定要点一碗饺子。我们还从没遇到过这样的客人。"

母子俩对望一眼，高建国皱着眉说："妈，会不会有人想捣乱？您先歇会儿，我出去看看。"

高建国和服务员一起走到大堂，服务员给他指了指坐在角落的一个客人。

从高建国的角度，只能看到客人的背影。来人看起来高高大大的，应该是个年轻人。他径直走过去，客气地说："对不起，我们今天已经打烊了，如果……"话没说完，客人已经站起来，转过身。

高建国惊呆了："立伟，是立伟吗？"眼前的这个客人正是当年的高立伟，几年的时间，过去那个贪吃的小胖子高立伟已经长成了一个高大的帅气小伙。高立伟子承父业，考上了公务员，最近打听到这家饺子馆，所以专门过来尝尝。

在后厨门口，看着儿子和立伟坐下来聊天，兄弟俩有说有笑的样子让岳芳英感到欣慰，但随即又想起了远在北京的高建军，一股愧疚和担心瞬间涌上心头。她深吸一口气，平定一下起伏的内心，才端着饺子走出来。

高立伟早就等不及了，吃掉一个之后便根本停不了嘴，干掉了半盘才大呼好烫，笑得母子俩合不拢嘴。岳芳英邀请立伟有空把父母叫过来一家人一起吃顿饭，高立伟欣然答应。

地处中环的香港文华东方酒店，最早是1963年香港岛遮打道的"文华酒店"，1974年文华国际酒店有限公司成立，收购了曼谷的"东方酒店"，1985年改组成为"文华东方酒店集团"。它将传统与现代、西方与东方很好地结合起来，景观上以其宽大的阳台能够眺望维多利亚港湾而闻名，餐饮上则是以法餐和粤菜著称，住宿的541间客房及走廊均以木色、黑、黄为基调，富有深沉的气

质，以其独特的魅力吸引着世界各国的游客。今天，高建国与李佳欣的婚礼正是在这家蜚声国际的酒店举行。

几声礼炮响彻天际。前来参加婚礼的人非常多，基本上都是香港商界的名流之士。双方的长辈都站在酒店门口迎接宾客。李嘉盛和陈桦夫妻俩的脸一阴一阳形成鲜明对比。陈桦显然很不高兴，那勉强挤出的笑容跟哭也差不多了，不少来宾还以为她是准备流下幸福的“嫁女泪”。

站在另一边的岳芳英也穿了一身大红色连衣裙，今天还特意染黑了鬓角，烫了卷发，整个人看起来喜气洋洋。龙鼓村的一班老街坊都来了，已经是小明星的阿芳更是盛装出席，岳芳英开心地连声道谢。

一身褐色西服的张荣成出现了，一拱手道：“嘉盛，伟豪没福气，愿赌服输，我没什么话好讲。今日恭喜你嫁女啦！”说着手里递过一只一米来长的锦盒，一看就价值不菲。

李嘉盛接过锦盒，转身交给服务人员，一抱拳笑着道：“多谢老友！荣成，缘分使然，咱们也不好强求。对了，伟豪怎么没来？”

张荣成一耸肩说：“他今天有其他的事情来不了。不好意思啊！”其实张伟豪这几天把自己锁在家里，天天喝得烂醉如泥，看得张荣成又怜又恨。

李嘉盛依然是一脸笑容，一抬手做了个邀请的姿势，说：“没事，没事。你今天一定要多喝几杯！”

邓香莲带着高立伟出现在门口，岳芳英连忙迎了过去。邓香莲满脸堆笑地说：“大嫂，恭喜恭喜啊！哎呀，这里真是气派啊！”自从上次吃饭时知道高建国已经今时不同往日了，邓香莲的态度也是180度大转弯，看见岳芳英就是谄媚的笑。

岳芳英先是客气了一番，才问道：“致行怎么没来？”

“他、他今天正好有公务要忙，让我把祝福带给建国。”说着邓香莲递过一个红包。

岳芳英接过红包，招呼道：“好好好，立伟，陪你妈妈赶紧进去吧！”其实她知道，高致行是不好意思来，上次请他们一家吃饭时，他就一直一脸羞愧的样子，也不好意思说话，只是低着头。唉！毕竟都是一家人，以后都会好起来的。

又来了新的客人，岳芳英赶紧迎上前去。

来宾已经渐渐坐满。婚宴大厅内布置一新，四处都是洁白的玫瑰花，侍者戴着洁白的手套推着餐车给宾客们送酒。在众人的欢呼下，李佳欣身穿洁白的婚纱，在高建国的陪伴下缓缓走上礼台，来宾们纷纷鼓掌祝贺。

高建国身穿一身白色西装，用略带颤抖的声音对着麦克风说道："谢谢大家来参加我们的婚礼，今天是个非常值得纪念的日子，在大家的共同见证下我和佳欣会好好走下去的。多谢大家！"又是一阵掌声响起。坐在首席上的陈桦端着一杯香槟，冷冷地看着高建国。

次席上，身穿花衬衫的华仔，推了推身边的阿芳说："鼓掌啊，阿妹！你能不能别总是愁眉苦脸的，今天建国结婚，你俩都没戏了，还苦着个脸做咩？"

阿芳这才象征性地拍了几下手。阿雄也看出阿芳的不开心，赶紧说道："阿芳，高兴点嘛，你……你身边还有我……我陪着你呢！"阿芳立马瞪了他一眼，阿雄触电般把头低了下去。

家人席上的邓香莲正在不断地往自己的餐盘里夹点心。高立伟左右看看，低声劝道："妈，建国哥在讲话呢，你先听了再吃吧！"

邓香莲面露贪婪之色，说："这么好的点心不多吃点可惜了。"

"妈……"高立伟看着母亲的样子，只有无奈地摇摇头，借口去卫生间走了出去。走到长廊的拐角处，高立伟看到一个身穿银色西服的帅气青年正在递出一个信封给一个相貌猥琐的矮胖子，两人一看见他便迅速分开，假装不认识的样子。因为两人形象差异太大，高立伟不禁对那个男青年多看了几眼，发觉他长得跟新娘倒有几分相似。毕竟事不关己，他也没多想，直接进了卫生间。

贵宾席上，陈林森看着高建国和李佳欣这一对璧人，连连点头，向身旁的张荣成开口道："荣成兄，怎么样？他们俩是不是男才女貌、十分般配？"

张荣成喝着闷酒，讪讪道："佳欣是不错啦，但是怎么看那个大陆仔都比不上我儿子。"

陈林森未置可否，只是淡然一笑。周围的人都称赞着"他们真是郎才女貌啊！""真是绝配……"

这时，突然有个怪腔怪调的声音冒出来打断了高建国的致辞："新郎官，听说你是逃港过来的？你是在大陆犯了罪才逃到香港来的吗？”

听到这句分明是来砸场子的话，来宾开始交头接耳。邓香莲怔了一下，停住餐叉，说：“他怎么知道的？”

高立伟碰了一下母亲的手臂，低声说：“妈，你别说话。”说着站了起来，看到说话人体态猥琐地站在门边，正是刚才在走廊里碰见的那个矮胖子。

李嘉盛的脸色变得十分难看，沉声道：“这位先生，请问你是哪边的客人？”

矮胖子还没回答，李浩南突然插口道：“爹地，你不记得了吗？他是商会的朋友啊！”

李嘉盛虽然不记得这人，却也不好说破：“今天我女儿大喜的日子，这位先生的言辞恐怕是不合适吧？”

矮胖子一脸痞相道：“李先生如果觉得问题不方便回答，可以不用回答，我只是好奇而已。我就怕是有人做贼心虚……”此话一出，来宾中一片哗然，李佳欣也一脸为难的表情。

“这是谁啊？故意的吧！”说着话，阿芳一下站了起来。不过宴会厅中站着的人很多，所以她的动作并没有太引人注目。

华仔赶紧把妹妹拉回座位，劝道：“来者不善啊，这是想看建国的笑话啊！阿妹你别激动，先看看建国怎么说。”

高建国终于发声了：“这没有什么不方便回答的，也不是什么不能说的秘密，我确实是逃港来的。我来香港已经十年了，在这里摸爬滚打，想找到一条适合自己的路。在我妈的鼓励下我考上了香港大学，在那里结识了我的妻子李佳欣。我还是很幸运的。”李佳欣望着高建国，眼中充满了幸福的泪水。

矮胖子看了一眼左右，又问道：“那你为什么要逃来香港呢？是不是真的犯了错误？我听说你们大陆的政策很野蛮，动不动就要抓人。”

高建国微笑道：“怎么会呢？自从中国实行改革开放的政策以来，大陆的状况越来越好，你刚才那种说法完全是对大陆的误解。你从来没去过大陆吧？”

矮胖子支支吾吾：“没、没去过……”

高建国的笑容更加自信，一抬手对着台下的来宾说道：“所以呢，我希望各位有时间多去大陆看看，现在的大陆正走在蓬勃发展的路上，不管我是怎么来到香港的，我希望香港能早日回到祖国的怀抱。为了表达我对祖国的祝福，在我和佳欣的结婚典礼上，我有一份特殊的礼物要送给伯父。”说着，高建国拿出一个正方形的玫瑰色礼盒送到李嘉盛跟前，恭恭敬敬地说：“伯父，这是我送给您的礼物。”

一旁的母亲提醒道：“儿子，怎么还叫伯父呢？”李嘉盛哈哈大笑。高建国脸上一红道：“在北京，我比较习惯叫爸爸。爸！”

李嘉盛笑容满面地说：“哎，这才对嘛。你送给我什么礼物？”

高建国没有回答，直接打开了盒子，里面是一幅精致的素描画，用的是高档的实木裂纹压花画框。画框是金色的，配着黑白灰的素描画，显得素雅大气。

李嘉盛端起画框仔细端详，惊喜道：“你完成了？”

高建国点点头道：“爸，您上次去国恒电子时说，希望我把完成的画作送给您，今天我给您带来啦。”

李佳欣走过来，发现画作上还有几行字：“爹地，这儿还有首诗？建国，你写的吗？”

高建国摇摇头说：“不，这是唐代诗圣杜甫的名作《闻官军收河南河北》。那天听了爸关于香港回归的话，一时感慨就写下来了，希望爸不要见怪。”

李嘉盛仔细辨认着画上的草字，缓缓念道：“剑外忽传收蓟北，初闻涕泪满衣裳。却看妻子愁何在，漫卷诗书喜欲狂。白日放歌须纵酒，青春作伴好还乡。即从巴峡穿巫峡，便下襄阳向洛阳……虽然这首诗沉重了些，但这正是香港 140 多年所经历种种磨难的真实写照，因为只有祖国的领土完整，我们每一个中国人才能活得有尊严，香港才能由我们中国人真正主宰。”一席激昂生动的话让现场鸦雀无声。

李佳欣满是崇拜的眼光看着高建国，对丈夫有了更深的欣赏和尊敬。张荣成看到高建国和李佳欣如此深情，自感无趣，缓缓站起中途离席。一旁的陈林森则望着高建国，露出欣赏的目光。宾客们再看那个发问的矮胖子，已经消失得无影无踪。

仪式终于结束了，来宾们开始举杯欢庆。高建国挽着妻子的手，走到了阳台上，望着蓝天碧海映衬下的维多利亚港湾，他不禁想起了过去在北京的一些人和事，感叹道：“回想过去，才真的感到今天的幸福来之不易。”

李佳欣善解人意地说：“等忙完这边的事，我陪你回趟北京。”

高建国有些意外地转头看着妻子。李佳欣甜甜一笑，解释道：“我也想去看看北京到底是什么样子，还有那些你一直忘不了的兄弟、朋友，我也想认识他们，那样我就能更加了解我的丈夫到底是什么样的人。”说着一脸甜蜜地靠在高建国的胸前。

“哎哟！我们来得不巧，打扰你们两公婆的罗曼蒂克了。”李嘉盛的语声从身后传来，一同过来的还有陈林森。

李佳欣羞红了脸，嗔怪道：“爹地！”

李嘉盛笑起来：“我的宝贝女儿也知道害羞了……佳欣，我和Uncle跟建国有话说。”

李佳欣乖巧地说：“你们聊，我去陪妈咪了。”

李嘉盛走到高建国身边，介绍道：“建国，我来介绍，这位是陈林森先生，香港鼎鼎大名的船王。”

高建国看到陈林森，十分激动，用崇拜的语气道：“陈先生，久仰您的大名。”

陈林森笑了，夸道：“嘉盛，你这个女婿很会说客气话啊！”

高建国一本正经地说道：“如果这句话对别人说，或许会有虚假的成分，但我对陈先生却是崇拜已久，您对祖国建设的热情，捐献巨资为家乡兴建学校，投资发展造船业。您早就成为了我奋斗的榜样！”

陈林森对高建国的吐诉衷肠倍感意外，拍了拍他的肩，转头对李嘉盛道：“长江后浪推前浪，嘉盛兄，你这个女婿不简单啊，将来的成就必在你我之上。”

李嘉盛淡然一笑，眼中却闪过几分自豪，继而问高建国：“建国，你接下来有什么打算？”

“《中英联合声明》的签署，未来两岸的经济联系必然更加密切，我想未来如果能抓住大陆市场，一定可以在新一轮的博弈中取胜。”

李嘉盛赞同道：“你分析得很对，永盛集团未来几年的发展目标也会逐步转向国内，不过我现在很需要一个熟悉大陆市场的好帮手。建国，我们是一家人了，没必要再刻意保持距离，既然你熟悉大陆市场，为什么不加入永盛来帮我呢？”

“永盛集团实力雄厚，即使没有我，也能很快在大陆开拓出市场，既然您有心开拓大陆市场，为什么不考虑浩南呢？他是永盛集团未来的接班人，现在不正是锻炼他的最好机会吗？”

李嘉盛却摇摇头，直率表示：“浩南这个孩子，好大喜功，从小被他妈咪宠坏了，而且他对大陆缺乏基本的认识，甚至一直有偏见，开拓大陆市场肯定不能交给他，他会搞砸我的计划。”

“啪”，酒杯摔碎的声音传来，阳台旁边的大理石花坛后闪出一人，正是李浩南，他红着眼盯了高建国一会，然后一言不发地走了，坚硬的皮鞋踩在冰冷的地板上，发出刺耳的声音。

四

转眼又到了除夕之夜，不知不觉这已是高建国在香港度过的第九个春节。本来李嘉盛邀请了高建国夫妻晚上过去吃饭，但高建国依照传统，初二才归门回娘家。李嘉盛考虑到岳芳英是孤身一人，也就同意了。

为了热闹，高建国特意把海叔叫了过来。电视里正在报道说大陆的中央电视台第二次举办了春节联欢晚会，岳芳英和高建国都特别想看，可惜香港的两大免费电视台都没有购买央视节目，所以没有眼福了。

丰盛的晚餐已经上桌。岳芳英率先举起了酒杯，大声道：“今天是我们在香港过的第九个春节。在过去的每个春节里，我跟建国都是心潮澎湃，情绪难平。因为我们远离了故土和亲人，在过去那样的环境下，我们跟北京完全失去了联系。这个春节不一样了，《中英联合声明》的签订，使我们所有人看到了希望，我觉得是时候跟北京的亲人们团聚了，等春节过后，建国的电子厂有了空闲，我打算回到北京去。”

高建国也举起酒杯应和道：“妈，这也是我想说的话。现在的香港已经和大陆恢复通信了，我们是不是找找我爸？说不定就可以回北京了。”

李佳欣笑嘻嘻地高举酒杯跟着说道：“我也一块儿回去，我特别想看看北京的样子，也想看看建国的那些朋友，还有安慧，她到底是个怎样神奇的女人。我对北京的一切充满了期待，建国，你答应要带我回去的。”

高建国笑着用手指抚摸了一下佳欣红润的脸蛋，笑着说：“放心吧，只要是回北京，就一定带上你。”

海叔突然开口问道：“那你们到时候还回来吗？”

岳芳英有些感伤地说：“落叶归根，快十年了，每天都在想啊！如果回北京，我就不会再来香港了。他们年轻人有年轻人的思想，愿意回来我不反对。”

岳芳英突然想起什么，面露忧色地说：“建国，妈是很想回北京，但是我和你都是死亡名单上的人，不知道回去之后你爸爸他们会怎么想，我们会不会打扰他们的生活。这些我现在都还没有确定，这么贸然就回去，妈这心里突然很没底气。”

高建国脸上的神情也迅速黯淡下来。岳芳英提出的一系列问题让高建国也同样陷入忐忑中。逃港经历常常困扰着母子俩，往事对于他们如同难以弥合的伤口。安国庆的生死如何？岳芳英违反组织纪律的行为应该承担什么责任？“文革”那些年的阴影如影相伴。

海叔的神情有些失落，但他依旧说：“阿英，你做任何决定我都支持，只要你快乐，但是你记住，这里永远是你的家。干杯！”

高建国、李佳欣相互递眼色，举起酒杯大声说：“春节快乐，我们干杯！”

岳芳英和海叔也一同举起酒杯：“好，干杯！为了香港干杯！”

就在一河之隔的对岸，深圳的一家小饭馆内，安国庆和丁跃民一直朝外面四处张望着。饭桌上，菜已经上齐了，有鱼有肉，散发着诱人的香气，但他俩却连筷子都没动过。

安国庆有些百无聊赖地说道：“跃民，咱还是别等了，我都跟你说了她不会来，你非要等。我们先吃吧，这菜都快凉了啊！”说着手指已经摸到了筷子上。

丁跃民瞪了他一眼说：“你能不能不要这么急三火四的，一点诚意都没有？

春节安慧有演出，你不知道啊？再等会儿。”说着将安国庆的手打了下去。

安国庆缩回了手，意兴阑珊地说：“等也是白等，菜都凉了。”转头又望向窗外，好多夫妻带着老人、孩子一块儿在街边放着鞭炮。一串串爆竹噼里啪啦炸开，小孩子们捂着耳朵又蹦又跳。他不禁想起了小时候带着妹妹在院子里炸雪堆的情景，鼻子一酸，眼泪差点掉了出来。

“你们怎么都不先吃啊，我都说了别等我了！”安慧的声音突然传来，安国庆赶紧吸了口气，一低头把眼泪擦了。

身穿大红色紧身连衣裙的安慧一出现，丁跃民就整个呆住了。安国庆也不好意思主动开口，赶紧咳了两嗓子，丁跃民这才回过神来，赶紧招呼道：“快坐，快坐，安慧。”

安慧撩了下头发，随意地坐下，略带羞色地说道：“不好意思，久等了，我的演出刚刚结束。”

自从安慧出现的那一刻，丁跃民就一直笑得合不拢嘴。他一拍桌子说：“你看看，我就说是有演出嘛。”突然，他发现安国庆像斗败的公鸡一样低着脑袋，于是伸手一拍他肩膀说，“国庆，你耷拉着个头干吗啊？还不跟安慧打个招呼？”

安国庆尴尬地抬起头，对着安慧说：“慧儿，你来了。”

安慧也没有回答，只是点点头，然后对着丁跃民说道：“你们俩赶紧吃啊，愣着干吗？”说着自己首先拿起了筷子。

丁跃民也听话地拿起了筷子，但他突然想到什么，把筷子又放了回去，拿过酒杯，给三人都倒了一杯啤酒，才说道：“今天过年呢，咱们三个人同是身在异乡为异客，一起过节才有意思嘛。你们兄妹俩也就别绷着了，有什么放不下的，以前的旧事也该翻篇儿了啊。都说亲兄弟打断骨头还连着筋呢，你们这样一副老死不相往来的样子真的没必要。今天就由我做主，你们俩喝一杯，就算一笑泯恩仇了。”接着将酒杯推到安国庆和安慧面前，对着安国庆说道：“国庆，你是男人，主动点儿。”

安国庆犹犹豫豫地端起酒杯，看了一眼妹妹又躲开了，战战兢兢地说道：“慧儿，咱……”

安慧主动端起酒杯跟安国庆碰了一下，然后仰头一饮而尽。

丁跃民连声鼓掌说："这就对了嘛！安慧，我跟你哥已经商量好了，要开一家小型的电子零售处，由小做大，慢慢发展，谢谢你的帮助。"

安慧嫣然一笑道："挺好，我预祝你们马到成功。我先干了啊！"

安国庆还是闷着不说话，安慧喝一杯他也跟着喝，有很多话他也不知道该如何说起。一旁的丁跃民看着这兄妹二人一杯接着一杯地喝，一时眼眶泛红。

终于喝到酒酣耳热时，三人都有点晕乎乎的。走出饭馆时，安慧突然问道："哥，你还恨我吗？"

安国庆红着眼说："以前的事过去就过去吧，我有些话也确实过了，别往心里去啊！"

五彩斑斓的夜空下，丁跃民搀着安国庆、安慧兄妹俩缓缓走入夜色之中。

除夕之夜，中国人讲究的是阖家团圆，高建军自然也得回家过年。现在的他，已经调到了北京军区总政治部工作。由于父亲参加了中英谈判，自己又是对越自卫反击战中的战斗英雄，所以很受领导器重，工作起来自然也越来越有干劲儿。

除夕领导给了假，大清早他专门到王府井买了些东西准备带回家去。刚走到胡同口，就碰上了同院的周平推了一车年货回来，两人一边聊着一边进了院子。

高致远正在院子里准备贴春联。一张大桌子上放了好几条春联，都是背面朝上，高致远提着一只糨糊桶，仔细地往上面刷着糨糊，忽一转头看到儿子回来，糨糊桶啪的掉在了地上。高致远激动地喊了声："建军！"

建军快步走到父亲面前，正色道："爸，好长时间没回来看您了。"

高致远上下仔细打量了一番儿子，然后拍了一下儿子的胸膛，称赞道："好小子！有模有样的。"

周平也在一旁说："真是'士别三日当刮目相看'啊！"

高建军放下行李，扶着父亲的双臂问道："爸，您和孙姨都好吗？"

正说着，孙小华拎着菜篮子从外面回来了。她又回到了以前整洁斯文的模样。看到高建军，她同样惊喜激动："呀！建军回来了？"

高建军亲热地喊了声"孙姨"，孙小华开心地应了一声，又招呼道："建军，进屋，进屋说。”

高致远突然想到什么，立刻张罗道：“我们家有三年没吃过团圆饭了，老周，今天晚上的年夜饭你们一家三口就跟我们一起吃了！”

孙小华激动道：“就是，老周，我正好买了鱼和肉，建军回来了，我们就一起热热闹闹过个节。快叫钱青过来跟我一起包饺子。”

周平笑呵呵地说：“行，我最喜欢两家人一起过春节了，热闹。钱青！钱青！……我去叫她。”说着跑进了自家房内。

冬天的北京，远比南方寒冷，树木都是光秃秃的，但是四合院内，微黄的灯光却透出阵阵暖意，胡同里此起彼伏的鞭炮声透出浓浓的年味儿。

一盘盘热腾腾的饺子上桌了，大家边吃边聊。正说着，周欢推门进来了。大家的话题一下转到了周欢身上。本来说好她今晚会带男朋友徐兵过来，可是她却红着眼独自回来了。周平两口子都不太高兴。

电视里正在播春节联欢晚会，相声演员笑林正在演唱张明敏的《我的中国心》，台下观众齐声鼓掌。等放到陈佩斯卖羊肉串的小品时，高建军赶紧打圆场说道：“爸，你看陈佩斯烤羊肉串的动作跟你刚才贴春联像不？”

“臭小子，胡说！”高致远笑着骂了一声，大家都笑了。

见周欢有点心不在焉，高建军借口放鞭炮把她叫了出去。两人沿着胡同一路漫步，不知不觉来到了古城墙下。大街小巷都是爆竹声阵阵，两人已经有五分钟没说过一句话了，高建军想说话却又不知道该从何说起，一时间气氛有些尴尬。

周欢打破了僵局：“建军哥，我给你写的信你收到了吗？”

高建军点了点头，没看周欢，他还是不太敢直视她那双大眼睛。

周欢又说道：“那就好，我经常给你写信不会影响你工作吧？”

高建军总算说了声：“不，不会。”

周欢笑着说道：“我有时候怕写信写多了，会引起你女朋友的误会。”

“不会，”高建军脸上露出一丝温柔，“听我爸说你留校了？”

周欢笑吟吟地答道：“对啊，我留校当老师了，我比较喜欢学校的氛围。”

高建军点了点头说：“教书育人，功在千秋啊，挺好的。”

周欢想了想又说：“听我爸说你回北京工作了。我觉得不管你在哪里当军人都挺好的。我还告诉我的学生们关于你的故事，他们很钦佩你坚强的毅力和勇气。我……也很喜欢你穿军装的样子，你知道我最喜欢军人了。”说着斜着脑袋，含情脉脉地望向了高建军。

高建军感受到那道目光的热情，他有些抵挡不住，转换了话题：“我听从组织安排，这次的调令也是组织上下达的，服从命令是军人的天职。对了，男朋友谈得挺好的？是不是闹别扭了？”

“没有。”周欢扭开了脸。

“我看你刚才眼圈红红的，肯定是哭过了。”高建军笑着拍了拍周欢的脑袋，“谈恋爱的过程中一定会有些磕磕碰碰的。记住，要有一颗宽容大度的心，凡事不要太计较。”

“我知道……”周欢一直低着头，没再看高建军。

二人走到一条长椅旁，高建军用手套拍扫了一下椅子，温和地说：“累了吧，休息一会儿？”

周欢点了点头，挨着高建军坐下。这时一只烟花在半空中炸开，照亮了整片夜空，映在两人的脸上：一个尴尬，一个沮丧。

演出结束后，一脸疲惫的安慧一手提着琴盒，一手提着演出服，回到了临时住处。这次到香港的联合演出非常成功，也非常辛苦。尤其是合奏时跟一个之前都不认识的演员合作，需要付出更多的时间和汗水。香港的演员倒是比较友好，他们中很多人都期待着回归之后到大陆去发唱片，说肯定次次都能售出“双白金”的数量。想到这里，安慧不禁笑了：资本主义的人就是物质，任何时候都是首先想到利益。

正要开门，一个人从阴影中跳了出来，一把搂住安慧。安慧拼死挣脱，刚要呼救，却发现来人竟是好久不见的丁跃音。女大十八变，跃音已经由过去那个扎两根辫子的小丫头变成了烫着时髦发型的大姑娘。久别重逢，两人不禁又抱在了一起。

安慧欣喜地开着门说："快进屋。你什么时候到的香港？"

"今天刚到，下午才报到。我已经调到新华社香港分社了，以后咱们有机会常见面了。听国庆哥说你今天晚上有演出，我就直接来门口堵你了。"丁跃音笑嘻嘻地进了屋。

"哟，还见着我哥了，是不是特开心？"安慧关上门调笑道。

"哎呀！"丁跃音脸一下就红了，"国庆哥还陪我逛街了……算了，不说了。"她不禁想到了之前在深圳说要嫁给安国庆的事情，眼中满是羞怯。

安慧给丁跃音倒了杯水，才说道："瞧你整天忙得，自从大学毕业，我就没怎么看见过你。"

"你也知道前两年中英谈判如火如荼，新华社重点进行报道，我忙得焦头烂额的。"丁跃音喝了口水才说道。

安慧面露微笑说："你现在来香港了，是不是就能比以前轻松些？"

丁跃音放下了水杯，说："够呛！今儿刚报到，任务就来了，让我明天就去采访一个香港的商业名人——李嘉盛。不过俗话说得好，'吃得苦中苦方为人上人'。"

"李嘉盛？"安慧想了想说，"这个人我听说过，是香港商界大亨。听说在中英谈判初期，好多人都把企业转到国外，他硬是顶住压力留在了香港。后来香港局势稳定后，永盛集团赢得了最大利益。"

丁跃音："是啊，我这次的采访主题就是他的商业博弈之道。"

"这可是个好机会啊，要知道像李嘉盛这样的人，一般人是无缘得见的，丁大记者你要一鸣惊人啊。"安慧笑着挽住了丁跃音的手臂。

丁跃音突然盯着安慧，面露哀愁。安慧不禁问道："干吗这么看着我？"

丁跃音叹了口气，仍然一脸严肃地说："慧儿，我这回在深圳他们跟我说了，你离婚了……"

安慧脸上的神情渐渐暗淡下来，淡淡地说："都过去了。"

丁跃音接着说："不幸福的婚姻离了是件好事，以后好好找个爱你的人、疼你的人。”

安慧摇摇头：“我现在就想好好工作。跃音，我的心里已经容不下任何人了。”

丁跃音轻轻抚摸着她的手说道：“安慧，你千万别这样，高建国已经死了，你还想着他干什么呢？生活还是要继续下去吧？守着一个只能活在记忆里的人，你这不是折磨你自己吗？”

安慧微微侧过脸，轻声道：“跃音，你不懂，建国在我的心里就像生了根的种子一样，只要我还没看到他的尸体，我就不愿意相信他已经死了。”

“你这是何苦呢？”

安慧一字一句地说道：“我不觉得苦，真的。不管我走到哪里都带着他送给我的素描本，看着他为我画的每一幅画，我就没有办法忘记他，也不想忘记他。”说着泪水滚落下来。

第十一章

久别重逢

- 已经在香港开始新生活的高建国突然碰到了丁跃音，丁跃音带他见到了到香港演出的安慧。
- 再次见到高建国的安慧，想的是永不分离，但高建国能够给予的却只是一个“交代”。
- 岳芳英与儿子重回北京，再次见到了丈夫和小儿子，但高致远却说自己已经有了“新的生活”。

一

李家的太平山豪宅之内，灯光师、摄像师都在搭设备。丁跃音一面对镜补妆，一面默念着预备的问题。李嘉盛和陈桦携手下楼来，与工作人员一一握手问好。寒暄了一番后，丁跃音笑着说："李先生、李太太可以放轻松些，其实大众更想了解一个成功商业人士的平凡生活，我们都很想看到您最自然的状态。"

李嘉盛坐到椅子上配合灯光师试灯，开口问道："丁小姐普通话很好，应该是刚来香港吧？"

丁跃音客气道："我是从北京新华社调来香港工作的，我是北京人。"

"你也是北京人啊？"李嘉盛惊讶道。

丁跃音有些意外，追问道："难道董事长身边还有什么北京人吗？"

李嘉盛笑着说："是哦，我女婿是北京人。"说着抬手一指，"丁小姐，壁炉上就有我女儿女婿的婚纱照，你可以看看。"

丁跃音跳步过去，拿起那只书本大的相框。天哪！她一眼就看到了照片上一脸幸福笑容的高建国，脑子里仿佛过了一次闪电。相框瞬间从丁跃音的手中滑落，啪的落在了壁炉台上，所幸没有破损。李嘉盛一下站起来问道："丁小姐，怎么了？"

丁跃音回过神来，赶紧把相框捡起摆回原位，连声道："不好意思，不好意思，我没拿稳。"

李嘉盛摆摆手，微笑道："没事，没事。丁记者哪里不舒服吗？"

丁跃音定了定神，摆手表示没事，又接着说："董事长，那我们开始采访吧？"

摄像机打开了，李嘉盛夫妇也正襟危坐摆好姿势，丁跃音却愣住了，摄像师叫了她两声，她才回过神。她突然问道："董事长，我有个私人问题想要问您，您的女婿叫什么名字？"

李嘉盛有些意外这样的提问，但还是很有风度地回答："他叫高建国。难道丁小姐认识建国？"

丁跃音的心脏开始怦怦直跳，好像随时可能从嗓子眼蹦出来。她有些呆滞地摇摇头说："不、不认识……我们开始采访吧。"

整个采访，丁跃音完全不在状态，就像魂儿被抽走了似的。

第二天晚上，丁跃音又被安慧叫上一起吃饭。今天的演出很成功，安慧十分兴奋，吃了好多鸡蛋仔[1]。趁着这个机会，丁跃音突然提出了心中困扰已久的问题："如果……我是说如果……高建国现在出现在你面前你会怎么办？"

听到丁跃音的问题，安慧的筷子一下停住了，抬眼问道："干吗突然问这个啊？"

丁跃音眼光一转，说："只是假设。我就是想知道你的想法！"

安慧吃下一个鸡蛋仔，才说："你也知道这是不可能的嘛，上次你不是还劝我要放下，怎么现在突然问起这种问题？有点那个什么，香港人说的'无厘头'。"

丁跃音尴尬地笑了笑，说："也是哈，不问了，吃饭吃饭。"她心中如同打翻了五味瓶，看着安慧久违的笑容，她不知道高建国还活着这个消息对于安慧究竟是喜还是悲，她实在不忍心再给她添伤疤。

回到住处，丁跃音躺在床上辗转反侧，怎么都睡不着。她坐起来，披了件衣服，拨通了电话，对面传来安慧迷迷糊糊的声音："喂？谁呀？这么晚了。"

"我，跃音。没……没事儿，我就是问问你睡觉了吗？"

"睡了，困死了。"

丁跃音再三犹豫，最后还是没能说出口。

---

1 鸡蛋仔，香港地道街头小吃之一，是华夫饼的一种变体。

挂断电话，丁跃音内心久久无法平静，焦虑地在房间内走来走去，板鞋擦在地板上发出哐哐的声音。突然她想到了一人，赶紧坐下又拨了一个号码。

电话通了，听筒里传来了丁跃民的声音："喂？请问找谁？"

得知高建国活着而且还结婚了的消息，丁跃民也十分震惊，但他让妹妹千万不要告诉安慧，他也"不想让安慧受伤害"。

挂了电话后，兄妹俩都陷入了沉思，久久不能入睡。

从第二天开始，只要没有采访任务，丁跃音就会去跟踪高建国，高建国陪李佳欣逛商场她跟着，高建国和李佳欣买菜她跟着……就差跟着人家两口子回家了。看着高建国跟李佳欣卿卿我我的样子，丁跃音气得直跺脚。

这一天，丁跃音跟踪高建国到了厂里。李佳欣不在，高建国正带着阿雄在工地上和工人们一起搬货。阿雄劝高建国没必要干这种事，高建国倒是无所谓，认为老板就该跟员工一起干活儿。后来高建国越干越起劲儿，还唱起了《我们走在大路上》。丁跃音实在忍无可忍，直接走了过去。

"小姐，你找哪位啊？"阿雄看到丁跃音走近，"哦，我想起来了，我在饺子馆外面见过你，你是不是小报记者？这里是工厂，没有你想要的那些八卦，赶快走。"

高建国转身一眼就看到了丁跃音，虽然跃音烫了一个徐小凤一样的鸡冠头，穿了一身时髦的玫瑰色连衣裙，但他还是一眼就把她认出来了，不禁张口喊出："跃音？"

丁跃音一副蔑视的表情说："高建国，你还认得我啊？"

高建国面露微笑道："我当然认得你了，你是丁跃音。你怎么来香港了？"

"我为什么就不能来香港？"丁跃音竖起眉头反问道。

"能来，当然能来。走吧，我请你吃饭！阿雄，这里的事情就交给你了。"

找了一家中餐厅，高建国非常开心，点好了菜才问道："你是刚来香港吗？"

"来了确实没几天。建国，你……你活着……你为什么不告诉大家？"丁跃音说着话，瞪大了眼睛。

高建国想了想，说："我跟我妈九死一生，好不容易才活了下来，你也知道那几年香港与大陆无法通信，我和我妈用了很多方式想联系上大家，但是我们却被告知已经上了死亡名单，好不容易熬到现在香港形势好了，我提议跟我妈回到北京，但是却不知道这样会不会唐突，我们一时拿不定主意，所以才迟迟没有回去。”

丁跃音点了点头，又问道：“你结婚了？”

“是。我在香港上大学的时候，遇到了佳欣，她对我很好，而且她是我深爱的女人，我承诺过要对她好。”

丁跃音面露轻蔑地说道：“你的承诺？你的意思是说你承诺的你必然会兑现了？”

“我言出必行。”高建国正色道。

丁跃音一下站了起来，大声说：“既然这样，那你跟我去一个地方。”

“去哪里啊？”高建国一脸茫然地看着她。

“去了你就知道了，走吧。”说着话，丁跃音已经将高建国拽了起来。

两人在星光剧院下了车，随便买了两张票。不知所措的高建国被丁跃音拉进了场内，舞台上正载歌载舞，观众们掌声热烈。

找到位子坐下后，高建国终于忍不住开口问道：“跃音，你带我来这里干吗啊？”

“我来让你兑现你的承诺。”丁跃音说着比了个噤声的手势。

舞蹈结束了，身穿白色翻花西服的主持人走到台上介绍道：“下面请欣赏小提琴独奏《安达路西亚浪漫曲》。”

一个身着白色长裙的女演员，走上舞台。她长发微卷，面容恬静，表情一丝不苟，向观众鞠躬之后，缓缓拉响小提琴。激扬的旋律鼓荡着耳膜，感染着场内的观众。

高建国开始面露惊讶，侧过脸紧张地问道：“她……她是？”

丁跃音白了他一眼，一本正经地说：“你认不出来吗？还是你根本就不敢认？”

高建国怔怔地盯着台上的女子，呼吸明显加重，颤颤巍巍地说：“安慧？她是安慧？”脑子里瞬间如过电一般，他突然想起上次在深圳看到的演出。

丁跃音没有回答，噘着嘴看着台上表演的安慧。高建国心潮澎湃，一肚子的话如鲠在喉，可惜无论他说什么，跃音都一概不理。好不容易等到演奏完毕，安慧微笑着向众人鞠躬谢幕。高建国起身就准备冲上舞台，丁跃音一把拽住了他，厉声问："你干吗去？"

"我去找安慧。"高建国说着继续往前挤，却被丁跃音死命拽住。直到安慧走回后台，丁跃音才慢慢松开手。

两人走到剧院外面，丁跃音责怪道："高建国，你刚才干吗呢？"

"我去找安慧啊，你拉着我干吗？"高建国愤愤道。

丁跃音瞥了他一眼，说："你去找安慧？你凭什么去找她？你要让她知道你还活着，让她重新燃起对你的希望？你结婚了不是吗？"

高建国一下愣住了，看着丁跃音说不出话来，脑子里瞬间挤满了各种想法，却怎么都理不出个头绪来。

"高建国，你知道这些年安慧是怎么过的吗？她……"丁跃音的声音开始哽咽起来。

"她……安慧这几年是不是过得不好？"高建国的声音也开始颤抖。

丁跃音含着眼泪点了点，才说："所以你还是别打扰她了，就让她死心，就当你真的已经离开了吧！"

二

一路懵懵懂懂地回到家，妻子已经半倚在沙发上进入梦乡。高建国小心地将李佳欣抱回卧室，放到床上，轻轻地盖好被子。虽然身心俱疲，却毫无睡意，他慢慢走进书房，没有开灯，从抽屉深处抽出了两个素描本，慢慢坐到地板上。借着皎洁的月光，高建国翻开了素描本，一页页的安慧又出现在眼前；接着他又翻开了另一个本子，李佳欣的笑脸出现在眼前……他痛苦地将头倚靠在沙发旁，嘴唇抽搐，眼角已经湿润。

几乎一夜未眠，晨曦初露时，高建国拿起本子又画了几笔，却怎么都无法成形，心乱如麻，自己也不知道到底想画什么。妻子还在睡梦中，高建国准备好牛奶等早餐，便出了门。

来到厂里，办公室根本坐不住。高建国来到车间，专拣那些重体力活儿干，搬货卸货，不一会儿已是汗流浃背。他不愿休息，因为稍微一坐下来，丁跃音的话又会在耳边响起："所以你还是别打扰她了，就让她死心，当你真的已经离开了吧……"声音越来越大……他必须用不断的劳动来缓解这种难以忍受的痛苦。

汗水一点点打在货箱上，高建国脑海中的人脸逐渐汇聚成了一个——安慧，这个与他内心纠缠得最紧的人。不行，我不能就这么消失，这是我欠安慧的，我欠她一个解释……想着，高建国站直了身子，放下手中的货箱，抓起外套向外跑去，耳边隐隐传来阿雄的呼喊声。

华灯初上，高建国衣着整齐地走进了星光剧院，他早就买好了第一排的座位，这是十年来他第一次这么近地看着安慧。

除了安慧周边的一圈金色的灯光，观众席和舞台上都是漆黑一片。安慧闭着眼，神情专注，仿佛天地之间只有她和小提琴存在，通过手指，人与琴完美融合在一起。忽而柔美忽而欢快的旋律在剧院内飘荡，安慧的手指好像会说话一般，把听众们的感情都诱发了出来。不知不觉间，高建国已是泪流满面，耳边突然传来掌声和欢呼声，安慧已经站起来走到台前向听众鞠躬谢幕。

高建国面无表情地跟着人流走出了剧院，然后独自来到了后门外，看看表已经是 11 点 45 分。这一回不用担心寒风，他站在墙角静静地等待。

终于，一袭白色长裙的安慧出现了，烫着波浪卷，一双白色的高跟鞋。她匆忙地走出来，快步跑下台阶，慌忙中脚下一崴，鞋跟被下水道井盖的缝隙给卡住了。她小心地拉拽鞋跟，反复用力都没有用。她开始尝试着蹲下，可惜裹身长裙让她连半蹲都很难，她想依靠脚上的力量把鞋跟从下水道缝隙里拽出来。看出安慧遭遇的窘境，高建国慢慢地走了过去。他尽量克制着自己的情绪，害怕过于激动而惊吓到安慧。

身前传来"啪"的一声，安慧因为用力过猛，把鞋跟折断了。这回一了百了，安慧嘴里嘟囔着："我怎么这么倒霉啊？"脚下再一用力，直接让鞋和跟分离开，这回倒是让那条腿重获自由了。看着残缺的高跟鞋，安慧不禁叹气道："这下怎么办？"

高建国赶紧走过去想要扶她一把，低声喊了句："安慧！"

安慧一脸无奈地抬起头，正好看到灯光下的高建国，惊得她后退了半步，差点摔倒在地。她想要说话，眼泪却不争气地流了下来。安慧声音有些沙哑地问道："你……你是人还是鬼啊？"

高建国略带尴尬地点了点头说："安慧，我没死。"说着又走近了一步。

安慧看着高建国的脸，再也不想思考，一下子扑进了他怀里，死命地抱住高建国，哭着喊道："真是太好了，太好了！建国，你还活着真是太好了！"

本想安慰安慧的高建国自己也难以抑制内心的情感，眼泪夺眶而出，更加用力地搂住安慧，呜咽着说："我……我还活着。"

两人相拥而泣了半天，安慧才慢慢直起身子来，怔怔地看着高建国，仔细地摸着高建国的脸，痴痴地问道："建国，你这些年……你都去哪里了？你怎么可以一声不响地离开我呢？"

高建国痛苦地说："安慧，这些年发生了太多的事情，我们找个地方坐下来好好谈谈。"

安慧眨眨大眼睛，点了点头。她抬起脚在马路沿上把另一只鞋的鞋跟磕掉了，这下一双高跟鞋瞬间变成了平底鞋。高建国这才感到，安慧已经不是以前那个柔柔弱弱、爱哭鼻子的小姑娘，在她身上肯定发生过很多事情……

从路边相遇到一家餐馆坐下，安慧一直紧紧地拉住高建国的手，好像是害怕一松手高建国又会消失一样。虽然还没说话，但看着高建国，安慧觉得心里甜甜的。

服务员走过来，礼貌地问道："这是餐单，二位吃点什么？"

安慧根本没反应，好像餐厅里除了高建国，其他人对于她来说是完全透明的。她就笑着看着高建国，眼中放着异样的光。

"一壶菊花茶。"高建国倒还比较正常，转头又问安慧："你饿不饿？想不想吃点儿什么？"

安慧完全不理会吃喝的问题，盯着高建国的脸说道：“建国，我们再也不要分开了，好吗？”

看着安慧期待的眼神，高建国不知道如何开口，只有平淡地问了句：“你还好吗？”

“我很好啊，我没有比现在更好的时候了。”安慧仔细地打量着高建国的五官，右手依然紧紧地攥着高建国的手，指尖在高建国的拇指上轻轻摩挲，接着又说道：“你比以前成熟了。”

高建国沉吟了半晌，鼓起勇气说了一句：“对不起。”

安慧微笑道：“建国，不要道歉，你没有什么对不起我的，虽然我无数次地假设你没有死，但是所有人都说我是一厢情愿。我竟然这么轻易地相信了别人说的话，该说抱歉的人是我。”

“不，安慧……”高建国刚开了个头，就被满怀欣喜的安慧给打断了：“建国，你是什么时候来到香港的？你知道吗，前两年我们团里人都不愿意来深圳，他们对中英谈判没有信心，我当时是……我就这样来了深圳，现在竟然在香港遇到了你，你说这是不是上天的安排？”

“安慧，我听说你过得并不好，是不是这样？”高建国一脸正色地问道。

安慧移开了目光，淡然道：“……都过去的事儿了，我当时是因为……我真的以为你死了，所以就……就……我对不起你，我结过婚……你会不会介意我结过婚？”说到后面，安慧的眼泪又下来了。她想伸手擦，却又舍不得移开握住高建国的手。

高建国心中不忍，抽出桌上的纸巾帮安慧轻轻擦去眼泪，痛苦道：“对不起，这些年让你受苦了。”

安慧啜泣了一会儿，才接着说：“不苦，我现在很快乐，你不是出现在我的面前了吗？以前再苦我都不会在意了，建国，你就是我的精神支柱，靠你我才撑到了今天。”

这时，服务员端来了一壶菊花茶。安慧给高建国和自己各倒了一杯茶，望着袅袅升起的热气，她满怀憧憬地问道：“建国，你告诉我，我们是不是再也不会分开了？”

高建国沉默了半晌，不太敢直视安慧的眼睛，那是多么明亮多么柔情的一双眼睛啊！终于等到安慧端起了茶杯，热气朦胧了那双大眼睛，高建国才磕磕绊绊地说："安慧……我、我结婚了……"

"当"的一声，安慧手中的杯子掉在桌上，热水四溅。服务员慌忙过来清理，两个当事人却一辆茫然地呆坐着。

就在服务员要换上新桌布的时候，安慧突然从兜里掏出了茶钱放在桌上，一言不发地就跑了出去，高建国也二话不说就追了出去。跑过一个街区，安慧终于有些体力不支了，逐渐停了下来，喘着气说道："对不起，刚才是我太过唐突了。"

高建国一脸无奈地说道："安慧，我今天来找你是想给你一个交代，当年我突然离开，欠你一个解释。"

安慧侧过脸，深吸了口气说："你什么也别说了，我只要知道你还活着就行了，从此以后我不想再看到你。"

高建国上前一步，想要拍安慧的肩头，手伸出一半又缩了回去，他只好悻悻地说："安慧，你不肯原谅我是吗？"

安慧猛的转过头来，直直地看着高建国，然后说道："对，我不肯原谅你，所以请你以后不要再出现在我的面前。"说完她别过头，快步向前离开了。

高建国有些呆滞地望着安慧坚定的步伐，脚下也没有再移动，两人的距离越来越远。他并不知道此刻的安慧已是泪流满面，她是下了多大的决心才让自己没有回头。

"建国，你看看，这是去年一年的营业报表。"阿雄拿了一沓文件放到了办公桌上。高建国正一脸凝重地看着一张画好的素描画：一双断掉鞋跟的高跟鞋。因为高建国经常画一些与众不同的静物，阿雄瞅了两眼也没有太在意。

高建国接过报表仔细地翻看了一遍，才抬头道："好，给深圳王老板和李老板的货千万不能出差错，而且一定要保质保量，不能延误发货日期。有任何困难一定要提前告诉我。"

阿雄点头道："建国，你放心！他们的货每次我都是亲自监督，没问题！"

高建国埋头继续做其他事情，却发觉阿雄站在桌前一动不动，不禁抬眼问道：“阿雄，怎么了？还有其他事？”

阿雄挠了挠头，有些不好意思地说：“建国，今天我想早点下班……今天阿芳在附近拍戏，我想……我想去看看她。”

“好啊！去吧，阿雄，要勇敢一点。”高建国笑着说。

桌上的电话此时响了，阿雄点点头出去了，高建国拿起话筒，礼貌地问了一声：“喂，您哪位？”

“请问是高厂长吗？”说的是普通话。

高建国连忙道：“我是。请问您……”话没说完，对方抢先道：“果然是当了厂长了！”语气略带调侃。

高建国觉得这人说话的语气有点熟悉，但又想不起来是谁，不觉提高声量问道：“请问您是……”

“阎王不收你，你这么多年一封信、一个电报都没，还问我是谁？你是当了大老板了，比万元户还万元户了，就不认得当年的患难兄弟了？”这声音好熟悉，对了！是丁跃民！

高建国感觉精神为之一振，兴奋地说：“跃民？我听出来了，你是丁跃民！”

电话里传来轻快的笑声：“高建国，你也太不够意思了，你说说你像话吗？要不是跃音在香港碰到你，你是打算永远消失了是吧？”

“跃民，你听我解释，我真不是故意不跟大家联系的，我跟我妈一直计划找个合适的时间回北京，想着当面给你们赔罪才有诚意……”高建国认真地解释道。

“你少来，我就不相信你连个打电话的钢镚儿都没有。”丁跃民笑呵呵地直接打断。

听见好兄弟的声音，高建国之前的阴郁一扫而光，笑着说道：“跃民，我过段时间又要去深圳了，听跃音说你也在深圳，到时候我一定当面给你赔罪。”

“好，必须狠宰你一顿方能解我心头之恨。”丁跃民也十分开心。

当天晚上，高建国又去了星光剧院，想再次跟安慧解释，可惜被突然出现的丁跃音阻止了。高建国本来还想坚持，丁跃音告诉他应该让安慧先静一静，一瞬间从惊喜到失望，是个人就得有个适应的过程。跃音说得很有道理，高建国放弃了短期内再找安慧解释的念头。

高建国回到了饺子馆，想跟母亲说说话。大门已经关了，二楼亮着灯。高建国敲门进去，电视里正在播放新闻：中国自行研制的“长征二号”和“长征三号”运载火箭投入国际市场了，中国的科技实力开始受到国际的认可。

母亲正戴着老花镜翻看着一页页的纸，高建国以为母亲在记账，继续看着新闻：港督尤德上午出席立法局大楼揭幕仪式，接下来的首次会议将在这座大楼里举行，这也是香港第一次新当选议员宣誓时无须硬性向英女皇效忠。

高建国在荧光屏上又看到了提问最积极的丁跃音，暗想这丫头真是一刻都停不下来。他走到母亲身旁，才发现桌上全是母亲过去写给父亲的信。他有些担心地问道：“妈，您干什么呢？”

岳芳英慌忙摘下眼镜，擦了擦眼泪，把信收起来，对着儿子语重心长地说：“建国，你来得正好，妈想跟你说件事儿。”

高建国假装没有看见母亲擦眼泪，故作镇定地坐到了母亲身旁的椅子上，手轻轻地抚在母亲的椅背。

岳芳英把信盒子推到儿子眼前，颇有感触地说道：“建国，你看看，这是妈这些年给你爸写的信。我把想说的话都写在了信里。以前是没有办法寄出去，后来是没有勇气寄出去，不知不觉已经写了这么多封。”

高建国不自觉地想起了安慧、丁跃民，正色对母亲说道：“妈，您应该寄出去啊，寄给我爸和建军，告诉他们关于我们的事情。”

“以前我是这么想的，但我一直犹豫，中断了十年的联系靠着这些信，究竟能起到什么样的作用？或许对于你爸爸和建军来说，只有我们亲自出现在他们面前，他们才会相信我们真的还活着。”岳芳英愁容满面地望着儿子。

高建国挪了挪椅子，跟母亲靠得更近了点，问道：“妈，您是不是想回北京了？”

岳芳英摸了摸儿子的脸，点点头说：“对，妈想回北京了，我们一家人终究是要团聚的。就算是很难被原谅，也要拿出诚意来不是吗？”

高建国握住母亲的手，点头说："对，妈，您说得太对了。阿雄喜欢阿芳也是，全靠诚意和耐性，今晚他就约到了阿芳一起吃饭呢！"

"这事儿我看够呛。今天晚上阿雄就是一个人到饺子馆来吃的饭，手里还拿了束蔫掉的玫瑰花。阿芳是个好孩子，但她已经不是过去那个渔村里的天真姑娘了，想法多了，阿雄这样的老实人很难追到她的。"

说到阿芳，高建国有些尴尬，立刻打断道："算了，还是别说阿雄了。那您打算什么时候回去？"

"我们明天就回去。你把佳欣也带上。"得到儿子的赞同，岳芳英一下来了干劲儿。

"佳欣父亲生病，她需要回家照顾，我先陪您回去吧。"高建国摇摇头说，"对了，这事儿海叔知道了吗？"

"说过了，海叔……"岳芳英说起了下午跟海叔谈到要离开时的情形。

海叔先是十分意外，对她竭力挽留，希望两人继续合作把"老北京饺子馆"做得更好。岳芳英觉得香港虽然好，但终究不是自己家，她舍不得自己的丈夫和小儿子，财富和亲情比起来，还有什么舍不得的呢？

海叔面露惋惜之色。岳芳英对这些年海叔的帮助扶持表示了感谢，她已经打算好了，把自己所占股份中的一半转让给海叔，希望海叔能把餐厅继续经营下去。她还是有个私心，担心哪天电子行业不灵了，剩下的另一半股份留给儿子，让他们能够不愁温饱。

海叔的回答让她很是感动："阿英，你这么说就是跟我见外了，你的股份永远是你的，这家酒楼不管将来发展成什么样，都有你的一半，所以你这个提议我反对，你的股份我给你留着。北京是你的家，这里同样是你的家，只要你想回来，随时欢迎。"

感动之余，岳芳英心中又承载了更多的无奈。她明白何海这些年来对自己的好，从最初的救命恩人到今天的共享餐厅，这其中包含着某种说不清或者说二人都不愿也不敢说清楚的感情，甚至她都不敢细想。

终于，高建国和岳芳英又踏上了北京的土地，又拐进了那条曾经每天出入的帽儿胡同。在过去的几年时间里，他们想都不敢想，有朝一日还能重新走在这条梦里回去了千百遍的地方。

胡同的建筑格局和以前并没有太多变化，只是墙上没有了当初的大字报，换上了“解放思想，实事求是”“科学技术是第一生产力”等标语，显得朝气蓬勃。

再往里走，高建国立刻产生了一种错觉：自己又回到了76年的那个春天，少不更事的自己穿着军大衣，骑着自行车，清脆的车铃声响彻整个胡同。那时候他还是年轻懵懂的样子，没心没肺地笑着。那个年少的自己正骑着自行车与现在的自己擦肩而过。看着自己当年稚嫩的面孔、纯真的眼神，还有那副天不怕地不怕的表情，高建国不禁感慨万分。渐渐地，那个年轻欢乐的身影已经在身后越来越远，直到消失在胡同口。

老地方早已物是人非，母子俩自然扑了个空。好不容易联系上丁跃民，打听到了父亲的新家：南锣鼓巷府学胡同78号。不过丁跃民说自己也没去过那儿，让高建国到了地方再仔细找找。

地方并不难找，第二天下午，母子俩很快就找到了府学胡同78号，来到两扇红色油漆大门前。岳芳英仔细地整理了一下自己的发型和衣服，又收拾了一下高建国的衣领、袖口、裤边，才正色道：“好了，好了，开门吧！”

高建国应了一声后，推开了眼前的大门。

院子里种着各种植物，正是初夏时节，阳光透过绿叶落到院子里，形成斑驳的色块。一个女人正在院里浇花，动作娴静温柔。听到有人进院，她抬起了头，竟是孙小华。十多年不见，她除了增加了发鬓的银丝，其他倒没有太大变化。岳芳英看到孙小华，立刻脱口而出地喊了一声。

浇花的水壶“咣当”一声掉在地上，孙小华望着母子俩怔怔地说：“芳英？你、你们……你们回来了？”

岳芳英紧紧拉住孙小华的手，激动地说：“小华，这些年你过得好吗？”

孙小华别过脸抽了一下鼻子，呜咽着说：“芳英，你怎么才回来？我们都以为你们不在了。”

高建国赶紧笑着道：“妈，孙姨，你们哭什么，应该高兴才对。”

岳芳英赶紧擦了擦眼泪，说：“对，应该高兴。”

孙小华有些害羞又有些紧张，掏出手绢擦了擦眼泪，俯身捡起水壶，说：“芳英，你别误会，我就是来帮老高浇浇花，他上班去了。”

岳芳英一拍孙小华的手臂，笑道：“小华，谢谢你，这些年你肯定没少帮这个家，辛苦你了。现在我和建国回来了，这个家总算完整了。”

孙小华躲过岳芳英的目光，侧着脸说：“芳英，你和建国才回来，进屋好好休息，门没锁。我先走了。”说着指了指正对大门的堂屋，放下水壶头也不回地走了。

满心欢喜的母子俩走进堂屋，仔细打量家里的新摆设。高建国摸了摸桌上的电视机，玩笑道：“爸这老单身汉还挺懂得享受生活的！”

“屋里收拾得挺干净的！”岳芳英点点头说，“建国，把行李收拾一下，我去菜市场买菜，晚上给你爸爸包饺子。”高建国浑身干劲儿地答应着。

夜色渐浓，饺子也开锅了，高建国盛了一盘饺子就往外面走，嘴里跟着收录机哼唱着《我的中国心》，一挑帘子，正好看见十年未曾见过的父亲站在门口。高建国定了定神，把盘子放到桌上，叫了一声“爸！”转头又冲着厨房喊了一声：“妈！爸回来了！”

高致远拎着公文包，推门进屋，就看见儿子端着饺子从厨房里出来，然后是岳芳英。他有些迷糊了：自己难道是在做梦？这应该是自己曾经无数次在梦里见到的情形才对。他仔细地打量着儿子和妻子：儿子明显长大了，肩膀更宽了，面颊也有肉了；岳芳英则是戴上了眼镜，还烫了头发。难道不是幻觉？

直到高建国走过来又喊了一声“爸”，高致远才惊得把公文包掉在了地上。他伸手抓住儿子的肩膀，唤了一声：“建国？”

高建国感觉到父亲的手在颤抖，连忙像个孩子一样点点头，大声道："爸，是我！"

岳芳英也情不自禁地喊了一声："老高！"

高致远的视线迅速被不断涌出的眼泪模糊，他用颤颤巍巍的声音问道："你们都还……你们回来了？"

高建国提高声量说："爸，我们回来了！"

高致远下巴微微颤动，闭上眼又睁开，再次打量着儿子，突然抬起手扇了高建国一巴掌，吼道："你个不孝子！"

高建国愣了一下，然后又抱住父亲，含着泪说："爸，我知道错了，对不起！都是我的错，连累了你们。"

岳芳英走到门口，站到父子旁边，仔细地看着高致远。二人比起以前都老了一些，但还可以看出当年的模样。她很想像儿子一样抱住丈夫，但却感觉有一道无形的墙隔在他们之间，本是夫妻的两人多了一份生疏，谁都没有说话。岳芳英再也抑制不住内心的苦楚，不由得掩面恸哭。

高建国有一肚子话想说，可又怕耽误父母的交谈，所以没敢吭声，只是埋头吃饺子。岳芳英有千百句话想对久别重逢的丈夫说，可又实在不知道从何说起。更主要的是高致远一直低着头，盯着盘子里的饺子，根本没有与她有过眼神交流。毕竟多年夫妻，她知道丈夫只有在非常愤怒或者心事重重的时候才会这样，所以她一直在等丈夫开口，哪怕痛骂一顿她也毫无怨言。就这样，三个人在一个屋子里吃饺子，却静悄悄地没有声音，甚至连筷子碰到碗碟都能发出回音。

饺子很快吃完，高建国抢先端起碗筷进了厨房。岳芳英明白，儿子是想让他们单独说会儿话，但她却紧张得说不出话来，心里打着鼓，根本闲不下来，马上找到一块抹布开始收拾家里，擦家具，忙个不停。

看着岳芳英忙碌的身影，一直像木头一样的高致远突然开口说："那几年我一直打听你们的消息，可得来的结果都是你们已经不在了。"岳芳英擦家具的手停住了，泪水一滴滴落在手背上。

高致远没有看岳芳英，而是将目光锁定在桌面上，面无表情地说："这些年我和建军也不容易。开始那几年我被送去劳改，建军也因为这件事错过了很多机会。后来‘四人帮’倒了，我从干校回来，又有了工作。建军也参军了，还考上了军校，现在调回了军区政治部工作。这些估计你都不知道吧？！”

岳芳英转身看着高致远，眼含热泪：“老高，当年的事，我和建国也是迫不得已，总之我俩阴差阳错就到了香港。我有想过跟你们联系，可是当年我们的身份，就算回来了也是连累你们。致远，你能原谅我和建国吗？”

高致远闭眼叹了口气，说：“什么原谅不原谅的，过去那么久的事了，你和建国也不容易，主要是你们都还活着，这是最重要的，我很高兴。”

岳芳英放下抹布，走回桌边坐下，拉起高致远的手，呜咽着说：“致远，我都想好了，这次回来就不再回香港了，以后我就留在家，照顾你，照顾这个家，我们一家人再也不分开了。”

高致远的手轻轻地滑出了岳芳英的手掌。岳芳英有些意外丈夫的反应，吃惊地看着他。高致远转过头，看着岳芳英，正色道：“对不起，芳英，请你原谅我。这些年我和建军都以为你们已经……已经不在了，所以我开始了新的生活。”说着站起来走了出去。

岳芳英一脸震惊地坐着，似乎不敢相信刚才听到的。厨房里传来“咣当”一声，高建国在里面慌忙喊道：“没事儿，没事儿。妈，就瓴了一碗。我马上收拾了。”

忙完厨房的事情，高建国走了出来，拉起母亲的手说：“妈，咱也跟着出去看看，看看我爸的‘新的生活’到底是怎么回事！”

岳芳英觉得不好意思，高建国又是一通好劝，岳芳英才跟着儿子出了家门。没走出几步，就看见高致远回来了，后面还跟了个人，是个女的。岳芳英心头一紧，几步走了过去，想要看清楚这个跟丈夫开始“新的生活”的女人到底是谁。

两人渐渐走到灯光下，岳芳英看到过来的女人竟是孙小华。她一下收起了怒容，换上了笑脸，想着怎么客气几句。但眼光向下一看，岳芳英的笑容凝固了，她清楚地看到孙小华的手被丈夫紧紧地攥住，不禁后退了半步。

孙小华赶紧松开了高致远的手，红着脸说道：“芳英，你别误会！他……”

高致远却一把将她的手又拉了回去，坦然道：“老岳，建国，我和小华现在已经是合法夫妻了。”

岳芳英只觉眼前一黑，浑身僵直，一种莫名的东西哽在喉头，内心不堪重创，一下晕倒在地。高建国连忙扑了上去。

岳芳英醒转过来已经是第二天早晨，一睁眼，就看到满眼的白色，才明白自己是躺在医院的病床上。一醒来，昨晚那些事情又纷至沓来，涌上心头，让她的情绪降到冰点，出发前的美好憧憬统统幻灭了。

恰好孙小华带了小米粥过来，岳芳英立马闭上眼，转身朝向了另一边。孙小华知道尴尬，放下东西就走了。

望着孙小华离开的背影在微微颤抖，高建国知道她哭了，他回过头对着母亲的后脑勺小心地说道：“妈，您心里要是不舒服，就痛痛快快哭出来吧，这个结果我们都有些难以接受，但是十多年确实是一个很长的时间，不能怪我爸，都是我不好。”

岳芳英默默擦干眼泪，翻身坐了起来，面容坚毅地对儿子说：“建国，我没事了，你去办出院手续吧，我不想住在医院。北京已经没有我们的家了，咱们住酒店，别让你爸为难。”

高建国看出母亲已经下了决心，赶紧跟医生商量了一下，办好了手续，母子俩一同离开了医院。

刚刚出医院没几步，迎面就碰上了提着一袋水果的高致远。双方只有几米的距离时，不约而同停下了脚步。仅是一夜之间，夫妻俩再一次面对面，岳芳英的心情却跌到了谷底。

高致远的面色缓和了不少，他主动走到岳芳英面前，坦然地问道：“身体好些了吗？”岳芳英没开口，倔强地扭过头去。

高致远的手温柔地抚在她的肩上，轻声说：“你恨我，我可以理解，只是不要怪小华，她也是个苦命的女人。”

听到丈夫替孙小华说话，岳芳英只感到剜心的疼痛，她明白自己和丈夫之间无论如何是无法挽回了。她昂起头，强忍心痛，对着儿子坚强地说：“建国，我们走。”

高建国满怀深意地看了父亲一眼，转身扶着母亲继续前行。

进了酒店的房间，高建国搀扶着母亲上了床，开始收拾起了行李。他将母子俩的随身衣物从包里拿出来，收拾整齐。收拾得差不多了，高建国转头一看，母亲根本没有躺下，只是靠坐在床上，双目无神，全然失去了以往坚毅果敢的风采。任由他怎么劝说，母亲总是自怨自艾。

母亲终于说累了，躺到床上休息了。高建国想到应该出去买点吃的，刚走到酒店大堂，他不禁停住了，前台有一个穿着军装的男青年，看起来很像建军——这纯粹是直觉，其实这么多年了，高建军早就不是过去那个瘦弱的少年了。

大概是兄弟之间的心灵感应，那个正在向服务员询问着什么的军人，突然转过头望向了自己——真是建军。兄弟二人四目相对，时间在这一刻仿佛凝固了。时间过去这么多年，兄弟俩第一次见面，没有想象中的激动，二人都极力地克制着内心的情感。兄弟俩红着眼眶，拥抱在了一起。

拉着弟弟来到了房间，高建国已经把大致的情况跟建军说过了。一进门，高建国就喜气洋洋地大声说道：“妈，您快看谁来了。”

好像母子连心一般，岳芳英一下从床上翻身起来，突然见到小儿子已经变成了一个英武帅气的军人，她感觉自己就像是在做梦。

高建军站直了身子，豪气地喊了一声：“妈！”伴随着高建军的这一声“妈”，岳芳英的眼泪已止不住地流下来。她紧紧抱着建军，哭着道：“建军，妈终于见到你了。”

看到母亲和弟弟的拥抱，高建国开心地笑了。

“建军，你长大了，也成熟了，真不敢想象，这还是当年的建军吗？妈简直不敢认了。”岳芳英双眼直直地盯着建军，仿佛一眨眼他就会跑掉。她既为重逢感到喜悦，又因为这份歉疚而辛酸。

高建军语调平静地说道：“部队的生活确实磨炼人。实践是检验真理的唯一标准，如果没有这些年的战斗实践，今天我可能还是哥面前长不大的孩子。”

高建国从后面一拍弟弟的肩膀，笑着说道：“建军，能在部队磨炼是好事。

看到你这么能干，可比当年那个弱不禁风的书生强多了，我真替你高兴。”

接下来，高建军专挑些部队里、军校里有趣的见闻跟母亲说，高建国也在一旁不停地哈哈大笑，让岳芳英脸上难得露出了笑容。

四

回到香港已经三天了，所有人都为高建国和岳芳英的归来感到高兴。生活似乎一如往常，但是在这波澜不惊的表象下，他们母子二人怀着各自的愧疚和伤痛，久久难以释怀。但是很快，岳芳英便将内心的悲伤转化为工作的动力，全心投入到餐厅的经营中。

高建国的心却没能这么快平复下来。一方面是他毕竟年轻，没有母亲阅历丰富；另一方面则是除了远在北京的父亲的事情外，还有一个同处香港的安慧让他满腹愁肠。妻子李佳欣很快察觉到了高建国的异常，见他整天都是一副魂不守舍的模样，但每次问他，高建国都只是笑笑，说最近厂里业务忙。

李佳欣决定亲自到厂里去看看，真要是解决不了的难题，自己就去找爹地帮帮忙，即使不能全帮，也要让丈夫从目前的精神状态里走出来。她先到了厂长办公室，高建国不在，只好到助理办公室找阿雄。阿雄说最近是销售淡季，厂里事情不多，而且他也很少见到高建国来厂里。阿雄身边还有个长得黑黑瘦瘦的人，好像叫阿灿，眼珠子滴溜溜直转。李佳欣也没好意思再多问，只是客套几句便离开了。

当晚，高建国又是深夜才回来。李佳欣小心地嗅了嗅，他的衣服上并没有异味，没有香水味儿，也没有烟酒味儿，不该有的的确没有；但该有的工厂里的机油味、库房的胶水味也没有，说明今天高建国几乎没到过厂里；连厨房的油烟味也没有，表明今天他也没去饺子馆。那他到底干吗去了呢？

高建国回到家也没说什么，只是洗漱的时候哼着最近常在嘴边的旋律，不是流行乐，而是在真正音乐厅才能听到的那种西方音乐。上了床，高建国倒头便睡，很快发出了轻微的鼾声。李佳欣躺在高建国的怀中，也渐渐进入恍惚的状态。

高建国突然动了一下，用手轻轻摸了摸妻子的头发。李佳欣一开始以为他是无意间碰到自己，后来发觉他是有意的试探。她决定继续装睡，还故意咽了咽口水。

高建国轻轻起身下了床，慢慢走出了卧室。李佳欣轻轻睁开眼，听着高建国走进了书房，才轻手轻脚地下了床，慢慢走到书房门口。她看到丈夫从抽屉里掏出一个小本，坐在沙发上仔细地翻看着。看了一阵，高建国开始仰头望着窗外银色的月亮，显出满面愁容。佳欣在门口又盯了一阵，发觉高建国也没有什么其他动作。她实在抵挡不住浓烈的倦意，又偷偷回到了卧室床上，一边想着丈夫，一边又睡着了。

第二天醒来，高建国已经离开，桌上依然是做好的早餐。李佳欣睡眼惺忪地起床，吃了几口火腿煎蛋，喝了一口牛奶，突然想起了昨天晚上丈夫的古怪举动。她立刻走进了书房，回忆了一下那个小本子的形状和大小，在抽屉里翻找，终于翻出了那个旧素描本，就是它。这好像也没啥特殊的，可能丈夫前一阵回了北京，想起一些往事吧！李佳欣本来悬着的心放了下来。把本子放回抽屉之前，她随手翻了一下，不对，后面居然出现了新的画：安慧正在舞台上拉着小提琴。素描本从佳欣的手中滑落在地。回忆起丈夫这几天的古怪行为，她大致明白了什么……

经过一番调查，高建国已经知道了安慧的住处，所以他直接在大楼的入口守株待兔。今晚的演出散得比较早，11 点半左右，安慧已经出现在视线中。门口的灯很亮，安慧一眼就看到了高建国，立刻停住了脚步。高建国三两步走过去，喊了声“安慧”。

安慧别过脸，叹了口气说：“高建国，我是不是说过，我不愿意再见到你？！”

高建国走到正对她的方向，说道：“我没有别的意思，我也不是想要纠缠你，我只是请你给我一个补偿的机会，不管你提什么要求，我都不会拒绝。”

“补偿？”安慧抬起头，盯着高建国的脸说，“我不要你的补偿，你听明白了没有？我不想看见你就是不想跟你再扯上任何关系，你为什么要这么苦苦相逼呢？”

高建国面露尴尬地说：“我、我没有逼你……”

“你有，你有！你逼着我回忆我们的过去，你逼着我回顾曾经所有的不堪，你逼着我承认我在你心中是多么的卑微。你有想过我的感受吗？你凭什么这么对我？”本来一脸平静的安慧，突然瞪大了双眼，蹙起眉头，指着高建国，质问他的话像连珠炮一样。

高建国一把抓住安慧的肩头，劝道：“安慧，你不要这么激动，你听我说！”话音未落，脸上就挨了重重的一记耳光。高建国没有松开手，反而大声道：“打得好！”

安慧抬起手还想再来一下，却见高建国丝毫没有要躲的意思，甚至连眼睛都没有眨一下。她厉声道：“你为什么不躲？”

“打两个巴掌能让我心里舒服一点。”高建国正声道。

安慧一把推开高建国，愤怒道：“走！你走！我不想再看到你！”接着一路小跑进了公寓的大门。

高建国怔怔地望着安慧的背影，却无力去追。站了好一阵，他才有些狼狈地转过身准备离开。街边的巷口却闪出一条颀长的身影，正是妻子李佳欣——正泣不成声地望着自己，往日顾盼生辉的大眼睛变得黯淡无光，还噙着泪水。

高建国连忙跑过去，将妻子搂在怀中，问道：“佳欣，你怎么来了？”

佳欣身体微微颤抖，泪眼汪汪地望着高建国，泣不成声地问道：“建国，为什么这么做？”

高建国脑子里完全是一团糨糊，一时之间也不知道如何跟妻子解释，情急之下不禁口吃起来：“佳欣，我……我……”没等高建国说完话，李佳欣突然浑身战抖，瞬间昏倒在高建国怀里。

第十二章

祸福相依

- 佳欣有了身孕，让小家庭多了许多幸福的期许。
- 高建国酝酿已久的技术革新，却被李浩南提前公布，高建国反倒成为剽窃者。
- 一直被蒙在鼓里的安国庆，突然发现了自己最痛恨的高建国居然还活着……

一

李佳欣正在接受急救，高建国焦急地在病房门口“面壁思过”。他右手摁在墙上，轻轻地用头磕墙，要不是身在医院，他真想把自己的头狠狠地撞到墙上，撞得头破血流。听了事情的经过，岳芳英狠狠批评了儿子几句。

病房门突然开了，一身白大褂的医生走了出来，面露笑容道：“恭喜啊，高太太怀孕了。”

“什么？您说什么？”岳芳英一把抓住医生激动道，脸上又喜又惊。

医生突然收起笑容，郑重道：“你们也太大意了，病人已经怀孕一月有余了，怎么能让她受刺激呢？”

高建国这才反应过来，过来问道：“您是说佳欣她怀孕一个多月了？”

医生点点头。高建国又接着说道：“我只是听到她说最近老是犯困，想睡觉，但是怎么也没想到……大夫，我可以进去看我妻子了吗？”

医生严肃道：“可以，只是要注意言辞，尽量不要刺激她。她的体质比较弱，你们要好好注意……”

没等医生说完，高建国已经冲进了病房。

躺在病床上的李佳欣一看到丈夫进来，立刻别过脸不看他。高建国却是满脸堆笑地走过去，坐到了床边，一把握住了妻子的手，温柔地抚摸着，一边讨好地说道：“佳欣，你还在生我的气啊？你知道吗？你怀孕了，我们要当父母了。”

李佳欣慢慢转过脸，泪流满面地说：“我以为你会觉得我们的孩子是个负担呢。”

高建国深情地望着妻子，笑呵呵地说道："佳欣，我怎么会这么想呢？你知道吗，我是想解决好了再告诉你，因为我不知道该怎么向你开口，但是我欠了安慧却是个事实，这笔账我不知道该怎么表述才准确。如果她过得好我会释然，但是她过得不好，所以我有无限的负罪感，我背着这份沉重的愧疚，都不知道要怎么好好生活下去了。"

李佳欣啜泣着说："你认为我的心里容不下安慧和你的过去，对吗？"

四目相对，高建国温柔道："爱情就是这样的，我们要共有、仅有彼此，我可以理解。"说着帮妻子擦去了泪水。

李佳欣停住了哭泣，撇撇嘴坚强地说："建国，你太小看我了，我既然跟你分享了你的过去，心里就是坦坦荡荡的。安慧是你曾经的一部分，我从来没想过要把她从你的记忆和生命中抹去。我们是夫妻，应该坦诚相待，共同承担，不是吗？"

本是去安慰佳欣的高建国，此刻却被妻子的通情达理感动得一塌糊涂。他们彼此紧握双手，深情款款地相互注视着。在门口看着这一切的岳芳英，脸上先是出现激动的笑容，渐渐又露出了若有所思的表情，像是下了某种决心。

很快，安慧接到一封信，里面只有一个地址。因为是简体字写的，她以为是跃音约她，于是来到了"老北京饺子馆"。

店内一个客人都没有，进门的第一张餐桌上已经放好了两副餐具，青花的小碗，白瓷的浅碟，暗红色描金的筷子安静地躺在筷架上。桌子正中大大小小的瓶子装着各种调料，一切都显得井然有序。

虽然有些意外，安慧还是慢慢地坐到了客座上。不一会儿，一个人端着两盘饺子从后厨出来，正是白色大褂、红色围裙的岳芳英。

一看是岳芳英，安慧猛的站了起来，怔怔地说不出话来。岳芳英望着她，露出几分微笑，摆好饺子盘，挥挥手说："安慧，坐吧。"看安慧还在发愣，她又补充道："坐，坐下。"

岳芳英麻利地给安慧的碟子里倒了一些醋，夹过去几个大饺子，又递过去几瓣剥好的大蒜，微笑着说："吃吧，我亲手包的。"声音中却丝毫不带笑意。

安慧定定神，慢慢拿起筷子，看着青花小碗里的大饺子，她突然想起了远在北京的母亲，鼻子有几分酸楚。安慧蘸着醋吃了一口饺子，又拿起蒜咬了一口，一股熟悉的老北京味道涌上舌尖。看着几个圆滚滚的饺子与小碟里的醋泡在一起，她想起在北京时一家四口坐在一起吃饺子的时光，眼泪禁不住流出来。

大概是被安慧的泪水感染，岳芳英原本僵硬的笑容温和了许多，她开口道："怎么样，好吃吗？"

"好吃，我很久没吃过饺子了。"安慧哽咽着说。

"那就多吃点。"岳芳英继续剥着蒜，往安慧碗边放。

安慧接过蒜，点了点头："伯母，谢谢您的饺子。您今天约我来肯定不是单吃饺子，您是不是有什么话要跟我说？"

岳芳英没想到安慧这么直接，于是放下了手里正在剥的大蒜，叹了口气说："安慧，我跟建国在香港的这些年，我觉得十分漫长，就像过了一个世纪那么久，这其中发生了很多不得已的事情。我知道你和建国以前的感情。这两天我看着他痛苦的样子，实在是于心不忍……他认为他亏欠了你，他确实也欠你一个解释，但是安慧，时间都过去这么久了，伯母不知道你是不是愿意原谅他，但是我希望你们都快乐地生活。"

安慧低着头，缓缓地咀嚼着，眼泪依旧不停地掉落，声音沙哑地说："伯母，我和建国的事儿让您跟着操心了，但是很多事情，我一下子没有办法从记忆里删除。也许是我的错，风景变了，我的心却留在了原地。我需要时间，对不起。"说完放下筷子，给岳芳英鞠了一躬，转身离开。

走出餐厅，泪水还是无法遏制地往外不断涌出。看着刺眼的阳光发出的七彩的光圈，她突然走进街角的一个电话亭，摸出一枚硬币，投入了电话机，直接拨通了那个久违的号码。

母亲的声音从听筒里传来："喂？喂？……"

安慧心中有千言万语想跟母亲说，但嘴里呜咽着怎么都吐不出一个字来，牙齿打战，强忍住内心的痛苦挂断了电话。

几天后的上午，高建国再次来到安慧的住处，没想到她已经离开香港了。高建国心里有些许失落，但生活还要继续，他还是很快回到了厂里。

一进办公室，就看见一个黑黑瘦瘦的人正在接电话。高建国隐约记得这人叫阿灿，刚来不久，也是在寮屋区长大的，经常跟着阿雄在一起。他怎么会在自己办公室呢？高建国有些不高兴，刚想开口，阿灿就递过话筒小声说："老板，是深圳的王老板。"

高建国拿起电话："是我……王老板您放心，这批货一定按时送到……"放下电话，阿灿已经不见了。

敲门声响起，高建国说了声："请进。"

阿雄走了进来，低着头往办公桌上放下一个东西，支支吾吾地说："建国，抱歉！明天我不能来上班了。"

高建国一抬头，发现桌上的竟是一封"辞职信"，连忙问道："为什么？是不是家里出什么事了？有什么困难你可以跟我说。"

阿雄咳嗽几声才接着说："建国，其实我有这个想法已经有一段时间了，只是前段时间我还没有考虑好。现在厂里的情况都很好，我没什么可担心的，可以安心辞职了。"

高建国放下手中的文件，坐直身子，正色道："辞职？阿雄，是不是我亏待了你，你对我有任何不满随时可以提出来。"

阿雄镇定道："不，建国，你别误会，正是因为你对我太好了，这些年都是你在照顾我，让我有了稳定的工作和收入，可我不能总跟在你后面，我也想有自己的事业。"

高建国立刻说："当初开电子厂的时候我就说过，要给你股份，现在我随时可以兑现我的承诺。阿雄，你是我的好兄弟，当初有难同当，现在有福当然也要同享，你不必离开公司。”

阿雄摆摆手说：“建国，你误会我的意思了，你给我工作也好，给我股份也好，这些东西都是你给我的，没有一样是我自己打拼来的，这让我觉得自己很没用，不算个真正的男人。”

高建国站了起来，恳切道：“阿雄，你怎么能这么想呢？这几年没有你的帮助，就没有我的今天，这是真心话，你为电子厂做的贡献我全部看在眼里。我打算把公司的项目再往前推一步，让我们的电子厂能研发新技术，开发自己的产品。我本想着我们俩一起去干这件事，一起去调研的。”

阿雄双手摁在桌上，正色道：“事到如今，我就不瞒你了。我对阿芳的心意你是知道的，我想辞职，自己去做一番事业，让阿芳相信我是一个值得依靠的男人。”

高建国恍然，脸上露出笑容说：“我希望你不要介意阿芳的态度，早晚阿芳会被你的真情打动。”说着来到了阿雄身边。

阿雄诚恳地拉住高建国的手臂，说：“以前我确实因为阿芳钻过牛角尖，不过这一次不一样，我这次辞职并不是一时冲动，我仔细想过了，我希望能够给阿芳有安全感的生活。”

“但这和你辞职有什么关系呢？”

阿雄突然变得严肃起来：“建国，这件事我本来不想说的，但我真的不想阿芳再受任何伤害。想想以前，在寮屋区的时候，阿芳是个那么单纯活泼的女孩，不知道为什么她现在变了，花天酒地，夜夜笙歌。”

高建国想起了之前阿芳的遭遇，怔怔地有些说不出话来。阿雄接着说：“虽然我不知道究竟发生了什么事，但我知道阿芳极度缺乏安全感，所以我必须证明给阿芳看，我可以真正给她幸福。”

从阿雄有力的声音中，高建国感受到了这个一直有些不懂事的兄弟开始变得成熟、有担当了。他感动地说：“阿雄，你是真正的好男人，阿芳一定会看到你的真心，既然你执意要走，我也不再勉强，以后任何时候，只要你想回来，随时欢迎。”

接受了阿雄的辞职之后，两人相约到市区一起吃顿饭。吃过饭，互道珍重。

高建国独自来到了“香港电子业协会”。办公楼普普通通，但高建国已经来过好多次了。虽然电子业是新兴产业，但他始终相信这个行业前景广阔。

敲门进屋，五十出头的杨会长正在办公室里写着东西，一抬头看见高建国，立刻面露喜色，起身道：“原来是高老板，快请进，请进。”

高建国满怀尊敬地鞠躬道：“杨会长好！您叫我建国就好了，不用客气。”

杨会长笑着说：“建国，你的那篇分析报告我看了，分析得很透彻，见解也很独到，对现在的中小企业发展很有启示啊！”

“会长，您真的觉得我的观点是正确的吗？”

“当然，我认同你的看法。一个企业，没有自己先进的技术支撑体系，就不会有自己的招牌产品，也必将难以在激烈的市场竞争中立足。”

高建国大有喜获知音人的兴奋，他兴致勃勃地说道：“对，我也是这样想。最近市场上兴起了一股降价潮，很多中小企业开始打响了价格战，可我的电子厂不想在价格战上做文章，我想寻找新的发展突破口。”

杨会长眼眉一动，对高建国的话题大感兴趣，问道：“哦？你说说看，具体打算怎么做？”

高建国清清嗓子，正色道：“现在我有一个想法，我想获取研发优势，在电子厂采取‘压强原则’，利用有限的财力，集中力量寻求技术突破，实现系统软件的领先。不过，我这个想法想要实现，还要请杨会长帮忙。”

杨会长点点头说：“电子业协会就是为了服务香港的电子业，协助企业发展科技、开拓业务。尤其是你们这些新兴的中小企业，我个人对你们的前景还是很看好的。有什么需要帮忙的，你尽管说。”

“我这个厂成立时间短，虽然现在聘请了几个大学生，可要想独立搞研发，难度太大了，财力上也无法支撑。我想请杨会长出面，给我们厂牵个头，找一家技术成熟的大型企业签订技术联盟协议。有了专门的研发小组，下一步才能有自己的核心产品。”

听着高建国娓娓道来，杨会长的表情由喜悦、欣赏逐渐变成了个惊讶、敬佩，啧啧称赞道：“你这个年轻人有头脑，不简单啊！”

高建国不好意思地笑了：“杨会长过奖了，我这点头脑充其量也只是小聪明，哪能跟您相比啊！”

杨会长一摆手说道：“行了，你就不用给我戴高帽子了，这个忙我一定帮。”

高建国面露惊喜，不禁眉开眼笑：“杨会长，太感谢您了！”

他正要起身致谢，却被杨会长一抬手拦住，笑着对他说：“不过，我是有条件的，你也要帮我一个忙才行。”

高建国的动作一下停住了，有些意外地问：“我？我能帮您什么？”

杨会长呵呵笑道：“现在协会有一个副秘书长的空缺，我最近一直在考虑谁能胜任，今天你一来我就想到了，我看你就很合适。你觉得怎么样？”

“这……怎么行？”高建国吃惊道，“电子业协会里人才多得是，比我资格老的也多得是，我哪能行啊？就算我愿意，恐怕也不能服众。会长您太抬举我了。”

杨会长一摆手道：“你就不要谦虚了，你虽然年轻，但我看你头脑灵活，比那些死脑筋强多了。我们协会现在就是需要你这样的新鲜血液来活跃一下气氛嘛。我的建议你一定要好好考虑，我是代表电子业协会诚意邀请你啊，建国。”说着拍了拍高建国的肩头。

望着会长满是期许的眼神，高建国心中有了几分自信，点头道：“那我就权当是锻炼，跟着前辈们多学习，共同进步。”

副秘书长的头衔既是荣誉也是责任，当然也是一件喜事；佳欣顺利出院，夫妻俩解开心结则是另一桩喜事；再加上即将成为父亲，三喜盈门。高建国决定和佳欣一起回一趟娘家，拜访一下岳父岳母。

听到女儿怀孕的消息，李嘉盛笑得更是合不拢嘴。饭桌上，三个人聊得正开心，西装笔挺的李浩南出现了，喊了声“爹地”便往外走。

李嘉盛闷哼了一声，问道：“浩南，建国和佳欣回来你都不知道问候了？”

李浩南依旧仰着头，冲着妹妹微微颔首，勉强道：“我还有事，先出去了。”

李嘉盛厉声喝道：“坐下！”望着父亲眼中隐隐闪现的雷霆之色，李浩南只能乖乖坐到了餐桌旁。

吃了一会儿饭，李嘉盛突然问道：“浩南，你知道建国已经当选香港电子商业协会的副秘书长了吗？杨会长亲自牵线让兴达数码与他们签订了新产品的研发和订购合同……”

“哦。”李浩南低着头勉强答了一声。

李嘉盛看着儿子依然是那副骄傲的样子，教训道：“浩南，你要多向建国学习。我早就跟你说过，做买卖一定要与时俱进，不能死脑筋，一根筋。你要多思考，这一点我认为你应该向建国请教，人家的电子厂规模不算大，但是已经在研发自己的新产品了，这叫什么？这叫掌握市场的自主权。如果不进步，说不定再过几年，永盛要被国恒收购了。”

李浩南抬起头看着父亲，之前的隐忍终于爆发了，大声道：“爹地，您就这么不信任我吗？我不会让永盛集团落在外人手里！”

感觉父子间的气氛有些僵，高建国连忙打圆场道：“爸，永盛集团那么大的企业，我那个小电子厂就算是马拉松式的奔跑都赶不上，更别说是收购了。”

李嘉盛却完全没有放过儿子的意思，继续道：“不，我看人的眼光一向不错。建国，你的电子厂已经是盘活了，我相信你会有大作为。”

李浩南背过脸，冷冷地说：“爹地，话不要说得太早，有一句话叫作‘希望越大，失望就越大’。”

李佳欣禁不住插口道：“哥，你什么意思啊？你为什么老是要跟建国过不去呢？”

李浩南没有理睬妹妹，站起身对着父亲一点头说：“饭我就不吃了。爹地，我一定不会让您失望的。”话没说完，已经离开了饭桌，出门前意味深长地瞪了高建国一眼。

李嘉盛一脸苦恼地说：“这个浩南啊，永远都是自以为是，从来不肯向别人的优点多学习，我对他实在是没有办法放心啊！”

无论别人怎么看自己，高建国还是坚持做好自己的事情。看看岳父和大舅子的关系，他就知道无论父辈多么了不起，打铁还需自身硬，始终都是自己有实力才最可靠。

多次会议之后，高建国决定，新技术将主要针对当下最受青年人欢迎的日本索尼 D–50 播放机。国恒将在三个月后推出的新产品，比日本货更轻薄，款式上更加新颖美观，而最具竞争力的则是超越所有同类产品的防震功能。只要这次新产品成功推出，必定能让电子厂走上一个新台阶。

“……高高的树上结槟榔，谁先爬上谁先尝，谁先爬上我替谁先装，少年郎采槟榔……”明镜一般的玻璃柜台上，一台录音机正在播放着邓丽君翻唱的歌曲《采槟榔》。丁跃民一边跟着旋律摇头摆臀，一边招呼小工把火车上的纸箱子搬下来。这回进货的钱都是高建国给的，说是对国庆和安慧的一点补偿。

零售处生意不错，但国庆老是一副要赚大钱的样子，好高骛远，总想着立刻过上“有层次”的生活。寅吃卯粮，有点入不敷出，所以高建国的钱成了丁跃民的“久旱甘露”。

“这是干吗呢？”一个熟悉的声音在身旁响起，正是他最渴望见到的安慧。丁跃民笑着说：“安慧，你来了？你没看到吗，我在上新货啊。”边说边指了指柜上的箱子。

“上新货？”安慧的面色缓和下来，又生出几分好奇。

丁跃民没有想那么多，开心地拆开一个纸箱，取出一台放像机，得意地说道：“看到了吗，这都是新玩意儿！你知道吗，以前我们看电影得去电影院，但是现在不用那么麻烦，你只要拿一个小黑盒子放进这个仓门，电影画面就自动出来了。你不知道现在这个玩意儿卖得有多火。”

工人搬完东西，拿了工钱陆陆续续离开了。安慧看着店里的新货，点了点头：“行啊，丁跃民，你们这生意蛮红火嘛，我还在想怎么帮你们呢！”

丁跃民眼中闪过一丝惭愧，很快又恢复正常，笑着说：“安慧，我是一定不会再用你的钱了，我是个大老爷们儿，怎么说也是个七尺男儿，不能用女人的钱。从此以后你就瞧好吧，我丁跃民一定不比高建国差。”

安慧表情一滞说：“你也知道高建国的事儿了？”

丁跃民顿时有些尴尬，支支吾吾地说："我……我当然知道了，跃音告诉我的。"

安慧的神情瞬间黯淡下来，叹了口气说："跃民，这件事我跟你知道就行了，千万不要告诉我哥，你也知道他的精神不能再受刺激。"丁跃民连连点头。

"还有……"安慧突然想到了什么，"如果高建国那边又提出什么补偿一类的，不管是我还是我哥，我们都不会接受的，你明白吗？"

"明白，我明白，我尊重你的决定。"丁跃民不敢直视安慧，侧过脸，正好看见柜台上还放着高建国的汇款单，赶紧打个哈哈，一把抓起塞进了抽屉里。

安慧看他有些慌张，问了句："怎么了？"

"没怎么……没怎么……"丁跃民赶紧转移了话题，"安慧，你还没吃饭吧？一会儿一块儿去吃，我请！"

吃完饭后，安慧先走了，丁跃民回忆着自己刚才那一通豪言壮语，自觉十分满意。不过，他内心深处知道安慧只是把自己当朋友，只是他不愿意把这些想明白。人活着总得有点盼头，如果一点希望都没有了，那才真没意思了。

转回这条小街，几个年轻的女孩结伴从零售处出来，一边说笑一边唱着谭咏麟的《无言感激》。丁跃民瞅着女孩们手里的盒带，心里美滋滋的。

快到店门口时，丁跃民猛然想起自己放在抽屉的那张汇款单，赶紧冲进店里。安国庆正埋着头在抽屉里翻东西，丁跃民一个箭步上去，只见安国庆手里正抓了一把五块、十块的钞票，看动作应该是想往自己口袋里装。

丁跃民一股无名火起，冲上去抢下了安国庆手中的钱，喝道："国庆，你干吗啊？这是我们这两天的营业收入，你都拿走，这样下去还怎么做生意啊？"

安国庆脸上丝毫没有羞愧，反而满不在乎地说："你看看，你看看你这小气样儿，我就是数数，又没说要拿走，看把你紧张的。"

丁跃民瞄了一眼抽屉里的汇款单还在，安国庆显然还没看见。丁跃民一边将钱放回抽屉，一边说："别数了，生意上的事儿你从来都不过问，这点儿钱你这高层次的人肯定看不上。"接着啪的一声合上了抽屉。

安国庆瞅着丁跃民一脸认真的模样，不由得打趣他道："跃民，我也是这个店的合伙人之一，我拿点钱花有什么大不了的？你这两天进货用的不也是我妹妹的钱吗？我们兄妹俩养着这个电子厂，要论闲人的话，你才是那个最没有贡献的人知道吗？”

一听这句话，丁跃民心中顿时如炸开了锅一般，委屈、郁闷、羞惭、自卑……各种情绪涌上心头，高建国和安慧的影子不时在脑海中闪现。他猛的拉开抽屉，抓出一把钱扔到桌上，大声道：“对对对，你说得没错，我没贡献，我就是一吃白饭的，这样可以了吗？拿走都拿走，你是老板你说了算。”

安国庆见丁跃民有些顶牛了，拿起钱嘿嘿一笑，说：“就是开个玩笑，干吗这么较真啊？我不花还不行吗？”说着开始一张一张地整理起桌上的钱。突然，安国庆发现桌上不只有钞票，还有一张单据，他拿起来随口问道：“这是什么东西？”

安国庆手里拿着的正是那张汇款单。丁跃民一下扑过来想要抢走单子，这个动作反而引起了安国庆的好奇，他赶紧起身往后躲闪开丁跃民的扑抢，一边大声念了出来：“哟？是汇款单啊！？三万元人民币……”

“你还给我……赶紧的！”丁跃民急得整个人都跳了起来，活像只大马猴。

安国庆笑着跑到柜台另一头，嬉皮笑脸地继续读：“汇款人，高建国？！”趁安国庆愣神的时候，丁跃民把汇款单抢到了自己的手里。

安国庆脸色变了，眉头攒到了一起，盯着丁跃民问道：“高建国？哪个高建国？”

丁跃民侧过脸，搪塞道：“你、你丫不认识。生意上的一个朋友。”

安国庆重新走回柜台里面，拦住丁跃民的去路，正色道：“我好久没有看到过这名字了，你还有跟那个人同名同姓的朋友呢？”

丁跃民直接把脸朝向了货架，有气无力地答道：“对啊！”

安国庆一脸喜色地问道：“你哪儿认识的朋友这么有钱啊，介绍我认识认识呗？”

丁跃民表面上一副不耐烦的样子，内里却是心乱如麻，磕磕绊绊地说：“你、你丫别乱猜……我告诉你，这个人跟你没关系。”

“那你说说你有这么大一笔汇款为什么不告诉我？”安国庆一脸悠然地坐回

到椅子上。

“我……我……我哪有？！”丁跃民有些无力地解释着。

安国庆点了一根烟，对着丁跃民说道：“我一直以为你对安慧是有心的，现在你有这么大一笔汇款你还用她的钱，这合适吗？”

丁跃民突然暴怒，转过身，指着安国庆责骂道：“我没有，我没用安慧的钱，这店里的新货全是我用这笔汇款买的！你平时的心思在店里吗？你管过这个店的死活吗？你没有！全是我一个人在做事。如果不上新货，我们就倒闭了知道吗？你根本就不关心这些。”

安国庆脸上露出几分羞愧，想了想才说道：“这样啊？那你遮遮掩掩的干什么？你做的明明是好事，为什么一副做贼心虚的感觉，真搞不懂你……”说着摇摇头往后面去清点货物了。

丁跃民如释重负地长舒了一口气，一转身却见安慧正站在门口盯着自己。她脸上露出失望的表情，大声地说了句：“跃民，你跟我来一下。”

安慧走得很快，丁跃民紧随其后，二人一前一后来到一处沙滩边。安慧突然转过身，正色道：“跃民，为什么这么做？”

她突然停步，让丁跃民差点一个踉跄，慌忙站定后解释道：“这就是个误会。”

“我都听到了，我不相信你还有个什么朋友叫高建国。我哥相信你，是因为他从心底认为高建国已经死了。”安慧脸色阴晴不定的。

丁跃民一脸委屈地说：“安慧，其实你没必要这样的，建国他真的是一番好意，我们的店没有这笔资金真的是要坚持不下去了，你知道吗？”

安慧气冲冲地说：“给他退回去，我来想办法，让我来想办法。”

“我不退，用建国的钱总比用你的钱好。”丁跃民撇着嘴说。

“啪”，一记耳光扇在丁跃民脸上，安慧的手掌已有些红肿。她双眸湿红地盯着丁跃民问道：“丁跃民，你非得让我这么难堪是不是？”

“难堪？”丁跃民的眼睛也红了，狠狠地挥了一下手臂，好像这样能让火辣辣的面皮舒服一点，“那我呢？我一个大老爷们儿要靠女人的钱才能在深圳活下去，这种感觉就不难堪吗？”

安慧看着丁跃民，嘴角有些抖动，想了想才接着说：“跃民，我提前结束交流回到深圳，就是因为我不想再跟他扯上什么关系，你明白吗？你想让我在他心里多卑微？拜托你让我有点尊严行不行？”

丁跃民无法和安慧对视，他慢慢蹲下身子，痛苦地抱住了头。正在这时，安国庆突然从后面冲了过来，狠狠推了一把丁跃民，破口大骂：“原来、原来你们俩一直瞒着我！好啊，你们可真是我的好妹妹、好哥们儿！”

安慧吓了一跳，眼前仿佛又出现了大哥过去发疯的一幕，连忙上去拉住安国庆的手臂劝道：“哥！你别激动，你先听我说！”

安国庆的呼吸声带着抽搐，额头的青筋已经鼓起，血红色的眼睛睁得大大的，瞪着妹妹，大吼道：“你现在只需要老老实实回答我一个问题，高建国还活着对吗？”

安慧侧过脸，没有回答。安国庆声音更大地喊道：“回答我！”

“国庆，你别激动，安慧不想告诉你，是因为怕你难受。”丁跃民一看情况不妙，爬起来拉住了安国庆。

安国庆一边挣扎一边骂道：“所以，你们俩一起瞒着我，是不是？”

“哥……”安慧的眼泪终于迸了出来。

安国庆歇斯底里地咆哮起来：“够了，别说了，别说了……我不想听，我不想听！”他挣脱丁跃民的束缚，跑着冲进了海浪里。

安慧脱掉高跟鞋追了上去。安国庆的半截身子已经被海水淹没，他已经失去了理智，近乎疯狂地在海水里来回拍打，嘴里模糊不清地嘶喊着“高建国”三个字。

安慧半游半走来到哥哥身旁，拼死地拉扯住安国庆，泪流满面地哀求道：“哥，你别这样行吗？我求你了，你别伤害自己。”

安国庆的体力终于所剩无几，无力地继续左拍右打，如野兽般哀嚎着。丁跃民赶了过来，和安慧一起才止住了安国庆的癫狂行为。

一次能够阻止，但丁跃民和安慧不可能天天像照顾孩子一样守着安国庆。甚至有一次，丁跃民把安国庆锁在出租房里，安国庆直接把门锁砸开跑了出来。出去干什么呢？喝酒！然后就是无休止的耍酒疯、怨天尤人。

四

高建国小心翼翼地把一杯热牛奶端到妻子面前。李佳欣挺着大肚子，整个人明显变胖了，穿着肥大的孕妇装。

接过丈夫递过来的牛奶喝了一口，李佳欣愁眉苦脸地说："你看我的脚都肿了，我的身材全毁了，以前的衣服一件都穿不了了。"

高建国抚摸着妻子的肚皮，笑呵呵地说："辛苦你了。"

电视里，新闻正在播报：5 月 26 日中国环渤海经济区成立。环渤海地区是中国最大的工业密集区，是中国的重工业和化学工业基地，有资源和市场的比较优势。环渤海地区科技力量最强大，仅京津两大直辖市的科研院所、高等院校的科技人员就占全国的四分之一。科技人才优势与资源优势必将对国际资本产生强大的吸引力。此外，6 月 30 日，中国将要举行与葡萄牙关于澳门问题的首轮会谈。看到这个好消息，高建国不由得精神一振，感慨"一国两制"的构想不但适合解决香港问题，澳门问题也要陆续解决了，还有台湾问题，总有一天祖国会完整统一。

他转过头对妻子说道："明天我陪你去买衣服吧！"

"好啊，你前段时间不是忙着新产品开发吗，怎么样了？"

"很顺利！佳欣，我一定要给你和孩子好的生活。"高建国美滋滋搂着妻子说道。

李佳欣乖巧地偎依在高建国怀里，柔声道："唉，宝宝很快就要出生了，我们都没给他取个名字。你说给孩子取个什么名字好啊？"

高建国思索片刻，又看了看墙上的国旗，郑重道："虽然他出生于香港，但和他爸爸一样，在红旗下成长，就叫'高旗'吧，如何？"

"高旗？是个男孩名字，万一是个女儿呢？"

高建国微笑道："儿子和女儿都好，都叫高旗。"

李佳欣枕在丈夫肩上，一边抚摸着自己的肚子一边温柔道："好，听你的，我们的孩子一定会像你一样，是个心怀家国的人，就叫高旗。"

高建国搂着李佳欣，倍感幸福。

幸福的时光却在清晨被一阵急促的电话铃声打破，只听见高建国懵懵懂懂地拿起听筒问了声："哪位啊？"

电话那头嗡嗡的声音，李佳欣没有听清，丈夫却一下坐了起来，一脸惊愕地追问："你说什么？好……好，我马上过去。"

李佳欣也慌忙问道："怎么了？"

"厂里出事了。"丈夫留下这么一句话就匆匆离开了。因为身体疲惫，佳欣很快又睡着了。等她再次醒来，已经是上午9点多，起来就赶紧往厂里打了个电话，没人接。可惜身子不方便，她没法去厂里。坐了一阵觉得无聊，只有打开电视。

正在播新闻，看背景应该是在广夏酒店。相机的闪光灯不停晃动，李浩南出现在镜头前，李佳欣好奇地盯住了屏幕。镜头下的李浩南面带微笑，但佳欣总觉得这张面孔透着几分阴险。

台上出现了一幅巨大的宣传画，看外形应该是一款新型的CD机。

李浩南对着麦克风试了试音，又清了清嗓子，才正色道："此次永盛集团能在这么短的时间内在电子领域取得如此大的成果，离不开政府的支持。这次我们的主要合作者来自大陆。我要向各位宣布一个好消息，我们最新研发的技术成果，已经进入生产环节，相信在不久的将来，各位都可以用上我们的最新产品。"

嗯？阿哥居然会主动跟大陆合作？这时电视里一个女记者突然发问："李先生，你好！据我所知，永盛集团并没有电子业务板块，为什么会突然之间公布这项技术成果呢？"

李浩南嘴角一斜，得意道："时代在发展，永盛集团也要跟上时代的脚步。相信各位都知道，永盛集团董事长，也就是我的父亲李嘉盛先生，一直十分支持香港和大陆的合作，我是受他的专门委托来开拓大陆市场的。而电子产业在深圳甚至整个大陆都是一个新兴产业，发展势头非常快，需求也非常大。永盛集团借此开拓电子板块，也希望能够成为受人尊敬、为客户提供高品质产品的行业领跑者。”

接着他抬手指向右手边一个身材臃肿的中年男子，介绍道：“这位就是从深圳来的陈经理，也是我们永盛集团在电子领域的主要合作伙伴。下面就请陈经理为大家介绍我们这项新技术的细节内容。”

陈经理显然没经历过这种大场面，面色发红，额头微汗，低头跟李浩南耳语了一番才正襟危坐地说起来：“一直以来，香港和大陆保持着相对稳定的贸易往来，而西方世界的资金要流入大陆，也离不开香港这片交易沃土。未来，香港将一举成为亚洲首屈一指的交通枢纽和贸易中心。香港回归祖国，将为香港迎来空前的发展机遇，而大陆电子市场的空白，也迫切需要香港先进技术的介入和引导。此次能够和永盛集团合作，我感到非常荣幸……”台下响起一片掌声。

这时，另一名记者问道：“陈经理，能具体介绍一下你们的这项新技术吗？”

陈经理又看了看李浩南，才接着说道：“在我们最新产品的研发中，始终围绕创新、超越两大主题，所以我们的便携式 CD 机一定能走在行业的前列，带动整个电子市场的发展。美好的事情总是令人期待，新技术也是如此，尤其是当新技术能够从概念真正转化为实际产品的时候……”

李佳欣开始还很开心，但渐渐发觉有些不对，她越来越发觉永盛即将推出的新产品跟丈夫平时和自己谈的 CD 机相似度极高，而且那个陈经理说几个字就会看李浩南一眼，得到李浩南点头之后才会继续往下说，完全像个傀儡。

突然，画面外传来一阵嘈杂的声音，大家都纷纷向外望，李浩南身体明显一哆嗦。一个身材高大的男人冲进了会场内，手里拿着一叠文件似的东西，指着台上大声质问：“李浩南，这项技术是我们厂里正在开发的产品，什么时候变成了你的研究成果？”

闯入者正是丈夫高建国。台上的陈经理已经是两股战战、汗如雨下，神色慌张地望向李浩南。李浩南调整了一下坐姿，道：“真是天大的笑话，高建国，你有什么证据吗？”

高建国亮了亮手里的一叠纸，愤然道：“这就是证据。”

李浩南冷笑道：“就凭这几张破纸，你如果需要，我可以给你拿一百份。”

台下的记者们开始议论纷纷，有个工作人员这时想要阻止录像，却被李浩南制止，他对着镜头说道：“各位，这位高建国先生，相信你们都不陌生，他是我的妹夫，也是香港电子协会的副秘书长，可谓是少年得志。此人也颇受业界肯定，包括家父，对他也是赞赏有加，还说他的电子公司有一天要收购永盛集团呢！”现场一片哗然，记者们开始对高建国指指点点。

高建国也转身直面镜头道：“李浩南，你不要转移话题。你告诉我，我们公司的新产品怎么就到了你手上了？”

李浩南冷哼一声道：“你的新产品？高建国，你利用永盛集团的私人关系来盗取我们的研发成果，现在是证据确凿，我提前举行发布会就是为了让你的真面目大白于天下，你还有什么好说的？”

高建国气得青筋鼓起，破口大骂：“李浩南，无耻的人是你，你自己做过什么，你心里最清楚！”

李浩南站起来，得意道：“我懒得跟你废话。保安，马上把这个无耻小人给我赶出去。”几个保安一下围住了高建国，强行把他往外架。

高建国一边挣扎一边嘶吼道：“李浩南，这件事没这么容易，我一定会找到证据的。”

电视前的李佳欣泪流满面。

危机接踵而至，几天后，与国恒合作的兴达公司找到杨会长，提出如果高建国不能给他们满意的答复，他们将采取法律手段。杨会长虽然信得过高建国，愿意帮他再挡一阵，但关键还是得高建国自己拿出有力的证据。

国恒内部也是乱成一锅粥，工人们都在担心会不会失业，无心工作；研发部的几个大学生则直接递交了辞职信……好不容易安抚好车间主任，让工人们暂时回到工作岗位，高建国自己却陷入了苦思。想着想着，高建国突然拿出了久违的画架和纸笔，素描这个老朋友好像有一阵没有相聚了。过去每次开心或者低落时，他都会画上几笔，这几个月因为新项目的事情，他鲜有机会重拾画笔。起笔落线，简单的框架出来后，高建国感觉自己的脑子平静了下来……

轻微的敲门声传来，高建国下意识地应了一声“请进！”

“建国。”

高建国抬头一看，竟然是离开许久的阿雄。今天的阿雄穿了一身笔挺的蓝色西服，锃亮的黑皮鞋，手里还拿了一只黑色皮包，跟过去大不一样。他也没有像以往那样犹犹豫豫，而是单刀直入：“出了这么大的事，为什么不告诉我？我还是听别人说了才知道，现在怎么样了？”

高建国先是一怔，才说道：“李浩南不知道用什么方法知道了我们的核心技术，赶在我们之前开了新闻发布会。就算我现在有一百张嘴也说不清了。和我们合作的公司认定是我违约泄露了商业机密，不仅要打官司，还要求巨额赔偿。”

“这么严重？李浩南一直跟你过不去，他有永盛集团这么强大的后台，当然可以轻而易举地买通关系，问题可能就出在我们公司内部。”

高建国放下画笔，面露痛苦神色地说：“我实在不愿意怀疑公司内部的任何一个人，但是这件事不得不查。”

阿雄从包里拿出一张支票，递了过去，郑重道：“建国，这些钱你先拿来应急，以后再想办法。”

高建国连忙抬手拒绝：“不行，我怎么能用你的钱呢？”

阿雄继续往前，把支票直接塞进高建国手心，微笑道：“我最近狠赚了一笔，这段时间的股市一路看涨，几个月时间，我手里原本的那些本钱就翻了十几倍。我遇到困难的时候，是你帮我渡过了难关，现在你碰上了麻烦，兄弟当然能帮一把是一把。”

高建国只觉鼻子有些发酸，拉住阿雄的手感动道：“阿雄，谢谢你。”

阿雄眼中显出几分得色，继续说道：“建国，我认为香港的股市还有上涨的空间，现在正是入市的好时机，你不如把电子厂关掉，跟我一起进军股市吧，我保证不出半年就可以做得风生水起。”

高建国不禁松开了阿雄的手，摇了摇头，劝说道：“以前的困难都挺过来了，现在我更加没有理由退缩。阿雄，股票虽然赚钱快，可到底不是踏踏实实的事业，用现在赚到的钱开个小厂子，从小做起，将来你一定可以大有作为。”

阿雄收回双手，坚定地说：“人各有志，以前我一直没找到适合自己做的事，错过了很多好机会，现在不一样了，我找到了自己的目标，只有在股市里我才能找到成就感。现在这么好的行情，这个时候大家都在积极入市，我不可能退出的。”

就在高建国和阿雄兄弟重聚的时候，妻子李佳欣却挺着大肚子回到了太平山的家，希望为丈夫讨回公道。父母都不在家，哥哥李浩南却顽固不化，来了个死不认账。

兄妹俩正在争吵，母亲和用人搀扶着父亲进了屋。李佳欣正要说话，却被李浩南抢先开口：“爹地最近身体不好，你不知道吗？刚刚从医院检查回来，你就来烦他老人家。”

李佳欣这才注意到父亲一脸疲惫，平时炯炯有神的目光变得晦暗，眼角的皱纹更明显了，嘴唇发黑。李嘉盛有气无力地对佳欣说道：“佳欣，事情我已经从浩南那里听说了。”

李佳欣想了想才说：“爹地，难道连您也相信是建国盗窃了公司的技术？”

李嘉盛跟着儿子和太太慢慢走到客厅坐下，才有气无力地回答道：“你知道的，爹地平常最相信建国，还让浩南多跟建国学习，但是事到如今，我对建国这种行为很失望，就算是他未来有收购永盛集团的可能，那也是未来的事情，我一直不相信他是个急功近利的人。”

陈桦端过一杯水放到丈夫面前，不以为然道：“我早看出高建国目的不纯，他能做出这样的事情来，我一点儿都不意外。”

李浩南得意道：“如果说高建国不是抄袭，拿出证据来。永盛集团的手上有这个CD机从头到尾的机密策划，这是我们最好的证明，他有什么证据？”

李佳欣终于忍不住了，心里早就藏着的话脱口而出：“爹地……哥哥一直不喜欢建国，这肯定是他……”

“住口！”李嘉盛突然怒吼道，“佳欣，你可以为高建国说话，因为他是你的丈夫，但是浩南是你的哥哥，你想说的那些话最好不要说出来，我不希望看见你们兄妹中的任何一个人因为私利而撕裂亲情。”

父亲突然的重话，让佳欣一下哭了。母亲过来拉住她的手，一边抚摸她的后背一边说：“佳欣，你爹地一直很信任高建国，但这次他做得太过分了。”

李佳欣正要再说，却看见哥哥正一脸得意地看着自己，气得她猛的站起来，蹒跚着朝大门走去。突然，她奋力喊了一句：“不是你们说的这样的！”头也不回地离开了。

几天后，高建国接到了法院的传票，兴达公司已正式起诉国恒电子，还要求赔偿1000万元港币。法律诉讼方面高建国并不擅长，只好找来了老朋友阿强。

但在阿强看来，这个案子对国恒电子来说并不乐观。因为从目前的情况分析，兴达公司的所有诉求都是有法律依据的，对方的胜算很大，所以建议高建国最好能够和对方私下协商解决，这样最多也就是赔偿一些钱。

但令高建国为难的是，兴达公司现在根本不理会他的任何解释，打电话过去，一听到“国恒”或者“高建国”几个字就立刻挂断。阿强建议高建国亲自过去深圳一趟，登门拜访，其一是显得更有诚意，其二也更容易把事情说清楚。

祸不单行，李佳欣因为去银行帮丈夫贷款，意外摔倒进了医院。看着疲惫的儿子、虚弱的儿媳，岳芳英决定做点什么。几天后，儿媳妇一出院，她就找来了香港的所有朋友，一起来商量这件事。

众人各抒己见，共同认定这件事肯定有内鬼，首要的任务就是揪出内鬼。阿雄回忆起那个喜欢问东问西的阿灿，高建国也想起阿灿有不少异常的举动，综合了各条线索，发觉这个阿灿经常出现在办公室和研发室，而且对很多关于项目的事情都很好奇……似乎这个人身上疑点甚多。

阿强主动请缨跟踪阿灿。阿雄看了看阿芳的表情，也立刻自告奋勇要去协助阿强。可是两人联手盯了阿灿几天，发现这小子行为正常，按时吃饭、睡觉、工作，连出入家门的时间都是一样的，完全不像心中有鬼的样子。

夜里，两人又在阿灿的屋邨楼道守望了好久，见阿灿回来之后便没有再出去，直到深夜，屋里的灯熄了。忍受着蚊虫叮咬的阿强面露失望之色，拍拍身旁的阿雄，低声说："阿雄，你会不会是多疑了？我看这靓仔挺踏实的，你们几个肯定是怀疑错人了。走吧，都2点了，我们还是从那几个核心技术人员身上下工夫吧！"

阿雄也有些怀疑自己的判断了，无奈地耸耸肩。两人刚要起身，就听见开门声。吱呀声在深夜里显得格外响亮。接着，阿灿探出了半截脑袋，左右打量着，像只即将出窝的黄鼠狼。

阿雄面露喜色，小声道："你看，我说这小子有古怪吧？"

本来有些倦意的阿强也来了精神，一拍阿雄的后背，低声说："别得意了，赶紧跟上。"

夜深人静，阿灿也放松了警惕，居然走街串巷径直来到了永盛大厦。他在正门左右看了看，确定周围没人，才从停车场绕到后门进去……

第十三章

死地后生

- 为了偿付兴达公司的巨额赔款，高建国被迫将公司卖给了他最不想卖的人。他并未因此而一蹶不振，反而洞察到了新的商机。
- 怀胎十月，高建国的儿子高旗来到这个世界上，给家人带了新的希望。

一

清早，正在享受火腿煎蛋早餐的李嘉盛，眼前突然出现一份文件，抬头一看，是女儿佳欣正一脸胜利的表情看着自己。李嘉盛有些不解，随口问了句："做咩？"

李佳欣理直气壮地说："爹地，这是我唯一能为哥哥做的了。"

"这人是谁？我不认识啊！"李嘉盛拿起文件翻看起来。里面是一个年轻人的照片和简历，好像没啥特别的内容。

"爹地，这个人是以前永盛集团安保部的人，现在却在建国的电子厂上班，难道你觉得这只是一个巧合吗？"

李嘉盛大致明白了女儿的所指，他又扫了一眼文件，从容道："佳欣，永盛集团的员工那么多，半路辞职去别家这也很正常啊，你不能说他曾经是永盛集团的人就怀疑你哥哥吧？"

"爹地——"佳欣一边说一边小心翼翼坐到了父亲身边，"爹地，既然他已经换到建国的电子厂上班了，但是他昨天深夜又回永盛集团了。虽然我不知道他来干什么，但这绝对与哥哥脱不了关系。"

李嘉盛笑了笑，把文件夹合上，拉过女儿的手说道："佳欣，你怎么就这么愿意相信高建国而不愿意相信自己的哥哥呢？难道新技术就只有高建国能开发，别人就不能吗？"

李佳欣看着父亲双鬓的白发，有些不忍，想了想还是坚定地说道："爹地，不可能的，我也希望哥哥能为永盛集团做些事情，但是结果恐怕要让您失望了。

现在只有您能阻止这件事往更坏的方向发展，难道您真的要等我们抽丝剥茧查出真相，让哥哥去坐牢吗？我真的不愿意看到那样的结果。”

李嘉盛叹了口气，想了好一阵，才说道：“既然你这么坚持，我会调查清楚的。”看着女儿一脸欣喜的表情，又补充道：“我是要让你看看，你哥哥和高建国你究竟该相信谁。”

“谢谢爹地！”李佳欣在父亲的面颊上重重地吻了一下。

高建国从妻子那里得到了岳父要调查此事，精神为之一振。他决定在厂里开个会，希望能借此机会让阿灿迷途知返。虽然妻子和母亲觉得这样做徒劳无益，但高建国始终相信人性本善，只要加以引导，都能重归正途。

人到齐了，高建国站起来，郑重地说道：“……人非圣贤孰能无过，谁都有行差踏错的时候。中国有句古话叫作‘浪子回头金不换’。我知道那个人就在你们中间，这是我从头到尾不愿意相信的事实。因为每一个来电子厂工作的员工，我都认为他跟我一样心怀梦想。阿雄告诉我，有一位同事特别能问他一些问题，那个员工说他跟我有同一个的梦想，他说他想成为一个真正的电子商，这让我很感动。”

人群中，本来一脸轻松的阿灿有些心虚，双颊火热，他悄悄抬头看了一眼高建国，但是高建国并没有看他。

“……每一个有梦想的人都值得被尊重，但是想要实现梦想并无捷径可走。帮别人做事不外乎两种目的，一种图的是金钱，另一种图的是地位。无论你图的是哪种，我都希望你可以实现至少其中的一种，否则你的付出便毫无价值可言。”高建国接着说道，阿灿的头却越来越低。

高建国继续说道：“……今天，我在这里承诺，只要你能悬崖勒马，做出正确的选择，我不会追根究底，也不会好奇你究竟是谁，你依然是我电子厂的员工。只要你想端电子行业这个饭碗，我决不吝惜自己的经验和人脉，在你需要帮助的时候竭尽所能。不光是你，在座的每一个人我都一视同仁……今天我要讲的就是这些，大家散会。”

走在人群中的阿灿，能够明显感觉到自己的心跳和呼吸。过去，他一直把高建国当作一个头脑简单的冤大头，这种人被坑是活该；今天，这个人在他眼中的形象变了，高建国的宽容大气让自己的所作所为显得十分渺小。与此相对的是，自己的另一个老板或者说真正的雇主——李浩南，每次跟自己说话不是威逼就是利诱，自己曾把这种行为当作智慧，现在看来更像是卑鄙。他暗下决心，一定要做点什么……

夜幕降临，李嘉盛站在办公室的落地窗前，表情凝重地望着灯火璀璨的维港，身后站着说话的人，正是阿灿。从最开头李浩南找到自己去国恒电子当卧底，到每次情报所换取的金钱数量，阿灿都一五一十地讲了出来。

李嘉盛叹了口气，又深吸一口气，平复了一下自己的情绪，用尽量平和的声音说道："这么说，真的是浩南安排你做的？"

"是的。"阿灿镇定地答道。从下午李嘉盛的秘书找到自己，他就决定将一切都讲出来，"这项新技术也是小李先生买通国恒的研发人员弄到的。"

"好了，你出去吧！"李嘉盛深吸一口气，心跳又快起来，握起的拳头微微颤抖，他故作平静道："年轻人，你可以选择离开——去你想去的任何地方。"

阿灿正要离开，又停住了脚步，对着李嘉盛郑重道："李先生，我想继续留在国恒工作。"

李嘉盛有些意外，不禁转过头问道："为什么？"

"我……我也想像高、高建国一样……做个问心无愧、堂堂正正的人。"

李嘉盛看着瘦瘦小小的阿灿，顿时觉得这个不起眼的年轻人身上好像突然多了几分光辉。难道这是高建国给他带来的变化？

沉默了一阵，李嘉盛才说："好，你出去吧！"

门关上后，李嘉盛回到座位上，在电话机上按下一串号码，接通之后厉声说道："李浩南现在在什么地方？让他马上回公司！"

等了半个小时，儿子却还没出现，李嘉盛又气冲冲地拨了一次刚才的号码，得到的答复却是浩南在兰桂坊饮酒，已经派司机过去接他了。

又等了一阵，李浩南还是没有出现，李嘉盛忍无可忍，直接走进了儿子的办公室。等了好久，门被人从外面重重地撞开，满身酒气的李浩南歪歪斜斜地走了进来。抬眼看见父亲正一脸严肃地瞪着自己，李浩南不禁愣住了，稳了稳身子，强打起精神问道："爹地，这么晚了，您还在啊？"

李嘉盛一言不发，走上前去，一记响亮的耳光打在儿子的脸上。李浩南被打懵了，但酒劲也散了不少，面露委屈道："爹地，我做错了什么？"

李嘉盛坐回到沙发上，怒道："你还有脸问，你自己做过的事，还用我来告诉你吗？"说着把一大堆调查结果扔在桌子上。

李浩南晃晃悠悠地来到桌边，强撑着身子翻了几页材料，眼中渐渐有了几分专注。他抬头小心翼翼地看着父亲说："爹地，那项技术真的是我们公司自主研发的。"

李嘉盛猛的一拍桌子道："我还没到老眼昏花的时候，你这点小伎俩骗不了我。现在证据确凿，你还有什么话好说？"

李浩南看着父亲的眼神，知道露馅了，懒洋洋地坐下，满不在乎地说道："既然爹地已经知道了，我也没什么好说的，爹地打算把我交给警察吗？"

李嘉盛鼻子一酸，几乎掉出眼泪。儿子童年的一幕幕闪过眼前，他痛心地说："我只有你这么一个儿子，从小悉心培养，我真不知道，你怎么会变成这样？这件事你做得太过分了！"

李浩南还是一副自以为有理的表情，理直气壮地说道："我哪里过分了？我只不过是从高建国那拿回我应得的。你口口声声说我是永盛集团的继承人，可你什么时候真正信任过我？在你眼里，我根本就比不上那个大陆仔，你事事器重他，却永远都看不到我的优点，就只会一味的指责我。"

李嘉盛气喘吁吁地说道："如果你能做好一点，我又怎么会责怪你？你做错了事只会推卸责任，难成大器，我怎么放心把集团交给你？！"

李浩南看着父亲，缓缓站起，两点眼泪突然从眼中流出。他大声道："反正在爹地眼里，我什么都不是！"接着踉跄着跑了出去。

李嘉盛想要起身拉住儿子，却突然感到身体一阵剧痛。他抱住头坐回沙发上痛苦地呻吟起来。

二

车来人往，油麻地繁华依旧。正是中餐馆最繁忙的午餐时间，“老北京饺子馆”却大门紧闭，贴了一张红纸，上面写着：

东主有事，暂停营业一日

大厅里的一张大圆桌周围却坐了五个人，岳芳英、海叔、阿芳、李佳欣、阿雄都在焦急地等待着——高建国和阿强去和兴达公司谈判了。上周兴达公司终于同意了撤诉请求，不过不肯在赔偿费方面松口，这让本来已经陷入窘境的国恒更加困顿。好在阿强找到几个律师朋友一起想办法，提出了一些新的方案，兴达公司也同意了可以在赔偿费方面再协商。

已经吃过了午饭，可还没见到高建国和阿强的身影，大家都有些犯困，阿芳几乎打起了瞌睡。

岳芳英赶紧起了个话头：“阿芳，你最近戏拍得怎么样？”

一听岳芳英问起自己，阿芳立刻面露笑容道：“英姨，我老样子了，我一会儿还有个广告要拍。”

岳芳英点点头说：“每一个人都有难的时候，但是只要坚持过去就能看到胜利。咬咬牙，八年抗战，咱中国人是小米加步枪也能夺取胜利。”

阿芳懂事地点点头道：“我知道的。谢谢英姨一直都这么关心我！”

李佳欣突然站起来说：“大家都累了，我去给大家切点水果，凉快一下。”

阿芳立刻站了起来，摆手道：“我来吧，大着肚子就少让建国和英姨操心！”说着抢先走进了厨房。不一会儿端了一大盘水果出来，给大家分好。

李佳欣微笑地望着阿芳说了声“谢谢”，阿芳也回应了一个微笑，两个女人多年来的不快好像都化解在了这一笑当中。

门口的风铃响起，高建国和阿强回来了。大家都站了起来，岳芳英首先出声问道："怎么样？谈得如何了？赔偿金有没有谈妥？"

高建国先是叹了口气，又露出一丝带着苦涩的微笑，说："300万，一分都不能少。"

"300万？"众人的表情都像是被雷电击中了。

"是，兴达公司不肯再作出任何让步了。"高建国苦笑着坐了下来，又自我解嘲地说道，"已经不错了，总好过1000万吧？那我只有去跳大厦了，哈哈！"

"英姨、阿嫂，这次建国已经尽力了，杨会长也帮大忙了。但是……"阿强一脸焦虑，"赔偿期限也很急，要我们在十天之内把这笔钱赔偿给兴达公司，否则建国还是会遭到起诉的。"

"什么？"李佳欣一下哭了，"这、这可怎么办？这么大一笔钱，我们去哪里筹？我、我去找我爹地想办法。"

刚要起身，已经被丈夫拉了回去，高建国挽住李佳欣劝道："佳欣，别去，这么大一笔资金，对谁都是个巨大的压力。"

"那怎么办啊？"李佳欣一脸慌乱地望着丈夫。自从怀孕之后，她已经由一个果敢聪慧的大学老师，变成了一个整天忧心忡忡的准妈妈。

海叔突然大声道："建国，你把这个餐厅抵押给银行吧，这样应该能从银行贷一笔款出来！"

大家都望向了海叔，脸上又惊又喜。并不是被海叔鞭炮般的嗓音惊到，而是他让高建国抵押餐厅的豪气——大家都知道这家餐厅对海叔来说意味着什么。

岳芳英握了一下海叔的手，用颤抖的声音说道："阿海，谢谢你！"

海叔还是像往常一样淡然，微笑道："谢什么？建国有困难，我们总不能袖手旁观嘛！"

高建国却仍是一脸焦虑地说："就算是把餐厅抵押出去也只能贷个三分之一，而且银行的利息又是一个沉重的负担。所以，我不打算用餐厅作为抵押来还赔款。妈，海叔，这是你们共同的心血，我不能这么做。"

岳芳英瞪大双眼，惊讶道："那你打算怎么办？"

高建国没有回答，而是端起了桌上的白瓷水壶，一通牛饮。大家都以为他是忙了半天太口渴，其实高建国只是借水壶来挡住双眼，因为泪水已经不争气地浸湿了眼眶。他现在是一个家庭、一家工厂的顶梁柱，他不能显露出软弱的一面。

咕咚咕咚一壶水都被他喝光了。借着摇晃水壶的动作，高建国用袖口拭去了眼角的残泪，然后一脸轻松地放下水壶，脸上重现自信的笑容，说道："我打算把电子厂卖了！"

"什么？……这……"这句话仿佛像一颗原子弹在桌上引爆。

母亲第一个说话："建国，使不得呀，电子厂是你的心血，卖了你就什么都没有了。"

"就是啊，建国，不能卖，你还是把餐厅抵押了吧，我们一起还。这么重的包袱你一个人扛实在是太沉重了。"海叔走过来，站到了高建国身旁。

李佳欣搂住丈夫，强忍着泪水说："建国，难道就没有别的办法了吗？"

"阿强，有没有那个什么达公司老板的住址，我直接去找他谈！"阿芳插口道。

"阿芳，你就别添乱了，这不是做戏，公司的事你能帮上什么忙！"阿强打断道。

大家又七嘴八舌地争吵起来。

高建国心中也如翻江倒海一般，他明白这些正在使出唇枪舌剑的人都是自己真正的家人。他突然提高声量说道："大家都不用劝我了，我已经决定了，把电子厂和手上的几个项目卖了，刚刚够还赔款。你们不用担心我，大不了从头再来嘛！"

本来还在大声说着什么的岳芳英一下停住了，瘫软无力地坐到椅子上，单手托腮，眼泪一个劲儿地往外流。

李佳欣也一边流泪一边劝道："建国，电子厂是你的心血啊！不要卖了，我去找爹地想办法，我去求他。"

高建国再也抑制不住内心的苦痛，红着眼说道："没事的，咱们中国有个词叫作'舍得'，有舍必有得，'塞翁失马焉知非福'，没准儿这还是个机遇呢！"说着说着，他又强打起精神，露出了坚强的笑容。

几天后，几个联系好的买家都来到了厂里，高建国亲自把他们领进会议室。门外，一群员工聚集围观，大家都在关心自己的未来会掌握在谁的手里，小声地议论着“我们的电子厂就这么完了？”“高厂长对我们那么好，到底是哪个没良心的把大家害成这样？”“不管是谁，这种人肯定扑街，没好下场！”……听着同僚们的话，阿灿才真切感受到了自己之前的所作所为给厂里带来的是毁灭性的打击，他无精打采地靠着墙。

这时，一群人吵闹着出现在厂里，一边对厂房里的一切指指点点，一边嘻嘻哈哈，为首的竟是李浩南。

高建国走到门口，正色问道：“李浩南，你来干什么？”

“在香港，收购这种事怎么能少得了我们财大气粗的永盛集团呢？”李浩南身边一个西服男抢先答道。

“李浩南，我劝你还是适可而止！”高建国盯着李浩南说道。

李浩南一摆手阻止了手下的继续挑衅，一本正经地对高建国说：“高先生，你我都是生意人，既然是利益存在的地方就不会有永盛集团的缺席，这是我作为一个商人的基本准则。反正你这个电子厂是要卖了，至于卖给谁有必要在乎吗？”

“好，既然是这样，那我是卖家，我有权力决定我的电子厂卖给谁。”高建国一摊手回答道，眼睛仍然盯着李浩南，丝毫不让。

李浩南整理了一下领带，得意地笑了，故意大声道：“你当然有这个权力，放心吧，我会跟几位买家公平竞争的！我这个人一向都讲究 Fair Play 的。”说着坐到了第一排最显眼的位子上。

几个手下开始在其他商家旁边耳语。其中一个中年人率先站了起来，对着高建国一摆手说道：“高先生，既然永盛集团志在必得，那我……我们公司就不以卵击石了。”说完拉起自己的手下匆匆离席而去。

剩下的几名商家虽然没有立即离开，但都在面面相觑，一时拿不定主意。

李浩南傲慢地打量着这几个对手，突然高声道：“你们几位，出个价吧，不过我提醒各位，做事情之前好好地想清楚，有一句话叫作‘识时务者为俊杰’，你们今天跟永盛集团成为竞争对手，那么以后你们也是永盛集团的竞争对手。”

几名商家听出了李浩南话中的意思，都纷纷起身离去。

高建国走到李浩南身前抗议道："李浩南，你太过分了！"

李浩南春风得意地笑道："签字吧，高先生。商场如战场，狭路相逢勇者胜，没想到你会有今天吧？"

高建国盯着李浩南，有力地说道："人生起起落落，今天这个字我签，但是你也不要得意，整件事情的是非曲折究竟如何，你心里清清楚楚。"

李浩南慢慢起身，如得胜的将军一般环顾四周，然后把脸凑到高建国耳边，小声道："那又怎样？我就是要彻底打垮你！"

高建国却笑了笑，说道："你是打不垮我的！"

正是李浩南的嚣张表演，让高建国更清楚地认识到自己的力量。在香港一路走来不易，他想明白了一个道理：一时的胜负决定不了以后的成就。他会靠自己顽强地拼搏下去，而不是如眼前这个二世祖一样小肚鸡肠。

完成了对兴达公司的赔付，高建国突然感到一阵轻松，仿佛自己又回到从前。一无所有固然落魄，但也充满了各种的可能性。高建国浑身上下又充满了干劲儿，不再对电子厂的事情患得患失。今天他特意把过去寮屋区的老街坊都叫了过来，大家一起吃顿饭。

因为距离预产期已经不足一个月，高建国又背负了巨大的财务负担，所以李嘉盛将李佳欣接回太平山的家中休养，并且有专职护理人员照顾。在目前而言，高建国也觉得这个安排合情合理。

客人都已经落座了，高建国起身端起了酒杯，声音洪亮地说道："这一段时间，大家为了我奔波辛苦，我在这里先干为敬，谢谢大家了。"

阿强将杯中酒一饮而尽，略显羞愧地对高建国问道："可惜还是没帮上你，电子厂还是没保住。"

高建国走到阿强身边，一把搂住他，笑着道："但是我们都尽力了，也算是问心无愧了。"

海叔也端着酒杯走过来，拍了拍两个后生的胸膛，笑呵呵地说道："建国，你是个有胸怀的人。从我们在寮屋区相识到现在，我看出来了，你是个有志青年，不要在意现在的得失，往前看是最紧要的，不要让这些绳绳索索牵绊住你，大胆地往前走。电子厂无论辉煌与否，都已经成为过去，明天才是你新的起点。”大家纷纷起身高举酒杯，为高建国祝福。

等到客人们都回到座位，岳芳英从兜里取出一个存折，递到儿子面前，语重心长地说道：“我同意阿海的话，建国，饺子馆的生意还不错，这是妈这几年来的积蓄，你拿着，听海叔的话，振作起来，重新开始。”

并未离开的海叔也掏出一个存折放到前一个存折旁边，用他洪钟般的声音说道：“这是我给你准备的，你不让我们抵押餐馆就是不想我们背债。建国，你是个好孩子，所以我要为你重新创业出份力，你一定不能拒绝。”

高建国看着白色桌布上的两个存折，心中波澜起伏，一时竟说不出话来。低头良久，他看了看已经眼角带泪的母亲和慈父般看着自己的海叔，才用哽咽的声音说道：“谢谢妈，谢谢海叔。我确实需要资金，但是我必须要给你们写一个欠条作为保证。请大家相信我，我一定会重振国恒！”

海叔在高建国肩头有力地拍了一下，赞道：“有志气！”

阿雄很快拿过纸笔，在众人的见证下，高建国工工整整地写下了两张欠条，签上了自己的名字，分别递给母亲和海叔。这是他重新站起来的决心和信念，在这场商战中，高建国虽然卖掉了自己的电子厂，但是在香港的经济大潮中，新的一页却即将掀开。

今晚的太平山李家却并不轻松，餐桌上弥漫着凝重的空气，除了李嘉盛，没人主动开口说话。

李嘉盛咳嗽了一声，笑着对女儿劝道：“佳欣，你别这样，好好吃饭。”他明白自己是包庇了李浩南，并没有给高建国一个公平合理的说法，所以哄着女儿。

李浩南回来了，一身红色西服，连喇叭裤都是红色的，走起路来耀武扬威的模样，活像森林里的狐狸。李佳欣红着眼看着他，伸手往桌上一扫，把筷子打到了地上，一手撑腰一手扶着餐桌缓缓起身，一步一步地走到李浩南面前，怒视着李浩南。

李浩南想要躲开佳欣，却被结结实实地挡住去路，他只有斜着眼，不耐烦地说："你想干什么？"

"李浩南，这句话应该是我问你吧？"

李浩南假装听不懂佳欣的话。看到他这种恶劣的态度，李佳欣气得奋力推了他一把，怒斥道："李浩南，你怎么可以这么做？你的眼里就那么容不下比你优秀的人吗？"

李浩南回过头，瞪了佳欣一眼，佳欣却是丝毫不让地继续盯着他。他吸了口气，鼓起腮帮子说道："李佳欣，趁我还好好说话的时候，你给我注意点自己的言辞。"

李嘉盛也劝道："佳欣，不要闹，有什么话坐下好好说。"

李佳欣转头，一脸委屈地看着父亲说道："爹地，我还能好好说话吗？这件事的前因后果已经很清楚，我本来也不想说什么，但是李浩南欺人太甚，他不光偷盗了建国公司的机密，还变本加厉低价收购他的公司……你告诉我为什么要这么做？"说最后这句话时，她扭回头愤怒地盯着李浩南的眼睛。

李浩南见父亲都帮自己打圆场，更加趾高气扬地说道："李佳欣，你说话别太过分，我和高建国都是商人，这只是你情我愿的公平交易，你少在这里胡言乱语。"

李佳欣强忍着泪水，斥骂道："好一个双方自愿、公平交易。liar！ liar！你这个骗子，这都是你的预谋，是你的算计！你想打垮高建国证明你自己，但是我告诉你，你永远都不可能战胜他，因为他是个堂堂正正的人，而你，只是一个卑鄙小人！"

"啪"的一声，李佳欣的脸上多了五个血红的手指印。李浩南被李佳欣骂得满脸通红，恼羞成怒之下给了妹妹一个耳光。打完之后，他自己也呆住了，他虽然不喜欢高建国，但从小对这个妹妹还是很宠爱的。他刚想说点什么解释，却听到父亲一声怒喝："浩南！过分了！"

李佳欣缓缓抬头，带着血丝的眼睛死死盯着李浩南，一字一顿地说道："李浩南，我没有你这样的哥哥，我要把你做的事情公之于众，让大家看看你的真面目！"说完，佳欣就开始往外走。

李浩南一把抓住妹妹的手腕，大声道："你想干什么？"

"你放开我，你放开我……"佳欣挣扎着大叫，情绪渐渐有些失控，另一只手开始挠人了，"我要让你去坐牢！"

"别疯了！"李浩南的火气也上来了，一把将妹妹推开。

李佳欣正在拼命用力挣脱，一来二往的反作用力让她一下摔了出去，重重跌倒在地上。她突然感到肚子里一阵剧痛，仿佛千百把利刀在腹内搅动，脑子一下陷入了空白状态，只隐约听到有人在呼唤自己的名字……

高建国和母亲急匆匆赶到玛丽医院产房时，已经是凌晨。一看到李家的人，高建国径直过去一把拎起李浩南，愤怒道："李浩南，我告诉你，今天佳欣要是有什么三长两短，我一定不会放过你！"

李浩南还是埋着头，没有说话。这时一个中年医生快步走出，问道："你们哪位是李佳欣的家属？"

高建国放开李浩南，来到医生面前，急切道："我是，我是她的丈夫。"

医生打量了他几眼，说："产妇现在出血严重，我们正在全力救治，不得已的情况下，孩子和大人之间只能二选其一。你是她的丈夫，现在要做出选择。"

高建国却被这几句惊得脚下一软，岳芳英上前一步扶住儿子，红着眼劝道："建国，你冷静一下，冷静一下。"

高建国勉强稳住身影，才说道："医生，医生，我一定要佳欣没事，您帮忙全力救治佳欣，求求您了。"

在一旁一直沉默的李嘉盛突然走过来，怒目圆睁地对医生大声道："什么二选其一？我告诉你，孩子和大人都必须要平安！你们这是什么医院，怎么可以说出这种话？全力救治！要多少钱我李嘉盛都给得起。"

医生知道这位不是一般人物，点点头说："我们只能尽力而为。"然后戴回口罩，回到了产房里。

李佳欣痛苦的叫声一直不绝于耳。高建国痛苦地闭上眼睛，两行泪水不由自主地流了出来。李浩南坐在椅子上懊恼地拍着脑袋。李嘉盛阴沉着脸，一句话也不说。

高建国冲过去把李浩南拽起来，大吼道："你告诉我，我要怎么做你才满意？你为什么要这么对待佳欣？你冲我来啊！我在这儿，你冲我来啊！"

李浩南任由高建国拖拽摇晃，一脸沮丧地说："我不是故意的，我也不想看佳欣这样。是她逼我的，她的话就像刀一样锐利，否则我也不会失去理智，就推了她一把……我也不知道当时自己是怎么了……我是讨厌你，但是佳欣是我妹妹……都是你害了她，罪魁祸首是你！是你！"

高建国狠狠地闭上了眼睛，再次睁开，目光中全是怒火，拳头已经握起。李嘉盛见状，大声道："够了，你们都给我闭嘴，现在佳欣还在危险之中，你们倒先乱起来了，看看你们一个个的像什么样子？"中气十足，在楼道中造成阵阵回声。

高建国和李浩南都怔住了。这时，一阵婴儿的啼哭声从产房内传来。高建国抓住李浩南衣襟的手松开了，眼神重新变得清澈温和。他不由得望向了母亲。岳芳英对着儿子点点头，激动地说道："生了，生了……建国，你当爸爸了！"

陈桦情不自禁地握住了岳芳英的手，激动地说："真是谢天谢地啊！"

这还是陈桦第一次跟岳芳英握手，岳芳英有些惊讶，但看着亲家母友好温和的目光，她从中感受到一个母亲的爱已经胜过之前的偏见。两位母亲的手不由自主地拉得更紧了。

大家一起围在了产房门口，门开了，医生手里抱着一个粉红的婴儿，冲着他们点点头说："恭喜你们，母子平安。"

高建国看着自己刚刚出生的儿子，仿佛穿越时空看到了自己刚刚出生的那一刻。这就是自己生命的延续，是自己和妻子爱的结晶……想到妻子，他赶紧问道："医生，佳欣呢？佳欣也没事吗？"

医生微笑着点头道："产妇在生产过程中失血严重，但是输了血之后，她挺过来了。"

高建国顿时喜笑颜开，握住医生的手连声道谢。

岳芳英抱着孩子，陈桦在旁边笑呵呵地说：“长得真漂亮。”

李浩南也凑过来看婴儿，面露微笑道：“孩子，真可爱啊！他怎么这么小啊？”陈桦笑着打了一下儿子的脑门。

高建国又问道：“医生，我可以进去看佳欣了吗？”

医生摇摇头说：“产妇太疲惫了，让她休息一下你们再进去吧！”

高建国像个孩子一样老老实实点了点头。

李嘉盛脸上怒容尽收，慈爱地看着孩子说道：“这孩子，像我！你们看看他的眉毛，简直跟我是一模一样的。”

岳芳英转过身把孩子交到高建国手上：“来，宝贝儿，去找爸爸吧！”

抱着孩子的高建国顿时热泪盈眶，心情激动不已。这时，一只手搭到他的肩上，是李浩南，他也正咧着嘴看着婴儿。两人的视线突然撞上，李浩南瞬间收敛了笑容，有些尴尬地说道：“没什么事了，我先回家了。”说完阴沉着脸消失在走廊尽头。

得到护士的允许之后，高建国轻轻地走进了病房，坐在床边温柔地握住妻子的手掌，深情地说道：“佳欣，辛苦你了！”

佳欣微笑着望着丈夫，轻轻摇了摇头，细声问道：“高旗是不是很可爱？”

“很可爱，跟你一样！他现在睡着了，一会儿我抱来给你看看。”

佳欣努力抬起手，抚摸着高建国的脸问道：“刚才是不是吓坏了？”

“确实是，快要吓死了，感觉你在产房的一个小时就像一个世纪那么长，我很担心你。”

李佳欣笑了，摸了摸丈夫的耳垂，突然表情又严肃起来，说道：“建国，你答应我一件事。”

“你说。”

李佳欣望着丈夫如星光般明亮的眼睛说道：“不要怪我哥，其实他也不是故意的，是我刺激到他了。”

高建国本不是一个心胸狭窄的人，这些年的磨难让他懂得，有些不好的事情——尤其是别人对不起自己的那些事情，过去就过去了，老是记在心上只会让自己更痛苦。听了妻子的话，他立刻答道："当然，只要你没事就好。"

"很抱歉，我为我哥做的所有事情向你道歉。因为我哥，电子厂……电子厂没有了。"佳欣的眼中满是愧疚。

高建国笑了笑安慰道："傻瓜，不要想那么多了，电子厂没就没了吧。你知道吗，最近我看上了一个新项目——电子通信，这项技术开发成功的话，它一定会运用到人们的生活中。我敢说，未来人们的生活会离不开电子通信。"

佳欣惊喜道："是吗？这什么时候的事情？只不过生个孩子的时间，我就跟不上你的步伐了？"

"哈哈，等你出院了，我慢慢向老婆大人汇报。"

科技的进步一日千里，只有懂得与时俱进的人，才可能勇立潮头而不败。时代在发展，一水之隔的深圳面貌也是日新月异。丁跃民和安国庆的零售处已经开始销售便携式CD机了，这在当时绝大多数国人还只是通过录放机听音乐的年代，绝对是个奢侈品。

店内的陈设焕然一新，货架由过去的咖啡色木板改成了乳白色，门面也重新装修过。

"丁老板，又上新货了？"安慧的声音在耳边响起，丁跃民赶紧转过身，满脸堆笑道："那是，现在这CD机在香港火得不得了，深圳也必须跟上时代步伐……你瞧瞧你，怎么都不去买件新衣服，这件衣服也该退休了吧？"说着故意摆动了一下身体，让安慧注意到自己的新西服。

安慧根本没注意这个，只是笑了笑问道："我懒得在意这些。我哥呢？"

丁跃民又抹了抹刚烫的背头，回答道："老地方呗，他还能在哪儿？"

安慧脸色一暗，叹了口气道："跃民，你得劝劝我哥，这样下去可怎么办呢？"

丁跃民无奈道："我劝他也得听啊，进来坐会儿。"

两人进到屋内，丁跃民很快给安慧泡了一杯茶，才说道："国庆不在，有件事我得跟你说一下，省得到最后你又认为我擅自做主。"

"什么事儿？"安慧蹙起了眉头。

丁跃民坐下来，一脸严肃地说道："建国前一段时间卖掉了自己的电子厂，现在正处在水深火热的阶段。以前他给过我们帮助，作为兄弟，我打算拿出一些钱来帮助他。"

"他、他的公司怎么了？"安慧脸上微微变色，但很快恢复如常。

丁跃民叹了口气说："公司内部人士出卖了核心技术，他差点吃了官司，现在合作方要他赔偿损失，好大一笔钱，他只能把电子厂给卖了，现在正是困难时期。"

安慧只觉心头一紧，拼命压抑着自己的情绪，嘴角微微抖动道："那……那他现在怎么样了？没事儿吧？"

"现在倒是没事儿。但从那么高的地方掉下来，总是伤筋动骨的，东山再起谈何容易啊。我还以为你会毫不在意呢。"

安慧略显尴尬，又故作轻松道："我……我确实不在意啊，他是成功了还是失败了关我什么事？"

丁跃民点头道："那就好，那我就给建国汇款了。"

安慧低着头说："你自己看着办呗！"好像随口一句话，声音很细微，又好像是念咒语一般。说完她转身离开了。

丁跃民看着安慧的背影，又在玻璃上照了一下自己的新西装，摆了几个张国荣的造型，疑惑地自言自语："我这身新西装，难道就这么不引人注目？"

第二天清早，丁跃民和往常一样，独自出门，到楼下吃过早饭，就骑着自行车来到了零售处，远远看见店门已经打开了，他吓了一跳，以为店里遭了贼，扔下自行车就冲了过去。

一进门，里面的场景把他惊呆了：货架上摆放的新货全部被拆了包装，崭新地摆出来；墙上少了以前的灰尘，全部被刷成了白色，而且还贴上了几张明星的海报，有张国荣、谭咏麟、王祖贤；柜台的位置也全部被重新摆放，整个店里焕然一新。

安国庆正蹲在地上，满头大汗地在一个小本上密密麻麻地记录着。丁跃民今早出门前根本没有敲安国庆的门，他以为安国庆又跟往常一样正在呼呼大睡，没想到居然在店里，还主动做起了事情。丁跃民有点不敢相信自己的眼睛，上前试探着问道："这、这些……国庆？你没事儿吧？你怎么了？"

安国庆擦了一把头上的汗，表情激动地说："跃民，我看了一下，我们的录音机库存还有87台，电子手表还有121件，还有那个新上的CD随身听只剩下不到30台了，得赶紧补库存啊。还有，我认为我们可以再经营一项买卖——旧电器回收。咱们把别人坏了的电子产品都收回来，再进行改装和翻新，又能大赚一笔。"

丁跃民被安国庆一本正经的样子惊得半天都没回过神来，愣了几秒钟，他伸手摸了摸安国庆的额头，又试了试自己的额头，问道："没发烧啊！国庆，你可别吓我，你今儿怎么了？"

安国庆一脸严肃地回答道："跃民，我以前活得太糊涂了，现在我明确了自己的人生目标，以后我要振作起来，好好干，争取做出一些成绩来。"

"你怎么突然就找到人生目标了，一点预兆都没有？"丁跃民开始有些相信安国庆的改变了。

安国庆露出一丝笑容，说道："最近我结识了一个新朋友，他告诉了我很多道理，我觉得他说得很对。"

丁跃民笑道："那是何方神圣啊？赶明儿你得带我见识见识，我太佩服他了。安慧和我以前没少给你做功课，我俩的话你一句都听不进去，每天还是喝得跟醉鬼似的……我特想知道，他给你灌输什么思想了。"

安国庆笑了笑，岔开了话题："今天晚上把安慧叫上，咱们一起吃个饭，这段时间我挺对不起她的。"

这番善解人意的话实在不像是从安国庆口中说出来的，丁跃民看着安国庆再次忙碌起来的身影，始终感到不可思议。这一天很快过去了，丁跃民一直在观察安国庆，他不确定在安国庆身上究竟发生了什么，但是他总觉得这一定与高建国有关。

夜里，安国庆领着妹妹和丁跃民来到了一家高档的餐厅。入座之后，安国庆点了很多高档菜。安慧和丁跃民一脸惊异地望着安国庆。安国庆先是主动向妹妹道歉，就连对高建国多年的怨恨也放下了，甚至还说想着跟高建国搞合作，一起做电子产品销售。

安慧和丁跃民交换了几下眼神，两人都不知道该说什么好。在安国庆如此大度的表现下，他们二人的顾忌颇有点“小人之心度君子之腹”的感觉。三支酒杯碰在一起，欢畅之情一时无二，但安国庆的眼神中透出的阵阵寒意，却没人察觉。

科技总是在不知不觉间改变着我们的日常生活。过去通过写信或者电报需要一两周才能知道的消息，有了电话线的连接，不到中午，远在北京的高致远已经知道了自己当上爷爷的喜讯。

挂上电话，高致远在喜悦之外却又多了几分忧愁。岳芳英还是不能原谅自己。本来上次高致远是想对岳芳英说声抱歉的，但却没有机会，这一次他试探着向建国问了几句岳芳英的情况，建国却转而问起建军的个人问题，其他也没多说，只是一个劲儿道歉，说父母分离都是因为他。

高致远突然想到该煮点红鸡蛋，给刚刚出生的孙子庆祝一下！刚出小院，建军正好回来。听到自己当上叔叔之后，建军自告奋勇去买鸡蛋，骑上自行车劲头十足地出了胡同。

除了鸡蛋，顺便又买了些蔬菜回来。高建军刚到胡同口，却看见了周欢。她身旁一个男的想要拉她的手，但周欢却有些不乐意。看情形这应该就是她的男朋友徐兵，两人大概是闹别扭了。高建军有些不好意思去打扰小情侣，只好推着车在胡同口站着。

徐兵满脸焦急地问道：“你还生我气呢？”

“我不是生你气，是咱俩真的不合适。”周欢侧着脸答道。

徐兵移到正对周欢脸的一侧，讨好地说：“怎么就不合适了？我对你是认真的，难道你觉得我对你不好吗？”

周欢再次把脸转开，冷冷地说：“我受不了你那斤斤计较的样子。”

徐兵摊开双手解释道：“欢欢，我不是斤斤计较，我是勤俭节约。你知道勤俭是中华民族的传统美德，我是想把钱省下来，咱们以后好好过日子。”

周欢终于看着徐兵的脸，白了他一眼，说：“我知道你省钱是好事儿，但是你那种省法实在是太过分了。”

一开头徐兵还在竭力讨好周欢，希望能一起上他家，但周欢态度强硬，让徐兵有些不耐烦了。周欢坚决要回家，徐兵一着急就动上手了。徐兵双眼通红，有些生气了。眼瞅着要出事，高建军赶紧推着车过去，大喊道：“怎么回事儿啊？”

高建军体格健硕，又是一身军服，徐兵吓得赶紧松开了周欢，支支吾吾地连解释的话都说不清楚。

周欢看见高建军，立刻甜甜地喊了一声：“建军哥，你怎么回来了？”

建军开口问道：“欢欢，你要跟他走还是要回家？”

周欢来到建军身边，脆生生地答道：“我要回家。”

高建国指了指后座说：“上车。”

周欢轻巧地坐上自行车。

徐兵见状，想要拉车龙头，却又不敢，后退半步，畏首畏尾地问道：“哎……你……你谁啊你？”

高建军根本不理徐兵，蹬着自行车迅速离开。

一路前行，高建军突然感到一阵没来由的轻松。之前每次见到周欢，他总是怀有一种既开心又尴尬的情绪，但刚才周欢坐上他车后座的刹那，那种尴尬好像消失了。周欢在背后紧紧抓住自己的衣服，他莫名地感到一种喜悦和幸福。

突然，车轮轧过一粒小石子儿，颠了一下。周欢轻呼一声，从后面一把环住了建军的腰。高建军只觉心中一荡，浑身充满了力量。

此时，一户小院里传出邓丽君的《月亮代表我的心》：“你问我爱你有多深，我爱你有几分。我的情也真，我的爱也真，月亮代表我的心……”

自行车在路上缓缓行驶，微风吹过周欢悄然绯红的脸颊。

从聚会上回到家的李浩南走进书房，父亲正在讲电话：“明天？可以，天坛大佛的筹建会我会准时参加的，好……有什么需要我提供帮助的一定要告诉我，我竭尽所能，好……”

等电话讲完，李浩南才规规矩矩地问了一句：“爹地，你找我？”

李嘉盛递过来一沓文件，认真地说：“去，把电子厂还给建国。”

李浩南脸上的笑容一下凝固了，眉头一拧问道：“为什么要还给他？爹地，你糊涂了吧？”

李嘉盛正色道：“你还不知错？事情的前因后果都清楚了，你背着我搞出这么多事情来，你不但不知道悔改还变本加厉，用最低的价格收购电子厂，现在的各家报头都在看我们的笑话。你从哪里学到的这些坏习惯？不跟外人竞争，反倒对付起家人来了？”

“家人？”李浩南不屑地说，“我从来就没把高建国当过家人。”

“你说什么？！”李嘉盛的火气一下起来了。

李浩南坐到了办公桌前的椅子上，一脸不快地说道：“爹地，从头到尾你就一直偏袒他，不管我做什么都是错的。难道在你的心里，我就那么比不上那个高建国吗？”

李嘉盛抬头看着儿子歇斯底里的表情，更加怒道：“你确实比不上他，做事情不考虑后果，盲目蛮干，做生意不考虑进退，冲动大意。我警告你，如果你再做出这种事来，我绝对不会姑息。”

李浩南冷笑一声，说：“你老是这样，不管我做什么，永远都是对我指责、批评。我看出来了，自从高建国来了，你的眼里就完全没有我了，怪不得连伟豪都说你根本不想让我继承永盛的产业。”

“胡说八道！”李嘉盛直起身子，重重地拍了一下桌子。

李浩南鼓起了腮帮子喊道：“你就是看不上我，认为我比不上高建国。我终于明白了，我在你的心里竟然比不上一个外人。既然这样，那你就等着瞧吧，我是绝对不会把电子厂还给高建国的。还有，从今往后，我一定会继续把高建国当成敌人，我不会让你们称心如意的。”

李嘉盛被儿子的不成熟气得站了起来，一抬手想要给儿子一巴掌，却被李浩南一把抓住了手肘。李浩南对着父亲大嚷道：“我只是稍稍不按你的想法来，就要动手吗？”

李嘉盛只觉得浑身的气血都涌上了头顶，骂道：“你、你……这个衰仔！”

李浩南感觉自己有点过了，立刻松开了父亲的手，用缓和一些的声音说：“爹地，电子厂的收购合同我拿走了，免得让你心生烦恼。”说着拿起了桌上的合同书，转身离开。

李嘉盛脸色涨红，捂着胸口，几步踉跄后一头栽倒在地上。

李浩南听到响声后，转身回来，看到父亲倒在地上，惊慌地冲过去喊道：“爹地！爹地！……”

李浩南一转头，发觉天色已渐亮。突然听到咣当一声，李浩南抬头看了看墙上的挂钟，才5点。他心中一动，循声来到了厨房。这么早，即使用人也应该还没起来啊！

走到门口，李浩南被厨房里的情景吓了一跳：十多年没有下过厨房的父亲竟然在煎鸡蛋。李浩南试探着喊了一声：“爹地，早。”

李嘉盛没有回答，依旧拿着铲子认认真真地在翻着表面微微焦黄的鸡蛋。鸡蛋在油中发出吱吱声，丝丝白烟袅袅而上，发出阵阵香气。

李浩南低着头，小声道：“爹地，昨天那些话……我也不是有意要气您的。”

但父亲依然没有理会自己，仍然在专心致志地看着鸡蛋的另一面开始变色。李浩南开始觉得有些不寻常，直接走到父亲身边，父亲还是盯着平底煎锅里的鸡蛋。

李浩南伸手在父亲眼前挥了挥，凑到他耳边喊了声：“爹地。”

李嘉盛仿佛突然醒了，转头看了看李浩南，脸上露出慈爱的笑容，温柔地说：“浩南啊，怎么起来了？你再睡会儿，离去学校上课还有两个小时呢！”

李浩南被父亲的话给说蒙了，他甚至搞不清楚自己是不是还在梦里，就掐了一下自己的胳膊，生疼。他赶紧扶住父亲的胳膊追问道：“爹地，你没有听到我说话吗？你，你怎么了？”

李嘉盛关上火，铲出鸡蛋放在一只白瓷盘子里，旁边还有一根已经煎好的火腿肠。等一切做好，李嘉盛才转过身来，亲切地对儿子说：“爹地很好啊！浩南是不是饿了？来来来，坐下。”

李浩南有点摸不着头脑。记得昨晚上把晕倒的父亲扶上床时，老人还是清醒的，还交代自己要好好想想跟高建国的关系。

“浩南，你爹地怎么了？”母亲陈桦穿着睡衣出现在门口，看到两父子古怪的情形。

听完李浩南的描述，陈桦面露惊讶，又试探着跟丈夫说了几句话，立刻喊道：“浩南，快去叫司机，我们去医院。”

第十四章

暗藏危机

- 李浩南终于成为了永盛的代理董事长，可惜他发觉这个他渴望已久的“宝座”并不是这么容易坐的。
- 高建国重建了国恒电子公司，还与丁跃民、安国庆合伙在北京开办了分公司“庆国”，一切都好像是朝着好的方向发展。他并不知道又一个阴谋正在悄然进行着……

一

“经过一系列的认知评估，李先生患上的是阿尔茨海默病。这是一种中枢神经系统病变，主要表现为渐进性记忆障碍、认知功能障碍、人格改变以及语言障碍等神经精神症状。疾病初期最常见的症状是难以记住最近发生的事情。”

两个小时后，李浩南和母亲在玛丽医院的诊疗室外等候了足足一个小时，却从医生那里得到了这样的消息，无疑是晴天霹雳一般。

医生接下来的话，却更让母子俩崩溃——“这种病到目前为止是无法治愈的退化性疾病”。唯一的希望便是“依赖家人的照顾和帮助，当然我们会尽可能地做些减缓治疗，但是最主要的是家人的陪伴和照顾，你们要多一点耐心”。

母亲一直在一旁对医生苦苦哀求，希望能找出更为积极的治疗方案。此时的李浩南的大脑却是一片空白。虽然他很期待得到永盛集团的管理权，得到父亲的认可，更希望赢过高建国，但是这一切都应该是在父亲的亲眼见证下发生的。更让他惊恐的是，他预感到在缺少了父亲的庇护之后，好像自己永远也无法战胜高建国。

书房中，李嘉盛正端坐在古香古色的太师椅上闭目养神，佳欣细白如葱的手正在他额头上按摩着。最近她一直回家照顾父亲，希望自己和儿子的到来能有助于父亲的记忆恢复。

今天李嘉盛状态不错，认识妻子、女儿和外孙，甚至还查阅了天坛大佛筹建委员会的会议记录，这项工程最后花落中国航天公司。李嘉盛很是欣慰。

下午，接到母亲电话的李浩南很快赶了回来，将信将疑地走进了父亲的书房。父亲正在大书桌上翻阅着各种文件，表情专注，手口配合，动作如常。李浩南大喜道：“爹地！你好了？！”

李嘉盛抬起头，正色道：“我说过多少遍了，进来之前要敲门。”

“爹地，你真的好了！”李浩南十分开心，完全没在意父亲是在指责自己。

李嘉盛露出一丝微笑，抬手对着儿子招呼道：“过来。”

李浩南快步走过去，老老实实坐到了父亲对面。李嘉盛仔细地看着儿子，从桌面上推过去一份文件说道：“浩南，以后公司的事情就由你逐步接管起来，这是你升任代理董事的文件，我已经签字了。”

“这——”李浩南有点不敢相信自己听到的，“可是……可是爹地你已经好了，我不需要这个代理董事。”

李嘉盛把文件翻开摆到儿子面前，正色道：“你不是认为我不会把永盛集团交到你的手上吗？有了这个文件你就不用有这种顾虑了。”

“爹地，我是一时糊涂才说那些混账话的。你知道我就是耳根子太软，听信了别人的谣言。”李浩南赶紧解释道。

李嘉盛一脸坦然地摊开双手放到桌上，冲着儿子点点头道：“文件我已经签了。浩南，是时候把永盛集团交由你打理了，以前我不让你管大事是因为你做事太鲁莽，胸怀不够大，我是一千个一万个不放心，所以很多事情都是事必躬亲。或许我是错的，我早该放手让你去锻炼，你的成长可能会快些。”

听着父亲的话，李浩南突然感到鼻子一酸，嗓子有些哽咽：“爹地，我……”

李嘉盛意味深长地望着儿子说道：“我还是那句话，多向高建国学习，他是一个有胸襟、怀大志的人。前两年永盛集团在千军万马过独木桥时赢得了独胜，你见识过他的眼光和智慧。”

一听到“高建国”三个字，李浩南立刻觉得心里不舒服，脸色也严峻起来，拿起笔唰唰唰在文件上签上了自己的名字，阴着脸说道：“爹地，我一定会向你证明我是有能力管好永盛集团的，我不相信我会输给高建国。”说完立刻转身离开。

李嘉盛看着儿子的背影，无奈地摇摇头。

鞭炮声噼噼啪啪，烟幕渐渐弥散。在一帮靓仔靓妹的劲歌热舞中，高建国揭开了新公司“国恒电子公司”的标牌。这一次他决定从手提电话芯片代加工做起。经过市场调查，高建国发现手提电话也就是电影里所说的“大哥大”肯定会成为热点，虽然暂时价格比较高，但市场就是这样，只要有需求就有钱赚。至于生产成本，总会通过科技的进步大大降下来的。

过去龙鼓村的老朋友几乎都来了。“谢谢，谢谢大家的鼓励！”高建国开心得连连摆手，“唉，阿雄和华仔为什么没来啊？”

“阿雄前阵子炒股赚了一些钱，这一段时间忙着补仓呢。我最近忙着司法考试，也没时间过去看他。”阿强无奈地耸耸肩答道，“华仔，我也好长时间没见到他了，或者重操旧业，帮人收账呢！我都劝过他好几次了，唉！”

高建国也感叹道：“他怎么又做起这个来了？”

“这个华仔啊，我是很不赞成他走这条路的，帮人收账哪有那么好收，整天舞刀弄枪，等到他吃了苦头就醒悟了。”海叔是过来人，一直劝华仔浪子回头。

阿强赶紧打圆场：“你今天这么大的日子，佳欣怎么没来啊？她应该把高旗带过来让我们大家看看嘛！”众人连声赞同。

高建国连忙解释道：“我岳父病了，她带着孩子回去照顾了。”

“唉！李大富翁肯定是被他那个不争气的儿子给气病了。如果我有那么一个儿子，我非得打断他的腿不可！”阿强感叹道。

“这就叫豪门多孽子！”阿强爸一摆手说道。

高建国淡然道：“浩南想问题有些偏执，本质其实不坏的。”

阿强有些打抱不平地说道：“你搞没搞错，你这个大舅哥那么害你你还帮他说话？！”

海叔一拍建国的肩膀，大声道：“你们几个，一定要学习建国容人的海量，这就是人家总是能比你们优秀的原因。不管你做什么行业，一定要记住‘海纳百川，有容乃大’的道理。”

二

深圳的大街边上，几个年轻人身穿牛仔服，头系红飘带，正有板有眼地跳着霹雳舞。高建国坐在一家饭馆里，整理着与王老板、李老板谈合作的要点。回想起出发前跟妻子说了，过来深圳可能会跟安慧见一面，佳欣虽然有些迟疑，但还是对自己表示了完全的信任，有一个这样的妻子，真是幸运。

“建国！”一声呼唤响起，一身灰呢西服的丁跃民出现在眼前，两个好友紧紧拥抱在一起。丁跃民上下打量高建国一番，又在他的衣领上掸了掸，玩笑道：“现在是有点当厂长的样子了，比电影里的乔厂长还气派。”

高建国笑着推了丁跃民一把，说道：“你就别笑话我了。你现在店里挺好吧？”

丁跃民眨了眨眼笑道：“还行呗，马马虎虎混口饭吃。”

“他们两兄妹呢？”高建国问了一句。

丁跃民还没回答，一个高高壮壮的人就出现在饭店门口，身穿暗灰色西服，留着时髦的分头，正是十余年未见的安国庆。虽然早已知道今天会见到他，但猛然出现，还是让高建国有点惊讶，一时竟说不出话来。

安国庆走过来，冷冷道：“高建国，还认识我吗？当年拜你所赐，我差点成了废人。”

高建国心里五味杂陈，只是盯着安国庆，想说点什么却又说不出来。丁跃民一看气氛有些不对，赶紧开口道：“国庆，我还以为你不来呢！”

安国庆冷哼一声说：“我为什么不来？当年我在床上躺了一年多，整个人生差点被这小子毁了，我能不来跟他秋后算账？”

高建国想了想，觉得该来的始终会来，想躲也躲不掉，还是需要自己坦然面对，于是对着安国庆诚恳道：“当年是我错，年少气盛，一时冲动害了你也害了自己，所以我一直想找个机会补偿你和安慧。只要你们提条件，我绝无二话。”

安国庆没有说话，径直来到桌前，拎起了桌上的剑南春酒瓶。丁跃民见状吓了一跳，以为安国庆又要借酒装疯，正要劝阻却被安国庆伸手挡住。安国庆将桌上的玻璃杯拿过三支，一字排开，咕咚咕咚倒了满满三大杯，对着高建国一摊手说道："好，算个爷们儿！高建国，只要你把这几杯酒喝下去，咱们之前的恩怨一笔勾销。"

略作迟疑，高建国抓起第一杯酒，一仰头喝了个精光，说道："当年我一走了之，没有承担起责任，这件事一直是我心里的一块大石头。现在看到你活得好好的，我真是比谁都高兴。别说三杯酒，就是三十杯酒我也得喝。"说完又一口一杯把剩下两杯酒干掉了。

喝完之后，高建国放好酒杯对安国庆说："国庆，还有什么要求，你说吧，只要我能办到的。"

安国庆向高建国伸出了手，沉声道："以前我恨你，你毁了我的人生，却可以一走了之。听说你死了之后我更加恨，因为我再没机会报仇了，你倒一死了之，彻底解脱了。现在知道你还活着，我高兴，今天是这么久以来我最高兴的一天。这三杯酒就算报了仇了，咱们之前的恩怨一笔勾销。"

高建国激动地握住安国庆的手，二人拥抱在一起。

丁跃民如释重负，开心道："这就对了，过去的事都过去那么久了，大家以后还是好兄弟。"

三个大男人说笑着坐了下来。刚一坐稳，安国庆就开口道："建国，我得跟你说明一下，安慧还是不愿意见你。你也知道的，你犯的错误真的很难让人原谅。"

高建国怔了一下，丁跃民赶紧说道："人家建国现在已经结婚了，安慧也该开始新的生活了，是吧？"

"那当然，难道还要在他这棵歪脖树上吊死啊？"安国庆哈哈笑道。

高建国只有尴尬地笑了笑。这顿饭对于他来说，真是忧喜参半，喜的是终于和安国庆一笑泯恩仇，这是深藏他心中十多年来的一个心结。只是让他没想到的是，安国庆这次这么好说话，喝三杯酒就不计较了，这倒是跟记忆中的安国庆有些不一样。不过人总是会变的，说明大家都成熟了。忧的却是与安慧的心结还是未能解开，应该说安慧连解的机会都没给自己。

夜幕降临，深圳的火狐西餐厅入口处，摆了一个由鲜花团簇而成的生日标牌，上有“生日快乐”的字样。最外层是红色的玫瑰，然后是一圈黄玫瑰，字是粉色的玫瑰。

昏黄的烛光散发着暧昧的气息。一个男侍者拿着小提琴在一张圆桌旁伫立。深绿色的桌布上，一个欧式的烛台上插着三支蜡烛，两只高脚杯里已经倒上红酒。一身白色西服的丁跃民手里捧了一束玫瑰花，焦急地放下又拿起来，还不时地撩开袖口查看时间。

透过玻璃窗，安慧的身影出现了。她并没有特意打扮自己，甚至发型都跟平时的差不多。丁跃民有几分失望，但很快被紧张感所替代，本来计划好的整套程序完全乱了，冲侍者一顿瞎指挥：“来了，来了，快……拉起来，点蜡烛，点蜡烛……蛋糕呢？准备好了吗？”

悠扬的小提琴声响起，丁跃民捧起玫瑰花站到了门边，一身红色呢子长裙的安慧走了进来。虽然安慧只化了淡妆，但还是把丁跃民看傻了，呆了一阵才慌忙地把花送到她面前。“生日快乐！”丁跃民一字一顿说出来，连音调都是排练过多次的。

安慧接过花，随意地说道：“哦，今天是我的生日？我都忘了，谢谢你跃民。”

丁跃民一弯腰，为安慧拉开了椅子，躬着身子说了声：“请坐。”

安慧感觉今天的丁跃民有点怪怪的，不由得轻笑道：“跃民，你干什么啊？搞得这么隆重，不要腐化堕落哦！”

“隆重吗？不隆重！”丁跃民自以为得计地说道，“这只是一个稍微用了心的安排，你过生日对于我来说就是大事。”

丁跃民打了个响指，包房的门再次打开，一个男侍者推着蛋糕车缓缓进来。蛋糕是三层的，上面插满了五颜六色的蜡烛，烛光点点，映衬得白色的蛋糕更加华丽。

安慧捂着嘴道：“哇，这么大的蛋糕！至不至于啊？跃民，这也太……太隆重了。”

丁跃民满脸堆笑道：“你今天就负责开开心心地过生日。”

“谢谢你，跃民！”安慧感动道。

丁跃民端起一支倒了小半杯红酒的高脚酒杯，说：“安慧，干杯！”

“干杯！”安慧也微笑着端起了酒杯。

服务员突然调暗了包房内的灯光，整个房间都笼罩在朦胧的烛光下，仿佛童话里的古堡。丁跃民红着脸，深情地望着安慧，眼中满怀憧憬。

安慧觉察出了丁跃民眼中的情意，这是她不能接受的东西，于是立刻问道：“跃民，你干吗这么看着我？”

丁跃民趁热打铁道：“安慧，今天是你的生日，我想借此时机向你宣布一件重要的事情。”

“什么事？”安慧一下猜到了丁跃民要说什么，赶紧往回坐。

丁跃民的手闪电般伸过来，拉住了安慧的手，用颤颤巍巍的声音说道：“安慧，给我个机会吧，让我来照顾你好吗？”

安慧赶紧抽回了自己的手，侧过头不看丁跃民，说道：“跃民，你……你怎么突然说这个？你知道我一直把你当哥哥的。”

“我不想当你的哥哥！”丁跃民的嘴巴一下利索了起来，“安慧，你为什么这么死心眼儿？你给我一次机会，我一定不会像高建国那样伤害你，我会给你幸福的。”

安慧摆弄了一下手边的东西，然后站了起来，表情十分严肃地说道：“跃民，很抱歉，这个机会我没法给你。再见！”

安慧刚走过椅子，丁跃民就一把抓住她的手，大声质问道：“为什么？这究竟是为什么啊？你告诉我，我要怎么做你才能答应我呢？”有条件要上，没有条件创造条件也要上，丁跃民并不打算放弃。

两个人拉拉扯扯互相不让，旁边服务员看着气氛不对，都识相地退了出去。安慧也急了，看着周围也没人可以求助，猛的抬起另一手给了丁跃民一记重重的耳光。打完后两个人都呆住了。丁跃民低头冷静了一会儿，突然抬起头问道：“你只要告诉我，我哪里比不上高建国？”

安慧冷冷地看着丁跃民，此刻她的目光没有丝毫的退让，语声坚定地回答道：“就凭这一点你就比不上他，因为他从来不逼我做任何我不愿意做的事。”说完哭着离开了餐厅。

丁跃民的整个世界都崩塌了，之前细心准备的一切都成了枉费心机。一怒之下，他把桌上的餐盘碗碟全部抛到地上，包房内乒乒乓乓一阵之后一片狼藉。

代理董事长的位子并不好坐，几乎所有的决议都会有人出来唱反调。李浩南只有耐着性子跟这些老顽固磨，顺利的话，有些想法还能通过。但对于他最新提出的将公司的大多数资金投资股票，却始终无法得到董事会多数人的支持，说得直白一点，是基本没人支持他这样做。

现在恒生指数天天飞涨，连那些字都不认识几个的人进股市一圈后，都能买楼买车了，这些老顽固却看不清楚，张口闭口就是“我们几个跟着董事长一直是发展实业的，对股票、证券涉足比较少”……最气人的就是有位董事说“公司拿出百分之三的资金投资股票，对外出口不变，公司的其他业务也不变”。如果仅仅为了百分之三还用找你们商量？这帮老臣子，思想太保守，现在是新时代了，香港已经成为世界第三大金融中心了，这是经济大涨潮的时候，一个个畏首畏尾，集团还怎么发展？想到这里，李浩南差点把桌上的水杯扔到对面墙上。

逆境中，李浩南渴望从家人那里获得一些精神安慰，可惜父亲的脑子时而清醒时而混乱，母亲对生意上的事情又全无兴趣。在家里找不到倾诉对象，他只有去酒吧里买醉。

一杯又一杯的威士忌下肚，酒精麻醉了神经，那些烦心事好像随之挥发掉了。独坐在角落里的李浩南，醉眼惺忪地望着霓虹灯下每张狂欢舞动的脸，吃吃地傻笑着，既像是在笑那些人又像是在自嘲。

突然，又一杯琥珀色的液体出现在手边，李浩南转头一看，竟然是老朋友张伟豪，顿感心头一热，说道：“伟豪，怎么是你啊？”

“听说你收购了大陆仔的电子厂？恭喜恭喜！”张伟豪笑呵呵说道。

李浩南沮丧道：“有什么可恭喜的呢？我爹地因为这件事把我骂得很惨。高建国这小子不知道哪来的钱，又办起了新公司。”

张伟豪凑到李浩南耳边说道：“难道你就这样向他认输了？浩南，你不能认输，高建国给了你那么多难堪，你要继续振作起来跟他斗，你要让所有人都看看你是可以打败他的。”

李浩南叹了口气道：“算了，我不打算跟他斗了，我只想把永盛集团经营好。”

张伟豪啧啧了两声：“既然你愿意承认输给高建国了，那我也没什么好说了，反正外面的传言很难听，他们都说你爹地看不上你，还说……还说你现在这个代理董事长也只是个傀儡而已。”

“什么？”李浩南本来昏昏蒙蒙的双眼突然睁大。

“最让我生气的是，所有人都认为你确实斗不过高建国。”灯光下的张伟豪活像墨菲斯特。

“是谁烂嘴巴，胡说八道！”李浩南气得七窍生烟，手指用力，几乎要把酒杯捏碎。

张伟豪脸上的笑容一闪即没，又接着说：“浩南，别人说什么不重要，是谁说的也不重要，重要的是事实。也是，反正你跟高建国是一家人，斗来斗去的反倒伤和气，和平过日子最好了，干杯。”

本来就在气头上又喝了不少酒的李浩南站起来，将酒杯摔得粉碎，搂住张伟豪肩头道：“伟豪，关键时刻总是你能让我清醒，谢谢你！”

张伟豪努努嘴说：“谢什么，我这人也是多嘴，本来不该说这些的。”

“要说，这些你都要告诉我，因为我要知道真相和事实。”说着，李浩南跌跌撞撞地离开了酒吧。

“白痴！”张伟豪望着李浩南的背影露出不屑的笑容，敲了敲吧台道：“Waiter，再来一杯威士忌。”

君子坦荡荡，小人长戚戚。一向光明磊落的高建国从来不会去想要针对谁，或者谁会在背后针对他，甚至对恨他入骨的安国庆也是如此。几天前的夜里，他接到安国庆电话，说是希望能够一起在北京合作开办电子公司。高建国想了想，自己在香港有生产线，安国庆又比较熟悉国内的市场，北京的电子行业刚刚起步，正是可以大展拳脚的好地方，便一口答应了下来。

三人在上次那家餐馆，敲定了合作细节。高建国在香港有电子厂，资金雄厚，所以北京的分公司他占最大的股份，安国庆和丁跃民则根据自己的资金情况来投资股份。不过高建国坚持分公司经理必须由安国庆担任。

开公司的事情，一直由高建国和安国庆主导，连公司的名字都叫“庆国”，丁跃民虽然一直在当中有说有笑，但心里却有些不是滋味。本来高建国和安国庆都是他的好友，两人关系正常了本是喜事，但自从要合作办公司以来，高建国总是一味抱定要补偿安家兄妹，什么事情都是以安国庆为准，他这个正牌好兄弟感觉完全被排挤到了三人组之外。再加上安慧的事情，让他更觉得自己成为了三人当中最差的一个。回想过去，他丁跃民也是一条好汉。他想要努力证明自己，于是偷偷联系了两个生意人，希望能为即将成立的公司拉来资金，显示一下自己还是很有实力的。

可惜两位金主还有些犹豫，丁跃民只好搬出即将在北京开设公司的事情，好不容易终于再次把两人约到了一家港式茶餐厅。落座后，丁跃民又鼓吹了一番，说现在是投资大陆电子市场的绝佳机会。

其中一位满脸横肉的光头商人操着并不标准的普通话说道：“那我们如果投资了，我们赚取的利润是怎么按比例收取呢？还有你们在北京的公司谁是最大的股东？如果你不是最大的股东，那我们就没必要投资。”边说边摆弄着自己手指上的大金戒指。另一个黑黑壮壮的秃头也点了点头。

丁跃民不敢冒称最大股东，又是一通苦口婆心的劝说，可惜两位生意人都有些不耐烦了。黑壮那个突然指着窗外道：“咦，这不是深圳大剧院那个会拉小提琴的百灵鸟吗？”

白胖子立刻笑道：“是啊，就是她，真漂亮！”两个秃子说着几乎流出口水来。

丁跃民转头一看，路过的女子正是安慧，心中一动，立刻跑出了茶餐厅，说是有几个喜欢音乐的朋友想认识一下她，软磨硬泡把安慧拉了进来。

蓦然见到心目中的女神同桌而坐，两个秃子都有些目瞪口呆，盯着安慧看了半晌才回过神来，异口同声地问道：“丁老板，你们认识啊？”

丁跃民得意地笑道：“当然了，安慧是我非常好的朋友。”

“安慧？好听，文雅、恬静，跟本人的气质太相符了。”黑胖子上下打量，目光一刻都离不开安慧。

白胖子也来了精神头，一摆手故意亮出了他引以为傲的大金戒指，称赞道：“百灵鸟，你不光是人长得好看，就连小提琴都拉得那么好，你的每一场演出我都会去看的。”

“是啊是啊，我也是，”黑胖子也抢着道，“我每次都是提前订票呢，就是为了去看百灵鸟的。”

丁跃民看着两人猥琐的表情，感到阵阵恶心，趁机插口道：“别光顾着聊演出啊，二位老板决定好了没有？投还是不投？”

两个秃子想都没想同声同气地答道：“投，当然投，不管能不能赚钱，看在安慧的面子上也得投是不是？”

安慧面无表情地说：“没什么事的话，我先走了。”连丁跃民都不理直接走了出去。

一出门，安慧几乎哭了出来，她根本没有想到丁跃民会利用自己干这种事情，自己就像是巴尔扎克小说里的交际花！太过分了！我又不是茶花女、华莱丽！开头说是帮个小忙，没想到竟然……丁跃民是不是想钱想疯了？虽然拒绝了他的求爱，但他也不能这样吧……

丁跃民已经追了上来，嘴里喊着：“安慧，安慧，你走那么快干吗？”

安慧目视前方，冷漠地说：“以后你们生意上的事不要扯上我，我不喜欢这种感觉。”

丁跃民赔笑道：“那你也没必要这么生气吧？让人看两眼又不会少块肉。你知道吗，刚刚就是看在你的面子上，合同才签得那么顺利的。”

安慧突然停住了脚步，怔怔地看着丁跃民。她突然发现，以前那个淳朴、善良的丁跃民已经不在了。

丁跃民被安慧的眼神盯得有些发毛，打了个哈哈道：“你看着我干吗？时代在进步，我们也得学会变通嘛，是不是？其实我是想为那天的事向你道歉的。走吧，你想吃什么喝什么，随便点。”

安慧直视着他，正色道：“丁跃民，我再重申一遍，我不参与任何生意和交易，下不为例！”说完转过头快步前行。

筹钱，已经成为丁跃民心中最大的事，他想的是能筹到越多的钱，将来自己在公司里占的股份就越多，自己的地位就更重要，在安慧眼中也会更有分量。但不是每天都能碰到这样慷慨的金主，渐渐的，丁跃民在几个新认识的朋友介绍下，发现了一条新的财路——地下赌场。

第一次来到这种地方，他还有几分惶恐，里面烟雾缭绕，吆喝声、喊叫声、欢呼声、咒骂声此起彼伏，但最吸引人的还是骰盅在荷官手中发出“沙沙”的声音。那一只只手仿佛带有某种魔力，无论男女老少都痴痴地盯住它们，每次揭开骰盅的瞬间都是一次命运的改变。

试过几把之后，丁跃民赢了不少钱，想着再玩几把就收手回家，毕竟赌博不是长远之计。又赢了几把，他已经忘了要回家的事情……吉星高照，丁跃民赢了一晚上。从人群里挤出来的时候，他数着自己赢来的钱开心不已，不禁感叹道：“早知道有这种办法，我还那么辛苦干什么？”

揣好钞票，丁跃民不禁哼起了最流行的《一无所有》：“我曾经问个不休，你何时跟我走。可你却总是笑我，一无所有……”

“老北京饺子馆”的后厨，海叔正用半生不熟的普通话同样哼唱着《一无所有》，岳芳英一边煮着饺子一边笑着纠正他的发音。一曲唱罢，海叔突然问起了岳芳英的身体如何。前几天岳芳英曾经面色发白险些晕倒，海叔建议她休息一阵再来店里。岳芳英根本没把那个当回事，笑着说海叔太矫情，哈哈一笑便端着饺子出去了。

两盘饺子放好，就听见其中一个年轻的客人说道：“爷爷最大的心愿就是回到香港，落叶归根，现在我陪他回来，也算是完成他的心愿了。”

另一个稍微上点年纪的客人感叹道：“何教授这一生为了数学事业呕心沥

血，真没想到现在变成这样。”

年轻人招呼着同伴吃饺子，接着说道：“前几天我陪爷爷回港大，爷爷很欣慰。如果还有机会，他特别希望自己还能重新站上讲台，讲最后一堂课。”

本来停步只是想听听这两个面生的客人如何评价自己的饺子，却意外听到“何教授”“港大”这样的词。岳芳英心中一动，纯粹是一种直觉，她转身回到桌旁，一鞠躬，礼貌地问道：“您好，我想请问你们说的何教授，是不是以前在香港大学数学系的何镇钦教授？”

年轻人惊讶地抬起了头，望着这位突然提问的阿姨说道：“你认识我的爷爷？”

岳芳英双手合十，激动地对着大堂的神龛说道：“真的是他，感谢老天！”转头看着年轻人一脸疑惑地望着自己，兴奋地说道：“先生，你能带我去见见他吗？我有十分重要的事情要请教他。”

年轻人面露为难之色，略带沮丧地说道：“爷爷的身体很不好，这次回来也是为了满足老人家一直以来的心愿，可惜前几天，爷爷昏迷住院了。”

抱着试一试的想法，岳芳英决定主动跟随小何先生去医院看望一下何教授。在加护病房外，白发苍苍的老先生躺在病床上，骨瘦如柴，紧闭双眼，靠呼吸机维持着生命。透过玻璃，岳芳英能真切感受到那种生命的脆弱。回想起当年在太平间看见王鹏飞遗体时的情形，岳芳英感到心痛不已。

岳芳英并不是一个轻言放弃的人，渐渐地，她成了这家医院加护病房的常客。她总是带着那张已经发黄的照片，上面是清晰的数学公式，隔着玻璃跟何教授讲述围绕这张照片发生的故事。

这天下午，岳芳英又和往常一样来到了何教授的病房外，期待奇迹。偶然出现的小何先生对岳芳英的到来很是惊讶。岳芳英解释说，自己只是希望何教授醒过来的时候，能看一个公式。

“爷爷现在的情况，根本没办法回答你的问题。再说了，就为了这么一个公式，至于吗？”小何先生很是不解。

岳芳英诚恳地解释道：“你说的对，如果只是一个单纯的公式，确实没有那么重要，可就是这个公式，却关系到一个人一生的清白。很多年前，在北京，有人因为这个公式而死了。”

小何先生一脸震惊的表情，诧异道：“还有这种事？”

岳芳英眼含热泪讲起当年的往事：“……当年那种环境下，人人自危，任何一点风吹草动造成的误会都可能置人于死地。我就是当年的办案人之一，这件事我始终不能释怀，现在好不容易见到何教授，我真的希望何教授能够解答我心里的疑问，不让任何人蒙受不白之冤。”

听着听着，小何先生的眼神变得温暖起来，动容道：“Auntie，我爷爷还不知道什么时候才能醒，你总守在这里也不是办法。如果爷爷醒过来，我一定第一时间通知你。”

岳芳英激动地握住小何先生的手，连声称谢。

另一边，李浩南也渴望着得到一个答案。他已经无心在公司工作，他感觉每个股东都在针对自己，每一个职员都在内心里瞧不起自己，大家在背地里嘲笑自己。一夜之间，他好像就失去了自信，怀疑起了自己的人生，不再相信身边的人。只是他从来没有怀疑过“好朋友”张伟豪。

一回家，李浩南就把自己和父亲关在书房里。李嘉盛自顾自地推着给高旗买的摇篮车，浑然不知到底发生了什么。车轮在地板上滑动，嘎吱作响，坐在一旁的李浩南越听越烦，眼中满是哀怨地问道：“爹地，我其实特别想听你亲口说一句，我在你心中到底是不是个傀儡？你能不能告诉我，你让我当这个代理董事是想堵住悠悠众口呢，还是你从头到尾都不相信我能把永盛集团管理好？”

说着说着，他眼泪流了出来。李嘉盛停住了摇篮车，转身过来用袖口擦了擦儿子眼角的微湿。李浩南抬头握住父亲的手说道：“爹地，他们说的都是假的对吗？是不是？你其实是相信我的，对吧？”

李嘉盛却仍是一脸茫然地望着浩南，把右手食指放到嘴边做了个噤声的动作，小声道：“不要吵，浩南睡着了。”

李浩南痛苦地抱着头。父亲又开始继续来来回回推动小车，车轮摩擦地板的声音越来越响，逐渐覆盖了浩南的整个听觉世界，他捂住耳朵大声喊道：“爹地，你现在感觉是不是更舒服呢？什么也不用管，也不用管我的死活，我是个傀偏也好，是你不中意的儿子也好，你都没有办法阻止我了。啊——”

李家父子之间阴霾密布，张家却是阳光万里。张荣成正气定神闲地把玩着一支精致的银质茶壶，英式的造型，结合了清代和印度的特色。一张纯白的海绵巾正在壶身上小心地擦拭着。

书房的门开了，儿子张伟豪喜气洋洋地走进来，开心道：“爹地，好消息，好消息！”

张荣成继续擦拭着茶壶，淡定地说道：“是不是李嘉盛已经不认得他儿子了？”

“爹地，你也知道了？”

张荣成把茶壶移到灯光下，虚眯着双眼仔细打量壶身的光泽度，好似随口地说道：“整个香港就这么大地方，有什么事我能不知道啊？”

儿子笑呵呵地走过来坐在旁边，说：“爹地，我认为我们现在该出手了。李嘉盛这颗大树倒了，李浩南那个草包根本就不足为惧了。”

张荣成突然发现壶身有一处乌黑，又拿起海绵巾擦拭干净，头也不抬地说道：“你们这些年轻人啊，一个通病就是沉不住气。你有没有听说过一句话叫作‘鹬蚌相争，渔翁得利’？”

“爹地，您的意思是……”

张荣成小心地把茶壶放回银色的托盘中，抬起头看着儿子说道：“内讧是最能瓦解自身力量的，只管让李浩南和高建国去斗，只有他们两个斗得你死我活，我们的机会才能最大化。还有，现在的股票市场和楼市很火爆，一定要继续发力，让李浩南放弃投资实业，转向投资楼市和股票。记住，一定要先让他尝到些甜头，他才会无所顾忌。”

张伟豪笑道：“还是爹地想得周全。”

“这就是李嘉盛小看我的下场。”张荣成起身走到桌前，悠然道，“还有啊，《中葡联合声明》就快要生效了，澳门的形势现在也越来越清晰了，中国政府要利用‘一国两制’的办法解决澳门问题。不要忘记，把我们在澳门的投资再加大一些。”

“爹地，大陆政府有这么厉害吗？”张伟豪有些不解。

“这你就不懂了，要不是李嘉盛这颗大树倒了，他早就在澳门投资了。记住，你也要密切地关注大陆政府的改革开放政策知道吗？政治和经济是不分家的。”张荣成拍拍儿子的肩膀认真说道。

“我明白了。希望李嘉盛一直糊涂下去，这样我们就可以轻松搞定永盛。”张伟豪点点头说，“不过，爹地，罗伯茨先生那边会不会有……”

张荣成冷哼一声，似笑非笑地走到窗边，望着窗外说道：“罗伯茨？！要不是上次信他说的，我现在哪还需要搞这些小动作？傻小子，生意场上没有永远的朋友，也没有永远的对手，最重要的就是实力，实力强了才会有人跟你做交易。等永盛集团成为我们的，英国佬、大陆政府都会主动向我们示好。”

4 月 20 日，阵阵鞭炮声中，一支锣鼓队在公司门口敲锣打鼓，锣鼓喧天。围观的人群把道路堵得水泄不通，十分热闹。锣鼓声中，高建国和安国庆、丁跃民一起为新公司剪彩，“庆国电子公司”在北京正式挂牌营业。三个人都摩拳擦掌，准备放开手脚大干一场。

下午忙完一些基本的应酬，把剩下的工作托付给丁跃民和安国庆，高建国和前来接他的弟弟建军一同匆匆赶回到了南锣鼓巷，一家人还等着他吃上一顿难得的团圆饭。

为图热闹，高致远专门把隔壁老周夫妇也叫了过来。饭桌上，高致远看着孙子高旗的照片，一个劲儿称赞孩子长得好看又机灵，再三嘱咐建国下次一定把佳欣带过来，毕竟自己一直还没见过儿媳妇。

高建军也在一旁起哄闹着要看嫂子，却被父亲抓住话头，让他赶紧解决个人问题，羞得建军立刻埋下了头，再不敢多言。钱青和孙小华正好端了饺子上桌，听到在说建军的恋爱问题，也顺带聊起了周欢的恋爱问题。为人父母为了儿女的事，真是得操一辈子的心。

正说着，周欢背着个小红包走了进来，看着满屋的人，脆生生地喊道：“建国哥回来了？建军……哥也回来了……”

高建国丝毫没听出周欢的语病，笑呵呵说道：“欢欢，大伙儿刚还说你呢，我这次回来北京是分公司剪彩，待不了两天，机会难得，赶紧坐下吃饭。”

周欢还没答话，母亲钱青却催促女儿赶紧打电话叫徐兵过来，一开口就像机关枪一下噼里啪啦说了一大堆。周欢的脸涨得通红，不住地看着高建军。建军却故作不知地望着桌上的菜。母女俩闹得有些僵，幸好孙小华出马劝了下来。

看着气氛又变得有些沉重，高建军赶紧说道："今天难得我哥回来，大家都应该高高兴兴的。过去的事已经过去，我们要勇敢迈步向前。我提议大家干一杯！"

高致远拍拍手说："说得对，人生有些磨砺也是种收获，苦难铸辉煌嘛。干杯，干杯！"

众人纷纷举杯，周欢和高建军的眼神互相碰撞之后又迅速离开对方的视线。

放下酒杯，高致远一把搂住大儿子，郑重地说道："建国，爸还有几句话要嘱咐你，做生意，最重要的是诚信。我虽然不是生意人，可也明白这个道理。以后不管你的生意做得如何，都要记住，不要因为利益而出卖自己的良心。"

高建国点点头，动容道："爸，我记住了。"

相比高致远家，安长江家的气氛就没有那么热烈了。桌上的菜热气腾腾，可安长江的脸却冷若寒冰。对于儿子和高建国和好，还当上个总经理，安长江倒是比较欣慰，但心中始终挂念着多年未见的女儿。因为安慧的事情，两口子又吵得不可开交。两位老人互相埋怨指责，闹得不欢而散。安国庆心中自有盘算，对父母的争吵和安慧的感情问题，完全无心过问。

靠着高建国的资金、技术、产品把公司的架子搭起来了，安国庆、丁跃民两人所谓的销售渠道，对于新成立的分公司来说不过是杯水车薪。高建国之前所谓大陆的销售就靠他们了，更多是为了扶持他们建立起自己的事业。至于回报，高建国不是没有想过，毕竟这次回北京，他也目睹了大陆的惊人变化，改革开放不到十年，大陆的变化已经是翻天覆地一般。

令高建国没有想到的是，仅仅一个月之后，安国庆就给他带来了一份巨额订单。他自己粗略算了一下，做完这笔合同，光是利润就赶得上香港公司去年一年的营业额。这么快就拿到这样的高额订单，高建国感觉自己有点低估安国庆的能力了。大喜之下，他让秘书招呼生产部门优先处理这一批货。

秘书是个二十多岁的小伙子，也是港大毕业的，算是高建国的学弟。他看了看老板记下的订单情况，露出疑惑的眼神，不禁问道："老板，北京的分公司才成立了一个月而已，这个安经理是什么来头，能接到这么大一笔订单，你觉得可能吗？"

高建国愣了一下，回答道："就算这个安经理信不过，还有丁经理，丁跃民是我好兄弟，我绝对信得过他。"

秘书还是有些不放心，又说道："老板，你要不要亲自回北京考察一趟再签合同？只有这样一份口头订单，我觉得不太保险啊！"

高建国想了想说："时间紧，我看就不用回北京了。这笔订单对方催得紧，你还是让车间把其他的订单都放一放，先赶这一批货。"

国恒电子公司的流水线上，成批的电子芯片被快速地生产出来。打包车间里，几个工人正在往包装箱上盖戳：发往地——北京。出于对安国庆尤其是丁跃民的信任，高建国在仅收到 20% 的预付款时就发货了。

可是，最让高建国放心的好兄弟丁跃民却没有想象中这么上心，很多事情都是安国庆主动接下的，丁跃民自己也乐得清闲。清闲一个月后，他开始想做事，却发觉不知道该干吗了，自己在公司好像成了一个闲人。总得找点事情做吧！就像苍蝇总能闻到血腥味儿，丁跃民很快就在北京郁金香大酒店的地下一层找到了一个秘密赌场。

如今的他已是赌场老手，手指和骰盅的配合熟练。几杯黄汤下肚，丁跃民经常自己当起了庄家，用他自己的话来说，"玩的就是运气，玩的就是心跳！"烟熏酒泡，醉生梦死，正是他目前的生活状态。

昨晚上又把这个月的工资都输光了才回家，丁跃民来到公司找到安国庆。他本来是想找安国庆借点钱应应急，但安国庆一直笑嘻嘻地忙里忙外，让他一时也找不到机会开口。

终于瞅到安国庆回办公室了，丁跃民组织了一下语言，然后直接推门进去，毕竟以他的身份不需要先敲门。

安国庆正在打电话："建国，那笔款可能出问题了，对方……好像是联系不上了。"

是高建国，丁跃民一下凑了过去，隐约听到电话那头的高建国说："什么叫好像联系不上？"声音满是焦急。

安国庆把斜靠在办公桌的双脚放下来，才说道："说好了前天把货款转过来，可是我等了两天，款都没到，对方电话也打不通。"

听到是钱的事情，丁跃民立刻紧张道："建国，肯定是出事了！"

安国庆有些不屑地瞥了他一眼说道："怪我，太相信他们了。"话听来是自责，但安国庆的表情却平静如水。

丁跃民有些不满道："你丫怎么现在才说？"

安国庆突然露出些许委屈的神色，侧过脸对他说道："款推迟一两天，我没想到会这么严重。"

那头的高建国焦急地说："国庆，不管用什么方法，电话、发货地址，还有他们打定金的那个账户，一定要想办法和对方取得联系。还有那批货，能不能有办法追回来？"

安国庆无奈地说道："货是你那边发的，我没有经过手，要追回来，恐怕……"

电话那头一下沉默了。丁跃民突然在安国庆嘴角发觉一丝诡异的笑，暗想都这时候了，安国庆还想逃避责任，不禁怒吼道："安国庆，你什么意思，是不是想害死我们？"

安国庆气定神闲地说："我怎么会知道他们不按合同付款？合同你也看过，也没发现有任何问题啊？"

"什么合同？哪次的合同你不是说肯定没问题？"丁跃民盯着安国庆恨恨道，"你少跟我打马虎眼儿！今天要是不说清楚，就别怪我对你不客气。"

电话里的高建国突然出声："报警吧，跃民，马上报警！"

"好，建国，我现在就去报警！"丁跃民答应着就往外走，临出门又瞪着安国庆说道："安国庆，你最好别让我查出什么来！"

看着丁跃民怒气冲天地离开，安国庆整了整自己的衣领，才拿起电话说道："建国，这一次你损失最大，接下来你说怎么办就怎么办吧！"

"先让我静静吧！"

挂上电话，安国庆嘴角的笑容重现，渐渐变成大笑，最终定格为野兽般的狞笑。

几天后，高建国终于接到了丁跃民的电话。

丁跃民的声音充满了愤怒："……合同上的公司是三年前注册的，业绩很差，在三个月之前他们已经申请了注销。法人是一个叫刘大河的人，我见过他了，他根本就一无所知。也就是说有人冒名和我们签了一份假合同，他和我们都是受害人。问题的关键是，这份合同就算是真的，也没有法律效力，因为签合同的日期之前，对方公司已经注销了。"

高建国紧握着电话，眉头紧锁，问道："公安局那边有什么发现吗？"

"公安局已经立案了，这属于诈骗。但是对方做得天衣无缝，钱、人、货都消失得干干净净。账户也是用假身份开的，完全查不出蛛丝马迹。建国，这完全就是个精心设计的骗局。建国，我不相信这事是因为咱运气不好，安……"

高建国立刻打断道："跃民，我知道你想说什么，但是我现在考虑的是这么一大笔的资金怎么补。为了按期交这批货，已经拖欠了很多原材料供应商的货款，现在欠款到期，如果没办法解决资金周转，恐怕我的电子厂只有破产清偿债务了。"

丁跃民骂骂咧咧地说道："……安国庆这招太狠了，他这摆明了就是要置我们于死地。"

高建国侧过脸，深吸一口气，平复了一下心情才接着说道："没有证据之前，我不想怀疑任何人。跃民，你生气我能理解，说到底这一次损失最大的人是我。生意亏了，钱没了，还能再赚回来，我只是不想因为猜忌伤了大家的感情，毕竟我们是朋友，也是合作伙伴。"

电话突然断了，听筒里传出嘟嘟的忙音。

高建国慢慢放下电话，来到客厅。妻子刚刚安抚好孩子，轻手轻脚地从卧室出来，冲他摆摆手。夫妻俩肩并肩地坐在了沙发上。

听完丈夫的讲述，佳欣思考了一阵说："不可能完全无迹可寻的，光天化日之下这公司就这么不翼而飞了？！"

高建国搂着妻子说：“这次是我大意了，疏忽了很多细节，没有提前把这家公司的背景调查清楚。你就别操心了，我来想办法。”

“我怎么可能不操心呢？难道还要公司再经历一次破产吗？”佳欣愤愤不平地说。

高建国柔声安抚道：“佳欣，你别激动，我一定会把事情处理好的。你应该相信我，好吗？”

“建国，不如找我爹地借点钱——”

高建国坚定地摇摇头：“佳欣，爹地现在身体情况不好，我们不应该打扰他老人家。”

“可是……”

高建国抿抿嘴，说：“塞翁失马，焉知非福。有时候我觉得这些都是一种考验。”

“考验什么？”

“人性。我妈早就说过，一切都是在考验人性。你说怪不怪，以前我听不进去老岳同志的那些话，现在反而经常会想起来，其实挺有道理的。”高建国眼中闪动着睿智的光芒。

李佳欣轻轻地靠在高建国的肩头，温柔道：“建国，你记住，任何时候，我和妈咪都会支持你。”

第十五章
化险为夷

- 在高致远的指点下，在丁家兄妹的帮助下，高建国幸运地获得到中国银行香港分行的扶植贷款，挽救了公司的危机。
- 安国庆一计不成又生一计，联合李浩南制造了一起供货危机。但这一回却半路杀出个程咬金，而高建国却对这个恩公一无所知……

一

对家人说的是和风细雨，而高建国自己面对的却是暴风骤雨。办公室里的催款电话一通接着一通，高建国只有使出浑身解数，高接低挡奋力支撑着。好久不见的华仔倒是过来跟他指出一条门路，可高建国很快发觉是高利贷。为了拒绝这种“帮助”，他与华仔几乎翻脸。想过通过贷款解决困境，但公司成立时间还不到三年，很难通过香港这边银行的信用评估，所以现在还没有一家银行愿意贷款给国恒。

听到这种情况的丁跃民，也是焦急万分。可他发觉，安国庆这几天却是一副春风满面的样子，这会儿正在隔壁哼着《让世界充满爱》。丁跃民有些生气，走过来大声质问道：“现在公司都火烧眉毛了，你怎么好像没事人一样？”

安国庆正对着桌上的镜子整理着《英雄本色》中小马哥一样的发型，满不在乎地答道：“案也报了，查也查了，这人抓不到，款追不回来，我能有什么办法？”

“我不是建国，你别在我面前演戏了。”丁跃民不耐烦地说道。

安国庆放好梳子和镜子，说道：“丁跃民，你怎么又来了？你别忘了，当初是谁带着你去的深圳，咱俩才是共过患难的交情。怎么高建国一出现，你就把过去的这些都忘了？”

丁跃民瞪着安国庆说道：“行，你们都活在过去，但我丁跃民是要活在未来的人。我奉劝你一句，做生意别跟钱过不去。”说完转身就走，重重地关上了门。

同在北京城内的高致远并不知道儿子的困境，他正在整理最近的香港基本法结构建议稿。孙小华看他昨晚就基本没睡，劝他多休息，高致远推说这个工作涉及面广，事项繁杂，必须分秒必争。

孙小华只好退而求其次，给他倒了一杯热茶过来，突然想起这几天听来的一些消息，不觉问道："老高，我听说这里边争议挺大的，是不是有心之人还在搞小动作？"

高致远停下手边的工作，端起水杯说："争议肯定会有的，因为有些人错误地认为搞'一国两制''港人治港'，中央就不能干预香港事务，香港事情全部由香港人说了算，是'完全自治'。"

孙小华瞪眼道："那怎么能行呢？香港是中国的香港，当然服从中央政府啊！老高，你们可不能让步啊！"

高致远笑着说："看不出来，孙小华同志的觉悟不低嘛！你放心，4 月份，小平同志专门接见了参加起草委员会第四次会议的委员，他说：'切不要以为香港的事情全由香港人来管，中央一点都不管，就万事大吉了。这是不行的，这种想法不切实际。中央确实是不干预特别行政区的具体事务的，也不需要干预。但是特别行政区是不是也会发生危害国家根本利益的事情呢？那个时候，中央过问不过问？所以，保持中央的某些权力，对香港有利无害。'"

孙小华听得津津有味，松了口气说："我举双手赞成小平同志的发言。快说说，小平同志还讲了什么？"

高致远边喝水边想，又组织了一下语言，才转述起了小平同志的讲话："有些事情，比如 1997 年后香港有人骂中国共产党，骂中国，我们还是允许他骂，但是如果变成行动，要把香港变成一个在'民主'的幌子下反对大陆的基地，怎么办？那就非干预不行……"

孙小华急不可待插嘴道："所以，我们必须要派驻军，与破坏'一国两制'的行为作斗争。"

敲门声突然响起，来的正是丁跃民。愁容满面的丁跃民，一点点地将这次高建国的危机告诉了高致远……

高致远很快给高建国指了一条明道——中国银行。国内经济发展很快，中央一直鼓励对外开放，希望更多的港资企业积极回国投资，以多种形式参与国内经济建设，所以总行指示香港分行，要多在金融信贷方面支持投资意愿强烈的港资企业。高建国的国恒电子公司正符合中国银行的信贷扶植政策。

高建国立刻向中行香港分行提出了贷款申请，王经理为首的三人考察组很快在国恒完成了考察。考察组对这次考察非常满意，一周之内贷款就批下来了。

听到丁跃民一脸兴奋地说出这个消息，安国庆的胸口却如受重击。本来他以为自己这招无中生有、釜底抽薪就能彻底打垮二次创业的高建国，让这个大仇人永世不得翻身，没想到关键时候他又被救活了。

丁跃民开心道："这就叫'山穷水尽疑无路，柳暗花明又一村'。"

安国庆悻悻地说："高伯伯的关系也发挥了重要作用吧？"

丁跃民一摆手说道："这一次啊，你还真想错了。高伯伯只是提醒了我，没想到跃音有个朋友就在中国银行，他对香港分行的信贷政策很了解，也给我做了详细的介绍，我们还真就刚好符合。你说这不是运气是什么？"

"好事，好事。"安国庆嘴上说着好，但脸上的表情却像吃了大亏。

丁跃民撇撇嘴，说道："你也只能在高建国面前演演戏，我不信你，只要我还在这个公司，我就会好好盯着你。"说完回到了自己的办公室。

刚刚坐下，丁跃民办公桌上的电话就响起来。

"喂？"丁跃民拿起了电话。

"丁老板，愿赌服输，你最好主动把钱送过来，省得我上门去找你麻烦！"电话里传出的声音听上去和声细语，可丁跃民听来却像是索魂夺命的鬼哭狼嚎。丁跃民赶紧锁上房门，才小声说道："我很快就有钱给你了，放心吧。这么点钱，你也太看不起人了，我是谁？我是丁老板！"

"好啊，那我就等着你的好消息了。"电话断了。丁跃民心里却是五味杂陈，本来他欠下那些赌债时，想到背后还有高建国、安国庆这两棵大树，可现在这两棵大树好像都有点靠不住了，钱的事情只有靠自己了。

度过危机，高建国决定全家回一趟北京，也让父亲见一下佳欣。可惜母亲始终对孙小华的事情无法释怀，坚决不愿再回北京。

高建国一家三口回到北京，高旗的活泼可爱，佳欣的大方风趣，逗得两位老人很是开心。高建国带着妻子去了什刹海、玉渊潭、故宫……一家老少欢聚一堂、其乐融融，好不开心！今天本来打算去长城的，但高建国突然接到了丁跃民的电话，让他抽空去一趟公司。

丁跃民最近翻查过往账本，发觉有两笔账不太对。过去分公司的账都是安国庆负责的，每个月他会把对账单发给高建国，高建国简单核对过，没出过什么问题。所以高建国认为这也只是偶然情况，不必在意，还说三人合作最重要就是信任。

丁跃民苦笑着说："我知道，你心里就是有个结，你觉得对不起他，对不起安慧，所以你是想尽办法要补偿，无论他给你提什么要求，你都会满足，对吧？可是你不要忘了，这是生意，生意就要赚钱，如果你想还人情，就不要扯上我！我不欠你的，更不欠他安国庆的！"

眼见丁跃民越说越激动，差点就要跳起"忠字舞"了，高建国连忙打断道："跃民，你怎么了？我已经说过了，钱没了，还可以再挣，兄弟没了，就真没了。"

丁跃民看着高建国依然平静的表情，突然大吼道："你是香港富豪的乘龙快婿，你当然不着急挣钱，但你有没有想过我，有没有想过我缺钱呐！安国庆是你兄弟，那我呢？我就不是你的兄弟了吗？"

"跃民，你缺钱？出什么事了吗？"高建国面露疑惑。

丁跃民察觉自己失态，慌忙掩饰道："我能有什么事，我说的是公司的损失。我担心这件事就这样不了了之，安国庆还会再对公司不利的。"

高建国拍拍丁跃民的肩头，安慰道："跃民，是你多心了，论经济头脑，安国庆哪比得上我和你。他在部队大院长大，一心只想子承父业，当一名军人，他是我们中最不懂商业算计的，所以我对他一百个放心。"

丁跃民摇头："人是会变的，我跟国庆在深圳开店这几年，他也是一会儿一个样儿，我现在也摸不清楚他究竟是怎样一个人。"

毕竟丁跃民对安国庆更熟悉，高建国一时也无言以对，沉默良久，才怔怔地说："说到底都是我欠了安国庆的。"

丁跃民听到高建国绕来绕去就是走不出这个圈，立刻生气道："建国，我不想同样的话说第二遍。你和安家的感情债，那是你个人的事情，我无权干涉，但是如果牵涉到公司的利益，我就必须说清楚。安国庆在公司，就是对公司最大的威胁。这本账必须查清楚。"

对于查账的事情，高建国还是有些犹豫不决。如果真的着手核查，就必须要请专业的财务人员，无论最后结果如何，都势必会影响到他和安国庆之间刚刚恢复的关系。正犹豫间，安国庆回来了，脸色微红，显然中午吃饭时喝了点。安国庆看到高建国，立刻笑脸相迎，突然却瞅到丁跃民手里的账本，脸色顿时一黑。

丁跃民赶紧打了个哈哈："建国好不容易来一趟，你这个总经理不在，只好由我这个下属向他汇报公司的日常事务了。"

安国庆沉着脸道："刚去见了几个合作商，耽误了。不知道你这个大股东要来查账，我又失职了。"

高建国有些过意不去，赶紧解释道："开玩笑的，你别当真啊！"

安国庆立刻换了一副笑脸，说还要开个会。让高建国和丁跃民意外的是，安国庆开口就是要辞职，还说这次的责任应该自己承担。丁跃民观察着安国庆，摸不清他究竟是打着什么算盘。

高建国自然连声挽留，安国庆声泪俱下，说自己不是做生意的料，连累了两位朋友，实在没脸再待在公司了。一直在旁边默不作声的丁跃民也辨不清安国庆这模样到底是真是假。

高建国突然面露振奋之色，大声道："香港公司虽然起步早，现阶段有了可观的收益，但是面临的竞争却同样巨大。电子行业在香港已经走向发展的成熟期，而且不乏世界级的大公司，拥有雄厚的资本、强大的技术力量和丰富的经验，他们生产的产品占据着香港、东南亚绝大部分的市场，像我们这样年轻的公司在这些方面是远远无法和他们相抗衡的，所以未来的前景其实是不容乐观。但是大陆市场不同，大陆的电子行业才刚刚起步，有很大的市场空白，我们在这方面占了先机，因此我很看好北京分公司未来的发展空间。对我们来说，最有利的资源就是市场，只要牢牢把握机会，我有信心北京公司能成为国内电子行业的领军企业。”

高建国侃侃而谈，条理清晰，论据充分，令丁跃民和安国庆都不住点头。丁跃民顿时对公司的前景满怀憧憬。

安国庆突然提议道：“建国，你的分析非常有道理，北京的分公司以香港总公司为后盾，再加上你的商业头脑，未来的发展不可限量。不过我现在有一个新的提议，我在深圳待过几年，深圳这几年的发展一日千里，又是距离香港最近的开放城市，有许多优惠政策，而且信息畅通，未来我们要开拓大陆市场，我认为还要加强和深圳方面的联系，所以我建议去深圳调研市场。”

高建国听了一拍桌子，惊喜道：“国庆，你还说自己不懂做生意，我看你是太谦虚了。我也正想去深圳一趟，咱们俩想到一块去了。”

打着到深圳考察的旗号，安国庆很快独自飞到了深圳。这一次，他见到了久别的老友——龙飞。两人因为在歌厅打架而认识，正是龙飞告诉他“让对方一无所有”才是最有快感的复仇。新成立的锐达电子公司，担任总经理的正是这个龙飞，幕后老板则是安国庆，启动资金则是上次高建国发过来的那批货出手后的变现。安国庆并未打算就此住手，他还有下一步计划，一定要让高建国落入万劫不复的境地，只有这样才能让他内心的仇恨平息。

跟龙飞敲定下一步的行动细节后，两人分手。天色已是黄昏，金秋夕阳下的深圳特别美丽，安国庆哼着《英雄本色》里小马哥出场的背景音乐走出了庆春宾馆，刚刚走到门口，就看到外面站着一个熟悉的身影——丁跃音。

安国庆不想跟这个疯丫头碰面，原因是啥，他自己也说不清楚。丁跃音开朗、自信、善良、纯真……总是充满活力，相信世上一切真善美的东西。每次面对她，安国庆都会感觉自己那颗渴望复仇的心肮脏而卑鄙。只有在远离跃音的时候，他才能坚信自己的复仇是天公地道、理所应当的。

丁跃音手里拿了一张小纸片东张西望，安国庆一埋头，转身朝另一个方向走去。突感身后一阵香风袭来，丁跃音跑过来一把搂住他脖子，大喊道：“跑什么啊你？”声音里充满了喜悦和兴奋。

安国庆承受着丁跃音热情的拖拽，无可奈何地说道：“你能不能不要在大街上拉拉扯扯的，像什么样子？”

丁跃音在安国庆手臂上掐了一把：“我告诉你，本姑娘来找你纯属是看得起你，你不要身在福中不知福啊！”

安国庆没好气地说：“你就别往自己的脸上贴金了好吗？”

“给你个机会，请我吃饭！我要去国贸旋宫的旋转餐厅去吃。”

安国庆面无表情答了声：“不去。”声音毫无力度，可能是连他自己也知道，在丁跃音面前这些话都是徒劳。

旋宫在国贸大厦49层，高160米。宫厅旋转，凌空欲飞，蔚为壮观，从外面看，好似镶嵌在鹏城上空的一颗璀璨的明珠。

丁跃音走进旋转餐厅，步履轻盈，一脸满足地说道：“这里可是个好地方，既可以品尝美食，又可以饱览深港两地风光，所以凡是有些身份的人都喜欢来这里用早茶。”安国庆只有傻笑着点点头。

两人来到一处靠窗的座位坐下后，安国庆还是一副心不在焉的模样。跃音有些恼了，狠狠地拍了一把安国庆：“喂，我在跟你说话，你却三心二意的，你想什么呢你？说，是不是背着我找了别的女人？”

“你少胡扯了，我哪有三心二意的？再说了，我就算是找一个女人怎么了，跟你有关系吗？”疼痛让安国庆回过神来。

丁跃音突然表情严肃起来，盯着安国庆的眼睛突然湿润，不一会儿眼泪就滴答下来。

安国庆感觉头大如斗，赶紧解释道：“你、你……你怎么还哭了？我……我没找。”

丁跃音脸上立马小雨转晴，笑嘻嘻地说道：“这还差不多。”

安国庆最怕丁跃音这样阴晴不定，一歪嘴说道：“我就纳闷儿了，我找没找跟你有关系吗？”

丁跃音得意道：“有关系，你是我的人，我看上的东西谁也别想抢走。”

“别胡闹啊！”安国庆假装严肃地说道，“你把我比作东西？我是人，我不是东西。”

丁跃音哈哈大笑："对，你不是个东西……"

安国庆只有无可奈何地笑了笑。他心里有些闹不清楚，丁跃民、高建国两个大男人都被自己唬得云里雾里的，怎么每次一对上丁跃音就说不清理呢！

像小蜜蜂一样嗡嗡嗡的丁跃音突然安静下来，怔怔地望着门口。安国庆有些好奇，转头向身后望去，见五六个人正往包房走去，为首的是个年轻人，梳着油光可鉴的大背头，墨镜推到脑门上，五官端正，一身金色的西服，手里拿着个大哥大，一副趾高气扬的模样。

看到丁跃音目不转睛地盯着其他男性，安国庆心里很不是滋味，故意把手伸到丁跃音眼前晃了晃，不满道："哇，看见男人就流口水，小心眼睛长鸡眼！"

丁跃音回过神，微笑着说："你知道他是谁吗？他是香港大富豪李嘉盛的儿子，也就是建国的大舅哥。"

"你是说建国是他的妹夫？"安国庆惊讶得张大了嘴巴，开始仔细地打量起李浩南，羡慕道，"建国还真是好运气！"

丁跃音凑过来小声说道："但是这个李浩南对建国的意见很大，上次因为新产品的核心技术还差点打上了官司，我劝建国一定要告他，但是建国说不想让媳妇儿难做。"

安国庆立刻来了兴趣，连声追问。丁跃音开头不愿意多说，但在安国庆的一番甜言蜜语之下，傻傻地把高建国和李家的事情说了个清清楚楚。

第二天午后，西丽湖度假村内林木葱郁，繁花绚丽，充满古典韵味的亭台楼阁错落有致地分布在各处，布局工整，玲珑精巧。蓝天白云把游泳池水染得湛蓝，周围只有一张躺椅上有人，正是早已守株待兔的安国庆。昨晚与丁跃音分开后，他就联系上了龙飞，打听到了李浩南今天的行踪。

过不多时，李浩南在几个身材火辣的美女簇拥下来到游泳池，只见他左拥右抱，和美女们在泳池里肆无忌惮地嬉戏着。安国庆就在岸上斜躺着，静静地看着泳池中的一切。过了一会儿，李浩南从池中出来，径直朝安国庆走来，摘下墨镜说道："这位先生，能麻烦你让一下地方吗？"

安国庆直起身子，一脸茫然道："您是在说我吗？"

"对，我的几位贵客不希望受到打扰，希望你体谅。"

安国庆立刻换过一张笑脸说道："李先生，有几句话我说完了，马上离开。"

李浩南立刻蹙起了眉头，惊讶道："你认识我？你……是谁？"

安国庆哈哈笑道："鼎鼎大名的永盛集团未来的继承人，当然对我这样的小人物不会感兴趣。不过，李先生，我们有共同的敌人，这就是我们合作的基础。"

"你到底是谁？"李浩南有些警惕地问道。

"我是谁不重要，重要的是，高建国是我的敌人，所以我希望能够和李先生联手对付高建国。"安国庆胸有成竹地说道，"我是高建国在北京的合作伙伴，也是他当初畏罪潜逃的原因。我这样自我介绍，李先生清楚了吗？"

李浩南嗤笑一声，已经重新戴上了墨镜："那是你们之间的事，和我没关系。"话音未落已经转身，准备重回泳池。

安国庆清清嗓子说道："高建国很聪明，你也许根本不知道该怎么对付他，可我跟你不一样，我比你了解高建国，高建国现在很信任我，我知道怎么打败他。难道李先生甘愿背着'傀儡'这样的称号也不愿意打败高建国吗？"

一听到"傀儡"这两个字，李浩南心中顿时像核弹爆炸，暴喝一声："你！"

安国庆满脸堆笑，淡定道："我是心直口快，李先生不要介意。如果你想证明自己，就必须打败高建国，我说出的可是李先生的心里话？"

李浩南咬紧牙关，停下了脚步，思索片刻，转过身问道："你打算怎么和我合作？"

安国庆心头暗喜，脸上却是平静如水，不慌不忙地说道："李先生，这件事其实很简单，我们坐下来慢慢谈。"

李浩南半信半疑地坐在了另一张躺椅上。

高建国并不知道又一场针对他的阴谋正在慢慢展开，他刚刚敲定了一笔和深圳王老板的订单，正在想要不要把这个好消息告诉安、丁二人，管理部谢部长慌慌张张地跑进来，大喊着："老板，不好了！"

高建国抬头，语气轻松："发生什么事儿了？"

谢部长上气不接下气地说道："老板，不知道为什么，一直给我们提供原材料的几家供应商突然同时提出要涨价，今天咱们的采购员去进货，他们都不肯按原价给我们发货了……"

"还有这种事？"高建国停下了手里的事情。

谢部长神色紧张，摆着手说道："如果只是一家要涨价还很正常，可是突然所有的供应商都要涨价，老板，这件事太蹊跷了。"

"我先打电话问问。"高建国招呼谢部长坐下，拿起了电话，拨通了一个原料商的电话："钱老板，我是高建国，今天的事我听谢部长说了，我们合作不是一天两天了，怎么事先一点风声都没有？"

钱老板说话有些支支吾吾："高老板，我也是没办法啊，现在工资涨得这么快，再按原来的价格供货，我厂里就要发不出工资了，你也要体谅我啊！"

"钱老板，这几年我们合作一直很愉快，我是很信任你的。这次涨价这么突然，我确实一点准备都没有，好多订单我都已经签下来了，如果按你现在开出来的价格，我这些单子可亏损不少啊！"高建国说出了自己的困境，希望能有回旋的余地。

"哎呀，高老板，不是我不给你这个面子，我也有难处啊！"钱老板说话很急，好像恨不得马上挂断电话。

高建国再次提出了自己的条件："钱老板，你看能不能这样，这批货你先按原来的价格发给我，下一批货我们再重新定一个合适的价格，这样对你我来说都很公平。"

就在这时，电话那头的钱老板突然大声说："喂、喂，高老板你说什么，我这边听不清啊……高老板，我还有急事，改天约你喝茶，先挂了。"刚说完，电话已经挂断。

高建国明白了这是几个供货商相约联手逼买家提价，思索了一会，又拨通了北京的电话。他希望北京那边的存货暂时不要动，可安国庆告诉他存货已经全部发出去了。安国庆的声音，着急中透着几分喜悦。不过在这个危急关头，高建国也没空多想，他决定还是自己多想办法。

彷徨无计的高建国决定当面跟几位供货商谈谈，希望能用诚意和利益挽回他们。可惜，早茶等成了午餐，而且只来了钱老板一个。其他几个老板都借口有事情，决定权都交给了钱老板，而他恰是众人中最圆滑的。钱老板显然是有备而来，高建国好话说尽，却是徒劳，无奈之下只好约定三天后照新价格签约。

回到公司，高建国十分烦恼，给丁跃民打了个电话，希望能听听他的意见。没想到丁跃民的第一句话就是："要不然就直接把公司卖了吧，现金能套多少是多少。"

高建国当然不愿意："跃民，我不能那么做，只要还有百分之一的希望我都不会放弃，因为公司里有好多员工都是从以前那个厂一直跟我到现在，我对他们是有责任的。"

电话那头的丁跃民却有些不耐烦："建国，要我说你这完全是多此一举，你现在都自顾不暇了，还管别人？我们现在一定要把公司的损失降到最低，握在自己手里的钱才是关键，别人的死活完全没有必要再管。"

高建国听完丁跃民这番话，以为丁跃民太过紧张，劝道："跃民，我不能这么做。公司现在虽然有难处，但是我总会找到解决的办法的。"

丁跃民眼中仿佛已经看见债主们的凶狠面孔，急切道："建国，你这……你这是要闭着眼往火坑里跳啊！"

高建国继续安慰道："跃民，其实你真的不需要这么悲观。"

"不是我悲观，我是实话实说，建国你要不卖公司的话，我先把丑话说在前头，我在北京分公司所占的股份只是一点点，如果需要赔偿的话千万别牵扯到我啊，我可是穷得要命，赔不起这话我就先告诉你了啊！"丁跃民说话已经带着点哭腔，如果可以，他真恨不得跪下求高建国别把他搭进去。

内心总是如阳光般灿烂的高建国笑了笑，说道："我把你看成是兄弟，本来也想让你们赚钱的，但是现在搞成这样子，我很抱歉，赔偿的事情我自己看着办，与你没关系。"他本以为说了这样的话，丁跃民会改变主意，没想到听到的却是如释重负的"有你这句话我就放心了，我先挂了啊！"

听着电话里的忙音，高建国才隐约感觉到，那些他视为兄弟的人已经在慢慢发生着变化，只有他还惦念着兄弟之间的情谊。人或许总是需要一些低谷的，高建国想着，或许只有在低谷当中才能看清楚那些变化，哪怕自己不愿意去接受，但是事实终归已成事实。

几乎天天能接到追债电话的丁跃民，整天像热锅上的蚂蚁一般，情急之下他又想起了那两个深圳的秃头金主。这一回安慧当然不愿意再来，丁跃民只有搬出“高建国被供货商算计”和“安国庆可能在幕后捣鬼”这两根救命毫毛。安慧勉强帮了他这回，但丁跃民心中却更加痛苦，他彻底明白了，安慧心中始终只有高建国一个人。

三天后，国恒电子厂的会议室内，稀稀拉拉地坐了十来个人，左手边的是高建国为首的国恒员工，右边则是钱老板为首的几家主要供货商。几个供货商不紧不慢地喝着茶水，时不时用眼神相互交流一下，都是一副胜券在握的表情，默契地等待着高建国最后的妥协。先是得了永盛的那笔飞来横财，这次又能以双倍价格卖材料给国恒，几位老板都像是中了六合彩一样开心。

渐渐的，几位供货商感觉氛围有些不对，因为高建国的表情也和他们一样悠闲，完全不像已经走投无路的样子，就连国恒的职员也很淡定。钱老板有些沉不住气，清咳两声发言道：“高老板，你不是说合同已经准备好了吗？可以开始了吧？”

高建国面露微笑，淡定道：“不急，我还有一个朋友要来。”说完左手端起茶杯，右手朝几位供货商一摊，招呼他们喝茶。几位供货商面面相觑，开始小声议论起来。也不知道是不是茶水喝多了，有人已经有些坐立不安。

会议室的门开了，谢部长领着一位身着蓝黑色西服的中年男子走了进来。人到身前，高建国迅速起身，主动与中年男子握手，热情招呼道：“上官先生，您终于来了。”

这位迟来的上官先生微笑道：“不好意思，高老板，让你久等了。”一边说着话一边坐到了主席位子上。

几位供货商都紧张地盯住来客，钱老板按在椅子上的手开始微微颤抖。高建国继续招呼上官先生：“应该的，上官先生是我的贵人，现在来得正是时候，不晚。”

上官先生只是礼貌地点点头，没有再多说什么。高建国拿出一份合同放到上官先生面前，笑着说道：“上官先生，这是按您的意思准备的合同，如果没有问题，我们现在就可以签字了。”

钱老板一下明白了过来，立刻起身质问道：“高老板，你这是什么意思？”

高建国丝毫不让地看着钱老板，微笑着解释道：“钱老板，我这么做不过是以其人之道还治其人之身。既然你们可以落井下石强行提价，那么我当然也可以有权选择其他合作对象。这位深圳来的上官文先生就是我公司新的供应商，今后我会和他长期合作。谢谢各位今天前来捧场！”

钱老板面色铁青，一拍桌子道：“高建国，你太过分了！”说着转身离去。其他几位供货商也气急败坏地走了。

合同签好。高建国突然开口问道：“上官先生，其实我一直有一个疑问，还是想请你帮我解答。”

“高老板，请讲。”

“您为什么会选择和我合作？”

上官文微微一笑道：“生意嘛，就是互惠互利，我在寻找一个机会和香港的电子行业合作，而你就是我认为最合适的合作对象。当然了，国恒面临供应商的困局，是你的难题，却是我的时机。所以，我们一拍即合。”

因为这次的合作是上官文主动联系自己，高建国觉得不会就这么简单。上官文看高建国还是一脸迷惑的样子，又解释道：“可能是因为我出现的时机有些巧合，不过请相信我不会盲目地选择合作对象，我更相信我们之间的合作会非常愉快。”

看上官文说得很真诚，高建国虽仍有困惑，也不好再问，坦然站起来伸出手，对上官文点点头说道："是的，希望大家合作愉快。"

"公司？公司挺好的，国庆和跃民都很帮忙，这两天都去深圳调研去了。是……您就放心吧……是吗？爸，您这次来香港参加会议，一定要去我妈店里看看，尝尝她亲手包的饺子。爸，您就放心吧，妈这边我去做工作……"晚上，高建国接到了从北京来的电话，还是同以往一样报喜不报忧。他想的是反正供货危机已经过去，就没有必要跟父亲提起这件事了。

打完电话，高建国一脸轻松地坐到沙发上，打算看会儿电视。李佳欣把高旗放到婴儿床上，一脸严肃地问起他这次的供货危机。

高建国亲热地搂住道："佳欣，现在危机已经解决了。我不告诉你是怕你担心。你现在要带孩子，还要回去照顾爹地，我可以解决的事情就尽量不给你带来困扰。"

"怎么解决的？"

高建国想了想才说道："我也觉得挺奇怪的，前几天我让管理部谢部长广泛发布采购的信息，深圳有一家公司就这样出其不意地帮助了我们，以原价供给我们生产原料。"

"深圳的供货商？是我们之前的熟人吗？"

"不是，之前完全没有接触过。"对于上官的雪中送炭，高建国自己也是一头雾水。

李佳欣忽闪着大眼睛猜道："那到底是谁出手帮了忙呢？会不会是你那个好兄弟丁跃民？"

"我倒是希望是他，"高建国叹了口气说，"但是最近跃民跟以前……有些不一样了。"

"怎么突然这么说？"李佳欣有些意外地扬起了头。

"不好说……"高建国沉思一阵，"就是感觉和以前不太一样。我们当知青的时候，大家都很简单，每天就是抢着干活，挣工分，然后就去草原上骑马。那段日子，虽然艰苦，但是心里特别敞亮。"

佳欣微笑着抚摸着丈夫的胸膛，温柔地说道："时代在变化，人也是会变的。建国，你也在变。”

高建国撇撇嘴笑问道：“我变了吗？”

“变了，你对旗旗越来越没有耐心。”佳欣笑着给了他两拳。

高建国笑着把妻子抱到腿上说道：“老婆，你怎么会这么想呢？这段时间公司遇到太多事情，等忙过了这阵子，我带上你和儿子去旅行，地方由你定，好不好？”

午后，高建国抽空到了“老北京饺子馆”，想把父亲要来香港的消息告诉母亲。在后厨没有看到母亲和海叔，刚走出后厨，就看见母亲手捂胸口，面色苍白，呼吸急促，海叔正在一旁猫着腰扶她坐下。

高建国赶紧走过去问道：“妈，怎么了？”

海叔立刻说道：“建国，你妈最近不舒服，你这个做儿子的也太粗心了，抽空陪她去医院检查检查。阿英，你也是，每天去医院看那个何教授，也不知道顺便检查一下自己的身体。”

岳芳英皱了皱眉，对海叔一摆手说：“我没事，休息一下就好，你去忙吧！”

看着海叔进了后厨，高建国才坐到母亲身边，关切地问道：“妈，你哪里不舒服，为什么不告诉我？”

岳芳英扑哧一声笑了，摸摸儿子的头说：“你别听海叔的，都是小毛病，不用去医院。你今天怎么有空来，厂里怎么样？”

高建国当然说公司一切顺利。听着儿子的话，岳芳英笑了笑，突然又捂住胸口说道：“没事就好，建国，你看看你都瘦了，要注意身体啊！”

高建国看到了母亲的动作，但知道母亲一向好强，也不说破，婉转说道：“您就别操心了。对了，妈，我刚才忘了跟海叔说，这个周末让他给我留酒楼最好的包间！”

“你要请客啊？”

“重要的客人。”高建国一脸神秘地说道。

“行，几个人啊？我们好准备。”岳芳英认真地问道。

高建国望着母亲，微笑着说：“就我们一家子。”

“谈生意还是带家属啊？什么客人这么重要？”

高建国拉住母亲的手，神秘一笑说：“妈，我爸要来香港了。”

母亲表情一僵，没有说话。高建国明白母亲的心结，继续说道：“妈，您忘了？我爸是香港基本法起草委员会的成员，这次来是公事。我想我们一家人一起吃顿饭。”

母亲面露苦笑说：“一家人？我和你爸爸再也不会是一家人了。”

高建国用尽量缓和的语速说道：“妈，我们来香港十年了，这十年发生了太多的事，而且爸爸已经有了新的生活。过去的事不能挽回，您不是也经常说人要朝前看吗？既然您决定留在香港，为什么不考虑换一种方式生活呢。我看海叔对您一直都很好，您是不是……”

“建国，妈的事情你不要管。”岳芳英脸色骤变，猛然站了起来，“以后再不许你说这种话。”说完，快步走进了后厨。

阳光透过金黄的梧桐树叶，印在木制的地板上，大概是有些日子没有补蜡了，木板的红色有些暗淡。安慧正小心地收好自己的小提琴，表情专注而恬静。

这时有人敲门，一抬头就看见了哥哥安国庆，安慧开心道：“哥，你什么时候到的？”

“到了两天了，刚忙完一些事。”安国庆说着话，眼中隐隐有些怒意，“不着急，安慧，我有话想问你。”

安慧从哥哥的眼中感觉到一丝寒意，低声问道：“什么事啊，不如边吃边说吧？”

安国庆双臂抱胸，斜着眼说：“说吧，你和上官文怎么回事？”

安慧心中咯噔一声，小声道：“哥，你这话什么意思？”

“我什么意思？”安国庆翻着白眼，一边撇嘴朝着眉前的一缕乱掉的头发吹气，一边说道：“我还想问你是什么意思呢？你现在了不起了，成角儿了，有老板捧场了，是吧？你还懂得利用自己去拉关系了对吧？别想抵赖，就在星星咖啡厅，我兄弟都看见了，上官文送你一块瑞士表，你还摆出一副清高样没要。为了高建国，你是什么事都愿意干了，是不是？”

安慧有些慌乱，但很快镇定下来，反问道："你怎么会知道上官文？难道是你在陷害高建国？"

"没错，就是我干的，你不是恨高建国吗？为什么要偷偷地帮他？"安国庆直接盯着妹妹质问道。

"丁跃民跟我说，你出卖高建国，我还不信，看来是真的。"安慧也丝毫不让地与哥哥对视。

安国庆啪的关上门，愤愤道："我发现你们女人都是表里不一的，表面上恨得咬牙切齿，实际上却是藕断丝连。人家现在有娇妻有孩子，一家人阖家欢乐，你算什么？你这样做算什么？你说啊？你这叫犯贱！"

"我犯贱？那你背地里耍手段、搞阴谋算什么？好歹高建国是把你当兄弟才那么信任你，你不但不感激，你还陷害他，你这叫无耻！"

"我是无耻，你怎么说都可以，"安国庆眼中闪过一丝惭愧，但很快被愤怒所替代，"这是高建国逼我的，这是他欠我的。"

"够了！"话都说到这份上了，安慧也不想忍了，猛然提高声量说道："你不要再给自己找这些冠冕堂皇的借口了，他早就不欠你了，是你自己的心胸太过狭隘。"

安国庆一把拽起安慧的领口大喊道："你说我心胸狭隘？是谁把我害得差点变成残废？是谁毁掉了我的梦想？是谁？是谁？"

安慧瞪大双眼看着哥哥，有力地说道："他是有错，你就没有错吗？如果不是你当初逼着我嫁给王乐，怎么会有这么多事情发生？我也不会是今天这个样子。你难道想你的妹妹一直生活在痛苦和仇恨当中吗？"

"闭嘴！"安国庆一记耳光打到了安慧脸上。

安慧捂着红肿的脸颊，眼睛依然死死盯着安国庆，劝说道："是我太天真，以为你真的放下了仇恨，没想到你竟然执迷不悟到如此境地。哥，收手吧！"

"我不……我不！"安国庆咆哮道，"我凭什么收手？凭什么他可以应有尽有，凭什么我要备受煎熬？我一定要报仇，我一定要报仇！"

"你醒醒吧你，说的是报仇，在这场战争中，我们早就输了，输得一塌糊涂。你看看你现在的样子，你认为你成功了吗？你真的得到快乐了吗？"眼泪顺着面颊缓缓流下，安慧继续说道。

“我不管，我一定会让高建国尝尝失去一切的滋味。你给我听好了，从今往后，你最好给我安分一点，否则不要怪我不认你这个妹妹。”安国庆已经进入了癫狂的状态，根本听不进去妹妹的话。

安慧啜泣几下，接着说道：“你难道不明白吗？高建国不是笨蛋，他只是觉得亏欠而选择相信你。而且丁跃民也已经不相信你了……”

安国庆指着妹妹大声道：“安慧，我警告你，离丁跃民那小子远点。这小子整天都在地下赌场里鬼混，他欠下的赌债已经够他死好几回了，可还是执迷不悟想着拆东墙补西墙。这个公司，即使我不动手，早晚也会毁在姓丁的手里。信我一句话，他已经不是从前的丁跃民了！”说完夺门而出。

狭窄的琴室之中，只剩下泪流满面的安慧。

绚烂的晚霞红透半边天，一辆红色的士停在了宝灵街 10 号。一身棕色呢子西服的高致远下了车，仔细打量了一下“老北京饺子馆”的大红字招牌，冲着车内说了声：“多谢！”

司机笑笑说：“‘水饺皇后’的饺子好出名的，老板多吃点！”

“爸！”一转头，儿子高建国已经出现在面前，父子俩紧紧拥抱在一起。

高建国开心地向父亲介绍着店面的装潢设计、生意有多么火爆，高致远却一脸担心地说道：“你妈她现在好吗？愿意见我吗？”

“爸，我们进去说吧！”高建国拉着父亲直奔包房而去。

父子俩刚刚坐定，岳芳英就推门进来了，她已经换上了一身便装。

高建国赶紧给母亲拉出椅子：“妈，坐。”

岳芳英走到桌边缓缓坐下，低声说了句：“你来了？”

“老岳……”高致远的声音带着哽咽。二人的眼眶都有些红，互相不自然地看了对方一眼，又都匆匆低下了头。

沉默了几分钟，高致远才打破了僵局：“上次你回来……真的很抱歉。”

岳芳英侧过脸说：“客气的话都省省吧，我不想听。你现在有了新的生活，我祝福你。”话没说完，两行泪水已经从眼角滑出。

高致远也是一脸痛苦，右手扶额说道："老岳，造化弄人啊。当年他们送来你的火化证明，我是真的以为你……唉……"

包房内的气氛令人窒息，高建国借口有事出去了。

岳芳英沉默了一阵才说道："算了，小华也不容易，王鹏飞的死我也有责任。"

高致远勉强挤出一丝笑容说道："都过去了，我和小华希望你在香港过得好，过得快乐。"

岳芳英猛的坐直身子说道："我正在努力，努力证明王鹏飞的清白，我不会放弃的……"

高致远有些意外于岳芳英的执著，叹气道："老岳，事情过去那么久了，你不要为难自己。"

岳芳英直视前方，摇摇头，表情倔强地说道："虽然大家都说命运不可逆，但我总想做点儿什么，可以证明自己是不负家国、不负此生的。"

一时间，高致远也不知道该说什么。门一下开了，建国和海叔先后走了进来。海叔满脸笑容朗声道："今晚是高先生第一次光临，非常欢迎。"

岳芳英和高致远都将情绪收拾起来，面露浅笑。高建国从服务员的托盘中端过菜肴，边上边介绍。到了最后一个托盘，海叔突然拦下高建国刚刚伸出的手，哈哈笑道："建国，今天是你请客，这不合规矩，我来。"一抬手端过一副笼屉，推到高致远面前，热情地介绍道："这是阿英亲手包的老北京饺子。"

高致远点了点头，满怀感慨地对岳芳英说："我也好久没吃你亲手包的饺子了。"

海叔递过一只白瓷小碟说道："对了，饺子还要配上这绝配的汤汁蘸碟才行。"快到高致远手上时，海叔却一个趔趄，红黑色的汤汁洒出来，溅了高致远一身，海叔连声道歉。

高致远神色如常，平静道："何先生，没关系，我去洗手间擦洗一下就好了。"海叔一边道歉，一边跟着高致远进了洗手间。

等着高致远用手帕擦拭过衣服上的油渍，又用清水洗去了脸上的污迹，海叔才笑着问道："高先生，没事吧？"

高致远大方道："何先生，没关系，已经洗好了。"

海叔凑上前在高致远耳边小声说道："高先生，我想跟你聊几句，关于阿英的事，不知道你方便吗？"

高建国在包房里安慰着母亲，过了十来分钟，父亲和海叔回到包房。父亲一抬手说道："今天虽然是家庭聚餐，但我自作主张，想请何先生也一起参加。"虽然有些意外，但高建国和岳芳英都没有反对。

高致远把海叔请到上座，举起酒杯说道："何先生，建国叫你海叔，那我就跟着叫你阿海了？"

海叔爽朗道："行！"

高致远继续说："感谢你这些年照顾芳英和建国，谢谢！我先干为敬。"

高建国赶紧给自己倒了一杯酒，站起来说道："海叔，也敬你一杯！我们母子与您相识十多年了，感谢你不遗余力地帮助我和我妈，谢谢！"

海叔面露些许害羞的表情，一举杯，三人同时一饮而尽。高致远一边吃一边与海叔说笑着，两人好像从卫生间出来之后就成了老友一般。

海叔突然停筷道："阿英，你怎么了？"

高致远转头一看，见岳芳英脸色苍白如纸，左手捂住胸口，拿筷子的右手僵住不动，额头上渐渐出现汗珠。他立刻问道："老岳，怎么了？不舒服？要不要去医院？"

岳芳英脸上挤出一丝笑容，摆摆手说："没事儿，这两天酒楼忙，有点累罢了。"说着若无其事地吃了个饺子。

深夜，餐厅已经打烊。刚刚送走儿子的岳芳英独自走进后厨，将门反锁上。背倚房门，强忍多时的泪水终于决堤而出。她怕哭泣声被还未走远的儿子听见，立刻用手捂住了自己的嘴。她从怀里取出一张全家照，看着照片上一家四口的照片，再一次泪流满面。

第二天，岳芳英还是跟往常一样大清早就来到餐厅。一进后厨，几个原本在议论着什么的员工看到她进来，都安静了下来，立刻散开，各自埋头去忙自己的事了。她以为是自己略显红肿的双眼引起了他们的注意，因此也没有多在意。

突然，她看到厨房的餐台上有一大捧玫瑰花。她有些好奇，走过去看着红艳艳的玫瑰花。花簇中有一张白色的小卡片，上面写着：

TO 亲爱的阿英

除此之外再没有其他信息。岳芳英有些诧异，问了一下周围的员工，大家都说不知道，但眼神却是怪怪的。

岳芳英皱皱眉问道："海叔呢？"

一个员工高声道："海叔说今天有事，晚一点才能过来。"

岳芳英有些生气，让员工把花收起来，不能影响厨房工作。

一切如常，直到傍晚时分，岳芳英发觉有些不对，以往这时是厨房最繁忙的时段，大家都恨不得手脚并用，今天却根本没有单子进来。岳芳英走到大堂，却看到几个服务员忙着用彩带、气球来装饰天花板和柱子。

她叫住一个服务员问怎么回事，服务员说有位客人包下了整个酒楼，海叔特别交代过今晚就只接待这一桌客人。服务员说完笑嘻嘻地跑开了。岳芳英想了想，回到后厨坐下闭目养神。

不知道过了多久，岳芳英突然被一阵吵闹声惊醒，几个服务员围到身边跟她说客人指名要见她。虽然有些惊讶，但这种事情对岳芳英来说也不是第一次。她简单整理了衣服和帽子，走进了大堂。

第十六章
股海沉浮

- 香港股市一片红火，富贵如李浩南，普通如阿雄，甚至连身在大陆的安国庆都置身其中，想借着这个好势头，大赚一笔。只有高建国保持清醒冷静，坚持自己的实业道路。

- 股市泡沫再绚丽，都终有破灭的一天，各人该何去何从？

一

柔和的灯光下，大堂里只有一个人，身穿着黑色条纹西服背向自己而坐。岳芳英小心翼翼地走过去，客人突然转过头来，惊得她差点摔倒。这个人居然是一向着装随意、须发散乱的海叔。

岳芳英扑哧一笑，接着责怪道："阿海，你搞什么鬼？"

海叔站起来，凝望岳芳英，郑重道："阿英，直到昨天，我才决定将心里藏了很久的话说出来。今天这些都是为你准备的，嫁给我吧，阿英！"说完，将早已准备好的玫瑰花躬身捧上。

岳芳英面色一沉，肃然道："如果这是愚人节玩笑，我可以接受，如果你是认真的，以后我们恐怕连普通朋友也没得做了。"

海叔急忙道："阿英，你为什么不肯接受我？连高先生都已经开始新生活了，难道你就打算孤苦伶仃一辈子吗？上次他也跟我谈过了，希望你能拥有新的生活，还说感谢我照顾你，这个……"

岳芳英红着眼哽咽着说道："对不起，我，我真的没做好这个准备，对不起！"说完对着海叔一鞠躬，跑出了餐厅。

北京的夜空正淅淅沥沥地下着小雨。南锣鼓巷内，一个女人正在快跑。她没有带伞，只好举着包来挡雨。正要拐进府学胡同时，一个黑色的身影闪了出来，路灯照到他脸上——正是徐兵。只见他步履歪斜、两腮酡红，分明是喝多了。他拦住女子去路，大声道："欢欢，你肯原谅我了吗？"

奔跑的女子正是周欢，她一边伸手掩鼻一边说："你干吗喝这么多酒啊？"

"还不是因为你？你说，你是不是嫌弃我是个工人？"徐兵的身体晃晃悠悠的。

周欢连忙说："你不要胡说八道行吗？你赶紧回家吧，我也要回家了。"

徐兵一脸痴迷的表情说道："我送你回去。"

"不用，我可以自己回去。"周欢转身准备绕过徐兵。

徐兵一把抓住周欢，大吼道："周欢！你到底想怎么样？"

"等你清醒了再说吧！"周欢挣扎着，"你松开，你喝成这样我跟你说什么你都不会明白的。"

徐兵继续苦苦哀求，反反复复就是那几句话。周欢不胜其烦地说道："徐兵你放开我！我告诉你，我们两个人的价值观不同，我受不了你那种省钱的方法，我们真的不合适。"

可惜醉酒的徐兵根本听不进去，他开始谩骂，甚至说出自己偷看过周欢的信。

周欢的眼泪随着雨水跌落，她呜咽着说道："没想到你不光是个吝啬鬼，你还是个偷窥狂，你心理变态！"说着奋力地推了一把徐兵。

徐兵很快又扑了上来，掐住周欢的脖子大喊道："说，你是不是喜欢那个当兵的？你是不是嫌弃我是工人？你说！"

周欢只能嘶喊着发出声音："我确实喜欢他，我喜欢他，你想怎么样？"

徐兵的眼泪也流了出来，抬手就要打周欢，手到半空却停住了。一只铁钳一般的手抓到了自己手臂上，一转头，身边正是那个当兵的。徐兵有酒精壮胆，大喊了一声："又是你？！我跟你拼了……"

高建军怒视着徐兵，正色道："我是军人，我不会跟你动手，你好自为之。"说完松开了徐兵。

徐兵揉搓着生疼的手臂，一边倒退一边说道："你等着！你们都等着！"说着越跑越远。

高建军拉着周欢的手臂问道："没事儿吧？"

周欢强忍着委屈摇摇头。高建军点头道："那我们回去吧！"两人一前一后地往自家小院走去。

周欢突然问道："建军哥，这么晚你怎么会在这里？"

周建军一下僵住了，转过身从军用挎包中掏出一把雨伞，有些不好意思地说道："我……给你雨伞。"打开雨伞交给周欢后，建军继续迈开方步向前走。

周欢接过伞却没有继续前进，两眼发直地望着建军的背影。高建军走了两步后，发现周欢并没有跟上来，只好回身，却发现周欢已是泪流满面。两人就这样在雨中互相凝望，时间仿似停住。

路灯突然闪了一下，一黑一亮惊得周欢放声大哭。高建军再也无法克制自己的感情，他突然快步走过去，一把将周欢拥入怀中，红着眼说道："你没事儿吧？没事儿吧？是不是吓坏了？"

周欢牢牢地抱着建军，哽咽着喊道："建军哥……"

雨越下越大，高建军低头动情地看着周欢，周欢也看着高建军。两双炙热的唇奋不顾身地贴在一起。

周欢突然停下来："对不起……对不起，我知道你有女朋友。"

高建军再次把周欢搂入怀中："对不起，欢欢我骗了你……我当时是要去参加战争，我害怕有什么三长两短，所以才跟你撒了谎……对不起！"

周欢震惊地看着高建军，狠狠地捶打着高建军的胸膛，尖叫道："你！你这个坏蛋，大坏蛋……我再也不想理你了。"

高建军把周欢抱得紧紧的，任凭冰凉的雨水浇在身上。

流水线旁，高建国拍拍车间主任的肩膀说道："这次的几个单子都是我们的老客户，你们要上点心，千万不能马虎。"

"老板，这点你放心，国恒出来的产品，质量都是有口皆碑的。"车间主任连连点头，想了想又说道："不过，我听说有几家电子厂最近都在降价，而且他们确实通过降价吸引了不少客户。老板，我们是不是也要考虑把价格再降一降？"

高建国沉吟片刻，问道："以我们现在的生产成本，你认为还有降价的空间吗？"

车间主任神秘一笑道："其实只要稍微在原材料上动点手脚，虽然价格降了，利润却还有很大的空间。"

高建国表情变得严肃起来，直视车间主任说道：“这样得来的利润能维持多久？这么做是在自毁前程，只会让公司走下坡路。”

“厂长，我就是随口说说。”车间主任一脸惭愧。

高建国拍拍主任肩膀，宽慰道：“我没有怪你的意思，你也是为了公司着想。其实现在很多人都有你这种想法，不过这种做法是不可能长久的，我们这样的中小企业，靠单纯的价格战怎么能在这么激烈的市场竞争中取胜呢？你能明白我的意思吗？”车间主任面露恍然之色，连声保证以后一定严把质量关。

高建国开心地一抬头，意外地看到父亲正在一名工人的带领下走过来。高致远来到身前，一脸欣慰地说道：“你忙你的，我就是来看看。你的电子厂办得不错。看到你事业有成，我总算放心了。”

高致远说有个朋友要介绍给高建国，把儿子带到了位于中环的兰芳园茶楼。这家店是老字号，店面不大，却以丝袜奶茶、猪扒包闻名全港。北京有句老话是“不到长城非好汉”，香港人却说一定要喝过兰芳园的丝袜奶茶才圆满。

香气浓郁的猪扒包一上来，高建国就迫不及待地拿起来准备猛咬一口，父亲却突然站了起来，冲着门口一摆手说道：“建国，我来介绍。”

高建国心中暗叫遗憾，难得今天以儿子的身份过来，本想着可以大快朵颐，却被打断。他放下猪扒包，跟着父亲一同站起来，转身一看，来人竟是钱红一教授。三人共叹缘分奇妙。

简单寒暄之后，钱教授开始对高建国大加称赞。高致远望着儿子，感觉过去那个少不更事的少年已经成长为能够独当一面的青年企业家，更是深感欣慰。

李浩南很快知道了高建国再次逃过一劫，他又拨通了安国庆的电话，谋划下一步怎么办。刚说了个大概，妹妹李佳欣就破门而入，他的阴谋又被妹妹听到了。争吵之后，李浩南也懒得掩饰什么，直接扔出一份“财产分割合同”。

佳欣有点不敢相信，大声问道：“什么意思？”

李浩南侧过脸，说道：“佳欣，爹地现在这个样子，很多事情得由我说了算，你要是能把这份合同签了，我可以放过高建国。”

李佳欣翻看着合同书，眼泪默默流下。

李浩南深吸一口气说道：“佳欣，我这么做也是被逼无奈，你要知道我是绝对不会让高建国从李家拿走一个铜板的。签了这个字，就意味着你自动放弃了李家财产的继承权。”

佳欣暗暗擦去眼角的泪水，面露坚毅的表情说道：“哥，我只要在这份文件上签了字，你就可以放过建国吗？”

李浩南能明显感觉到自己的心跳在加快，良知在说：“自己一奶同胞的兄妹真的需要做到这一步吗？”但是，“傀儡”两个字又闪现在眼前。不行，我才是最优秀的永盛继承人。用力到面部肌肉几乎抽筋，李浩南才挤出一张笑脸说道：“我说话算话，只要能确保他对李家的财产不会构成威胁，我自然就没必要再对付他。但是你自己……你可想好了，高建国给你的安全感有没有胜过李家财产给你的安全感。如果你需要考虑，我会给你时间。”

李佳欣强忍着眼泪，看着眼前合同书上的一行行字迹，抓起了桌上的笔。李浩南一摆手问道：“你真的不要再考虑一下吗？”

李佳欣对视着哥哥的眼睛说道：“不需要，这件事根本就不需要考虑。哥你在乎的是金钱、地位，而我在乎的是亲情，我们矛盾和纠结的点是不同的。所以你记住今天说过的话，不要再对建国采取什么手段了。你可能都不知道，就算你在背后算计他、打压他，但是他连怀疑都不肯去怀疑你，他说我们是一家人，互相猜测容易伤感情，这就是建国。所以，跟那些冷冰冰的钱财相比，我更喜欢人的温度，你好自为之吧。”说着在合同上落下了自己的名字。

妹妹的话犹如千万把利剑，穿过李浩南的良心，让他半天说不出话来。

望着面容憔悴的妹妹，又想到家中痴呆的父亲、年纪尚幼的外甥，李浩南的心中升起一丝恻隐，但他马上告诫自己不能心软。为了向所有人证明，他必须要打败高建国，他认定了这是唯一可以证明自己的方式。可是他并没有意识到，自己正一点点踩入别人的陷阱。

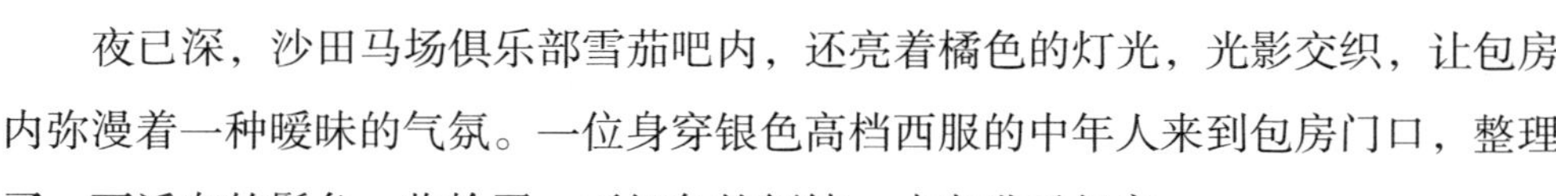

夜已深，沙田马场俱乐部雪茄吧内，还亮着橘色的灯光，光影交织，让包房内弥漫着一种暧昧的气氛。一位身穿银色高档西服的中年人来到包房门口，整理了一下泛白的鬓角，收拾了一下红色的领结，才走进了包房。

一进门，一身棕色西服的张荣成迎了过来，恭敬道："钟议员。"

"坐坐，张先生。各位，今天实在是忙得脱不开身。"钟议员摆摆手向在座的各位致歉，又对着包房深处微笑道，"罗伯茨先生久等了。"

黑暗中出现一支红酒杯，玫瑰色的液体在酒杯中摇曳，反射着墙上昏暗的灯光，好像是沾上鲜血的野兽利齿。一位金发中年男子慢慢露出真面目，相貌英俊的他仿佛电影中的007，绅士般的笑容透露出强大的自信。罗伯茨将手中的酒杯递到钟议员手中，意味深长地说："这杯酒现在刚刚好，议员品品。"

钟议员接过了酒杯，小酌了一口，含在舌尖，慢慢咽下："回味甘醇啊！罗伯茨先生真是红酒专家啊！"

罗伯茨转头回到自己原先的座位，重新隐没在黑暗中，只有阵阵语声传出："其实香港的经济就像是这酿造红酒的葡萄，在英国的葡萄庄园里才是佳品，如果是在中国的庄稼地里，恐怕很难生产出可以酿造顶级红酒的葡萄吧！"一口纯粹的粤语，如果没见到本人，会以为他是土生土长的香港人。

包房内的人都笑了起来，笑声中充满夸张和谄媚。

钟议员率先道："罗伯茨先生这个比喻好。各位都是香港的中流砥柱，我们坐在这里商量的每一件事情都是为了香港的明天。我希望大家能清楚这一点，香港只有保持现状，才能良好地发展，我们大家的利益也才能得到保障。"

几支酒杯碰在一起，发出清脆的声音。

张荣成笑着道："中华总商会那边近期的活动，李嘉盛因为身体的原因都没有出席。现在掌握永盛集团实权的是李浩南。他和李嘉盛完全不同，他很信任伟豪，在伟豪的提醒下，他昨天刚刚和他的妹妹签署了集团财产分割的协议，把他妹妹扫地出门了。这个人可以为我们所用。”

“荣成兄，所谓父子血缘，有时候我们不能不谨慎。虽然这个李浩南和我们的立场接近，但永盛集团始终是姓李，不可靠啊！”钟议员双眼微闭回味着酒香，悠然说道。

“议员的意思是……”张荣成举杯问道。

钟议员还没说话，罗伯茨的声音又从黑暗中传来：“昨天市场上的港币汇率又下跌了，一百美元兑换六百九十五港元。几家英资财团动作还是很快的，我们要在经济上给中国政府一点颜色看。你们大可以好好地利用这个机会，永盛集团改姓张，那也就是一夜之间的事情。”

张荣成先是一愣神，接着大笑起来：“妙啊，妙啊。我知道应该怎么做了。”几支酒杯再次碰在一起。

上午到公司不久，高建国就接到了海叔的电话，说母亲突然晕倒，已经送医院检查。刚到医院门口，就看到浓妆艳抹的阿芳。她手里拎了两盒营养品，走起路来搔首弄姿，回头率极高。

“建国哥，我来看看英姨。”阿芳语声如常，已经没有过去那种见到高建国特有的兴奋劲儿。

“你最近怎么样啊？也不见你来饺子馆。”

“我？我最近接了个电影，跟周润发有对手戏，特别忙。”

高建国笑着赞道：“周润发？哇，那你真是太厉害了，阿芳我就知道你一定会红的。”

两人一边聊着一边走进了病房。阿芳说还有一个广告要赶拍，没说几句话就匆匆离去了。看着阿芳的背影，岳芳英面露笑容说道：“听说最近股市飞涨，阿雄应该赚了不少钱。他是个有心的孩子，希望能跟阿芳有情人终成眷属。”

高建国点了点头：“妈，您饿了吗？我去给您买点粥喝。”

等到高建国提着海鲜粥回到病房，病床上的母亲却不见了。他赶紧转头出来寻找，终于在医院的拐角处看到母亲。她正扶着墙边的栏杆，神情恍惚，口中念念有词。

“妈，您上哪儿啊？”高建国开口叫住母亲。

岳芳英这才回过神来，轻声道：“哦，在病房里闷得慌，出来走走。”

高建国过来扶住母亲，关切道：“检查结果出来了吗？我去拿。”

岳芳英平静地望着前方道：“结果已经出来了，没事，医生说我已经可以出院了。”

高建国面露喜色：“真的吗？那可太好了。”

办好出院手续回到家，高建国就被公司的一个紧急电话叫走了。刚一出门，就看到海叔提着大包小包上楼来了。有海叔照顾，母亲应该没问题了，高建国这才放心离开。

进了屋，海叔笑呵呵地把打包好的熟食摆到桌上，语气尽量平和地问道：“阿英，检查结果如何？没事吧？”

“不是什么大病，用不着这么麻烦。”岳芳英脸色麻木地答道。

海叔以为岳芳英还在为那天自己莽撞的求婚生气，赶紧说道：“阿英，你是不是还在生我的气啊？我、我上次是有点鲁莽，但绝对不是一时头脑发热，我是真的想要照顾你。”

岳芳英目光发直地望着墙上的挂钟，没有反应。海叔又继续道：“阿英，人总是要向前看的嘛，你不能总是这么拼命。我是认真的，如果你是不喜欢那种太张扬的告白的话，我可以换一种方式，就算是什么也不说，只要你让我陪在你身边就行。”

岳芳英像是突然醒转一样眨了眨眼，说道：“阿海，我不在，酒楼就全靠你了，你一个人忙得过来吗？”

海叔赶紧满脸堆笑地回答：“放心，我管酒楼，保证不会把招牌给你砸了。你呢，就只管好好养病，把身体养好比什么都重要。你趁这个机会在家多休息几天，等养足了精神再回来上班。”

岳芳英开始埋头吃菜，眼角却隐隐有泪光。海叔也不说破，继续道：“味道怎么样？这可是我专门给你做的。阿英，现在酒楼的生意越来越好了，这段时间我也一直在想，到了咱们这个岁数，不能再把时间都放在事业上，也该享受享受生活了。我想再多请几个人，咱们俩能出去旅游，去国外转转，你说好不好？”

岳芳英别过脸沉吟半晌，突然感慨道：“如果有机会，我一定去。”

一周后，李佳欣去玛丽医院帮父亲取药，刚刚出来就看见婆婆岳芳英独自一人神色匆匆地走进了医院。佳欣有些意外，悄悄地跟了过去。岳芳英走进了呼吸科的房间，李佳欣假意查看门上贴的医疗宣传图，偷听着里面的对话。

岳芳英上次在医院居然检查出肺部肿块，有癌症的可能性。她害怕身边的人担心，所以这次偷偷过来拿化验结果。幸亏吉人天相，排除了癌症的可能性，她的身体不适更多是由于长期的劳累引起的肺病。但医生也指出必须尽快治疗，以防病情恶化。

听到这些，佳欣哪里还忍得住，立刻冲了进去。岳芳英希望儿媳替自己保守秘密，不要给儿子增加压力，不过她也同意让佳欣监督自己定期来医院接受治疗。

在股市中赚了钱的阿雄开始用金钱攻势追求阿芳，比如以阿芳的名义请剧组成员吃饭喝饮料，甚至给阿芳专门送来依云矿泉水，令阿芳大感有面子，不禁夸赞了阿雄几句，让他感觉人生一片光明，又更加相信股市才是最能施展他才华的地方。

火爆的股市同样引来了李浩南的关注。在办公室前看到一条红线上扬到2.3倍的时候，李浩南和安国庆两人同时像吊了威亚[1]一般弹起，嘴里都狂吼着“涨了……涨了……”，表情就像个孩子。

1 威亚，wire，俗称吊钢丝。

安国庆趴在李浩南办公桌旁边落地大玻璃窗上对着维港大声叫唤，李浩南则喜不自禁地拨通了张伟豪的电话："伟豪，你说的没错，我最近投资的宏大股份和明月电力全部涨起来了，而且比原来涨了 2.3 倍。这简直是天大的好消息，我打算加大力度投资。"

电话里的张伟豪笑道："你看吧，听我的没错。现在正是港股的新高度，我爹地最近已经完全打算进军股市和楼市了，如果不是你，我提都不会提。浩南，继续跟进，你就算不是世界首富也得是香港首富了……"

挂断电话，李浩南激动地问道："我要加大投资力度，你呢？"

安国庆根本抑制不住脸上的笑，想都没想就回答道："我？我当然也要加大投资力度了。这么好的机会，我又不傻。"

"安老板，加大投资力度得需要资金啊，你去哪里找那么多钱？"

安国庆自信道："这你不要担心，只要有高建国的本钱，我就可以用他的钱替我炒股，就算是亏了我也不怕。"

李浩南一拍桌子赞道："好主意。哇，高建国肯定做梦都想不到他北京分公司的经理会把公司的钱投进去炒股。"

办公室内充满了两人放肆的狂笑声。

几天后，香港商会的季度酒会上，因为当前香港股市、楼市的火爆形势，商界名流们对香港未来经济走向展开了讨论。有人对这种形势态度乐观，有人则觉得已是收手的时候，但更多的人还是持观望态度……

在会长的邀请下，高建国提出了自己的看法："就目前的形势看，香港处于迅猛发展经济的时候。随着回归期的日益临近，有很多海外商家、大陆商家看到了香港经济的良好前景，增大了投资力度，这使得我们看到香港经济迅猛发展的良好势头。这种形式将会继续持续下去，尤其是在回归之后，香港的经济还会得到进一步推动和发展。"

张荣成清清嗓子说道："我看你只是说到了好的一方面吧。香港现在的经济能保持良好的势头，那是因为英国在这个过渡期间起到了不可替代的作用。也可以说很多商家是看到了英国对香港的作用或者其在未来不可或缺的管制力上，才进行大幅度的投资。至于香港回归之后，这种繁荣的景象可以持续多长时间，没人可以保证。”

高建国立刻回应道：“张先生，你的观点我不能赞同，我认为香港的繁荣不取决于所谓的英国作用或者管制力，而是取决于中国政府和香港市民的共同努力。要知道一个地方是不是能够繁荣发展，不是在于这个地方曾经被哪个国家管制，重要的是当地人民的民心所向。凝聚力的提升，才会使这个地方更有发展、更有前景。”

张荣成不屑地说道：“你要知道，最近的股市能上升 2.3 倍，很多外国投资者在其中的作用不可忽视。这你怎么解释？”

高建国朗声道：“对于这个现象我还是劝大家理性看待。还记得 1929 年的股灾吗？一段美国股民的黑色记忆，相信大家并不陌生。那一天美国股市大崩盘，道琼斯指数一天之内便重挫 88 点，任何试图使其稳定下来的努力都失败了。仅仅一天的时间，美国的股票市场就大幅度缩水，跌幅达 22%，被称为‘纽约交易所历史上最糟糕的一天’。相信大家心里都认为这次香港股市的涨幅与 1929 年的美国股市不同。但是不到三年的时间内，我认为 2.3 倍的涨幅不是一件令人乐观的事情，还希望各位能慎重、理智，不要再陷入泡沫式的虚幻中无法自拔，给自己留条后路方为明智之选。”

张荣成还没说话，李浩南却突然站起来高声道：“高建国，你少在这里危言耸听，我告诉你，2.3 倍的涨幅跟 1929 年的美国股市相比，差得还远呢。你少在这里杞人忧天，我看你是吃不到葡萄说葡萄酸吧？”此言一出，周围不少人都开始嘲笑高建国。

高建国只是淡然一笑，没再多言。

酒会结束后，张荣成回到家，打开电视，新闻里又是证交所门口疯狂的人潮，所有人脸上都充满了对金钱的渴求。张荣成点燃一支雪茄，呵呵笑道：“人人都发财了，那钱从哪里来？”

张伟豪拿着报纸来到父亲的办公桌前，轻声问道：“爹地，李浩南已经加大投资了，我们还要继续买进吗？”

张荣成含住雪茄，猛吸了两口，烟头被烧得火红。然后他闭目仰躺在沙发椅上，既像是品味雪茄，又像是思考，不紧不慢地说道："最近的股票市场和楼盘市场确实火爆，但是……"

张伟豪坐下来，用商量的口吻说道："爹地，我认为继续买进的话，一夜之间我们的资产可以翻好几倍。"

张荣成突然睁开了猎鹰般的双眼，缓缓摇头道："我认为高建国说得有道理，应该把我们手中买进的股票陆续开始抛售。"

张伟豪有些不解："爹地，我知道像李浩南那样加大投资是送死，但目前形势这么好，你会不会又太过谨慎了？"

"傻小子，越是在优势局面下越要谨慎，越要稳得住阵脚。如果李嘉盛仍在掌舵的话，他是不会同意儿子这么鲁莽购进的。"张荣成坐直身子，看着儿子说道："你还记不记得李嘉盛在《中英联合声明》之前的孤注一掷，当时我们都往国外迁厂，只有他按兵不动，最后大获全胜，赚得盆满钵满？"

"这跟股票有什么关系啊？"

张荣成微笑道："当时就是这个高建国给李嘉盛分析形势，说服了李嘉盛留在香港，永盛集团的财力才日渐雄厚。这一次我认为他的分析依旧是有道理的，在大家失去理智的时候，清醒的人没几个，所以这一次我们就听高建国的。"

张伟豪有些不满道："上次是姓高的撞大运而已，这回他完全是危言耸听。爹地，要不我们再等等？"

"不要再啰唆，听我的！"张荣成突然收起笑容，沉声道，"你现在要做的事情就是对我们抛售股票的事情严格保密，让李浩南继续买进股票，最好能让他把全副身家都放进来……"顿了顿，张荣成猛的站了起来，厉声道："等股市泡沫炸裂的时候，就是我们一举击垮永盛集团的时候！"

张伟豪思考了几分钟，点头道："爹地，我知道该怎么做了。"

被张伟豪成功煽动的李浩南满脑子都是"一家公司变两家"的妄想，继续往股市里大量投入金钱。安国庆也被暂时的暴利蒙蔽了双眼，他除了把分公司所有的可动资金通过龙飞投入香港股市，还不惜借了高利贷来加大投入。他甚至开始幻想自己周围的桌椅板凳都变成黄金的了。

四

岳芳英从来都是个闲不住的人，身体稍稍好转，便回到日思夜念的“老北京饺子馆”打算继续工作。海叔劝她多休息一阵，岳芳英则说自己都快闲出病来了。

说着话两人来到了后巷，周围没有其他人，岳芳英突然语气婉转地说道：“这几天辛苦你了，一个人照料店里。”

海叔心头一喜道：“我是男人怕什么？只要你把身体养好了，做什么我都愿意。”

看着海叔灼热的目光，岳芳英侧过了脸，低着头说道：“阿海，这么多年，你一个人，也该考虑自己的事了。”

海叔坚决道：“我的心思你比谁都清楚，这个世界上，除了你，我谁都不钟意。”

“阿海，我不能耽误你，咱们这辈子只能当朋友，当合作伙伴了。”说着说着，岳芳英已经哽咽起来。

海叔有些着急，想要解释却一时找不到话。这时街外传来一声巨响，接着是人群嘈杂的声音，汽车鸣笛声也响了，不少员工从后厨跑了出来。

岳芳英和海叔两人也跟着人群来到了大街上，原来是有人跳楼，周围的人都在议论纷纷……1987 年 10 月 19 日，这一天美国股市出现大崩盘，道琼斯指数下跌 508 点，跌幅高达 22.6%。在此影响下，到 10 月 26 日，香港恒生指数全日下跌 1120.7 点，跌幅高达 33.3%，全月下跌 45.8%，巨大的恐慌在投机者心中蔓延，很多人由富翁沦为赤贫，精神崩溃、自杀的消息不绝于耳。

“爹地，好消息，好消息！”张伟豪冲进父亲的书房，一脸喜色地大喊着。

正在裁剪一支高档古巴雪茄的张荣成，淡定地笑了笑，招呼儿子先坐下，然后说道："当然是好消息了，股市崩盘，我们在最热的时候抛售股票，不光是资金翻了几番，兴成集团应该会在这场战役当中大获全胜了。"

"爹地，全靠你明察秋毫啊！"张伟豪坐下，喘着粗气，"最精彩的是，李浩南这个傻瓜还坚信会反弹，逼得一个永盛老股东以死明志！这几天高尔夫俱乐部最大的笑话就是李家的败家子。"

张荣成慢慢点燃雪茄，一股青烟升腾而起，却挡不住他锐利的眼神。静静等着火柴熄灭，他才开口道："不得不承认高建国的眼光确实很独到，在所有人沉迷于虚假的繁荣时，只有他还保持着清醒，不简单啊！"

"听说这几天李浩南都躲在家里对着痴呆老爹哭鼻子。"张伟豪笑了笑继续说，"现在永盛遭到毁灭性打击，急需要资金的注入。李浩南只有两条路——要么出售股权，要么去银行抵押永盛的优质资产。"

"好！太好了！"张荣成突然大声道，不知道是在赞雪茄还是儿子的话，"我就等着李浩南走这步棋，我们赢定了。你赶快新成立一家公司，定一个新的法人，趁势购买永盛集团的股票，他卖多少我们买多少。等了这么多年，我们终于要把永盛集团这匹骆驼吞到肚子里来了。"

"爹地，我这就去安排。"张伟豪站了起来。

张荣成从金色礼盒中取出一根雪茄，递到儿子面前说道："记住，时机一定要把握好，一定要等到李浩南快渴死了再给他水喝，这样我们就更能掌握主动权，事情也不容易出现变数。这件事，我们要稳操胜券，不能给他喘息的机会。"

张伟豪兴奋地接过雪茄，小心地揣进上衣口袋，冲着父亲一鞠躬后跑了出去。

得到港股暴跌的消息后，安国庆惊得六神无主，立刻给深圳的龙飞打去了电话。

电话里传出龙飞颤抖的声音："大哥，你赶紧逃命吧，之前的投资太大，我们在深圳的公司已经被抄底了，还有……我借了高利贷炒股，现在没钱还了，他们说要杀了我们俩。我先逃命去了，你也赶紧逃吧，他们已经去北京找你了……"还没说完话，电话已经挂断。

正在六神无主的时候，丁跃民冲了进来，拿着一叠单据扔在了安国庆的脸上，大声问道："这是什么东西？"

安国庆抓起来一看，全是催债的账单，他一下愣住了，脑子里一片空白，之前周围那个黄金打造的世界瞬间崩塌，渐渐化作沙尘。

同员工一起用过午餐后回到办公室，秘书突然和高建国聊起了刚才新闻里报道的股灾："老板，你真是有先见之明啊，如果我们也跟着那些人买股票的话，估计也得去跳楼了。现在咱们厂的业绩不光没有受到冲击，反而成了仅存下来规模比较大的手机芯片代加工企业了。"

高建国摇摇头，感叹道："真不知道这场风暴又得让多少人承受打击啊！"

电话响了，是丁跃民打来的——北京分公司现在只剩个空壳，安国庆打伤丁跃民逃跑了，这个月员工的工资还没有着落……本以为自己是这场股灾中的幸运儿，没想到还是被卷入其中，高建国心头顿时凉了半截。

一个人突然闯了进来。高建国抬头一看，竟然是许久未见的华仔。他的发型已经换成了最流行的中分。一进门，华仔就气喘吁吁地说道："建国，快跟我走，阿雄出事了。"

"阿雄？"高建国一边放下电话一边问道。

原来，阿雄借高利贷去炒股，赔得血本无归，现在债主追上门，要砍他的手脚，全靠华仔把事情暂时压下去，当时气不过就骂了他两句，没想到那小子竟然失踪了。两人把阿雄经常去的地方都走了个遍，甚至连经常有人自杀的高楼、山顶、海滩都看过了，还是不见阿雄踪影。晚上吃饭时，高建国突然想起阿芳。

打电话一问，阿雄果然在阿芳家，两人赶紧过去。阿芳说，阿雄已经把自己反锁在房间里面两天了，谁都不见，也不说话。高建国敲敲门告诉阿雄，自己已经把他欠的钱还上了。

里面传来阿雄的吼声："为什么要替我还钱？我又没有求你！"

华仔眉头一皱，骂道："阿雄，你怎么这么没良心？那么大一笔钱，建国什么都没说就帮你还了，你还有脸说这种话？"

门开了，蓬头垢面的阿雄走了出来，眼中满是疲惫和痛苦，他目光呆滞地说道："我是没脸说这种话，我就是没出息，要靠你的帮助才能活下来。"说完推开众人，夺门而出。

从永盛集团大厦顶层向下望去，香港依旧有很美的风景，高楼耸立，车来人往。一条身影出现在天台上，猎猎的风把他的头发和名牌西服都吹得纷乱。他一步一步地走向护栏，脚下带着颤抖，好像每一步都需要极大的决心。他慢慢地越过护栏，匆匆朝下一望又蹲下了，紧紧地抓住身后的栏杆，嘴里发出野兽般的干号："怎么办？我该怎么办？谁能告诉我怎么办？爹地，我对不起你……我错了……我不该任性啊，我错了……"

天台突然又涌出来很多人，都在七嘴八舌地劝道："李先生不要啊！""董事长，不能想不开啊！"

这时，人群中挤出一条人影，正是李佳欣，她泪流满面地对李浩南喊道："你这个笨蛋，笨蛋！"

听到妹妹的哭喊着，李浩南更加不敢回头。他整个人蜷缩在护栏外的一截窄小的露台上，痛苦地将头埋进了膝盖中间，呜咽着说："你不要过来，我没脸活下去了，我把永盛搞垮了！我对不起你，让你签了那份鬼协议，我从头到尾就没有像个哥哥，不但不保护你，还处处为难你和高建国。我真是太蠢了！"

"既然知道以前犯了蠢，那就改正啊。你先回来！"佳欣已经跑过去抓住了哥哥的肩头。

李浩南死死地抓着栏杆的边缘，咆哮道："别动，你别动，听到没有？你再往前我就跳下去了！"

佳欣直视着哥哥训斥道："你真要跳吗？你要跳现在就跳下去，反正你跳下去就什么也不知道了。爹地现在没了知觉，儿子不争气又要跳楼，就让商界的人好好嘲笑我们吧！第二天你的死讯还会贴在各大报纸的头条上，标题就是'商界枭雄李嘉盛的儿子不堪重负跳楼身亡'！"

"你……别说了……别说了！"李浩南已经泣不成声。

"我为什么不说？你还有一种姿态可以登上报纸的头条，那就是'李嘉盛的儿子李浩南重整旗鼓，在金融风暴中勇敢承担，把永盛集团重新夺回手中'！走哪条路你自己选！我走了！"喊完这些话，佳欣松开了哥哥，转身往回走。

望着妹妹的身影消失在围观的人群中，再看着周围的人，李浩南渐渐冷静下来。对，我不能就这么死了，我是李嘉盛的儿子……他开始抬腿准备跨过栏杆，脚下突然一个踉跄，踩在栏杆上的脚突然踏空，整个人失去了重心。李浩南吓得魂飞魄散，发出一声尖叫。这时，一双手抱住了李浩南的肩头，一股强大的力量把他拽回到天台上。

李浩南这才睁开紧闭的双眼，看清拼死救自己的正是妹妹佳欣，眼泪再次流了出来。兄妹二人牢牢抱在一起，号啕大哭。

重重地拍了拍自己的面颊，让忐忑的心情尽量平复，李浩南推着轮椅慢慢走进了会议室。正在交头接耳的三位董事先是一愣，然后齐刷刷地站了起来，因为轮椅上坐着的是李嘉盛。

李浩南镇定道："各位 Uncle，不好意思，我们来晚了。现在可以开会了。"其实他心里好像是有七八只小鼓在敲打。他亏掉的钱有 5000 万之多，他四处奔走找人借钱，好朋友张伟豪说兴成也在股灾中损失不小，他只有另求他人，连过去那些他瞧不上的中小公司都问过了，可惜自己跳楼的事情已经传遍新港九，这些势利鬼哪肯借钱给他？为了应付今天的董事会，他只有搬出老爹来，希望能再拖上几天。

客气完之后，三位董事再次催问何时能还上这 5000 万。李浩南强笑道："三位 Uncle 放心，爹地已经在中华总商会里帮我们想办法的。"

"董事长自从身体抱恙以来，商会的活动都是李太太出席的，这件事情，董事长真的还能插手管吗？"一位满头白发的董事质疑道。

另一位叼着烟斗的董事对着轮椅上的李嘉盛说道："董事长，你说句话，现在这个局面公司该怎么办？只要你说，我们就照办。"

李浩南赶紧捏了捏父亲的右臂，李嘉盛照着昨晚约定好的点了点头，却是一言不发。

几位董事交头接耳商量了一番，最后由白发的那位发言："今天就看在董事长的面子上，我们再给你一周的时间，这已经是我们能容忍的最大限度了。永盛集团的债务问题如果得不到解决，不只是你李浩南要离开董事局，董事和股东们也会抛售手里的股份，到那个时候，永盛集团恐怕就要被收购或者倒闭了。”

三位董事离开不久，李浩南激动地搂住父亲，差点哭出来。会议室的门突然开了，一个身材高大的青年走了进来，他梳着油亮的背头，身穿一身蓝色西服，褐色的牛津皮鞋。李浩南慌忙站起，瞪着来人问道：“请问你是……”

“您好！”来人说一口京片子，“鄙人丁跃民，这是我的名片。”说着递过来一张名片。

李浩南和安国庆接触不少，但丁跃民这号人他连听都没听过。他随意扫了一眼名片，斜着眼问道：“你有什么事吗？”

丁跃民慢慢坐到李浩南旁边的座位，微笑道：“简单说吧，我是来救你的。”

“就凭你？”李浩南有些不信。

丁跃民从公文包中取出一份文件放到桌上，从容道：“5000 万港币，只要李先生签了这份合同，钱，立刻到账。”

李浩南情不自禁地抬起了手，快要高过桌面的时候突然停住了，问道：“你究竟是什么人？”

丁跃民微笑道：“你不需要了解我，只需要好好看看这份合同的条款。”

李浩南抓起合同，迫不及待地翻看着，不可思议地看着丁跃民，说：“你想买我手里的股权？”

丁跃民眼中闪过一丝得意，说道：“没错。我又不是银行，只对利息感兴趣。我更感兴趣的是你的股份。当然了，8% 不算少，但是我计算过了，就算你卖给我 8% 的股份，你手里剩下的股份，仍然保证你是大股东，在永盛集团里，你的位置仍然不可替代。”

“我没有想过要卖掉股份，何况……”李浩南下意识地推开了合同。

丁跃民笑着道：“何况是当着董事长的面，是吗？”

李浩南转头看了一眼轮椅上的父亲，父亲的双眼直勾勾地盯着丁跃民，没有任何表情。

丁跃民躲开了李嘉盛的目光，再次望向李浩南说道：“如果你错过这次挽救的机会，恐怕才真的对不起董事长先生。”

“5000 万，买 8% 的股权，这还不到六成的价格。”李浩南不平道。

“你如果拿到这5000万，永盛集团还有翻身的机会。而我在这个时候挽救了公司，当一个小小的股东并不过分吧！”丁跃民的声音变得温和起来，就像赌场里那些引人投注的荷官，“一天，我只能等你一天。如果明天你不给我答复，那么对不起，我也爱莫能助了。”

李浩南沉默半晌，开口道：“5%的股份，我马上签。”

“8%。”丁跃民胸有成竹地望着李浩南。

李浩南咬咬嘴唇说道：“6%。”

“8%。”说完丁跃民已经站了起来，脚尖微斜，好像要往外走去。

李浩南面露苦色，嘴唇颤抖着说道：“丁先生，这已经是我的底线。”

“那对不起，无法成交。”丁跃民对着李浩南微微一鞠躬，起步往外走去。

丁跃民走得不紧不慢，就在丁跃民快到会议室门口的时候，李浩南提高了声音喊道：“好，我签！”

丁跃民脸上诡异一笑，慢慢转身往回走。

李浩南从西服上兜抽出水笔，准备在合同上签字。正在这时，一直面无表情、半睡半醒状态的父亲突然抬手抓住了他握笔的手。李浩南用力挣脱父亲的手，一咬牙在合同上签下了自己的名字。

临近新年，即使是地处南国的广东也有些寒意。头戴绿色厚棉帽、身穿军大衣的安国庆终于来到了广州火车站。他混在南下打工的人群中。靠着蹭票、躲票、混票各种花招，一路南下，又用一张捡来的站台票混出了火车站。

他故意在出站口看宣传图，其实暗地里四下张望。过了十来分钟，他感觉没有人特别注意自己，才转头往公交车站走去。半道上有些尿急，他赶紧回头进了火车站的厕所里。刚刚小完便，眼前就是一黑，一条麻袋从天而降，罩到他脑袋上。

“干什么？”安国庆一边挣扎一边喊道，“你们是谁？认错人了吧？”

很快，他感觉到被几个人抬起来跑了出去，过了一阵，又被重重地甩到一块硬硬的地方，接着听到汽车发动的声音，然后开始平稳地移动起来，他这才知道自己被扔进了一辆车里。一路上车行忽而平缓忽而快速，有时候又颠簸不堪，碰撞得他骨头生疼。渐渐地，他睡着了……

安国庆从梦中惊醒过来，一睁眼周围全是水。水是咸中带腥的，这是海水！安国庆急忙大喊："你们是谁？快放了我！……"可惜他的头正浸在水里，越是说话水越是往嘴里灌，在旁人听来他只是在水中咕哇乱叫。

隐约听到有个声音喊道："解开他！"

离开了水面的瞬间，安国庆立刻拼命呼吸着久违的空气。麻袋被解开，安国庆小心地睁开眼，发觉天已经黑了，眼前有五六个人，为首是一个戴着墨镜的平头壮汉，他伸手拍了拍安国庆的脸。

"安国庆，安总，你好大的胆子，借了高利贷竟然敢跑？"壮汉笑着说。

安国庆忍着痛说道："我没借，不是我借的，我都不认识你。"

墨镜老大冷笑一声说道："你是不认识我，但是你的小弟龙飞却从我那里拿了好多钱。他说了背后的指使人是你，他只是在帮你炒股，也就是说你用了我的钱去炒股票，所以这笔钱我得找你要。"

安国庆一边躲着老大再次拍到脸上的手，一边说道："我没钱，我现在已经是个穷光蛋了。"话音未落，老大粗厚的手掌已经重重地拍到他脸上，力量之大，差点把他扇倒在地。

没等安国庆反应过来，老大几个手下已经对他拳脚相加。没挨几下，安国庆已经大呼小叫起来："你就是把我打死了，我也没有钱还你啊，真的！"

"骨头还是挺硬的嘛。我最后再问你一遍，什么时候还钱？"老大抓住安国庆的一撮头发。

"我不骗你，我真的没有钱了，如果我有钱我就不会跑了。"安国庆悲声哀求道。

"痛快！给他绑块石头沉到海里喂鱼，也让深圳湾的鱼儿尝尝北京老板的味道。"老大一招手，几个手下迅速把安国庆装进麻袋，又在里面装上了石头，然后牢牢地扎紧了袋口。

重回麻袋的安国庆，突然感到一阵发自心底的恐惧，他连忙喊道："哎……哎……别别别，你们……放了我，容我点儿时间，真的，我会把钱凑齐的，我会去凑钱的。不要杀我啊！"

老大哈哈笑道："晚了，扔到海里去！"

安国庆感觉着自己被移到了海面之上，已经能闻到那股扑鼻而来的腥味，伴随着那股味道而来的，则是恐惧和绝望。头皮已经能感觉到那股潮湿，眼前突然闪过母亲的笑脸、父亲的肃容，还有妹妹……对不起，慧儿！好兄弟丁跃民，当年一起在北京大街上贩卖盒带的情景又在眼前重现……还有活泼可爱的跃音，在深圳的时候真该多陪她走走看看……唉！都是为了报复高建国，自己才走到这一步……都是他害的！但自己也快死了，高建国和报仇都已经不重要了。安国庆现在宁愿过去的一切都不曾发生过，自己一家四口幸福地生活在一起，即便安慧嫁给高建国也没啥，安国庆清楚，妹妹心里还是只有高建国一个人。

就在万念俱灰之际，安国庆突然感觉自己又重新呼吸到了新鲜的空气，身体被抬回到岸上。墨镜老大高声道："放了他，他的钱已经还了。"说话间，麻袋被再次解开。安国庆探出脑袋，半信半疑地问道："你们真的肯放了我？"

"钱还了，还要你的命干吗？"老大哈哈笑道，"你朋友够义气啊！今天算你命大，回去好好感谢你这位朋友吧！"一挥手，招呼手下上车离开了。

确认自己真正安全之后，安国庆才钻出麻袋。他感到阵阵恶心，一边呕吐一边朝岸上走。

"嘀——嘀——"两声响亮的车喇叭声从远处传来，安国庆循声望去，发现远处的小路旁有一片光亮，看情形应该是停了一辆出租车。安国庆突然感到浑身充满力量，脚下加快了速度奋力跑过去。

车门开了，安国庆惊讶道："慧儿？是你救了我？你哪儿来那么多钱？"

等安国庆坐好后，安慧才说道："哥，不是我救了你，我没那么大能耐。"

汽车在小路上缓缓行驶。安国庆一脸疑惑道："不是你还能有谁？丁跃民？"

"做梦吧！丁跃民已经变了。高利贷最先是给他打电话的，他根本不理，第二个才找到我。前几天他又想让我帮他拉赞助……那几个老板就是一群色鬼。"安慧恨恨地说，"不过，他好像搭上了一个香港大老板，而且听说是香港数一数二的富家公子。"

安国庆怒气冲冲地骂道："有机会我一定揍死这王八蛋，竟然让你去干这种事！嘿，你还没说到底谁救的我呢。"

"我带你去见他。"

第十七章
雪上加霜

- 高建国终于与安国庆和解。
- 昏睡数月的何教授终于醒来，道出当年公式的真相。
- 李家连遭不幸，永盛被突然出现的丁跃民掌控。一心想证明自己的李浩南并不知道还有下一个圈套等着他。

一

皇后码头外的围栏边，安国庆拿了一支啤酒，一边喝着一边看着海岸对面豪华壮观的维多利亚港。这本是一件惬意的事情，但他却是愁容满面。

“一个人喝酒很没意思吧？”一身便装的高建国出现在他身后。

安国庆转头看了一眼高建国，带着几分慵懒地说道：“现在是两个人了。来，陪我喝点。”

高建国在脚边放下一箱啤酒，微笑着说道：“你约我来，总不会就是为了一醉方休，我好送你去医院吧？”

安国庆拿起酒瓶往嘴里送，却发现里面没酒了，不禁撇嘴道：“是啊，你是个大好人啊，而且还是个有钱的大好人，对吧？你有钱，有善心，你给我钱，还要给我医药费，你多伟大啊！”

“安慧都告诉你了？”高建国脸上露出几分不好意思。那天晚上接到安慧的电话，他想也没想就去筹钱了。

安国庆突然冲着高建国吼道：“高建国，为什么你总是一副高高在上的样子？为什么总是变着法子施舍我、怜悯我？为什么？你整我啊！你跟我斗啊！为什么一步步退让？”

“我和你有什么好斗的？我只是想帮你。”

“帮我？”安国庆斜视着高建国，“我现在这个样子，都是你害的！记得吗，还记得吗？”说着话，安国庆举起酒瓶在围栏敲碎，然后在高建国面前晃动着手上残留的部分，“记得吗，你就是用这个东西砸了我的头！你跑了，我参军的梦想彻底破灭了。可是你呢，在香港混成了老板。我不服！实话告诉你，丁跃民说得没错，合同是我搞的鬼，供应商也是我搞的鬼，我就想赢你一次。可惜啊，老天爷不给我机会，我又输了，输得分文没有了。为什么你还要来嘲笑我，还要来炫耀？你以为你是谁，活菩萨、救世主吗？”

高建国摆摆手，和声劝道：“国庆，你冷静点。先把酒瓶子放下，好吗？”

安国庆警惕地往后退了半步，一不留神踩到刚才敲下的玻璃碎片，险些摔倒，手里的半个酒瓶也顺势摔碎在地，发出清脆的响声。高建国赶紧上前想要扶住安国庆，却被他一把推开。

高建国再次向前，愤怒的安国庆一拳打在他脸上。这一拳力量极大，打得高建国连退了好几步，嘴角隐隐有血迹渗出。安国庆怒喝着，双臂风车般抡拳对着高建国一阵乱打。高建国只是躲避要害，其他时候都挺身受拳，完全没有还手的意思。

打了一阵，安国庆也觉得没什么意思，一把抓住高建国的衣襟，大喊道：“别以为你这样，我就会原谅你。要不是因为你，我也不会逼着安慧嫁给王乐。你知道她受了多少苦，遭受了多少拳头吗？”

“你说什么，你说什么？”高建国突然瞪大了血红的双眼，大声问道。

安国庆转头扶住围栏，一边啜泣一边说：“她被王乐打得流产啊，你对不起她，我也对不起她……”话音未落，脸上已经挨了高建国一拳。

高建国怒吼道：“为什么，为什么你要逼她……”说着又是一拳。

两个大男人很快进入了对攻状态，你一拳我一脚，打得好不热闹。终于，两人累得瘫倒在地上，喘着粗气，头脑渐渐冷静下来。

天空上的云缓缓移动，晴朗得有些刺眼。不知道过了多久，高建国慢慢爬起来，对着安国庆说了句：“打够了吗？”

安国庆也爬了起来，没有说话，但眼神凝重，显然是酒醒了。高建国拍了拍安国庆的肩头说：“打够了，就跟我去一个地方吧！”

大屿山的郊野公园，一处古朴的八角凉亭内，一头花白头发的李嘉盛端坐其中。他虽然望着木鱼峰，眼神却是一片茫然。山风吹过，枯黄的树叶随风飘落，一路向山坡下滚去。望着远去的树叶，李嘉盛面露焦急之色。他缓缓站起，从身后的用人手里抢过拐杖，想要去追赶落叶。旁边小茶盘里的茶杯被他带倒，茶水溅洒，浸湿了衣角。

李嘉盛一下急了，像个孩子一样，对着用人发脾气喊道："滚、滚……"用人只有连声道歉。

这时，抱着高旗的李佳欣和陈桦正从坡下走来。听到骂声，陈桦走过来一看，原来是茶几上摆放的天坛大佛的图文资料被茶水浸湿了。她赶紧拿起材料用手绢擦拭干净，像哄劝孩子一样摸摸丈夫的头。

看到女儿和外孙，李嘉盛面露孩子般的笑容，说道："佳欣，你来了！你快看——"说着指向远处的木鱼峰。

陈桦开心道："原来这里可以看到木鱼峰！嘉盛，天坛大佛就建在那边呢！"

李佳欣把高旗交给用人放回摇篮车，蹲下身子挽住父亲的手说："爹地，大佛已经在建，天坛大佛一定特别的雄伟壮阔。你之前付出了这么多的心血，等天坛大佛落成，我们一起去看好吗？"

李嘉盛没有说话，只是开心地看着女儿。陈桦有些兴奋地对丈夫说："嘉盛，你一定要好起来。等大佛建成，我们去上一炷高香，保佑你长命百岁。"

不远处的一段山路上，高建国和安国庆正并肩站着。他们目睹了刚才这一幕，安国庆感叹道："没想到啊，李董事长会变成这样。记得刚到深圳就听到过他白手起家的故事，下海的人互相传说，跟评书一样精彩。"

高建国满是感慨地说："是啊，我第一次见他的时候，就在想什么时候能像他一样那么成功。后来他成了我的岳父，他的光环成了我心里的负担。我一方面把他当作榜样，一方面又不想沾他的半点光。现在他变成了一个最普通的老爷子，反倒是轻松了。"

安国庆突然转头问道："你带我来这里，就是想让我看你的新生活，看你的家庭？"

高建国望着亭中的岳父说道："不，我是想早一点求得你的谅解。我不想万一有一天，我，或者你，变成像我岳父这样了，什么都不记得了，那就永远也得不到原谅了。"

安国庆一脸严肃地望着他，突然笑着说道："你别乌鸦嘴啊，我这脑袋可是受过重伤的，别刺激我。"

高建国看着安国庆，两个人都笑起来。

安国庆抬手摸了摸路旁的一棵老树，眨眨眼说："算了，你打伤我，我也出卖了你，我们算是扯平了。以后，我们各走各的，互不相欠。"

高建国一脸严肃地说道："那不行，你得回公司，承担责任。"

安国庆惊讶道："你的北京公司都被我败光了，你还敢让我回公司？你不怕我再出卖你？"

高建国笑笑说道："除非你心里真的不想干出一番事业，不想成功！"

山坡下的草地上，几个正在野餐的年轻人，突然弹起吉他唱起了 Maria Cordero 的《友谊之光》："人生于世上有几个知己，多少友谊能长存……他朝也定能聚首，纵使不能会面，始终也是朋友……"

两个人对视着，眼神里透出一种复杂的惺惺相惜。

皇天不负有心人，岳芳英终于等到了何教授醒来的一天。听到这个消息，岳芳英感觉几个月的守候乃至十余年来的坚持都是值得的。

何教授虽然仍在加护病房卧床，但已不再需要氧气管。病房内，小何先生正在给祖父擦着脸，悄悄走进来的岳芳英悲喜交加地轻唤了一声："何教授……"

何教授看到岳芳英，慢慢坐起，轻声问："你就是岳女士吧？快请坐。"

岳芳英小心地从包里取出那张老照片，慢慢递到何教授手中，解释道："何教授，我这次找您，主要是想请您看看这张照片。"

何教授接过照片仔细地看了好一阵，突然面露欣喜说道："这是阿莫定律的数学公式，我曾经推演到一半的时候就无法破解了。这张照片上的正是后半部分的破解公式，简直太神奇了！你怎么会有这张照片？"

岳芳英激动地说："这是王鹏飞准备给您寄的一封信里的内容，这不是什么泄密，只是定律推算公式，对不对？"

何老先生笑起来说："什么泄密，这是全世界早就公之于世的定律，很多人都渴望能够演算。鹏飞是我的学生，他竟然能推算出后半部分的公式，真是了不起了！我已经很多年没有见过他了，他怎么样，过得好吗？”

“鹏飞……已经去世了十多年了……”岳芳英感觉胸口一紧，无数往事涌上心头。

“什么？”何教授一直半开半闭的眼睛突然睁得如铜铃一般。

岳芳英强忍住鼻腔的酸楚，接着说：“大陆‘文革’期间，鹏飞在给您寄这封信时被人举报，说是向海外组织泄露了情报机密。我曾经是一名公安，鹏飞是我丈夫的同事，平时来往很密切，我不相信他会叛国，所以偷偷拍了这张证据照片，想找到证据证明鹏飞的清白。在实施抓捕时，鹏飞遭遇车祸，抢救无效。有人认为是公安内部走漏了消息，而又因我和鹏飞的这层关系，我便成了最大的嫌疑人。”

听着岳芳英的话，何教授老泪纵横，连连摇头道：“愚昧啊……那个年代怎么就……唉……”

“谢谢您，何教授。有了您的解释，我苦苦找寻了这么多年的能证明鹏飞清白的证据，如今终于找到了。这证据也能同时证明我自己的清白！”回想起自己的遭际，岳芳英也是热泪盈眶。她决定把这件事写成材料寄回北京，不论结果如何，自己终于可以心安了。

晚上李家有个团圆饭，据说是李浩南遇到什么喜事了。餐桌上特别丰盛，有佳欣最爱吃的炖仔鸡，也有浩南最喜欢的大闸蟹。高建国却感觉气氛不太对，李浩南一言不发，最爱吃的大闸蟹也碰都没碰，完全不像有什么喜事的样子。

陈桦突然开口道：“怎么了，儿子？你不是说有好消息要宣布吗，家里人都到齐了，说说吧！”

李浩南意兴阑珊地说：“妈咪，我累了。我不想吃了，也不想说了。”

李浩南离席上楼，餐桌上一下失去了话题，气氛颇为尴尬。过了一会儿，李佳欣也拉起高建国告辞了。

一路上高建国都在想方设法哄佳欣开心。刚进家门，电话就响了，是岳母陈桦打来的，说岳父李嘉盛心脏病突发从二层楼梯踏空摔了下去。夫妻俩匆匆赶到了爱德华医院。

父亲正在接受抢救，用人扶着陈桦站在手术室外等候，李浩南则像热锅上的蚂蚁一般不停地来回走动。

李佳欣立刻上前问道："妈咪，妈咪……怎么回事？怎么会这样？"

李浩南嘴角抽动地说："我不是故意的，我只是告诉他我不再是永盛的董事长了，永盛集团已经不是我们的了……"

"什么？"众人都是大吃一惊，母亲陈桦更是差点摔倒在地。

正在这时，急救室的灯熄灭，医生走出来，摘下口罩，无奈地说："很遗憾，李先生是心梗，再加上跌倒，在 11 点 03 分经抢救无效，死亡。"

陈桦听完医生的话，脑中一片空白，悲痛欲绝，哭声响彻走廊，接着晕倒在长椅上。李浩南跪倒在地，痛哭流涕，泣不成声。李佳欣则是没有任何表情，两眼放空，全身开始发抖，犹如一个被人操控的木偶。高建国一把搂住妻子，努力压抑着自己的情绪，柔声劝道："佳欣，没事的，没事的，你还有我……"

一时间急救室外哭声一片。

李家的客厅里灯火通明。陈桦在儿子的搀扶下缓缓坐下，抽泣着说："你们的爹地为了这个家，为了他的事业奋斗了一生，如今却……浩南，你一定要好好守护你爹地这一辈子的心血，一定要让我们永盛集团再创当年的辉煌。对了，你刚才说你不是董事长是怎么回事？"

李浩南一脸沮丧地说："这回都是兴成国际在后面搞鬼，大量收购我们永盛集团的股权，现在……现在……我在永盛集团持有的股份只有……10%……下午董事会罢免了我的总经理职务……"

"你自己的股份不是有 18% 吗？"陈桦惊讶道。

李浩南低着头满面羞愧地说："我……我把我手里一大半的股份卖出去了，我……我都是为了救公司，没想到，没想到被张……"

“难怪你爹地会从楼上摔下来……”陈桦站起来，用手不停地捶打儿子的胸口。

李浩南扑通一声跪在了地上，痛哭流涕：“妈咪，都是我的错，我对不起爹地，对不起你！”陈桦掩面而泣，任由李浩南抱着自己的腿。

李佳欣哭着骂道：“李浩南，你都干了些什么？你毁了爹地一生的心血，是你害死了爹地！我不会原谅你，不会原谅你！”一边说着一边跑上楼。

高建国不禁问道：“浩南，到底是怎么回事？”

李浩南抬起头，对高建国怒目而视，大声质问道：“你会不知道？现在持有我们公司31%股权的人叫丁跃民！我查过他了，他是你们国恒电子公司的副总，你会不知道？”

“丁跃民？你确定是丁跃民？”高建国有些不敢相信自己听到的，脑子里一下子回想起前两天收到的丁跃民的辞职信。难道这些事情有关联？丁跃民哪来的资金？这到底是怎么一回事？

陈桦突然打断了对话：“浩南，建国，我现在不想听你们讨论公司的事情，一切等丧礼之后再说！”

一座有着四合院结构的古朴庭院茶馆，青花瓷茶具、红木桌椅四处整齐地摆放着，弥漫着老北京的气息。

丁跃民如约而至，坦承自己收购了永盛的股份，坐上了董事长的宝座。高建国希望他能就此收手放过永盛，丁跃民却得意起来，大叫着自己就是要打倒高建国，一股脑儿把自己多年来的郁闷都说了出来。高建国有些不敢相信眼前的丁跃民就是自己多年来的好兄弟，但为了李家，他决定应战。从这一刻开始，一对发小，曾经的知己，成了最大的劲敌。

沙田马场俱乐部雪茄吧，那间属于罗伯茨的包房内，昏黄的灯光下，阵阵烟雾升腾而起。朦胧中突然响起罗伯茨的声音：“张先生，你好像心情不佳啊！？”

“嘉盛的意外，多少会让人感慨。”张荣成的声音明显较以往低沉。

罗伯茨冷漠道：“我以为永盛集团现在掌握在你的手里，你应该很高兴。”

张荣成闭了一下眼又重新睁开，慢慢说道："于公，我们的计划进展顺利，拔出了永盛集团这颗钉子，中华总商会受到的打击也不小；于私，毕竟我和嘉盛是多年的交情。明天，我准备去参加葬礼，送他最后一程。"

"张先生，其实我是可以理解你的心情，不过明天的葬礼，你不太适合出现。"罗伯茨眼中闪出一丝凶狠，慢慢把雪茄放到烟灰缸边沿，盯着张荣成的眼睛说道："如果李嘉盛和我们保持一条心，也不至于落得如此下场。只可惜，他站错了队。还有他那个儿子，根本谈不上什么无辜。就好像——我现在告诉你，走出这个门，就是遍地的黄金，你会信吗？你当然不会。但是李浩南就会相信，他走出去了，结果遭遇了车祸。这不叫无辜，叫愚蠢！"

在罗伯茨盛气凌人的目光下，张荣成假装低头咳嗽了几声，才回答道："罗伯茨先生，你说得很对。永盛集团在李浩南的手里，迟早会有这么一天。只不过，我们加了一把火，让这一天来得快了一点。"说完笑着迎合上罗伯茨的满脸得色。

"张先生这步棋走得高明啊！先是让那个姓丁的骗李浩南入彀，然后告诉他幕后是小张先生，让李浩南这个傻瓜更相信姓丁的，也更着急想报复兴成，让他走进下一个圈套。"罗伯茨继续说道。

手里的雪茄渐渐燃尽，张荣成突然收起笑容道："我现在反而是比较担心一个人。"

"高建国？"罗伯茨瞬间收起了处变不惊的绅士仪容，换作一副强盗般的凶狠面目。

张荣成点头道："就是他。这个大陆仔很有些能力，他和丁跃民的关系也很复杂。丁跃民唯利是图够无耻，但只是能搅浑水，如果真和高建国斗，他不是对手。我已经收到了消息，陈桦已经把夫妇俩的股份都转到子女名下，就等于高建国也有股份了。她已经开始在中华总商会和董事会拉拢人心，为的就是让李浩南、高建国重回董事局，制约丁跃民。一场好戏已经开锣了！"

"这就是我们一直以来的'以华制华'策略。"罗伯茨冷笑一声，面容又严肃起来，"李浩南是个笨蛋，高建国却是个聪明人，而且还是个北京人！"

最后一句话让张荣成脸上的肌肉抽搐了一下，但很快恢复颜色道："只要这个高建国进不了董事局，很快我们就能完全吞下永盛集团。”

罗伯茨递过一杯红酒，意味深长地笑道：“这个世界每天都在发生意外，不是吗？”

张荣成先是一愣，接着露出惊异的表情，瞪大的双眼在罗伯茨的逼视下渐渐眯缝成两条线，嘿嘿地奸笑了几声。

无数的花圈被整齐地陈列成排，李嘉盛的遗像挂在大厅的正中央。侧边小屋内，几名僧侣组成的助念团正默诵着“……南无阿弥陀佛……”，声调抑扬顿挫，形成奇妙的节奏，整个大厅弥漫着一种肃穆的气氛。

“把花圈放这儿！”突然有人高声道。正和高建国一同招呼宾客的李浩南转头一看，说话的正是张伟豪，他怒气冲冲地上前喝道：“张伟豪，你还有脸过来？”

张伟豪面不改色道：“李浩南，我可是受了我爹地的嘱托，诚心诚意来参加李 Uncle 的葬礼。我爹地在国外谈生意走不开，希望由我来代他送李 Uncle 一程。你在这儿闹什么闹？”

高建国拦住正要发作的李浩南，对着张伟豪冷漠道：“花圈放这里，行完礼就可以离开了。”

张伟豪瞥了高建国一眼，傲慢道：“Uncle 刚刚去世，李家就轮到你来说话了？姓高的，你也太把自己当回事了。”

高建国只是看着张伟豪，没有多说话。张伟豪盯着高建国看了一阵，见高建国还是神情自若，自己也觉得有些无趣，径直走到了大厅的中央，拿起一枝白菊花，向李嘉盛的遗像行了礼，将白菊花摆放在案台前。

“佳欣，好久不见。”转身路过佳欣身边时，张伟豪突然停住低声道，“你最近还好吗？”

李佳欣没有抬头，只是冷冰冰地说：“你对我们家做的事，我都知道，不要假惺惺的了。”

“Business is business。”张伟豪讪笑道，“在感情上，我想你要知道，我还是爱你的。”

李佳欣没有回应。“佳欣，好好照顾自己。”张伟豪有些不舍地看了看李佳欣，转身离开，路过高建国身边时故意用鼻腔发出很响的一声。

这时，一个捧着一大束白花的女人匆匆跑了进来，差点撞到张伟豪，她连声道歉。张伟豪根本没看她，傲慢地仰头出门而去。

高建国抬头一看，惊讶道：“安慧？你怎么来了？”

安慧理了理纷乱的头发，解释道：“我最近刚好在香港，听跃音说了你岳父去世的消息，所以过来看看。”

“谢谢你。”高建国点点头。

“建国。”李佳欣出现在身后，挽住丈夫的手臂，冲着安慧点了点头。

安慧轻声道：“节哀顺变，不要太伤心了，多注意身体。”

“谢谢。”李佳欣点头。

四目相对，安慧看着佳欣笑了笑，礼貌中透出些许不自然。此时，葬礼大厅响起了沉重的音乐，主持人站在大厅前方，向各位来宾说道：“各位来宾，各位亲友，李嘉盛先生的追悼会仪式即将开始。今天，我们怀着无比沉痛的心情在这里悼念李嘉盛先生的逝世……”来宾们集体默哀。

黑白照片里的李嘉盛，笑容可掬，仿佛从未离开。

葬礼结束后，考虑到佳欣最近悲痛过度，无心照料孩子，岳芳英将孙儿接走了。高建国开车载着佳欣回深水埗的家。

李佳欣无神地望着窗外，突然开口，声音低沉哀婉，仿似梦呓：“爹地从小就特别地宠我，不管我要做什么，他都永远支持我，给我最好的。记得我上小学的时候，同班的同学给了我一块巧克力。我当时根本没见过像巧克力这种零食，一直舍不得吃，结果放在包里化了，我急得哇哇大哭。爹地知道了，花了很多钱给我买了一盒从美国进口的巧克力。爹地那时候事业刚刚起步，家里经济还很困难，那一盒巧克力，要花掉我们家当时半个月的生活费。”

高建国开着车，没有说话，只是默默地倾听。

李佳欣忽然抽泣起来，逐渐变成号啕大哭：“可是我还没有好好地孝顺爹地，以前还一直很犟脾气跟他闹，是我没有出息，都没有让他多看外孙儿眼，爹地最喜欢小孩了……”

高建国一手操控方向盘，一手握着妻子的手，安慰道：“佳欣，别难过了，爹地也不想看到你这么难过。”

突然车外一阵尖锐的鸣笛声袭来，一道强光从左侧照过来，一辆大货车从交叉路口快速行驶而来。高建国此时踩刹车已经来不及，一声巨响，高建国和李佳欣眼前一黑。

毫无预兆地，高建国就这样醒了。一睁眼，看见的是白色的天花板，左边有两支圆滚滚的吊瓶，药水正缓缓滴落。他一下从床上坐了起来，顿时感觉一阵眩晕，一扶额头，才发觉头上缠着绑带。

“建国，你醒了？”母亲扶住了他的胳膊。

一转头，儿子正在旁边的床上摆弄毛绒玩具。高建国闭眼让脑子镇静了一下，才问道：“妈，佳欣呢？”

“佳欣……刚刚做完手术，送到了重症监护室。”母亲迟疑了一下才说。

高建国激动地一下子拔掉了针管，偏偏倒倒地下了床，一瘸一拐地冲出了病房。

隔着玻璃，可以看到李佳欣安静地躺在病房里，全身插满了管子，身边有三四台仪器同时运作着。高建国的眼泪流了下来。

“佳欣的妈妈，看到佳欣被送进了手术室，当场就昏倒了，现在在另外一间病房休息，浩南在照顾她。”母亲把高旗交给海叔才赶了过来。她握住儿子的手轻言细语地说着：“佳欣伤得很重，医生说她多处肋骨骨折，内脏出血，肾脏和心脏都在衰歇。医生抢救了 5 个小时，现在还没有度过危险期。”

高建国摇着头，自言自语道：“不，不，为什么？为什么现在躺在里面的不是我？为什么佳欣会伤得这么严重？为什么？”

母亲安慰道："佳欣会没事的，虽然医生说还没有度过危险期，但是佳欣一定能挺过来的。建国，这个时候你一定不能垮掉，要振作起来，给佳欣鼓劲啊！还有旗旗，旗旗还这么小，需要爹地妈咪照顾的。"

这时，重症监护室里的仪器发出了尖锐的警报声，医护人员立刻跑进了病房。邻房的陈桦和李浩南也跑了出来。高建国趴在玻璃上，瞪大双眼看着里面的一举一动……

门开了，医生摘下口罩，一脸凝重，看了看众人才无奈地说道："对不起，我们已经尽力了。现在病人恢复了一些意识，还有什么想说的话，赶紧说吧！"

高建国已记不清这是三天来的第几次抢救，医生走出重症监护室的表情有喜有悲，但这次却是凝固的。听完医生的话，他脑子一下空了，呆呆地望着陈桦在李浩南的搀扶下呼天喊地走进去，自己却怎么都挪不开步。

岳芳英将旗旗推给高建国，示意高建国带着旗旗进去。她偷偷抹着眼泪，用手捂着嘴，站在门外，尽力让自己不哭出声来。

从母亲手中接过儿子，高建国才醒转过来，用力地抹去了眼角的泪水，慢慢走了进去。

病床上的佳欣脸色煞白，平时大而有神的双眼只勉强睁开一条细缝，轻声唤道："妈咪……"陈桦立刻泪如雨下，颤抖地握住女儿的手，说不出话来。

"妈咪，不哭。"佳欣抬手想要擦去母亲的泪水，却怎么都抬不起来。

陈桦慌乱地抹了抹脸，强作笑颜道："妈咪不哭，不哭。"

"妈咪对不起，我要去天堂陪爹地了。我做梦，梦见爹地说他想我了，我也很想他，有我陪爹地，爹地就不会孤单了。可是，妈咪，对不起，以后就要由哥哥来照顾你了。"听着妹妹有气无力的话，李浩南努力憋红着脸，眼泪却始终止不住地流。

李佳欣转眼望着哥哥轻声道："哥……以后你帮我照顾妈妈好不好？"李浩南猛的点着头，说不出话来。李佳欣继续说道："一定要改改你的暴脾气，要为爹地和妈咪争气，让永盛集团做得更大更强，以后我和爹地都会在天上看着你这个小李总的。"李浩南终于忍不住崩溃的情绪，用拳头捂着脸，狠狠咬着自己的手。

佳欣这才深情地望向丈夫，唤了声："建国……"高建国慢慢蹲下来，握住妻子有些冰凉的手，听着妻子气若游丝地说："建国，我很高兴能做你的妻子。"

"佳欣，遇到你才是我这辈子最大的幸运。"高建国尽量让自己的声音不要哽咽。

李佳欣奋力地动了一下身体，才说道："建国，我想拜托你一件事。"高建国一咬嘴唇，狠狠地点点头。

"请你一定要原谅我哥哥，他本性不坏，只是很多时候太固执，太冲动。"佳欣望着丈夫慢慢说道，"建国，请你一定要帮帮我哥哥，帮爹地保住永盛集团，好吗？"一旁的李浩南无法直面妹妹，痛苦地捂住了面孔。

高建国泣不成声："好，我答应你，我答应你，我一定尽全力。"

突然，一只热乎乎的小手蹭到了两人紧握的手上，高旗不知道什么时候过来了。看见儿子，李佳欣眼泪立刻奔涌而出，努力想伸手抚摸儿子的头发，却只能拉住儿子的小手，泣不成声："旗旗，旗旗，妈咪对不起你。"不明所以的高旗突然哇哇大哭。

高建国一手握着高旗，一手握着李佳欣，三人的手紧紧握在一起。李佳欣眼泪从眼角滑落，想说什么，却再也没有了力气，缓缓地闭上了眼睛。此时，监护室里的心电图仪器响起了警报声，心电图全部变成了直线，没有一丝起伏。李佳欣的手从高建国的手中滑落。

书房中突然传出噼噼啪啪的乱响，张荣成推开了房门，训斥道："伟豪，你这又是何苦呢？人家对你无情，你何必这么折磨自己？"

张伟豪正手捧李佳欣的照片，跪倒在一片狼藉的地毯上，埋头痛哭，嘴里念叨着："爹地，这究竟是为什么？为什么啊？"

张荣成俯身摸了摸儿子的头，叹息道："高建国真是命大，可惜了让一个女人当了替死鬼。"

"爹地，你说什么？"张伟豪猛的抬起了头。

张荣成站了起来，望着窗外平静道："有些事情，你还是不知道的好。"

张伟豪跟着站了起来，一把抓住父亲的衣袖，一脸惊恐地问道："爹地，这不是意外，是人为，对吗？"

张荣成甩开儿子的手，转过身往外走，走到门口的时候突然叹息道："我什么都没说过，你也什么都没听到。"说完关上了房门。

四

会议室中，董事们先后到达，陆续入座。丁跃民泰然自若地看着李浩南和高建国，手里轻松地转着金色的签字笔。李浩南因为获得了父母的股权以及部分高级董事的支持，重新成为董事长，高建国也因为佳欣留下的股权重回永盛董事会。

两人简单发言之后，丁跃民突然提出了两个地产新项目：一个在深圳蛇口，面积很大，可以建高档小区，或者工业园区，价格 3000 万；另一个则在香港葵涌，周围比较空旷，适合建高度绿化、户型分散的高档小区。最吸引人的是葵涌那块地只要 4000 万，远远低于市价。这块地原价 5500 万港币，因为原地主急于资金周转才降价出手。李浩南与很多董事都大感兴趣，高建国却突然发问道："原房产商是哪个公司？"

丁跃民停顿了一下，瞪着高建国答道："兴成国际集团。"

李浩南脸上一僵。高建国表示自己并不信任兴成集团。丁跃民开始拿出自己大股东的身份压制高建国，高建国则坚持投票表决。反对的股东的股份加起来超过丁跃民持有的股份，丁跃民也一样没辙。

丁跃民的呼吸明显有些不畅，调整了一下坐姿，才对高建国反击道："永盛集团如今面临资金困乏、项目空窗的危机，此时要是再不推进新的项目，永盛就很有可能面临破产。你自己也看到价格对永盛有多大的优惠了，你不能因为兴成国际集团曾经和永盛集团有过节，就放弃这么好的两个项目。生意场上，只讲究利益，谁谈感情？对手随时都可能因为利益而变成最好的伙伴。"

"可是做高档社区，需要很大一笔资金投入。"李浩南突然加入了对话。

丁跃民看了一眼李浩南，又露出自信的笑容道："当然，可是高投入就代表着高回收。”

高建国沉声道：“高投入就面临高风险。”

丁跃民撇撇嘴，一脸不屑地讽刺道：“做生意，除了有头脑还得有胆子。高董事虽然是香港电子产业的佼佼者，可总是事事想考虑周全，畏首畏尾，就这样求安稳，怎么可能让永盛迎来绝地转机？”他斜眼看了看李浩南，又继续说道：“李董事长，关于资金问题，以目前的永盛集团状况，还是能向银行抵押贷款很大一部分钱的。一旦地皮收购成功，项目马上就可以开展起来，最短时间，永盛就能资金回笼。”

董事们开始低声议论起来。丁跃民心中暗喜，明白之前的打点已经起到作用，接着说道：“各位董事，资料内容你们也看了，想必你们自己心里也清楚，这两个地皮收购和项目开发将是永盛集团的重大转折点。你们自己的利益你们自己考虑。”

高建国一抬手，高声道：“我想，既然丁董事说了这是永盛集团的重大转折点，那立刻投票决议岂不是太草率了？我建议，我们每位董事都将资料拿回去，好好再研究一下，下次董事会，再决议也不迟。”

丁跃民刚想说话，高建国对着李浩南说道：“李董事长，永盛集团的每一项决策，你需要三思而后行。”

李浩南虽然很动心，想马上开始投票，但听见高建国特意加重了的“永盛集团”四个字，心里不免一震，说：“好，那就下周二董事会再决议。”

丁跃民冷笑一声说：“好啊，那就下次董事会决议，我没意见。”眼中满是怒火，狠狠地看了高建国一眼。

会议结束后，李浩南回到办公室，高建国也跟了进来。高建国直奔主题道：“高档社区的投建需要大量的资金投入，永盛目前没有这么多的流动资金。”

“但是计划书你也看了，这两个地块价格很实惠，修建高档社区，虽然资金投入量大，可我们的利润也会水涨船高。资金方面，我会想办法的。”李浩南面颊微红，显然对这个项目颇为心动。

高建国坐下来郑重道：“你难道还不了解张伟豪那个人吗？他怎么会低价出

售葵涌的地产？丁跃民说原房产商因为资金紧张而急于转手，兴成国际集团什么时候资金紧张了？”

“每个公司都有资金流转不动、地产急于变卖的情况，兴成国际怎么就不能有？”李浩南虽然也有所顾虑，可还是不愿直接承认高建国说得对。

高建国只好换了个委婉的说法：“好，就算地块没有问题，是兴成国际集团真心诚意转手的，但张伟豪绝不会眼巴巴看着这么好的一个项目拱手让给永盛来开发。你不怕开发过程中间有什么问题吗？”

李浩南一边看着材料一边说道：“我知道你这个人考虑得最多，但是我告诉你，我这个人最看重的只有一个，那就是利益，我要为永盛寻求利益最大化。丁跃民可是目前持有永盛最多股权的人，他会拿自己的利益开玩笑吗？而这个项目有着最优惠的价格、最有潜力的开发，我们有什么理由不去做？况且，我还是觉得丁跃民和张伟豪不是一路人，如果不是他横插一刀，收购我股份的人应该就是张伟豪了。所以，这一次，我相信我的直觉。”

面对大舅子的执迷不悟，高建国顿时语塞。他们曾在佳欣墓前发誓和好，让永盛重现辉煌，为了佳欣……高建国在心中默念了无数遍，才恢复冷静说道：“好，那我回去再仔细研究一下计划书，你多警惕丁跃民。”

李浩南也缓和了不少：“我也并没有下定决心，我会再看看计划书。”

需要高建国操心的事情，除了国恒、永盛两处，还有儿子高旗。最近他发现高旗不太说话，用母亲的话来说就是“这孩子从小就不爱说话，性格跟你可完全不一样”，只有希望他再大一点上了幼儿园后，多跟其他小朋友相处，能让他活泼一点。高建国现在只想像哪吒那样三头六臂，不然他真的是有些难以兼顾。

周一，正在国恒开着例会，一个部长的汇报还没听完，高建国就接到李浩南助理的电话，说是开个股东大会。在这个敏感时期，他立刻觉察到有些不对，把剩下的工作留给安国庆，独自开车赶回城内。

电梯门一开，高建国就看到一群西装革履的董事欢声笑语地从会议室鱼贯而出，李浩南和丁跃民最后出来。一看到他，丁跃民立刻夸张地摆摆手喊道：“高董事来了？可惜董事会刚刚开完。”

高建国没有理睬他，转头跟着李浩南进了办公室。望着李浩南和高建国的背影，丁跃民心中窃喜，故意大声道：“……我朋友最近在铜锣湾开了一个酒庄，如果大家没事可以去坐坐，我请客！”

听着高建国的抱怨，李浩南十分淡定，甚至还有些得意。周日在陆羽茶楼的下午茶，丁跃民正是用一句“永盛还是应该姓李的说了算”把他吸引住，将原本周二的董事会提前到了今天。等着高建国说完，李浩南才悠然道：“既然决议已经通过，你就不用再阻拦什么了，好好开展就得了。”

“决议通过了？浩南，你考虑清楚里面的利弊了吗？”高建国真急了，拍着桌子说道。

李浩南不耐烦地答道：“当然，我跟丁跃民谈过话，他说的那些我也认真地考虑过，都是为永盛集团好，为什么你非要阻拦呢？”

“为永盛集团好？”高建国深吸一口气，强忍住怒火，“丁跃民可是跟兴成国际集团有紧密往来的，就算他能真心诚意地为永盛集团好，你认为兴成国际会吗？”

“你也看了计划书，没有发现任何问题，那何必阻拦？”李浩南撇撇嘴说道，“你比我更了解丁跃民，他是个什么样的人，我不在乎，我跟他也只是利益往来。我相信，在利益面前，没有人会不动心。”

高建国重新坐了下来，耐心地说道：“我反对的原因不只是因为怕其中有猫腻，而是这是一项巨大的投资，永盛集团没有这么多流动资金来做这样的项目。以永盛目前的情况，应该从一些小的项目上出发，稳中求进。”

李浩南已经完全不看高建国，而是翻看起来刚刚的会议决议，爱理不理地说道：“我这个人做事的风格就是这样，不喜欢小买小卖。不管你怎么反对，项目决议已经通过了，资金方面我自己会处理，你就等着看永盛集团打个漂亮的翻身仗吧！”

几天后，急于打翻身仗的李浩南跟着丁跃民来到了张伟豪的私人酒庄。他本来还有些顾虑，但在丁跃民的如簧巧舌不停劝说之下还是来了。

张伟豪坐在偌大的原木桌边品着红酒，似笑非笑地看着李浩南，身后站着一名律师。

李浩南看完文件后，对着张伟豪正色道：“他应该给你说了吧，我们永盛集团目前的流动资金，刚好够深圳那个地块的价格。葵涌的这个地块，你们想要什么样的方式来交易？”

张伟豪漫不经心摇着红酒，说：“当然是付现，马上就可以拿到产权证。”

李浩南撇着嘴说：“别跟我卖关子，跟你说话永远要绕几个弯。我都说了，我们没有那么多的流动资金。”

一旁的丁跃民突然插口道：“就用资产抵押的方式来进行交易吧，永盛在香港经营那么多产业，酒店、房地产、酒楼，随便拿一处来抵押，都应该够4000万港币吧！”

张伟豪好像无所谓地说道：“那就用永盛集团旗下的庭非酒店，在香港挺出名的。其他的我不太了解，如果他们经营不善，我们兴成国际集团到时候岂不是要跟着亏损？”

“你就一直盼望着我们亏损倒闭吧？！”李浩南有些上火，“庭非酒店不行，它是五星级酒店，资产评估至少在6000万港币，你们的地块卖4000万，就算抵押资产要比实际价格低，那也低不到2000万。我们永盛集团旗下还有很多其他的酒店，菲娅不错，资产评估价格在4500万港币左右。”

张伟豪笑道：“浩南，这是你在跟我谈交易，条件应该我来提。实话跟你说吧，之前我们急于转手葵涌这个地块，是因为兴成国际集团刚好缺一笔流动资金来开发新的项目，但是刚好在前天，我们回笼了大笔资金，现在并不需要转手葵涌的地产，况且这个地块未来前景相当好，我们兴成国际也很乐意来做开发。”

“你到底什么意思？”李浩南竖起了眉头。

张伟豪突然一脸诚恳道：“丁总一直跟我说，永盛集团需要这个地块来做房地产开发，以挽救破产危机，我才同意将葵涌这个地块以这么优惠的价格转手给你。况且我们现在并不急需流动资金了，如果不是看在我们小时候的情面，又怎么可能让你们不给现金，用资产来做抵押？”

“别跟我说得这么冠冕堂皇，我也同样可以到银行做资产抵押贷款，给你4000万港币。”李浩南不屑道。

张伟豪一副满不在乎的表情道："去银行抵押贷款，需要一系列的评估和批文，而且贷款给的钱，估计也不会比你想象的多。现在你只需要跟我签了这份抵押合同，还有地产转让书，葵涌地块立刻归永盛集团所有，永盛马上就可以进行项目开发。"说完很轻松地又倒了一杯酒。

丁跃民看李浩南还在迟疑，立刻说道："董事长，张总说得对，永盛越早项目动工，你就越能让董事们尤其是高建国对你刮目相看！"

"高建国"三个字一出来，李浩南就像是打了鸡血一般，立马签下了自己的名字。

丁跃民之所以对这次的交易如此积极，除了张伟豪的安排，还因为他看中了深圳蛇口那块地皮。为了取得港商在内地投资的优惠待遇，他特意在香港注册了一家金星食品公司，又打通了一票招商局官员的关系，堂而皇之地做起了面粉生意。

另一头，李浩南已经开始憧憬在葵涌的高档楼盘。图纸已经基本出来了，往上申报的时候却被房屋署要求停工审查，理由是不合规划。彷徨无措的李浩南，突然想起妹妹说过高建国的叔叔在房屋署工作，于是请求高建国去疏通关系，打听一下到底什么地方不合规划。因为已经多年没有往来，高建国有些不愿意，但架不住董事们的苦苦哀求，只有勉强答应了下来。

与过去不同，对于高建国的到来，婶婶热情招呼，叔叔反倒是态度冷淡。高建国还在客套的时候，高致行这个老公务员已经明白了侄子来访的目的，拒绝谈论公事。高建国只好聊起其他的事情，但叔叔的态度始终不冷不热，最后因为"一国两制"这个政治问题，令叔侄俩不欢而散。

第二天，高致行却亲率下属来到永盛大厦，向李浩南返还了港府房屋署签注意见的公示文件，其中批注了永盛集团地块的重新规划内容。文件明确指出，永盛集团在葵涌的那块地产，显然存在着土地性质不明确的问题。而且根据政府的最新规划，那块地附近要修大型工厂，永盛显然无法在工业用地建设高档住宅区，所以项目必须变更。

这回大家都傻眼了，之前信誓旦旦的董事们都开始相互推卸责任。罪魁祸首的丁跃民却人在深圳，完全没有要回来的意思。

高建国提议尽快低价转让地块来止损。但这样做就意味着前期投下的大笔资金打了水漂，大家显然都心有不甘。

几天后，港督卫奕信宣布了“香港机场核心计划”。这一系列大型基建工程，主要是为了兴建位于大屿山赤鱲角的新香港国际机场和其配套的基建设施。其中一共包括10项计划，为连接大屿山的新机场和香港市区，将建立青屿干线。

通过研究青屿干线的规划图，高建国发现青屿干线会途经青衣和葵涌地区，那块地价一定会上涨的，正好借此机会出手，说不定还能小赚一笔。

李浩南则认为应该利用这个机会继续开放，大赚一笔。高建国指出，葵涌那个地块是工业用地了，根本不能建设高档住宅区。

但李浩南始终不愿意放弃这个项目，他已经调查过卫奕信所说的“玫瑰园计划”。之前新机场本来有三个选址，包括大埔区吐露港、南丫岛南部和大屿山赤鱲角，因为政府觉得大屿山的可发展潜力最大，才决定最终在大屿山选址的。天坛大佛修建在大屿山的木鱼峰，现在又即将修新机场，那块地的条件的确十分优越。

高建国感觉李浩南这次确实是很下了一番工夫的，于是两人商议去实地考察一下地块再行决定。

与此同时，香港爱乐乐团的演奏厅内，两个小演员正在台上表演合奏。观众都在认真聆听，包厢内的丁跃民和张伟豪却有些心不在焉。

张伟豪轻轻打着哈欠道：“……有了这场大戏，李嘉盛的老臣子肯定会对这个二世祖更加失望，再加上丁总在一旁煽煽风，我正好隔岸观火。等到那几个大股东对李浩南完全失去信心的时候，就是我彻底吞下永盛的时刻。”

丁跃民满脸笑容说道：“说实话，这回的价格真是很低，李浩南想不动心都难。”

张伟豪悠然道：“那个地块本来就是工业用地，我想让永盛做成高档小区项目之后再动点手脚，谁知道政府有了全新规划，这只能让永盛提前栽跟头。不过真要建成了，那才叫万劫不复。”说着嘴角一阵抽搐。

一阵掌声响起，两位小演员下台去了。张伟豪扫了一眼，又说道：“你的面粉厂短短几个月就盈利翻倍，如今行销香港和国际市场。我还真是小瞧了你，一点面粉都能牟取到暴利，你是怎么做到的？”

丁跃民躲开张伟豪的目光，眯眼笑说：“你这是在打探一个企业的成功秘诀吗？行业禁忌啊！”

张伟豪满不在乎地说道：“兴成国际最近在做一个食品加工项目，也准备开设加工工厂。怎么样，有兴趣合作吗？”

丁跃民意味深长地笑道：“算了吧，我们可都是见过彼此手段的人，合作只可能两败俱伤。”

又是一阵掌声响起，爱乐乐团的演员们慢慢上台就座。丁跃民不再说话，只是牢牢盯着一身红裙的首席小提琴手——安慧。张伟豪顺着丁跃民的目光看过去，轻声问道：“你说的就是那个小提琴手？”

丁跃民点点头，视线已经无法从安慧身上移开。张伟豪细致地打量着安慧，继续说道：“我之前在爱乐乐团没见过她，我就说乐团里可没有这么好看的。”望着微闭着双眼演奏小提琴的安慧，张伟豪眼神渐渐有些入迷。

一曲完毕，演奏厅瞬间安静下来。安慧离开舞台去稍作休息，张伟豪轻轻活动了一下肩颈和胳膊，一转头看到斜侧方的包厢里坐着一个眼熟的人，于是一拍丁跃民说道：“你看那不是恒立集团的上官文吗？他也喜欢音乐会？”

“他就是上官文？”丁跃民猛然想起了上次国恒的材料危机。

第十八章

计出连环

- 葵涌的项目出现转机，可是因为贷款陷阱，永盛再次陷入危机。
- 丁跃民丢车保帅，转让永盛股份，要回深圳发展。
- 高旗被查出患有自闭症，让高建国的生活又一次蒙上阴影。在康复中心，他却遇到了一个好久不见的朋友……

一

演出结束，张伟豪和丁跃民结伴出来。一辆银灰色的奔驰停在了大门口，司机正是上官文。张伟豪正想着过去打个招呼，一群女演员莺莺燕燕地涌出来，看到上官文立刻热情道："谢谢上官先生的宵夜和甜品！"上官文礼貌地摆摆手，突然看到安慧一脸疲倦地走了出来，他立刻快步过去，殷切道："安小姐，我送你回去吧！"

安慧侧过脸摇了摇头。上官文则弯腰伸手想帮安慧拿小提琴，嘴里说着："没事的，正好顺路，顺路。"安慧死死拽住琴盒，说："真的不用了，上官先生。"

"上官先生，大晚上不回家跟老婆亲热，在这里跟别的女人拉拉扯扯，恐怕不太好吧？"丁跃民早就看不下去了，立刻冲了上来。张伟豪紧随其后。

上官文一转身，看到了身后站着的两个人。他看一眼张伟豪，再看一眼丁跃民，惊讶道："张老板！这位是……"

"上官先生，好久不见啊！"张伟豪哈哈大笑，"这位是金星食品公司的老板、永盛集团最大股东丁老板。"

上官文十分尴尬，只有讪笑道："好久不见，张老板也来听音乐会？"

张伟豪轻松道："我可是爱乐的常客，倒是上官先生，我还是第一次碰见你。"

上官文的表情愈发不自然："是啊，以前没碰见。那个……安小姐，我就不打扰了，下次有机会再来听你的演奏会。"

"好。"安慧面无表情地答了一句，然后打了一辆车离开了。出租车里的安慧心潮起伏。她和上官文在一次酒会上偶然认识，因为去年高建国的事情，她找上官文帮了忙，事后请他吃过一顿饭表示感谢。上官文却把这顿饭视为宝贵的契机，几乎每次演出都订下包厢，还总到后台送花送宵夜什么的。乐团的人总拿这件事开玩笑，让安慧颇为尴尬。

丁跃民一脸失落，张伟豪哈哈笑道："看来丁老板不够靓啊！"说完弯腰坐进自己的跑车，扬长而去。

郁闷的丁跃民狠狠一脚踢到身旁的垃圾桶上，仰面喊了一嗓子京骂。

工地的喧闹声把高建国拉回到现实中。昨晚他接到弟弟的电话，说父亲身体不太好。他知道父亲这些年一直忙于基本法的草案，这几天因为拟定规章上遇到了一些问题，委员们辩论了很久，一直没有结果，所以最近父亲几乎是不眠不休地在工作。上午他打了个电话过去，想劝父亲注意身体，父亲却一本正经地说："从一开始，这就注定是一个漫长的里程，但是它的成立将是一份杰作，一个壮举。"高建国只有祝父亲工作顺利，不好再说其他的。

眼瞅着刚开始的工程就被叫停，包工头也是愁眉苦脸、大吐苦水。望着大片刚刚挖了一半地基的空地，高建国只有安慰工头道："放心吧！我们会处理好这个项目地块，你们过不了多久就能继续开工。"

包工头苦笑着摇摇头，又指向更远的一片区域说道："我听说政府要在那边修什么机场，这个地块很好啊，怎么会停工了？我可只管开工收钱，到底怎么修是你们的事。如果你们就此放弃了这块地皮，你们永盛集团可必须赔偿我们违约金啊！"

原本还抱有很大希望的李浩南看到现场，又听到包工头的话，顿时觉得心灰意冷，沮丧地说："这怎么会是一片工业用地？之前的计划书根本没有写，丁跃民居然还让建高档小区。我最终还是被张伟豪和丁跃民给坑了。"

"这之前的确是住宅用地，不过后来政府可能规划改了，张伟豪趁机设局，急于转手，我们对这一片也不是很了解。土地性质是规划好的，高档住宅区肯定是修不成了……"高建国突然想到什么，转头向身后秘书问道："那附近政府会修建什么工厂？"

"航空用品、零件设备厂。"

高建国沉思一阵，一拍手道："政府的最新规划是要修飞机场，青屿干线也会途经这里。这里既然是工业园区，那我们就建职工社区！"

"职工小区？"李浩南听出点意思。

高建国解释道："既然这片土地是工业园区，政府也要在这附近修大型工厂，那我们就干脆将这里改造成和工厂还有机场配套的建设，比如职工小区、大型超市。等工厂和机场修建起来，一定会有大批的工人、职员，人口剧增，我们的买主就是这些工人。我们打造社区经济实惠房，工厂、企业也会买我们的房，打造成职工福利用房。我想，这比高档住宅小区风险更小，收益更大！"

听完高建国的分析，李浩南终于露出了久违的笑容，点头称赞道："对啊对啊！我怎么没想到，工业园区内是包含职工社区的，不属于高尚住宅房，没有住宅产权。"

高建国转身对包工头说："地基打好了，是现成的，我让工程设计师尽快根据现有的地基修改图纸，等问题处理好，你们就可以重新动工了！"

有工开就有钱赚，包工头当然开心，立刻喜形于色，连声说好。

说完这些，高建国却突然脸色一变，皱眉道："可如果还要建房，我们还是必须得向银行贷款，之前的资金根本不够。本来我想着趁机转手，就不必愁银行方面的问题了。"

"银行方面，我来想办法，你不用担心。"李浩南一拍他后背道。

高建国还想再说，手提电话却突然响起，是幼儿园园长打来的，说有关高旗的事情需要与所有监护人一起谈谈。着急儿子的事情，高建国只有回到市区，接上母亲一起来到幼儿园。

五颜六色的教室，宽敞明亮。身材高大的高建国坐在孩子常坐的板凳上，略显拘谨。儿子正坐在角落低头玩着手指。园长礼貌地微笑着说："旗旗今天和园里的小朋友打架了，好在老师立刻上前阻止了，孩子们都没有受伤。"

高建国有些震惊，连忙问："为什么打架？"

园长正色道："旗旗平时在幼儿园几乎都是独处，不喜欢和其他小朋友一起玩耍。当大家都兴致勃勃做游戏的时候，他好像也并不能提起兴趣，连观看都不太愿意。今天午休起床的时候，旗旗突然开始打自己，显得有些暴躁。一个同学从他面前路过，他就伸手去打了那个同学，然后俩人开始有些扭打，所幸老师们立刻上前把他们两个分开了。”

高建国走到教室里面，抱起了旗旗，温柔地问：“旗旗，今天为什么跟同学打架呀？”高旗面无表情，别过脸不说话。

园长眨了眨眼，迟疑了一会才说道：“旗旗已经3岁多，来幼儿园也有一个多月了，但是一直不怎么说话，跟小朋友也不能很好地相处。我还是希望你们能带孩子去医院检查一下，看是否有一些心理疾病，或者孩子身体是不是哪儿不舒服。他经常莫名其妙地暴躁，还打自己。”

“怎么会这样？”岳芳英望着儿子和孙子，眼泪不禁流了下来。

两天后，儿童医院的鉴定结果出来了。高旗患上的是儿童孤独症，也就是俗称的“自闭症”。这种病是广泛性发育障碍的一种亚型，以男性多见，主要表现为不同程度的言语发育障碍、人际交往障碍、兴趣狭窄和行为方式刻板，而且约有四分之三的患者伴有明显的精神发育迟滞，部分患者儿童在一般性智力落后的背景下某方面具有较好的能力。

好在最后医生又说：“教育和训练是最有效、最主要的治疗方法。儿童自闭症最佳的治疗年龄在3到6岁，在这期间如果实施治疗和康复训练的话，效果是最好的。孩子对于家长是有依赖性的，如果你们平时对他多加引导，再定期到我们医院来进行康复训练，病症会慢慢消失。只不过在时间上来说，比较漫长。”总算是还有希望在。

接到电话时，丁跃民正在中环闲逛。最近他都没去永盛。他虽然不怕李浩南，却也不想直接和他冲突。电话是李浩南亲自打来的。原来，永盛的贷款请求连续被三家银行拒绝，李浩南有点手足无措，希望丁跃民能想想办法。丁跃民心中暗喜，大喊着“听不清楚”挂断了电话，一拍屁股坐船过海去了澳门。

今天真是鸿运当头，丁跃民桌前的筹码已经堆得跟小山一样高。与他对面而坐的赌客脸色沮丧，两眼狠狠地盯着丁跃民，面前的筹码已经所剩无几。这个赌客决定孤注一掷，将自己所有的筹码都押了出去。丁跃民突然笑起来，豪气万丈地把身前的筹码都推了出去，接着揭开了自己的底牌，赌客没开牌，灰头土脸地起身离开。

在众人钦羡的目光中，丁跃民笑着扔给美女荷官两枚筹码，潇洒离席而去。

美女荷官甜甜地道了声谢，收起了筹码。这时身旁凑过来一个身穿灰色夹克、头戴黑色鸭舌帽的人，帽檐压得特别低，看不清长相。这人开口问道："靓女，刚才那位大佬是谁？"声音低沉沙哑，应该是个中年人甚至老年人。

荷官笑着答道："丁老板啊！每周都会来。"

"他很有钱吗？"问话间，"鸭舌帽"推过来一枚筹码。

荷官灵巧的手闪电般划过桌面，那枚筹码立刻隐没不见，她接着笑吟吟地答道："应该挺有钱的吧，好像是在深圳做大生意的，在香港也有资产，出手很大方，每次都会给我们一些小费。最近他手气不太好啊，都输了一两百万了，不过今天赢得挺多。"

"鸭舌帽"咳嗽两声又问道："他是做什么生意的？"

"这我就不太清楚了。"这时，又有新的赌客坐下，荷官又开了一副新牌准备发牌，再转身时，"鸭舌帽"已经不见了。

赢得盆满钵满的丁跃民第二天就回到了香港，张伟豪约他聊聊。

咖啡馆正放着张学友的*Linda*，张伟豪悠然地跟着哼唱起来："Linda Linda Linda Linda，可不可不要走，美丽长夜不应有这缺口，缠绵时辰因还没见尽头。"

丁跃民忽然想起昨天李浩南急着贷款的事，简单跟张伟豪说了一下。张伟豪有些意外李浩南还想继续这个项目，手指没有随着节拍在桌面轻轻敲打着，过了一会才开口："不管他们做不做那个项目，只要贷款，你就推荐国商银行。"

"国商银行？"丁跃民有些意外。

张伟豪点点头道："对，我跟国商银行的一个高管很熟，我可以托人帮永盛集团贷到款。不过，他不是挺急的吗？让李浩南跟国商签约，让他吃点亏，我朋友也赚点。”

丁跃民慢慢地喝了一口咖啡，趁机扫了扫张伟豪的眼睛——目光扑朔迷离。他明白张伟豪肯定没有说实话，于是笑着道：“没问题，我会让李浩南到国商贷款。不过，你要把兴成国际在深圳福田的房产转让给我一部分。”

张伟豪眉头一挑道：“你还真是处处想着你自己的利益。”

“互惠互利嘛！”丁跃民笑了笑，“永盛亏损，受益最大的还是你们兴成国际。”

张伟豪望向窗外，半空中云层氤氲，恐怕很快就会是满城风雨。他一打响指道：“好，成交。”

从半岛酒店出来，丁跃民哼着王杰的《谁明浪子心》，想起刚才李浩南这个傻瓜又被自己唬住了，差点忍不住笑出声来。

英资银行对香港未来失去信心，个个都想脚底抹油跑路，导致永盛的优质资产大多缩水。隶属于英格兰银行的国商银行趁火打劫，直接提出要按低于市价50%的额度贷款。李浩南开头不愿意，但看在一周后就能到款，还是同意了。

回到包租的公寓，正要开门，一条黑影从树丛里闪了出来。这是一个戴着鸭舌帽的男人。丁跃民警惕道：“谁？”

“丁老板，你好！”来人声音低沉地问候道。

“你到底是谁？”丁跃民十分紧张。过去他只是个零售店店主，现在成了有不少身家的有钱人，胆子明显小了。

“鸭舌帽”嘿嘿笑道：“你不认识我，但是我们有共同的敌人——高建国。”

丁跃民后退半步，闪出半边身位，随时准备逃走，嘴上却轻松道：“高董是我们永盛的顶梁柱，怎么会是我的敌人？”

“鸭舌帽”侧过身子，挡住了丁跃民的去路，低声道：“丁跃民，北京人，北京大学经济系肄业，曾在深圳开过电器零售店，几年前还只是高建国手下的一个小人物，如今却是永盛集团的大股东，还在深圳一夜之间靠走私成为了暴发户呢，你的实力还真是不容小觑。”

“你……”丁跃民感觉后背阵阵发寒，“你到底是谁？”

“鄙人龙华，丁老板不请我进去坐坐吗？”鸭舌帽被摘下来，露出一张沧桑的脸，正是潜逃多年的龙华。

进门后，丁跃民径直走到厨房去给自己倒了杯水，回忆着龙华这个名字，渐渐想起过去高建国跟他说过的一些事情。一个贪污的在逃警察，主动找到自己会有什么事情呢？只有随机应变了。打定主意后，丁跃民又倒了一杯水，在沙发上坐下，笑着道："龙先生，我可是个守法商人，走私这种事情请不要乱讲。"

龙华跷起二郎腿，笑着道："我可是黑白两道通吃的。你从东南亚那边通过非法渠道走私了大量的劣质小麦，来冒充国内的优质小麦，再用一些见不得人的技术来研磨，然后冒充精品面粉，成本只有原来的三分之一，你却卖出高价来牟取暴利。你觉得我要是把这些事都公之于众，你会怎么样？"

丁跃民的水杯差点脱手，有些惊恐地望着龙华，小声问道："你到底想要干什么？"

"要是大陆工商局知道了这些，你的厂立刻就会关门大吉吧？你也会名声大臭，说不准会惹上官司。"龙华还是一脸笑容。

丁跃民双手捧住水杯，双腿微微抖动，有气无力地说："跟你有仇的是高建国，你为什么要来报复我？"

"我并没有报复你，我只是不想跟钱有仇。"

"你要多少？"

"丁老板果然是醒目[1]！"龙华伸出三根手指。

丁跃民冷笑道："真是狮子大张口。现在深圳人均工资才几百块钱，你就想一天挣到别人一辈子的钱？"

龙华摇头道："我挣不到，但是丁老板能挣到。"

丁跃民直视龙华道："最多 100 万，多了我也拿不出来。"

龙华丝毫不让地看着丁跃民，沉声道："最少 200 万。还有，以后你进货必须通过我这儿的渠道。放心，价格比你现在贵不了多少。"

"真是痴心妄想！"

1 醒目，广东话，表示聪明，一点就通。

龙华笑得更开心了，露出一颗金牙，双臂张开架到沙发靠背上，满不在乎地说道："好啊，那你去告发我好了，反正我是光脚的不怕穿鞋的，大不了被抓进去再关几年。不过你可不一样，你现在要钱有钱，要地位有地位，但一旦我去举报了你，你的食品公司马上就会倒闭，你这个人也会身败名裂。永盛集团马上就要破产了，到时候你的股票也会一文不值。"

"你少在这儿危言耸听，永盛怎么会破产？"丁跃民莫名地感到心头一紧，嘴上却毫不示弱。

龙华继续道："你不是刚刚让李董事长申请了国商银行的贷款吗？"

"是又怎么样？"丁跃民更加紧张，明白龙华一直在监视自己。

龙华收回摊开的右臂，手指轻轻地抚摸着脸上的络腮胡子，悠然道："丁老板不会不知道吧？国际商业信贷银行在国际上遭遇信用危机，他们在香港的25家分行的财务状况也在破产边缘，永盛找他们贷款，抵押的资产恐怕是再也拿不回来了吧。"看着丁跃民震惊的模样，龙华接着道："看来张伟豪还真没告诉你，永盛抵押了那么多资产，等国商银行垮台，岂不是就算有钱还贷款，也拿不回那些资产了？你在永盛的股权也即将变为一个空壳。如果你不跟我合作，你说你是不是就要变得一无所有了呢？"

张伟豪居然把自己一块儿算计进去了！丁跃民沉默了许久，一咬牙说道："好，我答应你。但是如果一旦我跟你合作了，你还出卖我，那我们就同归于尽好了。"

龙华看着丁跃民，就像一头老狐狸望着一只斗败的公鸡，笑着道："好，我龙华说话算数，有钱一起挣，我绝不会让自己也赔了买卖。"

龙华离开后，丁跃民立刻打电话给妹妹，让她通过新华社帮忙打听国商银行的事情。他知道龙华并不可靠，必须得有多手准备。

已经是第三次陪儿子来康复中心，高建国还是有些不适应。这里到处都是像

高旗一样的患有自闭症的孩子。陪同孩子的父母脸上有喜有忧，那些喜悦的脸上总是隐隐带着忧伤。

旗旗突然有些口渴，高建国拿着新买的动物水杯去水房打水，出来后看到儿子身边多了个志愿者，漆黑的长发，她正蹲在旗旗身边说着什么。高旗摇了摇头，突然显得很暴躁，把手里的纸揉成一团扔了出去。

高建国连忙上前抱起儿子，柔声安抚他。志愿者慢慢站起来，与高建国对视一眼，两人都呆住了。这个志愿者竟然是安慧，两人都觉得这次相遇有些不可思议。

安慧看着高旗，惊讶道："这是……你的孩子吗？"

高建国略有些尴尬，点点头道："对，他叫高旗，旗旗。"

安慧面露笑容，柔声道："旗旗，原来你叫旗旗呀？"

高旗却只是平视前方，根本毫无反应。安慧叹了口气问道："旗旗怎么会患上自闭症的？"

高建国摇了摇头，说："不知道，医生说病因有很多，刚开始还只是以为他性格比较内向，没有想到会是自闭症。"

安慧勉强一笑，安慰道："自闭症只要引导得好，是会痊愈的，你要放宽心。"

高建国感激地点点头。

这时，医生来了，一拍手道："好了，小朋友，我们现在围成一个圆圈，乖乖坐好，来听安慧阿姨给大家演奏一首小提琴曲，好吗？"

家长们开始行动起来，座椅很快围绕安慧形成一个大圆圈，家长们抱起孩子纷纷就坐。安慧对着大家微笑着鞠躬，然后开始了演奏。高旗坐在爸爸怀中，专注地看着安慧一拉一收地滑动着琴弦，仿佛沉浸在音乐的世界。

医生再次出现，笑容满面地说："小朋友们，刚刚安慧阿姨拉得好听吗？接下来，我们来做个游戏好不好？"孩子们的回答声有高有低，起伏不定。

安慧手握小提琴，半跪到高旗面前，柔声道："旗旗，我们也一起做游戏好不好？"

高建国也蹲下了，说："旗旗，爸爸陪你一起。"

高旗盯着安慧手中的小提琴，轻轻点了点头。安慧微笑着收好小提琴，试探着把一张带有卡通图案的花手绢放到高旗的手里，拉着他一起跑，把手绢放在其他小朋友的后面。高旗的兴致并不高，但安慧一直耐心地陪着他慢跑。

在一旁看着两人玩耍的高建国，突然感觉心跳加速，安慧、儿子……这好像是他十多年前憧憬过的生活，可现实却让人啼笑皆非。最近职工社区在房屋署顺利通过申请，葵涌的项目重现生机。这次的贷款是李浩南亲自去国商银行申请的，永盛马上就能重回正轨了。而国恒那边，安国庆和阿雄联手去深圳福田谈下了一个新的仓库，这样一来运输更加便利，效率也会更高。昨晚上接到弟弟的电话，建军主动到周欢家表白，两人正式交往，看来弟弟的喜事也快了。高建国感觉心中的大石头总算是落地了，以后可以多点时间陪陪儿子。

安国庆正在办公室里翻着编织袋，各式各样的围巾、披肩和针织衫摆放了一桌。桌上电话响了，正是父亲。编织袋里的东西都是父亲厂里的产品，母亲劝了好久，老爷子才同意把产品寄过来，让安国庆帮着推销一下。安国庆想了想只有直说："爸，我实话跟您说吧，您这些产品，从包装到样式都过时了，而且这些样式都差不多，图案还很俗气。"

"怎么可能？"父亲的声音明显有些不快。

安国庆耐心道："在香港，这样的围巾都是十几年前的货了……要我说，你们想要有销量，就必须改革。"

"改革？怎么改？"

安国庆把之前想好的一股脑儿说了出来："85 年开始，国内不是有很多国有企业搞承包经营责任制吗？就你们毛纺厂目前的情况来看，你们可以选择将毛纺厂转变为合资企业，比如陆港合资。香港这边提供工业产权，比如一些实用新型、外观设计等，还有大量的资金；你们那边就提供厂房、设备、劳动力和一部分资金就行。香港这边的设计很摩登的，你们完全可以选择香港的企业来进行合资，共同出资、共同经营、共负盈亏，风险共担嘛！"

"香港公司为什么会选择跟我们合资呢？"

"这个嘛……"感觉父亲的态度还可以，安国庆就直说了，"他们注入资金，当然要占一定的股份了。"

"那可不行。"父亲斩钉截铁，"我们是国有企业，怎么能让私企占了股份呢？"

“爸，其实这种合作模式已经有了，很多国有企业都已经开始在搞了。”安国庆解释道。

“不行，不行。”

安国庆只有尽量耐心地劝说：“爸，我先给您把一些资料寄过来，你看看再决定。”

忙完这边，安国庆才想起答应了要陪安慧去买小提琴，这会儿已经来不及了，他只好打了个电话让跃音去陪妹妹。

有个女伴，安慧反而觉得更轻松。跃音现在已经基本成了半个流行音乐行家，强拉着安慧去了十多家音像店，买了好几盒最新的磁带，终于满足了，这才老老实实陪着安慧来到了通利琴行。

作为全港最大的乐器专卖店，偌大的琴行里摆设着各类乐器，客人也络绎不绝，各处都不时有弹奏乐器的声音发出。刚一进门，店员就过来热情地招呼道：“安小姐来了！今天想看点什么呢？”

安慧微笑着点点头道：“我想买一架八分之一的小提琴，送人的。”

丁跃音独自在店内乱逛，安慧则和店员浏览各个品牌的小提琴。

“……这款是著名制琴大师斯特拉迪瓦里的一个品牌，之前爱乐乐团在我们这里定制的竖琴、大提琴都是这个牌子。这款是纯手工制作，采用的是……”正听着店员细心地介绍，突然身旁响起一个男声：“安小姐，你好啊！”

安慧转头，看到一个身穿高级定制西服的男子。她觉得有些眼熟，却又想不起到底是谁。

“可能安小姐忘记了，上次我们在爱乐的演奏大厅外见过，跟丁跃民先生一起的，我叫张伟豪。”男子礼貌地自我介绍道。

安慧有些印象了，礼貌地问了声好。

张伟豪打量了一下安慧手中拿着的小提琴，微笑着说：“这是八分之一的小提琴，安小姐买来送小朋友的吗？”

安慧点了点头。

张伟豪继续道：“好巧，我也准备买一把小提琴送给我的侄儿，刚刚4岁。安小姐选好了吗？我跟着您这位小提琴家买，一定不会错。”

“张先生过奖了。”安慧指了指旁边一支小提琴，笑着道：“这把琴还不错，是手工制作的，音色很好，纹理清晰，雕刻细致。我想您侄儿会很喜欢的。”

张伟豪依然保持着绅士般的笑容，接过小提琴认真地打量了一遍，然后递到店员手里，朗声道：“那好，就要这把了。两把都给我包起来，这是我的卡。”说着递出一张闪亮的金卡。

安慧连忙道：“不，我的这把我自己付钱。”

张伟豪继续道：“没关系，安小姐不用跟我客气。”

“不用了，谢谢您，张先生。”安慧礼貌地点点头，解释道，“既然我是买来送人的，当然得我自己来付钱，否则就是别人的心意了。”

张伟豪坦然笑了笑说：“那好，我就不让安小姐为难了。”

店员送过来包好的琴盒，张伟豪接过，冲着安慧点点头后出了店门，驾着闪亮的跑车扬长而去。

“安慧，你怎么会认识张伟豪啊？”丁跃音不知道什么时候出现在身后，突然问道。

安慧撇撇嘴道：“我跟他就见过一面，连话都没说过，我都不知道他是做什么的。”

丁跃音喜滋滋地说道：“他是兴成国际的太子爷。兴成国际你听过吧？跟永盛简直不相上下。你们就见过一次，他会抢着给你付钱吗？”

安慧淡然道：“可能有钱人不在乎这些钱吧！”

“凭我多年记者职业的直觉来看，他一定喜欢你。”丁跃音一把挽住安慧说道。

安慧没好气地说了一句：“走吧，哪来这么多废话。你不是晚上还约了朋友吗？”

“哎哟，瞧我这记性，是我哥的事。走吧走吧，赶紧去吃饭，吃完我得去一趟法新社。”

丁跃民的担心很快变成了现实，妹妹打听来的消息几乎是噩耗。国商银行因为在上个月流通了大量的假币以及窃取客户资料等问题，正在接受法国警方调查。因为这个事件，他们出现了很大的信用危机，在财政方面即将面临着破产风险。丁跃民发觉自己在永盛的31%股份很可能会人间蒸发掉。他暗骂了一声“张伟豪王八蛋”，立刻让秘书订了一张回深圳的机票，有些事情他必须马上去办。

回到深圳，丁跃民立刻找人折价卖掉了面粉厂，200万汇到龙华的账户，剩下的钱则重新注册了一家房地产公司，再加上福田的房产，这样一来深圳的基础算是打好了。之后他又回到香港，通过多种途径，几天之内将所持的永盛股份悉数转让，他并不想在永盛这艘大船沉没时遭受池鱼之殃。他的目的始终只在趁乱捞钱，是否击垮李浩南、高建国则并不是他的主要目的，这个游戏以后还是留给张伟豪自己慢慢玩吧。

很快，丁跃民已经将资产全部转移到了深圳，他相信，凭借之前的积累，自己很快就能东山再起。

四

提着包装好的大礼盒，安慧慢慢走进了康复中心的活动室。高建国正在陪高旗玩拼图游戏。安慧下意识地理了理头发才走过去。拼图的图案是个长城，只是完成的部分还不足两成。听到脚步声，高建国抬头看见了安慧，笑着对她点点头。

安慧小声问道：“旗旗恢复得怎么样了？”高建国脸上的笑容一僵，轻轻摇了摇头。

安慧安慰道：“治疗自闭症一定要有耐心，病情总是慢慢恢复的。”一转身把礼盒放到桌面上，对着高旗柔声道：“旗旗，阿姨要送你一个礼物，你快看看。”说着拆开了礼盒，里面是一支小巧而精致的小提琴。高旗看着小提琴，眼神出奇的专注，立刻松开了手中的拼图碎片，慢慢地伸手摸到了琴上。安慧试探着问道：“旗旗喜欢吗？”高旗目不转睛地盯着小提琴点点头。

安慧十分开心，继续问道：“旗旗喜欢的话，阿姨以后教你拉小提琴好吗？”

高旗没有回答，只是慢慢取出小提琴，拿在手里，胡乱地拨弄着。

安慧向高建国解释道："这是八分之一的小提琴，适合旗旗这么大的孩子学习。自闭症的孩子对一项事物会格外地专注，而且总是会表现出超常的智商。我上次见旗旗看我拉奏小提琴，十分入迷，就想没准儿他喜欢小提琴。"

高建国感激道："谢谢你，安慧！"

安慧微笑着说："我以后会抽一部分时间来陪旗旗练琴，只要他喜欢，一定能学得很快，而且对他的病情也会有帮助。"

高建国连连点头道："我都不知道该怎么感谢你了。"

安慧摇摇头，温柔地抚摸着高旗的后背说道："旗旗，以后安慧阿姨每天教你拉小提琴好吗？你看，这是弓，这是四根弦。旗旗，你把弓放在这上面，拉一下试试。"

高旗没有说话，但是照着安慧的指点做了。当弓和弦发出一丝声响的时候，他歪起小脑袋仔细地听着，眼中满是好奇。

安慧看着高旗，微笑着继续说道："旗旗，你把手放这儿……对，头枕在这儿……"

看着安慧手把手地教着高旗拉小提琴的温馨画面，坐在儿童桌前的高建国心中感到一阵久违的暖意，他情不自禁地拿起桌上的纸和笔，画下了眼前这幕温馨的场景。

突然外面传来一阵欢呼声，高建国闻声出去，安慧则继续陪着高旗。声音是从工作人员休息室传出来的，高建国有些好奇地走了进去。电视新闻正在报道：历经了四年零八个月的艰辛谈判和努力，一九九〇年四月四日，第七届全国人民代表大会第三次会议最终通过了《香港特别行政区基本法》，并颁布了第二十六号中华人民共和国主席令，决定于一九九七年七月一日起在香港实施。这部开启新时代、新纪元重要一环的创造性杰作，终于诞生。看着荧屏上出现的98%的票数，高建国心中感慨不已。

庆祝《香港特别行政区基本法》正式颁布的官方酒会正在进行中，外交部长钱其琛在台上慷慨激昂地发言："……这次在香港举办庆祝酒会，是为了感谢各界积极投身于基本法制定的公民及政要，特别是我们的起草委员会的成员们，是你们四年多的艰苦付出和奉献，才换来今天得之不易的成果。《香港特别行政区基本法》将是一部具有重大现实意义、深远历史意义和国际意义的法律文献！我很荣幸能够见证这一部伟大的法律文献诞生。”

会场内响起了热烈的掌声，身着中山装的高致远已是热泪盈眶，他慌忙端起酒杯遮住面庞。

“叮——”一声脆响，高致远和刘新智的酒杯碰到一起，两位老同事、好战友举杯同饮。

刘新智放下酒杯，凑过头低声道：“致远，感谢你的付出！”

高致远颇有感触地点点头，正色道：“不，刘主任，这是我作为中华人民共和国的公民，应该做的。”

刘新智微微一笑，拍了拍高致远的肩膀，说：“我听说，你除了因为出生在香港，还对香港有着特殊的情怀？”

高致远面色一红，低声道：“对，还有一些个人的情感。”

刘新智哈哈笑道：“好像你不太愿意回答，不过我不会追问的。”

钱部长举杯来到人群中大声说道：“基本法虽然成立并且通过了全国人大会议，但接下来，我们的任务依然任重道远。我国政府可能会着手筹备成立香港特别行政区的工作，并且成立预备工作委员会。我希望，到时候依然能看到你们的身影，我们再次并肩作战……”

在场的官员、委员互相敬酒祝贺。高致远却默默消失在人群中。

上午跟儿子通过电话，高致远知道今晚“老北京饺子馆”会有岳芳英的六十寿宴。他心怀忐忑地走进大门，正听到岳芳英的声音：“……香港，这里有着跟北京完全不同的文化和风土人情，甚至有着无数我见都没见过的西方面孔。渐渐的，我适应了这里的生活，我开起了‘老北京饺子馆’，也算是我对北京的一种怀念和纪念吧！我已经很久没有再回到那个生我养我的地方，那个有着无数回忆的地方。”

说着说着，岳芳英的眼眶已经湿润了。她偶然抬头看了一眼门口，正好与高致远四目相对。

两人来到楼顶的露台上。

“你过得还好吗？”高致远若有所思问道。

一旁的岳芳英双手扶着栏杆，点头道：“我很好。你呢？你头发都白了……”

高致远笑了笑：“都多大岁数了，也该白了。”

“基本法通过了，这半年你也应该好好休息休息了。”岳芳英转头道。

高致远看着岳芳英点头道：“是啊，这段时间我一直在休假。四年多的时间，终于完成了，今天在香港举行庆功宴。”

“小华和建军……好吗？”岳芳英犹豫了一下问道。

“小华挺好的。”高致远颇有感触地说，“建军……现在很能干，是军区政治部联络部参谋。”

“好啊！两个儿子都很能干，也懂事。”岳芳英突然想起儿媳妇的事，鼻子一酸道，“可惜佳欣那孩子命苦，红颜薄命。不过这么久过去了，建国现在也渐渐地走出来了，但有的时候，我还看见建国一个人在屋子里看着佳欣的照片，偷偷抹眼泪。”

“旗旗呢？我每次在电话里问他旗旗的事情，他都是支支吾吾的。”

“建国这个孩子你是知道的，不想让别人替他操任何心。”深吸一口气，岳芳英才说道，“旗旗一直跟着我和建国的，去年查出来有自闭症，一直在儿童医院接受康复治疗。医生说是用什么心理疗法。”

高致远闭了闭眼，眼眶润湿，安慰道：“你们也别太心急，慢慢来，总是能好起来的。”

“希望吧！”岳芳英理了理被风吹乱的头发，勉强挤出一丝笑容，“建军呢？什么时候成家？听建国说女方人不错。”

“周欢是我们邻居家的姑娘，是北师大的老师。”

“教师，那很好啊。建军也该成家了。”岳芳英一脸欣慰，“我下次一定回去看看，看看北京，看看小华和建军。”

高致远的表情舒缓了不少，微笑道：“我们两人，现在看淡了很多事，怀念着很多事。”

望着曾经的丈夫，岳芳英感慨地笑了：“老高，谢谢你来看我。”

五

滔天的洪水淹没了大量庄稼、路面，很多灾民无家可归，在淮河大堤上搭起了一眼望不到头的临时帐篷——望着电视里的画面，岳芳英惊呆了。

一旁的高建国叹气道："报纸上说共有 18 个省、自治区、直辖市发生水灾，5 个省、自治区发生严重水灾。受灾人口达到几个亿。"

岳芳英一脸愁容道："这是天灾，不能避免，只能全国人民一起面对了。对了，今天社区里搞了一个给华东地区捐款的活动，我捐了 5 万块钱，还把饺子馆里大家捐的钱和衣物都一起送过去了。"

高建国郑重道："这次水灾的确很严重，北京召开了'救灾紧急呼吁'新闻发布会。香港这边，后天在跑马地要举行一个为华东水灾灾民募捐的慈善演唱会和晚宴。我是商界代表，必须出席，后天不能送旗旗去康复中心了。"

"没事，我去陪旗旗就好了。"

安慧小心翼翼地将一张黑胶唱片放在留声机的转台上，轻轻地落下唱针，开动机器。唱片在唱针下缓缓旋转，悠扬的旋律响起。安慧闭上了双眼，享受着音乐的飨宴。

一阵急促的敲门声响起，一开门，果然是丁跃音这疯丫头。不过，这个疯丫头很可能成为自己未来的大嫂。上次安国庆去深圳接受新创刊的《证券市场导报》专访，就特意带上了丁跃音……想到这一层关系，安慧不禁笑了。

丁跃音大大咧咧走进来，突然惊讶道："你还有这么老的古董啊？一定很贵吧？"

安慧随口道："朋友送的。"

丁跃音一脸坏笑道："是不是张伟豪？"

"我大学同学从英国留学回来，给我带的。"安慧没好气地白了她一眼。

丁跃音吐吐舌头道："真好，我怎么就没人送这么好的礼物？"

"上次我哥不是送了你好几条围巾吗？"安慧突然笑着道。

"你还敢说呢！"丁跃音皱起眉头道，"全是安叔叔厂里的货，土得跟什么似的……唉！这些国有企业就该改改革，多跟香港这边的企业合资合作。"

"听我爸说厂里开过好几次职工代表大会了，阻力可不小！"安慧想了想，又问道："你来找我做什么呀？"

原来，丁跃音想跟着安慧混进明晚慈善晚会的答谢酒会，希望能和刘德华、黎明这样的天王碰个面。经不起她的软磨硬泡，安慧只得同意了。

大型慈善演唱会正在隆重举行，舞台上写着大大的标题：忘我大汇演。刘德华、黎明、梅艳芳等明星都穿着主办方定做的白色T恤参与活动，大家唱着感动的歌曲，呼吁各界人士为华东地区人民捐赠，明星们也纷纷慷慨解囊……

酒会的文艺表演结束，来宾们开始自由活动。一脸兴奋的丁跃音开始寻觅大明星的身影。高建国端着酒杯，和穿着长裙的安慧不期而遇。

"你演奏的曲子很美。"高建国称赞道。

"谢谢！我演奏这么多年了，还是觉得小提琴的音色最让人着迷。"安慧微笑道，"旗旗最近还好吗？"

"旗旗很喜欢你送给他的那把小提琴，每天都自己在玩。我和他奶奶准备给他请一位小提琴老师。"

安慧眨眨眼说道："如果你和阿姨不嫌弃，我可以去教旗旗。"

"真的吗？不过你应该很忙，我不想打扰到你的工作。"高建国面露欣喜。

安慧欣然道："不会的，我每周给旗旗上两次小提琴课，这点时间我还是有的。"

高建国有些兴奋地说："能让你这位小提琴家成为旗旗的启蒙老师，我很荣幸。"

安慧只是笑笑，没有说话。突然的无言，让气氛变得有些尴尬。幸好丁跃音突然过来，叽叽喳喳地抱怨着没有看到她喜欢的明星，三人又说笑了一番。

安慧突然问道："你哥哥呢？他最近好吗？"

丁跃音看了看高建国，有些不自然地说：“他指不定在哪儿逍遥呢。他早上给我打电话说他向主办方捐了钱，晚宴就不来参加了。怕是不喜欢这种酒会吧！”

高建国并没有说话，只是默默地喝了一口红酒。

丁跃音突然想起什么，开口道：“对了，建国哥，你知道国商银行的事吗？”

“国商银行怎么了？”高建国有点意外。

丁跃音明白这件事情又是哥哥的一个阴谋，赶紧将国商银行的危机说了出来。

隶属于英国中央银行——英格兰银行的国际商业信贷银行（BCCI）爆出丑闻，其高管参与了包括为毒品交易洗钱、向政治家行贿、做假账、逃税、资助恐怖主义和非法武器交易、操纵股价等一系列犯罪活动，触犯多个国家的银行法和证券法。

高建国听后自然大吃一惊，如果国商银行因为此次信用危机而倒闭，那永盛抵押的优质资产就拿不回来了。这对他来说可不是一件小事。

听着两人的对话，安慧感觉自己成了一个多余的人，她根本听不懂他们在说什么，也不想听这些贷款啊利润啊什么的。她悄无声息地离开了两人，独自走到了外面的露台上。出来偶遇张伟豪，又对她大献殷勤，安慧当然是委婉拒绝。

张伟豪突然睁大双眼，伸长脖子大声喊道：“上官先生！”

上官这个姓非常少见，安慧一下就想到了一个人，立刻转过头，果然是上官文。他今天穿了一身浅灰色西服，身旁还有一个中年妇人，看两人手挽手的情形，应该是他太太。被张伟豪大声叫住，上官文脸上有些尴尬，慢慢走过来，故作惊讶道：“张先生也在啊！”

张伟豪歪着头，行了个礼问道：“这位是上官太太吧？”

上官夫人微笑着点点头。上官文一脸窘态，偷偷看了一眼安慧，又很快望向自己的太太。

张伟豪用十分夸张的动作摆摆手道：“上官先生应该认识安小姐吧？你不是常常去听安小姐的演奏吗？”

上官文先看了一眼夫人，才正儿八经地对安慧说：“安小姐，好久不见。”

张伟豪又用十分夸张的声调说：“上官太太，上官先生这么喜欢去听演奏会，你要经常陪他去啊！”

上官文脸色一沉，一拉太太的手说道："张先生，安小姐，你们慢慢聊。我们去那边跟几位老朋友打个招呼。"

看着上官夫妇的背影，张伟豪得意地骂了句脏话，又从侍者那里端过一杯香槟酒，一饮而尽。

安慧暗暗皱了下眉头。她本以为张伟豪是个喜欢音乐的绅士，但从刚才的这一幕，她看出张伟豪只是一个金玉其外的小人。于是找了个借口，回到了室内。

丁跃音找了过来，微笑着问道："怎么不跟建国哥多聊聊？"

安慧有些茫然地笑笑："他说的那些，我可听不懂。"

丁跃音想了想，很认真地说："我觉得你跟建国哥还有可能，你看他老婆不是去世了吗？你们都还这么年轻，总不能单着过一辈子啊！"

"正是因为他老婆去世了，我才不好跟他说一些话。"安慧摇头道，"况且，他早已不是当初那个高建国了，我感觉我跟他之间早已渐行渐远。"

"人都是会变的，就像我哥，我觉得他现在变成了一个只谈钱的庸人，什么都逃不过一个利益。"丁跃音感触道。

"跃民也变了……我真怀念以前的我们。"安慧的双唇微微发颤。

丁跃音叹了口气，没有说话，眼眶却已经湿了。

安慧有些不忍，安慰道："我哥以前也是这样的，不过栽了一个大跟头，跌入了人生低谷的时候，终于发现其实亲情比金钱更重要。"

丁跃音不自觉地搂紧了安慧的手臂，声音微微颤抖地说："我怕我哥会越走越远。"

两人不约而同地望向窗外，仿佛回到了十多年前——那段宁谧、单纯的岁月。

关于国商银行的坏消息很快传到李浩南耳朵里。正在研究葵涌二期图纸的李浩南，差点把新换的大理石茶几掀翻。

高建国问道："当初为什么找国商银行贷款？国商银行我们不了解，很容易吃亏的。"

李浩南的右手在眼眉间按摩了足足三分钟才说道："当初我找过汇丰银行、爱尔兰银行、巴克莱银行，抵押的全都是永盛集团的优质资产，还是被回绝了。"

“这些外资银行，都想做空香港。”高建国愤怒道，“我已有所耳闻，港督要保护这些英资银行的利益，随着97回归在即，他们对香港的投资项目没有抱任何希望。”

“国商银行的危机如果是真的，我们的损失将是无法挽回的，我把我股权的40%抵押给了他们。”李浩南眼中露出绝望的神色。

高建国的表情也愈发凝重：“国商银行是我们永盛的债权人，如果国商银行破产，那我们抵押的资产可能会走一个清算程序，让别的清算人来进行拍卖，或者清算人会把这些能够如期收到还贷的资产打包出售给其他金融机构或者银行，到时候我们还可以继续按照原先的协议以及接手机构和我们订立的协议偿还贷款。可如果按照现在港英政府的消极态度，恐怕很难有机构或者银行来接手我们的资产。”

李浩南突然抬头问道：“国商银行的信用危机已经很久了？”

高建国想了想回答道：“具体多久我也不清楚，但根据我朋友所说的，应该是有好几个月了。”

“该死！”李浩南骂道，“丁跃民介绍给我的时候就已经……”话音未落，秘书突然敲门进来，手里拿了几份材料，紧张地说道：“李总，关于董事会的召开，我通知不上丁董事，才知道他已经将他手中持有的31%的永盛股权全部抛售，彻底退出了永盛集团。”

李浩南几乎是跳起来抢过材料，迅速翻看，然后狠狠地扔到茶几上，大骂道：“这个死扑街，我之前还以为他只是想捞钱，原来是不择手段要搞垮永盛！”

高建国拿起茶几上的材料，边看边说道：“他把股份卖了也好，我们可以收购一些散股。你可以从他低价卖出去的股份里，找到持有人，再以现在的市价买回来，成为控股股东。”

李浩南表情缓和了不少，嘴角慢慢显出几分笑容，但很快又皱起眉头问道：“可国商银行这件事，怎么办？”

高建国已经看完了材料，放回茶几上，想了想说道：“现在只能看看事态如何发展了。我让朋友把最新的消息及时告诉我，我们好另做打算来应对。可如果欧洲的国商银行倒闭，那香港的国商银行连同香港的经济一定会受到影响。”

第十九章
变与不变

- 香港回归已在眼前，英国推出“居留权计划”。
- 中华商会的不少富豪将资产转移英国了，过去龙鼓村的老街坊也纷纷移民海外。高建国却坚持将永盛和国恒留在了香港，他坚信香港的未来会更加美好。
- 安长江尝试在国有企业进行股份制改革，但阻力不少，安国庆只得向高建国求助……

一

在中国银行香港有限公司的帮助下，永盛获得了扶持性贷款，从即将崩盘的国商银行取回了抵押的优质资产。从新落成的中银大厦香港新总部出来，高建国仰视着如竹节般的大楼外观，感受到了勃勃生机，对贝聿铭巧夺天工的设计也愈加佩服。

快到家的时候，高建国心情又是一暗。医生说过，自闭症的孩子需要亲人更多的陪伴交流，自己最近一直很忙，很多时候连睡前的童话故事都是由母亲代劳，自己真是个不合格的爸爸！

一进家门，高建国就听到吱吱呀呀的琴声。坦白说拉得并不好听，但比起上次来，旗旗好像已经能找到调子了。高建国轻手轻脚地走到房间门口。

安慧正单腿蹲地，细心地指导着高旗拉琴的动作要领："旗旗，你运弓的姿势不对。你看，我们的手臂在运弓时，其实和小鸟展开翅膀的时候是很相像的。你想象一下小鸟在停下的时候，缩起翅膀的样子，这和我们在弓根时的状态是很像的。当小鸟展开翅膀飞翔的时候，打开的是胸骨。你看，这样……"边说边比画。

望着安慧专注而温柔的神态，高建国感到心头一暖。课上完了，岳芳英强拉着安慧留下吃饭。安慧只好来到了客厅，小心翼翼地坐到沙发上。旗旗一言不发地坐到了安慧和高建国之间。两个大人有些尴尬地互相笑笑。高建国想了想，说道："旗旗学得怎么样？还听话吗？"

安慧摸了摸旗旗浓密的头发，说："旗旗对小提琴很有天赋，完全超越了同龄的孩子。当他拉琴的时候，会变得格外的专注和认真，说不定是一个小提琴神童呢！”

高建国笑了笑，面部肌肉没有刚才那么紧张，开心道：“真的吗？我不期望他能成为神童，只是想让他做他喜欢的事，然后慢慢地敞开心扉，不再孤独地待在他自己的世界里。”

安慧望着高旗，温柔道：“会慢慢好起来的。”

开饭了，四个人坐在餐桌前。安慧小心地夹着菜，还不时给旗旗夹点菜。高旗也不说话，安慧夹到碗里的菜，他就吃掉。

“安慧，你快吃，别老是给旗旗夹菜。”岳芳英看到安慧自己吃得很少，特意夹了一块排骨到她碗里。

安慧礼貌地道谢：“谢谢阿姨！我晚上一般吃得不多。”

岳芳英喜上眉梢地说：“阿姨还不知道怎么感谢你呢！你一直教我们旗旗拉琴，还经常在康复中心陪他。阿姨真的很感谢你！”

安慧微笑道：“阿姨，我平时乐团没事就会在康复中心做义工，我很喜欢小孩子。况且旗旗对小提琴格外有天赋，我也很开心能教他小提琴。”说着又摸了摸高旗的脑袋。高旗突然抬头看了一眼安慧，嘴角轻轻一动，好像是要微笑，但很快又低下头继续吃饭。

高建国开始给大家盛汤，先是儿子，然后是母亲，最后是安慧。高建国递过汤的瞬间，安慧也抬起了手，几根手指在碗底突然碰到一起的时候，两人都像是触电般抖了一下，四目相对，好像都从对方眼中感觉到了什么，那是十多年来一直都存在的东西……只是一瞬间，两人很快移开目光。一旁的岳芳英摸着孙子的脸蛋，露出了欣慰的笑容。

富丽堂皇的大厅内，回响着轻快悠扬的华尔兹舞曲，一群衣着华丽的男女正

踏着优雅的舞步。中华总商会例行酒会照常进行，一副歌舞升平的景象。商人们的话题却十分严肃。

因为英国推出“居英权计划”，依照《1990年英国国籍（香港）法案》的规定，“居英权”名额将给予“对香港前途具重要性的人士”“最有能力及动机申请移民的人士”。居英权拥有人可随时前往英国定居，无须在英国居留数年以取得居留权（俗称“坐移民监”），而持有人的子女可在英国就读公立中学。这个政策让大量香港的精英人士移民到了英国。

商会的大亨们有的已经移民，有的还在犹疑不决。高建国决意留守香港，他始终坚持香港回归是国家主权和民族尊严的问题。香港作为英国的殖民地，由宗主国统治，没有政治、经济、军事和外交方面的独立权利，是完全受宗主国控制的地区。而香港回归中国，是实现祖国统一的涉及国家尊严的事件。“一国两制，港人治港”是中央政府的承诺，他认为根本不用为香港回归后的前景感到悲观，而是应该充满期待，香港只会越来越繁荣，越来越昌盛。

精英阶层的移民潮，在草根阶层、普罗大众当中也引发了一阵移民风。龙鼓村的一班老友聚集在常去的大排档，聊起了未来规划。阿雄打算移民加拿大，做移动电子科技；阿强已经在伦敦找好了法律事务所；阿芳则打算和导演男朋友去英国发展，毕竟香港动作演员在那边还是很有市场的。吃着从小喜爱的食物，喝着啤酒，莫名地生出一阵离愁别绪，让几个人都有些依依不舍。

旁边小店突然放起了李克勤的《后会有期》，轻快的旋律逐渐感染了大排档的所有食客，大家突然心有灵犀地齐声唱起来：“即使那天气会令你不安，即使会枯燥也没有相干，但那一切回忆，昨日那千个梦，难以放下，仍没法淡忘……”

排练完毕，安慧刚走出乐团，就被张伟豪拦住了。苦于无法摆脱他彬彬有礼的纠缠，安慧只好上了他的车。

上车后安慧一直不说话。过了好一阵，张伟豪故作绅士地问道：“安小姐的哥哥是安国庆先生吧？”

“你认识我哥？”安慧有些意外。

张伟豪轻松道：“大家都是香港商界的，你哥哥、高建国、丁跃民，我都很熟悉。”

安慧勉强挤出一丝微笑点点头，然后目光重又转向窗外。张伟豪也自觉有些无趣，心不在焉地继续开车。

进入一片居民区，安慧突然开口：“我到了。”

张伟豪抬头看了看大厦，恍然大悟道：“原来安小姐是来找高建国的？”

“我只是来给他的孩子上课。”说着话，安慧已经解开了安全带。

“安小姐一次次拒绝我的邀请，原来是因为早就心有所属。”张伟豪仰着脖子，阴阳怪气地说道，“安小姐这么优秀，何必找一个丧偶还有孩子的男人？”

“张先生，请你不要乱讲，我只是来上小提琴课的。”安慧打开车门，没好气地说，“我想我们以后没有必要来往了。”

高建国正好下楼，看到安慧打了个招呼，突然望见张伟豪正要开车离开，有些意外地问道：“张伟豪送你来的？”

“啊，对。”安慧没有多说，沉着脸直接往大厦里走。

高建国快步赶上，严肃道：“安慧，张伟豪心狠手辣，做事不讲情面，你要当心。”

安慧淡淡地说：“我知道，他只是顺路送我过来。”

进了电梯，高建国突然问道：“他是不是在追求你？”

安慧别过脸，不耐烦地回答：“是，不过我想你不用知道。”

高建国有些手足无措，怔怔地说：“我只是出于一个朋友的关心……”

安慧猛的转过头，看着高建国一字一顿地说道：“我只是旗旗的老师，今天是来给旗旗上课的，好吗？”

高建国没好再开口，只是默默地点点头。

安国庆陪着丁跃音逛了半天的音像店，想要的CD一张没买到，自己收藏的Beyond专辑倒是被跃音软磨硬泡地骗走了。突然接到高建国的电话，让他去一趟永盛，安国庆心中暗叫“阿弥陀佛”，赶紧告别跃音出发了。

一进门，就看到高建国正气定神闲地坐在沙发上泡茶。安国庆有些意外，坐下来问道："现在香港大多数企业都在转资转股，对香港回归充满惆怅，我看你倒反而很悠闲。"

高建国笑了笑，将泡好的茶递给安国庆，说："他们转资贱卖，那我们就大肆收购。这个时候的股价是最便宜的，我已经拟好了一份要收购的优质企业和资产的名单。"

安国庆也笑了，接过茶杯又问道："我明白你的意思。可你当真不怕香港经济随着回归变得一蹶不振吗？"

高建国还没来得及回答，李浩南突然走了进来，看了两人一眼，有些尴尬地问道："我打扰到你们了吗？"

高、安两人都摇摇头。

李浩南坐到另外一角的沙发上，理了理头发，一本正经地说道："我准备把永盛集团的资产撤离香港，移民到英国去。"

高建国放下茶壶道："你这么急忙跑来，就是和我说这件事？不过我可以直接告诉你，我坚决反对。我和国庆也正在聊此事。"

李浩南正色道："很多企业家都纷纷转移资产了，香港回归以后的经济一定不会像现在这么好，你不要抱太大的希望了。"

高建国笑了笑，重又端起茶壶给李浩南倒了一杯茶，才接着说道："他们纷纷移民，贱卖优质资产是他们鼠目寸光。在这些移民的人潮中，有很大一部分都只是听说内地的一些不好的传闻，对内地有抵触心理，他们害怕社会主义的大旗插在资本主义的旗杆上。但我和国庆都清楚，一国两制，这两制我和他都是深切地体会过的，两个制度互不影响。中国正在进行改革开放，如今长江三角洲、珠江三角洲、闽东南地区和环渤海地区都已开辟了经济开放区。去年，政府又做出了开发与开放上海浦东新区的决定。我认为，中国的对外开放已经出现了一个新的局面。香港作为远东经济和金融的重镇，在回归后，一定能和几个经济特区相得益彰。这个时候不仅不能撤离资产，而是应该大量收购低价、优质的资产，将我们各个产业做大做强。"

安国庆一拍大腿说道："确实，你这么说，我也觉得香港未来的经济会比现在更加繁荣。而且如今这么多企业在低价转让优质资产，我们这个时候收购，能获得最大的收益。”

李浩南有些犹豫，望着高建国问道：“你真要这么逆势而上吗？”

“你要相信我。”高建国自信道，“永盛集团是从香港一步一步做大做强的。爹地在这其中融入了太多的心血，还有妈咪，她虽然是在英国成长留学，但是如今她一心全在天坛大佛的项目工程上，她是不会选择在这个时候离开香港的。”

李浩南点头道：“这点你说得对。妈咪接受着西方的教育，却信了佛教，天坛大佛包含着爹地和妈咪很多的心血，她一定不会同意移民的。”

“所以，我们一定要在这个时候留下来，不断收购优质资产。永盛集团和国恒电子即将会向更大的商业帝国转型。”高建国肯定道。

1992 年岁首，改革开放总设计师邓小平同志动身南下视察。当时的国内，针对改革的诸多争论、质疑声不断，邓小平以他独有的睿智和眼光，在南方视察过程中发表了许多振聋发聩的讲话，勇敢地为改革开放大业护航。南方谈话对于社会主义的本质和判断标准、计划和市场的关系等重大问题做了改革开放以来最全面明确的阐述。小平同志在他的暮年，对 20 世纪 90 年代之后的中国政治经济大局进行了精确的定位。“胆子更大一点，步子更快一点”，南方谈话精神已成为引领一代改革人前进的号角。

大陆经济的突飞猛进，也同时带动了香港经济，使其迎来了大规模的井喷。永盛集团再次成为市场博弈中的大赢家，除了保持在地产、电信、酒店、零售、能源、基建、电子商贸等行业的强势地位外，还打算开拓更多的商业领域。不少大富豪开始在移民问题上持观望态度，大家都将目光聚焦在了永盛身上。

1992 年 7 月 9 日，香港一个阴霾多云的夏日。上午，大量记者集聚启德机

场，他们知道今天是英国第二十八任总督彭定康到港的日子。

“老北京饺子馆”里，看着电视新闻的食客都在议论纷纷。一个清瘦的老人吃着饺子说道：“这个彭定康，我都完全没有听过。”

一旁看报纸的“眼镜”笑着道：“彭定康是英国保守党，和梅杰私交特别好，自从梅杰接替撒切尔夫人出任英国首相，立刻就聘任彭定康成为兰开斯特公爵领地总裁，还兼任保守党主席。”

另一侧的胖子也抢过话头道：“而且自从梅杰上任，保守党居然在1992年大选中意外地胜出了。但讽刺的是，他本人却被自由民主党候选人唐·福斯特击败了，丧失了巴斯选区的下议院议席，退出了下议院。”

岳芳英不太了解英国的政局，转身问儿子：“新总督上任，对香港有什么影响吗？”

高建国正色道：“当然有影响，每一任行政长官的替换，都会影响一个地区、一个国家甚至一个世界的政治格局和发展方向。彭定康上任，自然会帮英国人办事，我想很多政策在他这儿都是行不通的，香港的回归估计也会受到一些阻挠。”

高建国一边哼唱着黎明的《我来自北京》，一边在厨房里洗水果、切片、装盘。安慧和高旗正在房间里练琴，虽然还有些生涩，但今天旗旗竟然拉了一首完整的曲子。

琴声一停，高建国喜笑颜开地端了一盘水果进去。安慧正拉着旗旗的手，温柔地抚摸他黑黑的头发。看到高建国进去，安慧特意道：“旗旗今天学得很认真……你对小提琴也越来越喜欢了，对吗？”

高旗没有说话，只是点点头，目光明显较过去清澈有神。

看着高建国喜悦的表情，安慧继续问道：“旗旗，老师问你的是你喜不喜欢小提琴，你要回答啊！”

高旗点点头，低声说了句：“喜欢。”

虽然只有两个字，但高建国兴奋地差点跳到天花板上，抱起儿子大呼小叫。正好岳芳英回来了，听到说孙子说话了，也兴奋得像个孩子。

安慧看着一家三口兴奋的样子，笑着道：“旗旗现在会慢慢说话了，只是有些不情愿，你们需多引导他。我先走了，晚上乐团还有排练。”

高建国感激道：“谢谢你，安慧！”

安慧笑着道：“你都对我说了多少句感谢的话了，真的不用。”

岳芳英补充道：“安慧，旗旗病情好转，你功不可没！”

安慧想了想，说：“我经常和康复中心的院长交谈，发现如今患上自闭症的孩子有很多，可这个病却往往不被家长重视，而忽视了病情的发展。旗旗很幸运，能有关爱他的爸爸、奶奶，还有姥姥。我希望旗旗健健康康的。小孩子的世界是最无邪的，真希望他有一个快乐的童年。而我也是第一次感受到音乐可以带给人那么大的治疗抚慰的作用，我想，以后我能用音乐、用小提琴去治愈更多患有孤独症的孩子。”

高建国看着散发着母性光辉的安慧，有些感动，微笑说：“我相信你能做到的。”

得知华仔兄妹要移民的消息后，高建国专门到机场送别。看到阿芳和男朋友Peter一起卿卿我我的样子，由衷替她感到高兴。往者不可谏，来者犹可追，高建国本是洒脱之人，继续安心发展自己的电子产业，一年不到，已经与多家电子企业达成合作关系。

大清早，高建国在办公室刚刚打开和中世通讯合作研发的最新一代DSP芯片的进展报告，安国庆就急匆匆走了进来，着急地说：“建国，我得跟你请几天假。”

“怎么了？”

“我妈昨晚打电话来，说我爸住院了，我得回北京一趟。”安国庆一脸紧张地说，“说是心脏病突发，昨天被送进了医院。”

高建国点点头说：“好，那你快回去吧，我让秘书帮你订最近的机票。”

安国庆摆手道：“不用了，我已经买了票，下午的飞机。我今早来已经把事情全交代好了，华东科技那边的芯片项目已经开始研发了。”

交代完这边的工作，安国庆和妹妹一同飞回了北京。飞机一落地，兄妹俩就匆匆赶到医院。看到儿子、女儿回来，张凤鸣开心得很，安长江虽面色如常，但眼中也暗藏欣喜。

张凤鸣抱怨道："他一天就知道忙厂子里的事儿，自己的身体都不管了。"

安长江双眼瞪得跟铜铃似的，大声道："我不管厂子，谁来管？一天站着说话不腰疼！"

张凤鸣白了他一眼道："你那厂子一直就那样了，你干吗还要把自己的身体搭进去！生病了，儿女又不在身边，还不是我来担惊受怕。"

安慧连忙拉住了母亲，说："好了，妈，我跟哥这不是回来了吗？"安国庆也赶紧说："是啊，妈，现在这么便利，一天就能来回，我跟安慧会常回来的。"兄妹俩都明白，这是母亲的惯用招数——说白了就是在儿女面前痛快痛快嘴儿，其实对父亲的照顾绝对是尽心尽责的。

一家人正说着话，病房门开了，丁跃音俏生生地出现在门口，手里还大包小包地提着水果和营养品。她刚好回北京跟一个报道，从安慧那里知道安叔叔病了，就赶了过来。看到安国庆，跃音的脸一下红了，感到脸上有些发烧。进来放下东西，她拿起了床头柜上的温水瓶，傻笑着道："哎哟，这水快没了。叔叔婶婶，我去打点热水。"

安慧用手碰了一下哥哥，安国庆哼哼两声说去帮忙，也跟着出了病房。

安长江是因为厂里改革的事情病倒的。安国庆也一直在为这件事操心，可之前的点子都没能起作用，工人和干部都对合资充满怀疑，甚至有些工人因为害怕下岗而主动辞职去私企工作了……接下来的几天，安国庆几乎都是通宵达旦地翻查、整理之前的材料，终于想出了一个新点子。

一大清早，安国庆就来到医院，劝走了昨晚守夜的母亲。他坐下来，笑着道："爸，您身体好多了吧？"

"我早好了。"安长江犟着脖子道，"要再年轻20年，我都能跟高建军那小子一样负责驻港部队。"

看着父亲还是这么要强，安国庆心中又喜又愁，从包里拿出了一沓材料，正色道："爸，关于你们厂子的问题，我觉得你不能再按老方法来管理了。如今你的厂子已经快办不下去了，你再不改革，早晚都得倒闭。"

"你个乌鸦嘴，别胡说八道！"安长江刚刚输完液，有些疲惫，要不真可能起来给儿子一巴掌。

安国庆笑了笑，拍拍父亲的胸口，才继续道："爸，你不能不认邪。我在香港这些年，对企业管理、投资发展都有很多的见解。我认为啊，国有型的工厂也必须改革了。在十一届三中全会以后，我们国家农村的一些社办企业，为了扩大生产力，自发地采用集资入股、股份合作、股金分红的办法，让企业规模越搞越大。如今外企、私营对国有企业的打压，让国企厂子根本不好做大做强。现在唯有推行股份制改革，才能扭转局面！"

安长江越听越来气，说："股份制改革？现在哪有国企厂子在推行这个的？简直是右倾冒险！你在显摆你管理得法是吗？"

安国庆有些无奈，缓过一阵才小心地劝道："现在您的厂子已经面临停产的危险了，您要勇于改革，才能找到新出路啊！这份文件，是我专门针对你们厂关于国企股份制改革而制订的方案。这可是我研究了几天，早上刚找人把它打印出来的。您仔细看一看！"

安长江虽有些不愿意，但看着儿子郑重的表情，还是掏出老花镜，开始翻看起材料。第一页还没看完，他就摘下眼镜，喝骂道："简直是异想天开！我们厂子是国有单位，哪能由这么多股东来控股？"

安国庆解释道："不是完全的多个股东控股，是改变原来的单一股东，也就是政府，而成为多股东，引入新的股东增资，把原来的国企'一言堂'式决策，改为股东代表大会表决式，明晰产权，所有者与管理者都是不同的人选。实行这样的改革，会开启资本市场的大门，这即将成为咱们这个时代的潮流。将一人为主的企业，转变成人人为主的局面，会进一步降低企业单位风险，更加有效地推动企业单位的发展。"

"你这是儿子在给老子上课吗？简直就是在鼓吹资本主义思想，跟咱们的社会根本不符。"安长江直接把材料扔到了床上。

安国庆深吸一口气，小心道："爸，您的思想已经跟时代脱节了，您不能再按以前的思维墨守成规了。这个方案一定是可行的。"

安长江生气了，说："什么墨守成规，什么与时代脱节？我只知道实行了这么多年的制度和经验是不会被新事物轻易打倒的。我跟你说不清楚，你别提了，简直是胡扯。"

安国庆并不打算放弃，继续解释道："在改革开放以前，国家对国有企业实行计划统一下达、资金统贷统还、物资统一调配、产品统收统销、就业统包统揽的政策，盈亏都由国家负责。这样是很好，但如今全国都在推行改革开放，国有企业之前没有经营自主权，如果进行了国有股份制改革，就会调整国家与企业的责权利关系，进一步明确企业的利益主体地位，同时也会调动企业和职工生产经营的积极性，增强企业活力啊！难道您就要眼看您苦心经营了这么多年的厂子，被私企和外资企业挤压倒闭吗？"

"你走！我不想看到你，你就是来气我的。"安长江别过脸，准备脱衣服躺下了。

安国庆还想再说什么，但想了想父亲的心脏，又忍住了。他把材料小心叠好，放到床头柜上，轻声说："方案我给您放在这儿，您再仔细想想其中的利弊，研究研究。"说完，拿起温水瓶出了病房。

四

即将被派往深圳进行特训的高建军，最近都在学习《基本法》《驻军法》及相关的香港法律，但他心中，还有一件事或者说一个人放不下。跟周欢正式交往的时间已经不短，俗话说，一切不以结婚为目的的谈恋爱就是耍流氓，但结婚怎么提出来是个难题。

正巧碰上路边有卖苹果的，高建军想着周欢爱吃苹果，便买了一袋。回家刚进小院，周欢就出现在眼前，嘟着嘴大声说："高建军，我不想跟你谈恋爱了！"

"啊？"建军的嘴张得可以吞下一枚鸡蛋。

周欢递过一只大盒子，噘起嘴说："你给我寄了这么多信，什么时候才能到头啊？"

"啊？"建军更加摸不着头脑了。

"你就会啊啊！"周欢白了他一眼继续道，"平时总是昂首阔步、英姿飒爽，现在却像个小孩一样，又笨又傻。高建军！我的意思是，我们该结婚了！”

“啊？”高建军顿时觉得心头一热，而且迅速烧成大火，脸一下就红了，赛过手里的苹果。

“你到底娶不娶我？”周欢似笑非笑地问。

“娶！娶！当然娶！”建军兴奋地把苹果和自行车都放到一边，抱起周欢在院子里打转。周欢又惊又喜，小手握着拳头轻轻地捶打着建军的胸口。两人正在兴奋打闹的时候，却听到两声轻咳，惊得他们赶紧分开了。

一转头，提着行李箱的高致远正站在院子门口，望着两人哈哈笑道：“看来我回来的不是时候啊！”

“高叔叔，我先回家了。”说完，周欢抱起装信的盒子就跑回了自己家。

建军也红着脸，跟着父亲进了屋。

高致远刚刚从香港出差回来。除了公务之外，他还跟高建国见了一面。几天前高建国打电话给他，说起毛纺厂的股份制改革方案是安国庆理出来的，希望能递交到市委，给些意见。他立刻就想到了在北京市体改委的一个老朋友章主任，这位章主任正好是分管股份经济合作建设方面的工作。路是给年轻人点出来了，怎么走、走得怎么样，就只能看他们自己的了。

吃过饭，建军少有地坐下陪父亲看电视。回想起之前院子里的场景，高致远心里有了底。过了一会儿，孙小华洗过碗也到客厅里看电视了。

高建军突然站了起来，一副欲言又止的样子。高致远乐了，故意严肃地问：“你有什么事就直说，大老爷们怎么还扭扭捏捏？”

建军挺起胸膛，郑重其事地说：“爸，孙姨，我决定跟周欢结婚了。”

孙小华激动道：“太好了！欢欢是个好姑娘，孙姨一直都很喜欢她！”

高致远想了想，严肃道：“既然决定要结婚，那你就要好好对人家负责。”

“爸，您同意了？”建军欣喜道。

“我为什么会不同意？巴不得你早点成家呢。倒是人家周欢的爸爸妈妈，你还得好好做做工作，宝贝女儿要结婚那可是大事。”高致远紧绷的脸终于出现了笑容。

高建军双脚并拢，一抬手冲着二老行了个军礼，大声道：“是，首长！”

看着父亲和孙姨很开心，建军又接着说：“可是过一阵子我就要去深圳了，我想在这之前把婚礼办了，否则我去了部队，婚礼可能就会一直拖着。”

“时间上会不会太赶了？”孙小华有些意外地问。

建军笑着道：“我跟欢欢都商量过了，我们准备就摆个小宴席，请一些亲戚朋友。不用太隆重，简单点就行。”

“你小子真是好福气，随随便便一个婚礼就把欢欢给娶进门了。”高致远哈哈大笑。

虽说是一切从简，但高致远和孙小华商量之后，还是到北京饭店订了一个小宴会厅，请客、布置、喜糖……张罗这些琐事，老两口没少操心。

婚礼当天，高建军换上了便装，白衬衣、黑西裤，胸口别了一朵小红花。一旁的周欢盘了头发，化了淡妆，一脸甜蜜地挽着建军。高建国带来了一对金手镯，母亲为了避免见面尴尬，没有回京。安家兄妹也来了。安国庆对高致远连连称谢，因为毛纺厂股份制改革的事情审批极快，还被北京市作为政策重点扶持的首批试点。

婚宴开始了，高建国和安慧兄妹被安排在了同一桌，两人都是一怔。望着高建军和周欢交换对戒、双方家长发言、周欢感动落泪，替弟弟开心的同时，高建国自己却不由得有些感伤。安慧看着高建国略显失落的神情，心中也是波澜起伏。

婚礼后一周，高建军便随部队赶赴深圳执行下一步的训练任务。此次深圳市在特区中拨出六处共500多亩土地，作为驻港部队的基地建设用地，可见政府对驻港部队建设的重视程度。驻港部队汇集了多支解放军精锐部队，陆军前身是井冈山时期的红一团、参与长征的大渡河连以及在抗日战争击毙日本驻蒙军混成第二旅团长阿部规秀的功臣炮连等；海军舰艇大队曾参与万山群岛战役、八六海战；空军航空兵团前身则为空军运输航空兵某大队，曾参与国内及国外救灾任务。作为教导员的高建军明白，自己又将面对新的挑战，但饱经磨砺的他自信能够顺利完成任务。

1993 年 12 月，香港天坛大佛的开光仪式隆重举行，应邀出席此次盛典的有中国、泰国、日本、美国、斯里兰卡、新加坡、马来西亚、菲律宾，以及中国台湾、澳门等 16 个国家和地区的高僧大德、四众弟子代表，欢聚一堂，盛况空前。香港政府对此次盛典极为重视，派多架飞机围绕天坛大佛上空回旋，进行庆典飞行和空中保卫。

晴空万里，红日高照。宝莲禅寺内，香烟缭绕，灯火辉煌，佛光普照，人群似海，梵音如潮。木鱼峰上，23 米高的释迦牟尼佛趺坐宝像巍然耸立在 11 米高的莲花座和天坛基座上，雄伟壮观。

大会主席台上，港督彭定康见到近在咫尺的新华社社长周南时，起身伸手，周南巧妙地双手合十致意。周社长此举既不失礼，又表达了两心合一心、十指连心之义，意在表明中国政府 1997 年收回香港主权的决心不变，香港必将回到祖国的怀抱。

深圳国土局的产权交易中心，简约大气的大厅中央，悬挂了一条横幅——“深圳市土地使用权拍卖会”。台下几乎座无虚席。离正式开会还有一段时间，高建国、李浩南、安国庆三人坐在下面，一边看着拍卖材料，一边小声地讨论着。

高建国自信道：“这次深圳赛亚大厦竞标，我们永盛集团志在必得！招标书上说赛亚大厦即将建成深圳最高楼，全楼 79 层，一旦建成可就是一个历史性地标。永盛集团如果竞标成功，在建筑业上就会有一个大的跨越。加之赛亚一直是做电子产业的，是全国第一家专门销售国内外电子元器件、组织生产资料配套供应的深圳电子配套市场，我们国恒电子跟赛亚也打过很多交道，如果大厦建成，对永盛集团的建筑业、国恒的市场开发都是一个很大的助力。”

安国庆点头道：“对，深圳近几年发展井喷，被誉为是遍地捡黄金的城市。

永盛集团和国恒电子早在很多年前就发展了深圳的项目和市场，收获颇丰。等香港回归，深圳和香港的两地联系会更加紧密。”

李浩南也满怀信心地说：“永盛集团和国恒电子即将以香港为中心、深圳为腹地，向全世界撒网了。”

主持人已经走上台。高建国小声道：“今天的拍卖会只是配菜，如果有合适的新项目我们就拍下来，没有就当过来喝下午茶了。”

主持人洪亮的声音开始介绍道：“现在大家手里拿着的，就是我们此次拍卖土地的介绍文件。这块土地位于深圳东门商业步行街区。这里是有着百年历史的老街，古代深圳的根在南头老城，而近代深圳的根，则在‘深圳墟’。这个‘深圳墟’，就是俗称的‘东门老街’。这块土地原本是做民用住宅的……”

李浩南凑到高建国耳边小声道：“你觉得这块土地怎么样？”

高建国小声道：“还不错，这条商业街如今的发展很好，人流量很大。如果竞拍下来，我们可以用来建设大型商场。”

随着主持人宣布进入竞拍环节，台下开始了此起彼伏的举牌竞价。主持人用激昂而略带夸张的声调不停地报价：“……400万！ 400万第一次！ 400万第二次！ 400万第……500万！ 500万！有人出到了500万！……”

大家纷纷转头看着举500万的人，竟然是丁跃民。一身棕色西服的丁跃民得意地望向高建国三人，还特意努了努嘴。

“500万第一次……”主持人继续喊道。李浩南狠狠地看了一眼丁跃民，突然举牌喊道：“600万！”全场的焦点又立刻汇集到了李浩南身上，他得意地冲着丁跃民甩了甩头发。

主持人脸色发红，额头微汗，举起麦克风高声道：“600万第一次，6……700万！”

这回得意的表情出现在丁跃民脸上。李浩南一皱眉头，准备再次出击，却被高建国摁住了手腕，摇头示意他不要再出价。随着主持人一声“成交！”，这块地最终花落丁跃民。

李浩南瞪着丁跃民，愤愤道：“为什么要让他拿了这块地？”

高建国冷静道：“这块地的价格最高只值500万，丁跃民心里也清楚，可现在喊到了700万的天价，除了耀明集团对这块地志在必得以外，还有很大一部分原因是在跟我们较量、赌气。如果再往上喊，保不齐他会收手，让你去用更高的价买这块地。”

李浩南虽还有些不平，但还是忍住了火气没有去找丁跃民理论。

第二天下午才是高建国他们此行的主菜。原来在竞标会之前赛亚还搞了一个小聚会，而且是在高尔夫球场举行的。与会的企业家都是一身高尔夫球装，各式的墨镜。如果不知道内情，还以为这些满脸堆笑的富豪们是在交流感情，完全感觉不到他们之间暗中其实早已经剑拔弩张。

李浩南跟赛亚集团的温总愉快地交流了半天高尔夫球经，高建国瞅准时机插口道：“这次赛亚大厦的招标，我们永盛集团也投了标。永盛集团建筑方面的经验比不上业界很多前辈级的企业，但是做房产多年，建筑业务也一直在迅猛发展……”

温总两鬓微白，微笑道：“这次竞标的公司很多，我们会好好筛选和评估，要对多个入围的中标单位进行考察。不过我还是很期待和永盛集团合作，特别是国恒电子，如今深圳电子产业发展势头强劲，我们也想分一杯羹……”

“老温，你们谈什么呢？”这时，一个平头的中年男人过来问道，他身旁正是丁跃民。

温总笑着跟中年男人握了握手道：“老王，我正和香港来的高总闲谈呢！”说着介绍了双方，王总又和高建国三人分别握手。丁跃民立刻殷勤道：“温总，在下耀明集团的丁跃民，久仰您大名了。”

温总客气道：“幸会幸会，耀明集团鼎鼎有名啊，没想到丁董事长如此年轻有为。”

“跟赛亚集团比起来，我们耀明只能算是后辈。如果有机会跟赛亚合作，才真是耀明的荣幸。”丁跃民一脸讨好地说。

温总有些意外道：“耀明集团此次也向赛亚投了标？”

丁跃民连忙道：“对，我们耀明一直是致力做房地产和建筑业的公司。赛亚大厦的建造，我想我们耀明集团一定十分适合。”

温总看了一眼周围，尴尬地笑了笑：“我们今天是一般聚会，不谈公事，不谈公事……我还等着挥几杆呢！”

李浩南立刻应道：“好啊，难得有机会，我陪温总玩几杆。”丁跃民也跃跃欲试道：“机会难得，我也跟温总学几招。”

温总好像对两人的明争暗斗浑然不知，笑着道：“好，丁总，李总，我们就按积分制，最后分数高的人获胜。”

坐在休息区的白色靠背椅上，安国庆看着远处正在挥杆大笑的几个人，摇动着手中的红酒，意味深长地说：“看来我们要打一场白刃战了，竞争很激烈啊！”

“耀明集团的主要业务就是房产和建筑，如果他们投标，将是我们很强大的对手。”高建国点点头。

安国庆浅浅地喝了一口酒，说：“你跟温总算是老交情了，他想要跟国恒电子合作，会不会看在你的面子上帮助永盛集团中标？”

高建国看着果盘里各色的水果，感叹道：“难说。主要看谁的投标方案更胜一筹了。”

安国庆想了想说：“这次的投标方案是我们一起商讨出来的，设计师也是请的最专业的，应该问题不大。我们国恒电子跟赛亚电子的合作可是大家都翘首以待的。虽然我们国恒电子早已进入深圳市场和内地大部分市场，可相较于赛亚这么庞大的电子市场来说，还是需要他们的支持。”

“对，这两天投了标，等回去以后还得常往深圳这边跑啊，所有的合作都是跑出来的。”高建国看着越来越自信的安国庆，十分开心。两个人之间的关系已越来越亲密无间。

赛亚的项目是个持久战，竞争对手也不在少数。高建国三人先回到了香港。高建国始终保持着镇定而自信的笑容，让丁跃民十分不快：为什么高建国从来不会被负面情绪左右，出现心灰意冷、不知所措的模样？是不是他已经看透了自己的底牌？高建国的底牌又是什么？

偌大的办公室里，奢华地摆放着各类高档家具。阳光透过落地窗洒进来，使整个办公室看起来都敞亮通透。丁跃民的内心却是冰凉的。不行，一定要打倒高建国！对了，可以找人帮忙……想着，丁跃民拨通了妹妹的手提电话，假意嘘寒问暖一番后，迅速进入了正题："最近高建国回香港都在干吗？"

"我怎么会知道他在干吗？"丁跃音疑惑道。

丁跃民着急道："你帮我向高建国打听一下，他们永盛集团给赛亚投标的方案里，设计图大概是什么样的？还有就是他们的标底价格多少？"

"哥，我看你是疯了，我怎么会向建国哥去问这些？难道他不会起疑吗？"丁跃音的声音变得愤怒起来。

丁跃民没有放弃，用尽量温和的声音说道："其实你就旁敲侧击一下，别透露是我让你问的，打听个大概就行。"

"哥，你做生意已经走火入魔了，除了生意，除了钱，你现在根本不在乎任何东西。如果你打电话来就是为了这件事，我想我帮不了你。"丁跃音的声音中充满了厌恶。

丁跃民加重了语气恳求道："我可是你哥，哥如今做这么多都是为了你！你是我唯一的妹妹，我还不是想让你过上好生活吗？还有，我有一天在深圳火车站撞见你跟安国庆了。我告诉你，安国庆可不是什么好东西，你忘了他以前是怎么利用你的吗？他把你的心伤得还不够吗？你们俩怎么会又在一起了？"

"我跟他那天只是在火车上恰巧碰见了，没有在一起。再说了，他现在已经不是以前的那个安国庆了。还有你，你也不是以前的那个丁跃民了，你变得无情无义，眼里只有钱！"说到后面，丁跃音已经明显要哭了。

丁跃民被激起了火，大声道："我怎么无情无义了？我只不过是想打败高建国而已！难道你想我一直被高建国踩在脚底吗？"还没说完，电话已经被挂断。丁跃民气得差点把听筒砸了。

还没回过神来，办公室的门猛的开了，秘书的声音传来："先生，你不能进！"

一抬头，闯入者竟然是多年不见的龙华。秘书随后进来，对着丁跃民连连鞠躬道歉。龙华倒是毫不认生，对着秘书摆摆手道："靓女，我跟你们董事长可是老朋友，不需要预约的。"

看着一身蓝色西服的龙华，丁跃民觉得心头一震，表面上倒是比较平静，对秘书挥挥手说："这位先生我认识，你先出去吧！"

看着秘书关上门，龙华仿佛散步一般走到落地窗前，俯瞰着深圳的全景，悠然道："你这地界好啊，简直是君临整个深圳啊……房价一定不低吧？"

丁跃民正色道："你来做什么？"

龙华突然闭上眼，一脸虔诚的模样，在胸前画了个十字，柔声道："我来，当然是给丁总带来福音的。跟丁总合作，一定能赚到大钱。"

"少来跟我装神弄鬼！"丁跃民厉声道，"你可不是什么善男信女，我跟你没什么可合作的。"

龙华转身看着丁跃民，说道："上次面粉厂的生意，丁总抽身可真快。你一走没多久，面粉厂就被工商部门封查了。本以为是个牟取暴利的好机会，结果却处处碰壁。不会是丁总故意设的圈套让我往里面跳吧？"声调明显强硬了起来。

丁跃民冷笑道："面粉厂的事，是你威胁我，要垄断我的进货渠道，我可没有一丝强迫你的意思。况且我把资产转移到深圳，转投房地产生意，后面的事，我一概不知，只能说是你们自己经营不善。"

龙华鼓了几下掌，冷声道："现在深圳的房地产生意一定能赚很多钱吧？这几年深圳发展如此迅速，谁都想往深圳跑。丁总这几年恐怕早就成亿万富翁了？"

丁跃民瞪着龙华，不耐烦地说："有事你说事，我没工夫在这儿跟你闲谈。"

龙华慢条斯理地坐到丁跃民对面的沙发椅上，伸手摆弄了几下办公桌上的职位牌，说："最近我手气不顺，在澳门几天，就把手里的钱全部输光了，手头有点紧啊！"

"你又是来找我要钱的？你把我当什么了，你的提款机吗？我告诉你，我现在可没有什么把柄在你手里，你根本威胁不到我。我也永远不可能再给你一分钱。"丁跃民理直气壮地说。

"丁总没有把柄在我手里，可我们有共同的目的和敌人啊！"龙华悠然道。

丁跃民皱着眉，警惕地看着龙华，没有说话。

"听说丁总的公司最近投标了一个大项目，永盛集团也投标了。"龙华手指在职位牌的董事长几个字上画来画去，继续说道，"而且我还知道，高建国跟那位赛亚的老总是老交情，两人正商量着合作呢。所以那个项目，就算丁总公司的竞标方案再完美，也争不过永盛集团。”

“这跟你有什么关系？”丁跃民的态度明显软了下来。

龙华咬牙切齿道：“高建国害得我逃亡开曼群岛10年，当年我积蓄的大量钱财也早就花光了，如今他高建国过着人上人的生活，我却这么狼狈，我怎么可能放过他？而你丁总，我可记得你以前一直是高建国手下的一个小弟，他做什么都比你成功。就算现在丁总事业庞大，永盛集团和国恒电子依旧是你最大的绊脚石。难道丁总就不想清理清理未来的路面吗？”

丁跃民沉默了一会儿，突然开口道：“你想怎么合作？”嗓音沙哑，像是荒野中兽骨被咬碎的声音，连他自己都吓了一跳。

龙华对丁跃民的态度十分满意，狞笑道：“很简单，丁总只要按照我说的去做就行了。我保证，事成之后，丁总一定能拿到赛亚集团的授权，永盛集团和国恒电子也不再是你们耀明集团强有力的竞争对手。”

龙华离开了，丁跃民心中还是无法平静。他很清楚龙华是头疯狂的野兽，跟他合作说不定自己会被他反咬一口，尤其是出门前龙华对自己的笑脸，他分明就是一只笑面虎。但高建国就是堵在自己心中的那块石头，这块石头拦在安慧、耀明集团前面，让他看不见阳光。

午饭后总是习惯小憩一阵的丁跃民，今天却睡意全无。他木然地望着车流如梭的大街。身处高楼遍地的都市森林中，他有些迷茫。

一阵急促的电话铃响起，丁跃民转身摁下免提键，秘书甜美的声音传来：“丁总，兴成国际集团的张总找您，是否转接？”

丁跃民心中咯噔一声，想了想说：“转接吧！”

电话接进来，张伟豪的声音传了过来：“丁总，最近你们企业发展得怎么样？”

丁跃民冷漠道：“我们既不是合作伙伴，也不是竞争对手，你打探我们公司做什么？”

张伟豪假笑两声，接着说：“是不关我的事，只不过我这两天看赛亚集团的考察队到永盛集团考察，好像对接很融洽的样子，就想关心一下你这个老朋友的情况。”

丁跃民本来有些迷迷糊糊，听到这句顿感精神一振，立刻问道：“这两天赛亚集团已经到永盛集团考察了？”

张伟豪的假笑变成了嘲弄：“对啊，高建国和李浩南一起接待的。你们公司不是也入围了吗？考察得顺利吗？”

丁跃民觉察到张伟豪语声中的恶意，冷哼一声道：“这就不劳烦张总费心了。”

张伟豪在电话中的笑声愈发夸张：“赛亚集团的项目可是个大项目，谁能中标，就意味着谁能在深圳的建筑业立足。如今我看赛亚集团恐怕是要让永盛集团中标了，你就不采取一点行动？”

张伟豪每笑一声，丁跃民都觉得自己心里像被刀划了一下。明知对方是在挑拨，丁跃民还是忍不住愤愤道：“你想说什么？”

张伟豪突然声调一变，严肃起来：“龙华你已经见过了，难道你没有什么想法吗？难道你要等着永盛集团中标以后，再来行动？”

原来，张伟豪才是龙华背后的黄雀，而看似凶神恶煞的龙华充其量不过是只螳螂。自己可不能成了那只自鸣得意的蝉，于是丁跃民立刻问道：“龙华不就是想勒索高建国一笔巨款吗？你还来帮龙华催我？你们到底想干什么？”

张伟豪声音温和起来，颇有点语重心长的意思：“龙华想要对付高建国，我想看着永盛集团垮掉，而你可以看着高建国被你踩在脚底，这样不是三全其美吗？你还犹豫什么？”

第二十章
刹那百年

- 龙华设计绑架高建国失败，被一枪毙命。
- 香港经过百年风雨，终于回归祖国。国际金融炒家却已经将狙击的目标对准了东方之珠。金管局专委会在任志刚的带领下，以祖国为后盾，顽强反击，终获胜利。
- 高建国与安慧这对历经磨难的恋人，终于走到了一起。

一

1996年1月29日，刚刚宣布组建完成的解放军驻港部队在深圳正式亮相。香港特别行政区筹建委员会成员、港区人大代表和政协委员及港事顾问等近300人参观了这支部队，并观看了军事表演。

大家都喜气洋洋看着电视，高建国的手提电话突然响了。是秘书打过来的，说是丁跃民给他打过电话。想到刚才在饭桌上和安国庆聊起许多往事，高建国心生感触，说公司有事，独自离开了。

一回到办公室，高建国立刻让秘书将电话回拨丁跃民。电话一通，高建国直接问道："你找我有什么事？"

"我……"丁跃民迟疑了一下，"最近国恒还好吗？"

高建国有些搞不清他的目的，随口道："还好啊，怎么？"

"没什么，我就问问。其实……我……"丁跃民还是支支吾吾的。

"你直说好了。"

"这几天我想了很多，其实，我……我这几年挺孤独。虽然生意上顺风顺水，但是每当我回到家，一个人躺在偌大的房间里时，内心感到的竟然是不安和恐惧。可我却没有一个朋友能倾诉，就连跃音也不搭理我了……"

高建国听得不觉鼻头一酸。

"其实现在我很像曾经的安国庆，我曾经那么瞧不起他，那么讨厌他，可现在，改变了的他，令我很羡慕，我想他应该比我快乐。安慧，现在……还好吗？"丁跃民一边说着一边长吁短叹。

高建国轻声说："她很好。"

"那就好，我有一次还偷偷去看了她的演出。对不起，建国，我喝了点酒，说话有些语无伦次……"丁跃民的语声开始呜咽起来。

高建国动容道："其实我明白你要说什么。跃民，我们俩从小一起长大，十多二十年的感情，我不想因为一些事情，就让你我之间生分了。"

"谢谢你，建国。我……真的不知道该说什么好，谢谢你肯打电话给我，"电话里几乎能听到丁跃民牙齿在颤抖，"我还有很多话想对你说，我们能见面吗？"

高建国爽快道："我跟国庆十多年的恩怨都能一笑而泯，我想我跟你，不用再多说什么客套的话。"

电话里传来一阵剧烈的咳嗽声，过了好一会，丁跃民才说道："后天中午，你能到深圳来吗？"语声中有些犹豫。

"后天？"高建国翻了翻桌上的台历，说："我应该会去深圳那边的电子厂视察。"

"那太好了，我们就约在你们国恒集团福田区的电子仓库吧，我还有样重要的东西要给你。"丁跃民兴奋中透着几分惶恐。

刚放下电话，安国庆推门进来了，笑着问道："怎么吃一半就走了？谁的电话这么急？"

高建国迟疑了一下说："一个深圳的客户。"他暂时不打算把这件事告诉安国庆。

安国庆也没多想，笑着说："刚刚上来的时候，女员工们都在夸你好呢！"前几天高建国调整了政府的相关规定，决定怀孕的女员工可以从预产期前一个月开始休产假，赢得公司女员工一片叫好。

高建国淡然道："这是员工应得的福利，福利越多，大家做起事来才更有干劲。"

"说的也是。"安国庆笑了笑，"对了，过两天和赛亚谈那个电子项目，我们什么时候出发去深圳？"

高建国想了想说："后天一大早吧，先去看看那边的厂子情况，正好我也有点私事。"

参加完深圳的活动，高致远因为公务又到了香港。工作的事情很顺利，两天就完成了预定的任务。他无意间路过房屋署的大楼，偶遇在此上班的亲弟弟。

因为身份特殊，同属公务人员的兄弟俩为了避嫌，选择了过海到莲香楼餐厅。开业近70年的莲香楼属于怀旧粤式茶楼，始终保留着20世纪30年代香港茶楼的风情。店里桌椅古朴典雅，嘈杂之中透出浓浓的香港市井文化味儿。本来这个时间是很难有座的，但因为高致行是熟客，老板帮他们找了一个角落里的座位。

高致行笑着递过一只笼屉道："你尝尝，莲蓉包有没有变味！？"

高致远夹起一只尝了尝，说："嗯，跟小时候一个味儿。"

高致行笑了笑，却又不知道该说什么，想了想说："哥，你说话都是一副京片子了。"

"没有，时不时还是有南方口音呢！"高致远笑了，"这些年，你过得还好吗？"

高致行淡然道："生活就是这样的，平平淡淡过了一生。"

高致远感触道："平淡的生活总比大风大浪的好。等香港回归了，你去北京逛逛吧，我带你参观参观。"

"北京……"高致行有些迟疑，"好玩吗？"

高致远："当然，故宫、颐和园、天坛都特别的美，跟香港的建筑风格完全不同。历史文化悠久，从先秦到清朝，你都能在北京领略到。你去了，一定会喜欢那里的。"

高致行眼中闪过异样的光芒，却没有说话，低头吃了一口霸王鸡。

高致远明白弟弟的顾虑，郑重道："《中英联合声明》和《基本法》里都写得很清楚，香港特别行政区成立前，在香港政府各部门任职的公务人员均可留用，年资都予以保留，薪金、津贴、福利待遇都不低于原来的标准。英方现在是千方百计干扰你们与中方的接触、沟通，打击你们的信心。这些都无非是为中央人民政府日后任命特区的主要官员制造困难。"

高致行若有所思地说道："回归的确是天经地义的事，但有些问题我们还是不得不担心。"

高致远接过服务员送过来的冬瓜盅，推到弟弟面前，微笑道："香港的公务员在英国殖民统治下工作的时候，有时难免要接受一些具有政治敏感性的任务。这都是依照之前的法律和政府的指令做事，所以不需要承担政治责任，你们对自己的前途不应有任何的担心。”

高致行犹豫了一下，舀出一小块冬瓜，津津有味地吃起来。

二

到了福田，趁着安国庆约了丁跃音漫步福田河，高建国正好单独到仓库与丁跃民见面。

时间已经差不多了，但丁跃民还是不见踪影。高建国突然感觉到，自己好像被人盯着一般，猛的一抬头，见仓库二层的铁架台上站着一个人，正恶狼般盯着自己。仔细打量了一下，高建国才辨认出那是龙华。他有些震惊，脑子里捋了捋，才明白这件事绝对比自己之前预想的复杂。

龙华哈哈笑道：“老朋友，好久不见。”

高建国打起精神道：“你不是已经潜逃到国外了吗？你还敢回来？”

龙华冷笑道：“在外漂泊了这么多年，还是觉得自己的家好，特别是有的老朋友，我还真舍不得。”

“你想干吗？”高建国话音未落，只觉后腰挨了一拳，剧痛很快由脊柱传遍全身。与此同时，有人从身后用枪顶住了他的太阳穴，伴随着一阵喝骂。高建国一下想起了，身后的人应该是龙华过去的马仔阿彪。他知道对方有备而来，只得静观其变。

阿彪推着高建国往前走，没走几步，掉在地上的手提电话响了，阿彪气势汹汹地走过去，一脚踩上去，咔嚓一声，电话四分五裂。龙华迎面走过来，大吼道：“高建国，你不要用一副宁死不屈的样子看着我，待会儿我一枪打爆你的头，看你还是不是现在这副表情？”

正在危险之际，一阵急促的警笛声由远及近。阿彪恐慌道：“大陆仔，你还敢报警?”

高建国冷静道:“我从进来就没有拿过电话,怎么可能报警?”

阿彪连忙问道:“老大,我们现在该怎么办?”龙华恼羞成怒,一拳打在高建国肚子上,疼得他差点跌倒。

扩音喇叭的声音在外面响起:“里面的人听着,我们是深圳市公安,你们已经被包围了,立刻放下武器,送出人质,法律将会给予从宽处理!”

龙华与阿彪面面相觑,虽然还是一副恶狠狠的模样,但气势明显弱了。阿彪愤怒道:“肯定是姓丁的报的警。早晨我擦枪的时候,他的脸色就不对。他一直以为我们只是想求财,哈哈——”看到老大严肃的脸,赶紧收住了笑。

龙华闷哼道:“扑街,不该让他走掉。有钱佬就是靠不住。”

喇叭持续喊话,龙华却始终沉默。他把高建国押到二层的一处通风口,隔着静止的排风扇往外看了几分钟,突然用枪指着高建国的额头,狠声道:“那两个男女是你朋友吗?”

高建国看出那两人是安国庆和丁跃音,点了点头。至于他们为什么会来,他也不清楚。为什么丁跃民不在呢?报警的只可能是他啊!

龙华掏出手提电话,凑到高建国耳边道:“打他电话。”

高建国看着龙华,没有反应。龙华狠狠一脚踹到高建国腿上,笑着道:“不打电话我怎么跟外面谈呢?你难道想我冒头出去吃狙击弹?我死肯定会带上你,你老母怎么办,还有你儿子?”

高建国想了想,说出了安国庆的手机号码。电话很快接通,龙华嚣张道:“高建国现在在我手里,你们如果不想他死,就立刻叫仓库外的警察撤离,否则我立刻开枪!”

“龙华,你不要乱来!你让建国和我说话!”电话里传来安国庆的声音。

龙华怪笑几声道:“我给你们三分钟时间考虑,如果警察在三分钟后还不打算撤离,你们就等着给高建国收尸吧!还有,我警告你,不要跟我耍花招,我这里可把外面看得一清二楚!”

阿彪有些心虚地问道:“老大,外面那么多支枪,我们怎么逃得掉?”

龙华看着阿彪贪生怕死的脓包样,心中更气,抡起胳膊一枪托砸到高建国脸上，大骂道：“你给我闭嘴！……高建国，老子大不了跟你同归于尽！”高建国的脸立刻肿起来，瘀青和着鲜血，像是在脸上开起了染料铺子。

时间差不多了，龙华再次拨通了安国庆的电话：“姓安的，你们想好了没有？”

“龙华，你把门打开，我进来和你见面，只要高建国安全，什么条件都可以答应！”安国庆镇定道。

龙华有些意外，探头一看，安国庆已经高举双手走到了仓库门口。高建国连忙大喊道：“不！你不要——”话音未落，已经被阿彪堵住了嘴。

龙华镇定道：“我凭什么信你？”

安国庆沉声道：“不谈判你们只有死路一条。我是建国的朋友，没有武器，你只需要把门打开一个缝，我一个人进来，这样你就有两个人质，跟警察的谈判条件就更充分，你们才更有可能安全地离开。”

龙华眼珠一转，质疑道：“你别跟我耍什么花样，万一我打开门，警察直接冲进来怎么办？”

“不会的，你只要把门打开一个缝，你们手里挟持着他，警察怎么可能直接冲进来？再说了，你不是可以看到外面的动静吗，我们能耍什么花样？”安国庆声音如常，不像有诈。

龙华挂断电话，示意阿彪前去开门，自己用枪抵住高建国的头。

门只开了一尺来宽，安国庆一进来，阿彪就迅速锁上了。安国庆看了一眼疤脸的阿彪，心中一凛，强打起精神说：“外面除了警察，还有附近的驻港部队，你们现在最需要考虑的不是如何杀掉高建国，而是如何从这里脱身。”

龙华狠踢了高建国一脚，厉声道：“我跟高建国的仇不共戴天！”

跟着阿彪慢慢走上铁架台，安国庆才说道：“君子报仇十年不晚，你又何必急在这一时？再说了，这位兄弟恐怕跟高建国没有那么大的仇恨吧？你死还要拖上一个垫背的吗？”

阿彪瞅了一眼龙华，大声道：“你不用挑拨我阿彪和大哥的关系，我阿彪这条命就是大哥给的！他的仇人，就是我阿彪的仇人！”说得厉害，却明显底气有点不足。

趁着龙华和阿彪迟疑的片刻，安国庆冲着高建国一通眨眼。高建国立刻会意，猛的站起身来，顶翻龙华，冲倒阿彪，夺下了他手里的枪。龙华毕竟是老警察，摔倒的瞬间对着高建国举起了枪，安国庆立刻朝他扑了过去。没想到龙华身手甚是了得，一个狮子打滚躲开了安国庆。安国庆收不住去势，一下从铁架台摔了下去。

龙华立刻将枪口对准了倒在地上的安国庆，大喊着："高建国，你有本事开枪啊！看我们谁的手快！"

正用手枪对准阿彪的高建国知道龙华心狠手辣，于是小心道："好，你别激动！"

龙华得意地大喊道："你把枪放下，快点！"

高建国有些犹豫，但还是放下了枪，高举双手。阿彪立刻上前捡起枪，再次对准了高建国的太阳穴。

这时仓库外又传来了喇叭的喊话声："里面的匪徒，立刻放了人质，否则我们就要采取行动了！里面的匪徒，立刻放了人质！你们已经被重重包围，是逃不掉的！"

安国庆强忍着身体的剧痛，竭力喊道："建国，去窗口告诉外面，千万不要冲进来，我们不能死啊！"一边喊一边对着高建国挤眉弄眼，还拼命努嘴。

高建国明白安国庆肯定是意有所指，于是对龙华说："你赢了，要多少钱我都给，只要你不伤害我的朋友。请你现在告诉警察，我愿意当作人质，帮助你离开。"

看到高建国终于屈服，龙华感觉到前所未有的畅快，转身走到通风口前，向下张望。看到一群荷枪实弹的军人正在待命，龙华有些得意，把头伸到排风扇外大吼道："有胆你们就进来啊，我马上杀死高建——"

"国"字还未出口，龙华突然僵直不动了。接着啪的一声，排风扇碎了一片，一股血水从龙华的脖子喷出。龙华瞳孔放大到极致，身体萎然坠地。

阿彪大喊道："老大！"扑到龙华身旁，看到龙华已然毙命，阿彪有些发呆地望着地面，突然大喝一声，对着高建国扣动了扳机。

枪却毫无反应。阿彪又连扣数下扳机，还是没有反应。他翻过手腕一看，才发觉手枪的弹夹不见了。遍体鳞伤的高建国坐在一旁，向他亮出了右手掌心的弹夹。阿彪大怒，起身拾起龙华手里的枪，对准高建国就是一枪。“嘭”一声巨响在高建国耳边炸裂，接着好像还有一声枪响。到底是一声还是两声，高建国已经无法判断，他只觉得浑身剧痛，眼前一阵发黑，隐约见到几个绿衣人摁倒了阿彪，接着自己便失去了知觉。

昏迷中，高建国好像听见有人喊他，有男也有女的，但他觉得眼皮好重，怎么都醒不过来。不知道过了多久，他突然听到一个熟悉的声音正在对自己轻声说着话：“……经历了这么多，我……当我听到你中弹被送进医院的时候，我自己也好像被子弹击中心脏。从香港到深圳，我心里只有一个念头，就是立刻见到你……你赶快醒来吧，我……我对你的心一直都没变过……”

是安慧的声音！高建国意识逐渐清醒，开始感觉到安慧的手指正在轻轻抚摸自己的眉眼，他甚至能感受到安慧深情的目光。接下来才是身体的疼痛。直到现在，高建国才知道自己中枪的伤口靠近肩头的部位。他隐约回忆起来了，当时应该是真的还有另一声枪响，不过击中的是阿彪。

高建国缓缓睁开沉重的眼皮，眼前是面色略显憔悴的安慧。他有气无力地唤了声：“安慧……”

眼泪从安慧眼中蹦出：“建国……你醒了？”

高建国缓缓抬起右手，想要拭去安慧的眼泪。安慧的泪水更加止不住了，她用双手握住了高建国的手，捧在自己脸上。

从安慧的讲述中，高建国才逐渐知道自己昏迷这几天错过了很多事情。原来，那天一枪击毙龙华的正是弟弟建军。安国庆跟建军说，自己要孤身涉险，去把龙华引到通风口。安国庆自己倒是挺幸运的，只是扭伤和皮外伤，现在已经出院了，不知道和丁跃音去哪里潇洒了。李浩南不仅顺利拿下了赛亚大厦的项目，还接着敲定了其他几个合作项目。

不过，最让他难过的，是丁跃民因为在多个卖房合同上存在欺诈行为，已经被司法机关依法逮捕。对于这次的绑架事件，丁跃民除了报警，还通知了安国庆。高建国本已无意追究，没想到丁跃民还是因为自己的贪婪而要面临牢狱之灾。

人生有悲就有喜。高旗已经获得院长批准，不用再进行康复治疗，只需要定期复查即可，他已经可以跟正常的同龄儿童一起学习和生活；而在琴艺方面，安慧更是大赞高旗天赋了得，他已经能够熟练演奏很多成年人都难以完成的《云雀》。高建国听得喜形于色，巴不得马上出院回家看儿子。

顺利康复出院，陈桦主动邀约高建国一同去拜天坛大佛。阳光照在佛身上，反射出万道光芒，庄严雄伟。高建国感慨道："'稽首天中天，毫光照大千。八风吹不动，端坐紫金莲。'用东坡这首诗来形容大佛，真是再贴切不过了。"

宝莲寺内，几个人一同跪在佛像面前，烧香磕头，虔诚祈祷。陈桦双手作揖，虔敬道："感谢佛祖，让旗旗健康成长，保佑他今后能一直顺顺利利，平安健康，不要再有病痛。阿弥陀佛！"

在儿子和女婿的搀扶下慢慢起身，陈桦接着说："以前我在英国留学，回国以后又一直待在香港。我的父母都信仰基督教，如今我却为佛教服务。我们佛教联合会会经常来这里。旗旗生病之后，我每天都会来这儿祈祷我们旗旗能够身体健康，自闭症能够痊愈。如今我上了高香，也算是给佛祖还愿了。"

李浩南扶着母亲道："妈咪，您已经完成了爹地的心愿，为天坛大佛的建造倾注了那么多的心血，爹地在天上也会很感动的。"

陈桦欣然道："我相信佛教里的前世今生、生死轮回，希望下辈子，我还能遇见嘉盛和我的佳欣。"一转头，她对着高建国："建国，这么多年，你一直为李家付出，帮助浩南让永盛起死回生，恢复了他爹地当年健在时的辉煌，妈咪很感谢你。"

"不，不要感谢我，这是我对佳欣的承诺，还有不辜负爹地的重托。"说完，高建国鼻子一酸。

陈桦面带微笑道："这么多年了，你一直忙于事业，佳欣也已经离开我们这么多年了。其实，妈咪希望你能重新找到一个能陪伴你一生的人。"看着安建国面露惊异，她又接着说："旗旗一直没有母亲的疼爱，这是他童年的缺失。佳欣已经过世了，你还年轻，总是要找一个伴侣，来支撑你的家庭，你的事业。你不用考虑我们的感受，如果有你喜欢的人，你一定要去争取。"

高建国默默点头。他被岳母现在的淡然、洒脱深深感动着。

大门口，高建国正在贴春联。一旁的安慧抱着高旗在指挥他：“左边一点，对，再左边一点。”

电梯打开，安国庆提着一大包东西走了出来，身后是小鸟依人般的丁跃音。安慧转身笑着喊了声“哥”，冲着跃音促狭地眨了眨眼睛。

丁跃音毫不示弱，走过来就大声道：“安慧，你现在可真像高家女主人。”不等安慧反击，她已经跟着安国庆进了门，热情地喊道：“岳阿姨、海叔，这是我跟国庆去买的烧鹅和香辣蟹，待会儿再回回锅，立刻就能吃了。”

岳芳英笑着道：“你们还买什么菜呀？阿姨这儿包管吃饱吃好。”说着端起放满饺子的盖帘进了厨房。安慧把高旗交给高建国，说了声“阿姨，我帮您”，跟了进去。

热腾腾的饺子刚上桌，就传来敲门声。开门一看，是高建军。岳芳英激动得眼泪都出来了，一把搂住小儿子。建军也红着眼喊了一声“妈！”。

高建国赶紧过来拉着弟弟，笑呵呵地说：“你们驻港部队不是在深圳吗？怎么到香港来了？”

建军跟大哥手拉手来到桌边，说道：“部队春节特地给我们放了几天假，让我们可以探探亲。今天除夕夜，得到领导特批，来看看妈和大家。明天就回北京。”

“你赶着回家看媳妇吧？”丁跃音插嘴道。

“春节本就是家人团聚的日子嘛！”安国庆笑着道。丁跃音听了却是表情一变，安国庆连忙劝道：“别伤心了，你哥不是不原谅你，他是不原谅自己。”原来，前几天他们去深圳监狱看望丁跃民，却被拒绝了，丁跃音一直耿耿于怀。

高建国赶紧招呼道：“既然大家都到齐了，那接下来，请旗旗为我们带来一首小提琴曲！叫什么？”

安慧笑着补充道："柴科夫斯基的D大调小提琴协奏曲。"掌声立刻在客厅里响起。

现在的高旗，对于小提琴已经像自己身体的一部分那么熟悉。欢快、活泼、充满青春气息的协奏曲，让大家的脸上都挂满了笑容。演奏完毕，高旗用十分专业的动作向大家鞠了个躬。

在大家的称赞声中，安慧笑着道："旗旗现在长大了，以后要给他换一个四分之一的小提琴了。现在这个对于他来说，有一些小了。"

说话间，海叔打开了电视，去年刚刚当选香港特别区首任行政长官的董建华出现在荧屏上。岳芳英笑着拍手道："当时看直播我就说他能当选呢！"

海叔拿着一只蟹腿笑着道："我以前就看好他。当年他爹地董浩云去世，他继承下面临破产的公司，凭借智慧、诚实和高贵的情操，感动了两百位可以在一夜之间摧毁他父亲事业的银行家，取得了他们的信任，最后借到了巨额的贷款，摆脱困境。"

丁跃音笑着道："的确是好犀利！我也看过他的报道，我就觉得他特别有亲和力。这次的选举公平、公正、公开，全球人民都能看到，算是一个创举了。"

海叔兴奋道："谁能想到我们香港人可以成为香港的最高行政长官？谁又能想到香港的当家人可以由我们香港公民自己来挑选？第一任行政长官都有了，我们香港即将进入一个新时代，我们也有机会民主参政了！"

高建国举起酒杯说道："再过几个小时，就是新年了，新年新征程。1997年，注定是不平凡的一年。香港即将回归，这一年，一定会被历史永远记住！"众人高举酒杯，开怀畅饮。

沉浸在新春喜悦中的国人完全想不到，十多天后，2月19日，改革开放的总设计师邓小平同志，就因为帕金森症晚期并发肺部感染，因呼吸循环功能衰竭，抢救无效，在北京溘然离世，享年93岁。

悲痛并不能替代生活，高建国依然顽强地在商界打拼，为香港的繁荣稳定尽自己的一份力。离回归的日子越来越近，6月的一天，高建国突然接到母亲的电话，说是有老朋友到了，要一起吃顿饭。高建国匆匆赶到"老北京饺子馆"，来的是一群老朋友，阿芳、华仔、阿强、阿雄……令他惊喜的是，华仔娶了一个金发碧眼的老婆，这位 Diana 是个中国迷，早就吵着要来香港看看。可惜阿芳的导演老公，却因为拍戏没法回来观礼回归庆典。

大家一边享用久违的中国美食，一边聊起了这两年在国外的经历。阿雄感叹一个人在异乡重新开始打拼的艰辛；阿芳说起英国电影圈给华人的机会并不多，无论角色还是题材都已经定型；阿强则想回香港拓展自己的律师业务。高建国突然问道："因为香港的回归，大量移民涌入海外，而此时的香港却正是最需要建设、最需要发展的时候。香港是你们的根，是你们从小生活的地方，你们就没有想过要回来了？"

大家面面相觑，一时也不知道该说什么。阿芳忽然唱起了《狮子山下》的主题曲："人生中有欢喜，难免亦常有泪。我哋大家，在狮子山下相遇上，总算是欢笑多于唏嘘……"一桌老朋友眼含泪光，纷纷跟着唱起来。

一周后，那个期盼已久的日子终于来了，或者说陆港两地中国人等待百年的一天终于来到——1997年6月30日夜晚。跑马地正在举行"万众同心大汇演"，香港和内地演员同在一个舞台上共庆回归。舞台上郑少秋正在演唱着歌曲《火烧圆明园》："谁令你威风扫地，谁令这火光四起，恨意冲云际。谁无怒愤，不感痛悲。曾滴了多少血汗，才夺了天工建起。用我心力建，期传万世，期传万纪。"动人心弦的歌曲，让人群中的安国庆和丁跃音振奋不已，跟着几万观众同声高歌着。

香港会展中心外，身着正装的高致远、高建国父子跟随引导人员一同缓缓进入会场。

天空下着小雨，街上却没人打伞，人潮涌动。岳芳英、海叔还有阿芳等龙鼓村的老街坊，手持五星红旗和紫荆花旗，一同走入欢迎的人群。街头突然有人唱起了《公元1997》："一百年前我眼睁睁地看你离去，一百年后我期待着你回到我这里。沧海变桑田，抹不去我对你的思念。一次次呼唤你，我的1997年……1997年，我悄悄地走近你，让这永恒的时间和我们共度，让空气和阳光充满着真爱。"

人群来到中环广场，舞台上的爱乐乐团突然奏响了中华人民共和国国歌。大家纷纷驻足，随着音乐齐声高唱起来，岳芳英更是激动得热泪盈眶。巨大的电子屏突然一闪，显示中英交接仪式的直播即将开始。

23 时 18 分。屏幕出现了会展中心内部的场景：敞亮的大厅内座无虚席，双方军乐团交替演奏着欢快的乐曲。4000 余位来自五洲四海的嘉宾身着盛装，仪态凝重。主席台设在大会堂北端的半圆形前厅，前厅北面 30 米高的蓝色玻璃幕墙中央，并列悬挂着中英两国国旗。

中英两国主要领导人各 5 个座位，并排设在主席台中央的主礼台上。主礼台前方按照中英相应方位设置了两个棕红色讲台，讲台正面分别镶嵌着两国国徽。讲台的东西两侧各矗立着高矮两根旗杆。此时，中方的旗杆正待升旗，而英方的蓝色米字旗处于待降位置。

23 时 46 分。中英双方主要领导人入场。中国国家主席江泽民、国务院总理李鹏、外交部长钱其琛、中央军委副主席张万年、香港特区第一任行政长官董建华步入大厅，步履矫健地登上主席台，在中方主礼台就座。随后双方仪仗队同时齐刷刷地施举枪礼。英军卫队在一名上尉军官的指挥下，步入中环军营营区大门东侧就位，两位英国士兵出列上岗。

23 时 54 分。驻港部队在指挥官张洪涛上尉的指挥下，迈着整齐的步伐进入大门西侧就位。

23 时 56 分。驻港部队两名陆军士兵从两队指挥官中间走过，分别站到大门内两侧。

23 时 58 分。中方指挥官谭善爱中校和英方的艾利斯中校，面对面走到相隔 4 米处立定。这时，艾利斯中校向谭善爱中校敬礼报告：“谭善爱中校，威尔士军营现在准备完毕，请你接收，祝你和你的同事们好运，顺利上岗。长官，请允许我让威尔士亲王军营卫队下岗。”

听完他的报告，谭善爱中校声若洪钟：“我代表中国人民解放军驻香港部队接管军营，你们可以下岗，我们上岗。祝你们一路平安。”

23 时 59 分。随着英国国歌的旋律，那面蓝底米字旗和英国统治下绘有皇冠狮子、米字图案的港旗缓缓垂落，在场的英国官员肃立。米字旗降落了。

1997年7月1日零点整，激动人心的神圣时刻到来了：中国人民解放军军乐团奏起雄壮的中华人民共和国国歌，中华人民共和国国旗和香港特别行政区区旗一起徐徐升起。

接着，江泽民主席走到镶嵌着中华人民共和国国徽的讲台前发表讲话："中华人民共和国香港特别行政区正式成立。这是中华民族的盛事，也是世界和平与正义事业的胜利。1997年7月1日这一天，将作为值得人们永远纪念的日子载入史册。"

一时之间，礼花满天，普天同庆，万众欢腾。观礼台上的高氏父子若不是碍于身份礼仪，可能会相拥抱头痛哭。

逾6000人的陆海空主力部队，在7月1日6时整进入香港。陆军纵队从文锦渡、皇岗及沙头角三个口岸进入香港。车队在6时15分驶经上水马会道，受到冒雨群众的夹道欢迎。部队接受群众献花，并把活动筹委赠送写有"威武文明之师"的牌匾架在军车上，接受民众欢呼。舰艇部队10艘军舰及船只在4时55分起锚，从深圳妈湾军港前往香港水域，并于7时24分到达昂船洲海军基地。空军直升机部队因雷雨延后两小时在深圳起飞，6架直–9直升机在8时35分抵达石岗机场，完成布防。

四

因为高建国的预判精准，借着回归的东风，永盛所交易的几块地皮在上半年全部大涨，已经翻了快两倍，集团发展风头正劲。高建国和李浩南也宣誓成为香港特别行政区立法委员。仪式结束后，他俩叫上安国庆，一起在办公室开红酒庆祝。

李浩南开怀道："香港过去有种说法：美国打喷嚏，香港要感冒。现在香港回归了，虽然大家有种种担心，但我相信我这个妹夫的眼光。今后香港的天气怕是要看内地来改变了。”

高建国从容道：“美国对香港的经济影响还是有的，只是香港与内地的经济关系越来越重要。我来打个比喻，香港不是一个独立的经济体，就像北京的王府井大街、上海的南京路不是独立的经济体一样。她就像一朵花，这朵花要开得鲜艳美丽，还要靠根、茎、叶和泥土——就是大陆供给它养分才能盛开。”

安国庆正想说点什么，手机却响了，跃音打过来的，让他赶紧看新闻。

电视里正在播放泰国金融危机的新闻：今天，泰国政府正式宣布放弃固定汇率制。一个人倚仗自己的资金来对付整个国家及其货币并获得了成功，此人就是66岁的亿万富翁乔治·索罗斯。面对索罗斯这样的大投机家，存在着使泰铢贬值20个或者更多个百分点的可能性。现在全世界投机家都知道了这一点，卖掉泰铢，卖掉泰国股票。

安国庆一脸茫然道：“索罗斯是什么人，能搅动一个国家的货币制度？”

李浩南放下酒杯道：“这个索罗斯闻名于世是在1992年，当时的英格兰银行都不得不向他低头认输。通过货币投机，索罗斯为自己聚集了25亿美元以上的私人财产。”

“25亿美元？”安国庆的下巴差点掉了，“这人真是胆大包天，敢不顾交易所投机家的大忌，和一个国家的中央银行对抗？”

李浩南撇撇嘴，说：“他敢和中央银行对抗并不可怕，可怕的是他每次都能得手。92年在英国是这样，现在泰国也沦陷了。这个索罗斯太可怕了。”

高建国也坐了下来，郑重道：“索罗斯在英国都能得手，现在故伎重演，对付泰国自然得心应手。泰国的金融体系不发达，外汇储备薄弱，索罗斯很轻松就能成功。这也许只是一场浩劫的开端，泰铢波动，菲律宾比索、印度尼西亚盾、马来西亚林吉特都很可能成为国际炒家接下来的攻击对象。”

李浩南继续道：“像他这样的大投机家对日常交易是不感兴趣的，只有在向英镑或泰铢进攻这样的大行动时，才会积极参与。”

“索罗斯现在只需要等待泰国铢落到最低点，然后大量买进泰铢和泰国股票，交易所的交易盈利便会滚滚流入他的私囊，轻轻松松从泰铢中获得几十亿的利润。”高建国边想边说。

“天啊，这个人怎么这么可怕，他不会来香港吧？”安国庆紧张得一口将杯中的红酒喝干。

李浩南闷哼一声道：“呸呸呸，不要乌鸦嘴啦，他可千万不要来香港。”

高建国面露担忧之色道：“索罗斯的野心这么大，他不会甘心只在泰国这样的国家得手的。这样的国家金融体系不发达，市场太小，即使股市崩溃也赚不到多少钱。以股市为代表的金融业是香港的支柱产业之一，索罗斯也许真的会进军香港。”

“不会吧？最近这段时间，香港恒生指数一度上涨，行情好得很啊！”李浩南从沙发椅上直起了身子。

高建国一改之前的从容，皱起眉头道：“这样我们才更要担心。泰国爆发金融危机，恒指下跌才是正常的，怎么香港恒指反而上涨了呢？这太不正常了，是非常危险的信号，这也许就是索罗斯给我们制造的一个假象。”

“如果真是像你说的这样，索罗斯为什么不直接瞄准香港市场，何必大费周折呢？”李浩南右手下意识地摸摸嘴角问道。

高建国捋捋思路道：“因为香港的经济体制完善，弱点不多，索罗斯从泰国入手，逐个击倒，持续造成恐慌，才能由易到难，为进军香港铺路。”

此刻，索罗斯的照片也出现在张伟豪的眼前。那个总是躲在暗处指手画脚的罗伯茨总算跟着彭定康滚蛋了，父亲也去英国养老了，现在兴成国际终于由他张伟豪独揽大权。根据索罗斯以往的所作所为，张伟豪感觉到香港很可能就是索罗斯的下一站，这对他来说是个难得的机会。他还没有认输，他又找到了打败高建国、打败李浩南的砝码！

这场金融风暴从泰国开始，犹如巨石击水，在整个东南亚金融市场掀起滔天巨浪。正如高建国所担心的，香港正是索罗斯发动这场金融战役的最终目标。尽管已经化解了国际炒家们的数次冲击，但高建国心里十分清楚，更猛烈的风暴还没有到来，他必须以更强硬的手段、更主动的姿态去迎接挑战。一直在等待最佳时机的索罗斯正在不断积蓄能量，准备对香港发动最后一击。这场香港金融保卫战的大决战终于在 1998 年 8 月拉开了帷幕。

早在 1998 年 3 月，刚刚出任中国国务院总理的朱镕基，在北京举行记者招待会的时候就公开宣布，如果香港有需要，中央政府将不惜一切代价保卫香港。所以这次面对国际金融炒家的疯狂抛售，一向奉行零干预的港府，竟然携带着 980 亿美元的外汇储备，同时进入股市和汇市两个市场，进行史无前例的金融保卫战。以索罗斯为首的国际炒家不但没有取得获利空间，还遭受了巨额亏损。

金管局专委会在任志刚指挥下，顶住了索罗斯的狂轰滥炸，捍卫了香港几十年的发展成果。显示屏上不断跳动的恒指、期指、成交金额，最终分别锁定在了 7829 点、7851 点和 790 亿三个数字上。广播里传出香港财政司司长曾荫权的声音:“在打击国际炒家、保卫香港股市和货币的战斗中，香港政府已经获胜。”

所有人都激动地跳了起来，欢呼庆祝，大厅内沸腾了。

庆祝酒会上，几乎所有的企业家都笑容满面，他们三五成群，聚拢在一起议论香港金融局与索罗斯的这次决战。

这时，永盛集团的两位掌舵人李浩南和高建国走进大厅，好几位企业家立刻围了过去，想听听他们的看法。

高建国自信地说道:“那些投机炒家带着席卷东南亚和横扫香港的野心而来，但是他们唯一的败笔就是低估了香港特区政府的决心，低估了中国的实力。”

“如果没有中央政府在背后支持，特区政府怎么能顶住索罗斯的狂轰滥炸？归根到底，还是要感谢北京，保住了香港几十年的发展成果。”李浩南微笑着补充道。

“中国此举才是负责任的大国风范啊！”一位头发花白的老者说道，“背靠大树好乘凉，香港金融市场能够化险为夷，离不开祖国这棵大树的支撑。”

一位中年富豪点头道:“以前我没觉得香港回归以后有什么特别的变化，现在才算是深有体会。”

李浩南继续道:“国际炒家已经败退，香港市场很快就会恢复元气。我相信香港经济会在中央政府的带领下继续腾飞，属于我们的一个崭新的时代就要来临了。各位，现在的香港和内地是一个共同体，内地的发展机会并不比香港少，有时间大家都应该回内地走一走看一看，尽自己所能帮助祖国的建设事业才对。”

高建国惊喜道：“如今国家经济正在腾飞，以香港人的创意能力，可以和内地互补不足，相辅相成。永盛集团和内地的合作，未来一定可以实现双赢。”

李浩南对着大家礼貌地摆摆手，和高建国两人来到了一处角落。他对高建国郑重道：“如果没有你，就没有永盛集团的今天。建国，我诚心邀请你成为永盛集团的总裁。”

高建国摇头道：“永盛集团始终是李家的资产，是岳父几十年的心血，我相信你能在这个位置上做得很好。”

“建国，你这是在委婉地拒绝我，难道你怀疑我的诚意吗？”李浩南诚恳道。

高建国淡然道：“浩南，你误会了，是这次金融危机提醒了我。虽然这场风暴已经过去了，但香港还要经过很长一段时间的调整和适应。我接下来有很多事要做。特区政府已经决定将这次入市炒作而赚得的丰厚基金，以出售官股盈富基金的方式，还富于民。”

这时安国庆从外面匆匆进来，来到高建国身边，低声道：“我刚刚得到消息，张伟豪跳楼自杀了。”

高建国感慨地摇摇头。李浩南则恨恨道：“他纯粹是咎由自取。”

安国庆点头道：“张伟豪这一年来，将全副身家投到金融上。兴成集团的好多工程已经很久没有开工，整个集团乱成了一锅粥。他们的杨副总打电话来，希望我们可以收购兴成的股份，重整业务。”

高建国正要回答，手机响了，是父亲打来的。接完电话，他赶紧对安国庆交代说：“这件事你和浩南决定吧，只是有一点，不要亏待了兴成集团的老员工。”

李浩南点头道：“这个是当然，我们和张伟豪之间的恩怨不能牵扯其他人，你放心好了。”

父亲明天要到香港来，是来完成祭祖的大事，仪式将在修缮一新的高氏宗祠举行。这事情还要从一年前说起——

香港回归后头一天，高致远专程到弟弟高致行家拜访。偶然翻出了一张老照片，兄弟俩无意间在相框夹层发现了一张发黄的纸片，上面用楷体红字写着：民国二十二年存东普陀讲寺，茂峰法师亲收。

位于荃湾老围村的东普陀讲寺由茂峰法师创立于1932年。1927年茂峰法师到香港弘法，因见千石山与浙江普陀山形似，便改名为千佛山，并依照杭州普陀寺修建起了东普陀讲寺。总算是法源不浅，茂峰法师虽已圆寂多年，但他当年座下的小沙弥正是现在的法师，所以高老爷子寄放的木匣还完好地存放在藏经阁内。

匣内是一本厚厚的《高氏家谱》。翻开蓝色的封面，扉页上写着："有生之年，见证香港之历史，以此传家，望后世子孙铭记历史，勿失勿忘。"

高致远如获至宝，一边翻看一边说："这本家谱里详细地记录了当年英国强占香港岛的往事，我们的祖父是历史的见证者，这就是他留给我们最宝贵的东西。这是一部香港百年史啊！"说着取下眼镜，用手帕擦拭了湿润的双眼，才接着道："致行，这本家谱太厚重了，如果高家的宗祠还在，我们应该把家谱带回宗祠告慰先祖。"

可惜位于新界元朗八乡高家村的祖屋，衰败程度却远超高致远的想象。高建国主动承担了修葺的工作。首先由他亲自将父亲的回忆性描述用画笔记录下来，再把这些图画交给专业的建筑师来完善，力求做到完整重现。在尽可能保证原有建筑外形的基础上，使用了大量新材料、新技术来保证建筑的寿命更持久。厚重的历史感与最新的科技，在高氏宗祠的修缮工程中水乳交融。

抬头望着悬挂着"高氏宗祠"字样的匾额，抚摸着黄色的门钉、红色的立柱……高致远已经是老泪纵横。高致行连忙上前搀扶住兄长，一旁的孙小华立刻掏出了手帕。紧跟着的是挽着母亲岳芳英的高建国，开心地打量着小院中的一草一木。再往后则是高立伟扶着始终在抱怨腰酸腿软的邓香莲。

祠堂大殿内供奉着高家祖先牌位。由高致远主祭，高致行副祭，两家人分列两行站好。岳芳英主动站到了门口的位置，眼眶湿润地望着高致远的后背。

高致远手持三炷香，开始叩拜祖先，众人跟着跪倒磕头。三次之后，高致远缓缓起身，开始诵念祭文："上苍垂顾，祖宗阴德。我高氏子孙，英才辈出。明清两代，频出高官。青史有载，方志流传。子孙不忘高家祖训，崇尚孝悌，恪守法纪，忠孝节义，修德行善……”

念罢祭文，高建国站到殿前，拿起那本《高氏族谱》开始大声朗读起来：

“……光绪二十年，朝廷有命，吾举家迁往广州府新安县赴任。据《新安县志》记载及考证，新安县于明万历元年所设，县名取‘革故鼎新，去危为安’之意。吾所管辖范围内有一荒岛，岛上有一些渔民居住，盛产一种叫莞香的香木树。有商人将莞香用小船运往石排湾，再用大船转运至广州府，进而销往全国各地。石排湾长期作运输香木之用，长此以往，便被人称为‘香港’。此名称逐渐延伸至整个小岛，香港由此而得名……”

望着众人一脸欣慰的模样，高建国又接着念道：“……《南京条约》割走了香港岛，《中英北京条约》割让九龙半岛。但这只是开始，英国列强的野心远没有得到满足。光绪二十四年三月十九日，英国政府再次向清政府提出，租借更多土地，扩展九龙地界，于是有了《展拓香港界址专条》，就是后来的新界。新界租借与英国，为期限 99 年。自这时起，原来面积为 3076 平方公里的新安县，其中的 1055.61 平方公里，被英国强占，新安与香港从此划境分治……”

念到此处，大家脸上已经现出了愤愤之色。高建国也觉得鼻子发酸，强打精神道：“……英军强占新界，1899 年 4 月 16 日，新界的中国居民就要开始服从英国管制。进入新界的英军在大埔遭到袭击，在上涌亦发生激战。战事祸及之处，百姓骨肉离散，颠沛疏徙，死伤枕藉，哀鸿遍野，生灵之祸，莫惨于此。如此惨事，吾后世子孙岂能相忘……”之前他在立法大楼门前站在五星红旗和紫荆花区旗下庄严宣誓时，心中也曾回响起曾祖的教诲：“我宣誓拥护《中华人民共和国香港特别行政区基本法》，效忠中华人民共和国香港特别行政区，尽忠职守，遵守法律，廉洁奉公，为香港特别行政区服务。”

仪式结束后，高建国提议，将这份宝贵的家谱交给香港历史博物馆收藏，一来可以保证家谱完整流传下去，二来可以让所有的香港人都知道这段历史的真相。

五

洁白无瑕的汉白玉墓碑上，贴着李佳欣的照片。铭牌上放了一束白百合，一只五寸的生日蛋糕，上面插了一支蜡烛。高建国正蹲在碑前，小心地点着蜡烛。

“佳欣以前最喜欢百合，她要我们每年生日都送她百合花。没想到你还能记着佳欣的生日，就冲这一点，高建国，我服你。”一身黑色西服的李浩南手持一束百合花从后面走来。

高建国凝望着佳欣的照片，深情道：“我欠佳欣的太多了。”

李浩南放好花，拍拍高建国的肩膀，正色道：“过去的事何必再提呢！佳欣生日，你好好陪她吧！”说完站起身鞠了三次躬，慢慢离开了。

高建国仍然望着佳欣的照片，表面平静，内心却在颤抖：如果有下辈子，希望我们一生都不会遇到，这样你就不会爱上我，我们也不会做出一个错误的选择……你应该有一个更懂得珍惜、疼爱你的人……都是因为我……

突然，一束白玫瑰放到铭牌上。高建国从追忆中醒转，抬头一看，竟是安慧。他惊讶道：“安慧，你怎么来了？”

安慧微微点头，在墓前三鞠躬，才轻抚着高建国的肩头说道：“建国，你不用解释了，我能理解。”她慢慢蹲下，接着说：“只怪我们在错误的时间遇到彼此，才要忍受命运的一直捉弄。她本来是最无辜的人，不该卷进来的。”

高建国拉起安慧的手，激动地说：“安慧，不管以前发生过什么，以后不会了，再也不会了。我今天来这里，就是想把我们的事告诉佳欣，希望她能原谅我，祝福我们。”

安慧望着照片上的李佳欣，郑重道：“我知道，你一定和我一样深爱着建国。请你放心，以后的日子，我会好好照顾他，就像你以前一样。”

两人深情对望着，缓缓起身走下山坡。

1998年12月31日夜，盛大的贺岁烟花汇演正在维多利亚港中央举行，湾仔及尖沙咀的海上，多艘趸船同时点燃烟花。礼花绽放，盛景空前。

高建国等立法委员跟随行政长官董建华来到了昂船洲军营，看望驻港部队。军营内，战士们身姿笔挺地排着整齐的队伍，军官们一齐敬礼道："首长好。"

官员们一边与军官们握手，一边对战士们说着新年祝福语。慢慢的，高建国来到了高建军面前，建军面容坚定地行了一个标准的军礼，有力地喊了一声："首长好。"

高建国微笑着伸出右手，说了句："新年快乐！"

兄弟俩的手紧握在一起。

进入室内，即将开始的是军民新年联欢晚会。文艺演出开始前，首先是行政长官致辞，然后是驻港部队司令员致辞，接下来，代表驻港部队官兵上台发言的正是高建军。

高建军昂首阔步上台，对着台下行了个军礼，目光正好与台下前排就座的高建国相遇。哥哥的目光中满是欣慰和鼓励，高建军觉得身上充满了力量，对着麦克风朗声说道："……新年即将到来之际，我谨代表驻港部队昂船洲军营全体官兵，向香港市民致以节日的祝贺和诚挚的祝福。祝每个家庭幸福安康！……一年来，驻军官兵驻防香港，与香港市民在同一片热土上工作、生活，彼此的交流更加密切，了解与信任进一步深化。特区政府、广大市民以及社会各界对驻军工作的支持，使驻军部队建设有了新的进步和发展。在此，我们表示衷心感谢。……随着我国全面深化改革进程的加快，香港也迎来新的发展机遇。驻香港部队愿与广大香港市民一道，为深化落实'一国两制'方针、为香港的长期繁荣稳定积极工作，共同创造香港更加美好的明天……"

随着高建军的发言，台下的掌声一遍遍响起。高建军的讲话声，与维多利亚港的烟花、香港迷人的夜色交织在一起。

第二天正是新年，九龙尖沙咀漆咸道南100号，香港历史博物馆新址。高氏家族一家老少结伴而来。

已经身为"老北京饺子馆"酒楼老板的海叔拉着岳芳英的手，对着高致远朗声道："我这个大老粗跟着阿英过来看点有文化的东西，你们不介意吧？"

高致远看着岳芳英略有羞涩的表情，心中十分开心曾经的妻子终于找到了一个好归宿，连声笑道："阿海，你这样的贵客我们欢迎还来不及呢，何来介意之说？说笑了，说笑了！"

大家都哈哈笑起来。高立伟一把抱起高旗，笑着说："旗旗，你马上就要当哥哥了，你开不开心啊？"说着指了指安慧微微隆起的小腹。

"旗旗不知道多开心，整天晚上围着我拉琴呢！"安慧偎依在高建国身旁，一脸甜蜜地笑着，"立伟，你也要加油啰！"吓得立伟赶紧转头，不敢看父母的脸色。

岳芳英看着大儿子儿媳幸福的样子，感叹道："可惜建军还要再服役几年。驻港部队在服役期间不得外出，管得也真够严格的。"

"这都是为了不影响香港市民的正常生活嘛！"高建国赶紧转开话题，"对了，国庆和跃音已经在深圳登记结婚了。这两人也不办婚礼，旅行结婚，去欧洲玩了。"

岳芳英笑着道："真是好事成双啊！我都忘了告诉你了，昨天下午阿雄带着阿芳到酒楼来发了喜糖和喜帖，他们俩的婚礼也快了。"

"真的？"高建国开心道，"去年听说阿芳离婚我还挺为她担心的，一直想再撮合她和阿雄，但那时金融危机，实在没能忙过来。"

岳芳英笑道："阿雄回香港来开了一家'芳草之心'咖啡厅，里面都是些香港老照片，所有的咖啡名字里都带个'芳'字，你说阿芳能不感动吗？"

一家人走到"香港割让史展区"，大屏幕上正在播放讲述第一次鸦片战争始末的影片。他们慢慢走到一个玻璃展柜旁，《高氏族谱》近代部分正静静地躺在绿色的锦缎上。

脑中回想起曾祖父的家训，高建国的心久久不能平静。几代人的盼望，香港重回祖国怀抱，中国近代100多年的屈辱历史终于降下帷幕。

香港又恢复了往日的平静。

（全书完）